U0531149

汉译世界文学名著丛书

两河一周

〔美〕梭罗 著

李家真 译注

商务印书馆
The Commercial Press
创于1897

据普林斯顿大学出版社二〇〇四年版译出

汉译世界文学名著丛书
出版说明

1902年，我馆筹组编译所之初，即广邀名家，如梁启超、林纾等，翻译出版外国文学名著，风靡一时；其后策划多种文学翻译系列丛书，如"说部丛书""林译小说丛书""世界文学名著""英汉对照名家小说选"等，接踵刊行，影响甚巨。从此，文学翻译成为我馆不可或缺的出版方向，百余年来，未尝间断。2021年，正值"汉译世界学术名著丛书"出版40周年之际，我馆规划出版"汉译世界文学名著丛书"，赓续传统，立足当下，面向未来，为读者系统提供世界文学佳作。

本丛书的出版主旨，大凡有三：一是不论作品所出的民族、区域、国家、语言，不论体裁所属之诗歌、小说、戏剧、散文、传记，只要是历史上确有定评的经典，皆在本丛书收录之列，力求名作无遗，诸体皆备；二是不论译者的背景、资历、出身、年龄，只要其翻译质量合乎我馆要求，皆在本丛书收录之列，力求译笔精当，抉发文心；三是不论需要何种付出，我馆必以一贯之定力与努力，长期经营，积以时日，力求成就一套完整呈现世界文学经典全貌的汉译精品丛书。我们衷心期待各界朋友推荐佳作，携稿来归，批评指教，共襄盛举。

商务印书馆编辑部
2021年8月

杂花生树的奇丽航程
（代译序）

二〇〇四年，《瓦尔登湖》问世一百五十周年之际，美国当代作家约翰·厄普代克（John Updike，1932—2009）写道："梓行一个半世纪之后，《瓦尔登湖》业已成为回归自然、保护环境、反对商业和抗拒体制的终极象征……以至于这本书可能会变得像《圣经》一样受人尊崇，同时又像《圣经》一样少人阅读。"

相较于少人（认真）阅读却备受推崇的《瓦尔登湖》，梭罗在同一时期完成的处女作《两河一周》（*A Week on the Concord and Merrimack Rivers*，1849）更是乏人问津，更没有得到应有的礼遇。《两河一周》的初版仅仅印了一千册，四年中只售出二百多册，到最后，清贫的梭罗不得不自费回购出版商手里的七百零六册库存，将它们背上自家阁楼。面对这不堪情境，梭罗在日记中调侃说：

> 这些书比虚名更有分量，我的脊背最清楚，因为它背着它们上了两段楼梯，把它们送到了一个与它们的诞生之地光景相似的所在……如今我坐拥将近九百册藏书，其中有七百多册是我自己写的。作家能与自己的劳动成果朝夕相对，岂不甚好？

梭罗、梵高之类的伟大艺匠得不到时人的称赏，也许是因为他们的身影太过伟岸，如果是近距离面对他们，我们会觉得头晕目眩，甚或局促不安。只有当光阴的流水载走众多乱耳障目的浮花碎叶，我们才能够平心静气、好整以暇地审视他们，看见那些一时不易看见的瑰宝，领略那些一时不易领略的珍奇。只可惜时至今日，《两河一周》的命运并没有比初版之时改善多少，尽管这本书满目琳琅，较之《瓦尔登湖》，只能说不遑多让。前人呕心沥血的高明制作，长期得不到后人的欣赏，不知道是作者的不幸，还是读者的悲凉。

梭罗是举世闻名的自然作家，写景状物宛妙入微，确实称得上大自然的贴心知己。有鉴于此，我们先来欣赏这本书里的一段河上日暮：

> 光亮渐渐地抛弃深水，抛弃深远的空气，暝色笼罩鱼儿，一如笼罩我们，只不过它们的暝色更加幽暗，更加阴郁，因为它们的日子，对它们水汪汪的暗淡眼睛来说虽已足够明亮，终归是一个永远的黄昏。晚祷的钟声，已然响彻下方那无数个水汪汪的幽暗教堂，那里的藻荇阴影，在沙质的河底越伸越长。

不过，正如《瓦尔登湖》的主角并不是在美国之外鲜为人知的一个池塘（当然时至今日，这个池塘已经不再鲜为人知），《两河一周》的主角，也不是在美国之外鲜为人知的两条河。人生好比航程，这本书写的是一番奇景迭现的探索，一段静观自得的风光，一位诗人的深情逸兴，一位哲人的玄思冥想。

这本书的线索是梭罗弟兄二人的一次河上之旅，书中的记述偶尔显得不相连属，正好体现自然与人生的错综支离之美，看似天马行空不着边际的文字，其实是同一根生机勃发的蔓越橘结出的累累果实，同一株夭矫盘曲的野苹果开出的缤纷花朵。美景人情、史论诗论、历史掌故、神话传说，读这本书，仿佛漫步在深秋的林间小径，但见斑斓落叶飘舞空中，撒落地面，时时呈奉无法形容的宛转风姿，无从预想的曼妙色彩，使我们讶异欢喜，心醉神迷。

梭罗热爱自然，但他著作中最为可贵的东西，并不是风景如画的新英格兰乡野，或者是散布其间的河川湖泊，而是他心里的自然，是他与自然温情脉脉的交融契合。我们读他的书，也不是真个要跟着他游历某湖某河，是要游历他的思想，游历宇宙与人生的瑰奇万状。

梭罗并不以诗擅名，直到他去世八十一年之后，他的诗作才第一次结集出版。他在《两河一周》中说："伟大的散文，比同等高度的伟大韵文更令人肃然起敬，原因是它的高度更为恒久，更为均一，表明作者的生命更彻底地浸润着思想的辉光。"这样的说法，也许是他的一种自我解嘲。英国作家王尔德曾说："大诗人，真正的大诗人，是世上最没有诗意的造物。反过来，蹩脚的诗人倒是十分迷人……这样的人活出了自己写不出的诗意，其他人则写出了自己不敢践行的诗意。"与此相类，梭罗还在《两河一周》中说：

> 我的生活是我想写的诗章，
> 可惜我无法既践履又吟唱。

尽管如此,他还是在这本书里引用了自作的五十多首诗。一些刻薄的人说,这是因为他的诗作找不到其他的发表途径。以我的感觉,梭罗的诗有点儿像两宋诗人的一些作品,确实是多理趣而寡文辞,但他的诗自有一种质朴的滋味,绝没有矫揉造作或虚情假意,何况其中,也有一些真正的神来之笔:

> 听我说,把良知赶出门去,
> 赶进那荒原野地。
> 我希望生活情节简单,
> 不会为每个痘疮生起波澜;
> 我希望灵魂健全,不受染病良知的拘管,
> 能够让宇宙常葆美好,一如初见。

梭罗的书大多以他的日记和演讲为基础,因此有一种娓娓道来的语气,平心而论并不难读。有一些地方显得晦涩,体现的恰恰是作者的渊博学识和奇思妙想。话又说回来,要想真正读懂他的书,确实要求读者像他在《瓦尔登湖》里说的那样,"跟作者一样殚精竭虑"。阅读是高尚的事业,自然不可能不劳而获。真正的好书,必定需要一点儿咀嚼的工夫,正如本书所说:

> 不用说,我们不必像孩子那样,整天都要人哄着逗着。因精神不济就求助于轻松小说的人,还不如小睡片刻。伟大思想驾临之时,只有夹道欢迎的人才有缘观瞻它正面的风采。不提供畏畏缩缩的享受,所包含的每个思想都出于非凡的勇气,使

懒散之人无法阅读，使怯懦之人无法欣赏，甚至使我们成为对现存体制的威胁，这样的书，我才称之为好书。

在梭罗自己的时代，《两河一周》至少有一位热心的读者，那便是《草叶集》的作者惠特曼。惠特曼读过的那本《两河一周》，如今保存在美国的国会图书馆，书已经翻得破破烂烂，惠特曼在书上画了许多表示赞赏的线，还写了不少自己的感言。不用说，他也觉得梭罗叙写的这一段奇丽航程，值得他亦步亦趋，全情参与。

二〇一九年五月三十一日

目　　录

康科德河 ………………………………………………………… 3
星期六 …………………………………………………………… 16
星期日 …………………………………………………………… 54
星期一 ………………………………………………………… 162
星期二 ………………………………………………………… 248
星期三 ………………………………………………………… 322
星期四 ………………………………………………………… 406
星期五 ………………………………………………………… 450

曾伴我扬帆的人啊，无论你扬帆何往，
哪怕你已登临，更巍峨的山冈，
哪怕你已溯洄，更清澄的河渎，
你依然是我的缪斯，我的手足——

前行，前行，我驶向迢遥岸隅，
驶向那茕独小岛，驶向那杳渺洲屿①，
我追寻的珍宝，就在那里，就在那里，
在荒僻溪流侧畔，在寸草不生的沙地。

习习清风，吹送我溯河而上，
去寻觅新的土地，新的人民，新的思想；
无数的河段岬角，送来好景无限，
无数的危难艰险，令我心惊胆颤；
但当我忆起，一路经历的地方，
忆起我一路，见识的美丽风光，
却觉得你才是我，唯一不变的港澳，
才是我从未环绕、从未漫游的岬角。②

---

① 本书首次出版于1849年；"杳渺洲屿"原文为"far Azore"，"Azore"应是源自"Azores"（北大西洋上的亚速尔群岛），在这里是泛指遥远之地。

② 本书所引诗句，除非另有说明，皆为梭罗自作。本书记述的游程，系以梭罗和兄长约翰·梭罗（John Thoreau Jr.，1815—1842）在1839年八九月间的河上之旅为现实底本。古代的西方诗人常常在诗作的开篇部分祈求灵感女神缪斯的帮助（荷马的《奥德赛》和但丁的《神曲》都是如此），梭罗继承了这一传统，在这首开场诗篇中把已故的兄长称为自己的缪斯。

祂以倾斜堤岸,约束道道河川,
河川各有流域,或被大地吸干,
抑或奔流到海,融入不羁浩瀚,
从此拍击海滩,不再冲刷河岸。①

---

① 以上四行的原文是梭罗对古罗马诗人奥维德(Ovid,前43—17?)长诗《变形记》(*Metamorphoses*)第一卷的第三十九行至第四十二行的英译。梭罗在文中引了这四行诗的拉丁原文,在此从略。这几行诗讲的是创世过程,"祂"指的是造物主。

康科德河 ①

> 宽广的谷地，偃卧在低矮山丘之间，
> 我们的印第安小河，在谷中率意蜿蜒，
> 它至今仍在怀想，旧识的印第安男女，
> 他们的烟斗箭镞，往往被犁铧翻出地面。
> 就在此地，在新伐松树搭成的木屋里，
> 农夫安家立业，僭夺了部落土著的家园。
> ——爱默生 ②

马斯克塔奎德河，或者说草地河，年岁多半跟尼罗河或幼发拉底河一样老。然而，一直到一六三五年，这条河才凭借丰美的草地和丰富的渔获，诱使英格兰殖民者慕名而来，由此在文明史当中赢得一席之地。就在那时，草地河还得到了"康科德河"的别名。这个别名也可算恰如其分，因为它得自河畔的第一个殖民

---

① 康科德河（Concord River）是美国马萨诸塞州东部的一条小河，为梅里迈克河（Merrimack River）支流，流经梭罗生活的康科德镇。

② 爱默生（Ralph Waldo Emerson，1803—1882），美国作家及哲学家，梭罗的多年好友。这几行诗引自爱默生的《马斯克塔奎德》（*Musketaquid*，1847）第二节，"马斯克塔奎德"是印第安土著对康科德镇所在区域的称呼，本义为"草地"。

地，这个殖民地又似乎诞生于一种和平共处的理念。① 只要河边的草还在长，河里的水还在流，这条河就可以叫作"草地河"，可它要想配得上"康科德河"的名号，前提就必须是两岸居民过着祥和安宁的生活。对于一个业已湮灭的种族来说，这条河是一片狩猎捕鱼的草场，对于康科德的农夫来说，它依然是一片历久弥新的草场，因为他们拥有"大草甸"②，年年都从那里收获干草。我乐得引用权威说法，以下便是那位康科德史家的记述，"康科德河的一条支流发源于霍普金顿南部，另一条支流发源于威斯特博罗的一个池塘，以及一大片松柏覆盖的沼地"③，随后从霍普金顿和索斯博罗之间流过，穿过弗瑞明汉姆，又从萨德伯里和韦兰之间流过（人们有时把这个河段称作"萨德伯里河"），流入康科德南部，在此与发源地稍偏西北的"北河"或称"阿萨贝河"合流，再向东北流出康科德，从贝德福德和卡莱尔之间流过，继而穿过比尔瑞卡，在洛厄尔汇入梅里迈克河。④ 流经康科德的时候，这条河夏季

---

① 1635年（一说1637年），白人殖民者从印第安土著手中买下草地河畔的一片土地，康科德镇由此奠基。康科德镇的英文"Concord"意为"和谐"，这个名字便源自这次和平的交易。

② 大草甸（Great Meadows）是康科德河边的一大片湿地。

③ "那位康科德史家"指的是美国政客及历史学者勒缪·沙塔克（Lemuel Shattuck, 1793—1859）。沙塔克著有《康科德史》(*A History of the Town of Concord*, 1835)，此处引文出自该书。

④ 霍普金顿（Hopkinton）、威斯特博罗（Westborough）、索斯博罗（Southborough）、弗瑞明汉姆（Framingham）、萨德伯里（Sudbury）、韦兰（Wayland）、贝德福德（Bedford）、卡莱尔（Carlisle）、比尔瑞卡（Billerica）和洛厄尔（Lowell）均为马萨诸塞州城镇。

水深四至十五尺①，河面宽一百至三百尺，春汛来时则会漫出堤岸，有些地方的河面可宽达将近一里②。萨德伯里和韦兰之间的河边草甸最为宽广，漫水之后便形成一连串景色秀美、春意盎然的浅湖，引来不计其数的海鸥野鸭。就在这两个镇子之间，谢尔曼桥③稍往下游的地方，河面达到了最大的宽度。赶上春寒恻恻的三月日子，清凉的风会在河面掀起幽暗素净的波浪，抑或是纹路规整的涟漪，远处的赤杨沼地和蔼蔼枫林又会为河面镶上花边，景色真像是一个微缩的休伦湖，④十分适合常年陆居的人们弄桨扬帆，又惬意又刺激。在萨德伯里一侧，河岸缓缓升到了相当的高度，每到春季，沿河农舍便可俯瞰悦目的水景。韦兰一侧的河岸较为低平，这镇子由此沦为洪灾的最大受害者。韦兰的农夫们告诉我，自那些水坝建成以来，河水已经淹没了数千亩⑤的河岸。他们还记得，那些地方曾经长着金银花或是三叶草，可是，如今要去那些地方的话，只有夏天才能不湿鞋。到现在，那些地方什么也不长，只有一些

---

① 一英尺约等于三十厘米。梭罗书中使用的大多是英美计量单位，为贴近原文口气起见，译文尽量使用对应的中文习惯说法，并以注释说明这些计量单位与公制单位的换算关系。

② 一英里约等于一点六公里。

③ 谢尔曼桥（Sherman's Bridge）是康科德河上的一座桥，连接萨德伯里镇和韦兰镇。

④ 赤杨（alder）是桦木科赤杨属（Alnus）各种乔木及灌木的通称；休伦湖（Lake Huron）位于美国加拿大交界处，为"北美五大湖"之一，是世界上面积第四大的湖。

⑤ 一英亩约等于四千平方米。

拂子茅、莎草和假稻,①一年到头都在水里立着。长久以来,农夫们总是尽量利用最干旱的季节,去那些地方刈割干草,绕着一个个结冰形成的土丘②,在暮色里勤勤恳恳地挥动镰刀,有时会一直干到晚上九点。现在呢,就算是还有干草可割,也不值得他们费这个力气。他们只能苦着脸环顾自家的林地山塬,指望着最后的这点儿资源。

溯河而上的况味值得体验,哪怕你的航程只到萨德伯里,只为看看我们镇子的后方蕴藏着多少乡野风情:你可以看见巍峨群山,百千溪涧,农舍谷仓,以及前所未见的大堆干草,可以看见无所不在的人,有萨德伯里人,亦即"索斯博罗人",③有韦兰人,也有九亩角人④,还可以看见"界岩",那是河里的一块岩石,林肯⑤、韦兰、萨德伯里、康科德四镇交界之地。劲风击水,浪涛千叠,使大自然常葆清新,水沫随风扑面,芦苇和灯芯草簌簌摇摆;数以百计的野鸭,在寒风水浪里惴惴不安,展翅欲翔,转眼

---

① 拂子茅(blue-joint)指的是广布于北美的禾本科拂子茅属植物加拿大拂子茅,学名 *Calamagrostis canadensis*;"假稻"英文为"cut-grass",泛指禾本科假稻属(*Leersia*)的各种草本植物。

② "结冰形成的土丘"指的是指寒冷地区冬季原野中的一种丘状突起,其成因可能是土壤的成分差异导致冻结不均匀,使得未冻结土壤在冻土挤压之下隆起。

③ 梭罗这么说,是因为"Sudbury"(萨德伯里)和"Southborough"(索斯博罗)这两个词的字面意义都是"南区"。

④ 九亩角(Nine Acre Corner)是康科德西南部的一片区域,因该地曾有一片九英亩的草场而得名。

⑤ 林肯(Lincoln)为马萨诸塞州城镇,原本是康科德的一部分,1754 年成为一个独立的镇子。

便像水手拉起桅杆一样,在尖啸声中轰然腾起,收拢翅膀减小阻力,顶着不依不饶的狂风,径直飞向拉布拉多①,或者先贴着波涛盘旋一阵,一边迅疾地划动脚蹼,一边观察你的动静,然后才飞离此地;海鸥在你的头顶回翔,逃命的麝鼠②竭力泅水,浑身又湿又冷,却无法借助你所熟知的炉火取暖,它们辛苦垒筑的居所,东一座西一座耸立水边,好似一个个草垛;数不清的老鼠、鼹鼠和山雀,盘桓在风声呼啸的向阳河岸;蔓越橘③的果子随波辗转,或是被水浪抛上河滩,宛如一艘艘微小的红船,穿梭在赤杨之间;大自然这些生机勃勃的扰攘喧阗,足可向我们证明,末日依然远在天边。放眼四望,到处都是赤杨、桦树、橡树和枫树,它们满心欢喜,饱含浆液,芽苞蓄势待发,只等河水退却。你没准儿会在蔓越橘岛搁浅,因为那个岛已经没入水下,只有去年残留的烟管草④还把些许尖梢露出水面,向你提示暗藏的危险。搁浅的话,你就得待在河中受冻,滋味跟困在西北海岸⑤的任何地方一样

---

① 拉布拉多(Labrador)是加拿大东北海滨的一个地区。

② 麝鼠(muskrat)是仓鼠科麝鼠属的唯一物种,学名 *Ondatra zibethicus*,为原产北美的中型半水栖啮齿类动物,因分泌物气味类于麝香而得名。

③ 蔓越橘(cranberry)是杜鹃花科越橘属酸果蔓亚属(*Oxycoccus*)一类常绿小灌木或藤本植物的通称,其浆果酸甜可食。蔓越橘制成的酱料是美国感恩节期间的传统食品。

④ "烟管草"原文为"pipe-grass"。梭罗在1852年5月30日的日记中给出了"pipe-grass"的学名 *Equisetum uliginosum*,由此可知他指的是木贼科木贼属草本植物溪木贼,学名亦作 *Equisetum fluviatile*。

⑤ 西北海岸(Northwest Coast)指北美大陆西北濒临太平洋的地区,广义的西北海岸可以包括阿拉斯加。

难熬。说起来,我这辈子还没去过西北海岸那么远的地方呢。你会看见一些你从未听说、不知名姓的人,看见他们扛着打野鸭的长长猎枪,穿着防水的靴子,穿过草地走向下游,跋涉在泽禾①丛中,跋涉在寒冷凄凉的遥远河岸,手里的猎枪始终保持在半击发状态。夜幕降临之前,他们会看见水鸭,蓝翅膀绿翅膀都有,会看见麻鸭、金眼鸭、黑鸭和鱼鹰,②还会看见其他许多荒蛮壮美的景象,全都是那些呆坐客厅的人做梦也想不到的东西。你会看见一些粗野壮健、练达睿智的人,他们或是在守卫自家的城堡,或是在赶着牲口驮运夏天采办的木材,或是在林子里独自砍树,他们的脑子里装满了掌故异闻,还有栉风沐雨的冒险奇遇,比栗子的果仁还要饱满;一生之中,他们天天都会出门闯荡,绝不只是在一七七五和一八一二年才挺身而出③;他们比荷马、乔叟④和莎士比亚还了不起,只不过从来没工夫自夸伟大,从来没兴趣著书立

---

① 泽禾(fowl-meadow grass)指禾本科早熟禾属草本植物泽地早熟禾。这种草学名 *Poa palustris*,广布于北半球温带地区,可作饲料。

② 蓝翅膀的水鸭是鸭科鸭属的蓝翅鸭,学名 *Anas discors*,绿翅膀的水鸭是鸭科鸭属的绿翅鸭,学名 *Anas carolinensis*;"麻鸭"原文为"shelldrake",泛指鸭科麻鸭属(*Tadorna*)的各种鸟类;"金眼鸭"原文为"whistler",可以指多种鸟类。参照上下文及梭罗日记中的相关记述,这里的"whistler"指的是鸭科鹊鸭属的普通金眼鸭(common goldeneye, *Bucephala clangula*);黑鸭(black duck)应指鸭科鸭属的美国黑鸭(American black duck, *Anas rubripes*)。

③ 1775 年是美国独立战争开始的年份,1812 年则是"一八一二年战争"(War of 1812)开始的年份。1812 年 6 月,美国以英国施加的贸易限制为由向英国宣战,战争于 1815 年结束,双方大致打成平手,史称"一八一二年战争"。

④ 乔叟(Geoffrey Chaucer, 1343?—1400)为中世纪最伟大的英国诗人,代表作为诗体故事集《坎特伯雷故事》(*The Canterbury Tales*)。

说。你不妨看看他们耕耘的田地，设想一下，他们一旦提笔落纸，会写出怎样的鸿篇巨制。又或者，你还可以设想一下，他们在大地表面写就的文章，是不是业已包罗万象，既然他们叩石垦壤，举火烧荒，开沟耙地，犁田翻土，掘之弥深，拓之弥广，来来回回，反反复复，写完又擦，擦完再写，不缺词句，只缺纸张。

正如昨日与古昔存在于过去，正如今日的工作存在于当下，我们不妨说，倏忽闪现的一些感悟，还有山野生活中一些迷离惝恍的体验，确确实实存在于将来，确切说是存在于时间之外，存在于永无终结的风吹雨落之中，亘古常新，妙不可言。

那些可敬的人啊——
到底在何处栖居？
他们在橡木林里低语，
在干草丛中叹息；
寒来暑往，夜晚昼日，
他们草甸安家，幕天席地。
他们永生不死，
永不哭号，永不抽泣，
永不会眼泪汪汪，
乞求我们的怜惜。
他们的家业永不凋敝，
他们有求必应，慨然赠予；
赠大洋以丰裕，
赠草甸以葱绿，

> 赠时间以绵长，
>
> 赠岩石以坚强，
>
> 赠群星以光耀，
>
> 赠倦客以良宵，
>
> 赠繁忙以昼日，
>
> 赠闲暇以游戏；
>
> 所以他们欢欣喜乐，无尽无休，
>
> 因他们向万物布施，与万物为友。

康科德河有一个特异之处，那便是水流十分舒缓，简直让人无法察觉。按照有些人的说法，正是因为河水的影响，康科德居民才有了闻名遐迩的平和性格，这样的性格表露在独立战争期间，在战后的一些事件当中也有体现。曾经有人建议，本镇的镇徽图案，应该是康科德河绕着青葱的原野转九个圈。我在什么地方读到过，每一里河床的落差只要能达到八分之一寸[①]，河水就可以流动起来。十之八九，我们这条河的落差十分有限，已经跟前述的起码数值相当接近。据说在本镇范围之内，康科德河干流上只发生过一次桥梁移位的事故，具体情形则是风把桥刮到了河的上游。真也好假也好，这个故事反正是到处流传，虽然说依照我的看法，这传说经不起严谨历史的考验。话又说回来，一旦到了转急弯的地方，康科德河就会变得水浅流急，无愧于"河"的称号。跟梅里迈克河的其他支流相比，这条河从印第安人那里得来"草地河"

---

① 一英寸约等于二点五厘米。

的名号，似乎是一件合情合理的事情。这条河的大部分河段都在宽广草地之间轻悄流淌，草地上点缀着东一丛西一丛的橡树，繁盛的蔓越橘爬满地面，好似苔藓铺成的床褥。两边或一边的河岸往往有一排浸水的矮柳①，标出了水陆的分界，离河较远的草地则有枫树、赤杨和其他亲水树木镶边，树上挂满了葡萄藤，到季节就结出累累的果实，有紫有红有白，还有别的颜色。离河更远的地方，硬地的边缘矗立着灰白相间的民居。根据一八三一年的统计结果，康科德拥有二千一百一十一亩草地，面积约占全境土地的七分之一，所占比重仅次于草场及未开垦土地。此外，从前些年的相关报告来看，改造草地的速度还没有赶上毁林造田的速度。

老约翰逊著有《神奇造化》一书，记述了一六二八至一六五二年间的新英格兰历史。②说到这里，我们不妨读一读该书对这些草地的描写，看一看他那个年代的草地是何光景。说到马萨诸塞殖民地第十二个基督教会在康科德奠基的情形③，老约翰逊写道："这镇子依傍一条风光旖旎的淡水河，后者是梅里迈克大河的支流，河汊之间密布淡水的沼地，水里盛产鱼类。季节到来之

---

① "矮柳"原文为"dwarf willow"，可以指多种柳属（*Salix*）灌木，这里可能是指又名"prairie willow"（草原柳）的 *Salix humilis*。

② "老约翰逊"指的是爱德华·约翰逊（Edward Johnson，1598—1672），此人为马萨诸塞殖民地头面人物，著有讲述新英格兰历史的《救主在新英格兰的神奇造化》（*The Wonderworking Providence of Sion's Savior in New England*，1654），本段引文均出此书。新英格兰（New England）是美国东北部六个州（康涅狄格州、缅因州、马萨诸塞州、新罕布什尔州、罗得岛州和佛蒙特州）所在地域的合称。

③ 从约翰逊书中的记述来看，在马萨诸塞殖民地的发展历程中，新的镇子总是和新的教会一同成立。这里的"教会奠基"同时意味着"康科德镇奠基"。

时，灰西鲱和美洲西鲱①都会溯河而上游进本镇，鲑鱼和雅罗鱼却受阻于乱石嶙峋的瀑布，游不到这里来。瀑布使得这一带的草地大片淹水，本镇和邻镇的居民勘查过那么几次，打算从乱石中开出一条水道，一直都没有成功。不过，照当时的情形看，如果用上一百磅②的炸药，结局可能会有所不同。"至于康科德的农业，约翰逊的说法是："他们按五至二十磅一头的价钱买来奶牛，经营牧业，到冬天就用内陆干草喂牛。奶牛吃着这些原本无人问津的野生草料，根本挨不过一个冬天。一般情况下，在他们抵达新殖民地的头一年或第二年，他们的牛会死掉一大批。"同一位作者还记述了"马萨诸塞殖民地第十九个教会即萨德伯里教会建立的情形"："今年（他说的可能是一六五四年③），萨德伯里镇及基督教会奠定了第一块基石，像它年纪较长的姊妹城镇康科德一样，在内陆乡野扎下了根。它坐落在同一条河的上游，拥有十分宽广的淡水沼地，可惜它地势很低，饱受洪水之害，以至于夏季若是潮湿多雨，可供收割的干草就会遭受损失。尽管如此，由于这镇子的干草资源实在丰富，他们依然可以敞开门户，接收其他镇子的牛群来越冬。"

就这样，康科德草地的这条迟滞动脉悄悄流过镇子，不发出哪怕一丝杂音，不显露哪怕一丝脉动，不曾引起人们的注意。它大致的流向是由西南往东北，长度则在五十里左右。这一泓体量

---

① 灰西鲱（alewife）和美洲西鲱（shad）均为北美常见的鲱科西鲱属鱼类，学名分别为 *Alosa pseudoharengus* 和 *Alosa sapidissima*。
② 一磅（金衡磅和药衡磅除外）约等于四百五十克。
③ 按照约翰逊原书的标注，这里的"今年"是指1640年。按照萨德伯里镇官网的说法，这个镇的建镇时间是1639年。

巨大的水，浩浩荡荡，马不停蹄，步伐像脚蹬软皮靴的印第安战士一样轻悄，流过坚实大地的平原山谷，从大地的高处匆匆赶赴它古老的归宿。地球的另一面，流淌着无数条名河大川，涛声不光震动两岸那些远地居民的耳鼓，也传到了我们这边；无数条诗人笔下的河流，将无数英雄的兜鍪盾橹承托在自己的胸怀。又称斯卡曼德的克桑索斯[1]绝不只是一条疏导山洪的干涸渠道，为它供水的是一道道永不枯竭的著名泉流——

> 西摩伊斯[2]啊，你就像箭矢一样，
> 掠过特洛伊城，直奔下方的海洋。[3]

而且我相信，我称颂我们这条浑浊不清却屡遭摧残的康科德河，把它跟历史上那些最著名的河流相提并论，大家也不会有什么意见。

> 世上当然有些诗人，不曾梦见帕纳索斯山[4]，

---

[1] 斯卡曼德（Scamander）是土耳其的一条河流，今名卡拉曼德罗斯（Karamenderes）。据古希腊诗人荷马的史诗《伊利亚特》(Iliad) 所载，这条河流经特洛伊城下，河边是特洛伊战争的战场。这条河的河神也叫斯卡曼德，亦称克桑索斯（Xanthus），曾在特洛伊战争中与特洛伊人并肩对抗希腊联军。

[2] 据《伊利亚特》所载，西摩伊斯（Simois）是斯卡曼德河的支流，在特洛伊城附近汇入斯卡曼德河。

[3] 这两句诗出自乔叟的叙事长诗《特洛伊罗斯与克瑞西达》(Troilus and Cressida) 第四卷。

[4] 帕纳索斯山（Parnassus）是希腊的一座名山。根据古希腊神话，这座山是酒神狄俄尼索斯和太阳神阿波罗的圣山，还是文艺女神缪斯的居所。

也不曾有缘品尝,赫利孔山的灵泉;①

情形既是如此,我们当可揣知,

不是圣地成全诗人,是诗人成全圣地。②

密西西比河、恒河,还有尼罗河,这些游徙的原子③分别来自落基山、喜马拉雅山和月亮山,④在世界的编年史中占有某种独特的重要地位。河源上方的穹苍尚未耗尽水汽,月亮山也依然谨守向法老纳贡的旧例,年年向帕夏献上源源不断的贡品,只不过,如今的帕夏必须借助刀剑的威逼,才能拿到他其余的税入。⑤河川想必是人类的向导,曾引领拓荒旅人的脚步。它们是亘古长存

---

① 赫利孔山(Helicon)也是希腊名山。根据古希腊神话,山上有两道缪斯女神的圣泉,其中之一是希波克林泉(Hippocrene)。以上两行诗句典出古罗马诗人柏尔修斯《讽刺诗集》序章当中的诗句:"我不曾畅饮希波克林的泉水,也不曾宿在双峰的帕纳索斯,竟也在突然之间,成为了一个诗人。"本书后文有关于柏尔修斯及其《讽刺诗集》的详细论述。

② 这四行诗出自英格兰诗人约翰·登讷姆(Sir John Denham, 1614/1615—1669)的诗作《库珀山》(*Cooper's Hill*)。库珀山是伦敦附近的一座小山。

③ "游徙的原子"原文为"journeying atoms",应是借自爱默生的诗歌《斯芬克司》(*The Sphinx*, 1840)。梭罗曾以长文评析此诗,诗中有句云:"毫无愧怍的波涛,/怀着甜蜜的异议,/与轻风快乐嬉游,/一如故友重聚;/游徙的原子,/原初的混一,/承受着永动电极的牵引驱策,/无从抗拒。"

④ 落基山、喜马拉雅山和月亮山分别是密西西比河、恒河和尼罗河的发源地。

⑤ 帕夏(Pasha)是奥斯曼土耳其帝国军政高官的头衔及敬称。在梭罗生活的时代,埃及是奥斯曼土耳其帝国的一个半自治行省,受帝国委派的帕夏(总督)统治。这一时期的埃及帕夏大肆扩张军力,试图颠覆奥斯曼土耳其帝国,自行缔造新的帝国。

的诱惑，流过我们的家门，流向远方的奇功伟业。河岸居民终将臣服于一股天然的冲动，与河川一同奔赴地球的低洼地域，或者是响应河川的邀请，启程探索大陆的腹地。河川是所有民族的天然公路，不光会夷平地面，为旅人清除沿途障碍，消解他的焦渴，将他承托在自己的胸怀，还会指引他去观览最引人入胜的风光，去游历地球上人烟最稠密的地方，去探访动植物群落臻于至美的所在。

我时常伫立在康科德河岸边，目送河水滔滔逝去，水流象征所有的进步，遵循与星系、时间和所有造物一样的法则。我看见河底的水草，随着水性的风儿向下游微微欠身，它们眼下还站在当初种子入土的地方，不久却会归于死亡，像种子一样没入淤泥。尤其令我兴味盎然的物事，是那些苟且偷安的晶亮水泡，还有残屑败草，以及偶尔出现的树干和木料，它们纷纷漂过我的眼前，奔向各自的宿命。到最后，我决意纵身投入康科德河，浮泛在它的胸膛，无论它想要把我，载到什么地方。

星期六

> 走吧,走吧,我心爱的佳人,
>
> 随我去品尝,那些野味山珍。
>
> ——夸尔斯"基督对灵魂的邀请"[1]

终于,一八三九年八月的最后一天,星期六,生长于康科德的我们兄弟二人,在这个河流口岸起碇出航,因为康科德河一如山野,同样袒露在阳光之下,同样是人类的肉体和灵魂启航靠港的口岸。再怎么说,这口岸只征收诚朴之人甘愿缴纳的贡赋,免除了一切杂税苛捐。这天上午下着暖烘烘的细雨,天地为之昏冥,险些耽误了我们的航程,好在阳光终于晒干树叶和青草,赐给我们一个明媚的下午,又静谧又清新,就好像大自然正在沉思,正在酝酿她自个儿的某个宏伟计划。经过了长时间的淅淅沥沥,从每一个毛孔淌水滴雨,大自然又一次拥有了空前畅顺的呼吸。于是我们猛力一推,让

---

[1] 这两行诗引自英格兰诗人弗朗西斯·夸尔斯(Francis Quarles, 1592—1644)的《象征诗集》(*Emblems*)第四卷第七首。夸尔斯这首诗是对《旧约·雅歌》第七章第十一节的阐发,该节原文是:"走吧,我的爱人,让我们步入田间,去村里歇宿。""基督对灵魂的邀请"(Christ's Invitation to the Soul)并非原诗标题,是梭罗对诗意的概括。

我们的小船离岸下水，岸边的鸢尾和莎草躬身施礼，祝愿我们航程顺利。这之后，我们默坐船中，悠然漂向下游。

小船是我们春天里造的，耗费了我们一周的时间。它的形制类似于平底高帮的渔艇，长十五尺，最大宽度三尺半，船身漆成了绿色，船舷则是蓝色，象征着它即将遨游的碧水蓝天。前一天傍晚，在离河半里的自家门前，我们把自家地里种的一些土豆和甜瓜装上了船，外加一些日常用具。我们还在船上备了几个用来拖船陆行绕过瀑布的轮子，两副船桨，几根水浅时撑船用的细长篙竿，以及两根桅杆，其中一根兼充夜晚搭帐篷的支柱，因为我们旅途中的床铺不过是一张野牛皮，卧室则是一顶棉布帐篷。我们的船造得相当结实，只可惜分量太沉，样式也普普通通，没什么特出之处。制作得法的小船应该类似于某种两栖动物，能同时驾驭空气和水这两种元素①，结构一半像体形优美的迅捷游鱼，一半像羽翮强健的翩然飞鸟。游鱼以身垂范，告诉我们船体的最宽处和最深处应该安排在什么部位，并用鱼鳍为我们例示船桨的排布方式，又用鱼尾点明了舵叶的形状和位置。飞鸟则为我们示范了张帆转帆的合理方法，以及最利于平衡船体、最适合破风斩浪的船头样式。它们给的这些提示，我们仅仅采纳了一部分。然而，眼睛虽然不是水手，却知道百般挑剔船舶的样式，再时髦的样式也不能让它满意，除非这样式能满足艺术的全部要求。话又说回来，船舶只包括艺术和木头两个要素，而木头即便撇开艺术，照

---

① 古希腊的一些哲学家认为，世界由地（土）、火、水、风（空气）四大元素构成。

样可以凑合着完成船舶的任务,既是如此,我们的木头小船便欣然用上了重质浮载轻质的古老法则,虽然说只是一只貌不惊人的水禽,却也经受住了事实的考验,为我们的航行提供了足够的浮力。

> 但使上苍庇佑,哪怕是柳枝一段,
> 也可以充作安渡重洋的航船。①

几位本镇友人站在下游的一块突出岩石上,向我们挥手道别,可我们已经举行过这一类的出航仪式②,此时便仿效那些动身踏上非凡征程、举目远望沉吟不语的人,带着与那些人相称的那种情有可原的矜持,一板一眼地划动船桨,默然滑过康科德的坚实地域,滑过众人伫立的岬角,以及荒凉冷落的夏日草地。不过,等到小船终于驶出众人的视线,我们确实大大地放低了身段,以至于允许猎枪为我们代表心意,让我们的枪声再一次回荡林间。说不定,河边有许多身穿粗布衣服的孩子,这会儿正和麻鳽、丘鹬和秧鸡③一起,潜藏在那些宽广的草地里。野蕨、毛枝绣线菊和白

---

① 这两行引文出自古希腊作家普鲁塔克(Plutarch, 46?—120?)的《道德小品》(*Moralia*)。据普鲁塔克所说,这可能是古希腊诗人品达(Pindar, 前522?—前443?)的诗句。

② 梭罗这么说,可能是因为出发两天前,梭罗兄弟曾邀请亲友到家里来参加晚会,以此为自己壮行。

③ 麻鳽(bittern)是鹭科麻鳽亚科(Botaurinae)十几种大型涉禽的通称,形似苍鹭,鸣声响亮。"鳽"音坚。美国常见的品种是美洲麻鳽(American bittern, *Botaurus lentiginosus*);丘鹬(woodcock)指鹬科丘鹬属(*Scolopax*)的各种鸟类,北美常见的品种是北美丘鹬(American woodcock, *Scolopax minor*);秧鸡(rail)泛指秧鸡科(Rallidae)的各种小型涉禽。

花绣线菊①彻底遮蔽了他们的身影，可他们还是听见了我们这天下午的鸣枪致敬。

没过多久，我们便漂到了独立战争期间第一处正儿八经的战场。于是我们倚着船桨，在依然可辨的"北桥"桥柱之间稍事歇息。②一七七五年四月，正是在这座桥上，涌起了独立战争的第一个小小浪头。这场战争旷日持久，最后才像我们从右手边石碑上读到的那样，"将和平带给这些联合起来的州"。③诚如一位康科德诗人所咏：

> 粗陋的桥梁，横跨河水泠泠，
> 他们的旗帜桥边招展，迎向四月和风，
> 严阵以待的农夫，曾在这里岿然挺立，
> 在这里打响，震动世界的枪声。

---

① 毛枝绣线菊（hardhack）和白花绣线菊（meadow-sweet）都是原产北美东部的蔷薇科绣线菊属植物，学名分别是 *Spiraea tomentosa* 和 *Spiraea alba*。

② 1775 年 4 月 19 日，英军和马萨诸塞殖民地民兵先后在列克星敦镇（Lexington）和与之相邻的康科德镇发生小规模冲突，是为美国独立战争的第一场战役，"列克星敦及康科德战役"。其中康科德战役的地点是康科德河上的北桥（North Bridge），今称"老北桥"。梭罗说北桥是"第一处正儿八经的战场"，可能是因为列克星敦战役虽然发生在康科德战役之前，但该战役只是英军单方面开火，殖民地民兵并未还击。老北桥于 1793 年拆除，人们在附近建了一座新北桥。老北桥在梭罗生活的年代尚未重建，所以有桥柱"依然可辨"之说。

③ 美国独立战争持续了八年多，于 1783 年 9 月结束。1836 年，康科德居民在北桥旧址的东岸竖立了一座纪念康科德战役的石质方尖碑，梭罗此处引用的应当是碑上铭文。不过，纪念牌上刻的是"将独立带给这些联合起来的州"。

>　　敌人早已静静安躺；
>
>　　征服者也已寂然沉睡；
>
>　　时光已冲走倾圮的桥梁，
>
>　　随着那徐徐向海的幽暗流水。①

到得此时，我们的心里早已充满思古幽情，将身后的种种现实风物抛到了九霄云外。于是乎，我们也尝试着作起歌来：

>　　唉，和平年代的嚣杂晨曲，
>
>　　徒然唤醒这卑陋的小城，
>
>　　当年的勇士赢得爱国美誉，
>
>　　靠的并不是这样的喧声。

>　　这河边有片野地，
>
>　　从不曾有人踏足，
>
>　　可它却在我的梦里，
>
>　　长出无比丰盈的禾谷。

>　　让我虔信这心爱的梦境，
>
>　　那一天，一颗心高翔天边，

---

① 这两节诗引自爱默生为康科德战役纪念碑揭幕典礼所写的《康科德颂歌》(*Concord Hymn*)。

俯视这小小的行省①，
俯视万里之外的不列颠。

一位洋溢古典风范的豪英，
一只挥洒骑士精神的臂膀，
以无法收买的力量与虔诚，
为这片弹丸之地添了荣光。

他执着追寻心仪的奖赏，
从不想祈求安闲的清静，
他生而自由，斗志昂扬，
从不蒙蔽于和平的幻影。

那一天，那些人挺立在远处高地，
如今他们，早已经一去不返；
如今的人们，不再有当初的手笔，
哪怕他们运筹争胜，树碑追远。

那时候的你们，好比一个个古希腊城邦，
好比一座座罗马古都，重生于现代世界，
新英格兰的农夫，在你们的土地上，

---

① 美国独立战争爆发时，马萨诸塞殖民地的正式名称是"马萨诸塞湾省"（Province of Massachusetts Bay）。

化身为古罗马的英雄豪杰。

我在陌生的土地上寻寻觅觅,
哪里也找不到我们的邦克山①,
列克星敦和康科德依然矗立,
却不再俯临拉科尼亚的溪涧。②

带着如此这般的思绪,我们轻轻划过这片如今已一片祥和的草场。康科德河的水波,从我们的船底流过,往日战争的喧嚣,早已被河水淹没。

但自从我们起碇出航,
有一些事物已成虚空,
许许多多的旧日梦想,
已经随流水消逝无踪。③

***　***

这里曾住着年迈的牧人,

---

① 1775年6月17日,美军在波士顿地区的邦克山(Bunker Hill)附近与英军展开激战,虽因寡不敌众而落败,却使英军付出了比己方大得多的惨重代价。邦克山战役极大地鼓舞了殖民地民众的士气。

② 拉科尼亚(Laconia)是希腊南部的一个地区,古希腊时代是斯巴达城邦的核心领地。梭罗这句诗的意思是,今天的新英格兰城镇已经丧失了曾有的古典英雄气质。

③ 根据西方学者编制的索引,这节诗与随后的两节诗分属梭罗的两首诗作。

尽心尽力地照管着羊群,
挥舞着力道十足的牧杖,
照神圣经书的教诲牧羊;
可他已踏过无柱的桥梁,
离开这片河岸独往他乡。

不久来了位年轻的牧师,
他手里的牧杖颇有名气。
他向羊群投去温柔的注视,
他的羊群遍布广袤的野地,
以"牧师住宅的苍苔"为食。
我们的霍桑曾在这河谷栖居,
我们的牧人曾在此叙说故事。[①]

这时候,那座小小的方尖碑已经隐没在群山之后,因为我们已经漂过老北桥左近的河湾,漂过朋考塔斯特山和坡普拉山[②]之间的新北桥,漂进了"大草甸"所在的河段。大草甸好似软皮靴留下的一个巨大鞋印,在大自然里踩出了一块水丰土肥的平地。

[①] 这节诗里的"牧师"指的是美国著名作家、梭罗的友人纳撒尼尔·霍桑(Nathaniel Hawthorne, 1804—1864)。霍桑曾于1842至1845年间在康科德的"牧师老宅"(The Old Manse)寓居(牧师老宅在康科德河边,邻近老北桥),并于1846年出版短篇小说集《牧师老宅的苍苔》(Mosses from an Old Manse)。跟霍桑的大多数作品一样,这部短篇小说集饱含道德讽喻,侧重于探索人性的阴暗面。
[②] 朋考塔斯特(Ponkawtasset)和坡普拉(Poplar)都是康科德河边的小山。

自从我们在这条静静河流,扬帆远引,
顺水驶向,迢遥的比尔瑞卡镇,
一位睿智的诗人,已经在朋考塔斯特山安身,①
他美丽的辉光,时常照亮康科德的黄昏。

他就像那些,最早出现的星星,
它们从高空投下银辉,越是天晚越是光明,
大多数的旅人,不能将它们一眼看清,
两三双惯于扫视夜空的眼睛,

却熟识天体的光芒,于是便一望而知,
满心欢喜,向它们殷勤致礼;
只因为如此深刻的智慧,离不了深刻的研习,
正如人借由深井的映像,去解读星星的诗意。

这些星星目不能见,光芒却永不暗淡,
而是如太阳一般,永远辉煌灿烂;
是的,它们就是太阳,虽然说飞转的地面,
必须剜掉自己的双眼,才能看见它们的光线。

---

① 这句诗里的"睿智的诗人"可以是虚指,也可以是实指,因为十九世纪四十年代,美国诗人、梭罗的好友埃勒里·钱宁(Ellery Channing,1818—1901)确曾在朋考塔斯特山上居住。

> 如果我们能知道，自己终将发现真相，
> 发现天鹅座的恒星，才是我们最终的家乡，
> 发现它璀璨的光华，足可掩蔽我们的太阳，
> 那么，谁还会漠视，那洒落在大地之上，
> 最轻悄的天界声响，最微弱的天体毫光？

镇子的喧嚣渐渐消逝，我们似乎乘上了梦境的平静河流，从往昔漂向未来，轻悄得就像人们在清晨薄暮悠悠醒转，渐渐生发新鲜思绪的过程。我们悄无声息地滑向下游，偶或惊得狗鱼游出浮叶的荫蔽，或是惊得太阳鱼①逃出自己的巢穴。小个儿的麻鳽，时或从岸边的隐蔽处钻出来，拍打着有气无力的翅膀，施施然游向远方，大个儿的麻鳽则在我们靠近之时飞出长草，携着它无比珍爱的双腿，去安全的地方落脚。当我们的小船掀动柳树丛里的水面，搅碎水中的树影，乌龟也会急匆匆蹿到水里。河岸的最美时节已经逝去，一些格外明艳的花朵已经呈露凋零之色，表明这一年的光景所剩无多，行将步入午后时辰；不过，黯淡的色彩使河岸更显庄重，它绵亘在仍未减退的暑热之中，就像一圈苔草丛生的井沿，围在一口清凉水井的边缘。狭叶柳（*Salix Purshiana*）横卧水面，浅绿色的枝叶成团成簇，其间点缀着风箱树的一个个

---

① "太阳鱼"原文为"bream"，可以指多种鱼类。梭罗在本书后文列出了"bream"的学名"*Pomotis vulgaris*"，可知他指的是太阳鱼科太阳鱼属的普通太阳鱼（驼背太阳鱼）。这种鱼广布于北美大陆，繁殖季节有营巢的习性，学名亦作 *Lepomis gibbosus*。

白色大花球。① 小小的玫瑰色蓼花骄傲地昂起头颅,探出左右两侧的水面。它绽放在这样的时令,这样的地点,勾画出一抹细细的嫣红,背衬着岸边密集成片的白色蓼花,看起来分外珍贵,分外可喜。纯白的慈姑花挺立在水浅的处所,几株临水的红花山梗菜依然在顾影自怜,虽然说山梗菜跟梭鱼草一样,② 花期已经快到尽头。蛇头花(*Chelone glabra*)长在紧挨河水的地方,金鸡菊属的一种植物则将黄铜色的脸孔转向太阳,长得蓬蓬勃勃,跟身材高挑、花朵暗红的喇叭草(*Eupatorium purpureum*)一起,组成了河边花草的殿后阵列。③ 邻近的草地零星散布着皂龙胆④的亮蓝花朵,仿佛是从普洛塞庇娜的手中掉落⑤,而在离河较远的野地,或是在河岸的高处,可以看见紫花假毛地黄、弗吉尼亚鹿草和又称"淑

---

① "狭叶柳"是原产北美东部的一种柳树,亦称黑柳,学名亦作 *Salix nigra*;风箱树(button-bush)为茜草科风箱树属灌木或小乔木,原产北美东部及南部,学名 *Cephalanthus occidentalis*,其头状花序形似绒球。

② 红花山梗菜(cardinal)为广布于美洲各地的桔梗科半边莲属草本植物,学名 *Lobelia cardinalis*,开艳丽的红花;梭鱼草(pickerelweed,直译可为"狗鱼草")为雨久花科梭鱼草属水生草本植物,广布于美洲各地,学名 *Pontederia cordata*。

③ 蛇头花(snake-head)亦称鳖头花(turtlehead),为原产北美的车前科鳖头花属草本植物;金鸡菊属(*Coreopsis*)是菊科的一个属,该属植物通常开黄花;喇叭草(trumpet-weed)即原产北美东部及中部的菊科泽兰属植物紫泽兰,学名亦作 *Eutrochium purpureum*。

④ 皂龙胆(soap-wort gentian)为原产美国东部及南部的龙胆科龙胆属草本植物,学名 *Gentiana saponaria*。

⑤ 普洛塞庇娜(Proserpine)是古罗马神话中的仙女,农业女神刻瑞斯(Ceres)的女儿,被冥王普路同(Pluto)劫为王后。冥王劫走她的时候,她正在和女伴一起采花,冥王的袭击使得她手中的花朵散落一地。

女发辫"的垂花绶草①；更远的地方，在我们偶尔走过的道路旁边，在阳光曾经驻留的堤岸，已经过了盛花期的排排菊蒿②，依然放射着暗淡的黄光。一句话，为了庆贺我们的出航，大自然似乎盛自妆扮，她浓密的刘海和发卷倒映水面，混杂着花儿的明丽色彩。可惜我们没见着白睡莲，她虽然贵为河花之王，此时却已经罢朝退位。也许，这得怪赏花的人儿启航太晚，照走时精确的水钟来评判，他耽搁了太久的时间。在我们康科德的水面，白睡莲十分多见。记得有一个夏日，我曾在日出之前顺河而下，穿过一片片尚未醒来的合瓣睡莲；我继续随波浮泛，星星点点的阳光终于越过堤岸洒落水面，成片的白花便在我眼前骤然绽放，快得像火花迸发，旗帜招展。这一种花儿，对太阳的光线真是敏感。

我们从这些熟悉草地的尽头漂过，看见一朵朵硕大惹眼的木槿，它们与葡萄叶子交织一处，遮住了丛生的矮柳。这种花多少算是稀罕难得，所以我们很希望能向留守镇上的某位友人通报它的下落，好让友人及时采撷，不误花期；不过，本镇教堂的尖塔

---

① 紫花假毛地黄（purple Gerardia）为广布于美国东部的列当科假毛地黄属草本植物，学名 *Agalinis purpurea*；弗吉尼亚鹿草（Virginian rhexia）为广布于美国东部的野牡丹科鹿草属草本植物，开浅紫色花朵，学名 *Rhexia virginica*；"淑女发辫"原文为"ladies'-tresses"，"垂花绶草"原文为"drooping neottia"。"neottia"现今通常指兰科鸟巢兰属植物，此处的"drooping neottia"则应指兰科绶草属的垂花绶草。垂花绶草分布于北美东部，开花冠下倾的成串白花，学名 *Spiranthes cernua*，亦作 *Neottia cernua*，英文俗名亦作"nodding lady's tresses"（直译为"颔首淑女的发辫"）。

② 菊蒿（tansy）为广布于世界各地的菊科菊蒿属草本植物，学名 *Tanacetum vulgare*。

刚要从我们视野中消失的时候，我们忽然想到，住在左近草地的那位农夫明天要去教堂做礼拜，想必可以替我们通风报信；如此说来，等到下个周一，我们在梅里迈克河的水面浮泛的时候，我们的友人肯定已经来到康科德河的岸边，正在把手探向枝头，将这些花朵攀摘。

我们在波尔山[①]稍事停留，这座山相当于康科德船夫的圣安妮[②]教堂，可我们的停留并不是为了祈祷航程顺利，只是为了采摘野果，因为山间还残留着少许浆果，悬挂在十分纤细的藤蔓上。之后我们再度起航，很快就把家乡的镇子抛到了视野之外。我们渐行渐远之时，家乡的土地似乎变得分外美丽。午后两三点钟，我们的镇子静静地躺在西南方的远处，独留在榆树梧桐[③]的树荫里；家乡的群山虽然呈露超尘绝俗的蓝色面容，却似乎向它们多年的玩伴投来了哀怨的目光；但我们毅然决然掉头向北，辞别它们的起伏峰峦，去拥抱新的风光，去迎接新的冒险。除了船夫永远也走不出的天空穹顶之外，一切都是陌生；不过，既然我们有天穹的照拂，跟河川林野又有交情，我们便坚信此行顺利，不管会有怎样的遭际。

从此处开始，康科德河笔直地流向前方，一直流到有二十根木质桥柱的卡莱尔桥，流程一里出头。回头遥望卡莱尔桥的时候，

---

① 波尔山（Ball's Hill）是康科德河边的小山，康科德河在此转弯，由东向转为北向。

② 圣安妮（St. Ann，亦作 St. Anne）是圣母玛利亚的母亲，船夫的主保圣人。

③ "梧桐"原文为"buttonwood"，此处应指原产北美、别名美国梧桐（American sycamore）的一球悬铃木（*Platanus occidentalis*）。

我们发现桥面和桥柱缩成了一根根细线，好似一张在阳光里熠熠生光的蛛网。水里戳着东一根西一根的竿子，表明钓客曾在那些地方交上非凡的好运，由此献出了他们的钓竿，借以酬答主宰那些浅滩的各位神灵。河面比先前宽了整整一倍，河水又深又静，河底满是淤泥。成行的柳树挺立河岸，柳岸之外是一个个宽广的潟湖，湖面盖满浮叶，还有莎草与香蒲①。

将近黄昏，我们从岸上的一位钓客旁边划过。他的钓竿是一根长长的桦树枝，枝上还留着银色的树皮，一只狗守在他的身边。我们划得太近，船桨搅动他的浮子，赶跑了他一时半刻的运气。这之前，我们已经沿着箭一般笔直的路线划了一里；此时此刻，我们的脸转向了这位钓客，我们船尾的水沫依然停留在平静的水面，而他和他的狗纹丝不动地站在那里，好似两尊雕像，屹立在天穹另一侧的下方，为茫茫草地添上仅有的两道新鲜风景，使我们眼目暂明。他一定会继续站在那里，耐心地等待好运降临，到傍晚才会带上他的渔获，穿过野地走回家去。如是这般，大自然抛出这样那样的钓饵，诱使人们走出家门，探访她所有的秘地幽境。这位钓客，便是我们途中看见的最后一位乡亲，我们冲他说了句无声的"再会"，借此向家乡的各位友朋道别。

各个时代和各个种族的种种特质、种种追求，始终都以缩影的形式，存留在每一个社群当中。我少年时期的种种乐趣，如今

---

① "香蒲"原文为"flag"，是香蒲科香蒲属（*Typha*）植物的通称，这类植物主要分布在北半球的湿地。

已经由他人承继，不再是我的消遣。此人却依然是个钓客，属于我曾经身处的一个时代。也许，他还没有受到众多学问的困扰，还没有完成众多的发明创造，仅仅是弄清了如何用他那根细长的桦木钓竿，还有他那根亚麻钓线，在日落之前钓起众多的鱼。对他来说，有这样的发明创造也就够了。[①] 做钓客是件美事，不管是在夏季还是冬季。这些个高贵堂皇的八月日子，有的人身任法官，端坐在审判席，一直坐到休庭；社交季节之间，一日三餐之余，他们坐在那里，派头十足地听讼断案，过着一种文明的政治生活，眼下兴许正在处理某甲和某乙的官司，从太阳最高的正午，一直忙到彤红晚霞从西天消逝的时分。与此同时，钓客站在三尺深的水里，站在同一轮夏日太阳之下，站在睡莲、薄荷和梭鱼草的缭绕香气里，处理着其他类型的官司，为蠕虫和金光鱼[②]解决纠纷，怡然生活在离干燥陆地好多杆[③]远的地方，跟游弋的大鱼只隔着一根杆子的距离。在他看来，人生很像是一条河，

    直奔下方的海洋。[④]

---

  ① 本段文字源自梭罗1842至1844年间的一则日记，日记中还有这样的一句话："他们（钓客）身处的大自然，依旧是自然未凿，他们自己也自然未凿，与大自然融合无间。"

  ② "金光鱼"原文为"shiner"，是各种亮闪闪的小鱼的通称，尤指原产北美的鲤科美洲鲹属（*Notropis*）鱼类。但梭罗在本书后文列出了"shiner"的学名 *Leuciscus crysoleucas*，可见他指的应该是鲤科美鳊属的金体美鳊（现用学名为 *Notemigonus crysoleucas*）。金体美鳊是美国河湖中常见的一种小鱼，别名"Golden shiner"（金光鱼），常常被用作钓大鱼的诱饵。

  ③ 杆（rod）为长度单位，一杆约等于五米。此处的"rod"兼指鱼竿。

  ④ 这句引文出自乔叟叙事长诗《特洛伊罗斯与克瑞西达》第四卷，前文亦曾引用，可参看相关注释。

这便是他的感悟。通过一次又一次的排水保船，钓客大人有了一个伟大的发现。①

我依稀记得一位身穿棕色大衣的老者，他带着儿子从英格兰的纽卡斯尔迁居此地，成为了我们这条河上的沃尔顿②。他儿子体格健壮，性情爽朗，年轻时曾经扬帆远航。这位老者为人正直，早已经迈过了喜欢跟同伴攀谈的年纪，所以总是一声不吭，在草地里穿梭来去。他那件饱经风霜的棕色大衣垂挂在他的身上，又长又直，像黄松③的树皮一样，要是你凑近看的话，便会发现那是件闪闪发亮的衣服，蘸满了漫灭的阳光，绝不是人工雕琢的产物，而是经过了岁月的磨洗，已经与大自然融为一体。经常都要等到他动起来的时候，我才会惊觉他的存在，发现他站在浮叶和灰柳④之间，照故国的方法钓鱼——原因是他的青年与暮年，此时正在结伴投竿——脑子里装满无以言表的思绪，也许是正在思念家乡，

---

① 这句话原文是"His honor made a great discovery in bailments"，是梭罗的文字游戏，直译可为"通过一次又一次的取保释囚，法官大人有了一个伟大的发现"。这句话里的"honor"（大人）是法官的敬称，梭罗用这个词来指代已经被他比作法官的钓客；"bailment"可以理解为"取保释囚"，也可以理解为"舀出船里的积水"，后者是划船钓鱼的人常有的举动。

② "沃尔顿"即英格兰作家艾泽克·沃尔顿（Izaak Walton，1594?—1683），著有赞美垂钓之乐的名作《钓客极则》（*The Compleat Angler*，1653）。

③ 根据梭罗在《瓦尔登湖》（*Walden*，1854）里的相关记述，康科德人说的"黄松"（yellow pine）是一种刚松（pitch pine, *Pinus rigida*）。

④ "灰柳"原文为"gray willow"，可能跟前文中的"矮柳"一样，也是指 *Salix humilis*。

思念他心中的泰恩河和诺森伯兰。① 天气晴好的下午，你总是能看见他在河边转悠，走得摇摇晃晃，简直要跟莎草一起窸窣作响；老人一生经历了那么多阳光灿烂的时辰，致力于诱捕愚蠢的鱼类，几乎跟太阳结成了知交；人到暮年的他，早就看穿了衣帽之类的纤薄伪装，哪里还需要穿衣戴帽？我曾经看见，与他一样年迈的命运之神如何用金鲈②来奖赏他，可我还是觉得，他的运气跟他的年龄不相称；我还曾看见，他拖着迟缓的脚步，佝偻着被积年思绪压弯的腰板，拿着他钓来的鱼，消失在他那间镇子边缘的低矮房屋里。依我看，以前没有别的人看见过他，如今也没有别的人还记得他，因为他没过多久就撒手尘寰，迁到了新的泰恩河。对他来说，钓鱼不是一种消遣，也不完全是谋生的手段，而是一种庄严神圣的仪礼，一种清修遁世的方式，就跟别的老人诵读《圣经》一样。

无论我们生活在海滨还是湖畔，河边还是草原，鱼类的习性都会引发我们的关注，因为鱼类绝不是局限于特定地域的个别现象，而是广泛存在于大自然当中，体现着多姿多彩的生命形式和生命阶段。欧洲和美洲的海岸，年年都会迎来不计其数的洄游鱼群，但对于研究自然的学者来说，更让人兴味盎然的并不是这种

---

① 纽卡斯尔（Newcastle）为英格兰东北部城市，濒临泰恩河（Tyne），历史上属于诺森伯兰郡（Northumberland）。

② 金鲈（yellow perch）是广布于北美的一种河鲈科鲈属淡水鱼，学名 *Perca flavescens*。

无比丰饶的表面现象，而是比现象还要丰饶的深层法则，这种法则将鱼卵撒播到高山的峰巅，撒播到内陆的平原；这便是大自然的鱼类法则，正是它让鱼类散布到天南地北的水域，形成或大或小的种群。博物学家可不是什么钓客，后者祈求的仅仅是阴天和好运；有人把垂钓称为"耽于冥思者的消遣"①，说它可以使耽于冥思者亲近林泉，由此获益匪浅，与此相类，博物学家的观察所得并不是新的种属，而是新的冥思，而科学也只是一种消遣，属于那些更加耽于冥思的人。鱼类的生命种子散播四方，或是乘风远飏，或是随水漂荡，又或地底深藏；不管你在哪里挖个池塘，水里都会立刻涌现这种生机勃勃的生物。鱼类握有与大自然签订的租住合约，租期尚未届满。中国人得了鱼类的好处，所以把鱼卵装进罐子，或者是空心的芦管，携着它们穿州过省，水鸟也得了鱼类的好处，所以把鱼卵运进山上的池沼，运进内陆的湖泊。有流质的地方就有鱼，即便是在流云和铁水里，我们也可以看到和鱼类相似的物事。想想吧，冬天的时候，你只需走进草地，径直投下钓线，让它穿透积雪与冰层，就可以从地表之下钓上一条亮闪闪、滑溜溜、傻乎乎的银鱼或金鱼！同样让人惊异的是，无论体型大小，所有鱼类都属于同一个大家庭。充作狗鱼钓饵的细小鲦鱼②，被人们撂在冰面上，看上去也跟被海浪冲上沙滩的巨型海鱼相去无几。本镇的水域栖息着大约十二种易于辨别的鱼，尽管

---

① "耽于冥思者的消遣"是《钓客极则》一书的副标题。
② "鲦鱼"原文为"minnow"，是各种鲤科小鱼的泛称，还可以指其他种属的银色小鱼。

那些外行可能会觉得，本镇鱼类的品种远不止这个数目。

看到本世纪的鱼类未受搅扰，依然过着简朴自得的生活，看到它们享受与夏日俱来的美满时光，足以使我们更深地体会大自然的恢宏气度，体会它浩荡无边的安稳与宁谧。又名"Bream"或"Ruff"的淡水太阳鱼，学名 *Pomotis vulgaris*，可以说既无祖荫又无哲嗣，但却依旧在大自然当中充任淡水太阳鱼的代表。① 这是种最常见不过的鱼，每个顽童的钓线尽头都有它们的踪影；这是种不讨人嫌的质朴之鱼，岸边随处可见它们在沙质河底挖出的巢穴，而它们整个夏季都守在巢穴上方，靠鳍的摆动来维持悬停的姿势。有时候，三五杆范围之内就有二三十个这样的巢穴，每个巢穴宽二尺，深半尺，营建的时候费了不小的力气，又得把水草弄走，又得把凹坑里的沙子翻到凹坑边缘，以便最终筑成一个碗状的巢穴。初夏时节，你可以看见它们坚忍不拔地守护自己的巢穴，不让别的鱼侵扰它们的卵，可以看见它们驱赶鲦鱼，或是驱赶一些体型较大的鱼，甚或驱赶它们的同类，还可以看见它们追着来犯者游上几尺的距离，然后又迅速绕回自己的巢穴。与此同时，鲦鱼却像小鲨鱼一样，即刻闯进无人看守的巢穴，吞食太阳鱼的卵。这些卵总是附着在草丛和河底的向阳一面，所处的环境实在是危机四伏，只有很少一部分能够孵化成鱼，这不光是因为它们面临各种鱼鸟的持续侵袭，还因为许多巢穴都筑在离河岸特别近的浅

---

① 淡水太阳鱼有三十多种，如前文注释所说，梭罗说的这种"淡水太阳鱼"指的是普通太阳鱼。这种鱼的拉丁种名"*vulgaris*"意为"普通的、平凡的、常见的、公认的"。

水里，几天之内就会因水位下降而变成干地。我只见过太阳鱼和七鳃鳗[①]的巢穴，没见过其他鱼类的同类施设，虽说你可以看见，水面还漂浮着其他鱼类的卵。太阳鱼对自己的卵呵护备至，以至于你可以走下水去，站到它们的近旁，随心所欲地观察它们。我就曾走到它们身边，一口气站了半个钟头，其间我曾经亲昵地抚摸它们，而且没有把它们吓着，曾经由着它们轻咬我的指头，忍受这无伤大雅的攻击，曾经把手伸到鱼卵附近，看它们愤怒地竖起背鳍，甚至曾经将它们困在我的掌心，轻轻地托出水面。不过，要想办到最后这件事情，可不能依靠突然袭击，动作再敏捷也不行，因为包围它们的元素比空气致密，会向它们传递即时的警讯。你只能趁它们悬停在你手掌上方的时候，把手指一点儿一点儿地合拢，然后再用无限轻柔的动作，慢慢把它们托出水面。它们虽然原地不动，身上的鳍却一直在划来摆去，动作格外优雅，诉说着它们简朴的幸福，因为它们的家园跟我们的不一样，由一种奔流不息的元素构成，它们必须不停摆鳍，才能化解这种元素的冲力。它们会时不时地咬一口河底或巢穴上方的水草，或是猛然冲向水中的蚊蝇或蠕虫。它们的背鳍不光发挥着龙骨的作用，显然还跟臀鳍一样，具有保持身体竖直的功能，因为它们要是游进了没不过背鳍的浅水，身体就会偏偏倒倒。若是你站在近旁，俯瞰

[①] "七鳃鳗"原文为"lamprey"，是七鳃鳗科（Petromyzontidae）各种鱼类的通称。梭罗在本书后文列出了"lamprey"的学名 *Petromyzon Americanus*，可见他说的"lamprey"是指七鳃鳗科七鳃鳗属的海七鳃鳗。这种鱼也有营巢的习性，学名亦作 *Petromyzon marinus*。

待在巢里的太阳鱼，便会发现它背鳍和尾鳍的边缘反射着朦朦胧胧的特异金光，凸出的双眼则完全透明，没有任何颜色。游弋在合于天性的元素里，太阳鱼显得十分美丽，十分精巧，每个部位都堪称十全十美，宛如一枚新鲜出炉的闪亮铸币。它是河流造就的一颗完美宝石，斑斓的躯体凝聚了穿过浮水花叶照到沙质河底的斑驳阳光，反射出红色、绿色、铜色和金色的光芒，与洒满阳光的褐黄砾石相得益彰。它栖居在水汪汪的盾牌底下，远离了人类生活中无可避免的诸多祸患。

我们这条河里还有另一种太阳鱼，鳃盖上没有红斑，按照阿加西先生[①]的说法，这种太阳鱼还没有得到正式命名。

普通鲈鱼（*Perca flavescens*）是我们这里最漂亮、体形最完美的鱼类之一，它的种名十分形象，描绘了它被人拽出水面之时，身上的鳞片闪出的熠熠金光[②]，赶上这样的时刻，它会把红红的鳃徒然支棱在稀薄的元素里，让我们想起图画里的那条鱼，那条鱼希望人们把它放回水里，等它长大了再说。说实在的，被人们逮到的金鲈，大多数都还没长到半大的程度。湖里的金鲈体色浅淡，身体细长，总是好几百条聚成一群，在阳光照耀的水里游弋，和金光鱼结伴同行。这些金鲈平均只有六七寸长，为数不多的几个大家伙待在水最深的地方，猎食弱小的同类。傍晚时分，我常

[①] "阿加西先生"指的是1847年移居美国的瑞士生物学家及地质学家路易斯·阿加西（Louis Agassiz, 1807—1873）。

[②] 根据梭罗列出的拉丁学名，这里的"普通鲈鱼"就是前文提及的"金鲈"。这种鱼的拉丁种名 *"flavescens"* 意为"变成金色 / 黄色"。

常用手指搅动水面,把这些小鲈鱼引到岸边,要是它们尝试从你的两手之间游过,你没准儿可以逮到它们。这种鱼性情执拗,莽莽撞撞,想咬钩就使劲儿地咬,从不会一小口一小口地试探,不想咬就顾自游向别处,视钓饵如无物。它特别喜欢清澈的水体和沙质的水底,当然喽,我们这儿的河湖都是这样,它也没什么选择的余地。这是种正宗地道的鱼,光影朦胧的午后,河岸的钓客巴不得把它装进自个儿的鱼篓,或是把它穿在自个儿那根柳条的颠梢。钓客要经手那么多无可挑剔的鱼,又有那么多的金光鱼,要从钓客的手里经过,再被他随手丢弃。老乔斯林曾于一六七二年出版《新英格兰猎奇》一书[①],书中提到了又称"河中山鸡"的鲈鱼。

须雅罗鱼(*Leuciscus pulchellus*)[②]又名"Dace"、"Roach"或"Cousin Trout",还有其他的种种别名。这种鱼体色有红有白,总是得靠偶然的运气才能钓上,另一方面,恰恰是因为它稀罕少见,钓到它的人都会欣喜若狂。听到它的名字,我们会油然想起无数个一模一样的场景,那便是乍起的狂风吹去丰收的美梦,钓客在湍急的溪边空自徘徊。须雅罗鱼通常是一种银色的软鳞鱼,有一种古典优雅的学者风范,跟英国书籍里的许多鱼类插画相似。它

[①] "老乔斯林"指英格兰旅行作家约翰·乔斯林(John Josselyn,1638至1675年间在世),他曾以《新英格兰猎奇》(*New England's Rarities*)等书记录自己的新英格兰见闻。

[②] "须雅罗鱼"原文为"Chivin"。根据梭罗列出的学名,"Chivin"是指鲤科须雅罗鱼属的小眼须雅罗鱼。这种鱼见于美国东北部及加拿大东部的溪流湖泊,拉丁现名 *Semotilus corporalis*。

喜欢迅疾的水流和沙质的水底,咬钩往往是出于无意,咬上了却会大快朵颐。冬天的时候,人们会用须雅罗鱼的鱼苗来充当钓狗鱼的饵料。有些人认为,红的须雅罗鱼跟白的是同一种,只不过岁数大一些而已。按照他们的另一种推测,红须雅罗鱼之所以体色较深,是因为栖息地水色较暗,就好比红色的云朵,游弋在昏冥的暮天。没钓到过红须雅罗鱼的人,算不上成色十足的钓客。依我看,其他鱼类都有点儿两栖的习性,须雅罗鱼却是彻头彻尾的水域居民。当浮子翩然沉入湍急水流,沉入水草沙砾之间,这栖身于另一种元素的生灵,曾耳闻不曾目见的神奇事物,便借由一种无从记取的机缘,突然出现在我们眼前,仿佛它果真出自奔腾水流的手笔,是某个漩涡在瞬息之间的创造。就在你故乡的原野里,在你立脚之地的下方,这亮闪闪的铜色海豚从鱼卵中诞育,度过了它的一生。跟禽鸟和云朵一样,鱼的披挂也来自地下的矿藏。① 我曾经听说,鲭鱼会在特定的季节造访富含铜矿的海岸,如此说来,须雅罗鱼的家乡没准儿是铜矿河吧。② 在卡塔丁山脚下,阿波亚克纳杰西奇溪汇入佩诺布斯科特河③的地方,我捉到过一条特别大的白须雅罗鱼。不过,那地方并没有红色的品种。人们对红须雅罗鱼的观察,似乎还不够充分。

---

① 根据梭罗日记里的相关记述,这句话的意思是,鸟羽、云彩和鱼鳞的颜色都来自金、银、铜之类的金属。

② 铜矿河(Coppermine River)是加拿大北部的一条河,但梭罗此处只是文字游戏,意在说明须雅罗鱼的体色得自铜矿。

③ 卡塔丁山(Mount Ktaadn)、阿波亚克纳杰西奇溪(Aboljacknagesic)和佩诺布斯科特河(Penobscot)都在美国的缅因州。

雅罗鱼[①]（*Leuciscus argenteus*）是一种细小的鲦鱼，通常在溪涧中央水流最急的地方出没，往往与上文提及的须雅罗鱼混淆不辨。

金光鱼（*Leuciscus crysoleucas*）是一种纤弱的软鳞鱼，出没在深深浅浅、清清浊浊的各种水域，总是遭受强大邻居的戕害。它通常会第一个咬钩，可它嘴巴小，又喜欢一小口一小口地啃啮，所以不容易钓上来。它就像金色或银色的小钢镚儿，在河里面广泛流通，时而怡然嬉水，时而惊慌逃窜，灵活的尾巴在水面点出一个个笑涡。我曾看见小金光鱼受到落水之物惊吓的情景，看见它们几十条同时跃起，和雅罗鱼一起跳出水面，重重地摔在漂浮的木板上。它是河流哺育的光之幼苗，披着金银的鳞甲翩然游弋，一甩尾便完成生命的飞跃，身子半在水里，半在空中，摆着鳍奋力向上，不停向上，不停奔向那更加莹澈的潮浪，但又始终与我们这些岸上居民并肩同行。夏日的热浪，几乎使得它消融化水。我们这儿的一个湖里，[②]还栖息着一种个头更小、颜色更浅的金光鱼。

狗鱼[③]（*Esox reticulatus*）是我们这里最快速、最机警、最贪吃的鱼，广泛分布在河岸各处水草丛生的浅水潟湖里，乔斯林称

[①] "雅罗鱼"原文为"dace"，可以指多种鱼类。根据梭罗列出的学名，此处的"dace"是鲤科雅罗鱼属的普通雅罗鱼（common dace，拉丁现名 *Leuciscus leuciscus*）。

[②] 根据《瓦尔登湖》里的相关记述，"我们这儿的一个湖"就是指瓦尔登湖。

[③] 狗鱼（pickerel）是狗鱼科狗鱼属（*Esox*）鱼类的通称。这类鱼体型较大，长吻尖牙，主要以小鱼为食。根据梭罗列出的学名，此处的狗鱼是指广布于北美东部海滨的暗色狗鱼，学名亦作 *Esox niger*。

之为"淡水狼"或"河狼"。这种鱼庄重威严,城府渊深,中午时总是潜藏在浮叶底下,眼睛一瞬不瞬,目光又警觉又贪婪,身体一动不动,好似一颗镶嵌在水里的宝石,或是缓缓游向选定的埋伏位置,其间还时不时地来个冲刺,将不幸误入它攻击范围的鱼蛙昆虫一口吞掉。我捉到过一条刚刚吞下同类的狗鱼,被它吞掉的同类足足有它的一半大,尾巴还支棱在它的口中,脑袋却已经消化在了它的肚里。有时候,一条花蛇泅水渡河,想前往较比青葱的草地,中途也落进狗鱼的肚子,终结它一扭一扭的旅程。狗鱼实在是贪饕成性,迫不及待,常常是在钓线刚刚投下的那一刻,它们就已经缠上钓线,被人们钓了起来。钓客们还知道一种溪狗鱼[1],身体比前面这种狗鱼短一些,粗一些。

云斑鮰[2](*Pimelodus nebulosus*)是个莽撞的笨家伙,像鳗鱼一样昼伏夜出,喜欢往泥里钻,人们有时把它叫作"牧师",因为它要是被人拽出水面,就会发出一种独特的尖叫。它咬钩的时候慢条斯理,就像在专心完成什么任务似的。人们总是在夜里钓云斑鮰,把一大团蠕虫拴在钓线上,指望着钓线缠住它们的牙,有时候一竿就能钓上三四条,外加一条鳗鱼。它们有着极其顽强的生命力,即便是脑袋已经被人切掉,嘴巴都还会一张一合地折腾半个小时。这是个霸道嗜血的游猎种族,栖居在肥沃的河底,矛

---

[1] 溪狗鱼(brook pickerel)即广布于美国东部的红鳍狗鱼,学名 *Esox americanus americanus*。

[2] 云斑鮰(Horned Pout)是北美鲶科鮰属的一种杂食性淡水鱼,广布于北美大陆,学名亦作 *Ameiurus nebulosus*。

枪时刻不离矛托[1],随时准备跟离得最近的邻居开战。我观察过它们夏天里的模样,那时节,一半的云斑鲫背上都有一道破皮见血的长口子,兴许是一场惨烈遭遇战留下的印记。有时候,你会看见不到一寸长的小鲫鱼群集岸边,数量成千累万,把水色变得昏冥暗淡。

普通胭脂鱼(*Catostomi Bostonienses*)和疣胭脂鱼(*Catostomi tuberculati*)兴许是我们这里平均个头最大的鱼,[2]有时会聚成上百条的大群,在阳光下逆流而上,进行不知何往的洄游,有时还会把鱼饵吸进嘴巴,如果钓客任由鱼饵漂向它们的话。前一种有时能长得相当大,人们经常可以在溪涧中徒手抓到它们,或者像抓红须雅罗鱼一样,把钩子牢牢固定在一根棍子的末端,再把棍子伸到它们颔下,就这样把它们钩出水面。可它们很少咬钩,因此是纯粹的钓客难得见识的事物,虽然说春天来时,用鱼叉对付它们的人总是能满载而归。[3]在我们这些村镇居民看来,群集的胭脂鱼有一种令人叹赏的异域情调,体现着大海的丰饶。

普通鳗鱼[4](*Muraena Bostoniensis*)也可以用叉子和钩子来捕

---

[1] 矛托(rest)是中世纪武士胸甲上的一种片状装置,通常用铰链固定在靠近右腋的位置,作用是承托矛杆,同时减小用矛枪刺戳对手时的反作用力。

[2] 普通胭脂鱼(Common Sucker)是胭脂鱼科胭脂鱼属的一种淡水鱼,广布于美国中西部及东海岸,学名亦作 *Catostomus commersonii*。疣胭脂鱼(Horned Sucker)是指胭脂鱼科北美吸口鱼属的椭圆北美吸口鱼,分布于美国东部,雄鱼的头部会在繁殖季节长出疣状突起,现用学名为 *Erimyzon oblongus*。

[3] 春季是普通胭脂鱼和疣胭脂鱼洄游产卵的季节。

[4] 根据梭罗列出的学名,普通鳗鱼(Common Eel)是指鳗鲡科鳗鲡属的美洲鳗。美洲鳗是一种淡水鳗鱼,见于北美大陆东部海滨地区,现用学名为 *Anguilla rostrata*。

捞，成效参差不齐。它是本州已知的唯一一种鳗鱼，对泥淖了如指掌，滑不溜秋，扭来扭去，到煎锅里都还会扭个不停。我记得鳗鱼也被人画成了插画，画的是它们被退去的大洪水留在了原处，留在一片片干燥无望的草地里。

在水浅流急、卵石铺底的河段，有时能看见七鳃鳗营建的古怪窝巢。七鳃鳗学名 *Petromyzon Americanus*，意思是"美洲吸石鱼"。这种鱼的窝巢是圆形的，跟车轮一般大，巢高一到两尺，有时会高出水面半尺。正如其学名所示，营巢的七鳃鳗是用嘴巴搬来了这些鸡蛋大小的石头，至于它把石头排成圆圈的用具，据说是它的尾巴。它通过吸附石头的方法攀上瀑布，有时你只要揪住它的尾巴往上提，便可以把它身下的石头一块儿拎起来。渔夫们没见过七鳃鳗往下游去的情景，因此认为它永远也不会踏上归程，只会在洄游途中力竭而死，尸体则附着在岩石或树桩上，天知道会存留多长的时间；[1] 河底舞台上的这个悲剧场景，完全值得人们的铭记，跟莎士比亚笔下的海底景象一样。[2] 如今由于水坝的阻拦，我们这里的水域已经很难看见七鳃鳗的身影，虽说洛厄尔河口的渔夫还能够大量地捕获这种鱼。这种鱼的窝巢十分显眼，比河里的任何东西都更像是艺术品。

---

[1] 海七鳃鳗在河中长大，发育完成后前往湖泊或海洋，繁殖期又回到河中，产卵之后死亡。

[2] 莎士比亚戏剧《理查三世》(*Richard III*) 第一幕第四场当中，克莱伦斯公爵 (Duke of Clarence) 有这样的唱词："我仿佛看见千百具沉船残骸，/千万具海鱼啃过的尸身，/沉重的金块，巨大的铁锚，成堆的珍珠，/还有不计其数的无价珠宝，/全部都躺在海底，七零八落。"

今天下午若有余暇，我们没准儿会掉转船头，拐进一条条途经的溪涧，溯流探访雍容典雅的鳟鱼，以及各式各样的鲦鱼。据阿加西先生所说，单就后者而言，本镇就还有几个尚未命名的品种。前文提及的各种鱼类，再加上鳟鱼和鲦鱼，兴许就算是一份完整的清单，囊括了我们这个时代的康科德水域，哺育的全部有鳍生灵。

以前这里盛产鲑鱼、美洲西鲱和灰西鲱，印第安人用鱼梁来捕捞这些鱼，还把这种方法教给了白人，这些鱼从此成为白人的食料和肥料，直至水坝、比尔瑞卡的运河和洛厄尔的工厂先后建成，阻断了它们来这里的洄游路线，尽管有些人认为，直到今天，本镇的河段还能够偶尔看见几条格外勇敢的美洲西鲱。有人说，本地的渔业之所以衰败，都得怪当年那些为渔人和鱼类利益代言的人，他们只记得人们捕捞成年鲱鱼的惯常季节，因此规定水坝只需在那段时间开闸放水，这一来，捕鱼季节过去一个月之后，顺流而下的鱼苗就被水坝挡住了去路，大批大批地死在坝前。还有人说，渔业的衰败是因为水坝的鱼道修得不合理。如果这些鱼懂得耐心等待，暂且去别的地方度夏，说不定再过那么几千年，大自然就会夷平比尔瑞卡的水坝，夷平洛厄尔的工厂，草地河也会再一次畅快流淌，新来的洄游鱼群便可以溯流而上，甚至可以一直游到霍普金顿的湖泊，游到威斯特博罗的沼地。①

我真想更多地了解那个渔夫种族的事迹，当年他们公开从事

---

① 如"康科德河"一章所述，康科德河的两条支流分别发源于霍普金顿和威斯特博罗。

捕鱼的行当，甚至以可钦可敬的精神养活乡人，从不会偷偷摸摸穿过草地，在雨绵绵的下午自寻消遣，但如今他们业已绝迹，只留下他们的围网，在子嗣的阁楼里渐渐朽烂。邻镇的老辈人，少时会奉了大人的差遣，骑着马到我们这里来，回去的时候得把两只鞍袋装满，一只装美洲西鲱，另一只装灰西鲱。听到这样的掌故，我们还能够依稀想见当年的景况，想见那不可思议的丰盛渔获，想见河岸上不计其数的鱼堆。那段岁月的遗迹，至少有一个还存留在我们这代人的记忆里，那便是大家耳熟能详的一个名称，属于本镇一个训练有素的著名民团，团丁们那些未经训练的先辈，曾经以可钦可敬的气概，挺立在康科德的北桥之上。民团的团长嗜鱼成癖，有一天吩咐团丁们出操，团丁们也谨遵军令，按时赶到了操场，不巧的是，在那个五月的日子，团丁们只是操练了怎么插科打诨，怎么开放肆的玩笑，压根儿没进行别的操练，因为团长忘记了他自个儿发出的指令，只是习惯性地记起了好天气向他发出的提示，当天下午竟然钓鱼去了。从那以后，无论年纪是老是少，性子是庄重还是俏皮，大家都把他那个民团叫作"美洲西鲱"。很长的一段时间里，这一带的年轻人一直以为"美洲西鲱"是一个正规的专有名词，可以指代基督教世界的任何民团。可是，唉，据我们所知，那些渔夫的生平没留下任何记录，除非算上那短短一页刻板却确凿的历史，那页历史由本镇一个早已过世的老商贩撰写，出自他的第四本日记账，相当清楚地列示了当年那些渔夫的捕鱼装备。它可以算作某个渔夫的流水账，反映的多半是一八〇五年捕鱼季节的情况。那几个月当中，这个渔夫天天购买新英格兰和西印度群岛的朗姆酒和蔗糖，蔗糖和朗姆酒，还买了"一条鳕鱼钓线","一只褐色大杯"和"一根织围网的线绳",然后又是新英格兰和西印度群岛的朗姆酒和蔗糖,蔗糖和朗姆酒,"上好白糖","上好红糖",桩桩件件都显示为格式统一的简短条目,一直列到那页纸的底端,所有条目都是以镑、先令和便士计价[①],记账日期从三月二十五日到六月五日,账目在最后一个日子以商家收得"足额现金"的方式准时结清。不过,也没准儿,这个渔夫的账并不完全是用现金结清的。前述种种已经涵盖了当年生活的全部必需,有了这些东西,再加上或新鲜或腌制的鲑鱼、美洲西鲱和灰西鲱,他便可断绝与杂货商贩的往来,从此自由自在。他兴许太过偏重各种流动的元素,但渔夫天性如此。我隐约记得,少时我见过这个渔夫,那时候,数不清的事物已经随水流逝,可他依然走在离河水尽可能近的地方,踩着深一脚浅一脚的蹒跚步伐,挥动镰刀砍倒草地里的乱草,他的酒瓶像毒蛇一样潜伏在草丛里,他本人则依然故我,尚未被那位伟大的刈草者[②]砍倒。

不用说,命运之神永远是仁慈的。尽管大自然的法则比任何暴君的律令都更加不可变改,但对人类的日常生活而言,这些法则很少会显得僵硬刻板,总是允许人类赶趁夏日的天时,恣意地消遣放松。大自然不会发出疾言厉色的警告,禁止人类做这样那

[①] 马萨诸塞州于1793年改用美元,但梭罗在日记里抄录了这页账本,日记显示的账本年份确为1805年。

[②] "那位伟大的刈草者"可以指时间,也可以指死神,手执大镰刀的死神是西方艺术中的常见形象。

样的事情。她十分宽仁地对待所有的浪子闲汉,绝不会不给他们怜悯,他们死去的时候,身边绝不会没有牧师。如今他们依然生气勃勃地走在路上,走在斯提克斯①的这一边,依然热情高涨,依然刚毅果敢,"享受着一辈子最好的时光",然后呢,再过么十几年,他们还会从篱笆后面跳出来,索要壮劳力的工作和工钱。谁不曾遇见这一类

> 奔波道路的乞丐?
> 他走得豪迈坚毅……
> 不怕风也不怕雨,
> 无论他走到哪里。②

> 他胆大包天,将看见的每一座房屋据为己有,
> 将每一个钱囊据为己用,并且随心所欲,
> 一往无前,向全世界征收赋税,好似恺撒大帝。③

瞧他的模样,似乎一以贯之的坚持就是常葆健康的秘诀,与此同

---

① 斯提克斯(Styx)是古希腊神话中的冥河,死者要渡过冥河才能进入冥土。
② 这四行引文出自《罗宾汉歌谣总集》(*Robin Hood: A Collection of All the Ancient Poems, Songs, and Ballads*)第一卷收录的民谣《罗宾汉与乞丐》("Robin Hood and the Beggar"),分别取自该民谣第一部分的第九、十、二十三及二十四行。罗宾汉是英国民间传说中的著名侠盗,《罗宾汉歌谣总集》由英国古文献整理家约瑟夫·赖岑(Joseph Ritson,1752—1803)编纂。
③ 这三行诗引自弗朗西斯·夸尔斯《象征诗集》(参见前文注释)第二卷第十五首,梭罗的引文与夸尔斯的原文略有不同。

时，那个朝三暮四、野心勃勃的可怜人竭力追逐一种纯粹的生活，拿西北风当粮食，自己跟自己过不去，最后便无力撑持，日渐憔悴，死在羽绒铺就的卧榻之上，了结他病怏怏的一生。

愚人惯于评说他人的健康，就跟人有生病与不生病之分似的，可我倒是觉得，人与人在健康方面的差别，并没有大到值得大惊小怪的地步。有些人是公认的病号，有些人不是，仅此而已。屡见不鲜的情形是，较比病弱的人在照料较比壮健的人。

在康科德河流域的洛厄尔地界，人们依然在捕捞美洲西鲱，据说那地方河水温暖，鱼汛比梅里迈克河早一个月。出于某种无法遏阻、无可理喻的本能，美洲西鲱依然以坚忍不拔乃至可悲可叹的气概，继续探访它们的旧游之地，似乎以为严酷的命运终将变得心慈手软，迎来的却依然是水利公司，以及公司的水坝。可怜的鲱鱼啊！哪里有你们的公道？大自然赋予你们本能的时候，可曾附上一副甘受厄运的铁石心肠？身披鳞甲的你们，依然在海里东游西荡，去一个又一个的河口谦恭地打探，看河道是否碰巧逃过了人类的封锁，可容你们进入。你们聚成不计其数的鱼群，生活是漫漫无期的滞留，一边勉力招架河口的潮浪，一边防范闪亮甲胄也无法抵挡的海中敌手，苦苦等待着新的指令，直到沙滩，直到河水本身，给你们带来佳音或噩耗。就这样，举族迁徙的你们，满怀与信仰无异的本能，在这个姗姗来迟的春天迷失了方向，兴许是因为不知道今时今日，还有哪里没有人居，还有哪里没有工厂。你们没有刀剑的武装，没有放电攻击的本事，不过是区区不足道的鲱鱼，仅有的武备只是一颗纯洁的心灵，以及一桩正义的事业，只是一张柔弱喑哑、空怀渴望的嘴巴，以及一身一剥就掉的鳞甲。不管别人如何，我反正支持你们，一柄十字镐能把比尔瑞卡的那座大坝怎么样，谁能说得准呢？滞留河口期间，你们有成千累万的族人变成了那些海怪的食物，可你们并不绝望，依然勇敢无畏，依然平心静气，依然在轻快地摇鳍摆尾，仿佛肩负着崇高的使命。为了人类的福祉，你们甘愿在产卵季节之后遭到屠杀。叫人类那套肤浅自私的"仁者爱人"哲学①见鬼去吧——栖居在落潮线底下的鱼类，坚强地面对着严酷的命运，谁能知道你们有什么值得崇敬的美德，既然那唯一有能力赏识美德的地球同胞，并没有崇敬之情！谁能听见鱼类的哭号？我们曾与你们生活在同一个时代，这个事实会永远铭刻在有些人的记忆里。若是我所料不差，用不了多久，你们就可以自由地溯河而上，溯游地球上所有的河流。没错，就连你们那清汤寡水的单调梦想，也会得到超乎期望的满足。如果情形并非如此，如果你们自始至终遭受漠视，那我就拒绝接受他们的天堂。是的，我这个自认为比你们懂得多的同胞，就是这么说的。既是如此，挺起你们的鳍，去迎击前路的一切潮浪吧。

　　长远看来，夷平那座大坝似乎不光符合鱼类的利益，也符合韦兰、萨德伯里和康科德民众的利益。千万亩草地在等着变成干

---

① "'仁者爱人'哲学"原文为"phil-*anthropy*"，梭罗把"philanthropy"（慈善）这个词拆成"phil"（源自希腊词根 *philos*，意为"爱"）和"anthropy"（源自希腊词根 *anthrōpos*，意为"人"），并用斜体强调代表"人"的"anthropy"，意在说明人的慈善只是针对人自己。在《瓦尔登湖》"高等法则"一章当中，梭罗对"philanthropic"（慈善的）一词做了同样的处理。

地，本地野草也在等着给英国牧草让位。①农夫们站在河边，手里拿着磨快的镰刀，眼巴巴等着重力作用、蒸发作用或别的什么作用把水位降低，但在有些个收获干草的季节，他们的眼睛压根儿就不会盯着瑟瑟发抖的草地，他们的推车也不会从草地上碾过。②那么多的资源，变成了够不着的禁脔。据他们估计，单是韦兰这一个镇子的损失，就已经相当于一百轭公牛全年的饲养费用。我听说，不久前的某一年，农夫们照例整装待发，准备把牲口赶去草地，河水却完全没有下落的迹象；天体的引力并没有新的增长，河里并没有涨过洪水，也没有其他什么看得见的原因，水位却依然居高不下，停留在史无前例的高度。水文仪器通通失灵，有些人甚至抖抖索索，开始为他们的英国牧草担惊受怕。还好，行动迅速的探子们揭开了这个背离自然法则的秘密，原来是大坝的主人新添了整整一尺宽的水轮叶片，进一步提高了他们那本已高得离谱的专享水利。与此同时，那一百轭公牛站在河边，满怀企盼地望向草地，望向那随波起伏、无法企及的本地野草，耐心等待那位名为"时间"的伟大刈草者，那唯一有能力收割那些野草的救星，等待他挥动巨大的镰刀，将野草大片大片地砍倒，其间不会有哪怕一丝风声，掠过它们的双角。

---

① 《瓦尔登湖》也说到了英国牧草的事情。据当代美国学者、梭罗研究专家哈定（Walter Harding, 1917—1996）所说，当时新英格兰种植的各种牧草都是从外国引进的，人们称之为"英国干草"（English hay）。

② 可参看"康科德河"一章的相关记述："自从那些水坝建成以来，河水已经淹没了数千亩的河岸……现在呢，就算是还有干草可割，也不值得他们费这个力气。他们只能苦着脸环顾自家的林地山塬，指望着最后的这点儿资源。"

我们面南而坐，背对着北来的微风，从波尔山一直划到卡莱尔桥，一口气划了很长的时间，好在水依然在流，草依然在长，因为我们已经穿过连接卡莱尔和贝德福德的桥梁①，看到了远处草地里的割草农人，他们的脑袋起起落落，一如他们正在收割的干草。放眼望去，远处的一切似乎都被风吹弯了腰。夜幕悄悄降临，无比清鲜的空气悠悠拂过草地，每一片割下的草叶，似乎都洋溢着勃勃生机。浅紫色的云朵，开始在水中投下倒影，河岸各处的叮当牛铃，渐渐地变得更加响亮，而我们像机灵的水鼠一般，在贴近河岸的地方悄然前行，想找个安营扎寨的地方。

我们走完约莫七里的航程，划进比尔瑞卡的地界，最终把小船泊在了一座小丘的西侧，春天涨水的时候，这小丘就会变成一个河中小岛。这里的越橘依然挂在枝头，似乎是特意放慢了成熟的脚步，专等我们来采撷。面包和白糖，外加用河水煎的可可茶，便是我们的晚饭。鉴于我们整天都在饱餐河水的秀色，此时便以河水佐餐，以便安抚河里的神灵，洗净我们的眼睛，准备迎接更多的美景。太阳在我们的一侧下落，我们身处的小丘则将阴影投向另一侧，把夜色变得更加浓重。夜幕四合之时，天色似乎莫名其妙地亮了起来，远处的一座孤零零的农舍，之前隐没在正午的阴影里，如今却显现在了我们眼前。视野之中没有别的房屋，也不见任何农田。左右两边都是连绵不绝的松林，毛茸茸的枝丫映衬着夜空，一直延伸到地平线，对岸则是高低错落的群山，山上

---

① 即卡莱尔桥。

长满了矮橡树①，与葡萄藤和常青藤一起织成一个纷乱的迷阵，其间点缀着凸露的灰白山岩。那些高崖的侧壁虽然远在四分之一里之外，可我们看着它们的时候，却似乎依然能听见窸窣的叶声，那片山野，植被实在繁盛；那里是法翁和萨特尔②的领地，那里的蝙蝠终日倒挂岩壁，傍晚才急匆匆掠过水面，那里的萤火虫在草间叶底点起俭省的灯火，借此抵御漫漫长夜。我们在离河岸几杆远的山坡上支好帐篷，然后便坐进帐篷，透过三角形的门遥望我们的桅杆，暝色之中，它孤零零地立在河边，③勉强高过了岸上的赤杨林，兀自在荡漾的水波里摇摇晃晃，体现着商业对这片土地的第一次侵袭。它就是我们的口岸，我们的奥斯提亚④。它那根垂直于天空水面的几何线条，代表着文明生活的终极风雅，象征着古往今来的所有崇高。

大体说来，这一夜完全没有人类活动的迹象，人类的呼吸不曾入耳，入耳的只有风的呼吸。身处新奇的环境，我们久坐无眠，时或听见狐狸踩过枯叶的逡巡脚步，听见它们擦过帐篷近旁的带露草丛。其间有一次，我们还听见一只麝鼠爬进我们的小船，在土豆和甜瓜之间翻翻找找，等我们急急忙忙赶到河边，看见的却

---

① 矮橡树（shrub oak 或 scrub oak）是几种植株较小、类似灌木的橡树的通称。

② 法翁（Faun）是古罗马神话中半人半羊的林中神灵，等同于古希腊神话中的萨特尔（Satyr）。

③ 可参看本章前文："我们还在船上备了……两根桅杆，其中一根兼充夜晚搭帐篷的支柱……"

④ 奥斯提亚（Ostia）为古罗马港口城市，位于台伯河入海口。

只是水里的一圈儿涟漪,将一颗星星投下的圆盘倒影搅得支离破碎。做梦雀鸟的歌声,猫头鹰瓮声瓮气的号叫,不时让我们享受到夜曲的款待,不过,每当某个近在咫尺的声响打破夜晚的寂静,每当枝条噼啪折断,每当树叶沙沙作响,随之而来的都是一个突然的停顿,一种更加深沉、更加自觉的静默,仿佛是制造声响的不速之客瞿然猛省,意识到任何生灵都不该在这个时间出来活动。据我们判断,洛厄尔今夜遭了火灾,因为我们看见了地平线上的熊熊火光,听见了远处的警铃,警铃传入这边的林子,变成了叮叮当当的模糊乐声。然而,夏夜里最普遍也最值得铭记的声响,还得说是家犬的吠叫,从天底下最嘹亮最粗砺的狂噪,到天底下最微弱最缥缈的哼唧,从沉着却急切的獒犬,到畏怯而机警的狸犬,始而高亢急促,继而微弱迟缓,最后又是耳语一般的重复,汪鸣-汪鸣-汪鸣-汪鸣——汪——汪——鸣——鸣。这次旅程当中,我们一夜不落地听了个够,但我们觉得,哪一夜的犬吠也不像今夜这么持续不断,像今夜这么悦耳动听。即便是在这样一个幽僻荒凉的地方,犬吠也足可让夜猫子大饱耳福,比任何音乐都更加让人难以忘怀。我曾在天将破晓的凌晨,星光闪耀的时分,听见猎犬的吠叫在远远的地平线响起,穿林渡河来到我的耳边,跟乐器的声音一样甜美,一样婉转。猎犬在地平线上追逐狐狸或其他野兽时的不停吠叫,兴许让人们得到了最初的灵感,想到要制作猎号,好让猎号的声音与犬吠交替接续,给猎犬的肺叶提供喘息的机会。而在号角问世之前,这一种天然的猎号,早已在远古世界的林子里缭绕回荡。这些个夜晚在农家场院里冲月亮悻悻吠叫的狗儿,在我们胸中激起了更多的英雄气概,胜过当今时代所有的公民德育和战争动员。"我宁愿做一只吠月的狗",也不愿做我认得的许多罗马人。① 夜晚还该把同样的感激献给公鸡的号角,它怀着不眠的希望,太阳刚一落山就开唱,提前宣布黎明的到来。所有这些声响,不管是公鸡的啼鸣,狗儿的吠噪,还是虫儿的午间嗡营,全都在证明大自然健康无恙,身体好得呱呱叫。② 这便是大自然语言永无差误的优美与精准,它历经千万年岁月的雕琢,是世上最完美的艺术。

到最后,睡意最浓的将晓时辰渐渐来临,所有的声响,都被我们的耳朵拒之门外。

昼日昏睡,夜晚出来,
不见神灵,只见鬼怪。

---

① 这句话是对莎士比亚戏剧《尤利乌斯·恺撒》(*Julius Caesar*) 第四幕第三场一句台词的改写,莎翁原文是:"我宁愿做一只吠月的狗,也不愿做一个这样的罗马人。"

② 这句话里的"声响"和"呱呱叫",原文都是"sound",这个词兼具"声响"和"健康的"二义。

星期日

> 河水静静流淌,
> 穿过光灿灿的河岸,穿过冷清清的幽谷,
> 那里只有鸥鹭的尖啸,从没有人类的欢呼
> 打破那无言的安详,
> 但若你一旦踏足,定然会重游彼土。
>
> ——钱宁①

> 印第安人告诉我们,南边的远处有一条美丽的河,他们管它叫"梅里迈克"。
>
> ——德蒙茨先生于一六〇四年写下的文字,
> 载于《耶稣会士纪闻》②

早晨,浓雾将河面和四围乡野团团笼罩,而我们的炊烟仕雾

---

① 这五行诗摘自钱宁(参见前文注释)的《船歌》(*Boat Song*)。

② "德蒙茨先生"(Sieur de Monts)即法国商人及探险家皮埃尔·杜加·德蒙斯(Pierre Dugua de Mons, 1558?—1628)。德蒙斯是加拿大境内第一个永久性法国殖民地的创建者。《耶稣会士纪闻》(*The Jesuit Relations*)是耶稣会北美传教团留下的历史记载,于1632至1673年间逐渐编印。

霭中袅袅升起,仿佛是某种更加神秘的迷雾。不过,我们刚划了没多远,太阳便升上天空,浓雾也迅速消散,只留下一带纤薄的雾气,在水面缭绕飘拂。这是个宁静的周日早晨,空气中没多少黄色的光线,多的是玫红牙白的曙色,仿佛这早晨来自人类堕落[①]之前的久远年代,至今葆有一种异教的浑朴:

> 一位不奉正教的早期圣徒,
> 未曾沾染正午薄暮的垢污,
> 虽为异端,却得以幸免,
> 那侵蚀文明历日的责难。
> 从诞生的那一天开始,
> 他一直行走在大地的边隅。

然而,早晨的印象总是与朝露一同消逝,哪怕是最为"坚韧不拔的凡人"[②],也无法把这份清新的记忆保留到中午。我们背向下游,划过各式各样的小岛,或者是春汛时曾为小岛的小丘,一边摇桨,一边给这些丘屿取名字。昨夜扎营的那座小丘,我们称之为"狐狸岛",还有个草木葱郁的美丽小岛,四面深水环绕,岛

---

① 据《旧约·创世记》所载,人类始祖亚当和夏娃在恶魔引诱之下偷吃了使人懂得分辨善恶的禁果,因此被上帝逐出伊甸乐园,是谓"人类堕落"。

② "坚韧不拔的凡人"引自纽约书商威廉·戈万(William Gowan)于1835年印行的英文书籍《凤鸟:古贤残篇撷珍》(*The Phenix: A Collection of Old and Rare Fragments*)。《凤鸟》是东西方古贤言行汇编,梭罗引用的这个词组出自书中的"琐罗亚斯德格言"("Oracles of Zoroaster")第一百五十八则。

上爬满葡萄藤,整个儿像是扔在水面的一大堆花草,我们称之为"葡萄岛"。从波尔山到比尔瑞卡教堂的河段,宽度依然是康科德河段的两倍,河水渊深幽暗,波澜不惊,穿行在平缓丘陵和时或出现的陡峻山崖之间,一路都有浓荫覆被,好似一个长长的林间湖泊,湖岸绿柳镶边。大段大段的航程里,我们既看不见房舍田畦,也看不见左近有人类活动的任何迹象。有时候,我们沿着水浅的河岸划行,紧贴着密集莎草排成的篱笆,这篱笆笔直地分隔河水与河岸,仿佛经过人工的修剪,让我们想起以前读到过的一种事物,那便是印度人用芦苇修筑的营寨。有时候,河岸略微升高,秀美的长草和各种野蕨从上方垂挂下来,野蕨的茎干毛茸茸的,像插瓶的花茎一样没有旁枝,密匝匝地挤在一起,颠梢则各奔东西,向两旁伸出几尺的距离。蔓生假泽兰[①](*Mikania scandens*)环绕柳树的枯枝,为枯枝增色添彩,填满了河岸绿荫的每一处空隙,与柳枝的灰色树皮和风箱树的簇簇花球相映成趣。水柳(*Salix Purshiana*)[②]若是植株高大,未遭伤损,便是我们这里最优雅、最灵秀的一种树木。它浅绿的叶子成团成簇,层层叠叠地堆到二三十尺的高度,仿佛是漂浮在水面,几乎将它细细的灰色枝干和河岸彻底遮没。哪种树也不像它这样与水密不可分,不像它这样与静静的河流结成天作之合。它甚至比垂柳或其他任何垂枝树木还要优雅,后者只是把枝条浸到水里,并没有得到水的

---

① 蔓生假泽兰为菊科假泽兰属爬藤植物,原产美国东部及中部。
② 根据梭罗列出的学名,这里的"水柳"就是前一章提及的"狭叶柳",可参看相应注释。

举托。它的枝条弯弯地探到水面,就像是受了水的吸引。这种树没有什么新英格兰特质,倒颇具东方神韵,让我们联想到规整秀雅的波斯花园,联想到哈伦·拉希德①,以及东方的人工池沼。

我们就这么一路前行,船桨起起落落,两旁是一簇簇青葱的枝叶,枝上爬满葡萄藤,还有一些植株较小的开花藤蔓,水面如此平静,空气和水又都是如此透明,以至于每当有翠鸟或知更鸟②从河上飞过,水里的倒影都和空中的身影一样清晰。这些鸟似乎是在水下的树丛里穿梭,在柔软的浪花上停歇,它们的清脆鸣啭,似乎也是从水下传来。我们无从确知,究竟是水托起了陆地,还是陆地把水揽在了怀里。简言之,我们身处这样的一个季节,而我们康科德的一位诗人,曾经在同样的季节泛舟康科德河,歌咏它恬静的荣光:

> 这条河以一种内在的声音,
> 将自己的灵性,送入倾听者的耳蜗,
> 然后便带着平静的满足,继续流淌,
> 好比智慧,凭本色广受欢迎。
> 一望而知,它胸怀所有这些美丽的思想,
> 青葱秀美的树木,都被它揽入怀抱,

---

① 哈伦·拉希德(Haroun Alraschid, 763 /766—809)是阿拉伯帝国阿拔斯王朝的第五位君主,《一千零一夜》当中的一些故事以他为主角。

② "知更鸟"原文为"robin",可以指多种彼此形态相近的鸟类。美国人说的"robin"通常指鸫科鸫属的旅鸫(*Turdus migratorius*)。这种鸟广布于北美大陆,别名"北美知更鸟"(American robin)。

> 灰白的岩石,也在它安详臂弯里微笑。①

他的歌咏不止于此,只不过太过严肃,不适合在此摘引。我们知道,山顶的橡树桦树,跟河边这些榆树柳树一样,每一棵都拥有一棵优雅空灵、十全十美的镜像之树,从它们的根部向下伸展,有时候,潮水高涨的大自然会举起她的镜子,送到山顶树木的脚边,让它们的镜像之树显现出来。四围的寂静浓烈深沉,简直像是刻意为之,就跟今天是大自然的安息日似的,我们禁不住遐想,人间的早晨,也许正是天国的黄昏。空气是如此地轻盈澄澈,施之于周遭景物,正如玻璃画框施于画图,给景物一种悦目的距离感和完成感。眼前的山野笼罩着一层柔和含蓄的光,树林和围篱纵横交错,照新颖的规则划界分区,崎岖不平的土地向着地平线延伸,线条跟草坪一样流畅,轮廓清晰的云朵精美如画,完全适合充当仙境的幔帐。在这个果树开花的季节,世界似乎穿上了盛装,扬起了丝织的旗幡,准备去参加节庆,或者是某个更加堂皇的盛典,而我们的人生之路,似乎在前方蜿蜒伸展,像一条青葱巷陌,通往一座乡野迷宫。

为何不让我们整个的人生,以及人生的风景,变得像自然一样美好,像自然一样鲜明?我们的生活都需要一个合适的背景,至少也应该比肩隐士的生活,跟沙漠里的物件一样引人注目,应该像一块残碑或一座崩丘,以无垠的地平线作为衬托。特出的品格总是能为自身找到合适的背景,由此便矫矫不群,绝缘于浅近

---

① 这七行诗摘自钱宁的《河》(*The River*)。

琐细的目标,无论其是人是物。就在这条河上,一位少女曾经坐我的小船远航,由此便孑然无伴,身边只有无形的看护。她坐在船头,舵手与天空之间只有她茕独的身影,此外一无所有。那时候,我真该和诗人一同吟咏:

> 芬芳的夏日轻风,
> 拂过与我同舟的倩影;
> 她此时的仪态,实是优美飘逸,
> 远为可贵的却是她的天性,
> 还有她永远纯洁的少女心灵。①

宁谧的傍晚时分,星星闪现天际,看样子,就连它们也只是这位少女的使节,只是报告她芳踪的探子。

> 东边天空的低处,
> 藏着你流盼的美目;
> 虽然它优美的光辉,
> 不曾升入我目力的范围,
> 但群星登临远山的上空,

---

① 这五行诗也摘自钱宁的《船歌》。据哈定的梭罗传记《梭罗的日子》(*The Days of Henry Thoreau*)所说,这里提及的"少女"是梭罗毕生心仪的锡楚埃特(马萨诸塞州海滨城镇)姑娘艾伦·苏厄(Ellen Sewall)。梭罗在1840年6月19日的日记里记述了他和苏厄一起泛舟的经历:"我奋力划桨,她坐在船尾,我和天空之间只有她,此外一无所有。"

俯瞰山顶的虬曲树丛,

每一颗星星,

都载着你的柔情。

我相信我懂得你的情愫,

相信和风曾捎来你至诚的祝福,

正如它总是为我驰驱,

向你传递同样的心曲,

我相信在流云的队列里,

确曾有一朵善解人意,

驻留在我的头顶,

对我诉说温柔的衷情。

我相信鸫鸟①曾经欢唱,

花铃曾经叮当作响,

香草曾经吐露芳馨,

而野兽知晓其中意蕴,

树木曾经招手欢迎,

湖水曾将湖岸拥吻,

当你无拘无束的心绪,

飘向我隐遁的幽居。

---

① 鸫鸟(thrush)是鸫鸟科(Turdidae)各种鸟类的通称。这一科的鸟类广布于世界各地,不少品种都以鸣声悦耳著称。

那是个夏日的薄暮,
风儿确曾轻轻吹拂,
但仍有低云一片,
将你的东天遮掩;
电光闪耀无声,
惊破我睡梦昏沉,
宛如你乌黑睫毛下面,
乍现的秋波一转。

我会竭力保持一切如常,
仿佛你依然在我身旁;
无论我选择任何道路,
道路都会因你的缘故,
变得又宽广又平顺,
仿佛你依然与我同行,
路上不会有树根缠绕,
绊住你轻盈的双脚。

我会保持脚步轻缓,
选择最平坦的地面,
小心地弄桨击楫,
避开曲折的岸隅,
轻轻地转舵操船,
探访浮水的睡莲,

还有那深林角落,

伫立的深红花朵。①

  我们多少放下了温文尔雅的身段,这才忍心任由我们的小船搅动水面,因为水平如镜,给每一根细枝和每一片草叶提供了无比忠实的映像。实在说来,这映像忠实得近于夸张,以至于不容艺术摹仿,原因是唯有大自然自己,才有权对大自然做夸张的展示。最浅的止水,照样拥有无法测量的深度。映照着树木天空的地方,无不比大西洋还要深邃,你的想象尽可畅游其中,绝无搁浅之虞。我们留意到,我们之所以看见了倒映的树木天空,不只是看见河底,靠的是一种别有探求的眼光,一种更自由更恍惚的目力。跟河水一样,所有事物都为我们的眼睛提供了多重的影像,即便是最不透明的事物,表面也映着天空的影子。有些人的眼睛天生趋向某一重影像,有些人则趋向另一重。

观看玻璃的人,

目光或许裹足不前,停留在玻璃之上,

若他生发愿心,

目光便可穿透玻璃,触到天堂的影像。②

---

  ① 据《梭罗的日子》所说,这首诗是梭罗1841年的作品,原本是写给普利茅斯(马萨诸塞州海滨城镇)姑娘玛丽·罗素(Mary Russell)的,题为"致东边的那位少女"("To the Maiden in the East")。锡楚埃特和普利茅斯都在康科德东边。

  ② 这四行诗摘自英国诗人及牧师乔治·赫伯特(George Herbert, 1593—1633)的诗歌《点金石》("The Elixir")。

我们在这一带遇见了两个人,同乘一叶小艇,乐悠悠地漂在树木倒影之间,像一片浮在半空的羽毛,又像一片轻风吹落的树叶,不翻不转,从枝头徐徐飘向水面,仿佛依然身处他们最适应的环境,对自然法则的利用妙到毫颠。他们的漂游是一项又优美又成功的自然哲学实验,使我们顿觉航行是一门高贵的艺术,因为他们怡然荡舟,一如鸟飞鱼游。此景提醒我们,人类的一切作为都可以比现况美好千百倍,高贵千百倍,而我们整个儿的人生规划,也可以跟艺术或自然的巅峰之作一样优美。

阳光在古老的灰白峭壁盘桓,在每一片浮叶上闪耀,光线和空气清澄甘美,莎草香蒲似乎陶然欲醉,草地也开怀畅饮。青蛙静坐冥想,脑子里装满安息日的思绪,它们正在做一周的总结,一只眼盯着金灿灿的太阳,一只脚踏着芦苇,仔细端详着大千世界,大千世界无比奇妙,其中也有它们的一份功劳。鱼儿游得比平时沉稳端庄,姿态好似去教堂做礼拜的少女。金银二色的鲦鱼成群结队,浮上水面瞻望穹苍,随即扭头转身,游进较比幽暗的侧廊。它们浩浩荡荡地游过,仿佛听命于同一个大脑,虽然在不停地相互赶超,整体的队形却始终不变,就跟它们依旧被那层保护鱼卵的透明薄膜包着似的。一小群年幼的兄弟姊妹,忙着试用刚刚长成的鳍,时而兜圈打转,时而猛冲向前,当我们把它们赶到岸边,切断它们与大部队的联系,它们便灵巧地掉头转向,从我们的船底下游走。河上的一座座古旧木桥不见行人,河水和鱼群了无顾忌,从桥柱之间畅快穿过。

林子背后不远处有一个新近建立的镇子,名字叫作比尔瑞卡①，这镇子不久前还是一片"野兽嘶吼的荒野"②，镇上的孩子至今承袭着第一批定居者的姓氏。不过大体说来，这镇子跟费内或曼托瓦③一样古老，风貌古朴阴郁，人们已经在这里老去，继而在苔痕斑驳的墓碑下面长眠，老得不再有任何用处。这便是古老的比尔瑞卡（或者说是"Villarica"？），如今已步入昏聩暮年，它得名于英格兰小镇比尔瑞基，④印第安名字则是"肖西恩"⑤。我从未听人说它年轻。瞧，这里的大自然岂不已经衰朽破败，这里的农庄岂不已经悉数荒芜，这里的教堂，岂不已经苍老灰黯、病痛缠身？想知道它年少时的光景，你只能去问牧场里那些古老的灰白岩石。这镇子里有一口钟，有时候，钟声可以一直传进康科德的树林。我听见过它的声音，没错，现在就听见了。怪不得，第一

---

① 比尔瑞卡镇建立于1652年，只比康科德镇晚十多年，"新近建立"是相对于古代文明而言。

② "野兽嘶吼的荒野"（howling wilderness）出自新英格兰早期殖民者纳撒尼尔·莫顿（Nathaniel Morton，1616—1685）编著的《新英格兰忆往》（*New England's Memorial*，1669）："（新英格兰殖民者）把这片野兽嘶吼的荒野变成了安全惬意的休憩之所……"此外，《旧约·申命记》当中也有"人烟不见、野兽嘶吼的荒野"（waste howling wilderness）的说法。

③ "费内"原文为"Fernay"，所指不详，可能是指法国城镇费内（Ferney）。曼托瓦（Mantua）为意大利城镇。费内和曼托瓦都有悠久的历史。

④ "比尔瑞卡"的英文是"Billerica"，梭罗说镇名或可写作"Villarica"，可能因为比尔瑞卡得名于英格兰小镇比尔瑞基（Billericay），而"Billericay"这个名字据说是从"Villa Erica"（意为"石南庄园"）演变而来。

⑤ "肖西恩"原文为"Shawshine"，流经比尔瑞卡的一条梅里迈克河支流也叫这个名字。据肖西恩河流域协会（Shawsheen River Watershed Association）网站所说，"Shawsheen"（等同于"Shawshine"）的意思是"蛇"或"蜿蜒如蛇"。

批铜钟在树上晃来晃去的时候,这样的声响会从白人的殖民地传入森林,不光惊醒了睡梦里的印第安人,还吓跑了他的猎物。但在今天,在这些山崖树林之间,钟声的回音缭绕不断,使得我格外喜欢。这回音绝不是苍白空洞的模仿,更像是自出机杼的原创,也可以说,情形仿佛是某位乡间的俄耳甫斯[①]对钟声进行了重新演绎,好让它生发该有的韵味。

> 咣,铜钟在东边敲响,
> 仿佛为葬礼的宴席开场,
> 但我却最喜欢聆听,
> 西边传来的颤颤音声。
>
> 教堂的尖塔丧钟鸣响,
> 仙女们的银色铃铛,
> 却是那些温柔精灵的嗓子,
> 或者是地平线的言说器具。
>
> 这铃铛并不是黄铜打制,
> 材质是空气、水和玻璃,
> 在云朵之下摇晃,
> 借风儿发出声响。

[①] 俄耳甫斯(Orpheus)是古希腊神话中的传奇乐师及诗人。

当教堂尖塔的钟声报告午时,

这铃铛不会即刻响起,

但它报告的是一个绝早的时辰,

是太阳尚未升上它塔顶的时分。①

在我们的另一边,大路一直通向"树林之城"卡莱尔②,这个镇子兴许不如比尔瑞卡文明,但却比比尔瑞卡自然一些,水土保持得相当不错。我知道有人嘲笑它规模太小,可它仍然是一个随时有可能诞育伟人的地方,因为好风恶风一股脑地吹向它,给了它一视同仁的待遇。卡莱尔以一座教堂、几间马棚、一家酒馆和一爿铁匠铺为中心,至今拥有大量可供砍伐堆垛的木材。此外——

贝德福德啊,最高贵的贝德福德,

我不会把你忘怀。③

历史已经记住了你,尤其是你那些早期移民呈交的请愿书,那份请愿书写得又恭顺又谦卑,好似上帝子民的哀号,请愿的对象则是康科德的"士绅官长",祈请对方准许贝德福德成为一个独立

---

① 这首诗最初出现在梭罗1841年5月9日(星期日)的日记里,题为"林中听见的安息日钟声回音"("The Echo of the Sabbath Bell Heard in the Woods")。

② 如前文注释所说,卡莱尔和下文中的贝德福德都是康科德河边的镇子。卡莱尔在河的西边,比尔瑞卡和贝德福德都在河的东边。

③ 据哈定所说,这两行引文出自梭罗那个年代的一首业已失传的民谣。

的教区。[1]我们简直不敢相信,短短一百来年以前,这些散发着巴比伦气息的水面竟然回荡着如此哀婉的一首诗篇。[2]"赶上极度难挨的严冬酷暑,"他们写道,"我们简直想这么抱怨安息日的礼拜:瞧,这事情多么累人……先生们,如果我们请求退出,是因为不满于目前这位可敬的牧师,或是不满于各位教友——我们曾与他们进行无比愉快的商讨,并与他们结伴步入上帝的殿堂——你们只管对我们今日的祈请置若罔闻,但我们殷切期望,倘若上帝恩允,我们可以免除安息日的负担,免除因之产生的旅途劳顿,以使上帝的教诲贴近我们,贴近我们的居所,深入我们的心,使我们和我们的孩子有机会侍奉上帝。上帝曾启迪居鲁士兴建圣殿[3],我们希望正是祂启迪我们上书请愿,还希望祂启迪你们,让你们答应我们的请求。你们谦卑的请愿者将为此祈祷不息,视之为应尽的义务……"[4]这么着,圣殿在此地顺利动工,直至圆满落成。而在河那边的卡莱尔,营建圣殿的工作却耽搁了许多个令人心力

---

[1] 贝德福德于1729年成为一个独立的镇子,该镇大部分土地原属康科德,剩余部分原属比尔瑞卡。

[2] 巴比伦(Babylon)是《圣经》多次提及的古城,在西方文化中是世俗繁华和奢靡放纵的象征。"诗篇"原文为"psalm",《旧约·诗篇》的英文是"Psalms"("psalm"的复数形式)。

[3] 居鲁士(Cyrus)即古波斯国王居鲁士大帝(Cyrus the Great,前600?—前530),据《旧约·以斯拉记》所载,上帝曾吩咐居鲁士在耶路撒冷兴建圣殿。

[4] 前文的"士绅官长"和此处引文均出自沙塔克《康科德史》(参见前文注释)收录的贝德福德居民1728年请愿书。贝德福德居民请求独立,主要原因是康科德教堂距离他们太远,做礼拜很不方便。

交瘁的年头，倒不是因为缺少皂荚木或俄斐的金子①，而是因为选不出一个方便所有信徒的地点。是建在"巴垂克平原"呢，还是建在"坡普拉山"呢，着实是一个烦人的问题。②

比尔瑞卡这个镇子，想必有过一批年复一年当选公职的可靠居民，至少是有过一连串的镇务理事③，所以留下了各种旧年的档案，可供人们查考。当年的某个春天，白人来到此地，给自个儿盖了座房子，清理出一片照得到太阳的空地，排干沼地建起一座农场，又用古老的灰白岩石垒起一道道围栏，然后砍倒住所周围的松树，撒下从故国带来的果树种子，劝诱文明的苹果树在野生的松树和刺柏旁边开花，把芬芳散布在荒蛮的野地，这些果树的古老品系，一直延续到了今时今日。白人从林边河畔选来秀美的榆树，为他的村镇土地增添雅韵。他在河上搭起简陋的桥梁，赶着套好的牲口去往河边的草地，割下那里的野草，使河狸、水獭和麝鼠的家园失去掩蔽，并且磨快镰刀，把鹿和熊吓跑。他建起一座磨坊，蛮荒的土地顿时迎来一片片长满英格兰谷物的田畴。播下谷种的同时，他还在草地上撒下蒲公英和野三叶草的种子，让他的英格兰花卉与土生野花打成一片。多刺的牛蒡，芬芳的猫

---

① "皂荚木"（Shittim wood）和"俄斐的金子"（gold of Ophir）分别是《旧约·出埃及记》等处和《旧约·历代志》等处提及的神殿建材。

② 《康科德史》记述了卡莱尔居民关于教堂选址的争议，亦即"巴垂克平原"（Buttrick's Plain）与"坡普拉山"（见前文注释）之争。

③ 以马萨诸塞州而论，镇务理事（town clerk）是一个民选职位，主要职责之一是管理本镇的重要档案。

薄荷，还有不起眼的欧蓍，[1]纷纷沿着他的林间道路自发生长，它们跟他一样，也在以自己的方式寻求"礼拜上帝的自由"[2]。这么着，他种下了一个镇子。白人的毛蕊花[3]迅速占领了印第安人的玉米田，英格兰的香草也迅速覆盖了这片新的土地。既是如此，红人[4]还能在哪里落脚呢？蜜蜂嗡嗡嗡地飞过马萨诸塞的树林，吮吸着印第安茅屋周围的野花，兴许逃过了人们的注意，可它突然螫了一下红孩子的手，发出了一个预言式的警告，原来它是打前站的使者，它的出现表明那个勤勉的种族即将到来，即将把红孩子种族的野花连根拔掉。[5]

白人来到此地，苍白有似晨曦，带着满腹的思绪，带着好比掩埋火种的沉睡智力，他有的是自知之明，靠算计不靠猜谜，他借由团结获取力量，对权威五体投地，他来自久经历练的种族，拥有好上加好的常识，他沉闷无趣却精明强干，动作迟缓却懂得

---

[1] "牛蒡"原文为"burdock"，是菊科牛蒡属（*Arctium*）植物的通称。这属植物原产欧亚，果实多刺；猫薄荷（catnip）为唇形科荆芥属草本植物，学名 *Nepeta cataria*，原产欧亚；欧蓍（yarrow）为菊科蓍属草本植物，学名 *Achillea millefolium*，原产欧亚及北美。

[2] "礼拜上帝的自由"是英国女诗人菲利西亚·赫曼斯（Felicia Hemans，1793—1835）诗歌《朝圣先民登陆新英格兰》（"The Landing of the Pilgrim Fathers in New England"）的最后一行。美国人通常把新英格兰早期殖民者称为"朝圣者"（Pilgrims），因为他们逃离英国是为了寻求宗教自由。

[3] "毛蕊花"原文为"mullein"，是玄参科毛蕊花属植物的通称，尤指学名 *Verbascum thapsus* 的大毛蕊花（great mullein）。大毛蕊花为大型草本植物，植株可高达两米以上，原产欧亚及北非。

[4] "红人"（Red Man）是白人殖民者对北美印第安人的蔑称。

[5] 美洲大陆原本没有蜜蜂，是欧洲殖民者把蜜蜂带到了美洲。

坚持，生性苛刻却处事公正，缺乏幽默却不缺诚意，他甘受劳苦，鄙视娱乐和游戏，他盖起一座框架支撑的木屋，一座经久耐用的房子。他买下印第安人的软皮靴和篮子，又买下印第安人的狩猎场地，最终忘记了印第安人的葬身之处，翻地时翻出了人家的白骨。这些村镇档案，这些陈旧残破、岁月磨损、风雨浸渍的编年之史，偶或也包含着印第安酋长的点滴印迹，比如一支箭矢或一张河狸毛皮，以及他立契卖出猎场的寥寥几行要命字句。白人来到此地，带着一长串古老的撒克逊、诺曼和凯尔特名字①，将它们散播在这条河的上上下下，比如弗瑞明汉姆、萨德伯里、贝德福德、卡莱尔和比尔瑞卡，还有切姆斯福德②。这便是新的盎格鲁之地，这些便是新的西撒克逊人，③虽然红人并不称他们为盎格鲁人或英格兰人，给他们的称谓是"印吉斯人"，使他们最终得到了"扬基人"的名号。④

我们划进对着比尔瑞卡中部的河段，两岸的原野都有了一种温文尔雅的英国情调，镇上的尖塔高高耸出缘河的树丛，水边时或出现一片顺着坡地延伸下来的果园，不过总体说来，这天上午

---

① 撒克逊人、诺曼人和凯尔特人都是欧洲古代民族，现代英国人的祖先。
② 切姆斯福德（Chelmsford）为马萨诸塞州城镇。
③ 盎格鲁人也是欧洲古代民族，现代英国人的祖先。"西撒克逊人"（West Saxons）可以指不列颠古代王国威塞克斯（Wessex）的居民，但也可能只是梭罗的戏谑，因为美国在英国的西边。
④ 扬基人（Yankee）指美国北方尤其是新英格兰地区的居民，亦可泛指美国人。"Yankee"这个词的由来迄今未明，现今的语源学家并不认可"Yankee"源自"Yengeese"（印吉斯人）的说法。

的航程是我们整个旅途中最荒蛮的一段。看情形,这里的人过的是一种十分文明的宁静生活。居民都是一望而知的大地耕夫,听命于一个井然有序的政府。矗立的校舍神态恭顺,恳请人们保持长时间的克制,弃绝战争和野蛮生活。所有人都会从亲身经验和历史教训当中发现,人类培育苹果、莳花弄草的时代,与狩猎为生、森林为家的时代有着本质上的不同,两者互有短长,绝不能彼此替代。我们都做过白日梦,也都有过更接近天启的夜间幻觉,但就种田而言,我确信我的天赋来自农耕时代之前的久远年月。我好歹懂得挥锹破土,一方面轻松自如,一方面又精准无误,跟啄木鸟用尖喙啄树干一样。依我看,我天生就有一种对山野万物的特异渴望。我觉得自己没什么可取之处,有的只是对某些事物的一份诚挚之爱,每当我受人诘责,便以此自我开解。犁铧跟我有什么关系呢?我开辟的是一条你看不见的犁沟。它不在远侧[①]耕牛踩踏之处,在更远的地方,也不在近侧耕牛行走之处,在更近的地方。玉米有歉收的时候,我的庄稼却永不歉收,大旱淫雨,与我何干?粗野的撒克逊拓荒者,有时会苦苦思念英式的精致生活和人造之美,会渴望听见那些悦耳动听的古雅地名,比如"彭特兰"和"马尔文丘陵","多佛峭壁"和"卓瑟克斯",以及"里士满"、"德文特"和"维南德米尔",[②] 在他的心目当中,这些名字

---

① "远侧"指的是右侧,因为役使牲畜的人通常在左侧进行操作。
② "彭特兰"(Pentland)、"马尔文丘陵"(Malvern Hills)、"多佛峭壁"(Cliffs of Dover)、"卓瑟克斯"(Trosachs)、"里士满"(Richmond)、"德文特"(Derwent)和"维南德米尔"(Winandermere)均为英国地名。

已经取代了"卫城"和"帕特农神庙",取代了"巴亚"和海堤拱卫的"雅典",取代了"阿卡迪亚"和"坦佩"。①

> 希腊啊,我是何人,为何对你心心念念,
> 记得你的马拉松,记得你的温泉关? ②
> 有这些金子般的记忆,充作我的靠山,
> 我的生活可会粗鄙,我的命运可会轻贱?

我们很容易对诸如伊夫林《林木、沙拉及园艺历书》③之类的书籍感到满意,但这类书籍本来就有诱使读者放松神经的作用。园艺虽然是一种文雅合群的活动,却也需要森林和野人的活力与自由。跟其他任何事物一样,栽培也可能逾分过度,使文明显得惨不忍睹。一个经过精心栽培的人——他全身的骨头,根根都可以任意弯折!他天赐的美德,不过是彬彬有礼而已!年复一年从玉米田

---

① 卫城(Acropolis)和帕特农神庙(Parthenon)为雅典著名古迹,巴亚(Baiæ)为古罗马名城,阿卡迪亚(Arcadia)为古希腊传说中的田园乐土,坦佩(Tempe)是希腊东北部的一个河谷,传说是阿波罗和缪斯钟爱的游憩之地。

② 马拉松(Marathon)为希腊城镇,公元前490年,希腊军队在此地以寡敌众,大败来犯的波斯军队;温泉关(Thermopylæ)为希腊海滨的一处天然关隘,公元前480年,希腊军队在此地顽强固守,暂时挡住了兵力数十倍于己方的波斯军队。

③ "伊夫林"即约翰·伊夫林(John Evelyn, 1620—1706),英国作家及园艺学家,著有《林木:论本邦之森林树种及木材培育》(*Sylva, or A Discourse of Forest-Trees and the Propagation of Timber in His Majesty's Dominions*, 1664)一书。这本书的第四版(1706)收入了"沙拉"(*Acetaria*,梭罗写作 *Acetarium*)及"园艺历书"(*Kalendarium Hortense*)两个部分。

里冒出来的新松,对我来说是一个令人振奋的事实。我们奢谈开化印第安人的问题,但他的"开化"并不是进步的代名词。昏昧的林间生活给了他警醒的独立与超脱,他由此得以维系与故土神灵的交流,还可以不时得到大自然的接纳,与大自然进行珍贵特异的交游。他拥有星星投来的嘉许目光,我们的沙龙无此福分。他的天才放射恒久的光辉,只是因遥远才显得暗淡,好比微弱却悦目的星光,远胜于辉煌耀眼却短暂无益的熊熊烛火。社会群岛的土著崇奉一些白昼诞生的神灵,但却并不认为这类神灵"拥有跟'*atua fauau po*'亦即'夜晚诞生的神灵'一样古老的渊源"。[1]乡村生活固然可以带来纯朴的乐趣,让大地增产增收,或是采摘当令的果实,有时也确实是件惬意的事情,然而,豪迈的精神必定会憧憬更偏远的幽境、更崎岖的路径。它会去大地之外寻找它的园地和花圃,路上靠采摘坚果和浆果维持生计,或者不管不顾,把园中果实当成路边野果来采。我们不应该总是忙着安抚自然,驯服自然,忙着给牛马拴辔装鞍,有时也应该骑上野马,去把野牛追赶。印第安人与大自然的交流,就算没有别的优越之处,至少是容许彼此保持最大限度的独立。要说他对大自然略显生疏,园丁就未免太过熟络,在这位女主人面前,后者的亲昵有几分粗鄙下作,前者的疏远则可称高尚纯洁。置身文明世界,一如置身

---

[1] 社会群岛(Society Islands)是南太平洋的一个群岛,如今是法属波利尼西亚(French Polynesia)的一部分。此处引文出自英国传教士及作家威廉·埃利斯(William Ellis,1794—1872)的《波利尼西亚研究》(*Polynesian Researches*,1829)第二卷。"*atua fauau po*"(埃利斯书中的原文是"*akua fauau po*")是土著语。

南纬地区，人们终将腐化堕落，臣服于来犯的北方部族，

> 某一个至今与世隔绝，
> 被冰山禁锢的民族。①

大自然有一些更加野蛮、更加原始的侧面，未曾被我们的诗人形于咏歌。我们的诗歌，仅仅是白人的作品。荷马，甚至是奥西安②，永远也不可能在伦敦或波士顿再生。可你不妨看看，靠着空洞的传统，或是靠着这些野果讹变失真的芬芳和韵味，③ 这些城市是如何地陶然欲醉。只需要听一听印第安诗人的咏唱，哪怕只听一瞬间，我们就会明白，他为何不肯拿他的野蛮来交换文明。民族的特质，可不是一时兴致的产物。钢铁和毛毯固然是极大的诱惑，印第安人却甘愿继续做他的印第安人。

有一次，坐在房里读了好多天诗以后，我在一个雾蒙蒙的清早走出家门，听见附近的林子传来一只猫头鹰的叫声，那声音仿佛来自寻常所见之外的另一个自然，来自一片科学和文艺尚未踏

---

① 这两行诗引自英格兰诗人威廉·哈宾顿（William Habington，1605—1654）的诗歌《夜向夜传递真知》("Nox nocti indicat Scientiam")。这首诗接下来的两行是："或许会得到释放，出来治他的罪，/ 直到他们自己，变得跟他一样卑污。"诗中的"他"是"征服者"。

② 奥西安（Ossian）是传说中的爱尔兰史诗作者。

③ "这些野果"应指荷马之类古典作家的作品。可参看梭罗在《瓦尔登湖》中对古典作品现代译本的抨击："粗制滥造的现代出版业虽说炮制了无数的译本，却不曾稍稍拉近我们与古代史诗作家之间的距离。"

足的疆域。年青时候,我对深林里的幽境有过种种遐想,直到如今,所有的羽族生灵仍然没有把我的遐想变成现实。我曾在同伴的绳索上看见红色的天命鸟①,是他从幽隐之地捉来的猎物,那时我禁不住遐想,随我渐渐深入林中的黑暗与孤寂,它的羽色应该会像黄昏的色彩一样,越来越奇异,越来越令人目眩。鸟儿没有达到我的期望,而在任何一位诗人的弦索②上,这样的浓艳粗犷之色,只能说是更加难得一见。

现代这些新奇巧妙的科学和艺术,给我的触动比不上那些古朴庄严的渔猎技艺,甚至比不上原始时代的粗放农耕。渔猎农耕都和日月风雨从事的行当一样古老,一样荣耀,与人类自身的各种禀赋同时存在,同时发明。我们并不知晓,是什么样的约翰·古腾堡或理查德·阿克莱特③创造了这些行当,不过,诗人乐意把它们说成逐渐传授、逐渐习得的技艺。据高尔④所说——

---

① "红色的天命鸟"原文为"red Election-bird",不详所指。根据梭罗日记里的相关描述,一些西方学者认为梭罗指的是学名 *Piranga olivacea* 的红鸟科比蓝雀属鸣禽猩红比蓝雀(scarlet tanager)。雄性的猩红比蓝雀拥有深红夺目的羽毛。

② 这里的"弦索"和上文的"绳索",英文原文都是"string",这个词兼有"绳子"和"琴弦"的意思。

③ 约翰·古腾堡(Johannes Gutenberg,1400?—1468)为日耳曼出版家,率先在欧洲应用活字印刷术;理查德·阿克莱特(Richard Arkwright,1732—1792)为英国发明家,水力纺纱机的发明者。

④ "高尔"即英格兰诗人约翰·高尔(John Gower,1330?—1408),此下引文出自他的长诗《情人的忏悔》(*Confessio Amantis*)第四卷。

>书上说雅八①发明了网罗,
>
>借此将鱼儿捕捉。
>
>他还发明了狩猎的法子,
>
>如今已传遍各地。
>
>他第一个用绳索和木桩,
>
>搭成布做的篷帐。

又据利德盖特②所说——

>自古相传,伊阿宋③第一个扬帆出航,
>
>前往科尔基斯,去将金羊毛寻访;
>
>女神刻瑞斯④,发明了耕田垦壤。
>
>……………
>
>此外,阿瑞斯特乌斯⑤第一个发现,

---

① "雅八"原文为"Iadahel"(《情人的忏悔》的其他一些版本写作"Jadahel"),指《圣经》中的人物雅八(Jabal)。据《旧约·创世记》所载:"雅八是住帐篷者的祖师,也是养牲畜者的祖师。"

② "利德盖特"即英格兰诗人约翰·利德盖特(John Lydgate, 1370?—1451?),此下引文出自他的诗歌《戒懒惰及萨达纳帕罗斯本末》(*A Poem against Idleness, and the History of Sardanapalus*)。萨达纳帕罗斯是传说中的亚述君主,生活在公元前七世纪,以骄奢淫逸闻名。

③ 伊阿宋(Jason)是古希腊神话中的英雄,率领一众英雄远航海外,在科尔基斯(Colchis,原文作Colchos)取得了神奇的金羊毛。

④ 刻瑞斯(Ceres)是古罗马神话中的农神及大地女神。

⑤ 阿瑞斯特乌斯(Aristeus)是古希腊神话中太阳神阿波罗之子,牲畜、果树、猎手及养蜂人的守护神。

牛奶、乳酪和香甜蜂蜜的用途；

皮罗德斯天生勇于冒险，

他发明钻燧取火，带来莫大好处。①

我们从书上读到，阿瑞斯特乌斯"从朱庇特和尼普顿②那里得知，导致许多人死于瘟疫的盛暑酷热应当用风来节制"。③这是人类在邈远时代获得的众多恩典之一，这些恩典不见于我们这个粗鄙时代的记载，虽说我们依然会在梦里找到与之相类的物事。在梦里，我们可以摆脱习惯的羁绊，就万事万物获得一种更为开明、更为公正的领悟，但这样的领悟马上就会遭到某种程度的抛弃，从我们称之为"历史"的记忆里消失。

根据传说，当疾疫使得埃珍娜岛人口锐减，朱庇特便依照埃阿科斯的请求，把岛上的蚂蚁变成了人。④有些人认为，这个故事的寓意是，朱庇特造人的时候，用的是生活跟蚂蚁一样卑贱的岛上生物。或许，关于那些远古的日子，这便是现存最完整的历史。

有一些传说拥有真率自然的情节，能够在诉诸理解力之前满

---

① 皮罗德斯（Peryodes）发明钻燧取火的说法见于古罗马作家老普林尼（Pliny the Elder, 23—79）的《自然史》（*Natural History*）第七卷。

② 朱庇特（Jupiter）和尼普顿（Neptune）分别是古罗马神话中的主神和海神。

③ 此处引文出自苏格兰作家亚历山大·罗斯（Alexander Ross, 1590?—1654）的著作《诗神的译者》（*Mystagogus Poeticus, or the Muses' Interpreter*, 1647）。

④ 根据古希腊神话，埃阿科斯（Aeacus）是主神宙斯（Zeus, 对应于古罗马神话中的朱庇特）和女仙埃珍娜（Aegina）的儿子，统治着以他母亲命名的埃珍娜岛。宙斯把岛上的蚂蚁变成人，是为了让他们充当埃阿科斯的臣民。

足直觉的想象，因此便像野花一样，陌生却不失美丽。对智者来说，这样的传说不啻于言简意赅的箴言，容许他进行天马行空的诠释。传说巴库斯曾经使第勒尼安水手陷于疯狂，以致他们把大海当成开满鲜花的草地，纷纷纵身跳海，最终变成了海豚。① 读到这则传说，我们关心的不是其中蕴含的历史真实，而是一种高于历史的诗意真实。我们仿佛听见了一个奇想发出的乐声，理解力未得满足也不打紧。要领略诗意的美，可以读读纳西瑟斯、恩底弥翁和晨曦之子曼侬的传说②，这些传说的主人公，代表着所有那些前途无量却过早夭亡的青年，他们的事迹化为优美的旋律，一直流传到最新的早晨；可以读读法厄同和西壬女妖的美丽故事，后者栖居的岛屿堆满了未葬男子的枯骨，在远方闪出灰白的光芒；③ 可以读读关于潘、普罗米修斯和斯芬克司的那些意味深长的故事④；还可以读读那一长串名字，它们业已成为文明社会通用

---

① 巴库斯（Bacchus）是古罗马神话中的酒神。第勒尼安人（Tyrrhenians）是古希腊作家对外邦人的泛称。

② 纳西瑟斯（Narcissus）是古希腊神话中的美少年，因痴迷于自己的水中倒影而溺死，死后化为水仙花；恩底弥翁（Endymion）是古希腊神话中的俊美牧人，月亮女神深爱他睡着时的美貌，便乞求宙斯使他永远沉睡；曼侬（Memnon）是古希腊神话中的埃塞俄比亚国王，埃俄斯（Eos，古希腊神话中的曙光女神）之子，战死后成为神祇。

③ 法厄同（Phaeton）是古罗马神话中太阳神阿波罗在凡间的儿子，强求父亲允许他驾驭太阳之车，结果是太阳之车失控，大地化为焦土，主神朱庇特不得不用雷电击死了法厄同；西壬女妖（Sirens）是古希腊神话中的海岛女妖，用歌声引诱水手走向毁灭。

④ 潘（Pan）是古希腊神话中的山野之神，相关传说众多；普罗米修斯（Prometheus）是古希腊神话中盗天火赠给人类的英雄；斯芬克司（Sphinx）是古希腊神话中的狮身女怪。传说她喜欢让过路的人猜谜，并且会杀死猜不出谜语的人。到最后，神话英雄俄狄浦斯（Oedipus）猜出谜底，斯芬克司跳崖而死。

语言的一部分，渐渐从专名变作通名，例如西比尔、欧门尼德斯、帕耳开、格蕾丝、缪斯和尼米西斯①，如此等等。

格外有趣的一个现象是，相距无比遥远的各个民族和世代，居然可以达成匪夷所思的一致，共同为一个古老的传说添枝加叶，使之趋于完整圆满，并且异口同声，赞赏它的美丽或真实。借由一种幻梦般的微弱努力，哪怕只是借由某个科学团体的投票认可，最沉闷的后人也慢慢地做出自己的贡献，为古代的神话增添了些许特质。例子之一是天文学家把新近发现的一颗行星命名为"尼普顿"②，另一个例子则是把一颗小行星命名为"阿斯特里亚"，使这位在黄金时代末期被人类从大地赶入天穹的童贞女神，③ 从此有了一个明确指定的天上居所。要知道，人们对诗意价值最微不足道的认同，意义也可谓十分重大。正是通过这样的缓慢累加，原初的神话才得以日益丰满。这代人儿时聆听的故事，也是初民儿

---

① 西比尔（Sibyl）是古希腊人对一些据信拥有预言本领的女子的称呼，其中最著名的是得到阿波罗爱慕的库麦西比尔（Cumaean Sibyl）；欧门尼德斯（Eumenides）是古希腊神话中的复仇三女神；帕耳开（Parcæ）是古罗马神话中的命运三女神；格蕾丝（Graces）是古希腊神话中的美惠三女神；缪斯（Muses）是古希腊神话中的九位诗歌及文艺女神；尼米西斯（Nemesis）是古希腊神话中的报应女神。

② 海王星是1846年发现的，英文名字是"Neptune"（尼普顿）。

③ 阿斯特里亚（Astræa）是古希腊神话中的纯真女神，是最后一位在大地上与人类共处的神祇，最终因无法忍受人类的堕落而升入天穹；公元前八世纪的希腊诗人赫西俄德（Hesiod）把人类历史划分为五个每况愈下的时代，依次为黄金时代、白银时代、青铜时代、英雄时代和诗人自己所在的黑铁时代；1845年，天文学家将一颗新发现的小行星命名为"阿斯特里亚"。

时聆听的故事,它们从东方传到西方,又从西方传到东方,时而扩展为吟游诗人笔下的"神圣故事",时而缩略成一首流行的歌谣。这是一条路径,通往人类苦求不得的那种普世语言。最晚近的后人满怀喜爱地重述最古老的真言,只对古老的素材进行细微而虔敬的润色,这样的举动,是普遍人性最显著的证明。

不管是犹太人、基督徒还是穆斯林,所有的民族都喜爱同一些笑话和故事,这些故事经过转译,使所有的人皆大欢喜。所有的人都是孩子,都属于同一个家庭。同一些故事哄他们上床睡觉,晨间又唤醒他们。传教士约瑟夫·沃尔夫曾向阿拉伯人分发《罗宾逊漂流记》的阿拉伯文译本[①],这本书赢得了极大的共鸣。沃尔夫说:"穆斯林在萨那、荷台达和罗希亚的集市上阅读罗宾逊·克鲁索的冒险经历和智慧,而且赞叹不已、信以为真!"[②]读这本书的时候,阿拉伯人纷纷感叹,"噢,那个罗宾逊·克鲁索一定是一位伟大的先知!"

从某种程度上说,神话不过是年代最久远的历史和传记。由此可知,它跟通常意义上的虚假荒诞根本不沾边,内容仅限于长存不灭的基本真理,省去了"我我你你""此地彼地""这时那时"之类的琐碎细节。神话的作者,要么是悠悠的岁月,要么就是罕

---

① 约瑟夫·沃尔夫(Joseph Wolff, 1795—1862)是德裔英国传教士;《罗宾逊漂流记》(*Robinson Crusoe*, 1719)是英国作家笛福(Daniel Defoe, 1660—1731)的经典小说。

② 本段引文均出自约瑟夫·沃尔夫的《博卡拉寻人记》(*Narrative of A Mission to Bokhara*, 1845)。萨那(Sanaa)、荷台达(Al Hudaydah, 原文作 Hodyeda)和罗希亚(Loheya)均为也门城镇。

有的智慧。印刷术发明之前，一百年就相当于一千年。真正的诗人今天就能够写出纯粹的神话，不用仰仗后人的润色。举例来说，要叙写阿贝拉尔和埃洛伊丝的故事①，古希腊人肯定只需要寥寥几个字词，把故事浓缩成我们那些典故词典里的一句话，说不定还能一举成就他们两人的不朽，让他们的名字在天穹的某个角落熠熠生辉。反过来，我们现代人收集的仅仅是传记或历史的原材料，仅仅是"可充史料的回忆录"，可历史本身也不过是神话的原材料而已。叙写普罗米修斯生平事功的文字，若是一开始就出现在廉价印刷的时代，不知道得填满多少卷对开本！谁知道假以时日，关于哥伦布的传说会演变成什么模样，会不会跟伊阿宋和阿耳戈英雄远征②的传说混淆不辨。至于富兰克林，未来的典故词典里也许会有一行献给这位半神的文字，记录他的事迹，给他编排新的族谱："此人为某某和某某之子，曾帮助美国人赢得独立，曾向人类传授简朴之道，并曾从云端引下闪电。"③

有时候，人们自以为参透了这些传说的暗藏意义，参透了与诗歌和历史并行不悖的隐含伦理，但这些意义和伦理并不怎么显著，显著的其实是这些传说的可塑性，亦即它们随时可以用来表

---

① 阿贝拉尔（Peter Abelard，1079—1142）是中世纪法国哲学家及神学家，他与法国修女及作家埃洛伊丝（Héloïse，1100?—1164）的爱情纠葛是脍炙人口的传奇。

② 根据古希腊神话，伊阿宋和同伴寻找金羊毛时乘坐的船是"阿耳戈号"（Argo），人们由此称他们为"阿耳戈英雄"（Argonauts）。

③ 富兰克林（Benjamin Franklin，1706/1705—1790）为美国开国元勋，同时也是卓越的作家、人文学者、政论家、科学家和政治家，以俭朴节制著称，著有提倡节俭的《穷理查历书》（Poor Richard's Almanack）。他还是避雷针的发明者，所以文中有"从云端引下闪电"之说。

达多种多样的真理，仿佛它们是某些真理的骨架，可以被人们暂时裹上其他真理的血肉，但骨架所属的真理，其实比血肉所属的任何真理都要古老，都要普遍。编织传说的过程，就像是极力把太阳、风或海洋变成符号，变成我们时代特定思想的专属象征。然而，象征的介质是什么呢？在神话体系当中，某种超人的智力把人类的潜意识和梦境用作自己的象形文字，借此向未来的人类传情达意。在人类心灵的历史中，这一类晨光初露的传说引领如日方中的人类思想，如同奥罗拉①引领太阳的光线。诗人的熹微才智，超前于哲人的煊赫思想，始终栖居在这种曙光乍现的氛围之中。

　　如我们先前所说，康科德河是一条波澜不惊的河，然而正因如此，对于沉静多思的航行者来说，河上的景致越发使人浮想联翩，更何况这一天，河水中满是影影绰绰的思绪②，比我们的书页里还多。即将流到比尔瑞卡瀑布的时候，这条河变得河道狭窄，水浅流急，河底铺满黄色的砾石，连狭长的驳船也很难通行，相形之下，河道较宽、水流较慢的上游河段简直可以说是一个山间湖泊。这之前，我们一路穿过康科德、贝德福德和比尔瑞卡的草地，不曾听见河水发出任何声响，除非是在喧腾溪涧汇入的地方——

---

　　① 奥罗拉（Aurora）是古罗马神话中的曙光女神，对应于古希腊神话中的埃俄斯。
　　② "影影绰绰的思绪"原文是"reflections"，这个词兼有"思绪"和"倒影"的意思。

喧闹的小小溪涧,

在层叠砾石四周潺湲,

奏出同样的淙淙音乐,

从九月直到六月,

不会为任何干旱衰减。

它的母亲河默然流淌,

哪怕有礁石躺在河底,

她还是一样缓慢,一样平静,

用她的水波抹去喧声,

如同抹去年少时的过失。

不过,到得此时,我们终于听见了这条迟滞浑朴的河流冲向瀑布的声音,喧嚣不逊于任何溪涧。就在比尔瑞卡瀑布上方,我们离开河道转入运河,运河奔跑着——确切说是被引导着——穿过丛林,在六里之外的米德尔塞克斯[①]流入梅里迈克河。航行在运河里的时候,我们得一个负责用绳子拉船,沿着纤路往前跑,一个负责用竿子撑船,免得船撞到堤岸。我们无意为这段航程浪费工夫,只用一小时出头的时间就走完了全程。这是本国最古老的运河[②],

---

① 康科德镇所属的县名为米德尔塞克斯(Middlesex),但这里的"米德尔塞克斯"是洛厄尔镇的米德尔塞克斯村(Middlesex Village)。

② 文中所说的运河是米德尔塞克斯运河(Middlesex Canal)的一段。这条运河 1794 年动工,1802 年局部通航。

跟更现代的铁路相比甚至有一种古朴的风貌。运河的水来自康科德河,所以我们依然浮泛在熟悉的水面。康科德河为商业便利留出的东西,便是这么多的水。① 运河的景致似乎有欠和谐,因为它的年纪与它流经的树林草地不相当,而我们并未看到时间对陆地和水域的调和作用;当然,随着岁月的流逝,大自然终将自我修复,在河边逐渐种上相宜的花卉和灌木。此时此刻,已经有翠鸟站上探到水面的松枝,已经有太阳鱼和狗鱼在它的下方游弋。就这样,所有的工程从建筑师手里直接转到了大自然手里,等待着大自然的加工润色。

这一路风光幽静怡人,沿途不见房舍行旅,只是在切姆斯福德的一座桥上看到了几个无所事事的小伙子。他们倚着桥栏,肆无忌惮地窥视我们的所作所为,于是我们直视最前面那个人的眼睛,不依不饶地盯着他看,直到他面露尴尬之色为止。他之所以缴械投降,倒不是因为我们的目光有什么特异功能,只是因为他尚存羞耻之心。

"他向我投来匕首般的目光",② 这个说法又真切又形象,因为各种刀剑最初的样式和范本,无疑都是投射的目光。最先有的是朱庇特的灼灼目光,然后是他的炽烈雷电,再往后,随着所用的材料日趋坚硬,又有了三叉戟、长矛和投枪,最后呢,为了诡秘

---

① "康科德河……留出"的原文是"the river *lets*"。梭罗把"lets"变成斜体以示强调,是因为这是他的文字游戏。"river lets"的字面意思是"河把水借出去",同时又与意为"小河"的"rivulets"谐音。

② 这句引文不详所自,类似说法有莎士比亚戏剧《哈姆雷特》第三幕第二场里哈姆雷特的台词:"我要对她说一些匕首般的话语,但绝不拿匕首对付她。"

之人携带方便，匕首短剑之类的器物应运而生。我们居然可以在大街上游逛，不被这些光芒四射的精致武器所伤，着实是一个奇迹，因为人人都能够无比敏捷地抽刀出鞘，或是神不知鬼不觉地携带无鞘的刀。话又说回来，人很少能得到旁人的认真谛视。

我们从运河上的最后一座桥下经过，即将驶入梅里迈克河，正赶上一些人从教堂里出来。这些人纷纷驻足，不光从上方俯看我们，显然还出于难改的积习，肆意发表了一些指斥异端的评论。然而，我们才算是最严格地遵守了这个晴朗日子的规矩。据赫西俄德所说：

第七日乃神圣之日，
拉托娜恰在此日，诞育金光四射的阿波罗。[1]

而照我们的算法，今天恰好是本周的第七日，并不是第一日。[2] 我曾经翻阅康科德镇以前的一位地方法官[3]兼教堂执事的文件，在里面找到了这么一份古怪的备忘录，值得作为古老习俗的遗迹来

---

[1] 此处引文出自赫西俄德（见前文注释）的《工作与时日》（Works and Days）第二卷。拉托娜（Latona）即古希腊神话中的勒托（Leto），与宙斯欢好后生下了太阳神阿波罗。

[2] 按照基督教的规矩，星期天是安息日，不可以从事任何工作。与此同时，西方日历通常以星期天为一周之始，但按《旧约·创世记》的记载，安息日应该是七天中的最末一天，梭罗显然持后一种意见。他曾在《瓦尔登湖》中写道："星期天并不能为新的一周提供一个焕然一新的开端，只适合用来为虚度的一周收尾。"

[3] 地方法官（justice of the peace）亦称调停法官，是英美法系国家的一种主要负责处理地方小案的法官。

保存。拼写和语法经过修改之后，这份备忘录内容如下："一八〇三年十二月十八日，安息日，赶着套好的牲口行路的人是耶利米·理查德森和乔纳斯·帕克，二人均来自雪利①。他们当时是在往西边行进，他们的牲口配有运大圆桶用的索具。本镇乡绅伊弗若姆·伍德阁下讯问了理查德森，理查德森说乔纳斯·帕克是他的旅伴，还说他的雇主是某位姓朗利的先生，后者已承诺为他作证。"而在这个日子，一八三九年九月一日，我们是两个往北边滑行的人，赶的是不会动的牲口，配的是不太适合运桶的索具，未曾受到任何乡绅或教堂执事的讯问，必要时尽可自己为自己作证。按照那位当斯特布尔历史学家②的记述，在十七世纪下半叶，"各城镇奉命在教堂附近设置'一个囚笼'，用来关押所有那些不守神圣安息日的不法之徒。"你可能会说，社会已经略微放宽了严苛的规条，可我却断定，现今的宗教束缚并不比从前少。倘若教条绳索的一端出现了松动的迹象，仅仅意味着另一端已经收得更紧。

你一辈子也很难说服一个人认一个错，只能承认科学的进步确实缓慢，靠这样的想法安慰自己。纵然他不肯服，他的孙辈却可能会服。地质学家告诉我们，他们用了一百年才证明化石原本是有机体，又用了一百五十年才证明化石与挪亚时代的大洪水③

---

① 雪利（Shirley）为马萨诸塞州城镇。

② "那位当斯特布尔历史学家"指的是美国律师查尔斯·福克斯（Charles J. Fox，1811—1846），此下引文出自他撰著的《当斯特布尔老镇史》（*History of the Old Township of Dunstable*，1846）。当斯特布尔为马萨诸塞州城镇。

③ 据《旧约·创世记》所载，上帝曾以大洪水惩罚作恶的人类，唯独放过了义人挪亚（Noah）一家。挪亚靠方舟逃过洪水，并把各种动物带进方舟，使它们免于绝灭。

无关。这事情我说不准,但在山穷水尽之时,我想必会向宽容开明的希腊诸神求助,不会乞灵于我国的上帝。耶和华虽然有了一些我们添加的新特质,可他还是比朱庇特更专制,更无法接近,同时又并不比朱庇特更神圣。相较于希腊人崇奉的许多神灵,他没有那么绅士,没有那么仁慈大度,对大自然的影响也没有那么亲切温暖。没有朱诺姊妹、阿波罗、维纳斯或者密涅瓦① 帮我求情——"她心里对他俩同样喜爱,同样关心"②——我一定会害怕这个十足阳刚、迄今尚未成神的万能凡人③,害怕他无限的力量和刻板的正义。希腊诸神都是些青春年少、时常犯错的堕落神灵,身上染着凡人的恶习,但又在许多重要的方面具有本质上的神性。在我的万神殿里,潘依然君临一切,荣光丝毫无损,依然拥有他红润的脸膛,他飘拂的须髯,他毛茸茸的身躯,他的排箫与牧杖,他的埃可仙女,以及他的天之骄女伊安柏④,原因是传言说得不对,

---

① 朱诺(Juno)是古罗马神话中的天后,对应于古希腊神话中的赫拉(Hera)。维纳斯(Venus)是古罗马神话中的爱神,对应于古希腊神话中的阿弗洛狄忒(Aphrodite)。密涅瓦(Minerva)是古罗马神话中的智慧女神,对应于古希腊神话中的雅典娜(Athena)。梭罗使用"朱诺姊妹"(Sister Juno)的说法,可能是戏仿基督教徒对修女的称呼,也可能因为在古希腊罗马神话中,赫拉(朱诺)既是宙斯(朱庇特)的妻子,又是宙斯(朱庇特)的姊妹。

② 这句引文原文为希腊文,出自《伊利亚特》第一卷。"她"指的是天后赫拉(朱诺),相关情节是特洛伊战争期间,赫拉派遣雅典娜(密涅瓦)去为希腊将领阿喀琉斯和阿伽门农排解纠纷,因为她看见这两个人即将自相残杀,而"她心里对他俩同样喜爱,同样关心"。

③ 按照当代美国学者大卫·维尔(David Weir)的说法,此处的"万能凡人"是梭罗对基督教上帝的蔑称。

④ 根据古希腊神话,潘是排箫的发明者,下半身与山羊相似,曾与山林女仙埃可(Echo)相恋,生下司掌粗俗笑话的女神伊安柏(Iambe)。

伟大的潘神并未死去。^①神是不会死的。兴许,在新英格兰和古希腊的所有神灵之中,我最常朝拜的就是潘的神殿^②。

我觉得,文明各国普遍崇奉的神虽然拥有神圣的名号,但却不具备丝毫神性,仅仅是人类的压倒性权威和尊严加在一起的结果。人类只是在相互敬畏,还没有开始敬畏上帝。要是我容许自己用基督教世界各民族的鉴别力来判断是非,容许自己站在他们的公允立场发表意见,那我肯定会赞扬他们,只不过,这事情对我来说太过艰巨。他们似乎是最文明、最人道的民族,但我有可能搞错了。所有的民族都拥有适合自身境况的神灵,社会群岛的土著崇奉一位名为"托阿西图"的神灵,"样子像狗,能保佑人们不从山岩或大树上跌落"^③。我认为我们可以不要这个神,因为我们不怎么攀爬。社会群岛岛民可以随便拿块木头,在几分钟之内给自己做出一个神,一个能把他自个儿吓得魂飞魄散的神。

依我看,要是有某个万幸生在"考验人类灵魂的岁月"^④的老派阿婆,某个不依不饶的老处女,听见了我这些话,兴许会拉上同属老派的涅斯托尔,一起来教训我:"可你们年纪比我轻。曾几何时,我结交过一些比你们了不起的人。后来我再没有见过那样

---

① 这里的"传言"可能是指普鲁塔克(见前文注释)的文章《神谕为何失灵》("*De defectu Oraculorum*")当中的说法:"伟大的潘神已经死去。"

② 潘是山野之神,"潘的神殿"可以理解为大自然。

③ 引文出自威廉·埃利斯《波利尼西亚研究》第二卷。

④ 此处引文不详所自。美国哲学家及政论家托马斯·潘恩(Thomas Paine,1737—1809)的《美国危机》第一册(*The American Crisis*,1776)的第一句话是:"这是个考验人类灵魂的时代。"

的人，将来也不可能见到，比如皮瑞苏斯，比如德瑞阿斯，以及民众的牧人"，①后面这个称号多半是指华盛顿，唯一的"民众牧人"。这会儿呢，阿波罗已经完成了六次西沉，或者说看似西沉，开始第七次在东方露脸，于是乎，她兴许会把她那双几近空洞、早已无神的眼睛，那双原本只在粗纺毛线和精纺毛线之间来回打转的眼睛，转向某本劝善的传道书，一刻不停地探究其中的真义。前六日你须当劳作，须当完成你所有的编织活计，但在第七日，没错，你须当诵读经书。我们这些人真是幸福，因为我们能不无感激地晒这个温暖的九月太阳，它一视同仁地照耀所有生灵，无论他们是在休息还是在工作，因为不管是在我主的月亮之日，还是在他的太阳之日，②我们的生活都没受任何谴责，无论它是多么地该受谴责。

世上存在千差万别乃至匪夷所思的信仰，我们何必为其中任何一种大惊小怪？人信什么，上帝就信什么。我活到了这把年纪，耳闻目睹了这么多的亵渎者，可我至今不曾听说或看见出于故意的直接亵渎或不敬，出于习惯的间接亵渎倒是屡见不鲜。直截了当地当面冒犯造他的神，这样的人哪里有呢？

---

① 涅斯托尔（Nestor）是古希腊神话中的长寿智者。此处引文出自《伊利亚特》第一卷，是涅斯托尔劝诫阿喀琉斯和阿伽门农的话。皮瑞苏斯（Pirithous）和德瑞阿斯（Dryas）都是古希腊神话中的英雄人物。"民众的牧人"原文为希腊文。

② "月亮之日"和"太阳之日"的原文分别是"Mona-day"和"Suna-day"，是梭罗对英文词语"Monday"（星期一）和"Sunday"（星期日）的拆解变形，意在突出这两个词的本义。在古英语中，"Monday"和"Sunday"的写法分别是"mōnandæg"和"sunnandæg"，意思分别是"月亮之日"和"太阳之日"。

古代神话有一个功在当代、值得铭记的增补，那便是基督的传说。晚近的各个世纪不知付出了多少的痛苦、泪水和鲜血，这才把基督的传说编织完成，又把它添加到全人类的神话当中。新的普罗米修斯由此诞生。我们把这个神话印入全人类的记忆，靠的是怎样神奇的共识、耐性与坚韧？情形仿佛是我们的神话逐渐嬗变，逐渐把耶和华赶下王座，又用他的王冠为基督加冕。

我们的生活只能称作悲剧，否则我将无以名之。我们的共同历史当中，居然包含着一个如此凄惨的故事，也就是耶稣基督的生平和耶路撒冷的历史。想想吧，耶路撒冷死在它的荒凉山丘之间，精赤条条、香膏涂覆、未得掩埋。①我确信，有一些东西在塔索的诗里得到了安稳惬意的掩埋。②想想吧，时至今日，他们依然在声色俱厉、不依不饶地宣讲基督教的教义。基督教眼里的时间和空间到底是什么东西——难道是一千八百年和一个新的世界？——竟至于使一名犹太农夫的卑微一生③获得巨大的力量，足以把一名纽约主教变得如此偏执。列王敬献的四十四盏灯，依然在一个名为圣墓的地方燃烧；④教堂钟鸣；一周之内，便有一名香

---

① 耶路撒冷为犹太教、基督教及伊斯兰教圣城，历史上饱受战火摧残。《圣经》中多有关于耶路撒冷被毁的记载。

② 意大利诗人托夸托·塔索（Torquato Tasso，1544—1595）著有脍炙人口的史诗《解放耶路撒冷》（*Jerusalem Delivered*），以浪漫的笔调叙写了第一次十字军东征的故事。在这部史诗当中，东征的基督徒从穆斯林手中夺回了耶路撒冷。

③ 按照通常的说法，耶稣诞生于公元元年前后，生活在罗马帝国的犹太行省。

④ 圣墓（Holy Sepulchre）即耶稣之墓，在耶路撒冷的圣墓教堂里。据1820年11月的《美国传教士实录》（*American Missionary Register*）所载，圣墓里"悬着四十四盏长明灯，其中二十一盏属于希腊东正教会，十三盏属于天主教会，六盏属于亚美尼亚教会，四盏属于科普特教会"。

客在加尔瓦略山①洒下真诚的泪水:

> 耶路撒冷啊,耶路撒冷,若是我忘记了你,那就让我的右手忘记它的技艺。
>
> 我们坐在巴比伦的河边,想到锡安山便伤心哭泣。②

我确信,身处教派藩篱之外的人可以排除偏见,对佛陀、基督或斯维登堡③同样亲近。不信奉基督教的人,才能够领略基督生平的美与真。我知道,有些人听到我把我的佛陀跟他们的基督相提并论,一定会对我怀恨在心,可我十分肯定,我乐见他们爱他们的基督胜过爱我的佛陀,因为爱才是第一要义,何况我也对基督颇有好感。"真神是字母'ku',也是字母'Khu'。"④基督徒何必故步自封,跟从前一样偏狭迷信?那些心地纯朴的水手不愿把

---

① 加尔瓦略山(Mount Calvary)即耶路撒冷城郊的各各他山(Golgotha),是耶稣受难的地点。

② 这两段引文分别是《旧约·诗篇》第一百三十七章的第五节和第一节。"巴比伦的河"指底格里斯河和幼发拉底河。锡安山(Zion)是耶路撒冷附近的一座小山,可以指代耶路撒冷。

③ 斯维登堡(Emanuel Swedenborg,1688—1772)为瑞典科学家及神学家,斯维登堡教派的创立者。他自称耶稣为他打开了慧眼,使他能够任意穿梭天堂地狱。

④ 这句引文出自印度社会改革先驱罗姆莫罕·罗伊(Rammohun Roy,1772—1833)的《吠陀要籍及数种争议性婆罗门教著作选译》(*Translation of Several Principal Books, Passages, and Texts of the Veds, and of Some Controversial Works on Brahmunical Theology*,1832)。从该书上下文来看,这句引文的意思是真神寓于万物,无所不在。

约拿扔进大海,哪怕这是约拿本人的要求①:

> 这样的爱,到后世去了何处?
> 唉!它已踏上无尽的朝圣旅途,
> 而且我怀疑它一去不返,
> 直到轮回使往古时代重临世间。②

有个人说:

> 这世界是一种流行病,
> 肆虐在六神无主的可怜凡人
> 狂乱的头脑和悖逆的心灵。③

还有个人说:

> 广大世界只是舞台,
> 举世男女无非戏子。④

---

① 约拿(Jonah)是《圣经》中的人物。据《旧约·约拿书》所载,约拿不听耶和华的差遣,耶和华便使约拿乘坐的海船遭遇大风大浪。约拿要求水手们把自己扔进大海,以便平息耶和华的怒气。水手们起初不愿,最后才在无奈之下把约拿扔到了海里。

② 这四行诗出自夸尔斯的长诗《蠕虫的盛宴》(*A Feast for Wormes*)。这首诗以《圣经》中的约拿事迹为蓝本,"这样的爱"指的是水手们对约拿的仁爱。

③ 这三行诗出自夸尔斯《象征诗集》第一卷第八首。

④ 这两行文字出自莎士比亚戏剧《皆大欢喜》第二幕第七场。

这世上居然还有剧场这种施设，实在是一件咄咄怪事。老德雷顿认为，人若是生活在这个世界，又想成为诗人之类的人物，身上就得有一些"勇敢而超脱的气质"，脑子里还得充满一种"文雅的疯狂"。[1] 人当然该有这些特质，要不然就应付不了此世的生活。托马斯·布朗爵士断言"他的生活是一个持续三十年的奇迹，写出来不是历史，而是一首诗歌，听起来则像是一个传说"，约翰逊博士对这番说辞表示惊奇，[2] 其实他大可不必。真正值得惊奇的是，并不是所有的人都像布朗这么说。弗朗西斯·博蒙特[3] 收到的评语如果是真的，便可算一句难得的赞词："观众也在你们的悲剧里充任角色。"[4]

想想吧，这世界何等凄惨寒酸，我们有一半的时间得点上灯，这样才能看见，才能生活其间。我们一半的人生，便是如此度过。倘若整个的人生都是如此，谁还肯承揽这桩事业？再者说，请问，

---

[1] "老德雷顿"即英格兰诗人迈克·德雷顿（Michael Drayton, 1563—1631），前面两处引文出自他的诗歌《致我深爱的友人亨利·雷诺兹》（"To My Dearly Loved Friend, Henry Reynolds"）。

[2] "约翰逊博士"即英格兰作家及词典编纂家塞缪尔·约翰逊（Samuel Johnson, 1709—1784）。此处引文原本出自英格兰作家托马斯·布朗（Thomas Browne, 1605—1682）的《一名医生的宗教》（*Religio Medici*, 1642），是布朗对自己人生的评价。约翰逊在《托马斯·布朗爵士生平》（*The Life of Sir Thomas Browne*）一文中引用了布朗的这番话，并称这番话"最使人感到好奇"。

[3] 弗朗西斯·博蒙特（Francis Beaumont, 1584—1616）为英格兰剧作家，尤以与英格兰剧作家约翰·弗莱彻（John Fletcher, 1579—1625）的合作闻名。

[4] 这句引文出自诗歌《纪念两位无与伦比的作家：博蒙特和弗莱彻》（*To the Memory of the Incomparable Paire of Authors, Beaumont and Fletcher*）。这首诗作者不详，一说是英格兰剧作家贾斯珀·梅恩（Jasper Mayne, 1604—1672）。

白昼又有哪一点强过黑夜呢？不过是拥有一盏燃得更亮的灯，一些更纯净的灯油，比如说冬滤鲸油①，可以让我们更顺当地虚度光阴而已。受了一抹阳光和几缕鲜亮色彩的收买，我们就膜拜我们的造物主，用赞美诗来平息他的怒火。

> 我想跟你们做个交易，
> 众神啊，听听这不敬者的言语，
> 这交易对你们绝无损折，
> 你们行善，我便积德。
> 我虽然是你们的造物，
> 以你们的大自然为母，
> 却拥有依然不屈的尊严，
> 血脉也不曾沦于卑贱，
> 还拥有些许自由与独立，
> 以及我自己的子嗣苗裔。
> 我不能盲目吃苦受累，
> 纵使你们对我百般抚慰，
> 我凭十字架赌咒发誓，
> 绝不给任何上帝充当奴隶。
> 你们若是待我坦诚，

---

① "冬滤鲸油"原文为"winter-strained"。抹香鲸油是一种珍贵的灯油，最上等的抹香鲸油是冬滤鲸油（winter-strained sperm oil），即抹香鲸油脂经冬季自然冷凝后压榨制得的鲸油。

>那我定当竭尽所能,
>
>只要你们将宏伟的蓝图,
>
>展示给这个爱你们的凡夫,
>
>再给他一片用武之地,
>
>要比这世界广阔些许。

"千真万确,我的天使们啊!我这个仆人使我心生愧疚,因为他没有别的指引,只有我。既是如此,我当然宽恕他。"——萨迪《蔷薇园》①

和我交谈的大多数人,甚至是那些不无创意与天赋的男男女女,全都备好了一整套陈腐干瘪的宇宙观——听起来干极了,我可以向你保证,依我看还干得一点就着,干得朽蠹,干得掉渣。哪怕是在最为短暂的交流当中,他们也会把这套宇宙观支在你和他们之间,好似一个年深日久、摇摇欲倒的房屋框架,所有的板子都已经被风刮走。他们非得带上床铺,要不然就不肯走路。② 有

---

① 《蔷薇园》(*Gulistan*)是十三世纪波斯诗人萨迪(Saadi)的哲理诗文集,为波斯文学经典,在西方世界也有很大的影响。引文出自英国学者詹姆斯·罗斯(James Ross, 1759—1831)于1823年出版的《蔷薇园》英译本,是真神说的话,"我这个仆人"指一个诚心忏悔的罪人。

② 这句话可能暗用了《新约·约翰福音》的典故,该书记述了耶稣的一个神迹:耶稣看到一个卧床不起的病人,于是对病人说:"起来,拿上你的褥子走吧。"病人便立刻痊愈,拿上褥子走了。梭罗曾经反用这个典故,在《瓦尔登湖》当中写道,"时至今日,哪怕是健康人也难免力有不逮,没法拿上褥子走路",以此劝诫人们抛弃家具之类的累赘和羁绊。

一些在我看来十分渺小、十分无聊的事物和关系,到他们那里就成了亘古不移的秩序,比如说圣父、圣子与圣灵,如此等等。对他们来说,这些东西就好比亘古屹立的山峦。可是我漫游四方,从来没看见能证实这些东西的蛛丝马迹。它们留下的痕迹,清晰的程度还不如遥远地质年代的纤小花朵,在我炉膛里的煤块表面印下的纹理。最睿智的人从不宣讲教条,心里也没有条条框框,仰望穹苍之时,他眼中没有梁椽[①],连蛛网都没有,有的只是清朗碧空。要是我某时看得比平常清晰,一定是因为我借以观看的介质比平常清透。可我看天看地,那个古老的犹太框架依然矗在那里,依然是恒久的施设!你们高举这件障眼之物,妨碍我理解你,也妨碍你理解我,凭的是什么权利?这并不是你们的发明,是别人强加给你们的东西。好好研究一下你们的权威吧。我们担心,就连基督也有条条框框,也有对传统的服从,致使他的教诲沾染了微小的瑕疵。他没有扫除一切成规,宣讲了一些只是教条的东西。对我来说,亚伯拉罕也好,以撒也好,雅各也好,[②]如今都只是再虚幻不过的幽灵,根本玷污不了早晨的天空。你们认定你们的条条框框才是宇宙的架构,其他的条条框框都会在转眼之间化为废墟,可你们那个十全十美的上帝,显灵时从来不曾走得像你们这么远,从来不曾发表你们——他的各位先知——发表的这种

[①] 这里的"梁椽"典出《新约·马太福音》,喻指"障目之物"或"瑕疵"。
[②] 亚伯拉罕(Abraham)、以撒(Isaac)和雅各(Jacob)是祖孙三代,都是《圣经》中的重要人物。

宣言。你们学过天堂的字母表[①]吗？能不能数到三？你们知道上帝家里有几口人吗？能不能把神秘的奥义形诸语言？难道你们胆大包天，敢拿无法言说之物来编传说？请问你们是哪门子的地理学家，居然敢谈论天堂的地形？是什么人的友朋，居然敢谈论上帝的本性？你，迈尔斯·霍华德[②]，你难道认为，上帝把你当成了知心？给我讲讲月球群山的高度，或者讲讲太空的直径，我没准儿还会相信你，可你要是讲什么万能上帝的秘史，那我就只能说你是个疯子。然而，我们确实拥有我们上帝的点滴家史，就跟塔希提[③]土著也有他们上帝的家史一样，这只是某个古代诗人的宏大想象，但却被强加给了我们，等同于万世不易的真理，等同于上帝自己的话语！毕达哥拉斯说得不无道理，"关于神的真确论断，便是神自己的论断"，[④]只不过我们大可怀疑，文献中有没有这样的例子。

---

　　① "天堂的字母表"暗指《新约·启示录》中耶稣的话："我是阿尔法，也是欧米伽，是开端，也是终结。""阿尔法"（α）和"欧米伽"（ω）分别是希腊字母表的第一个和最后一个字母。

　　② "迈尔斯·霍华德"（Miles Howard）不详所指，这个人名可能是梭罗的虚构。

　　③ 塔希提（Tahiti）是社会群岛（见前文注释）的岛屿之一。

　　④ 毕达哥拉斯（Pythagoras，前570?—前495?）为古希腊哲学家及数学家。这句引文不一定是毕达哥拉斯的话，见于叙利亚哲学家扬布里科斯（Iamblichus, 245?—325?）撰著的《毕达哥拉斯生平》（*The Life of Pythagoras*）附录的"毕达哥拉斯派学者西克塔斯名句选"（"Select Sentences of Sextus the Pythagorean"）。西克塔斯（Sextus）身份不详，一说是公元前一世纪的古罗马哲学家昆图斯·西克提乌斯（Quintus Sextius）。

《新约》这部书堪称无价之宝，虽说我必须承认，在我年纪幼小的时候，教会和主日学校①使我对这部书产生了些微偏见，以至于尚未阅读，便认定它是书目当中最低俗的书籍。还好，我一早就逃出了教会和主日学校的罗网。要将各种评注赶出自己的脑海，好好领略这部书的真味，并不是一件容易的事情。我以为，《天路历程》②是《新约》衍生的最精彩布道，而我听过或听说过的其他布道，几乎都只是这本书的拙劣仿品。仅仅因为《新约》是基督徒编写的东西，就对基督的生平产生偏见③，说起来未免有点儿可悲。实际上，我特别喜爱这部书，尽管对我来说，它不过是一座我有缘梦见的空中楼阁。我最近才读到它，觉得它格外新鲜，格外引人入胜，以致我找不到可以一起探讨的人。我从来不读小说，因为小说中包含的真实生活和思想着实有限，最喜欢读的则是各个民族的经典，虽说我碰巧更熟悉印度人、中国人和波斯人的经典，却对希伯来人的经典比较陌生，因为我最晚接触到它。给我一部这样的"圣经"，就可以让我安静好一阵子。等到我恢复说话功能的时候，我往往会拿新奇的言辞去搅扰邻人，只可惜一般而言，他们会觉得我的话毫无理智。我读《新约》的时候，情形便是如此。我还没有讲到基督在十字架上受难的故事，尽管我翻来覆去读了无数次。我十分乐意把这个故事念给朋友们听，他们中有一

---

① 主日学校（Sabbath school）指在星期天对儿童进行宗教教育的学校，通常附属于教堂。

② 《天路历程》（*The Pilgrim's Progress*，1678）是英格兰作家及布道家约翰·班扬（John Bunyan，1628—1688）撰著的基督教寓言小说，在西方影响很大。

③ 耶稣的言行事迹是《新约》的主要内容。

些性情庄重的人；这故事真是好极了，我敢肯定他们从来没有听过，故事的情节完全符合他们的实际情况，我们完全可以一起分享，从中获得莫大的乐趣。可我的直觉告诉我，他们压根儿不乐意听我念。听不了多久，他们就会显露种种明白无误的迹象，表明在他们看来，这故事乏味得无以言表。我无意暗示我比邻人好哪怕一丝一毫，原因在于，唉！我深知我只是跟他们一样好，虽说我读书的品味比他们高。

奇怪的是，《新约》虽然得到了表面上的普遍青睐，甚至得到了偏狭执拗的捍卫，它论及的真理诫命却没有赢得任何欢迎，没有赢得任何知音。据我所知，再没有哪本书像它这样少人阅读，再没有哪本书像它这样十足陌生，十足异端，十足不得人心。这部书对基督徒来说，跟对希腊东正教徒和犹太教徒一样，也只是愚蠢荒唐的绊脚之石。千真万确，书中有一些十分严厉的话语，任何人都不应当念诵超过一次。"首先要寻求天国。""不要在地上积攒财宝。""要做完人，你就该变卖所有家当，将所得施与穷人，借此积下天上的财宝。""人若是赔上了灵魂，赚来全世界又有何益？人该拿什么去交换自己的灵魂？"——想想这个道理吧，扬基人！——"我实在告诉你们，你们但凡有一粒芥子那么大的信心，便可以吩咐这座高山移到那边，而高山也会遵命挪移；你们再没有办不到的事情。"①——想想吧，在新英格兰听众面前重复这些话语，会有什么样的效果！你可以重复三遍，四遍，十五遍，直到布道的言辞装满三个大桶！不掺上虚伪的说教，谁能够念诵这些话语？不掺上虚伪

---

① 前面五句引文都是《新约·马太福音》记载的耶稣教诲。

的说教，谁能够安然聆听这些话语，不赶紧逃出教堂？这些话语从来没得到真正的念诵，从来没得到真正的聆听。无论是在这片土地上的哪一个布道台，但凡有一句这样的话语得到了真正的念诵，布道台所在的教堂就会立刻坍塌，不留片瓦。

遗憾的是，《新约》太过单一地着眼于人和人的所谓精神事务，太过执着地探讨道德和个人问题，以至于无法满足我全部所需，因为我感兴趣的不仅仅是人的宗教或道德本性，甚至不仅仅是人。对于未来，我并没有特别明确的规划。严格说来，待人如待己绝对算不上什么黄金准则[1]，不过是现行白银准则之中最好的一条而已，正人君子基本用不上它。就这种情形而言，全无准则才是真正的黄金准则。需要人们不折不扣全盘接受的书籍，世上还从来不曾有过。基督是世界舞台上的明星演员，他这句话可不是信口胡诌："天与地终将消亡，我的话永不消亡。"[2] 每当听到这样的话语，我总是会向他靠拢。可是，他教给人类的仅仅是未臻完善的处世之道，他的思想全部都指向彼岸世界。除了他定义的成功之外，我们还有另外一种成功。即便是在此岸世界，我们还是有生活要过，还是得在生活里跋涉得久一点儿。面对各式各样的待解难题，我们必须在精神和物质之间权且周旋，尽力应对这样的人生。

---

[1] "待人如待己"是西方盛称的"黄金准则"，出处之一是《新约·路加福音》所载的耶稣教诲："你们期望旁人如何对待自己，便应当如何对待旁人。"

[2] 这句引文出自《新约·马太福音》。

人若是身体健康，拥有一份稳定的职业，比如说一柯度①五毛钱的伐木工作，还拥有一处林间营地，便不会成为基督教的诚笃信徒。对于这样的人来说，《新约》也许是一些日子里的上佳选择，但却不会是每个日子或大部分日子里的必读之书。有空闲的时候，他更愿意去钓鱼。耶稣的各位使徒也捕鱼，②可他们都是志存高远的海鱼猎手，绝不会到内陆的河边来钓狗鱼。

人们有一种莫名其妙的愿望，想做个什么事都做不好的好人，兴许是因为他们隐约觉得，这样子最终会有好处。牧师们反复灌输的道德是一种十分巧妙的策略，比政客的手腕高明得多，世界有了这些充任警察的牧师，便得到了十分成功的管治。成天为自身的瑕疵苦恼，完全是白费工夫。说真的，良知跟心灵或头脑一样，不会也不该垄断我们全部的生活。良知也容易生病染疾，一如我们身心的其他部分。我见过这样的一些人，他们的良知无疑受到了早年放纵的戕害，已经变得像娇惯的孩子一样暴躁易怒，最终使他们永无宁日。他们不懂得适时咽下反刍的食物，他们的生命当然产不出奶。

> 良知是家养的本能，
> 而情感和思想违背自然的圭臬，
> 借近亲繁殖扩散良知的罪孽。

---

① 柯度（cord）为木柴体积计量单位，一柯度约等于三点六立方米。
② 据《新约·马可福音》所载，耶稣曾对圣彼得兄弟俩说："来吧，来跟从我，我会把你们造就为得人的渔夫（fishers of men）。""得人的渔夫"实指众人仰赖的领袖或导师。

听我说,把良知赶出门去,

赶进那荒原野地。

我希望生活情节简单,

不会为每个痘疮生起波澜;

我希望灵魂健全,不受染病良知的拘管,

能够让宇宙常葆美好,一如初见。

我希望灵魂诚挚,

希望它浓烈的悲喜,

不会在杯中淹死,

将来才重获生机;

希望它经历的悲剧只有一出,

不会达到七十之数。①

我希望良知值得护持,

常年欢笑,从不悲泣;

我希望良知睿智坚定,

永远处变不惊;

不随时势改易,

不事奉承阿谀;

希望它只计较那些,

该当置疑的重大关节。

我希望灵魂不是纯属机械,

---

① 梭罗这句诗里的"七十",可能是因为西方传统以七十为人的寿限,例见《旧约·诗篇》:"我们一生的寿限是七十年。"

注定得良善无邪，

而是彻底保持自己的本相，

不对任何人装模作样；

拥有与生俱来的独特使命，

独特的烦忧与欢情；

能完成上帝肇始的工作，

不让这工作没有结果；

从上帝停手的地方做起，

无论要做的是赞颂还是讥刺；

若非良善，何妨邪恶，

若非良善如神，何妨邪恶如魔。

良善！——你这个伪君子啊，脱掉你的良善外衣，

去过你的生活，做你的工作，然后拿上帽子离去。

我可没耐性应付，

你这种良知捆绑的懦夫。

我要的是纯朴的劳动者，

他们热爱自己的工作，

他们的美好品德，

是一曲鼓舞上帝的赞歌。

  我曾经遭受一名牧师的指责，当时他赶着一头可怜巴巴的牲口，正在前往新罕布什尔山区某座教堂的马棚，看见我安息日不去教堂，倒跑来山顶转悠，便对我啧有烦言，虽说我无论是在当天，还是在其他任何一天，都乐意跋涉比他更远的路程，只要能

听见一句真正的教诲。他声称我"违背了上帝的第四条诫命"①，接着就以坟场一般阴森的腔调，一桩一件地给我数说，每次有人在安息日做了日常的工作，马上招来了怎样的灾祸。他真的认为有个上帝在旁窥伺，等着给在这个日子从事世俗工作的人使绊子，却不知虎视眈眈的不是上帝，而是做工的人那邪恶的良知。这样的迷信弥漫乡野，以至于无论你走进哪个村镇，眼中最丑陋的建筑始终是镇上的教堂，从它实际的模样来说是如此，从它带给人的联想来说也是如此，因为在教堂里面，人性屈膝最甚，受辱最深。不用说，要不了多久，这一类的神庙就无法再破坏美丽的风景。世上最叫人扫兴、最叫人恶心反胃的事情，莫过于安息日走在陌生村镇的街道，却听见布道的牧师像狂风里的水手长那样大声咆哮，用刺耳的尖叫亵渎这个日子的宁谧氛围。这时你禁不住悬想，他肯定已经脱去了外套，跟那些准备去干燥热脏活的人一样。

要是我跟米德尔塞克斯的牧师商量，周日让我去他的布道台上讲讲，他肯定会一口回绝，理由是我不会像他那样祷告，或者是我没有获得圣职。他说的这些，到底是什么玩意儿？

说实在的，今时今日，最不虔诚的行为莫过于祷告、守安息日和重建教堂。哪怕是南太平洋那些海豹猎手宣讲的教条，都要比这样的教条真诚一些。教堂相当于疗治灵魂的医院，跟疗治肉体的医院一样充斥着江湖骗术。那些被送进教堂的人，生活跟疗

---

① 据《旧约·出埃及记》所载，上帝在西奈山上向以色列先知摩西（Moses）颁布了十条诫命，是为"十诫"，其中第四条是："当纪念安息日，守为圣日。"

养院或者"水手避风港"①里的退休老人差不多，赶上阳光明媚的日子，教堂门外就能看见一整排闲坐的宗教残疾。灵魂健全的人，千万别想着有朝一日，自己也得去教堂里占间病室，千万别任由这样的忧虑，败坏自己欢快劳作的兴致。即便想到了那些绝症缠身的病患，也别把教堂看成自己的归宿。这样的高塔崇拜会让人失魂落魄，就像是印度教地底神庙里的锣声。若是在黑暗的处所，或者在地下的囚牢，布道的言语兴许能生根发芽，但在我所知的世界任何地方，在光天化日之下，情形绝非如此。此时此刻，安息日的钟声远远传来，缭绕在这边的河岸，引不起愉快的遐想，只撩动阴沉的愁思。它让人不由自主倚桨歇息，好迁就格外沉吟的心境。情形仿佛是无数本教义问答②和宗教书籍同时发声，用一记嗡嗡哀号的巨响环绕大地，这巨响似乎起自埃及的某座神庙，沿着尼罗河的岸边久久回荡，正对着法老的宫殿，正对着莎草筐子里的摩西③，惊动了千万只晒太阳的鹳鸟和鳄鱼。

到处都是"好人"发出的撤退号令，招呼大家往后倒，倒进天真无邪的安全地带，确切说是往前倒，倒向随便什么救命稻草。基督教只知道眼巴巴地期望，因为它已经把自己的竖琴挂上柳梢，

---

① "水手避风港"（Sailor's Snug Harbor）是当时纽约市斯塔腾岛上的一个收容老病水手的慈善机构。

② 教义问答（catechism）是教会传授基本教义的简易教材，通常采用问答的形式。

③ 据《旧约·出埃及记》所载，埃及法老迫害流亡埃及的以色列人，下令将以色列人生的男婴一律扔到河里。以色列先知摩西出生之后，摩西的母亲被迫把他装进莎草筐子放在河边，摩西由此被法老的女儿收养。

无法在外邦唱出歌谣。[1] 它以前做过悲伤的噩梦，至今仍不能怀着喜悦迎接黎明。母亲把自己的虚假信仰教给孩子，还好，谢天谢地，笼罩在父母阴影里的孩子不会长大。我们母亲的信仰，不曾随阅历一起增长，因为她的阅历，是她无法面对的东西。生命的课程太过艰难，她无法从中学习。

莫名其妙的是，或迟或早，几乎所有的演讲者和作者都会觉得自己义不容辞，必须去证明或赞颂上帝的本性。某位布里奇沃特伯爵，认为晚做总比不做强，于是把相关的安排写进了遗嘱。[2] 他这种做法，实在是一个可悲的错误。阅读农业著作的时候，我们必须略过作者的道德反思，略过散布在字里行间的"上帝旨意"和"祂"，这样才能受益于作者的学问。作者所称的"我的宗教"，十之八九臭不可闻。他不该愚蠢地暴露自己，应该把自己的溃烂伤口包裹严实，等它愈合了再说。人类科学所包含的宗教成分，比人类宗教所包含的科学成分要多。我们还是赶紧去读生猪委员会[3]的调查报告吧。

一个人真正的信仰，从来不会体现于他的信条，一个人的信条，也从来不会是体现信仰的条文。信仰绝不会是拣来的东西。

---

[1] 典出《旧约·诗篇》中流亡以色列人的哀诉："我们坐在巴比伦的河边……我们把竖琴挂上那里的柳梢。因为在那里，掳掠我们的人要我们唱歌……可我们怎能在外邦唱耶和华的歌？"

[2] "某位布里奇沃特伯爵"指英国贵族第八世布里奇沃特伯爵（Francis Henry Egerton, 8th Earl of Bridgewater, 1756—1829）。此人临死时出资八千英镑，托人撰写八篇论文，以便阐明"上帝的伟力、智慧与仁善"。

[3] 马萨诸塞州当时确实有一个负责调查猪羊养殖状况的绵羊生猪委员会（The Committee on Sheep and Swine）。

正是信仰使人笑口常开，使人能像目前这样勇敢地生活。奇怪的是，人竟然忧心忡忡地紧抓自己的信条，把信条当作救命稻草，还觉得这样子很是安全，可以保证备用的船锚不走锚。①

就大多数人的宗教而言，教条的绳索不但没起到该有的作用，也就是充当联结人神的脐带，反而像是西伦的同伙走出密涅瓦神殿的时候，手里牵着的那根线绳，线绳的另一端，倒也连上了密涅瓦女神的雕像。②但是，跟西伦的同伙一样，他们手里的这根线往往会被拉断，使他们失去避难之所。

"一位虔诚的善人，头枕着玄思的胸膛，沉浸在冥想的海洋。他刚刚从幻梦中醒来，一个朋友便跟他打趣，刚才你神游花园，从那里给我们带了什么样的珍奇礼物呢？他回答说，当时我暗自思量，如果能走到那个蔷薇苑，我就要用衣摆兜满鲜花，带回来送给我的朋友；等我走到的时候，蔷薇的香气却使我大醉酩酊，衣摆也从我手中滑了下去。——'黎明之鸟啊！向飞蛾学习挚爱的热情吧，因为那烧焦的生灵捐弃灵魂，不曾发出一声呻吟；这些骄矜的假信士追寻他，却对他毫无了解，因为那了解他的人，我们再未听闻。——你啊！你身居高处，超越漫天飞舞的

---

① "走锚"是航海术语，指船只因船锚脱离海底而随浪漂移的危险状况。此外，只有在遭遇紧急状况的时候，船只才需要抛下备用的锚。

② 西伦（Cylon）是公元前七世纪的雅典贵族。据普鲁塔克《希腊罗马名人传》（*Parallel Lives*）所载，西伦曾发动政变，但政变没有成功。西伦的一些同伙躲进雅典卫城里的雅典娜（即古罗马神话中的密涅瓦）神庙，用线绳把自己和神像连在一起，走出神庙时依然牵着线绳的一端，表示自己得到了女神的庇护。但线绳自行断开，人们由此认为女神抛弃了他们，随即把他们杀死。

猜想、主张和领悟；关于你的一切传闻，我们都已经听过读过；集会散场，生命终结；我们的依赖，依然是我们对你的第一声颂赞！'"——萨迪①

正午时分，我们经由米德尔塞克斯的船闸驶入梅里迈克河。船闸在坡塔基特瀑布上方，一个安详宽厚的男子放下手中的书本，默默为我们开闸放行，尽管照我们的猜测，周日开闸并不是他的职责。我们与他的对视既得体又平等，恰如两位正人君子的眼神交流。

眼神流动，传递着双方习惯成自然的温文礼数。听人说，无赖之徒从不会直视你的脸，正人君子则不会咄咄逼人地看你，就跟要靠这个争强斗胜似的。我见过那样的一些人，总是目不转睛地和你对视，不懂得适时转移视线。真正自信大度的人，绝不会蠢得想在眼神交流中抢占上风，只有毒蛇，才会靠一瞬不瞬的凝视压服他人。我这位朋友直视我的脸，由此看见了我，如是而已。

转眼之间，我们便与此人缔结了最美好的关系，虽说我们没怎么交谈，他对我们和我们这次旅程的兴趣却可谓一览无遗。我们发现他是个高等数学爱好者，本来正沉浸于某个照耀心灵的重大问题，没想到我们不期而至，低声道出了我们的猜测。我们从他那里获得了梅里迈克河的航行权利，感觉就像实实在在驶入了我们旅程中的大洋河②，并且欣喜地发现，我们的小船即将浮泛在

---

① 这段引文出自詹姆斯·罗斯的萨迪《蔷薇园》英译本。
② 大洋河（ocean-stream）是古希腊神话中环绕整个世界的河流。

梅里迈克河的水面。我们赶紧重拾那些古老的技艺,忙不迭地摇橹弄桨,转舵操船。这两条河居然可以如此痛快地交汇合流,实在让我们惊异不已,原因是在此之前,我们从来没想到要把它们联系在一起。

正午时分,我们行驶在切姆斯福德和德雷克特①之间,滑行在梅里迈克河宽达四分之一里的广阔胸膛,我们的桨声越过水面,飘进两岸的一个个村庄,那些村庄也发出微弱的声响,越过水面飘到我们耳边。在我们的想象之中,那些村庄的码头风平浪静,美如仙子,不逊于丽都、叙拉古或罗得岛②,而我们好似一艘稀奇古怪的浪游船舶,匆匆掠过一些看似世外高人寓所的房子,它们格外地引人注目,仿佛是矗立在小山的峰巅,又像是漂浮在齐胸高的水面。水上传来儿童复诵教义问答的清晰语声,来自三分之一里开外的某座河边农舍,我们与农舍之间的宽广浅滩上站着一群奶牛,正在用尾巴抽打自己的身体两侧,与蚊蝇激战方酣。

两百年前,此地还流行另外一种教义问答,因为此地迎来了瓦纳兰瑟特酋长和他的族人,有时还有我们康科德的塔哈塔万酋长,③他们都在这里的瀑布捕鱼,后来的某个时候,塔哈塔万在

---

① 德雷克特(Dracut)为马萨诸塞州城镇。

② 这三个地方都是举世闻名的所在。丽都(Lido)是威尼斯的一个岛屿;叙拉古(Syracuse)为西西里岛港口古城;罗得岛(Rhodes)为希腊岛屿。

③ 瓦纳兰瑟特酋长(Wannalancet,1619?—1697)为印第安首领。他和他的部落主要的活动区域是今日美国的洛厄尔一带,也就是梭罗此时行经的地方;塔哈塔万酋长(Tahatawan)也是印第安首领,于十七世纪中叶活动在今日美国的康科德一带。

自己家里设了一座教堂。来到此地的还有约翰·艾略特，他带来了译成马萨诸塞方言的《圣经》和教义问答，以及诸如巴克斯特《召唤不信教者》之类的小册子，[①]向印第安人传授基督教义。谈到瓦米西特[②]的时候，顾金[③]说，"这地方

> 是印第安人的一处古老要津，他们总是来这里捕鱼，这位善人[④]便借机撒下福音的罗网，捕捞他们的灵魂。"——"一六六四年五月五日，"他接着写道，"艾略特先生和我按照平常的习惯，一同前往又称'坡塔基特'的瓦米西特。傍晚抵达之后，艾略特先生召集了尽可能多的人，开始对他们讲道，讲的是《马太福音》第二十二章的第一至第十四节，也就是王子娶亲的寓言。[⑤]我们聚会的地点是瓦纳兰瑟特的棚屋，离镇子大约两里，在坡塔基特瀑布附近，梅里迈克河岸边。瓦纳兰瑟特是坡塔基特大酋长老帕萨孔纳威的长子，为人庄

---

① 约翰·艾略特（John Eliot, 1604?—1690）为英国清教传教士，后移居马萨诸塞，致力于向北美印第安人传教；巴克斯特（Richard Baxter, 1615—1691）为英国清教领袖，著有宣教小册子《召唤不信教者回头开始真正的生活》（*Call to the Unconverted to Turn and Live*, 1658）。

② 瓦米西特（Wamesit）是印第安人对今日美国洛厄尔一带（康科德河与梅里迈克河交汇处）的称呼，参见后文的相关记述。

③ 顾金（Daniel Gookin, 1612—1687）是长期生活在北美的英国殖民者，曾任马萨诸塞殖民地印第安事务总管，对印第安人持同情态度。

④ "这位善人"指约翰·艾略特，见下文。

⑤ 在《新约·马太福音》的这个章节，耶稣把基督教的天国比喻为国王为王子娶亲摆下的喜宴，不肯奉召赴宴（亦即不肯信教）的人都遭到了惩罚。

重严肃，五六十岁年纪，一向对英国人友爱有加。"不过，此时他们还没能说动他信奉基督教。"但是这一次，"顾金说，"日期是一六七四年五月六日……经过一番慎重的考虑，他起身发言，大意如下'……我必须承认，我一辈子坐的都是一条旧独木船（暗指他坐独木船在河上航行的习惯），而你们恳劝我改变习惯，撇下我的旧独木船，坐上一条新独木船，之前我一直不肯答应。不过，现在我听从你们的劝告，坐进一条新独木船，以后会认认真真向上帝祷告。'"在场的还有一位"家住比尔瑞卡的绅士，也就是理查德·丹尼尔先生"，以及其他"几位上流人士"，丹尼尔先生"希望艾略特弟兄转告这位酋长，以前他坐旧独木船的时候，兴许确实是在平静的河流中航行，然而，那条路的尽头是灵魂和肉体的死亡与毁灭。还好，如今他已经坐上一条新独木船，途中也许会有风暴与磨难，可他依然会有坚持的勇气，因为航程的尽头是永恒的安息"。——"我听说从此以后，这位酋长果然坚持不懈，不但孜孜矻矻地聆听上帝的教诲，还谨守安息日，尽管他每个安息日都得跑两里多的路，才能到瓦米西特参加礼拜。自从他信奉福音之后，形形色色的族人抛弃了他，可他还是一如既往，坚定不移。"

——顾金于一六七四年编著的《新英格兰印第安人史料汇编》

从相关记载来看，"一六四三年至一六四四年元月七日，于新英格兰波士顿召开的马萨诸塞湾殖民地议会期间……瓦萨默昆、纳硕农、库恰马昆、马萨科诺默特和女酋长[①]确然"已经向英国人"自愿投诚"。其他允诺之外,他们还"答应时不时地接受关于上帝真理的教导"。面对"不得在安息日从事任何不必要工作,尤其是在身处基督教城镇之时"的要求,他们回答说,"这规矩不难遵守,反正他们哪一天也没有多少事情做,那一天完全可以休息休息。""就这样,"温斯诺普[②]在日记中写道,"我们教他们懂得了法律条文,以及上帝的全部十条诫命,他们欣然表示完全同意,由此得到了议会的郑重接纳,随后又向议会敬献了二十六㖊[③]贝壳串珠。议会则送给他们每人一件两码[④]布料做成的外套,设宴款待他们,临别时还请他们和他们的随从每人喝了一杯干白葡萄酒。这之后,他们告辞离去。"[⑤]

步行或骑马穿越荒野,来向这些水貂和麝鼠宣讲福音,该是多么艰辛的旅程!不用说,它们肯定会竖起红红的耳朵来倾听,一开始是出于好客守礼的天性,后来则是出于好奇乃至兴趣,听

[①] 这些人都是当时的北美印第安人首领。"女酋长"(Squaw Sachem)特指印第安酋长纳尼帕舍默特(Nanepashemet)的遗孀,因为她本人的名字不见记载。

[②] 此处的"温斯诺普"指约翰·温斯诺普(John Winthrop, 1587/1588—1649),信奉清教的英国律师,后成为马萨诸塞湾殖民地首任总督。

[③] 㖊(fathom)为英制长度单位,约合一点八三米。

[④] 码(yard)为英制长度单位,约合零点九米。

[⑤] 本段所有引文见于美国古物学者协会(American Antiquarian Society)编纂的《美国稽古》第二卷(*Archaelogia Americana*, 1836)正文及注释。温斯诺普的话见于此书注释引用的《一六三〇至一六四九年新英格兰史》(*The History of New England from 1630 to 1649*, 1825—1826),这部史书是后人用温斯诺普的日记编成的。

到最后，这地方就出现了"祷告的印第安人"①，并且像殖民地议会在给克伦威尔②的信中所说的那样，"传教工作收到了十分完满的成效，以至于一部分印第安人无须指导，自己也可以轻松自如地祷告和讲道了。"③

我们此时泛舟穿越的地界，其实是一片古老的战场与猎场，是一族猎手与战士的古老家园。他们的石砌鱼梁，他们的箭镞和砍刀，他们的杵与臼，依然埋藏在河底的淤泥里。杵臼是他们研磨玉米的器具，那时节，白人尚未尝到这种谷物。相沿至今的传说，依然为我们指明他们渔获最丰的地点，为我们讲述他们如此这般的捕鱼技艺。叙写此地历史的学者，撰著的注定是一个飞速变迁的故事。他会从缅托尼莫讲到温斯诺普，再从温斯诺普讲到韦伯斯特④，转眼就从希望山跳到邦克山⑤，从熊皮、烤玉米、弓弩

---

① "祷告的印第安人"（praying Indians）是美国殖民时期史料中常见的说法，指皈依基督教的印第安人。

② 克伦威尔（Oliver Cromwell, 1599—1658）为英国军政领袖，曾长期执掌英国国政。

③ 此处引文出自英国殖民者及保皇派政客托马斯·哈钦森（Thomas Hutchinson, 1711—1780）的《马萨诸塞湾殖民地史》（*The History of the Colony of Massachusett's Bay*, 1765）第一卷附录的马萨诸塞殖民地议会于1651年写给克伦威尔的信。

④ 缅托尼莫（Miantonimo, 亦作 Miantonomoh, 1600?—1643）为新英格兰印第安首领；温斯诺普见前文注释；"韦伯斯特"指丹尼尔·韦伯斯特（Daniel Webster, 1782—1852），美国政客，马萨诸塞州参议员。梭罗此处是以他们三人为新英格兰地区在英国殖民之前、英国殖民时期及美国独立后的典型人物。

⑤ 希望山（Mount Hope, 亦作 Montaup）是新英格兰地区罗得岛州的一座小山，山上曾有旺珀诺族印第安人（Wampanoag）的村庄。1676年，印第安人曾在此地与白人殖民者交战。邦克山见前文注释。

和箭矢，跳到瓦屋顶、麦田、枪炮和刀剑。印第安人在渔季游憩的坡塔基特和瓦米西特，如今变成了纺锤之城洛厄尔，后者号称"美国的曼彻斯特"[1]，产出的棉布行销全球。就连我们这些年纪尚轻的航行者，也曾在切姆斯福德镇度过人生之中的部分岁月，[2] 那时节，今日的洛厄尔市[3]——我们此时听见的正是这个城市的钟声——还只是这个镇子的偏僻北区，而那个织布的巨人，也还没有赫然降诞。我们实是老迈，这城市实是年轻。

就这样，我们乘着无数山溪汇成的洪流，即将进入新罕布什尔州。这条河是开启新罕布什尔迷宫的唯一钥匙，按自然的顺序和方位串起了这个州的山丘与谷地、湖泊与溪涧。梅里迈克河，或者说"鲟鱼河"，由两条河流汇合而成，一条是发源于白山[4]豁口附近的珀米吉瓦希特河，另一条是发源于同名湖泊的温尼珀索基河，"温尼珀索基"的意思是"大神的微笑"。梅里迈克河从两河交汇之处南流进入马萨诸塞州，流程七十八里，随后东流入海，流程三十五里。我曾一路追踪它奔流的足迹，看着它从云层之上的白山岩隙汩汩涌出，目送它消融在李岛[5]海滩的咸水巨浪之中。

---

[1] 洛厄尔是当时美国的工业重镇，拥有十分发达的纺织业，号称"美国工业革命的摇篮"，人们因此把它与英国的纺织业中心曼彻斯特（Manchester）相提并论。
[2] 梭罗于1817年出生在康科德，但梭罗一家随即迁居切姆斯福德，1821年才离开。
[3] 洛厄尔于1826年建镇，1836年建市，所辖大部分区域原属切姆斯福德镇。
[4] 白山（White Mountains）是主要位于新罕布什尔州的一座山脉。
[5] 李岛（Plum Island）是马萨诸塞州东北海滨的一个沙洲，因长有野生滨李（beach plum）而得名。

它起初只是涓涓细流,在庄严幽僻的大山脚下喃喃自语,流过湿润的原始森林,吸收着森林的汁液,那里依然有熊罴来饮它的水,拓荒者的小屋则稀少罕见,渡河的人更是绝无仅有;它孑然无侣,只能独自欣赏它那些依然默默无闻的瀑布;它流过长长的三明治山和斯夸姆山①,流过这些宛如巨人墓地的沉睡山峦,将穆斯希洛克峰、海斯德克峰和吉尔萨基峰②映入水中,那里有挚爱山丘的枫树与树莓③,在温和的雾露中欣欣向荣;它源远流长,载满意义,意义却像"珀米吉瓦希特"这个名字一样无从诠释,它流过无数座牧草丰茂的皮利翁山和奥萨山,无名的缪斯在山上盘桓,由一众俄瑞埃德、德莱埃德和纳伊阿德随侍,接受无数条未曾品尝的希波克林泉献纳的贡赋。④贡赋有四大元素,地、风、火、水——没错,就是水,滚滚泻落的水。

众神酿就这般甘露,

从每一座山丘倾注,

供新英格兰的子民品味;

给我一口这林野的琼浆,

---

① 三明治山(Sandwich)和斯夸姆山(Squam)都是白山的一部分。

② 穆斯希洛克(Moosehillock)、海斯德克(Haystack)和吉尔萨基(Kearsarge)都是白山上的高峰。

③ 树莓(raspberry)是蔷薇科树莓属(*Rubus*)植物的通称,这类植物的浆果可以食用。

④ 皮利翁山(Pelion)和奥萨山(Ossa)都是希腊的山峰,同时也是古希腊神话中的著名地点;俄瑞埃德(Oread)、德莱埃德(Dryad)和纳伊阿德(Naiad)分别是古希腊神话中的山中仙女、树栖仙女和水中仙女;希波克林泉见前文注释。

我便再也不去品尝，

那赫利孔山的泉水。

它一路跌落，跌得最低的时候也不曾灰心丧气。它源自云端，与生俱来的法则使得它从不停滞，只管沿洪水冲蚀的崖壁倾泻而下，冲垮河狸筑起的一道道堤坝，途中绝不分流，而是不断地自我汇合，自我补充，直到流进这片低地，找到它暂且喘息的处所。到得此时，它再不会面临尚未入海就被太阳偷回天上的危险，因为它已经获得授权，每天傍晚都可以把自己缴纳的露税①，连本带利收回自己的胸怀。

我们的小船之下，流淌的已然是斯夸姆湖、纽芬德湖、温尼珀索基湖和白山融雪的水，史密斯河、贝克河和麦德河的水，纳舒亚河、索西根河和皮斯卡塔夸格河的水，以及桑库克、索库克河和肯图库克河的水，②这些水按无法计算的比例混为一体，依然是奔流无碍、微微泛黄、躁动不宁，怀着一份永不磨灭的古老渴望，对大海心向神往。

河水继续奔向下游，流过洛厄尔和黑弗里尔③，在后一个地方

---

① "露税"原文为"dews"，是梭罗的文字游戏。"dew"意为"露水"，同时又与"due"（应缴税费）谐音。

② 斯夸姆湖（Squam）、纽芬德湖（Newfound）和温尼珀索基湖（Winnipiseogee）均为新罕布什尔州湖泊；史密斯河（Smith's）、贝克河（Baker's）和麦德河（Mad）均为珀米吉瓦希特河支流；纳舒亚河（Nashua）、索西根河（Souhegan）和皮斯卡塔夸格河（Piscataquoag）均为梅里迈克河支流；桑库克河（Suncook）、索库克河（Soucook）和肯图库克河（Contoocook）亦为梅里迈克河支流。

③ 黑弗里尔（Haverhill）为马萨诸塞州城镇，距离大西洋约二十七公里。

初次经历由河向海的巨变,那地方有桅樯三五,表明大洋就在左近。到了埃姆兹伯里和纽伯里①之间,它摇身变成一条广阔的商用河流,河宽三分之一至二分之一里,两边不再是支离破碎的土黄河岸,而是葱绿的高山与草场,其间多有白色的沙滩,沙滩上站着收网的渔人。我曾乘上汽船,顺流游历这个河段,从甲板上观看渔人在远远的河滩拖曳围网,风物着实养眼,恍如面对描摹异国海滨的画图。在这里,你会时不时地遇见载满木材的纵帆船,要么是正在逆流挺进黑弗里尔,要么就处于抛锚或搁浅的状态,正在等待风向或潮流的转变;到最后,你会悠然滑过著名的链桥,在纽伯里港靠岸。②如此这般,这条一开始"水量微小、籍籍无名"的河流,在吸纳了无数条丰美支流之后,变得像诗人笔下的福斯河那样:③

越到下游,越是壮阔;
到最后,她携着盛大的声名与力量,
坚持不懈,把自己的名字赋予海洋。④

---

① 埃姆兹伯里(Amesbury)和纽伯里(Newbury)均为马萨诸塞州城镇。

② 链桥(Chain Bridge)是连接埃姆兹伯里和纽伯里港(Newburyport)的一座铁链吊桥,始建于 1810 年,为美国历史上第一座吊桥。纽伯里港为马萨诸塞州城镇。

③ 福斯河(Forth)是苏格兰的一条大河。"水量微小、籍籍无名"及此下三行引文均出自苏格兰朝臣及诗人威廉·亚历山大(William Alexander, 1567?—1640)的《谏亨利亲王诗》(*A Paraenesis to Prince Henry*)。

④ "把自己的名字赋予海洋"这个说法,可能是因为福斯河入海处的海域名为"福斯河口"(Firth of Forth)。

或者就梅里迈克河的情形而言,虽然没能把名字赋予海洋,至少也让海洋感受到了她水流的冲力。登上纽伯里港的高塔,你可以俯瞰这条河远远伸入上游的原野,河面宽阔有如内海,点点白帆随波跳跃。转眼望去,光景正如一位出生在此河源头的人写下的文字:"下游河口处,墨黑海水与湛蓝天空相接。李岛的沙洲沿着地平线蜿蜒,好似海蛇一般,无数艘高耸舰船斜倚苍穹,凝立不动,打破了远处的水天界线。"①

梅里迈克河发端于与康涅狄格河源头一样高的地方②,奔流到海的行程却只有后者的一半长,因此便无暇仿效后者,沿途造就宽广肥沃的草地,只能乘着急湍匆匆赶路,流下不计其数的瀑布,从不会久久耽延。它的河岸通常高峻陡峭,嵌有一带伸向腹地群山的狭窄洼地,以目前的情形而论,这样的洼地只会偶尔或部分漫水,很受农人的珍视。在切姆斯福德和新罕布什尔的康科德③之间,河面的宽度是二十至七十五杆不等。很多地方的河面多半已经比从前宽了一些,原因则是砍伐林木造成的河岸崩坍。坡塔基特水坝对这条河影响很大,甚至波及了上游远处的克伦威尔瀑布④,许多人都认为,正是水坝使得河岸剥蚀,河水再次暴涨。

---

① 此处引文出自美国作家及废奴主义者纳撒尼尔·罗杰斯(Nathaniel Rogers,1794—1846)发表于1841年9月9日《自由先驱报》(*Herald of Freedom*)的文章《诗》("Poetry")。罗杰斯出生在新罕布什尔的晋利茅斯(Plymouth),珀米吉瓦希特河与贝克河交汇之地。

② 康涅狄格河(Connecticut River)是新英格兰地区最长的河流,发源于海拔八百多米的第四康涅狄格湖(Fourth Connecticut Lake)。

③ 新罕布什尔州也有一个名为康科德的城镇,位于该州中部,为州府所在地。

④ 克伦威尔瀑布(Cromwell's Falls)位于新罕布什尔州的梅里迈克镇,因十七世纪英国移民及皮草商贩约翰·克伦威尔(John Cromwell)而得名。

跟我们这里的其他河流一样，梅里迈克河也容易发洪水，众所周知，珀米吉瓦希特河曾经在短短数小时之内上涨二十五尺。对于货船来说，这条河的可通航河段大约有二十里，运河驳船则可穿过一道又一道船闸，从河口开到新罕布什尔的康科德，航程约为七十五里，较小的船更可上溯至普利茅斯，航程一百一十三里。铁路建成之前，洛厄尔和纳舒亚①之间曾经有一班定期往返的小汽船，如今也还有一班汽船，在纽伯里港和黑弗里尔之间来来往往。

虽然河口的沙洲多多少少有碍通商，但你不妨看看，这条河是如何尽心竭力，从一开始就献身于为工业制造服务的事业。它发源于弗兰科尼亚②的铁矿区，穿过迄今未遭砍伐的森林，流经取之不尽的花岗岩矿脉，又以斯夸姆湖、温尼珀索基湖、纽芬德湖和马萨贝西克湖③为它的磨坊蓄水池，冲下一连串天然的水坝，在漫漫岁月中白白奉献它的水利，直到扬基人最终赶来，使它的水利锦上添花。站在这条河的河口，用目光回溯它亮闪闪的水流，一直回溯到它的源头，你会看见一条银灿灿的叠瀑，从白山一直泻入大海，会看见梯级一般的连绵台地，每块台地上都矗立着一座城市，每段瀑布的周围，都聚集着一大群忙忙叨叨的人形河狸。且不说纽伯里港和黑弗里尔，就看看劳伦斯、洛厄尔、纳舒亚、曼彻斯特和康科德吧，④它们一个比一个地势高，全都在闪闪发光。

---

① 纳舒亚（Nashua）为新罕布什尔州东南部城镇，与马萨诸塞州接壤。
② 弗兰科尼亚（Franconia）为新罕布什尔州北部城镇。
③ 马萨贝西克湖（Massabesic Lake）为新罕布什尔州南部湖泊。
④ 劳伦斯（Lawrence）为马萨诸塞州北部城镇。曼彻斯特（Manchester）为新罕布什尔州南部城镇。这五个城镇依顺序越来越接近梅里迈克河的源头。

从最后一家工厂的脚下逃离之后,这条河终于踏上一马平川、不受骚扰的入海路途,简直变成了废水一汪,声名之外一无是处。它这段航程舒心惬意,证据便是笼罩河面的晨雾,以及河上的零星帆影,都是些在黑弗里尔和纽伯里港之间做生意的小船。不过,它真正的船舶其实是火车车厢,真正的干流经由一条更靠南的钢铁航道[①],你可以扫视晨风无法吹散的一长溜山间蒸汽,借此追踪它的路线,直至它在波士顿注入海洋。现如今,更喧嚣的还是这条钢铁航道,人们听见的不是鱼鹰惊吓鱼儿的尖叫,而是蒸汽机车召唤国家奔向进步的汽笛声。

到最后,白人发现这条河也是"向上深入内陆"[②],只是不知道它深入内陆有多远,还觉得它没准儿会一直流到南太平洋。一六五二年,人们初次勘测这条河的河谷,一直走到了温尼珀索基河。按照马萨诸塞殖民地首批移民的估计,康涅狄格河的某个河段是往西北流的,"河道离那个大湖非常近,以至于河里的印第安人可以扛起他们的独木船,从陆路走到湖里。"[③]他们还估计,弗

[①] "钢铁航道"指的应该是1835年通车的洛厄尔-波士顿铁路。这条铁路在梅里迈克河南边,修筑的动因是洛厄尔的工业日益发达,船舶和马车无法满足把产品输往波士顿的需要。

[②] 此处引文出处不详。

[③] 此处引文及下文中的"骇人沼地"均见于美国作家及词典编纂家诺亚·韦伯斯特(Noah Webster Jr., 1758—1843)用温斯诺普日记编成的《一六三〇至一六四四年马萨诸塞等新英格兰殖民地文告及事件汇编》(*A Journal of the Transactions and Occurrences in the Settlement of Massachusetts and the Other New-England Colonies, from the Year 1630 to 1644*, 1790)。"那个大湖"不详所指,可能是指今日美加交界处的尚普兰湖(Lake Champlain)。

吉尼亚殖民地和加拿大两地交易的河狸毛皮，全都是来自那个湖，以及湖周围的"骇人沼地"，而波托马克河①也源自那个湖，或者是离那个湖很近的地方。流过大湖附近之后，康涅狄格河又流到了离梅里迈克河非常近的地方，以至于他们认为，只需要花费很小的力气，他们就可以把河狸毛皮的生意潮流转入梅里迈克河，把这门生意的利润从荷兰邻居的手里，转入自己的口袋。②

不同于康科德河，梅里迈克河绝非死气沉沉，而是生气勃勃，虽然说河里和岸边的生物不如康科德河多。这条河水流迅疾，我们所在的河段以黏土为底，几乎没有水草，鱼类也相对较少。我们看惯了如尼罗河水一般暗黑的康科德河水，此时便怀着加倍的好奇，俯看它黄色河水里的光景。这里到季节就能捕到美洲西鲱和灰西鲱，鲑鱼一度比美洲西鲱还要多，如今则变得较为稀少。鲈鱼偶尔也能捕到，但事实业已证明，船闸和水坝会对渔业造成或大或小的破坏。美洲西鲱在五月初到来，正值唐棣③开花的时节，这种花由此得名"鲱鱼花"，是最惹眼的早春花卉之一。一种名为"鲱鱼蝇"④的昆虫也于此时现身，密匝匝地落满房舍与篱墙。我们听人说，"美洲西鲱最大的鱼汛出现在苹果花盛开的时候。成

---

① 波托马克河（Potomac）为美国东北部的一条大河，流经西弗吉尼亚州、马里兰州、弗吉尼亚州及哥伦比亚特区。

② 从《一六三〇至一六四四年马萨诸塞等新英格兰殖民地文告及事件汇编》的相关记述来看，荷兰殖民者当时控制着康涅狄格河的河狸毛皮贸易路线。

③ "唐棣"原文为"pyrus"，通常指蔷薇科梨属植物，但由"鲱鱼花"（shad-blossom）的别称可知，梭罗指的实际上是同科的唐棣属（*Amelanchier*）植物。

④ "鲱鱼蝇"原文为"shad-fly"，是蜉蝣目（Ephemeroptera）昆虫的通称。

鱼在八月返回大海,三四寸长的幼鱼则在九月。这种鱼非常爱吃蚊虫。"[1] 在康涅狄格河上的贝娄斯瀑布,一块大石将水流分为两股,那里的人曾经用一种相当奇特的奢侈方法来捕鱼。"在这块礁岩的陡峻石壁上,"贝尔讷普[2]说,"悬着几把扶手椅,椅子绑在梯子上,再用重物坠住,渔夫们就坐在这些椅子上,用抄网捕捞鲑鱼和美洲西鲱。"在梅里迈克河上源之一的温尼珀索基河,印第安人曾经用大块的石头砌筑鱼梁,鱼梁的残迹至今可见。

想一想这些洄游的鱼群、鲑鱼、美洲西鲱、灰西鲱、大西洋油鲱[3],如此等等,想一想春天来时,它们从我们的海岸溯游不计其数的河川,甚至深入内陆的湖泊,鳞片在阳光下闪闪发光,再想一想,为数更多的鱼苗顺流而下,蜿蜒游向海洋,念记着这些画面,我们的人生哲学不能不受到积极的影响。早在一六一四年就踏上这片海岸的约翰·史密斯上尉[4],曾经如是写道,"提竿收

---

[1] 此处引文出自美国博物学家大卫·斯托芮(David Storer, 1804—1891)等人撰著的《马萨诸塞州鱼类、爬行动物及鸟类报告》(*Reports on the Fishes, Reptiles and Birds of Massachusetts*, 1839)。

[2] 贝尔讷普(Jeremy Belknap, 1744—1798)为美国教士及历史学家,此处引文出自他撰著的《新罕布什尔史》(*History of New Hampshire*)第三卷。

[3] "大西洋油鲱"原文为"marsh-banker"。据美国鱼类学家乔治·古德(George Goode, 1851—1896)的《大西洋油鲱小传》(*A Short Biography of the Menhaden*)一书所说,"marsh-banker"又名"menhaden",指鲱科油鲱属的大西洋油鲱(*Brevoortia tyrannus*)。

[4] 约翰·史密斯(John Smith, 1580—1631)为英国探险家,弗吉尼亚殖民地的奠基人,"新英格兰"的命名者。此后引文出自他撰著的《新英格兰介绍》(*A Description of New England*, 1616)。

线,一举手便扯起两便士、六便士、十二便士,岂不是一种惬意的消遣?……在清新的空气中跨过宁静海洋的沉默水流,去一座又一座小岛下钩垂钓,还有什么消遣能比这更好,能带给人更多的愉悦和满足、更少的损失与花费?"

在梅里迈克河大转弯处,正对着切姆斯福德镇玻璃厂村[①]的地方,我们登岸歇息,顺便采一些野李子。我们在这里的沙岸上发现了圆叶风铃草(*Campanula rotundifolia*),一种我们从未见过的野花。它便是诗人笔下的"野兔铃",[②] 广布于东西两个半球,总是长在离水很近的地方。就在这里,借着沙地上一棵繁茂苹果树的荫蔽,我们享受了午间的休憩。没有一丝风来搅扰这个灿烂安息日的宁谧,于是我们静静地怀想遥远往昔,怀想拉托娜的化育之功[③]。

> 轻盈的空气如此宁谧,
> 以至于每一声呼喊与召唤,
> 都会被山丘、森林与谷地,
> 清清楚楚地反复诵念。
> ……………

---

① "玻璃厂村"即前文提及的米德尔塞克斯村,该地曾有玻璃厂。
② 圆叶风铃草为桔梗科风铃草属多年生草本植物,蓝色的花朵形如铃铛。"野兔铃"(harebell)是这种花的俗名,莎士比亚戏剧《辛白林》第四幕第二场提到了这种花:"我会用最美丽的花儿装点你凄凉的坟墓,你不会缺少如你面庞一般惨白的樱草花,也不会缺少如你血脉一般湛蓝的野兔铃。"
③ 拉托娜是太阳神阿波罗的母亲,参见前文及相关注释。

> 枝繁叶茂的树丛下面,
> 成群的牛羊躺卧花间,
> 海面上那些稳当的船,
> 升起风帆让太阳晒干。①

我们就这么懒洋洋地歇在树荫里,或是慢悠悠地划桨前行,其间还可以不时翻阅为我们充当领航员的《地名索引》②,向它寻求帮助,从它那些朴实无华的事实中榨取诗意的愉悦。河狸河在我们下游不远处流淌,灌注佩勒姆、温德厄姆和伦敦德里的草地。③按照这本权威指南的说法,正是伦敦德里的苏格兰-爱尔兰移民为新英格兰带来了马铃薯,以及纺织亚麻布的技术。

印刷装订在书本里的一切东西,至少都包含着顶尖文学作品的些许回响。实在说来,最好的书籍都好比树枝或石块,拥有高于或超出其本旨的功用,这样的功用不见于前言的预告,也不见于附录的总结。即便是维吉尔④的诗歌,今天也为我发挥了新的功用,与它为维吉尔同时代人发挥的功用大异其趣。他的诗往往只

---

① 引文出自苏格兰教士及诗人亚历山大·休谟(Alexander Hume, 1558—1609)的诗作《感谢夏日》("Thanks for a Summer's Day")。

② 指美国作家约翰·海沃德(John Hayward, 1781—1869)编著的《新英格兰地名索引》(*The New England Gazetteer*)。

③ 河狸河(Beaver River)为梅里迈克河支流,佩勒姆(Pelham)、温德厄姆(Windham)及伦敦德里(Londonderry)均为新罕布什尔州城镇。

④ 维吉尔(Virgil,前70—前19)为古罗马最伟大的诗人之一,经典史诗《埃涅阿斯纪》(*Aeneid*)的作者。

具备非出本心的偶然价值,足证这位诗人尚未超凡绝俗。读到如下的娴静诗句,着实令人心旷神怡:

> *Jam læto turgent in palmite gemmæ.*
> 蓓蕾点点,如今在欢欣的枝头舒展。

或者

> *Strata jacent passim sua quæque sub arbore poma*
> 苹果掉在各自的树下,散落一地。[①]

在一种业已死亡的古代语言当中,对于自然生机的任何赞颂都会使我们深受吸引。前面这两句,都是在草长水流之际写就的诗行。一本书若是无须遮挡,经得住纯净阳光和天光的考验,价值便可谓非同小可。

此时此刻,若是能读到一首美妙的诗,与眼前景色水乳交融的诗,我们哪里会吝惜任何代价——因为在我看来,真正懂得阅读的人只会读诗,不会去读其他的任何东西。什么样的历史与哲学,也无法取代诗歌的位置。

就诗歌而言,再完备的定义也会被诗人即刻推翻,方法无非是另辟蹊径,无视定义划出的条条框框。既然如此,我们所能发表的东西,仅仅是我们为诗歌打的广告而已。

---

① 以上两句拉丁引文分别是维吉尔《牧歌集》(*Eclogues*)第七首的第四十八行和第五十四行,两句译文对应的是梭罗对这两行诗的英译。

毫无疑问，最高妙的书面智慧要么有韵，要么具备其他类型的音乐节律，总而言之，从内容到形式都得是诗。一部承载浓缩人类智慧的作品，不应该夹杂哪怕一行没有韵律的文字。

不过，诗歌虽然是人类智慧最晚出也最精美的结晶，但却依然是一枚自然之果。无论是随口吟哦还是提笔书写，人作诗都是一种自然而然的行为，跟橡树结子和葫芦挂果一样。诗歌是人类最可铭记的首要成就，因为历史不过是对一连串诗意壮举的散体记述。除了诗意壮举之外，印度人、波斯人、巴比伦人和埃及人还有什么事迹值得称述呢？诗歌是对纷纭万象最简洁的记录，比科学更真确地描述了最普遍的感受，而科学也从远远落后的位置起步追赶，慢慢地学习诗歌的风格与方法。诗人歌咏的对象，无非是自身脉管里血液奔流的情状。他只是在完成自己的身体机能，而且他身体无比健康，以至于他作诗所需的刺激，仅仅与植物长叶开花所需的刺激相当。他若是想改编他时或听见的那些转瞬即逝的遥远乐曲，注定会徒劳无功，因为他的歌吟是与呼吸一样攸关生死的机能，是与体重一样与生俱来的结果。他的歌吟与其说是生命的漫溢，倒不如说是生命的沉淀，是他从自己脚下汲取的东西。哪怕是只写过太阳落山，荷马也足称伟大。这位吟游诗人跟大自然一样平心静气，我们几乎无法察觉他的激情。他娓娓道来，就像是大自然在说话。他向我们展示的人类生活画卷素朴至极，以至于小孩子都能看懂，大人也可以不假思索，即刻领会他创造的天然之美。每一位读者都会自行发现，描摹大自然那些较为质朴的特点之时，后代的诗人只是在照搬荷马的比喻，没什么别的贡献。荷马那些令人难忘的篇章，好比雾天里的隐约阳光，有一种自然而然的辉煌。大自然母亲赠予荷马的不止是单个的字词,还有她亲自排印的诗行与诗句。

> 好似满月从云中浮现,放射华光璀璨,
> 然后又再次躲进,影影幢幢的云团,
> 赫克托耳时而冲锋在前,时而殿后督战,
> 他披挂黄铜盔甲,全身金光闪闪,
> 宛如手持神盾的宙斯,施放的雷电。①

他用无比恢宏的笔墨和无比铺张的自然意象,来交代种种微不足道的细节,甚至包括一天里的具体时辰,就跟这些细节是众神发布的讯息似的。

> 曙光初现,神圣白昼渐渐降临之时,
> 交战双方投枪横飞,战士纷纷倒地;
> 及至此刻,深山里砍伐高树的樵夫,
> 已经砍得双手酸软,心中腾起倦意,
> 于是停下活计,开始准备他的午餐,
> 对于美食的渴望,将他的脑海占据,

---

① 引文原文是梭罗对《伊利亚特》第十一卷第六十二至六十六行的英译,译文参照了美国翻译家奥古斯都·穆雷(Augustus Murray,1866—1940)的《伊利亚特》1924年英译本及美国翻译家罗伯特·菲茨杰拉德(Robert Fitzgerald,1910—1985)的1974年英译本。赫克托耳(Hector)是特洛伊战争中特洛伊一方的主将,也是诗人着意描绘的英雄。

而达内安人的行行队列,呐喊声声,
相互激励,英勇地攻破了敌军方阵。①

当特洛伊大军枕戈待旦,提防敌军借黑夜掩护卷土重来之时:

他们豪情万丈,在战场中央彻夜不眠,
一堆堆的营火,为他们熊熊点燃。
当群星在天穹之上,朗月四围,
呈露美好姿容,照耀无风夜晚,
当所有的高地峰巅,所有的蓊郁山坡,
借着这星月之光,一一显现,
当无尽的清澈空气,从天穹弥散四方,
使星星悉数可见,使牧人满心喜欢,
特洛伊人的营火,便在伊琉姆城下,
在船舰与克桑索斯河之间,发出光焰。②
一千堆营火,燃烧在广袤的平原,
每一团炽烈火光,都有五十人围坐四边;
一匹匹战马,在战车旁嚼食白麦和谷子,
等待着奥罗拉,登上她辉煌的宝辇。③

---

① 引文原文是梭罗对《伊利亚特》第十一卷第八十四至九十一行的英译。达内安人(Danaans)是特洛伊战争中希腊各族的统称。
② 伊琉姆(Ilium)是特洛伊城的别称,"船舰"指希腊联军泊在海边的战船,"克桑索斯河"即斯卡曼德河,是特洛伊城下的河流,参见前文及相关注释。
③ 引文原文是梭罗对《伊利亚特》第八卷第五百五十三行至五百六十五行的英译。

众神与人类之父派"白臂女神朱诺"去找爱芮思和阿波罗,[①]朱诺便:

> 飞下埃达山,赶赴遥远的奥林波斯山,[②]
> 快得像走遍四方的行客,回想曾游各地,
> 追忆纷繁往事之时,闪电般的思绪:
> "我到了那里,还到了那里。"
> 雍容高贵的朱诺,便是这般风驰电掣,
> 匆匆飞过天空,飞上高高的奥林波斯。[③]

荷马笔下的景色总是真实可信,绝非向壁虚构。他绝不会异想天开,从亚细亚凌空跳到希腊:

> *ἐπειὴ μάλα πολλὰ μεταξύ*
> *Οὐρεά τε σκιοέντα, θαλάσσα τε ἠχήεσσα.*
> 因为有许许多多的葱郁山峦,
> 许许多多的咆哮海洋,横亘在两地之间。[④]

---

① "众神与人类之父"即宙斯,爱芮思(Iris)是古希腊神话中的彩虹女神及诸神信使。

② 埃达山(Idæan mountains,亦作 Mount Ida)是古希腊神话中的圣山之一;奥林波斯山(Olympus)是希腊第一高峰,古希腊神话中的诸神居所。

③ 引文(包括"白臂女神朱诺")原文是梭罗对《伊利亚特》第十五卷第七十八行至八十四行的英译。

④ 两行希腊文引文是《伊利亚特》第一卷的第一百五十六至第一百五十七行,两行译文对应的是梭罗对希腊文引文的英译。

哪怕他笔下的信使只是走进了阿喀琉斯的营帐[①],我们也不会疑惑信使是怎么去的,因为我们可以与信使同行,沿着咆哮海洋的海岸一步一步地走过去。涅斯托尔关于皮罗斯人向埃利斯人进军的叙述,真可谓活灵活现——

> 紧接着,甜言蜜语的涅斯托尔,
> 皮罗斯的利口辩士,起身对他俩开言,
> 比蜜还甜的话语,流出他的舌尖。[②]

只不过,这次他劝说的对象只是帕特洛克罗斯一个人:"一条名叫米尼亚斯的河,在阿瑞尼附近奔流入海,我们皮罗斯人在那里等待破晓,有骑兵也有步兵。凌晨我们披挂整齐,全速前进,午前就赶到了埃尔夫斯河的神圣源头"[③],如此等等。读着这些文字,我

[①] 阿喀琉斯(Achilles)是《伊利亚特》着力刻画的英雄,希腊联军的主将。上文中的两行引文出自阿喀琉斯之口,是他与联军统帅阿伽门农争吵时的言语。他说自己与特洛伊人无冤无仇,因为希腊与地处亚细亚的特洛伊相隔遥远。

[②] 引文原文是梭罗对《伊利亚特》第一卷第二百四十七行至二百四十九行的英译。皮罗斯人(Pylians)和埃利斯人(Epeians)是《伊利亚特》中的两个希腊部族,其王国分别是皮罗斯(Pylos)和埃利斯(Elis),涅斯托尔是皮罗斯人。涅斯托尔这一次起身说话,是为了恳劝阿喀琉斯和阿伽门农重归于好(参见前文及相关注释),但梭罗只是借用这几行引文来交代涅斯托尔的身份和本领,涅斯托尔是在另一次劝说过程中讲到"皮罗斯人向埃利斯人进军"的,见下段引文。

[③] 这段引文原文是梭罗对《伊利亚特》第十一卷第七百二十二行至七百二十六行的英译。帕特洛克罗斯(Patroclus)是阿喀琉斯的挚友。当时阿喀琉斯因与阿伽门农失和而拒绝为希腊联军出战,涅斯托尔这是在劝帕特洛克罗斯去说服阿喀琉斯参战。

们恍如听见了米尼亚斯河在漫漫长夜中注入大海的低沉咕哝，听见了海涛拍岸的空洞声响，直到我们终于结束这场艰苦的行军，抵达埃尔夫斯河的汩汩泉源，精神才为之一振。

没几本书值得我们在最睿智的时刻记起，《伊利亚特》却是最晴朗的日子里最灿烂的书籍，至今凝聚着小亚细亚领受的全部阳光。我们拥有的任何一种现代欢愉或狂喜，都不能贬损它的高度，也不能减弱它的光辉，而它横亘在文学世界的东方，可说是人类心灵最古老又最新鲜的创造。埃及废墟的尘土，还有它用肉桂树胶保存、用亚麻布包裹的臭腐，使我们备感压抑，艰于呼吸；那样的废墟，代表的是从未活过的死亡。与此相反，希腊诗篇的光线一直在竭力洒向我们，与晚近时代的阳光交织汇流。曼侬的雕像已被掀翻，《伊利亚特》的丰碑却巍然挺立，依然在迎接初升的太阳。[1]

> 荷马已去，朱庇特去了哪里？你争我夺的七座城，[2]
> 如今又在何方？他的歌比时间、高塔和神灵永恒，
> 而那些便是往昔曾有的一切，除了苍穹。[3]

---

[1] 尼罗河畔有被人误称为曼侬（见前文注释）神像的巨型法老雕像，据说会在日出时发出乐声。

[2] 荷马生平不详，自古就有众多城市自称是荷马的出生地。英格兰著名作家托马斯·海伍德（Thomas Heywood，1570?—1641）曾在长诗《有福天使的品级》（*The Hierarchy of the Blessed Angels*，1635）中写道："七座城为已故的荷马争竞，／荷马生前却无片瓦覆身。"

[3] 引文出自英国诗人菲利普·贝利（Philip Bailey，1816—1902）的长诗《浮士德》（*Festus*，1839）。

毫无疑问，荷马也有他心目中的荷马，俄耳甫斯也有他的俄耳甫斯，那些偶像存在于晦暗朦胧的远古，存在于荷马和俄耳甫斯诞生之前。古人的神话体系，依然是现代人的神话和全人类的诗章，它与古人的天文知识水乳交融，拥有不逊于天穹架构本身的恢宏体量与和谐比例，似乎指向了一个更为神奇的时代，似乎表明那个时代的大地之上，栖居着一种更为卓绝的才赋。只不过归根结底，那位伟大的诗人既不是荷马，也不是莎士比亚，仅仅是普普通通的人；人的语言，还有人普遍的生活艺术，便是人的作品。诗歌包含着如此普适的真理，如此独立于日常体验，根本不需要特定传记的诠释，然而或迟或早，我们总是会把它归功于某位俄耳甫斯或利诺斯[①]，年深日久之后，还会把它归功于凡人的神技，乃至众神本身。

我们值得为挑选读物花费时间，因为书籍是我们长年的友伴。要读就读宁谧真实的文字，别读统计资料，别读虚构作品，别读新闻，别读报告，别读期刊，只读美妙的诗歌，倘若诗歌不如人意，不妨再读一遍，或者试着另写一些。与其供奉其他物事，我们不如以颂诗或圣歌的形式，逐日向众神敬献我们最完美（$τελεία$[②]）的思想。因为一天之中，我们至少应该做一次自己的主人。凡俗的一天不应该全是凡俗的时辰，至少得包含一个不属于

[①] 利诺斯（Linus）是古希腊的著名乐师及辩士，据说是阿波罗和某位缪斯女神的儿子。

[②] 这个希腊文词语的意思是"完美的、理想的"。

凡俗日子的钟点,如果不能更多的话。为了换取一堆堆乱七八糟的学问,学者们乐意出卖自己与生俱来的权利。但我们必须了解,凭空揣度者书写的是什么,无思无虑者研究的是什么,无所事事者阅读的是什么,必须了解俄罗斯人和中国人的文学,甚或是法国人的哲学和德国人的大部分评论。一开始就要读最好的书籍,否则你可能根本没机会读到它们。"有人用香花供果礼拜神明,有人用绝情断欲礼拜神明,也有人用踊跃献身礼拜神明;与此相类,世上还有这样的一些人,他们用读书得来的智慧礼拜神明,清心寡欲,举止庄重……不礼拜的人,在此世都没有容身之地,阿周那啊,还指望什么彼世呢?"[①] 不用说,我们不必像孩子那样,整天都要人哄着逗着。因精神不济就求助于轻松小说的人,还不如小睡片刻。伟大思想驾临之时,只有夹道欢迎的人才有缘观瞻它正面的风采。不提供畏畏缩缩的享受,所包含的每个思想都出于非凡的勇气,使懒散之人无法阅读,使怯懦之人无法欣赏,甚至使我们成为对现存体制的威胁,这样的书,我才称之为好书。

印成铅字装成册子的东西,并不都是书籍,这样的东西不一定属于文字的范畴,大多只能与其他的文明生活奢侈长物归为一类。劣质货品披着千百种伪装,借此转手得售。"做生意的诀窍,"有个小贩曾经告诉我,"在于尽快脱手",不管卖的是什么,价钱谈拢就行。

[①] 引文出自英国学者及翻译家查尔斯·威尔金斯(Charles Wilkins, 1749—1836)的《薄伽梵歌》(*Bhagavad Gita*)1785年英译本,是印度教大神克利须那(Krishna)的话。《薄伽梵歌》是古印度史诗《摩诃婆罗多》(*Mahabharata*)的组成部分,记录的是克利须那与般度族英雄阿周那(Arjoon,亦作 Arjuna)之间的对话。

> 你们这些匍匐在地的市侩,你们的才具,
> 总是在太阳永不投射金光的地方,买来卖去。①

靠着作者的文字能力和写作技巧,一本本书被人巧妙地编撰出来,甚至在学者当中大行其道,俨然是脱胎换骨者的思想结晶,诞生时还伴有些许自然的阵痛。只可惜任何装订都不顶用,它们很快就会封皮脱落,看起来根本不像书籍,更不像《圣经》。形如书籍的物事还包括一些受到专利保护的新发明,打的是提高人类境界的旗号,许多学会了阅读的纯良学者和天才人物,一时间也会上它们的当,指望着从中觅得圣经般的宁谧真理,到头来却发现,自己读到的是一架马拉的耧耙,或者是一台手摇纺纱机,或者是一颗硬邦邦的肉豆蔻,或者是一支橡树叶子卷的雪茄,或者是一部蒸汽印刷机,又或是一个煮饭的灶台。

> 各位商家,起身吧,
> 把你们的货品,掺入良知。②

如今纸价廉宜,作者们著书之时,并不需要先抹去另一本书的字迹。③他们不是在耕耘土地,以便收获小麦和土豆,而是在耕耘

---

① 引文出自夸尔斯《象征诗集》第二卷第九首。
② 引文出自夸尔斯《蠕虫的盛宴》。
③ 中世纪的神职人员经常抹掉古代典籍(材质通常是羊皮纸)的字迹,然后在纸上抄写经文乃至记账。

文献，以求在文字共和国占据一席之地。也有可能，他们乐意从事只为沽名钓誉的写作，正如其他一些人种植谷物，其实是为了用谷物蒸馏白兰地。大多数书籍都是仓促随意的急就章，是某个系统的组成部分，旨在满足真实存在或想象出来的需求。自然史书籍的普遍目标，不过是成为由某个职员草草开列的一张时刻表，或者是一份上帝家产的清单。这些书压根儿不传授对于大自然的神圣认识，传授的只是流行观点，确切说则是研究大自然的流行方法，并且急急忙忙地引导锲而不舍的学生，只会让学生走进教授们永远也走不出的尴尬窘境。

> 他穿起长袍前往雅典，去那所学校攻读，
> 最终空手而归，成了个学历更高的愚夫。[1]

这些书传授的其实是无知的要素，并不是知识的基础，原因在于，从探索至高真理的角度审慎地说，辨识基础知识并不容易。无知与知识之间横亘着一道鸿沟，科学的拱桥永远也无法跨越。书籍应当包含纯粹的发现，包含坚实土地的浮光掠影，哪怕它只是遇难水手的惊鸿一瞥，不应当包含那些一辈子都看得见陆地的人，凭空总结的航海技术。它们用不着结出麦穗和土豆，它们本身，却必须是作者自由奔放、自然而然的人生收获。

> 我已拥有我平生所学，还有我思索所得，

---

[1] 引文出自夸尔斯的长诗《斗志昂扬的约伯》(*Job Militant*)。

> 缪斯女神已将崇高的真理，传授给我。①

学究的著作给不了我们太多的学识，对我们大有裨益的是真实诚挚、富于人性的书籍，以及直率坦诚的传记。好人的生平带给我们的进益，不会比盗匪的生平更多，因为那无所逃于天地之间的律法，在犯法恶行和守法善举中体现得同样明显，而我们所有人的生命都得靠消耗某种美德来维持，所需代价大致相等。渐渐腐朽的树木只要还没死掉，需要的阳光风雨就不会比郁郁葱葱的树木少。它也会分泌树浆，完成健康树木的各种机能。有兴趣的话，我们只需要考察一下边材②的情况，就可以明白这个道理。疙疙瘩瘩的老树残桩，发出的新芽跟小树的新芽一样娇嫩。

别的要求暂且不说，至少得让我们的书籍健康无恙，好比结实耐用的马拉耧耙，或者是没有裂缝的煮饭灶台。别让我们的诗人，光知道为公众的福祉黯然落泪。他应该像糖枫③一样活力充溢，树浆不光足以灌注人们取糖浆的木槽，④还足以维持自身的繁

---

① 引文原文是梭罗对古希腊哲学家克拉特斯（Crates of Thebes，前365?—前285?）诗句的英译。克拉特斯原诗见于公元三世纪传记作家拉尔修斯（Diogenes Laertius）所著的《大哲生平》（*Lives and Opinions of Eminent Philosophers*）第六卷。

② 边材（alburnum, 亦作 sapwood）是树皮和心材之间的部分，颜色比心材浅，质地比心材软。心材是硬化的死组织，主要起支撑作用，边材则具有活性，可以输送水分和养料。随着树木的生长，边材会逐渐变成心材。

③ 糖枫（sugar-maple）为原产北美的无患子科槭属落叶乔木，学名 *Acer saccharum*，为枫糖的首要来源。

④ 以前的人们在早春时节采集糖枫树浆来制枫糖，方法是先在树干上钻孔，然后用导管把树浆引入木槽。

茂，不能像葡萄藤那样，若是在春天里被人砍伤，便无法结出果实，只会流出汁液来疗治自身的伤创，一直流到死。真正的诗人像熊和土拨鼠一样脂肪充足，整个冬季都可以靠吮吸自己的爪子过活。他在这世上冬眠，以自身的精髓为食。冬天里走过积雪草场的时候，我们都喜欢悬想那些躺在地底下做梦的快活家伙，悬想睡鼠①和所有那些冬眠的动物，它们用厚厚的皮毛包裹着如此丰盈的生命，浑不知何谓寒冷。唉，从某种意义上说，诗人也是一种睡鼠，在深沉宁谧的思绪中冬眠，对周遭的一切不觉不知；他的辞章，铺陈的是他最古老最美好的记忆，是他从最遥远的体验中汲取的智慧。与此同时，其他的人过着一种饥肠辘辘的生活，像鹰隼一样甘愿飞翔不止，坚信自己能时不时地逮到一只麻雀。

这片土地已经孕育了一些散文与诗歌，这样的物产并不是枉自徒然，只可惜总数有限，可以轻松装进我们的柜子抽屉。倘若众神允许他们自己的灵感变成白费的唇舌，众人或许会对这些作品充耳不闻，但真理的声音终将响彻尘世，正如它必定响彻天堂。这些作品业已显得苍老古朴，在一定程度上脱去了出身现代的痕迹。这里有一些人，正在

> 求取照亮我们整个人生的光线，
> 求取永恒、真实、清澈的洞见。②

---

① 睡鼠是啮齿目睡鼠科（Gliridae）动物的通称，这类动物以冬眠期长闻名。
② 引文出自钱宁的失题诗作。

我记得本土出产的几个佳句,它们自然而然地涌现,好似青草在家乡的草地发芽生长,草根从未受到搅扰,不像那些蔓延到沙质堤坝上的同类。这些句子,足可回应那位诗人①的祈祷:

> 让我们为知识定价,定得公平合理,
> 好让世人,对诗人的警句深信不疑,
> 从此便不再,口口声声地宣称,
> 每一门艺术,都喜欢自我奉承。

不过,最为重要的事实是,在我们家乡的口岸,我们岂不是时常参与讲堂里的和平竞赛,这样的竞赛岂不像古希腊的体育竞赛一般,将会使新英格兰迈入新的时代?②原因在于,要说希罗多德曾在拳击及赛跑运动之后,带着他的历史著作去奥林匹亚诵读③,我们岂不也曾在讲堂里听人朗读这一类的历史,我们的乡人岂不曾

---

① "那位诗人"指英格兰诗人威廉·哈宾顿(William Habington,1605—1654),此下引文出自他的诗歌《致我尊贵的友人及亲属 R.St. 先生》("To My Honoured Friend and Kinsman, R. St., Esquire")。

② 十九世纪中叶,美国兴起了讲堂运动(lyceum movement),亦即在公共讲堂举办讲座、戏剧表演及辩论等活动,借此提高成年人的文化水平。梭罗是这一运动的热心参与者,还曾多次当选康科德讲堂的执事。英文"lyceum"(讲堂)源自希腊文 Lukeion,后者是雅典附近的一片设有体育训练场地的树林,古希腊大哲亚里士多德曾在那里讲学。

③ 希罗多德(Herodotus,前 484?—前 425)为古希腊历史学家,经典巨著《历史》(Histories)的作者。奥林匹亚(Olympia)是古希腊人举办体育盛会的地点。希罗多德确曾向奥林匹亚的观众朗读他撰著的《历史》。

在听过之后认真阅读,以至于时或忘记古希腊的存在?在我们的讲堂,哲学也拥有自己的树林与柱廊,而那些地方,如今并不是完完全全无人造访。

不久之前,所有品达齐声称赞的那位胜者,又赢得了一枝棕榈,[①]他击败的是

> 奥林波斯山的吟游诗人,
> 他们在下界歌咏神圣的思想,
> 这思想总在我们年轻时降临,
> 使我们的青春永不凋伤。[②]

有什么陆地或海洋,山岳或河川,缪斯的圣泉或圣林,能躲过他明察秋毫的炽烈目光?他驱车驶离福波斯的惯常轨道,探访从无辙迹的天域,使冰冷的海珀波瑞亚人燃起热情,使古老的极地大蛇扭动翻滚,使无数条尼罗河河水倒流,藏起它们的源头![③]

---

① 古希腊诗人品达(参见前文注释)多有赞颂体育竞赛优胜者的诗作,这里代指诗人。"棕榈"代指胜利,因为古希腊曾有向体育竞赛优胜者颁发棕榈枝的习俗。"那位胜者"可能是指爱默生,"一枝棕榈"可能是指爱默生于1847年出版的《诗集》(Poems)。

② 引文出自爱默生《诗集》收录的诗歌《美的颂歌》("Ode to Beauty")。

③ 福波斯(Phœbus)是太阳神阿波罗的别名。海珀波瑞亚人(Hyperboreans)是古希腊神话中一个居住在极北之地的民族,这个词的字面意思是"北风之北的居民"。这段话暗用了法厄同的典故(参见前文注释)。据奥维德《变形记》第二卷所载,为了证明自己的高贵出身,法厄同强求父亲阿波罗允许他驾驭太阳马车。因为拉车的马匹桀骜难驯,他驾驭的太阳马车很快失控脱轨,大地因之变成焦土,此外还造成了极地大蛇惊动、尼罗河水倒流等后果。法厄同最终死于非命。阿波罗哀悼儿子的死亡,整整一年不出太阳。

他就是我们时代的法厄同,

将要使又一条银河出现天空,

用他的光焰,使世界烈火熊熊;

我们奉他为无可争议的先知,

他要驱策他炽焰飞腾的车子,

逼近我们这瑟瑟战抖的尘世,

鄙弃我们所有的琐屑价值,

烤焦这生机盎然的大地,

好证明他是天神的苗裔。

银做的轮辐,金做的轮箍,

在非凡的烈火中灼灼夺目,

越来越近,辚辚辘辘。

车辖与车轴纷纷熔化,

银做的辐条飞散天涯,

啊,他就快损毁父亲的座驾!

谁任他驾驭他制不住的烈马?

此后一年,太阳将不再照临天下,

我们都会变成黑影,像来自埃塞俄比亚。

从他的

狡狯唇舌，流出的是
激动人心的得尔斐神谕。[1]

但在有些时候，

我们还是希望入耳的词句，
少一些狡狯，多一些神谕。

他就像迎面直射的阿波罗。不世出的当代伟人啊，让我们远远感受你的热力吧。给我们更加含蓄、更加神圣的美，哪怕它转瞬即逝，别让它停留在诗行里，要让它贯穿我们的身心。甚至可以给我们纯净的水，只让它微微映出葡萄美酒固有之色。让史诗般的贸易风浩荡吹起，结束这兜圈打转的灵感华尔兹。让我们的面颊，更频繁地感受从印度天空吹来的西南和风。只要天空依然深邃，只要星尘和永不消散的星云依然存在，纵使我们的天空失去了一千颗流星，又有什么关系？纵使我们失去了神庙颁降的一千个睿智解答，只要能换来爱奥尼亚[2]的几亩天然沃土，又有什么关系？

---

[1] 古希腊的得尔斐神庙（Delphi）是太阳神阿波罗颁降神谕的地方。两行引文出自爱默生《诗集》收录的诗歌《问题》（"The Problem"）。
[2] 爱奥尼亚（Ionia）是小亚细亚西部爱琴海滨的一个地区，曾是古希腊人的殖民地，今属土耳其。

尽管我们深知，

> 诗歌的精灵若是不曾诞生此土，
> 君王（或总统）也无力将它召来，
> 而它也不会诞生，在每个君王的时代。①

然而，纵然他们极力称扬他们的"伊丽莎白在位时期"②，我们却有证据表明，在我们的时代，詹姆斯·诺·波尔克担任总统的时代③，诗人同样有可能诞生，有可能歌唱，

> 而英文韵律的终极魅力，
> 并非只出现她的和平统治时期。④

诗人丹尼尔的预言，业已得到了不知多少倍的应验！

---

① 引文出自英格兰诗人及历史学家塞缪尔·丹尼尔（Samuel Daniel, 1562—1619）的诗歌《〈菲洛塔斯的悲剧〉题献》（"Dedication of the Tragedy of Philotas"），"或总统"（or presidents）是梭罗加的。

② "伊丽莎白在位时期"（Eliza's reign）引自《〈菲洛塔斯的悲剧〉题献》，指英格兰女王伊丽莎白一世（Elizabeth I, 1533—1603）在位的年代（1558—1603），该年代为英国历史上文艺繁荣的黄金时期。

③ 詹姆斯·诺·波尔克（James Knox Polk, 1795—1849）为1845至1849年在位的美国总统。

④ 引文是对《〈菲洛塔斯的悲剧〉题献》中两句诗的改写，原诗是："而英文韵律的终极魅力，/ 只会出现在她的和平统治时期。""她"指的是伊丽莎白一世。

> 谁知道假以时日，我们会让母语的珍秘，
> 流布何方？为了用我们的积蓄，
> 赈济无知种族，我们这无上荣耀的进益，
> 将会被送往，何等陌生的海隅？
> 谁知道在依然混沌的西方，哪一些绝域，
> 会借由我们的口音，变成文雅之地。①

这些日子，人们已经就流畅文笔的魅力发表了不少议论。我们往往听人抱怨一些匠心独运的著作，说它们虽然颇有思致，文笔却险涩支离，窒碍不通。殊不知用科学的眼光来看，即便是地平线上的突兀山峰，终归也是连绵山脉的一部分。我们应当把思想之流看成一股跌宕起伏的潮浪，而不是一条缓缓下注的河川，应当把它看成天体引力的产物，而不是水道下倾的结果。河川流动是因为顺坡而下，下得越快流得越快。指望在整个航程里顺流而下的读者，一旦他不堪一击的缘岸小船驶入波澜壮阔的洋流，当然会抱怨大海里这些令人眩晕的惊涛骇浪，因为洋流极力涌向太阳和月亮，正如那些较小的水流奔向海洋。然而，要想欣赏这些著作蕴含的思想之流，我们就必须做好心理准备，等着感受它像蒸汽一般从书页里腾腾升起，像细磨石一般打磨我们吹毛求疵的头脑，不断涌向我们头顶和身后的更高层次。世上有许多书籍，像暴涨的河水一样泛着涟漪匆匆向前，流得像在堤道底下哼唧的磨坊水流一样畅顺，当它们作者的滔滔雄辩达到最高潮的时候，

---

① 引文出自塞缪尔·丹尼尔的长诗《缪索斐乐斯》(*Musophilus*)。

就连毕达哥拉斯、柏拉图和扬布里科斯①也得止步让路。这些书里的句子冗长成串，黏乎滑溜，前后十分连贯，以至于可以自然而然地流淌汇聚。它们读起来就像是为军人而写，为商人而写，饱含着十万火急的情绪。与这类作者相比，严肃的思想者和哲人似乎还没有摆脱襁褓的束缚，动作比行进的罗马军团还慢，后队今夜安营之所，不过是前锋昨夜扎寨之地。睿智的扬布里科斯，好似一片水汪汪的泥沼，涡流处处，波光粼粼。

> 世上有多少万人，从来不曾闻听，
> 西德尼或斯宾塞②的名字和书籍？
> 可他们勇气不减，自以为理应成名，
> 似乎要凭目光，让整个世界五体投地。③

才思敏捷的作家抓起笔来，高喊一声，前进！阿拉莫和范宁！④随

---

① 扬布里科斯为叙利亚哲学家（参见前文注释），新柏拉图学派重要人物，以渊博著称。

② 指英格兰诗人菲利普·西德尼（Philip Sidney, 1554—1586）及埃德蒙·斯宾塞（Edmund Spenser, 1552?—1599）。

③ 引文出自《缪索斐乐斯》。

④ 1835年10月至1836年4月，墨西哥与当时属于墨西哥的得克萨斯之间爆发战争，以得克萨斯赢得独立告终，史称"得克萨斯独立战争"（Texas Revolution）。这场战争的最后一场战役是得克萨斯军大获全胜的圣哈辛托战役（Battle of San Jacinto），据1836年6月7日的《拉特兰县先驱报》（*The Rutland County Herald*）所载，得克萨斯军在这场战役中喊出了"阿拉莫和范宁"（Alamo and Fanning）的口号，意思是要报仇雪恨。阿拉莫是得克萨斯独立战争中另一场战役的地点，范宁是一位得克萨斯将领的名字，"阿拉莫和范宁"代表得克萨斯军在这场战争中的两次惨败。

后便是滚滚而来的战争狂潮。就连墙壁和篱笆，似乎也在跟着行进。然而，再快的碎步也形不成奔流之势，读者啊，且不论他人如何，至少你和我是不会跟着去的。

千真万确，尽善尽美的句子是极其罕见的事物。大多数情况之下，我们会错失思想的色彩与芬芳，仿佛可以满足于缺失色泽的晚霜朝露，抑或是缺失蔚蓝的天空。最令人激赏的句子兴许算不上最为机辩，却必定最为笃定，最为饱满。它们出自坚定果决的口吻，给人的感觉是言者对自己的说辞十分自信，即便不是富于理趣，至少也是饱含学识。哪怕只为学习优雅的风格，沃尔特·罗利爵士[①]也非常值得研究，因为他虽然与众多大师比肩同列，却依然显得卓尔不群。他的文风有一种自然的力度，就像人踩脚踏步，句子与句子之间留有容人喘息的空间，而这是最顶尖的现代作品也不具备的特点。他的谋篇布局好似英格兰的公园，确切说则好比西部的森林，高大的乔木抑制了低矮灌木的生长，容许人们骑马穿过林间空地。与较为晚近的作家相比，他那个时期的名家都拥有更充沛的力量和更自然的风格——我这么说，是因为我们有权诋毁自己的时代——若是在现代作品中读到那些名家的一句引文，感觉就像是突然遇见了一片更葱郁的草地，踏上了一块更厚重、更坚实的土壤。它好似横在书页上的一根青枝，使我们精神一振，如同在隆冬或早春看见了新鲜的绿草。读他们的作品，你定会不断获得生活的真谛与经验。点点滴滴的文字，

[①] 沃尔特·罗利爵士（Sir Walter Raleigh, 1554?—1618），英格兰作家、诗人及探险家。

全都是大量实践经历凝成的结晶。他们的句子像常绿植物一样青葱,像鲜花一样娇艳,因为它们都植根于事实和体验,我们那些虚浮花哨的句子却徒有花朵的色彩,没有花朵的浆液与根基。实际上,素朴言辞之美对所有人来说都是最有魅力的东西,人们甚至会用花哨的文风来模仿它,宁肯作品遭人误解,也不愿放弃它洋洋洒洒的气势。在法国旅行者博塔面前,侯赛因大人曾如是称颂伊卜拉欣帕夏的书札文风:"只有一个在吉达的人能理解并阐释这位帕夏的书信",因为"它很难理解"。[1] 人必须穷尽一生,才能把最为微不足道的事情做好。这便是人生的最终收获。所有的句子,无不是漫长磨练的结果。典范文字只能从典范人物的言辞中寻找,除此之外岂有他法?说得最好的话,最接近于根本无法说出的话,因为它类似于言者本该实施却未能实施的行动。岂止如此,在某种迫切需要甚或不幸遭遇的驱使之下,它几乎必定会取代行动,这样一来,最真诚的作家才能最终成为某种囹圄之中的骑士。说不定,正是出于这样的良苦用心,命运三女神才先让罗利攒下无比丰富的生活与阅历素材,然后又让他成为一名动弹不得的囚徒,迫使他以言辞代替行动,把他行动的力量与挚诚转入

---

[1] "法国旅行者博塔"指生于意大利的法国科学家保罗-埃米尔·博塔(Paul-Émile Botta, 1802—1870),此后引文出自博塔的《阿拉伯游记》(*Travels in Arabia*, 1841)。根据博塔书中的相关记述,"侯赛因大人"(Hussein Effendi)指的是也门荷台达地方的总督,"伊卜拉欣帕夏"(Ibrahim Pasha)指的是埃及委派的也门总督小伊卜拉欣(Küçük Ibrahim)。吉达(Jidda,通常写作 Jeddah)是红海边的港口城市,当时受埃及控制,今属沙特阿拉伯。

他的文笔。①

人们对学术和学问的敬重，与二者通常发挥的作用极不相称。本·琼森曾经信誓旦旦地宣称，供王室和贵族消遣的沉闷宫廷剧应当"以古代风貌和扎实学问为基础"②，读到他这番说辞，我们禁不住哑然失笑。世上还有比治无益之学更可耻的事情吗？好歹也学学劈柴吧。人应当参与劳作，应当多多地待人接物，学者们却很少把这些事情的必要性牢记在心。踏踏实实的双手劳作同样能使人专注，无疑是一种最好的疗法，足可医治口头与书面的废话连篇和多愁善感。人若是从早到晚辛勤劳作，或许会为无暇关注自己的思想之流而伤悲，但他可以在傍晚记录自己当天的体验，草草写就的几行文字会更加悦耳动听，更有真情实感，胜过他天马行空却不着边际的想象所能带来的收获。作家当然要对这个充满劳作者的世界发言，由此可见，劳作理当成为他自己的学科。昼短夜长的冬季，要赶在日落之前把柴禾砍完捆好的人，自然不会在工作期间悠然起舞，与此相反，他的每一记砍削都会用力俭省，让温和适度的丁丁声响萦绕林间。同样，在傍晚记录日间故事的那支学者之笔，每一次落纸也会奏出温和适度却欢欣愉悦的

---

① 罗利一生有过乡绅、作家、诗人、士兵、政客、探险家、间谍等多种身份，并曾两次入狱，第二次在伦敦塔里坐了十多年牢（1603—1616），其间写出了许多文章，以及《世界史》（*History of the World*）的第一卷。

② 本·琼森（Ben Jonson，1572—1637）是与莎士比亚同时代的英格兰剧作家及诗人，此处引文出自他为自撰宫廷剧《婚姻之神》（*Hymenaei*）写的序言。宫廷剧是十六世纪后期及十七世纪上半叶流行于英格兰宫廷及贵族阶层的一种场面盛大的业余娱乐表演。

沙沙声响，他丁丁的斧声消逝许久之后，沙沙的声响依然会萦绕在读者的耳边。凭着掌上胼胝，这位学者当可坚信，自己写下的是更加结实耐磨的真理，因为胼胝予词句以坚实。事实上，身体若不具备相应的活力，心灵永远也完不成伟大的劳作。不事文翰的勤勉劳者，一旦需要提笔写作，便能轻而易举地获得精确有力的文风，往往使我们惊叹不已，似乎平白晓畅、元气沛然、情感真挚之类的文章妙诀不必在校园里学，更好的学习场所是农场与工坊。这些粗糙手掌写下的句子强韧有力，好比皮鞭、鹿筋或者松根。至于说文采，伟大的思想绝不会衣着寒酸，哪怕它出自沃洛夫人①之口，九位缪斯女神和美惠三女神也会同心协力，给它披上得体词句的衣衫。伟大的思想总是给人开明宽容的教诲，蕴含的才智足可装备一所大学。正是借由逐步卸去短暂无常的一切饰物，希腊人命名为"美"的这个世界才得以形成。② 西比尔"以神明启迪的唇齿发言，面无笑意，身无饰品，体无香薰，借神明之力穿越万千世纪"。③ 学者不妨多多效仿农夫驭畜吆喝的抑扬顿挫，

---

① 沃洛夫人（Woloffs）是主要生活在塞内加尔海滨的西非土著民族。

② 梭罗此处的说法，可能源自柏拉图《对话录》（*Dialogues*）"会饮篇"（*Symposium*）中由苏格拉底转述的女祭司第俄提玛（Diotima）的观点，大意是人对美的爱会经历一个渐进的过程，起初是爱个体之美，然后是爱普遍绝对之美，最后是爱神圣之美。

③ 此处引文是《古代哲学史》（*The History of Ancient Philosophy*）第一卷引述的古希腊哲学家赫拉克利特（Heraclitus，前535？—前475？）的话。西比尔指一类据信拥有预言本领的女子（参见前文注释），此处指得尔斐神庙发布神谕的女祭司。《古代哲学史》是德国哲学家海因里希·利特尔（Heinrich Ritter，1791—1869）《哲学史》（*Geschichte der Philosophie*）的英文节译本，于1838至1846年间出版。

并且坦白承认,这些吆喝若是形诸笔墨,定然会胜过自己辛辛苦苦的创作。说到底,学者与农夫二人之中,谁的语句才真正称得上辛辛苦苦的创作?为了重振声势与元气,我们乐于从政客文人的柔靡句子转向农人历书里的文字,哪怕它只是劳作方法的平白描述,或者是月度劳作的简单记录。好的句子给人的感觉,应该是作者如果把手中的钢笔换作犁铧,就能够划出又深又直、一气贯通的犁沟。要想给自己的思想提供动力,学者必须付出勤勤恳恳的劳动,必须学会执笔如同运斤持剑,既要牢牢抓紧,又要挥洒自如,所向披靡。有些文人的身高尺寸兴许不输侪辈,腰围也相当不小,但我们一旦看到他们那些软弱无力的句子,便会惊愕地发现,他们的筋骨和肌肉遭受了何等巨大的损失。什么!这么大的身量——这么多的骨骼——干的却是这样的活计!本可放倒一头公牛的双手,砍倒的却是这么个不堪一击的玩意儿,弱女子动动指头就能掀倒!后背有脊髓、脚踵有跟腱的壮健男子,难道该干这种活计!竖起巨石阵①的那些人,倒可以算是有所作为,哪怕他们的目的只是展示一下自己的力量,舒活一下自己的筋骨。

话又说回来,真正高效的劳作者终究不会让工作占满日程,只会在悠闲自在的宽舒氛围之中,从容走向自己的任务,而且只做自己最热爱的事情。他焦灼盼望的收获,仅仅是时间凝成的饱满谷种。母鸡在窝里趴上一整天,终归只能下一只蛋,除此之外,当天它绝不会为另一只蛋储备材料。再微不足道的事情,哪

---

① 巨石阵(Stonehenge)是英格兰著名的史前遗迹,由一些高达四米左右、重达二十五吨左右的巨石构成。

怕只是剪剪指甲，也应当用充裕的时间来应对。幼芽按无法觉察的进度生长，不着急也不慌张，就跟短暂的春天永远不会结束一样——

然后让悠悠岁月来增强你的渴望，
只要你屹立不摇，便无须急急忙忙。

有些时辰似乎不适合采取任何行动，只适合供我们的决心稍作喘息。在这些时辰里，我们不再径直奔向我们心仪的目标，转而走进房间，掩上房门，胸有成竹地随意漫步，仿佛事情已经成了一半。这样一来，我们的决心就会生根，或是牢牢地抓住土壤，好比种子总是先向下方生长，发出靠胚乳提供养分的胚根，然后才向上方发展，长出沐浴阳光的胚芽。

有些书洋溢着一种朴素的真实与自然，看似唾手可得，实则难能可贵。它兴许缺少崇高的情感，也没有典雅的措辞，但却是无忧无虑的乡野之言。倘若读者愿意以书为家，书籍的朴素就是个了不起的优点，几乎与房屋的朴素不相上下。朴素仅次于美，是一种十分高明的手艺，只有一部分人有此神技。学者并不擅长运用自己最熟知的体验，无法让它为自己的表达提供挥洒自如的帮助。举例来说，谈论大自然的时候，很少有人能说出任何真相。人们总是以这样那样的方式冒犯大自然的贞静，不给她任何眷顾，不为她说哪怕一句好话。大多数人叫得比说得好，要想从他们身上得到真实自然，拧他们比对他们说话管用。伐木工气哼哼地谈论他做工的树林,对树林的态度跟对他的斧头一样冷漠,这样的怨气也胜过自然爱好者那种闪烁其词的热情。河边的樱草不妨只是一株黄樱草,再没有别的意义,总比连樱草也不如要好。① 记述托马斯·富勒生平的时候,奥布里说他有"一颗运转不停的头脑,以至于他会在饭前散步时陷入沉思,其间吃掉了一条面包,自己却不知道。他生来就有惊人的记忆力,记忆术又让他如虎添翼。他能够背出从路德门到查林十字的所有招牌,顺着背倒着背都行"。② 写到约翰·黑尔斯先生的时候,奥布里说"他爱喝加那利酒"③,死后葬在"一块黑色大理石的圣坛式墓碑下面……墓志铭长得离谱"。关于埃德蒙·哈雷④,奥布里说他"十六岁就会制作日晷,据他说,从那以后,他自认为是个了不起的人"。威廉·霍德尔写了本书来记述自己如何治愈一个姓波珀姆

---

① 这句话是反用英国诗人威廉·华兹华斯(William Wordsworth,1770—1850)的长篇叙事诗《彼得·贝尔:一个诗体故事》(*Peter Bell: A Tale in Verse*)当中的诗句:"河边的樱草对他来说,/就只是一株黄樱草,再没有别的意义。"诗中的彼得·贝尔是一个对大自然无动于衷的冷酷之人,最终改恶迁善。"樱草"原文为"primrose",是樱草科樱草属植物的通称,欧洲常见的欧洲樱草(*Primula vulgaris*)通常开淡黄色的花。

② "奥布里"指英格兰作家约翰·奥布里(John Aubrey,1626—1697),此处引文及本段此下引文均出自他撰著的《名人小传》(*Brief Lives*)。托马斯·富勒(Thomas Fuller,1608—1661)为英格兰教士及历史学家。路德门(Ludgate)和查林十字(Charing Cross)都是伦敦地名。

③ 约翰·黑尔斯(John Hales,1584—1656)为英格兰教士及作家。加那利酒(Canary)是一种甜酒,因产自大西洋上的加那利群岛而得名。

④ 埃德蒙·哈雷(Edmund Halley,1656—1742)为英格兰天文学家,哈雷彗星因他而得名。

的聋哑人,[①] 奥布里说"他不景仰任何作家,只以大自然为师"。大多数情况下,作者只会师法探讨过同一主题的各位前辈作家,写出的书仅仅是无数人意见的汇总。然而,好书绝不会让人未读先知,连它的主题都会具备某种意义上的独创性,书的作者则会以大自然为师,由此不光师法所有的前人,还师法所有的来者。无论是什么主题,写作领域始终留有足够的空间和机会,容许新来的作者写出一本真正的书,正如最晴朗的日子也容得下更多的光线,而这新增的光线,并不会对原有的光线形成干扰。

我们就这样奋力划桨,溯河而上,让自己的思想逐渐适应新奇的风光,从这条河的平静胸怀里看到了一个新的自然,以及一些新的人工。这么说吧,随着信心的逐渐增长,我们还发现,自然于我们依旧宜居,依旧友善,依旧宠眷有加。我们不走任何老路,只管追随河流的蜿蜒路线,因为它一如既往,对我们来说是最近的捷径。幸运的是,我们在这片乡野没有待办的事情。我们先前经过的康科德河,很少有称得上河川(*rivus*)的时候,它只能勉强算是一道水流(*fluvius*),或者说介于水流与湖泊(*lacus*)之间。眼前的梅里迈克河却不是河川,不是水流,也不是湖泊,而是一道洪流(*amnis*),[②] 一股缓缓上涨、滔滔涌向大海的潮水。

---

① 威廉·霍德尔(William Holder,1616—1698)为英格兰教士及音乐理论家。据奥布里书中所说,霍德尔曾教会一个聋哑人说话,并把此事写入《言语的要素》(*Elements of Speech*)一书的附录。

② 括号中均为拉丁文词语。

我们甚至能与它欢悦的潮浪产生共鸣，随它去大洋里闯荡，与它一起期待那个"融入不羁浩瀚"的时刻。到那时，它便"从此拍击海滩，不再冲刷河岸"：①

campoque recepta

Liberioris aquæ, pro ripis litora pulsant.

良久之后，我们遇上了一座灌木丛生的低矮小岛。这座岛人称"兔子岛"，时而沐浴阳光，时而没入波浪，荒凉得就像坐落在冰海之中，而且跟海岸隔着几里格②的距离。绕过小岛，我们发现自己进入了一个较为狭窄的河段，附近有采石的工棚与堆场，所采石材号为"切姆斯福德花岗石"，韦斯特福德③及其毗邻城镇都在采。我们又划过面积至少七十亩的威卡萨克岛，这个岛位于我们右侧，切姆斯福德和提恩斯博罗两镇之间，④是印第安人格外中意的住地。据《当斯特布尔老镇史》所载，"一六六三年前后，帕萨孔纳威（佩纳库克人⑤的首领）的长子被捕入狱，由头是他有个

---

① 前面两处引文的原文是梭罗对奥维德《变形记》第一卷第四十一行的一部分及第四十二行的英译，此下两行拉丁文引文是对应的奥维德原文。本书题记引用了同书同卷的第三十九行至第四十二行，可参看。

② 里格（league）为长度单位，一里格通常相当于三英里。

③ 韦斯特福德（Westford）为马萨诸塞州城镇，原本是切姆斯福德的一部分。

④ 威卡萨克岛（Wicasuck Island）是梅里迈克河中的一个狭长岛屿，今名提恩岛（Tyngs Island）。提恩斯博罗（Tyngsboro）为马萨诸塞州城镇。

⑤ 佩纳库克人（Penacook，亦作 Pennacook）是北美印第安人的一支，主要生活在梅里迈克河河谷。

族人欠了约翰·廷克尔四十五磅的债,他曾口头答应代偿,后来却没有践约。为了解救他,他弟弟瓦纳兰瑟特[①]等人卖掉了自己名下的威卡萨克岛,还掉了这笔债。"不过,一六六五年,马萨诸塞议会又把这个岛还给了印第安人。印第安人于一六八三年离去之后,政府把这个岛授予乔纳森·提恩[②],以表彰他拿自家房屋充当要塞,为殖民地做出了贡献。提恩的宅子,就在离威卡萨克瀑布不远的地方。在致罗伯特·波义耳的书信体题献当中,顾金为敬献他那本"文辞鄙陋的拙作"表示了歉意。[③]他在那本书里说,一六七五年,菲利普战争[④]爆发之时,马尔博罗的印第安基督徒和英国人抓了七个俘虏,然后把他们送到了剑桥,[⑤]俘虏都是"印第安人,分别属于纳拉甘塞特部族、长岛部族和皮科得部族。在此之前,他们都在梅里迈克河边的当斯特布尔干了大概七周的活,东家是某位乔纳森·提恩。听说战争爆发,他们赶紧找东家算账,拿到工钱就不辞而别。他们心里害怕,因此偷偷摸摸地在林中赶

---

① 前文引用的《新英格兰印第安人史料汇编》说瓦纳兰瑟特是帕萨孔纳威的长子,与此处所说似有不合。

② 乔纳森·提恩(Jonathan Tyng,1642—1723)为马萨诸塞殖民地军官,前文中的提恩斯博罗镇因他而得名。提恩的宅子是至今犹存的历史遗迹。

③ 引文出自顾金(见前文注释)《新英格兰印第安基督徒事迹及苦难史乘》(*An Historical Account of the Doings and Sufferings of the Christian Indians in New England, in the Years 1675, 1676, 1677*)一书的题献。罗伯特·波义耳(Robert Boyle,1627—1691)为爱尔兰科学家,波义耳定律的发现者。

④ 菲利普战争(Philip's war)指新英格兰印第安人与白人殖民者及其印第安盟友于1675至1678年间进行的战争,以殖民者获胜告终。战争因一位改名"菲利普"的印第安酋长而得名。

⑤ 马尔博罗(Marlborough)和剑桥(Cambridge)均为马萨诸塞城镇。

路,打算返回他们的故乡。"① 不过,他们很快就获得了释放。这就是当年那些雇工的境况。提恩是第一个永久居留当斯特布尔的殖民者,今天的提恩斯博罗,还有其他的许多镇子,当时都属于当斯特布尔的范围。一六七五年冬,菲利普战争持续期间,其他的殖民者全都离开了当斯特布尔,"而他,"那位当斯特布尔历史学家②写道,"却加固了自家的房子。他虽然'不得不派人去波士顿采办食品',本人却孤身安坐荒野之中,无惧蛮族敌人的四面包围,努力捍卫着自己的家园。他认为自己固守的是边疆防御的一个要地,于是在一六七六年二月向殖民地政府请愿求援。"他在请愿书中恭敬地阐明,他住的是"梅里迈克河边地势最高的房子,一方面是完全暴露在敌人眼前,一方面又占有地利,足可为邻近的镇子充当哨所",有鉴于此,他可以为国家做出重要的贡献,前提是给他提供些许援助,因为"这地方,"他声称,"居民已经跑得一个不剩,除了我自己。"他据此请求各位"大人开恩,派三到四个人来协助守御前述的房子",大人们也确实开了恩。但是我觉得,就这样的要塞而言,多派一个人守卫都会削弱它的防御:

> 让獒犬为你放哨,冲窃贼猖狂吠叫,
> 让勇气伴你终身,要成为首领英豪;
> 让活门为你御敌,让铜钟发出警讯,

---

① 引文出自《新英格兰印第安基督徒事迹及苦难史乘》。
② "那位当斯特布尔历史学家"指查尔斯·福克斯,本段此下引文均出自福克斯的《当斯特布尔老镇史》(参见前文相关叙述及注释)。

> 让礌石与箭矢表明，屋主乃是何人。①

就这样，他赢得了第一位永久居民的称号。一六九四年，殖民地通过了一项法律，规定"因畏惧印第安人而逃离城镇的移民，均将丧失在原住城镇的一切权利"。②然而到了现在，至少是就我屡见不鲜的现象而言，人们完全可以被远比印第安人渺小的敌人吓倒，由此逃离真理与公义的边陲沃土，尽管他们弃守的是一邦一国最宝贵的土地，却依然不会丧失他们在此邦此国的任何民权。岂但如此，逃兵还纷纷获得赏赉，拿到各色城镇的管辖权，而照我时或有之的判断，本州的议会也没有什么了不起，不过是逃兵的大本营而已。

为了避开急流，我们靠向林木覆盖的威卡萨克岛，贴着岛岸往前划。正在这时，岸上出现了两个男人，看样子是刚从洛厄尔跑出来，本来想去纳舒亚，却不料行程受阻于安息日，结果撞进了地球上这个既陌生又朴野、未经耕耘也未有人烟的角落，发现这里障碍重重，到处都是藩篱壁垒，对他们来说十足是一个险恶蛮荒的所在，眼下看见我们的小船平稳无比地溯流而上，赶紧从我们头顶的高高岩岸大声呼唤，想知道我们肯不肯捎他们一程，似乎把这条河当成了他们想念不已的大街，满以为自己可以坐在船上谈天说地，打发时间，最后就不知不觉地到了纳舒亚。这么

---

① 引文出自英格兰诗人托马斯·塔瑟（Thomas Tusser，1524—1580）的长诗《持家要诀五百则》（*Five Hundred Points of Good Husbandry*）。

② 引文出自《当斯特布尔老镇史》。

一条平坦的道路，正是他们万分盼望的事物。可我们的小船载满了必要的家什，吃水已然很深，更何况它还需要人来划，因为即便是它，逆水而上也得费点儿力气。于是乎，我们不得不拒绝他们登船的请求。太阳在远岸的赤杨林背后西沉，命运三女神在我们的航路上洒满油膏，我们平平顺顺地滑向前方，此时依然能隔着水面看见远处的他们，看见他们沿着岩岸奔跑，如昆虫一般爬过岩石和倒伏的树木，因为他们并不比我们更清楚，他们身处的地方是一个岛，而河水无动于衷，顾自朝相反的方向奔流不息。接下来，他们跑到了屿溪①的入口，迎头碰上了一道更难逾越的路障，这之前，他们多半是从下游的船闸渡河上岛的。看情形，他们在短短的时间里学到了许多东西。只见他们四处乱跑，好似烧红烙铁上的蚂蚁，一会儿从这里下河，一会儿又从那里下河，想知道水面是否跟从前一样，真的不能供人行走，似乎是受了什么新思想的启迪，以为自己只需要巧妙地调整四肢，便可以完成水面行走的神迹。②到最后，清醒的常识似乎再一次占据了上风，他们得出结论，老早就听过的那个道理肯定是真的，于是痛下决心，准备蹚水渡过相对较浅的那条河。我们离他们已经有将近一里，依然能看见他们动手脱衣，准备投入这项实验。然而，看样子他们很可能会碰上一个新的难题，因为他们实在太欠考虑，竟然将

---

① 南北向的威卡萨克岛把从北向南流的梅里迈克河分为两股，东边的一股相当狭窄，名为屿溪（Island Brook）。屿溪东岸是洛厄尔的地界，屿溪的"入口"即威卡萨克岛的北端，东西两股分流的地方。

② 《新约》的《马可福音》、《马太福音》及《约翰福音》都记载了耶稣在水面行走的神迹。

衣物扔在了小河的错误一侧,就像那个要带谷子、狐狸和鹅过河的乡下人,一次只能带一样。① 他们究竟是安全渡河,还是绕道船闸才达到目的,我们不得而知。我们只是不由自主地感到震惊,因为大自然以这种虽无恶意却貌似冷漠的态度对待这些人的需求,同时也在别处以同样的方式对待别的一些人。她好比一位真真正正的女施主,行善的要诀在于从无改易。这一来,纵然做生意的洛厄尔近在咫尺,最繁忙的商人还是不得不暂时扮演朝圣者的角色,赶快拿起手杖、褡裢和扇贝壳。②

泛舟中流的我们,差一点也摊上了朝圣者的厄运,因为我们看到了一条样子像鲟鱼或更大型鱼类的鱼,黑黝黝的庞然背脊时起时落,心里想着这条河是"鲟鱼河",一时间顶不住诱惑,便划着船去追它。我们一直落在后面,这条鱼却把背脊高高耸起,压根儿不往下潜,似乎更喜欢顶着水流游泳。既然如此,好歹它是不会用游向大海的方法来逃离我们的。到最后,我们终于追到了方便下手的近处,小心地提防着鱼尾巴的横扫,这时候,船头的枪手扣动扳机,船尾的艄公则坚守阵地。可这条皮色如同比目鱼的怪物,在一个稍纵即逝、意味深长的瞬间,一边继续它无休无

---

① 这是在西方广泛流传且有多种变体的一个儿童智力题,一次只能带一样的难点是,在无人照管的情况下,狐狸会吃鹅,鹅会吃谷子。

② 梭罗的说法应该是暗用了沃尔特·罗利的诗歌《热忱者的朝圣之旅》("The Passionate Man's Pilgrimage"),诗中写道:"给我静默的扇贝壳,/给我支撑行走的信仰手杖,/给我喜悦的褡裢,里面装着永恒的食粮……准备停当,我便启程朝圣。"扇贝壳是耶稣十二门徒之一西庇太之子圣雅各(James, son of Zebedee)的标志,朝圣者往往把它佩在帽子或衣服上。

止的起起落落，一边厚起脸皮，甚至不用咯咯一笑或其他前奏作为铺垫，径直宣布它是一根囚禁在铁笼里的巨型木柱，是人们设在那里的一个浮标，作用是提醒水手注意暗礁。于是乎，我们俩相互埋怨了一番，赶紧撤回了安全的水域。

恰在此时，那位神圣的换景师认为时辰已到，径直为今天的戏剧落了幕，完全无视我等凡人无比珍视的任何三一律①。今天这出戏究竟会唱成悲剧、喜剧、悲喜剧还是田园剧，我们不得而知。这个周日随太阳落山而告终，撇下了依然随波颠簸的我们。不过，相较于陆上的人，水上的人可以欣赏到更久长、更辉煌的暮光，因为这里有水，可以跟空气一道吸收并反射光线，而白昼的光亮，似乎也有一部分沉在了水波里。光亮渐渐地抛弃深水，抛弃深远的空气，暝色笼罩鱼儿，一如笼罩我们，只不过它们的暝色更加幽暗，更加阴郁，因为它们的日子，对它们水汪汪的暗淡眼睛来说虽已足够明亮，终归是一个永远的黄昏。晚祷的钟声，已然响彻下方那无数个水汪汪的幽暗教堂，那里的藻荇阴影，在沙质的河底越伸越长。夜行的鮰鱼，已然摆开它皮革一般的鳍，在水里倏然穿梭，有鳍的八卦专家，已然从流动的通衢撤回溪涧与湾澳，或者是其他的秘境幽居，只剩下几尾鳍强体壮的鱼儿，像下了锚一样定在中流，梦里都还在抵抗潮浪。与此同时，我们像一片黝黑的晚云，随风飘过它们的天穹，使它们浩波漫漫的土地，阴影变得更加浓重。

---

① 三一律是由亚里士多德《诗学》(*Poetics*)衍生的西方戏剧创作准则，即情节、时间、地点的一致性。

我们划进一个扩展到六十杆宽的幽僻河段，便在提恩斯博罗所辖的东岸支起帐篷，帐篷刚巧支在几丛即将熟透的滨李[1]上方，倾斜的坡岸则足可充当枕头。接下来，我们拿出海员登岸时那种热火朝天的劲头，把过夜所需的一应物品从船上搬进帐篷，然后在帐篷支柱上挂起一盏提灯，我们的房舍就算是万事俱备。在草地上摊开一张野牛皮，再放上一条遮盖身体的毯子，我们的卧床也是迅速铺好。一堆篝火在帐篷门口欢快噼啪，离我们非常近，不出帐篷便可照看。吃过晚饭之后，我们灭掉篝火，关上门，拿出安居家中的闲适做派，一边熬夜翻阅《地名索引》，了解我们所处的纬度与经度，一边撰写航行日志，或是静听风生水涌，直至睡意蒙眬。我们躺在河岸上一棵橡树的下方，挨着某个农夫的玉米田地，渐渐地进入梦乡，渐渐地忘记自己身在何处；每过十二个小时，我们就不得不忘记自己的大业宏图，着实是一大幸事。水貂、麝鼠、草原田鼠、土拨鼠、松鼠、臭鼬、野兔、狐狸和伶鼬[2]，全部都住在我们左近，只不过有人在的时候，它们都会深藏不出。潺潺的河水打着漩涡，整夜流向下游的各个商埠，流向大海之滨，浩浩汤汤，从事着可为镜鉴的宏伟事业。这一夜不同于

---

[1] 滨李（参见前文关于"李岛"的注释）为原产美国东海岸的蔷薇科李属沙生灌木，学名 *Prunus maritima* 或 *Prunus littoralis*，果实可食。

[2] 草原田鼠（meadow mouse）为仓鼠科田鼠属动物，学名 *Microtus pennsylvanicus*，主要分布于北美大陆北部。伶鼬（weasel）是体型最小的鼬科鼬属动物，学名 *Mustela nivalis*，原产于欧亚大陆、北美及北非。

比尔瑞卡之夜的西徐亚式①浩瀚,也没有那一夜的野性乐声,使我们不得安眠的是一帮爱尔兰筑路工人的喧哗嬉闹,他们的声音随风渡水,传到我们的耳边,在本周的第七日依然是不知疲倦,不歇不休,声音的主人则转着圈儿在铁道上跑来跑去,没完没了,速度越来越快,喊叫此起彼伏,直至更深夜阑。

这天夜里,一名水手梦见了邪恶宿命之神,梦见了所有那些敌视人类生活的力量,他们禁锢压制人类的心灵,使人类的道路显得艰险逼仄、危机四伏,以至于最良善可钦的事业也显得狂妄不敬,仿佛是对命运的挑衅,以至于众神不与我们同行。另一名水手却心情愉快,度过了一个宁谧安和乃至美如仙境或永恒不朽的夜晚,他酣畅淋漓地睡到天明,一夜无梦,或者说只记得美梦留下的温馨。他欢悦的情绪抚慰了他的兄弟,原因是无论何时,兄弟二人一旦聚首,得胜的总会是幸运的善灵。②

---

① 西徐亚(Scythia)是古希腊人使用的一个地名,泛指北方游牧民族所居的广袤土地。

② 梭罗这是把睡眠安稳的兄长约翰喻为"幸运的善灵"(Good Genius)。

星期一

> 因此我有意叙写,
> 这日日更新的世界,
> 尽我的能力和职责。
> ——高尔①

> 你得把诺丁厄姆的郡长,
> 牢牢记在心上。
> ——《罗宾汉歌谣集》②

> 他只是随手开弓放箭,
> 这一箭却不是白费工夫,
> 箭头命中郡长的爪牙,
> 威廉·特伦特一命呜呼。
> ——《罗宾汉歌谣集》③

---

① 引文出自约翰·高尔的长诗《情人的忏悔》序篇(参见前文注释)。
② 引文出自《罗宾汉歌谣总集》第一卷收录的民谣《罗宾汉传奇》("A Lyttell Geste of Robyn Hode"),参见前文注释。诺丁厄姆(Nottinghamshire)是英格兰的一个郡,在民间传说中,诺丁厄姆郡长是罗宾汉的宿敌。
③ 引文出自《罗宾汉歌谣总集》第一卷收录的民谣《罗宾汉与吉斯本的盖伊》("Robin Hood and Guy of Gisborne")。

> 他凝望穹苍，寻觅他在地上失去的珍宝。
>
> ——《不列颠田园诗》[1]

第一抹曙光照临大地，鸟儿纷纷醒来，雄壮的河流信心十足地奔向大海，水声潺潺入耳，轻捷的风儿早早起身，吹得我们帐篷四周的橡树叶子沙沙作响，此时此刻，所有人都已借由睡眠恢复了身心的元气，驱走了疑问和恐惧，接到了投入全新冒险的邀请。

> 所有的勇武骑士，
> 迎着曙光穿起
> 明晃晃的胸铠，
> 要去与敌人一决生死。
> 雄壮的骏马斗志昂扬，
> 跺足顿地，腾身扬蹄，
> 继而在大地上飞奔；
> 黑夜即将消逝。[2]

我们俩各司其职，一个把小船划到四分之一里开外的对岸，

---

[1] 引文出自英格兰诗人威廉·布朗（William Browne，1590?—1645?）的长诗《牧人风笛》（*The Shepheard's Pipe*）中的《第四首牧歌》（"The Fourth Ecologue"），并不是同为威廉·布朗所撰的《不列颠田园诗》（"Britania's Pastorals"），梭罗自注的出处有误。

[2] 引文出自苏格兰诗人亚历山大·蒙哥马利（Alexander Montgomerie，1550?—1598）的诗作《黑夜即将消逝》（*The Night Is Neir Gone*）。

借那里平坦方便的地势排空船里的积水，洗净船上的淤泥，另一个则生起篝火，把早饭准备停当。我们早早地再度启程，像以前一样破雾划船，河流已经醒来，千万朵浪花层层涌起，迎接本该现身的太阳。借休息日养好了精神的乡人，此时也已经忙活起来，开始坐渡船前往对岸，准备投入这一周的工作。眼前的渡口繁忙得好似河狸的堤坝，仿佛全世界的人都在等着上船，都急于从这个特定的地点渡过梅里迈克河——有把用纸包好的两分钱攥在手里的孩子，有逃出监狱的囚犯和携着逮捕令的警员，也有从远方来往远方去的旅人，总之都是把梅里迈克河视为障碍的男男女女。在这个灰蒙蒙的早晨，薄雾中停着一辆双轮小马车，一个性急的旅人手执马鞭，一边在湿漉漉的河岸上来回踱步，一边隔着雾气大声召唤那位置若罔闻的喀戎①，还有那艘渐渐远去的方舟，就跟对方可以把船上的旅客扔下河去、掉转头来接他似的；他会补偿对方的损失的。他要去对岸某个看不见的地方吃早饭。他有可能是勒吉尔德，也可能是那位流浪的犹太人。②请问，他是从何处走出了雾霭沉沉的夜晚？又会在阳光灿烂的昼日走向何方？我们只看到了他过渡的情形；我们觉得意义非凡，他却会转眼忘记，因为他整天都在过渡。他们一行二人，没准儿就是维吉尔和但丁。

---

① 喀戎（Charon）是古希腊神话中在冥河上摆渡的船夫。

② 此处的"勒吉尔德"应指英国探险家约翰·勒吉尔德（John Ledyard，1751—1789），勒吉尔德死在开罗，葬地迄今不明；"那位流浪的犹太人"（the Wandering Jew）是西方传说中的一个人物，此人因嘲弄即将受难的耶稣而受到诅咒，必须永远在尘世流浪，直至基督重临。

可是照我的记忆,维吉尔和但丁渡过冥河的时候,① 河上并没有上行下行的旅人。那只是一段短暂的航程(*transjectus*),好比生命本身,只有长生不死的众神才能够溯流而上,或者顺流而下。毫无疑问,这些周一赶路的人有很多都是牧师,他们骑着雇来的马,正在回头探访各自的教区,行囊里的布道词皆已读烂掏空,下一天便可弃如敝屣。他们的交错路线遍布整个乡野,好似织机上的经线和纬线,交织成一件质地疏松的袍子;接下来,便是整整六天的假期。他们时而停步,采一点坚果与浆果,或者随心所欲,摘几个路边的苹果。好一帮可敬的宗教人士,心里装着对人类的爱,兜里装着付船费的钱。我们并没有东拼西凑,只是划着小船横穿渡河者的潮流,照样通过了这个横水渡②——这一天,我们未曾付费。

薄雾消散,天清气和,我们悠然自得地划着小船,穿过提恩斯博罗的地界,渐渐将人境抛在身后,继续深入当斯特布尔古镇的属地。一七二五年四月十八日,著名的拉夫威尔上尉正是从时为边疆城镇的当斯特布尔出发,率领部下去追击印第安人。③ 他的父亲是"奥利弗·克伦威尔军中的一名旗手,后来移居本国,在

---

① 意大利大诗人但丁(Dante, 1265?—1321)著有经典长诗《神曲》(*Divine Comedy*),《神曲》"地狱篇"("Inferno")当中有古罗马诗人维吉尔的灵魂带领但丁渡过冥河的情节。

② 横水渡指依靠由跨河缆绳牵引的平底船来摆渡的渡口。

③ 拉夫威尔(John Lovewell, 1691—1725)是北美殖民地著名的民兵头领,追击印第安人是为了赏金。

当斯特布尔安家,直至以一百二十岁的高龄去世"。[1]根据那首传唱了大约一百年的古老儿歌[2]:

> 他和他英勇士兵,将广阔林地巡查殆遍,
> 忍受艰难困苦,要扑灭印第安人的气焰。

在皮夸基特[3]的髯髯松林里,他们与"造反的印第安人"狭路相逢。经过一场血腥的战斗,他们击败了敌人,幸存者返回家乡,享受胜利的荣光。政府赏给他们一个定名为"拉夫威尔镇"的镇子,只不过,由于某种原因,也可能毫无理由,这个镇子现名"彭布罗克"。[4]

> 我们英勇的英国人,总数不过三十四,
> 造反的印第安人,加起来却约有八十;

---

[1] 引文出自美国作家约翰·法默(John Farmer, 1789—1838)和雅各布·莫尔(Jacob Moore, 1797—1853)合编的《史料杂录汇编》(Collections, Historical and Miscellaneous, 1822—1824)第三卷收录的诗歌《拉夫威尔的战斗:一支歌》("Lovewell's Fight, Song")的题记。奥利弗·克伦威尔见前文注释。

[2] "古老儿歌"即《拉夫威尔的战斗:一支歌》,该诗题记中说它"写于大约一百年前"。下文中叙写拉夫威尔作战的诗句及引文均出自这首诗。

[3] 皮夸基特(Pequawket)是印第安人对今天缅因州弗莱堡镇(Fryeburg)所在区域的称呼。

[4] 拉夫威尔镇(Lovewell's Town)即今天新罕布什尔州的彭布罗克镇(Pembroke),1728年建立,1759年改名彭布罗克,为的是纪念英国贵族第九世彭布罗克伯爵(Henry Herbert, 9th Earl of Pembroke, 1693—1749)。

> 我们的英国同胞，有十六人平安返乡，
> 其余非死即伤，我们都应该追思悼亡。
>
> 我们可敬的拉夫威尔上尉，与战友们一同遇害，
> 他们还杀死了罗宾斯中尉，伤到了好人小弗莱，
> 他是我们英国人的牧师，送许多印第安人归西，
> 并且冒着纷飞的弹雨，剥下了其中一些的头皮。

我们的勇武先辈，早已殄灭所有的印第安人，于是他们堕落的子裔，再不用栖身营房，一辈子也听不见战斗的呐喊。倘若当今时代的许多"英国人的牧师"，能够像当年的"好人小弗莱"那样，用无可置疑的战利品来证明自己的勇气，兴许也是件不错的事情。时至今日，我们依然有必要效法迈尔斯·斯坦迪士、丘奇[①]或拉夫威尔，努力成为意志坚定的开路先锋。我们要走的诚然是另一条道路，但这条道路同样是易于设伏。印第安人绝灭了又怎么样，同样可怕的野蛮人，不是依然在今天的林间空地里游荡吗？

> 他们勇敢地面对，一路上无数的危险艰难，
> 最终安全抵达当斯特布尔，时在五月十三（？）。[②]

[①] 迈尔斯·斯坦迪士（Myles Standish, 1584?—1656），英国军官，随"五月花号"清教徒一同前往北美，后成为普利茅斯殖民地第一任总司令。丘奇（Benjamin Church, 1639?—1718）是出生在普利茅斯殖民地的英国军官，人称"美国陆军游骑兵之父"。

[②] 引文是《拉夫威尔的战斗：一支歌》的最后两行，问号是梭罗加的。

不过,在"五月"的第"十三"日,或者第十五日,又或第三十日,①他们并不是全部都"安全抵达当斯特布尔"。我们的家乡康科德镇有七个人参加了这场战斗,其中的埃利泽·戴维斯和约西亚·琼斯,与当斯特布尔的法维尔中尉和安多维尔的乔纳森·弗莱②一起掉了队,他们都负了伤,只能慢慢地爬向白人的定居点。"走了几里之后,弗莱落在了后面,就这么死去了",③不过,一位年代较近的诗人为临终的弗莱安排了一个同伴:

> 他是个仪表堂堂的男子,
> 文雅又勇敢,博学又善良;
> 他离开古老哈佛的大雅之堂,
> 葬身在遥远荒蛮的地方。
>
> 唉!此刻他举起血红的手臂,
> 竭力睁开渐渐合拢的眼皮,
> 临终前再一次开口道出,
> 祈求与赞美的言辞。
>
> 他祈求仁慈上苍颁赐胜利,

---

① "五月十五"是《史料杂录汇编》的编者在《拉夫威尔的战斗:一支歌》的注释中给出的说法,"五月三十"是《当斯特布尔老镇史》当中的说法。

② 安多维尔(Andover)为马萨诸塞城镇。乔纳森·弗莱(Jonathan Frye)即前引诗歌中的"好人小弗莱"。

③ 引文出自沙塔克的《康科德史》(参见前文注释)。

指引佑护勇者拉夫威尔的队伍，
　　待他们洒下赤诚的心血，
　　便让他们全部身登乐土。
　　……　……
　　法维尔中尉握住他的手，
　　用手臂搂住他的颈项，
　　开口说道："勇敢的牧师啊，
　　但愿上苍，让我死不是你亡。"[1]

　　弗莱死后，法维尔坚持了十一天。我们由《康科德史》得知，"按照自古流传的说法，戴维斯跟着法维尔中尉走到一个池塘边，脱下一只软皮靴，把靴子割成皮条，又在皮条上绑了个钩子，用这个钓了几条鱼，煎来吃了。鱼肉滋养了戴维斯，但却使法维尔深受其害，他很快就死了。"戴维斯身上嵌着一粒枪子儿，右手也被打没了，不过整体而言，他伤得似乎比同伴轻。经过十四天的野外跋涉，他到了伯里克[2]。琼斯身上也嵌着一粒枪子儿，可他同样是在十四天之后到了萨科，只不过状态算不得最佳。根据一本古老的札记[3]，"之前他一直靠林子里的野菜过活，吃下去的蔓越橘都从他身上的伤口流了出来。"戴维斯的情形也是如此。这么着，

---

　　[1] 引文出自《史料杂录汇编》第三卷收录的诗歌《拉夫威尔的战斗：一首歌谣》(*Lovewell's Fight, A Ballad*)。

　　[2] 伯里克（Berwick）和下文中的萨科（Saco）都是白人殖民者建立的城镇，今属缅因州。

　　[3] 指《康科德史》引用的《史密斯札记》(*Smith's Journal*)。

最后的两名幸存者终得返乡，虽非健全也算安全，并且以伤残之身享受着政府的抚恤，继续生活了许多年。

可是，哎呀！关于那些伤残的印第安人，还有他们在林子里的遭遇：

> 我们听说，他们倒下的人数那么多，倒下得那么利索，以至于在当夜安然返家的人，总共还不到二十个。①

他们的身体里嵌着多少粒枪子儿，他们吃下去的蔓越橘结局如何，他们跑到了怎样的伯里克或萨科，最后又领到了什么样的抚恤或城镇管辖权，并没有任何札记可资考证。

据《当斯特布尔老镇史》所载，就在拉夫威尔最后一次出征之前，有人警告他小心敌人的埋伏，但"他回答说，'他不怕什么埋伏'，接着就把他身边的一棵小榆树扳成弓形，宣称'他要用同样的方法来对付印第安人'。这棵榆树至今挺立（在纳舒亚），庄严古朴，伟岸堂皇。"②

南流的梅里迈克河，在提恩斯博罗的马蹄湾陡转西北。仿佛是我们的思绪加快了行程，不知不觉之间，我们已经划过马蹄湾，继续深入乡野腹地，深入这个昼日。事实最终证明，这个昼日与昨日一样金光灿烂，尽管周一的轻微熙攘似乎无所不在，连这样

---

① 引文出自《拉夫威尔的战斗：一支歌》。
② 引文出自《当斯特布尔老镇史》，"在纳舒亚"是梭罗加的。

的景色也不免受其搅扰。有些时候,我们不得不使出浑身的力气,以便绕过那些河水激石腾波、枫枝拖曳水面的地方,还好,那些地方的旁边通常都有回水或者漩涡,我们可以借力行船。这个河段宽约四十杆,深约十五尺。我们偶尔会一个人顺着河岸往前跑,考察乡野风情,探访最近的农家,另一个则独自追随河水的蜿蜒路线,等着在远处的某个地点与同伴会合,听取同伴的探险报告,听同伴讲那位农夫如何夸说自家井水的清凉,农夫的妻子如何请陌生的客人品尝自家的牛奶,孩子们又如何为屋墙上唯一的透明窗口争吵,都想要瞧瞧井边的来客。因为在这个阳光明媚的日子,眼前的乡野虽然显得崭新未凿,我们又夹在高高的河岸之间,看不见房屋的影子,可我们用不着走得太远,就可以发现人类像野蜂一般聚居的处所,还有他们在疏松沙地和梅里迈克沃土上开掘的沉井①。蒸汽般的淡淡炊烟袅袅升上正午天空之处,栖居着希伯来圣书的主旨,栖居着法的精神②。关于上尼罗河、苏达班、廷巴克图和奥里诺科③的居民,概言之是关于全人类的所有故事,这里的人都有真实的体验。所有的种族与阶级,都可以在这里找到代

---

① 沉井(sunk well)的建造方法是先在地面把井壁砌好,然后再把井壁压进井坑,适用于土质松软的地方。

② "法的精神"原文为法文"*Esprit des Lois*",应是借自法国思想家孟德斯鸠(Montesquieu,1689—1755)的政治学名著《论法的精神》(*De l'esprit des Lois*, 1748)。

③ 上尼罗河(Upper Nile)指尼罗河上游地区,苏达班(Sunderbunds)是孟加拉湾海滨的一片广袤林地,廷巴克图(Timbuctoo)为西非古城,奥里诺科(Orinoko)为南美大河。

表。根据新罕布什尔历史学家贝尔讷普六十年前写下的文字①,早在那个时候,这里兴许还有过"启蒙之光",有过思想自由的人。"总体说来,本州各地的人,"他在书中写道,"都算得上这样那样的基督教信徒,不过,本州还有那么一类聪明人,他们口口声声地拒斥基督教,至今却拿不出更好的替代品。"②

一名航行者探访人境之时,另一名航行者没准儿会看见一只褐色的鹰隼,或者是一只土拨鼠,又或是一只在赤杨树下悄悄爬行的麝鼠。

我们偶或在枫树或柳树的阴凉里稍事休息,拿出一只甜瓜填填肚子,信马由缰地遐想一下川流不息的河水与人生;正如这条浮枝载叶的河流,世间万物纷纷流过我们眼前,而在滨临同一条河流的远方城市与市集,例行的公事依然按部就班。确如那位诗人所言,世事有潮涌时分,③但事物一边迁流一边循环,涨潮总有落潮来平衡。所有的江河都不过是海洋的支流,而海洋本身并不流动,海岸也不会变迁,除非经过了人类无法计量的漫长时间。无论我们走到哪里,看到的只会是细节的无穷改变,绝不会是整体的变易。我走进博物馆,看到那些麻布捆缚的木乃伊,立刻意识到早在人类诞生之时,人类的生活就堕落到了必须改革的地步。

---

① 即《新罕布什尔史》,参见前文注释。
② "启蒙之光"指思想新奇超前的人,是梭罗对《新罕布什尔史》相关记述的解读,并非书中原文。其余引文出自该书第三卷。
③ "那位诗人"指莎士比亚。莎翁名剧《尤利乌斯·恺撒》第四幕第三场有云:"世事有潮涌时分,若能乘潮而上,便可名就功成,若然错失良机,便将受困浅水,穷厄终身。"

我走出博物馆，来到大街上，便听到人们纷纷宣称，人类获得救赎的时刻已经近在眼前。然而，当斯特布尔的现代人，生活跟底比斯①的古代人并无不同。据《益世嘉言》所说，"时光吸干了所有高贵壮举的精髓，这些壮举理当成为现实，却迟迟未见践行。"②而我们确实发现，设计改革方案的人们一而再再而三地重提常识与劳作。这便是历史的证言。

> 但我怀疑，人类的目标并未随时间积累趋于高远，
> 人类的思想也不曾与阳光的普照，一同展宽。③

我们与众神的契约包含着一些秘密的条款，比其余各条都重要，但这些条款的内容，历史学家永远也无法知晓。

世上不乏技艺娴熟的学徒，堪称大师的工匠却少之又少。教育也好，道德也好，人生的艺术也好，我们在各个方面奉行的真正良俗，无不是众多古代哲人的智慧结晶。异端时或见用于世，种种变革业已发生，这一点谁能否认？当今的所有世俗智慧，都

---

① 底比斯（Thebes）为埃及古城。梭罗曾在《瓦尔登湖》当中写道："底比斯的堂皇是一种粗鄙的堂皇。相较于背离生活真义的一座'百门底比斯'，圈起正派人家田地的一杆石墙更为可取。"

② 引文出自英国学者查尔斯·威尔金斯（参见前文注释）的《益世嘉言》英译本（*The Heetopades of Veeshnoo-Sarma*，1787）。《益世嘉言》（*Hitopadeśa*）为古印度寓言合集，成书于八至十二世纪。

③ 引文出自英国诗人丁尼生（Alfred Tennyson，1809—1892）的《洛克斯利堂》("Locksley Hall"，1835）。

可以视为某位贤人一度遭人唾弃的异端邪说。某些势力已经在大地上站稳脚跟,只不过我们并没有给它们足够的空间。就连那些率先来此修建谷仓、开垦土地的人,多少也具备一些勇气。历史抹平时代的高峰深谷,正如距离掩盖平原的起伏崎岖。然而,如果我们仅仅满足于学习自身时代的手艺,便只能算是学徒,算不得人生艺术的大师。

既然我们将这些瓜籽随手丢弃,心里又怎能没有内疚的感觉?吃果子的人,至少也应该把种子种到地里;真的,如果可能的话,还应该种一颗比所吃果子的种子更好的种子。种子!世上多的是优良的种子,只需要借由饱含灵气的声音或笔墨,将它们植入所在的土地,它们就会结出滋味美妙的果实。你这个败家子啊!偿还你欠世界的债吧。你可别像奢靡之人那样,吃光各种制度的种子,应当只吃生存所需的果肉和块茎,把种子种下去;长此以往,有朝一日,我们兴许会发现一个值得保存的品种。

有那么一些时刻,所有的焦虑与规定苦役,全都会在大自然无量无边的闲暇安逸中归于平静。所有的劳作者都必须享受午休,一天里的这个季节,我们大家都会是成色不等的亚细亚人,都会放下一切的工作与变革。既是如此,适逢一天里的炎暑时分,我们便把一根柳条穿进船头的马蹄环,将小船系在岸边,自己则倚着船桨,一边切源自东方的甜瓜[①],一边怀想阿拉伯、波斯和印度,那些都是冥想风行的土地,都是多思民族的家园。这个正午的体验令人沉醉,我们甚至可以推此及彼,为鸦片、槟榔、烟草瘾君

[①] 甜瓜(包括西瓜和哈密瓜)原产于非洲及西南亚。

子的嗜好找到些许借口。据法国旅行家及博物学家博塔所说,萨比尔山以出产巧茶闻名。[①]他的书评作者写道,"这种树的柔软枝梢和嫩叶可以食用,能够带来一种惬意安神的兴奋感,具有消除疲劳、赶走睡眠、助长谈兴的功效。"[②]照我们的想法,就在这条河的岸边,我们同样可以过上东方式的高贵生活,让枫树和赤杨充当我们的巧茶。

时或逃离那些躁动不宁的改良派,委实是一种极大的解脱。纵然他们抱怨的社会疾苦确实存在,那又如何?你和我照样存在。[③]这些个漫长的夏日,抱窝的母鸡在干草顶棚的入口成天枯坐,你难道会认为它百无聊赖、无事可做?远处的谷仓传来隐约的咯咯声,让我断定大自然主妇依然心系此事,想知道她的母鸡下了多少蛋。人们所说的"普遍灵魂"[④],依然心系干草的堆垛,牲畜的饲喂,以及排干泥炭草地的活计。在遥远的西徐亚,在遥远的印度,普遍灵魂依然在制作黄油和乳酪。假使所有的农场确已耗尽

---

① 博塔见前文注释;萨比尔山(Mount Sabér)是也门西南部的一座高山;巧茶(Kát-tree)为卫矛科巧茶属灌木或乔木,又名也门茶,学名 Catha edulis,原产非洲东北部及阿拉伯半岛,含有一种类似于安非他明的兴奋剂。

② 引文出自英国文学杂志《雅典娜圣堂》(Athenaeum)1842 年 1 月刊载的博塔《阿拉伯游记》书评。

③ 梭罗对当时新英格兰的各种改良主义者持总体上的否定态度,因为与社会改良和集体行动相比,他更注重自我改良,亦即提高个人修养。他曾在《瓦尔登湖》中写道:"要做好事,先做个好人吧。"

④ 普遍灵魂(The Universal Soul)是西方从古希腊时代就有的一种观念,指所有生物之间的内在联系,这种联系之于世界,一如灵魂之于人体。这种观念与我国的"天人合一"之说有共通之处,爱默生曾在名文《超灵》("The Over-Soul", 1841)当中阐发类似的观念。

地力,而我们年轻一代必须买下古老的土地,设法使之重现生机,即便如此,无论是在什么地方,那些反对改良的死硬派,依然会与我们自己莫名其妙地相像;也没准儿,他们是一帮老处女和老光棍,光知道成天坐在灶台周围,倾听水壶沸腾的咕嘟之歌。"格言往往将胜利赋予我们的自主选择,不仅仅赋予世俗时代的秩序。举例来说,格言说悲伤由人自取,在我们心里萌蘖生长,是我们的生活方式结出的果实。"[①]你所说的改良,随便哪天清早开门之前都可以付诸实施,用不着召集什么会议。看到两个吃小麦面包的邻居改吃玉米饼,众神就会笑逐颜开,因为他们十分欣赏这样的转变。你干吗不试一试?别让我拖你的后腿。

无论是哪个时代,世上到处都有靠空想过活的改良理论家。行经博卡拉沙漠地带的时候,沃尔夫写道,"又一帮伊斯兰苦行者跑来找我,对我说,'大同时代终将到来,其时世间再无贫富贵贱之分,一切财产皆归公有,包括妻子和孩子。'"[②]可我永远都会冲这类人物追问一句,那又如何?博卡拉沙漠里的苦行者和马尔博罗礼拜堂里的改良派[③],唱的是同一首歌。他们总是宣称,"孩子们

---

① 引文是《凤鸟:古贤残篇撷珍》(参见前文注释)"琐罗亚斯德格言"第一百八十一则的节录。引文中的"格言"指琐罗亚斯德的言论。琐罗亚斯德(Zoroaster)为古代波斯哲人,琐罗亚斯德教的创教宗师,生活在公元前十世纪至公元前六世纪之间。

② 引文出自约瑟夫·沃尔夫的《博卡拉寻人记》(参见前文注释)。博卡拉(Bokhara)为中亚古国,其疆域今属乌兹别克斯坦。

③ 马尔博罗礼拜堂(Marlboro' Chapel)是波士顿的一个教堂。1838年7月4日,美国著名改良主义者威廉·加里森(William Garrison,1805—1879)在那里发表了一次著名演说。

哪，好日子就快来了"，可我总是会找上他们的一个听众，诚心诚意地发问，"你能否确定它到来的日期？你可愿帮助它早日来临？"

自然与社会那种漠不关心、优哉游哉的架势，暗示着人类的进步遥遥无期。从缅因到得克萨斯，全美国都有闲心为报上刊登的笑话哈哈大笑，整个新英格兰，也会为澳洲社交圈流传的色情隐语笑得花枝乱颤，可怜的改革派却自说自话，无人倾听。

一般而言，人们栽跟头不是因为缺少知识，而是因为缺少把智慧摆在第一位的审慎。任何情形之下，我们需要知道的东西都可谓简单之极。重新建立一套和谐耐久的常规，不过是举手之劳而已，大自然的所有组成部分，马上会对新常规表示同意。只要你让新事物取代了旧事物的位置，人们自然会表示欢迎，仿佛新事物正是他们想要的东西。不管怎么说，他们必须表示欢迎，无论材料如何，他们都会干活。不管是更好还是更坏，所有人总得合力撑持当下现时的生活。朋友们啊，我们切不可轻易修补，正如不可轻言修补，"格言说，不可向虔诚猛然跨出过快的步伐"。[①]慷慨激昂的言辞，充其量只能算是惊人之语，要说出真正的格言，你必须心平气和。相较于苏格拉底或任何古昔贤哲的平和智慧，得尔斐女祭司的兴奋迷狂能算什么？热情，应当是一种超自然的平静。

> 人们发现行动是另一回事，
> 迥异于从文章里读到的东西；

---

① 引文是《凤鸟：古贤残篇撷珍》"琐罗亚斯德格言"的第一百五十四则。

> 经纶世务需要更多的技艺，
>
> 不止是尔等文吏的惯常招式。①

社会制度一如地质现象，过去一切变化的因由，都可以在现有的恒定社会秩序中找到。步履轻盈的风，悄然行进的水，还有埋藏地下的火，造就了人们所能察觉的最显著物理变化。亚里士多德有云："正如时光不会停息，宇宙不会毁灭，塔纳伊斯河和尼罗河也不会永远奔流。"② 我们独立于我们所能察知的变化之外。杠杆越长，杠杆的运动就越难察觉。最缓慢的搏动，恰恰最生死攸关。既是如此，英雄豪杰不光要懂得抓紧时间，还要懂得耐心等待。一切好运，与善于等待的人同在；相较于匆匆翻过西边的山丘，原地不动会更快地赶上黎明。你只管相信，每个人的成就都与他的平均能力成正比。草地上的野花，生长盛开只会在河水年年淤积之处，不会在洪水偶尔漫过之所。人的价值不在于他的希望，也不在于他的绝望，甚至不在于他过去的所作所为。当下的我们看不清自己做过的事情，更看不清自己正在做的事情。须当耐心等待，直至黄昏来临，到那时，闪闪发亮的将是我们日间工作的另一些部分，不同于我们正午时的预计，而我们将会明了，我们艰辛劳作的真正意义。情形正如耕地的农夫，他必须到犁沟的尽头回首瞻望，才能最真切地看出他压实的土壤，哪一处最为光亮。

对于穷年累月探求事物真实状况的人来说，政治状况在任

---

① 引文出自塞缪尔·丹尼尔的《缪索斐乐斯》。

② 引文原文是梭罗对亚里士多德《气象学》(*Meteorologica*) 相应语句的英译。塔纳伊斯河 (Tanais) 是古希腊人对俄罗斯大河顿河 (The Don) 的称呼。

何意义上都不能算是真实的存在。在这类人的眼里，政治状况虚无缥缈、难以置信、不足挂齿，要让他劳神费力，从如此干瘪的材料里汲取真理，无异于放着好好的甘蔗不用，非要从麻袋片里提炼蔗糖。总体说来，只要是以政治为主题，无论是国内政治还是国际政治，今天就可以把未来十年的新闻写好，还可以写得足够准确。大多数社会变革都引不起我们的兴趣，更引不起我们的警惕；可你要是告诉我，我们的河川正在枯竭，我国的松属树木正在绝灭，那我多半会认真留意。见诸史籍的大多数事件与其说是意义深远，倒不如说是突兀显眼，好比日食和月食，虽然能吸引所有人的目光，却不能让任何人费神计算它们的影响。

有人提出了一个问题，十分高明的治理，应该会让我等平头百姓意识不到政府的存在，可是，这样的善政会不会永远无法实现？"国王回答道：'无论如何，我需要一个审慎干练的人，这个人必须有能力管理我国的政务。'前任大臣说：'陛下啊！明智能干的人，恰恰是不愿插手此类事务的人。'"[①] 唉，就连这位前任大臣，都能够说出如此接近至理名言的话来！

在我为时尚短的人生经历当中，要说遇到过什么外部障碍的话，障碍也不是活在世上的人，而是死人留下的制度。穿行在最新的这代人中间，像穿过带露草丛一样令人感悦。对于疑心不起的人来说，人人都像早晨一样清纯。

---

① 引文出自詹姆斯·罗斯《蔷薇园》英译本。书中的国王是在劝说甘愿隐遁的前任大臣复职。

"早安"的问候四处飘飞,

仿佛是晨光教化了人类。①

他不是本郡的治安官,因此

他兴高采烈地招呼,

漫游山间的早行香客,

招呼他沿途碰见的

许多个早起耕者。②

招呼所有的人,哪怕是窃贼和盗匪。我还没有十拿九稳地预见,有什么哥萨克人或奇普瓦人③会来袭扰这个诚笃质朴的联邦④,却已经十拿九稳地预见,某种凶神恶煞的制度终将箍住本邦的自由成员,把他们揉碎在它披鳞带甲的褶子里,因为我们切勿忘记,法律可以将偷儿和凶手牢牢绑住,自身却不受任何约束。当我拒缴政府以提供我不想要的保护为由征收的税费,正是它劫掠了我;

---

① 引文出自英格兰诗人查尔斯·科顿(Charles Cotton,1630—1687)的诗作《晨间四行》(*The Morning Quatrains*)。

② 引文出自英国歌谣《假扮农夫的贵族》(*The Lordling Peasant*),载于伦敦书商托马斯·埃文斯(Thomas Evans,1742—1784)编著的《古老歌谣》(*Old Ballads*)。

③ 哥萨克人(Cossack)是斯拉夫人的一支,主要生活在俄罗斯和乌克兰,以骁勇善战著称;奇普瓦人(Chippeway)是北美印第安人的一支。

④ 马萨诸塞州的正式名称是马萨诸塞联邦。

当我维护它厚颜列明的民权，正是它囚禁了我。① 法律真是个可怜的玩意儿！如果它只有这等见识，我不会责怪它。如果它必须靠这等手段维持生活，我却不必。只不过，我碰巧不想跟马萨诸塞政府扯上瓜葛，不想跟她一起蓄奴，也不想跟她一起征服墨西哥。在这些方面，我比她好那么一丁点儿。说到马萨诸塞政府，这个集女布里亚柔斯、女阿耳戈斯和科尔基斯巨龙为一体、职在看守宪政母牛和金羊毛的庞然怪物②，我们可不能保证，我们对她的敬重会像某些化合物那样，任何天气都不变质。事情便是如此，阻挡我的并不是撒旦本尊，而是这些历来号称为阻挡撒旦而编织的罗网。它们确乎只是诚笃君子前行路上的蜘蛛网，只是一些琐碎无聊的路障，但是久而久之，它们甚至会使他依恋自己那间凌乱不堪的尘封阁楼。我热爱人（仁）类③，却憎恨那些不仁死者留下

---

① 梭罗曾因拒缴康科德镇当时征收的人头税而被捕入狱，时间是 1846 年 7 月 23 日或 24 日。他曾在《公民抗命》（"Civil Disobedience"，原标题为 "Resistance to Civil Government"，1849）及《瓦尔登湖》当中提及此事。从《公民抗命》及下文当中的相关文字来看，他之所以不缴税，是因为他认为马萨诸塞州政府没有努力制止奴隶制和 1846 年开始的美墨战争。梭罗只在牢里待了一夜，次日便获释放，因为有一个身份迄今不明的人替他缴纳了税款。梭罗认为此人的干预阻挠了自己的抗议行动，因此不但不领情，反而大为光火。

② 布里亚柔斯（Briareus）是古希腊神话中的百臂巨人；阿耳戈斯（Argus）是古希腊神话中的百眼巨人，曾受命为天后赫拉看守宙斯的情人伊俄（Io）变成的母牛；科尔基斯巨龙（Colchian Dragon）是古希腊神话中看守金羊毛的不眠怪物（参见前文注释）。

③ "人（仁）类"的原文为 "man-kind"，是梭罗的文字游戏。他用连接号把 "mankind"（人类）一词分为 "man"（人）和 "kind"（仁爱）两部分，意在强调他对人的爱是有条件的。

的种种制度。人们执行什么任务也不像执行死者遗嘱那样一丝不苟,一条附录一个字母都不遗漏。统治这个世界的是他们,生者不过是他们的走卒而已。我们的演讲和布道,通常也是以他们为根基,全都是些达德利讲座①,而虔诚依然把自己的源头上溯到"虔诚的埃涅阿斯",因为他曾把父亲安喀塞斯扛在肩上,逃出了已成废墟的特洛伊。②或者更确切地说,我们像某些印第安部落那样,把朽烂的祖先遗物扛在了肩上。举例来说,如果某人宣称,个体权利的价值高于只与政治有关的公共利益,邻居——也就是与他生活相近的人——仍然会容忍他,甚或会供养他,政府却绝对不会。作为活生生的人,政府官员也会有人的美德,脑袋里也会有思想,但作为某种制度的工具,比方说狱吏或警员,此人便与他手中的牢房钥匙或警棍相当,绝没有半点优越之处。悲剧就在这里;人们竟然戕害自己的固有天性,卖身履行低贱野蛮的职任,连那些号为聪明良善的人也不例外。战争与奴役,就是从这道缝隙钻进来的;有了这道缝隙,还有什么邪恶不能乘虚而入?可是,人肯定还有别的法子,既可以把面包弄到嘴里,又不必减损自己作为好伙伴好邻居的成色。

---

① 达德利讲座(Dudleian)是哈佛大学的著名年度讲座,依马萨诸塞殖民地高官保罗·达德利(Paul Dudley,1675—1751)的遗嘱而设,于1755年首次举行,一直延续至今。

② 这是维吉尔史诗《埃涅阿斯纪》(参见前文注释)第二卷末尾的情节,"虔诚的埃涅阿斯"原文为拉丁文,是《埃涅阿斯纪》当中经常出现的称谓。埃涅阿斯(Aeneas)是特洛伊王子安喀塞斯(Anchises)和爱神阿弗洛狄忒的儿子,在希腊人攻破特洛伊城之后率众前往意大利,在那里建城立国。

> 圈牲人说，快转弯，再转弯，
> 因为你们已误入歧途，
> 因为你们脱离了国王的大道，
> 把庄稼地踩成了一条路。①

毫无疑问，数不清的变革之所以有人倡议，是因为社会缺乏生气，或者说没有足够的活力，可我曾在早春时节看到一些蛇，发现它们身体的各个部分交替处于僵硬柔软的状态，以至于既不能往前趱，也不能往后趱。所有人都是部分地埋在习俗的坟墓里，有些人更是只有头顶露在地面。他们甚至不如肉身死亡的逝者，因为后者的腐烂还比较痛快淋漓。一旦停滞不前，连美德也会面目全非。人的生活，应该像这条河一样永葆新鲜，河道要一如既往，河水却应当一刻不停地更换。

> 种种美德如河水流过，
> 有德之人却依然故我。②

大多数人的性情当中没有弯折，没有急湍，没有瀑布，有的只是

---

① 引文出自《罗宾汉歌谣总集》第二卷收录的民谣《快乐的圈牲人与罗宾汉等人》("The Jolly Pinder of Wakefield, with Robin Hood, Scarlet and John")。圈牲人（pinder）是英国的一种古代职业，责任是把乱走的牲畜关起来。

② 引文出自英格兰诗人约翰·多恩（John Donne，1572—1631）的诗作《哈灵顿勋爵的葬礼》("Obsequies to the Lord Harrington, Brother to the Countesse of Bedford")。

泥沼、鳄鱼和瘴气。我们从书中读到,跟随亚历山大远征亚洲期间,欧奈西克瑞塔斯曾奉命拜会印度天体学派的一些哲人,向他们介绍了毕达哥拉斯、苏格拉底、第欧根尼等新近崛起的西方哲学家,[1] 以及这些人的学说。听过之后,名为丹达米斯的印度哲人回答道,"他觉得这些人都是天才人物,只可惜对律法太过顺从。"[2] 今天的西方哲学家,依然逃不脱这样的责难。"他们说柳下惠和少连没有把自己的志向贯彻始终,有辱自己的身份。他们的言辞与理性和公义一致,行为则与众人的情感一致。"[3]

夏多布里昂[4]曾说:"人们的胸怀里有两种日渐强烈的情愫,

---

[1] 亚历山大即马其顿国王亚历山大大帝(Alexander the Great,前356—前323),此人一生东征西讨,建立了横跨欧亚非的庞大帝国,为世界历史上最成功的军事统帅之一;欧奈西克瑞塔斯(Onesicritus,前360?—前290?)为希腊历史作家;天体学派(Gymnosophists)的英文字面意思是"赤裸的哲人",是古希腊人对一些印度哲人的称呼,因为他们苦行禁欲,以至于连衣服也不穿;第欧根尼(Diogenes of Sinope,前412?—前323)为古希腊哲学家。

[2] 引文原文是梭罗对古希腊地理学家及哲学家斯特雷博(Strabo,前64?—24?)《地理》(Geographica)第十五卷相关文字的英译。在斯特雷博的书中,说这话的印度哲人是天体学派导师曼达尼斯(Mandanis),梭罗文中的"丹达米斯"(Dandamis)是曼达尼斯的别名。

[3] 此处引文出自《论语·微子》,是孔子说的话,原文是:"柳下惠、少连,降志辱身矣,言中伦,行中虑,其斯而已矣。"引文原文是梭罗的法文英译,依据的法文原本是法国诗人及东方学者纪尧姆·鲍狄埃(Jean-Pierre Guillaume Pauthier,1801—1873)的《孔孟:中国道德及政治哲学四书》(Confucius et Mencius: les quatre livres de philosophie morale et politique de la Chine,1841)。梭罗(鲍狄埃)对孔子这句话的解读与我国注家的解读有所不同。

[4] 夏多布里昂(François-René, vicomte de Chateaubriand,1768—1848)为法国作家及政客,此下引文出自《希腊巴勒斯坦等地游记》(Travels in Greece, Palestine, Egypt, and Barbary, during the Years 1806 and 1807,1814),该书为夏多布里昂著作《从巴黎到耶路撒冷》(Itinéraire de Paris à Jérusalem,1811)的英文译本。

与他们的年龄成正比,那便是故土之爱和宗教之爱。只要我们年轻时不曾将它们彻底忘怀[①],它们迟早会携着全部的魅力来到我们面前,在我们心里的幽深角落,激起与它们的美铢两悉称的眷恋之情。"也许吧。然而,即便是这种高贵心灵的弱点,反映的仍然是青春希望与信念的逐步衰颓,是以年龄为借口的背叛。约洛夫人有句格言,"最先出生的人,拥有的旧衣服最多",[②]由此可见,夏多布里昂先生的旧衣服比我多。老年人称赏的是一种相对纤弱的映现之美,而不是固有的内在之美,原因是他们身心虚弱,自感大限将至,又觉得自己阅尽沧桑,已经看透了人的力量。他们不会大言炎炎,只会实话实说,恬退逊让。也好,就让他们享受他们还能守住的寥寥几样可怜慰藉吧。谦卑依然不失为一种富于人性的美德。他们光顾着回望人生,因此便看不见未来。年轻人的视野则一往无前,无疆无界,将未来与现在尽收眼底。日近黄昏,思想便急于去黑暗里安歇,根本不会去瞻望下一个黎明。老年人的思想,只等着迎接黑夜与安眠。站在玫瑰色人生峰巅的人,与等待着尘世岁月落幕的人,不会有同样的希望和期盼。

我不得不断言,上苍赋予我们良知,如果这东西确实叫作良

---

① "只要我们年轻时不曾将它们彻底忘怀"(Let them be *never* so much forgotten in youth)可能是梭罗引用有误,《希腊巴勒斯坦等地游记》的原文是"就算我们年轻时曾将它们彻底忘怀"(Let them be *ever* so much forgotten in youth),语意更佳。

② 引文见于美国文学杂志《费城月刊》(*Philadelphia Monthly Magazine*)1827年11月刊载的文章《黑人格言》("Negro Proverbs")。"约洛夫人"(Yoloffs)即前文曾提及的"沃洛夫人",可参看前文注释。

知的话，绝不是没有用意，也不是为了阻挠我们。秩序与方便法门，无论看起来有多么可心，终归只是懒惰催生的休眠，而我们应当选择觉醒，哪怕它伴随着狂风暴雨，应当尽可能地在此世此生撑持自己，绝不给自己签署死刑判决。且让我们放手一搏，看我们能不能按上帝给定的条件，在上帝安排的居所站稳脚跟。祂的律法，伸展的范围岂不与祂的光明一样广远？各民族的方便法门彼此冲突，只有那绝对的正义，才是对所有人都方便的东西。

走笔至此，我不由得想起了索福克勒斯《安提戈涅》[①]当中那几段学者熟知的文字。安提戈涅决意为兄长波吕尼刻斯的尸身撒上沙土，尽管国王克瑞翁有令在先，任何人胆敢为这个城邦公敌举行这个对希腊人来说无比重要的仪式，就会遭受死刑的惩罚。然而，安提戈涅的妹妹伊斯墨涅比较怯懦，没有姐姐那样的坚定意志和高贵情操，因此拒绝和姐姐一起举行仪式，并且说：

> 既是如此，我请求地下的死者体谅我的处境，我只是被迫服从当权者的命令，因为极端的行动并不明智。

安提戈涅说：

> 我不会勉强你，就算你勉强跟我去了，心里也不会乐意。你觉得怎样好，那就怎样做，但我一定要安葬哥哥。为这件事

[①] 索福克勒斯（Sophocles，前497/6—前406/5）为古希腊三大悲剧作家之一，《安提戈涅》（Antigone）为其代表作。

情而死，我觉得十分荣耀。像罪犯一样做完神圣的事情，他爱的我便可以和我爱的他同归地下，因为我终将长眠地下，之后就必须取悦地下的死者，时间要比必须取悦阳间生者的时间长。不过，如果你觉得好的话，只管把众神嘉许的事情看成耻辱吧。

伊斯墨涅说：

我真的没把这事情看成耻辱，只是我天生不敢与城邦公民为敌。

到最后，安提戈涅被带到了国王克瑞翁面前，国王问道：

什么，你居然敢违背这样的法律？

安提戈涅说：

因为向我宣布法律的不是宙斯，也不是与下界众神同住的正义女神，并不是他们为人间制定了这样的法律。何况我认为，您宣布的法令并没有那么不可动摇，竟至于使得我这个凡人，敢于藐视众神那无法撼动的不成文法律。因为众神的法律并不是今朝昨日的短暂事物，它们永远存在，谁也不知道它们源自何时。我绝不会因为畏惧任何凡人的专横，便在众神面前领受违背这些法律的惩罚。因为我深知我应该赴死，更何况，死亦何妨?哪怕您没有宣布我的死刑。①

这部戏的主题,正是如何安葬死尸。

最睿智的保守精神,要记在印度人名下。摩奴有云,"无从追忆的远古习俗,便是至高无上的法律。"②换句话说,至高无上的法律原本是众神的习俗,后来才被凡人借用。我们新英格兰习俗的缺陷,恰恰在于它可以追忆。道德若不是无从追忆的远古习俗,还能是什么呢?良知是保守派的领袖。克利须那在《薄伽梵歌》中说③,"须当履行既定之责,行动胜于不动。若是不动,你肉身的旅程便不会成功。""人不可放弃自己的使命,哪怕它伴有诸多缺憾。一切事业都有各自的缺憾,一如有火必有烟。""识得整体面目的人,不可驱使那些思维不如自己敏捷、经验不如自己丰富的人放弃工作。""既是如此,阿周那啊,下定决心去战斗

---

① 以上五段引文的原文是梭罗对《安提戈涅》的选译。相关情节是希腊城邦忒拜(Thebes)的王子波吕尼刻斯(Polynices)在内战中死亡,新任国王克瑞翁(Creon)认为波吕尼刻斯背叛城邦,禁止任何人为他安葬,波吕尼刻斯的妹妹安提戈涅(Antigone)不顾国王的法令和妹妹伊斯墨涅(Ismene)的劝阻,毅然安葬兄长,最终被克瑞翁处死。安提戈涅由此成为西方文化中遵奉永恒律法、反抗世俗威权的典型英雄人物。

② 摩奴(Menu,通常作 Manu)是印度传说中的人类始祖,托名于摩奴的古印度典籍《摩奴法典》(*Manusmṛti*)载有关于生活百事的道德训诫。此处引文出自英国学者威廉·琼斯(William Jones,1746—1794)的《摩奴法典》英译本。

③ 此下四句引文均出自查尔斯·威尔金斯的《薄伽梵歌》英译本,可参看前文注释。

吧",面对那个怯于杀害最亲密友朋的犹疑战士,这便是克利须那大神的忠告。① 这是一种崇高的保守精神,与世界一样宽广无垠,与时间一样永无懈怠,凭借亚洲人的独特忧思,将宇宙维持在它呈现于亚洲人心灵的状态。这些哲人终日冥想法律的无所逃和不可易,冥想性情和体格的力量、三德或说三性②,以及出身与天禀,最终的收获是无量的慰藉,永远地融入梵天③。他们的玄思从未冒险越出故土的高原,虽说他们的高原确然高峻广袤。轻盈、自在、灵动、多样、或然,这些同样是未名者的特质,但他们不曾探讨。非分的奖赏可以通过永无休止的道德苦役去赢取,未来的应许虽然无法计量,但可说经过了仔细的权衡。既是如此,谁能说他们的保守精神不见成效?谈到中华民族和印度民族的源远流长与经久不衰,谈到他们立法者的智慧,一位法国翻译家说,"毋庸置疑,在他们那里,统治世界的永恒法律还留存着些许残迹。"④

与此不同,基督教是人性化的,实用的,宽泛说还是激进的。

---

① 如前文注释所说,《薄伽梵歌》记录的是大神克利须那与般度族英雄阿周那之间的对话。对话发生在般度族与俱卢族的大战之前,阿周那即将上阵,但敌方阵营里有他的好朋友。克利须那鼓励阿周那勇猛杀敌,理由是肉身不过是不朽灵魂的载体,本来就是速朽的东西。

② "三德"(three gunas,梭罗依《薄伽梵歌》英译本写作 three goon)是印度哲学中的重要概念,指一切事物都有的三种特质,即纯质(sattva,主仁善、建设、和谐)、激质(rajas,主激情、活跃、迷惑)和暗质(tamas,主黑暗、破坏、混乱),三种特质的比例和相互作用决定事物的性质和演变。

③ 梵天(Brahma)是印度教的创世神。

④ 引文原文是梭罗对《孔孟:中国道德及政治哲学四书》导言相应文字的英译,"法国翻译家"即纪尧姆·鲍狄埃。

无数个神年神代①当中,那些东方贤哲终日静坐思梵②,默念神秘的"唵"③,渐渐融入至高存在的本体,从不会踏出自我的疆域,只是越来越远、越来越深地沉入内在世界;无限睿智,却又无限迟滞;直到最后,就在同一个亚洲,只不过是在亚洲的西部,出现了一个他们完全不曾预见的年轻人,此人并没有融入梵,却把梵带到了尘世,带给了人类;久久沉睡的梵④在他身上苏醒,开始施展神力,白昼由此开始,世间迎来了梵的新化身。婆罗门⑤从未想过,自己可以同时充任上帝的儿子和人类的兄弟。耶稣基督,可说是改良派和激进派的翘楚。《新约》包含着许多让所有新教徒朗朗上口的表述,同时又为他们提供了最意蕴丰厚、最切合实际的文本。书中看不见无伤大雅的梦想,看不见智珠闪耀的玄思,但却处处可见理智的基底。它从不深深思索,却总是深深忏悔。我们尽可以说它没有诗意,不包含任何唯美的语句,可它的主旨本来就是

---

① "神年"和"神代"都是古印度哲学中的概念,一个神年相当于凡间的三百六十年,一个神代相当于一万二千个神年。

② 梵(Brahm,通常作 Brahman)是印度教概念,指宇宙的至高准则和终极存在,大致相当于我国的"道"。

③ "唵"(Om)对应梵文符号 ॐ,印度教认为这个符号是梵的最初体现,其发音是宇宙中的第一个声音。据威尔金斯《薄伽梵歌》译注所说,这个符号只能默念,念出声音便有违教义。

④ 按照印度教的说法,梵天的一日(醒着的时间)等于一劫,一夜(睡去的时间)也等于一劫,一劫等于四十三亿二千万年。梭罗在《瓦尔登湖》中用过这个典故,这里的"久久沉睡的梵"之说,可能也是由此而来。

⑤ 印度的古老种姓制度把社会分为四个阶层,亦即四大种姓,地位最高的种姓是婆罗门,为掌握神权的祭司阶层,以下依次为刹帝利(武士阶层)、吠舍(商人阶层)和首陀罗(劳动阶层)。

阐发道德的真理。面对它的良知，所有凡人无不服罪。①

《新约》以纯粹的道德取向独树一帜，第一流的印度圣典则以纯粹的理性取向见长。《薄伽梵歌》可以把读者托举到一个十分高远、十分纯粹、十分罕有的思维境界，就这个方面而言，没有任何书籍能出其右。沃伦·黑斯廷斯曾以一封十分中肯的书信向东印度公司董事长推荐此书译本，在信中宣称，此书原著"在命意构思、辨义析理、遣词造句等方面达到了几近无与伦比的高度"，这些印度哲人的文字"将会长留后世，即便英国对印度的统治久已终结，连这种统治衍生的种种财势泉源也已变成追忆"。②在流传至今的圣典当中，《薄伽梵歌》无疑属于最崇高最神圣的类别。恢宏的主题最能彰显书籍的伟大，甚至胜过处理主题的手法。东方哲学轻松探讨的主题，就已经高于现代哲学力求探讨的主题，它时或就这些主题喋喋不休，实在也不足为怪。唯有它为行与思分别排定了应得的座次，确切说则是为后者讨回了全部的公道。思的重大意义，西方哲学家至今不悟。通过一些相关事例，黑斯廷斯看到了婆罗门遵奉的精神戒律，以及他们习得的神奇专注力，就此发表了以下评论：

> 那些从未习惯把心灵和感官觉知分隔开来的人，也许难

---

① "服罪"的原文是"are convicted"，在这个语境下兼有"被说服"和"被判有罪"二义。

② 引文出自查尔斯·威尔金斯《薄伽梵歌》英译本的书信体导言。沃伦·黑斯廷斯（Warren Hastings，1732—1818）为英国政客，当时是事实上的印度总督。当时的东印度公司董事长是纳撒尼尔·史密斯（Nathaniel Smith，1730—1794）。

于设想,这样的能力靠什么方法才能习得,因为在我们这个半球,最刻苦的人也会发现,自己的注意力很难约束,总是会漂向现时觉知或往昔回忆,有时甚至经不起苍蝇嗡营的干扰。然而,要是有人告诉我们,世上有些人在漫漫岁月之中,一代接一代地天天从事专注的冥想,这些人的冥想习惯始于青年时代初期,其中许多人都会把它延续到老成之年,每个人都以自己的贡献,为先辈积累的知识宝藏添枝加叶,那么,以下的结论便不算太过牵强,也就是说,正如心灵可以像身体那样,通过锻炼不断获取力量,他们中的每个人,都可以通过冥想的锻炼获取自己渴望的能力,他们的集体研习,则可以引领他们发现思维的新路径与新密码,与异族学者熟知的教义截然不同。他们的教义再怎么抽象玄奥,终归是得天独厚,出自一个不夹带任何外来杂质的源头,因此便依然拥有坚实的真理基础,不亚于我们自己最朴素的教义。

"弃绝工作"的戒律[①]由克利须那传授给最早的人类,并且世代相传,"直到最后,随着时间的流逝,这门伟大的技艺终于湮没。"

克利须那说,"智慧包孕所有的工作,无一例外。"

[①] "弃绝工作"是威尔金斯《薄伽梵歌》英译本第四章的标题,克利须那在这一章的开篇说,他把这条永不动摇的戒律传给了毗婆湿婆(Veevaswat),后者又把它传给了摩奴。此下各处引文,从"直到最后"到"这是我坚定不移的信念",全部出自威尔金斯译本。

"即便你是罪人的魁首,只要能乘上智慧之舟,便依然可以渡越罪孽的鸿沟。"

"要论纯净,世间无物可与智慧相比。"

"行动远逊于运用智慧。"

圣人智慧"的确证,便是他能像乌龟一样缩回所有的肢体,遏止它们的惯常功用"。

"只有孩童才会把思辨的教义和实践的教义说成两回事,学者绝不如此。两种教义只是一种,因为二者殊途同归,一种教义的奉行者,可以取得与另一种教义的奉行者相同的成就。"

"人没有不行动的自由,无法逃脱不得不为之事,也无法从彻底的静止当中得到快乐。谁也不可能纹丝不动,静止哪怕一瞬的时间。本性之中的种种固有法则,驱使所有人不由自主地有所作为。有的人抑制自己的行动机能,终日静坐,心灵却被感官觉知的对象所占据,这样的人叫作'灵魂迷失者',又叫'自欺欺人者'。因此,人若能克制七情六欲,凭自己的行动机能去履行所有的人生责任,不计较结局如何,便可铸就美名。"[1]

"动机应立足于行为本身,无关于最终结局。行动不可以酬报为动机。不可无所事事,虚度一生。"

---

[1] 这段引文的下一句就是前文引过的"须当履行既定之责,行动胜于不动……"

"心无私情杂念,为其不得不为,如此方可证成至道。"

"能于动中见静,静中见动,便是人中圣哲,便可圆满履行一切责任。"

"众位智者称其为'班智达'①,其人一切事功,无不超脱于欲念的滋扰,其人一切行动,无不销熔于智慧的烈火。其人弃绝施恩图报的念想,永远心满意足,遗世独立,虽或有工作之时,实可谓无为一世。"

"为其不得不为、不计结果如何之人,既是'约吉',又是'桑尼雅思'②。既不献祭也不行动的人,无缘得享此等美名。"

"人若是只吃长生甘露,也就是所献供品在神明歆享之后的剩余,便可获得梵,亦即宇宙至道的不朽精神。"

人生的功用,到底意味着什么?当下可为之事,无不琐细之极,我尽可将它们悉数搁置,静听此刻蝉鸣。在我的经历当中,最可荣耀的事实不是我业已完成或可望完成的任何事情,而是我有过的一个转瞬即逝的思想,或者说启示,又或说梦境。我愿用世间所有的财富,以及所有英雄的壮举,去换取一个真正的启示。

---

① 班智达原文为"*Pandeet*",是梵文 पण्डित 的英文转写,是对大学者的敬称。在原书当中,这段引文紧承上一段引文,这段引文中的"其"指的就是上一段引文中的"人中圣哲"。

② "约吉"和"桑尼雅思"的原文分别为"Yogee"和"Sannyasee",根据原书在这段引文的下文中提供的解释,"Yogee"指虔诚礼神的人,"Sannyasee"指弃绝尘世专事冥想的人。

可我只是尘世中一名制作铅笔的工匠①,如何能与众神交流沟通,同时又不致陷于疯狂?

"我对所有人一视同仁,"克利须那说,"没有人配得上我的爱恨。"

这样的教诲不具备《新约》那种类型的实用性,用于实践也往往不合情理。婆罗门从不打算英勇地攻伐邪恶,只打算耐心地把它饿死。种姓、无法逾越的界限、宿命、无物常住,种种观念使得婆罗门的主动机能陷于瘫痪。无可否认,克利须那的说辞存在瑕疵,并没有为阿周那参战给出充分的理由。阿周那兴许心悦诚服,读者却不以为然,因为读者的判断并不"建基于数论派②的玄奥教义",并不"以智慧为唯一的庇护所",话又说回来,在西方人的心目当中,智慧算得了什么?克利须那口中的责任,不过是一种主观臆断。这样的责任,到底是何时确立?婆罗门崇尚的德行不是做正确的事情,而是做主观认定的事情。什么是一个人"不得不为"的事情?什么是"行动"?什么是"既定之责"?什么是"一个人自己的宗教",是那件比别人的宗教高明那么多的物事?什么是"一个人的独特使命"?什么又是与生俱来的责任?克利须那的说辞是一份辩词,旨在维护种姓制度,维护刹帝利亦即武士阶层的所谓"天职",也就是"严守纪律","绝不临阵脱逃",如此等等。话又说回来,他们虽然漠视行动的后果,却不会因此漠视行动本身。

---

① 梭罗曾帮着家里做石墨和铅笔生意。

② 数论派(Sankhya Sastra)是印度哲学最古老也最重要的流派之一,"三德"之说即为此派所创。

好好看看东方人与西方人的差异吧。前者在此世无事可做,后者则忙得不可开交,一个整天盯着太阳看,直至双目失明,①另一个则脸朝土地背朝天,追随太阳东升西落。就连西方也有种姓这种东西,只不过相对隐晦,以保守主义为名。它告诉大家,别放弃你们的使命,别违反任何制度,别使用任何暴力,别扯断任何束缚,还告诉大家,政府是你们的父母。它推崇的德行或说人道,无非是不折不扣的孝顺。每个民族内部都有东西之争,一些成员宁可永远凝望太阳,另一些则急急忙忙奔向日落。前一类人对后一类人说,就算你赶到了日落之地,也无法拉近与太阳的距离,后一类人则回答说,可我们由此延长了白昼。前一类人"只在万物沉睡的光阴之夜行走。而在万物清醒的光阴之昼,冥思的圣人只会安睡。"

我愿引用全胜②的话语,为以上摘录作个总结,"伟大的君王啊!我反复回想克利须那和阿周那之间这次神圣高妙的对话,心中的喜悦不断增添;我忆起诃利那个超越神迹的化身③,心中的惊异无可名状,禁不住一再叹赏,一再欣喜若狂!毫无疑问,虔诚

---

① 英国哲学家、政论家及历史学家詹姆斯·密尔(James Mill,1773—1836)在《英属印度史》(*The History of British India*,1818)中记述了婆罗门的多种苦行方式,其中之一是"盯着太阳看"。梭罗在《瓦尔登湖》当中引用了密尔关于婆罗门苦行方式的记述。

② 全胜(Sanjay)是《摩诃婆罗多》(参见前文注释)当中的人物。根据该书相关情节,仙人使全胜成为开了天眼的全知者,以便他向俱卢国王持国(Dhritarashtra)汇报战况,全胜由此得以亲耳听闻克利须那和阿周那之间的对话。《薄伽梵歌》最末一段是全胜向持国汇报时说的话,梭罗此下引用的是这一段的后半段,引文中"伟大的君王"即指持国。

③ 诃利(Haree)是印度教主神毗湿奴(Vishnu)的别称,克利须那是毗湿奴的化身之一。

之神克利须那在哪里,神力弓手阿周那在哪里,哪里就有幸运、财富、胜利和善行。这是我坚定不移的信念。"

我想告诉喜爱圣典的各位读者,你们若是想读一本好书,不妨读一读《薄伽梵歌》。它是《摩诃婆罗多》的一部分,据传乃广博仙人所作①,据知为不详作者所撰,成书于四千多年以前——三千年前也好,四千年前也好,随便多少年前也好,其实无关紧要——由查尔斯·威尔金斯译成英文。作为一个虔诚民族的圣典组成部分,它值得人们,甚至是扬基人,怀着崇敬之心去阅读;颖悟的希伯来人将会欣喜地发现,这部书有一种道德上的庄严与崇高,与他们自己的圣典相类。

美国读者得地利之便,可以越过那一溜窄窄的大西洋海岸,望见亚洲和太平洋,可以看见那一溜海岸倾斜向上,越过阿尔卑斯,直抵喜马拉雅。在他的眼里,时代相对晚近的欧洲文学往往显得偏颇狭隘、党同伐异,除此而外,尽管他自身的悟性与学养十分有限,可他还是会觉得,那些以世界代言人自居的欧洲作家,其实只是在为他们自己居住的那个角落代言。英国的一位极其杰出的学者及批评家,给全世界的伟人归了个类,由此弄巧成拙,暴露了他所属的欧洲文化实属心胸狭窄,他自己的阅读也可谓单一排他。② 欧洲的

---

① 广博仙人(Kreeshna Dwypayen Veias)是《摩诃婆罗多》当中的人物,按传统说法也是这部史诗的作者。

② 梭罗这句话指的可能是英国哲学家及作家托马斯·卡莱尔(Thomas Carlyle,1795—1881),因为卡莱尔于1841年出版了演讲集《英雄、英雄崇拜及历史上的英雄壮举》(*On Heroes, Hero-Worship, and The Heroic in History*),该书把英雄人物分为六类,列举的英雄除穆罕默德以外皆为欧洲人。

子嗣，没有谁曾经公平地对待波斯或印度的诗人与哲人。欧洲的专职诗人和思想家对这些人的了解，甚至比不上欧洲的有学商人。纵使你读遍英国的诗歌，还是找不出哪怕一行由这些主题激发的不朽名句。德国的情形也不例外，尽管该国的哲学和诗歌正在领受文献学的间接帮助。就连歌德也欠缺那种领悟印度哲学所需的无碍天资，虽说他曾经走得离它比较近。① 他的天资比较讲求实效，绝大多数时间徘徊在理性认知的领域，不像印度哲人的天资那么适合冥思。现代欧洲在波斯式微之后才实现文学上的崛起，如今列出了一张伟人名单，名单上兴许是它心目中最伟大的人，是现代思想之父，值得留意的是，荷马和几个希伯来人，已经是这张名单上最东方的名字，原因是那些印度贤哲的冥思在很大程度上未得认可，就跟从来没有存在过一样，尽管他们曾经影响且仍在影响人类的智力发展，而他们的著述也流传至今，保存得奇迹般地完好。如果画画的是狮子，情况肯定大不相同。② 在所有人的青春幻梦当中，哲学依然携着无与伦比的真实，与东方隐隐约约却不可分割地联系在一起，等到青春逝去以后，人们也依然两手空空，无法在西方世界找到哲学的下落。以东方哲学家为参照，我

---

① 梭罗这么说，可能是因为德国大诗人歌德（Johann Wolfgang von Goethe, 1749—1832）晚年出版过一部受波斯诗歌影响的《西东诗集》（*West-östlicher Divan*, 1819）。

② 传为公元前六世纪希腊作家伊索（Aesop）所作的《伊索寓言》（*Aesop's Fables*）当中有一则狮子和人比高低的故事。这则故事版本众多，部分情节是一头狮子和一个人争论谁更优越，人就带狮子去看一幅描绘人杀狮子的画，以此证明自己的优越。狮子说画是人画的，如果让狮子来画，情况就不一样。

们可以说，现代欧洲至今不曾诞育哪怕一位哲学家。相较于《薄伽梵歌》那吞吐宇宙的恢宏哲学，就连我们的莎士比亚也时或显得青涩稚嫩，仅仅是切合实际而已。有一些类似于《薄伽梵歌》的超凡警句，跟琐罗亚斯德的《迦勒底箴言》[①]一样，在千百次变革与转译之后留存至今，凭一己之力迫使我们怀疑，诗歌的体裁与面貌也许并非昙花一现，也许是最传神、最恒久的思想表述必有的组分。或许，学者依然应该以"来自东方的光明"[②]为座右铭，只因为西方世界，迄今也未能全部获取，它注定要从东方接收的光明。

把中国、印度、波斯、希伯来等各个民族的圣经或圣典收罗汇总，印成一部全人类的《圣经》，可说是与这个时代相称的一桩伟大事业。也许，《新约》依然是太过脍炙人口，太过深入人心，因此便称不上我这个意义上的圣经。这样的并置与对比，或将有助于人类的信仰自由。时光留着这样一部著作来为印刷工作加冕，必定会亲自参与它的编纂。这部著作将成为真正的《圣经》，真正的万典之典，将由传教士带到大地的四方八面，无远弗届。

我们沉浸在如此这般的思绪之中，满以为自己是这条河上唯一的航行者，突然却看见一艘扬帆滑行的运河驳船，从我们前方的一个岬角绕了出来，像一头巨大的河中怪兽，瞬间打破了眼前

---

① 《迦勒底箴言》（*Chaldaean Oracles*）是从公元二世纪流传至今的一些哲理残篇，据信源自中东古国迦勒底（今伊拉克南部及科威特），大部分内容是对同一首神秘诗歌的评论。一些学者认为，《迦勒底箴言》阐发的是琐罗亚斯德的教义。

② 引文原文是拉丁文"*Ex oriente lux*"，成立于1828年的英国学术机构东方翻译基金（Oriental Translation Fund）以此为座右铭。

的风景。紧接着,一艘又一艘的驳船滑进我们的眼帘,使我们蓦然惊觉,自己已经再一次置身于商业大潮之中。于是我们将瓜皮扔到水里,让鱼儿去慢慢啃啮,随即操桨行船,为热火朝天的人类生活添上我们的一份活力。之前我们撒下种子,在那片遥远的园圃里种出这个甜瓜,当时可万万不曾想到,我们会在哪里把它吃掉。此时此刻,我们的甜瓜安躺在梅里迈克的沙质河底,一如栖身故土,我们的土豆则在船底的积水中沐浴阳光,看上去也像是本地的蔬果。不过,我们很快就甩开那一队驳船,独享这条河流,又一次在正午时分稳稳地划向上游,一侧是纳舒亚的地界,另一侧是曾经名为诺丁厄姆的哈德森①。我们不时惊起一只翠鸟,或是一只夏鸭②,前者飞行时不是靠沉稳地摆动短短的尾舵,靠的是使劲儿扑腾,摇着它的拨浪鼓,行进在河川的街衢。

没多久,又一艘驳船闯进我们的视野,慢吞吞地驶向下游。我们大声地招呼它,把我们的小船系到它的船帮上,陪着它往回漂了一段,跟船夫们聊了聊,还从他们的水罐里讨了点较比清凉的水,一口气喝了下去。看样子,他们都是些来自遥远山区的生手,干这个行当是为了去海边见见世面,没准儿得一直航行到福克兰群岛③,航行到中国的海域,然后才能再次看见梅里迈克的水流,也没准儿,他们再也不会以这样的方式重归故土。他们已经

---

① 哈德森(Hudson)为新罕布什尔城镇,1830 年以前名为"诺丁厄姆"(Nottingham)。

② 夏鸭(summer duck),又名木鸭(wood duck),为羽色艳丽的鸭科鸳鸯属水禽,分布于北美,学名 *Aix sponsa*。

③ 福克兰群岛(Falkland Isles)是南大西洋的一个群岛,即马尔维纳斯群岛。

拿出身为陆地居民的种种个人利益,把它们投入了全人类的大生意,准备好要与天下人交游,为自己保留的仅仅是储物柜的一个抽屉。不过,他们也很快消失在了一个岬角的背后,我们又一次独自上路,吭哧吭哧地往前划。我们暗自狐疑,到底有什么样的苦难,扎根在新罕布什尔的群山?这里的人类生活到底有什么缺憾,竟至于使这些人如此匆忙地逃离,奔向它的对立面?我们为他们祈祷,但愿他们的美好期盼,不会遭遇粗暴的摧残。

> 纵使所有的命运与你为敌,
> 也不要抛下你家乡的土地。
> 船到风停终须止驻,
> 骏马亦将安歇山麓,
> 我们的厄运,却依然大步飞驰,
> 紧追我们,无论我们走到哪里。
>
> 我们的航船,虽然有坚牢的桅樯,
> 它的铜甲之下,却已有蛀虫生长;①
> 它绕过岬角,越过赤道,
> 直至冰原,将它的航路围绕;
> 无论海风如何柔缓,

---

① 这里的"蛀虫"(worm)指船蛆(shipworm)。船蛆是蛀船蛤科(Teredinidae)海生软体动物的通称,这类动物会破坏船体木材,绰号"海中白蚁"。给船体的吃水部分包上铜壳是防止船蛆破坏的一种方法。

无论海水是深是浅，

无论它载的是马尼拉的麻绳，

还是马德拉群岛的佳酿，①

是中国茶叶，还是西班牙牛皮，

也无论它泊在港口还是隔离区，

尽管它远离，狂风呼啸的新英格兰海岸，

新英格兰的蛀虫，依然会钻穿它的船板，

使它沉没在印度的海波之下，

连同它的麻绳、佳酿、牛皮和中国茶。

  航行在提恩斯博罗和哈德森之间的时候，我们经过了河东岸的一小片沙漠，它横亘在几乎把河岸全部笼盖的茫茫绿海之中，不光别具一格，甚至令我们耳目一新。在我们看来，这片沙漠着实有几分一见难忘的美丽。一位十分年迈的本地居民在纳舒亚一侧的农田里干活，给我们讲了讲这片沙漠的来历。他记得沙漠原本是一块耕地，种着玉米和麦子，但耕地旁边是个渔场，渔民渐渐拔光了岸边的灌木，为的是方便自己拖曳围网。河岸遭到如此破坏之后，风开始把河边的沙子吹向内陆，最终给面积大概十五亩的耕地盖上了几尺厚的沙子。我们在水边看到了一间印第安棚屋的地基，因为那里的沙子已经被风吹走，露出了古老的地面。

---

① "马尼拉的麻绳"指用马尼拉麻制成的绳子。马尼拉麻（Manilla hemp）即原产菲律宾的芭蕉科植物马尼拉麻蕉（*Musa textilis*），纤维可以用来造纸搓绳；马德拉群岛（Madeira）是北大西洋的一个群岛，以出产葡萄酒闻名。

地基呈正圆形，直径四到五尺，由烧过的石头筑成，其间混杂着原本埋在沙里的炭粒和小动物骨骼。周围的沙地里零星散布着又一些烧过的石头，那是印第安人的火塘遗迹，此外还有一些用来制作箭镞的石片，我们从中找到了一枚完好的箭镞。我们继而发现，沙地上有个地方散落着一夸脱①状如玻璃的碎片，大小跟四便士硬币②差不多，由此知道有个印第安人曾经坐在那里，用石英石制作箭镞，碎片便是他劳作时敲掉的废渣。这样看来，早在白人到来之前，印第安人一定已经在这里捕鱼。往上游再走半里左右，还有一片类似的沙地。

时候依然是正午，于是我们把船头靠到岸边，洗了个澡，然后倚着一道石梁，半躺在几棵悬铃木底下歇息，周围是哈德森镇的一片幽僻草场，草场顺着坡地伸到河畔，边缘是一圈儿松树和榛树。印度，还有先前的那些午间哲思，依然占据着我们大部分的头脑。

在《益世嘉言》之类的古老书籍里邂逅常识，始终是一种新奇特异却令人鼓舞的经历；这些书包含的是一种诙谐风趣的智慧，前额后脑都长着眼睛，随时可以反躬自省。这种智慧的存在，确证这些书健康无恙，不曾受到后世病态的影响。所有书籍都应该时不时地自我调侃，都不能缺少这一份健全理性的保证。《益世嘉

---

① 夸脱（quart）为英美计量单位，一干量夸脱约等于一点一升。
② 四便士（fourpence）是新英格兰地区对一种币值相当于六点二五美分的西班牙银币的称呼，这种银币直径约一点五厘米，亦称"四便士半"（fourpence-halfpenny）。

言》里的故事和寓言,散漫的情节从一个句子迂回到又一个句子,好似沙漠里的无数块绿洲,脉络跟迈尔祖格和达尔富尔①之间的驼队路线一样扑朔迷离。相形之下,现代书籍显得平铺直叙,一泻千里,读者从一个句子跳到又一个句子,就像踏过一块又一块垫脚石,对匆匆流过的故事急湍无知无觉。与《益世嘉言》相比,《薄伽梵歌》兴许少一点精警和诗意,元气却更为充沛,手法也更见圆熟。它的明智与崇高,甚至打动了士兵和商人的心灵。伟大的诗章都有这样的特质,能够向读者提供与其用功程度成正比的义理,予务实之人以常识,予颖悟之人以智慧,如同一道水量充足的溪涧,既可供匆匆行客沾唇解渴,也可供整支军队灌满水桶。

我曾领略的这类古书之中,最引人入胜的著作包括《摩奴法典》。据威廉·琼斯爵士所说,"破灭仙人之子毗耶娑业已论定,《吠陀》及其六支、天启的医学体系、《往世书》或曰神圣历史,以及《摩奴法典》,是四种具有至高权威的著作。区区凡人的见解,永不能撼动这些典籍。"②印度人坚信,《摩奴法典》"是由摩

---

① 迈尔祖格(Mourzouk)是利比亚南部的一个绿洲城镇,达尔富尔(Darfour)是苏丹西部的一个地区。

② 本段所有引文均出自威廉·琼斯《摩奴法典》英译本(参见前文注释)的前言,字句与原文略有差异。破灭仙人(parasara)为印度古代贤哲,众多印度典籍的作者;毗耶娑(Vyasa)即前文提及的广博仙人;《吠陀》(Vedas)是印度最古老也最重要的宗教及哲学文献集,按通常说法包括《梨俱吠陀》(Rigveda)、《娑摩吠陀》(Samaveda)、《夜柔吠陀》(Yajurveda)和《阿达婆吠陀》(Atharvaveda)四个部分。"六支"(Angas)是《吠陀》的补充文献,分语音学、韵律学、语法学、词源学、宗教仪轨及天文占星学六类;往世书(Puranas)是一类古印度文献的统称,这类文献的主要内容是宇宙历史、神谱和帝王贤哲世系。

奴在时间之始颁布，摩奴是梵天的儿子或孙子"，也是"第一个造物"。有人说梵天"用十万节韵文将他的律法传给摩奴，摩奴又向初民世界解释了这些律法，用的正是此译母本中的原话"。另一些人则断言，摩奴的原作经历过多次删减，为的是方便凡人阅读，"下界众神及天庭乐师，则致力于研读原典……往古圣哲为《摩奴法典》撰写了不少注释或评论，他们的论著与法典原文共同构成整体意义上的法论，也就是律法的本体"。在这些往古圣哲当中，库鲁卡·巴塔①属于时代较近的后辈。

一本又一本的书籍相继成为圣书，是因为人们虔信不疑，漂泊尘世的灵魂，可以把这些书籍当作最终的安息之所，然而归根结底，圣书仅仅是商队打尖的旅店，只能供行客暂且歇脚，指引他继续前行，去往伊斯法罕②或巴格达。谢天谢地，构筑世界之时，主导理念并不是印度式的专制，所以我们都是宇宙的自由人，没有被划入任何种姓。

据我所知，流传至今的书籍当中，再没有哪本的口气比《摩奴法典》更大，可它如此客观，如此真诚，以至于从不令人心生反感，从不显得荒唐可笑。我们不妨看看这本书的题旨说明，拿它跟现代文学作品的宣传套路做个比较，然后再思考一下，这本书针对的是怎样的读者群体，期待的又是怎样的评论。作者似乎

---

① 库鲁卡·巴塔（Culluca Bhatta，亦作 Kullūka Bhaṭṭa）是十三至十五世纪之间的《摩奴法典》评注作者，生平不详。威廉·琼斯对库鲁卡的评注极为推崇，并以库鲁卡评注本为迻译《摩奴法典》的底本。

② 伊斯法罕（Isphahan）位于伊朗中部，为中东历史名城，曾为波斯帝国首都。

来自时间的黎明,以一种冷静清醒的晨间先觉,从某座东方高山的峰巅向读者发言,书中的任何一个句子,都会使你觉得精神超拔,恍如置身于东西高止①的台地。这本书顿挫如沙漠之风,磅礴如恒河之水,像喜马拉雅山脉一样高绝,凌驾于任何评论之上。它的语调坚实饱满,充满张力,以致它顶住了漫漫岁月的剥蚀,到这个晚近的时代依旧光彩照人,无论它身披的文字外衣是英文还是梵文,而它永世不移的语句,将远古的火焰一直保留到了今天,好似璀璨群星,用熹微的光芒照亮这卑陋的下界。整本书流溢着高贵的气度和旨趣,将无数的辞藻变成了多余的东西。英式的理性,一向是劳神费力,印度的智慧,却从未挥汗如雨。展卷读来,书中的句子好似片片花瓣,随随便便地次第张开,乍一看简直不知所云,但它们时或呈露一种难得一见的智慧,一种只能从最琐细体验当中悟得的智慧,使我们诧为奇遇;这种智慧虽然琐细,但却是几经淘洗才来到我们的眼前,因此便无比纯净,一如沉淀在海底的瓷土。它绝无杂质,绝无水分,好比蕴含在化石里的真理,历经千万年的风风雨雨,具有无比客观、无比严谨的真实性,足可为客厅和书斋添彩增辉。任何一种道德哲学,都可以说是极其珍罕,《摩奴法典》的道德哲学,更是无比贴近我们的个人生活,有胜于大多数同类。相较于占据会客厅或布道台的教言,《摩奴法典》的教言一方面更加私密,更加亲切,一方面又更加公共,更加普适。我们日常生活里的家禽,据说是源自印度的

---

① 东高止山脉(Eastern Ghats)和西高止山脉(Western Ghats)是印度的两列南北走向的绵长山脉。

野鸡[1],与此相类,我们日常生活里的思维,也是以印度哲人的思维为原型。借由《摩奴法典》,我们可以观照我们习以为常的当前现实生活,窥见它的种种要素,恍如置身于太古时代的那场法会,会上要决定的是各种基本问题,如何吃,如何喝,如何睡,如何维持不失尊严的诚挚生活。对我们来说,《摩奴法典》甚至比知交挚友的忠告还要切近,还要体贴。与此同时,这本书普遍真实,足可涵盖最宽广的地平线,若是在户外阅读,便会与远山的朦胧轮廓紧密关连,成为地地道道的山中土产。大多数书籍只属于房屋和街道,一旦到了原野之中,书页便显得单薄不堪。那些书贫瘠荒芜,一览无余,周遭没有环绕的光晕,也没有氤氲的岚烟。美好的大自然,远远地横亘在那些书的后面。与那些书不同,《摩奴法典》的源头,还有它倾诉的对象,全都是最为深沉、最为永恒的人类特性。它属于一天的正午,一年的盛夏,及至春来雪化,水汽蒸发,它所包孕的真理依然精神抖擞,向我们的体验娓娓诉说。它帮助太阳放射光芒,阳光又洒落它的书页,使之明澈辉煌。它占据朝朝暮暮,夜间使我们隐隐觉得,它会在破晓之前唤醒我们,待到晨间,它的影响依然像香气一样缭绕在我们周围,直至日上三竿。它为草地和森林深处添上新的光彩,它的精神则好比一种更为缥缈的大气,乘着各地的盛行之风,流布各邦各土。[2]就

---

① 家鸡(*Gallus gallus domesticus*)的祖先是分布于印度及东南亚的雉科原鸡属动物红原鸡(*Gallus gallus*)。

② "它占据朝朝暮暮……流布各邦各土"这几句话源自梭罗1841年8月9日的日记,日记中说:"在我们的想象当中,具有巨大权威与独创性的书籍,无不显得无远弗届,无所不在……万物都是它的佐证。它占据朝朝暮暮。"

连夏日里的鸣蝉和蟋蟀,也只是这部神圣法典的一种延续,是时间或迟或早的注脚,意在阐明印度人的法论。如我们先前所说,最不安分的拓荒者都具有一种东方气质,所谓极西之地,也只是极东之地的另一种说法。读着这些句子,我们恍然觉得,眼前这个美好的现代世界,仅仅是《摩奴法典》库鲁卡评注本的一个翻版。用新英格兰的眼光来评判,或者用一味务实的现代智术来衡量,这些句子不过是一些格言,来自一个老得犯了糊涂的种族,可我们要是采用唯一一种不偏不倚、颠扑不破的检验方法,把这些句子举向天空,便会发现它们与天空一样深邃,与天空一样宁谧,而且我确信无疑,只要用以检验它们的天空依然存在,它们就依然拥有自己的一席之地,拥有自己的非凡意义。

给我个任何才智也无法解读的句子,它必须具备生命与脉息,它的字里行间,必须有永远流动的血液。①《摩奴法典》的声音,竟能从如此遥远的时空传到我们的耳边,着实是一件奇妙的事情,因为人声只能传出很短的距离,更何况此时我们远离人境,听不见任何同时代人的声音。这一带的伐木工砍倒了一片古老的松林,将西南远处的一个美丽湖泊呈现给了这边的山丘;一瞬之间,那个湖泊清清楚楚地浮现眼前,仿佛它的形象穿越永恒,来到了我们所在的林地。说不定,在我们脚下的山丘上,这些古老的残桩依然记得,远古时代,那个湖泊曾在地平线上熠熠闪光。我们禁

---

① 这句话比较费解,梭罗1842年3月15日的日记中有一句意思相同的话,日记中那句话的前一句也被梭罗用在了这本书里,即上一段里的"这些书贫瘠荒芜……所有这些书的后面"。

不住悬想，裸露的大地再次目睹如斯美景，是不是也曾情动于中。显露人前之后，那片秀美的水面偃卧在阳光之下，看起来格外骄傲，格外美好，因为它的美丽，并不需要旁人的赏识。到得此时，它依然显得形单影只，自满自足，对任何品评不屑一顾。这些古老的句子，正如西南方向的那些宁静湖泊，到现在才向我们展露容颜，虽说在以往的漫漫岁月之中，它们一直都将我们自己的天空，映照在它们的胸怀。

印度的广袤平原北接喜马拉雅，南濒大洋，东临布拉马普特拉河，西滨印度河，仿佛绵亘在一只杯子里面，而那个源远流长的民族，便是从杯中发端。我们对这个故事绝无异词，并且从印度的自然史[①]中欣喜地读到，"松树、落叶松、云杉和银杉"覆盖了喜马拉雅的南坡，"醋栗、树莓和草莓"正在从温带的高地俯瞰酷热的平原。由此可见，早在那个时候，现代这种生机勃勃的生活，便已经肇兴于庄严肃穆、沉思默想的东方平原之间，在那里找到了潜伏地和落脚点。此后的某个时代，"铃兰、黄花九轮草和蒲公英"[②]会一路挺进下方的平原，在属于它们的平坦区域开花吐艳，而它们的区域日益扩展，渐渐环绕整个地球。世界业已步入温带的时代，或者说松树与橡树的时代，因为棕榈和榕树，满足不了今时今日的需求。山岩顶上的地衣，兴许也会在不久之后，

[①] "印度的自然史"指苏格兰地理学家休·穆雷（Hugh Murray, 1779—1846）撰著的《英属印度历史及风物》（*Historical and Descriptive Account of British India*, 1832），本段所有引文均出自该书第一卷。

[②] 黄花九轮草（cowslip）为樱草科樱草属多年生草本植物，学名 *Primula veris*。引文中的植物都是穆雷列举的喜马拉雅山地植物，同时也都是温带植物。

找到它们的平坦之地。①

至于说婆罗门的信条，我们并不怎么关注它遵奉何种教义，更关注的是有人遵奉它的事实。我们可以容忍一切哲学，从原子论者、圣灵论者、无神论者到有神论者，从柏拉图、亚里士多德、留基伯、德谟克利特、毕达哥拉斯、琐罗亚斯德到孔夫子。②更吸引我们的是这些人的态度，而不是他们留下的任何言语，任何文字。他们和他们的注家之间，诚然存在无休无止的争执，可我们要是寻章摘句，以至于要给他们排个座次，便只能说是大错特错。事实上，他们中的每一个都可以把我们送上宁谧穹苍，因为最小的气泡也可以升到那里，跟最大的气泡一样笃定。与此同时，他们都为我们点染了天空和大地。任何一个真诚的思想，都拥有无法抗拒的力量。③婆罗门的苦行节欲，是一种更为纯净、更为高贵

---

① 梭罗这段文字，大致是说文明的种子诞生在印度的喜马拉雅山麓，又从印度传播到全球的温带地区（包括欧美）。梭罗这种说法可能受到了瑞士裔美国地理学家阿诺德·吉尤（Arnold Guyot, 1807—1884）的影响，吉尤认为温带最适合人类发展，是人类文明的最终居所，热带及气候炎热的南方地区则不利于文明进步。梭罗在"星期日"中说"置身文明世界，一如置身南纬地区，人们终将腐化堕落，臣服于来犯的北方部族"，意思也与吉尤的观点相似。

② 原子论（Atomism）为古希腊哲学流派，主要观点是世界非由神创，而是原子随机组合的结果，代表人物为公元前五世纪的古希腊哲学家留基伯（Leucippus）及其学生德谟克利特（Democritus, 前460?—前370?）；圣灵论（Pneumatology）为基督教哲学流派，专注于研究圣灵。

③ "我们可以容忍一切哲学……无法抗拒的力量"源自梭罗1840年6月24日的日记，日记中的说法较为清楚明白："……任何一个真诚的思想，都拥有无法抗拒的力量，都可以把我们送上更高的穹苍，因为最小的气泡也可以升到那里，跟最大的气泡一样笃定。"

的奢侈，本身便足以吸引虔诚的灵魂。他们的欲求可以如此轻易、如此优雅地得到满足，似乎是一种更为高洁的乐趣。他们的创世传说，像梦幻一样安宁："梵天苏醒之时，此世盛放如花；但当他恬然睡去，宇宙便枯萎凋零。"① 他们的神谱模糊不清，这个事实也暗含着一个崇高的真理。这样的神谱，绝不容许读者止步于任何至高无上的第一因，反倒会直截了当地点醒读者，至高之因，也是由更高之因创生，未经创造的自在之物，背后仍然有造物主。

对于这部圣典的悠久历史，我们也无意苦苦究诘，因为它"来自火，来自风，来自太阳"，是"像挤牛奶一样挤出来的"。② 与其查证它的历史，倒不如去考索光和热的年谱。太阳发光，只管由它发光。摩奴最明白这个道理，如他所说，"梵天的一日会持续一千个这样的时代（但按凡人的尺度来衡量，这些时代本身便可谓无穷无尽），其间他施展种种神通，梵天的一夜，也会持续同样长的时间。懂得这些道理的人，最明了昼夜之分。"③ 实在说来，穆斯林和鞑靼人④的王朝无从断代，依我看，我自己也曾生活在他们的王朝。所有人的脑子里都装着梵文，《吠陀》及其六支固然古

---

① 引文出自威廉·琼斯《摩奴法典》英译本，字句较原文有所省略。

② 引文出自威廉·琼斯《摩奴法典》英译本，原书这句话是讲梵天创造《梨俱吠陀》、《夜柔吠陀》和《娑摩吠陀》（参见前文注释）的过程。

③ 引文出自威廉·琼斯《摩奴法典》英译本，字句与原文略有差异，括号里的文字是梭罗加的。"这样的时代"指印度教所说的"大纪"，一千个大纪等于一劫（四十三亿二千万年），亦即梵天的一日（参见前文注释）。

④ 西方人所说的"鞑靼人"（Tatar，梭罗的写法是 Tartar）主要指生活在欧洲东部和亚洲北部的一支突厥民族，有时也指蒙古人。

老，静思冥想的实践却更加源远流长。我们为什么泥古不化？是因为婴孩太幼小吗？当我细细端详，婴孩显得比最老的老人还要年高，比涅斯托尔或西比尔还要苍老，脸上长着跟神王之父萨吞一样的皱纹。[①] 我们仅仅是活在现时吗？现时这条线，究竟有多宽？此时此刻，我坐在一个树桩上面，树桩的年轮，记录了千百年的生长历程。若是我举目四望，便会看见周围的土壤正是由这类树桩的残渣积成，那些树桩都是这个树桩的祖先。腐殖土盖满大地。我可以把一根木棍戳进土层的表面，戳到形成于亿万年前的深处，还可以用鞋跟在这里的地面犁出一道深沟，比自然力量用一千年的时间犁出的沟壑还要深。若是我侧耳倾听，便会听见青蛙的尖细鸣叫，年代比埃及的河泥还要久远，还会听见榛鸡[②]在远处的一根原木上拍打翅膀，仿佛是夏日空气的脉动。我可以就着这层古老的腐殖土，培育我最美丽、最新鲜的花朵。不是吗，我们欣然命名为"新"的特质，甚至比皮肤还要表浅，根本没有沁入大地的肌理。它不是我们借以立足的沃土，而是在我们头顶扑簌的叶片。最新的事物其实是最老的事物，只不过刚刚才被我

---

① 涅斯托尔及西比尔见前文注释。据奥维德《变形记》第十四卷所载，太阳神阿波罗曾向库麦西比尔（见前文注释）求欢，库麦西比尔便指着一堆沙土，要求得到跟那堆土里的沙子一样多的生日。她要到了极长的寿命，却忘了向阿波罗索要永恒的青春，后来就变得十分衰老；萨吞（Saturn）是古罗马神话中的农神，也是神王朱庇特的父亲。

② "榛鸡"原文为"partridge"。梭罗曾在《瓦尔登湖》中列出"patridge"的拉丁学名 *Tetrao umbellus*，由此可知他指的是广布于北美大陆的披肩榛鸡（ruffed grouse，学名亦作 *Bonasa umbellus*）。这种榛鸡的求偶方式是以越来越快的速度拍打翅膀，借此制造声响。

们揭去面纱,进入我们的感官可以察觉的范围。当我们把千尺深处的土壤翻到地表,我们就称之为新土,还把新土里长出的植物称为新苗;当我们的视域深入太空,探测到更加遥远的星体,我们也称之为新星。我们此时所在的地方名为哈德森——它曾经名为诺丁厄姆——曾经——

阅读历史的时候,我们应该像欣赏风景一样观其大略,多留意它天空的色调,以及交错空间形成的斑驳光影,少关注它的基底与构成。历史是化作西天暮色的朝晖——太阳依旧是同一轮太阳,只不过光线和空气有所改变。历史之美有若晚霞,弥满天空,游移不定,无拘无束,绝不像壁画一般扁平受限。事实上,历史的面貌迁流不居,好比自晨及昏变换不停的风景。真正重要的东西,是它的色相和色调。时间不会掩藏任何珍宝,我们想要的并不是历史的当时旧貌,而是历史的此刻新颜。地平线上的山峦蓝影朦胧,可我们不会抱怨它虚幻难辨,因为这样的山峦,与天空更加相像。

有可能湮灭不存、以至于需要人为纪念的事实,究竟有什么价值?纪念死亡的碑碣,将会比怀想死者的忆念长久。金字塔不能讲述它受托保存的故事,存活至今的事实却可以自己纪念自己。干吗要去黑暗里寻找光明?严格说来,各个历史学会从未找回哪怕一个湮没的事实,真正归于湮没的不是事实,恰恰是这些学会自身。研究人员,比研究对象更容易博得人们的纪念。人群站在原地,满心赞叹地欣赏蒙蒙雾霭,还有雾中的朦胧树影,其中一人突然举步向前,打算研究这种现象,其余所有人立刻怀着全新的赞叹之情,将目光转向他渐渐远去的朦胧身影。令人震惊的是,尽管各个历史学会提供的帮助少之又少,人们还是记住了过去的事情。讲述过去故事的缪斯,确实是另有其人,并不是人们指派的那一位。所有的历史都以同一种方式开篇,这方面的一个佳例是瓦吉迪撰著的阿拉伯编年史:"我是听艾哈迈德·阿玛廷·阿约哈米说的,阿约哈米是听热法·伊本·卡伊斯·阿拉米利说的,阿拉米利是听萨伊夫·伊本·法巴拉赫·阿查特夸米说的,阿查特夸米又是听撒贝特·伊本·阿卡玛赫说的,阿卡玛赫说,事发时他在现场。"[1] 这些历史之父并不急于保存事实,只是渴望了解事实,正因如此,事实才没有被人忘记。人们徒然展开明察秋毫的分析,终究无法揭示过去,过去无法移来现在,因为我们无法真正了解体验之外的东西。阻碍认识的面纱只有一块,它同时遮蔽了过去、现在和未来,历史学家不应该探究过去如何,只应该探究现在如何。在战火烧过的地方,你只能找到人兽的骸骨,而在厮杀正酣的战场,你可以听见怦怦的心跳。我们不妨坐在土堆上追想往昔,却不必劳神费力,尝试让那些骸骨重新站立。你想想,大自然是会记得他们曾经是人,还是会记得他们现在是白骨,后一种可能,是不是更大一些?

古代史总是写得古意盎然,其实它应该变得现代一些。古代

---

[1] 引文见于英国东方学者西蒙·奥克利(Simon Ockley, 1678—1720)的《撒拉逊人史》(*The History of the Saracens*)前言,是奥克利从阿拉伯历史学家瓦吉迪(Al-Waqidi,奥克利写作 Alwakidi, 748?—822?)的著作中摘引的文字。撒拉逊人(Saracen)是中世纪基督徒对阿拉伯人或穆斯林的称呼,奥克利的《撒拉逊人史》以瓦吉迪的《征服叙利亚》(*Futúh al-Shám*)为主要依据。

史的写作风格,给人的感觉仿佛是看画的人不应该盯着墙上的画,应该去悬想画幅的背面,又仿佛作者是以死者为假想的读者,想向死者铺陈死者自己的亲身经历。人们似乎急于完成一次有条不紊的撤退,穿越无数世纪回到古时,并且步步为营,沿途重建那些早已崩摧于时间侵袭的工事;然而,正当他们如此这般走走停停,他们和他们的工事,全都变成了那个头号敌人的猎物。于是乎,历史既没有古代的庄严神圣,也没有现代的鲜活清新。看它的架势,似乎是打算回溯事物的源头,自然史兜揽这样的任务,或许也算不无理由,但你可以翻翻所谓的"通史",然后告诉我们:牛蒡和车前草初次萌发,到底是在何时?历史大多写得不清不楚,以至于它所描述的各个时代,全都可以格外贴切地命名为"黑暗时代"①。有个人说得好,那些时代之所以黑暗,只是因为我们对它们暗昧无知。历史中充满尘埃迷雾,太阳绝少照临,偶尔才有一星半点令人鼓舞的事实,暗示这个发光体一度现身,一旦碰到这样的事实,我们便加以摘引改造,使之具有现代特性。这方面的一个例子,便是我们从撒克逊人的历史中读到,诺森布里亚的埃德温"命人在大路上竖起木桩,标明他曾经看见清泉的地方",然后"用链子把一些铜盘拴在木桩上,以便疲惫的旅人取水解渴,原因是旅途辛劳,埃德温本人深有体会"。②埃德温此举,

---

① "黑暗时代"(dark ages)是西方对西欧中世纪时期的传统贬称,梭罗此处用的是这个词的字面意义。

② 引文出自英国历史学家沙伦·特纳(Sharon Turner,1768—1847)的《盎格鲁-撒克逊人史》(*The History of the Anglo-Saxons*)第一卷。诺森布里亚的埃德温(Edwin of Northumbria,586?—632/633)为古代盎格鲁-撒克逊君王。

抵得上亚瑟王的全部十二场战役①。

> "穿越世界的阴影,我们昂然冲进年轻的纪元:
> 欧洲的五十年,便胜过中国的一次沧桑变换。"
> 新英格兰的光芒一线,更胜过欧洲的五十年! ②

传记作品也逃不脱同样的责难,它应该写成自传才对。正如日耳曼人忠告的那样,我们用不着千辛万苦游历国外,折磨自己的肠胃,就为了变成别的某个人,以求把那个人解释清楚。我若不是我,谁能是我?

话又说回来,过去若然黑暗,其实也理所应当,尽管黑暗更多是传统的特质,不太是过去的属性。过去的遗迹,之所以如此模糊晦暗,并不是因为时间的间隔,而是因为关系的疏远。贴近这代人心灵的往昔事物,至今依然美好辉煌。希腊四仰八叉地安躺在光线汇成的洪流里,身姿宛妙,阳光普照,因为她的文学与艺术,包孕着太阳和天光。荷马,菲狄亚斯,还有帕特农神庙,③都不会容许我们忘记,太阳曾在希腊闪耀。另一方面,任何时代都不是漆黑一团,我们也不会草率信从历史学家的观点,为我们

---

① 亚瑟王(King Arthur)是不列颠人的传奇君王,率领不列颠人抵抗撒克逊人的入侵,据说曾取得十二场大胜。

② 这三句诗的前两句出自丁尼生的《洛克斯利堂》(参见前文注释),末一句是梭罗加的。

③ 菲狄亚斯(Phidias,前480?—前430?)为古希腊著名雕塑家,帕特农神庙(参见前文注释)中的雅典娜神像便是他的作品。

时代的一片光明沾沾自喜。若是能看穿那些遥远岁月的重重暗影，我们定会发现，它们也有足够的光亮，只不过，那时不是我们的白昼。有一些动物，天生就具备夜视的能力。世上光明的总量，从不曾有所增减。新发现的星星，消失的星星，彗星，还有日食和月食，并不会影响总体的光亮，因为这些现象目不能见，只有望远镜才能辨识。听人说，从最古老化石遗骸的眼睛来判断，那时的光照法则，跟现在一模一样。光照的法则永无改易，观看方式和所见多寡则变动不居。众神绝不偏向任何时代，永远在穹苍里放射恒定的辉光，观者的眼睛，却最终变成了石头。从一开始，世上就只有太阳和眼睛，漫漫岁月不曾使前者增添哪怕一缕光芒，也不曾改变后者的哪怕一根纤维。①

如果非得把时间的因素纳入考虑范围，那我们可以说，神话，亦即古代诗歌的遗迹，或者说诗歌的残骸，又或说世界的遗产，至今仍然约略反射着当初的辉光，好比被往昔太阳染成七彩的云朵残片，一直飘进了最为晚近的夏日，把当下的时辰与万物创始的清晨连为一体，恰如诗人所咏：

> 这崇高曲调的片断，
> 随岁月的潮水流传，
> 支离残骸时或浮现，

---

① 从"阅读历史的时候"至"哪怕一根纤维"的几段文字原本发表于1843年4月的美国杂志《日晷》(The Dial)，题为"黑暗时代"，移入本书时有所增补。

像漂在风暴的海面。①

这些遗迹,便是撰写人类起源及发展史的素材和线索,可以告诉我们,人类如何从蚂蚁状态步入人的状态,各门技艺又如何渐次肇兴。只要能让人类的故事更加清楚明白,做一千个假设也无妨。我们不会拘泥于历史时代乃至地质时代的划分,因为这些东西会影响我们,使我们质疑人类事务的进步。如今是人类的早晨,人类在此期间领到了最基本的必需品,领到了谷物、酒、蜜、油、火、清晰的语言、农艺和其他技艺,并且经由逐步的培育,从蚂蚁变成了人,我们若是能提高眼界,不囿于眼下流行的时代划分,便可以预见,这个早晨过去之后,接踵而来的将会是一个同样蒸蒸日上的辉煌白昼,还可以预见,随着神圣时代的更替,其他的神圣力量和半神凡人将会帮助人类,使之远远超越目前的状态。只可惜,我们对这样的前景所知甚少。

就这样,一个航行者醒着做梦,他的同伴则躺在河岸,沉睡不醒。突然间,有人吹响了船夫的号角,这声音响彻两岸,是一位农夫在提醒他的妻子,他已经离家不远,要和她一起吃饭。不过,从号角声的方位来看,听见的似乎只有麝鼠和翠鸟。我们的思绪之流与睡梦之流,就这么同时中断,于是乎,我们再一次启碇行船。

这天下午的航程当中,河的西岸变得比较低矮,有时则退到

---

① 引文出自苏格兰作家及诗人沃尔特·司各特(Walter Scott,1771—1832)的诗歌《诗人托马斯》("Thomas the Rhymer")。

距离河道较远的地方，只在水边留下几棵聊为装点的树木，河的东岸却时不时地陡然耸起，变成一座座高达五六十尺的翁郁山丘。又名"莱姆树"或"林登树"的椴树（*Tilia Americana*）①，是我们不曾见过的树种，它的枝丫伸展到水上，叶子又大又圆，其间悬挂着一簇簇即将成熟的硬质小浆果，为我辈水手投下一片可人绿荫。椴属树木的内皮富含韧皮纤维，可以用来制作渔夫用的席子、绳子，以及农夫穿的鞋子，俄罗斯人用得特别多。有一些地方的人，还用这种纤维来编结网罟，纺织一种粗布。按照诗人的说法，这种树是海洋女仙菲吕拉所化。②据说古人曾经用椴树皮来苫屋顶，编篮子，造一种名为"菲吕拉"的纸，还曾用椴木来制作小圆盾，"因为它柔软轻巧，韧性也好"③。椴木一度大量用于雕刻，如今依然用于制造钢琴响板和马车壁板，以及其他一些需要韧性和弹性的器具。椴树的嫩枝可以用来做篮子和摇篮，树液可以炼糖，花蜜则据说是蜜中极品。有一些国家拿椴树叶子喂牛，有一种巧克力是椴树果做的，有一种药物由椴树花浸泡而成，最后，椴木炭是备受珍视的黑火药原料。

---

① 此处提及的椴树（bass）是美洲椴树，为原产北美东部的锦葵科椴树属落叶乔木，学名如梭罗所列，"lime"（莱姆树）和"linden"（林登树）是它的英文异名。

② 根据古希腊神话，海洋女仙菲吕拉（Philyra）与巨人克洛罗斯（Cronus）交合，生下一个半人半马的儿子。菲吕拉以此为奇耻大辱，便央求宙斯把自己变成了一棵椴树。

③ 引文出自美国教育家乔治·爱默生（George Emerson，1797—1881）的《马萨诸塞林地原生乔木及灌木报告》（*A Report on the Trees and Shrubs Growing Naturally in the Forests of Massachusetts*，1846）。

这种树出现眼前，使我们蓦然省觉，自己已经抵达一片陌生的土地。我们从这顶绿叶华盖之下划过，透过华盖的缝隙瞥见天空，穹苍里仿佛印着千百个象形文字，记载着这种树的意义和思想。这宇宙真是无比贴合我们的机体，以至于眼睛可以在浪游的同时得到休息。四方八面，到处都有使这个感官神清气爽的事物。你不妨举目树梢，看大自然的手笔是何等完满精妙，看松树如何向上不止，越伸越高，为大地镶上雅致的花边。千千万万蛛网一般的纤细枝叶，从松树的颠杪高翔远骛，千千万万的昆虫，在其间腾挪闪转，有谁能点算它们的数目。树叶的形态成千累万，比世上所有语言的字母加在一起还要多，单说橡树一种，你就找不出两片重样的叶子，它的每一片树叶，都展现了各自的独特品质。

大自然的一切创作，万变不离其宗，仅仅是在延展她那些最简单的雏形。你完全可以说，创造鸟类的时候，她并没有耗费太多的创意。说不定，此刻从林子上空飞过的那只老鹰，起初只是在林间小径飘舞的一片树叶。漫漫岁月之中，她从沙沙作响的树叶起步，想出了鸟儿的云端翱翔和清脆鸣啭。

在纳舒亚镇下游一里半的地方，鲑鱼溪从西边流来，钻过铁路桥汇入梅里迈克河。我们往鲑鱼溪上游划了一段距离，划进了溪边的一片草地，以便和一个在岸上翻晒干草的人攀谈，听他讲这条溪流的渔业掌故。他告诉我们，这里以前盛产银鳗①，还把沉在溪口的几只鱼篓指给我们看。这个人的记忆和想象，装满了渔

---

① 此处的"银鳗"（silver eel）即"星期六"当中提到的普通鳗鱼（美洲鳗），可参看前文注释。美洲鳗成年之后，身体会从黄色变成银色。

夫爱讲的奇闻异事，比如无底湖里的漂浮岛屿，以及莫名其妙出现鱼群的湖泊。他巴不得我们留在那里，听他一直讲到天黑，可我们没工夫在这个碇泊之所闲荡，于是便启碇出航，再次驶向我们的海洋。我们自始至终不曾踏上那片草地，仅仅是用手摸了摸它的边缘，尽管如此，它依然给我们留下了美好的记忆。

鲑鱼溪曾是土著居民常来常往的心爱之地，名字据说是从印第安语翻译而来。溪边还是纳舒亚第一批白人移民落脚的据点，地上至今可以看到指明他们房屋旧址的凹坑，以及一些老苹果树的残桩。老约翰·拉夫威尔的房子矗立在溯溪上行大约一里的地方，此人曾是奥利弗·克伦威尔军中的一名旗手，还是"著名的拉夫威尔上尉"的父亲。他于一六九〇年之前来此定居，一七五四年前后去世，享年一百二十岁。人们普遍认为，来这里之前，他参加过一场著名的战斗，亦即一六七五年的纳拉甘塞特沼地之战①。据说，在之后的几次战役中，印第安人每每对他手下留情，因为他待印第安人不错。早在一七〇〇年，他已经老得白发皤然，以至于法国总督没有为他的头皮开出赏格，可见他的头皮不值一钱。②我曾站在溪边那个曾是他家地窖的凹坑里，与某个当地人攀谈，那人的祖父跟老拉夫威尔说过话，父亲也可能有过同样的经历。年迈的拉夫威尔在此地拥有一座磨坊，还开了

---

① 纳拉甘塞特沼地之战又称"大沼之战"，是菲利普战争（参见前文注释）期间的一场惨烈战斗，以白人获胜告终。

② 法国曾在北美拥有名为"新法兰西"（New France）的广大殖民地，由此与北美的英国殖民者冲突不断。新法兰西总督曾悬赏猎杀或捉拿英国人。

一爿小店。有一些不久之前尚在人世的人,还记得老人家身板很是硬朗,居然能够挥舞手杖,把孩子们撵出他的果园。想一想终有一死的凡人所能取得的种种胜利,再想想这些胜利的战利品是多么地拿不出手,说起来无非是:他一百岁还能不戴眼镜补鞋子,一百零五岁还能招摇过市出风头!拉夫威尔的房子,据说是达斯坦太太逃离印第安人之后的第一个落脚点[①],皮夸基特的那位英雄[②],多半就是生长在这里。他家旧址的近旁,可以看见约瑟夫·哈瑟尔的地窖和墓碑,据其他资料所载,哈瑟尔,他的妻子安娜和儿子本杰明,以及玛丽·马克斯,"于(一六九一年)九月二日傍晚被我们的印第安敌人杀害"。[③]这样的惨剧,正如顾金在此前某个场合所说,"打在英国人背上的印第安笞杖,尚未完成上帝交办的差使。"[④]流到溪口附近之时,鲑鱼溪依然是一条蜿蜒在丛林草地之中的幽僻溪涧,当年荒无人烟的纳舒亚河口,如今却回荡着制造业城镇的喧声。

从鲑鱼溪溪口往上游一点,另一条溪涧从哈德森镇的奥特尼克湖流来,在鲑鱼溪溪口的对面汇入梅里迈克河。从这里的河岸,可以清楚地看见昂卡纳努克山,它是这一带最显眼的山脉,巍然

[①] 达斯坦太太即马萨诸塞白人居民汉娜·达斯坦(Hannah Dustan, 1657—1737?),她曾被印第安人俘获,但在另外两名俘虏的帮助下成功逃脱,逃走时杀死了十个看守他们的印第安人(其中六个是孩子),并且剥取了死者的头皮。关于汉娜·达斯坦,后文还有详述。

[②] "皮夸基特的那位英雄"即老拉夫威尔的儿子、前文提及的拉夫威尔上尉。

[③] 引文出自福克斯的《当斯特布尔老镇史》,括号里的年份是梭罗加的。

[④] 引文出自顾金的《新英格兰印第安基督徒事迹及苦难史乘》。

耸立在上游那座桥西端的上方。没过多久，我们驶过了坐落在同名河畔的纳舒亚镇，镇上有一座横跨梅里迈克河的廊桥。纳舒亚河是梅里迈克河最大的支流之一，发源于瓦楚瑟特山①，流经兰卡斯特、格罗顿②和其他一些城镇，沿途造就了一片片榆树成荫的著名草地，流到河口附近却受阻于一连串的瀑布和工厂，引不起我们溯流探胜的兴趣。

在远离纳舒亚河口的兰卡斯特，我曾与另一个人结伴同行，穿越宽广的纳舒亚河谷。③ 那次旅行之前，我们曾站在康科德的山头，向西方久久眺望，望见了地平线尽头的蓝色山峦，却不曾望见河谷的影子。那么多的溪涧，那么多的草地丛林，那么多的幽静人居，就那么隐匿在我们和那些悦目山峦之间，要想把它们尽收眼底，你需要走上通往提恩斯博罗的大路，爬上路旁的一座小山。在那个被我们的稚嫩眼睛看成一片连绵森林的地方，在地平线上的两棵相邻松树之间，横亘着纳舒亚的河谷，即便是在那时，纳舒亚河也在谷底蜿蜒流动，那时的纳舒亚河一如现在，同样会流到我们此时所在的河口，悄无声息地汇入梅里迈克河。诞生于河谷草地的云朵，飘浮在草地上空，染着落日余晖的金色，从西边的远处映入我们的眼帘，为我们装点了千百个暮天。但在那时，河谷本身却似乎被挡在了一堵泥炭墙垣的后面，要等到我们启程

---

① 瓦楚瑟特山（Wachusett）是马萨诸塞州的一座山，在康科德西边，下文还有提及。

② 这里的兰卡斯特（Lancaster）和格罗顿（Groton）均为马萨诸塞州城镇。

③ 梭罗这次旅行是 1842 年 7 月的事情，"另一个人"是梭罗的友人理查德·富勒（Richard Fuller, 1824—1869）。

前往那些山丘，它才会渐露真容，第一次显现在我们眼前。那时的冬天夏日，我们久久凝望远山的晦暗轮廓，遥远的距离和朦胧的面目，为它们增添了一份不属于自己的宏伟气势，这样的情景，有助于解释诗人和旅人的所有隐喻。那时候，我们站在康科德的山崖上，这样向远山诉说衷肠：

> 你们携着开拓的伟力，坚守阵地，
>
> 携着恢宏的体量，盘绕逶迤，
>
> 无声无息，只有喧嚣的沉寂，
>
> 莫纳德诺克山和彼得博罗山①啊，
>
> 你们是远方的摇篮，哺育无数溪涧；
>
> 你们是从未兴起的胶着论辩，
>
> 使哲学家无法加入战团——
>
> 你们像一支庞大的舰队，
>
> 昂然穿越雨雪纷飞，
>
> 穿越冬寒肆虐，暑热恣睢；
>
> 始终坚守你们高远的抱负，
>
> 直至在诸天之上，找到你们的港埠；
>
> 你们不曾装载违禁货品，
>
> 贴着陆地偷偷前行，
>
> 因为派你们出外探险的主使，

---

① 莫纳德诺克山（Monadnock）和彼得博罗山（Peterborough）位于新罕布什尔州南部，康科德的西北边。

已经安排太阳来见证,

他们的诚实。

你们的舰队,每一个成员,

一路驶向西边,

护送你们的桅索之间,

簇拥的云霞片片,

总是迎着风暴向前,

张满你们的船帆,

以无法计数的金属压舱——

我仿佛从脚下的稳固山冈,

感受到你们船舱的无量深广,

船桁的无垠宽阔,缆索的无限曼长。

我觉得你们在西方的奇异闲适,

着实是一种奢靡的乐趣;

你们的眉弓凉爽无汗,清新碧蓝,

因为时光对你们无所差遣;

因为你们伸直身子悠然安躺,

一股未经运使的力量,

一段未经砍削的树干,

做肘材①太过坚硬,做桅杆太过柔软;

将你们的蓄积制成新的陆地,

---

① 肘材(knee)为造船业术语,指一种弯曲如肘用于加固的常用构件。

终将成为我们西方的事业,

新的陆地可为支柱,用以撑持

一个借抛射之力穿越太空海洋的世界。

当我们流连于落日的余光,

你们依然雄踞西方的昼日之上,

安卧在上帝的庄田里,

像一个个密实的干草堆;

人类的才智,从未在任何纸张,

写出与你们的行列,同样赫奕的诗行;

森林熠熠生光,

仿佛是敌军的营火,

正沿着地平线闪烁,

又像是火葬白昼的柴堆,

在远方熊熊燃起;

镶金镶银的云朵好似锦缎,

层层叠叠地垂挂天边,

尚未消散的几抹倾斜光线,

又在西方铺满

如此深邃的琥珀光亮,

连天堂也显得奢华铺张。

瓦塔蒂克山[①],

[①] 瓦塔蒂克山(Watatic)是新罕布什尔与马萨诸塞交界处的一座山,也在康科德西边。

横卧在地平线的窗沿，

像孩子昨夜弃置的一件玩具，

在它的左右两边，大地的边隅，

散落着孩子的其他物事，树林与山岭，

它们凝立不动，仿佛是刻在天上的图形，

又像是一艘艘靠港的船只，

等待着晨风吹起。

我甚至遐想，

穿过你垭口的蜿蜒道路，一直通往天堂；

山那边依然是黄金时代和白银时代①，

不管历史如何记载；

未来的世纪，思想的新王朝，

都会从你最遥远的谷地，

借着劲吹的狂飙，

送来它们的消息。

但我尤其记得你，

瓦楚瑟特山，你与我相似，

孑然独立，无伴无侣。

你远远的湛蓝眼睛，

是天空留下的残影，

显现在林隙或谷口，

---

① "黄金时代"和"白银时代"可参看前文及相关注释。

又或是铁匠铺的窗牖,
使一切观者望而心清。
你我之间的一切间阻,
皆属空虚无物,
你这个西方的拓荒者啊,
寄身在天堂的屋檐之下,
只受冒险精神驱使,
从不知耻辱和恐惧;
那里可有你伸展的余地,
可有足够你呼吸的空气?
你迁徙不止,
甚至深入西方之西,
踏进清朗无云之地,
无须借助朝圣者的大斧,
只用你久经淬炼的山脊,
在天空里开辟你的道路,
开辟属于你的空阔疆域。
上擎穹苍,下凌大地,
是你与生俱来的游戏;
不靠前者支撑,也不靠后者扶持,
但愿我配得上做你的兄弟!

到最后，我们像拉塞雷斯和其他一些欢乐谷居民①一样，决意攀登封锁西方地平线的那堵蓝墙，虽然说我们不无疑虑，怕的是身临其境之后，我们的眼中不会再有仙乡。不过，我们的历次探险说来话长，今天下午我们也没有时间神游天外，在想象中登临雾气缭绕的纳舒亚河谷，重温那一次朝圣之旅。那次旅行之后，我们又有过许多次类似的旅行，曾经探访新英格兰和纽约州的各座名山，甚至踏进丛莽深处，还曾登上许多名山，在峰顶歇宿一晚。到如今，我们若是再次从故园的山丘放眼西望，只会看到瓦楚瑟特山和莫纳德诺克山再次隐没，遁入地平线上那一带疑幻疑真的蓝色山影，哪怕我们的视线，恰好投向了两座山上的两处山岩，投向了那两个我们曾经支帐篷过夜、在云雾里煮玉米糊的地方。

迟至一七二四年，纳舒亚河的北边仍然没有房子，这片边疆与加拿大领地之间，有的只是印第安人的零星棚屋，以及阴惨惨的森林。一七二四年九月，两个男的被三十个印第安人抓了俘虏，送去了加拿大，他俩都住在河的北边，干的是制造松脂的行当，因为这是荒野里的第一门生意。十个当斯特布尔居民去找他俩，发现他俩的桶箍已经被人割断，松脂流得满地都是。有个提恩斯

---

① 拉塞雷斯（Rasselas）是英格兰作家塞缪尔·约翰逊（参见前文注释）寓言《阿比西尼亚王子拉塞雷斯本末》（*The History of Rasselas, Prince of Abissinia*，1759）的主人公。拉塞雷斯被父王关在欢乐谷（The Happy Valley）里，到继位时才能出来。他厌倦了谷中生活，和其他一些人一起出谷寻找幸福，最终一无所获。

博罗居民从祖辈那里听来了这件事情，曾经跟我转述，说其中一个俘虏眼看印第安人要掀翻他的松脂桶，立刻抄起一块松木疙瘩，一边挥舞，一边赌咒发誓地说，谁第一个碰他的桶，他就要杀了谁。他的口气十分坚决，镇住了印第安人，等他最终从加拿大回来的时候，发现他的桶依然立在原地。这样看来，故事里的松脂桶兴许不止一个。不管桶的事情到底如何，当斯特布尔的探子们总之看到了他俩用木炭和油脂在树上做的记号，由此知道他俩没有被杀，而是被抓了俘虏。其中一个探子名叫法维尔，发现桶里的松脂尚未流干，于是断定印第安人刚走不久，大家便立刻追了上去。这伙人不听法维尔的建议，径直沿着对方的足迹往梅里迈克河的上游追，结果在今属梅里迈克镇①的索恩顿渡口附近中了埋伏，九人被杀，只有法维尔逃脱了对方的疯狂追捕。当斯特布尔的居民跑去给死者收尸，把尸体全部运回当斯特布尔下葬。这件事情，几乎跟罗宾汉民谣的叙述只字不差：

> 正如许多当地人所知，
> 他们把这些樵夫运进美丽的诺丁厄姆，
> 在他们的教堂墓地挖好墓穴，
> 将尸身一具挨一具地入了土。②

---

① 梅里迈克（Merrimack）为新罕布什尔城镇，1746年建立，所辖区域原属当斯特布尔。
② 引文出自《罗宾汉歌谣总集》第二卷收录的民谣《罗宾汉前往诺丁厄姆》（*Robin Hood Progress to Nottingham*）。民谣里的樵夫与罗宾汉打赌赖账，因而被罗宾汉射死。

诺丁厄姆[①]就在河的对面,下葬的尸身却不是严格意义上的"一具挨一具"。你可以去看看当斯特布尔教堂墓地里的一块碑铭,碑上刻着"谨记人皆有死"[②],以及其中一名死者的名字,名字下方刻着他们"离开人世"的经过,以及:

> 此人与墓中其余七人
> 于同日惨遭印第安人杀害。[③]

这伙人当中其他几个的墓碑矗立在合葬墓的周围,各自都有铭文。合葬墓里埋了八人,然而,按照最权威的记载,当时一共有九人被杀。

> 温柔的河啊,温柔的河,
> 看哪,你的水流已被鲜血染污,
> 许多位英勇高贵的将领,
> 沿着你柳树成荫的河岸漂浮。

> 全在你清亮亮的河水边,

---

① 由前文可知,梭罗说的是曾经名为"诺丁厄姆"的新罕布什尔城镇哈德森,并不是民谣里那个英格兰的诺丁厄姆。

② "谨记人皆有死"原文为拉丁文"Memento Mori",北美的清教殖民者往往把这句话刻在墓碑上,配上骷髅之类的死亡象征符号,以此提醒人们:人世种种,皆为过眼云烟。

③ 此处引用的墓碑铭文均见于福克斯的《当斯特布尔老镇史》。

> 全在你明晃晃的沙滩旁，
>
> 印第安首领和基督徒勇士，
>
> 打起了你死我活的恶仗。①

据《当斯特布尔老镇史》所载，法维尔逃回来的时候，印第安人又跟另一拨人马打了起来，打得对方节节败退，并且一直追击到纳舒亚河，在河口与对方隔水交战。印第安人离去之后，人们在河边的一棵大树上找到了他们刻下的一个印第安人头图形，纳什维尔镇②的那片区域由此得名"印第安人头"。"一些有识之士指出，"谈到菲利普战争的时候，顾金写道，"战争刚开始的时候，英国士兵根本不把印第安人当回事，许多士兵口出狂言，说什么一个英国人就足够打跑十个印第安人。很多人都估计，这场战争费不了什么气力，不过是'既来之，乃见之，遂胜之'而已。"③但我们当可断言，到得此时，那些有识之士想必已经发表了不同的评述。

看样子，法维尔是唯一一个为自己的行当下过功夫的人，只有他才懂得，追击印第安人该用什么策略。他活了下来，日后又

---

① 引文出自英格兰神职人员托马斯·珀西（Thomas Percy, 1729—1811）编著的歌谣集《英格兰古诗遗珍》（*Reliques of Ancient English Poetry*）收录的英译西班牙歌谣《温柔的河》（"Gentle River, Gentle River"）。梭罗把原诗的"Moorish"（摩尔人）改成了"Indian"（印第安）。

② 纳舒亚镇曾于1842年一分为二，纳舒亚河北岸为纳什维尔镇（Nashville），南岸为纳舒亚镇，1853年才重新合并为纳舒亚市。

③ 引文出自顾金的《新英格兰印第安基督徒事迹及苦难史乘》，"菲利普战争"是十七世纪的事情，见前文注释。"既来之，乃见之，遂胜之"原文是拉丁文"*Veni, vidi, vici*"，为恺撒大帝名言，意思是取胜轻而易举。

上战场，作为拉夫威尔的中尉参加了次年的皮夸基特一役，但在这场战斗当中，如我们先前所述，他最终埋骨荒野。他的名字，至今使我们追想晨光熹微的殖民时代早期，追想那些硬着头皮追踪印第安人的林中探子；对于新英格兰来说，他们属于一类不可或缺的英雄人物。正如那位叙写拉夫威尔战斗的后起诗人所咏，他们虽然略显踌躇，却依然勇敢向前：

> 猩红的血水随即滚滚奔流，
> 就像那条一泻千丈的溪涧，
> 波光闪耀，水声喧阗，
> 直冲下阿吉奥楚克的高岩。①

对我们来说，这些战役听起来难以置信。依我看，后人肯定会变本加厉，怀疑这类事情全都是子虚乌有，怀疑我们的勇武先辈移居此土之时，并不曾对抗一个肤色古铜的民族，只是在跟林子里的鬼影搏斗，怀疑他们的敌人并不是一个民族，不过是荒凉林地的瘴气、热病和疟疾而已。现如今，那个民族留下的遗迹，仅仅是犁铧翻出的几枚箭镞。即便是在珀莱兹吉人、伊特鲁里亚人②或不

---

① 引文出自诗歌《拉夫威尔的战斗：一首歌谣》（参见前文注释）。据《当斯特布尔老镇史》所说，阿吉奥楚克（Agiochook）是印第安人对白山山脉（参见前文注释）的称谓。

② 珀莱兹吉人（Pelasgians）是古希腊作家对希腊人先祖的称谓，也可指希腊人之前的爱琴海地区土著民族。伊特鲁里亚人（Etruscans）是公元前九世纪至公元前三世纪活动在今日意大利的古代民族。

列颠人的历史当中，我们也找不出如此朦胧虚幻的事情。

当斯特布尔古代居民的尘世遗骸，安躺在一片风貌古朴的荒凉墓地里，灌木丛生的墓地坐落在大路旁边，俯瞰着梅里迈克河，距河水约莫四分之一里，一侧以一条废弃的磨坊水渠为界。我们路过了这片墓地，墓地在河的下游，离我们此时所在有三四里远。你可以在那里看到拉夫威尔、法维尔和其他许多人的名字，他们的家族都在对抗印第安人的战争中立下了赫赫功勋。我们在墓地里看到了两大块一尺多厚的花岗石墓碑，墓碑大致呈方形，平躺在地上，下面埋的是当斯特布尔首任牧师夫妇的遗骨。

值得一提的是，世界各地的逝者，个个都是在石头底下安息——

　　　*掉在各自的石头下，散落一地。*①

如果格律允许的话，我们还可以在这行诗的前面加上"尸身"②一词。尸身上面的石头若是体量微小，倒还不至于使在它旁边冥思的过客精神压抑，尽管如此，这样的石头还是让我们感到了一丝异教气息，其他那些尸身上面的大型纪念物也是如此，从金字塔

---

① 引文原文为拉丁文，是维吉尔《牧歌集》第七首的第五十四行，梭罗在"星期日"里引用了同一行诗（参见前文注释），这次引用时把原文中的"*arbore*"（树）和"*poma*"（苹果）换成了"*lapide*"（石头）。

② "尸身"原文为拉丁文词语"*corpora*"，"*corpus*"（尸身）的复数形式。

开始算起。诸如此类的纪念物,至少也应该"指向星星"①,好让旁人知道灵魂去了哪里,不应该匍匐在地,跟被灵魂撇下的躯壳一样。世上有些民族,除了修墓不会干别的,陵墓也就成了他们留下的唯一遗迹。他们都是异教徒。但是,我们眼前的这些石头,为什么如此高耸,如此醒目,简直跟感叹号一模一样!死者生前,到底有什么了不起的功绩?纪念物为什么会比它意图维系的声名耐久那么多,原因难道是石头和骨头的区别?墓碑上总是刻着"在此安息","在此安息",为什么不能偶尔改成"在彼超升"?难道说,纪念物只是为了纪念躯壳?碑文里还有"享尽他的自然寿命",如果改成"享尽他的非自然寿命",岂不是更加真确?墓碑上的铭文,最罕见的特质便是实话实说。如果要评价死者的品行,铭文就应该像三位冥界法官②的判决一样公道无私,不应该是亲朋好友的片面之词。友朋和同辈只应该提供姓名和生卒日期,把铭文留给后人去写。

　　　　一位诚实君子在此安息,
　　　　海军少将凡。
　　　　————
　　　　若你信以为真,

---

①　引文出自英国大诗人弥尔顿(John Milton,1608—1674)的诗歌《论莎士比亚》("On Shakespeare")。

②　指古希腊神话中负责审判死者的三位冥界法官,米诺斯(Minos)、拉达曼迪斯(Rhadamanthus)和埃阿科斯(这个埃阿科斯就是前文曾提及的埃珍娜岛统治者,死后成为冥界法官)。

> 墓中便有两人，
>
> 因为雕工为他吹嘘，
>
> 与他一同安息。①

声名本身，也只是一种墓志铭，跟墓志铭一样迟来，一样有假有真。不过，只有那些真实不虚的墓志铭，才能得到"老凡夫"的拂拭。②

人们完全有理由祈祷，无论自己埋骨于大自然的哪个角落，总不至于使那个地方从此成为禁地，或者是遭受诅咒。大多数情况下，即便是那些最好的人，身死之后的魂灵也会使探访墓地的人胆战心惊，有鉴于此，小约翰之墓"历来以出产上等磨石闻名"③的事实，足可为罗宾汉的这位著名扈从增添许多光彩，不啻于对其人品行的一种肯定。老实说，对于古罗马地下墓地、拉雪兹神父公墓、奥布恩山④乃至当斯特布尔这片墓地里的此类藏品，我没有什么兴趣。无论如何，除去久远的年代之外，墓地再不会有什么能吸引我的东西。那里没有我的友人。也有可能，这是因为我不擅创作关于墓地的诗歌。榨取了农场地力的农夫，兴许该

---

① 这是梭罗戏撰的一则墓志铭。文中的两个"安息"原文皆为"lies"，兼有"撒谎"之意。

② "老凡夫"（Old Mortality）是苏格兰石匠罗伯特·帕特森（Robert Paterson，1715—1801）的绰号，此人常年巡游苏格兰各地，修整殉道圣徒的墓碑。

③ 引文出自《罗宾汉歌谣总集》卷首的"罗宾汉生平"。小约翰（Little John）是罗宾汉民间传说中的重要人物，罗宾汉帮派的二号头领。

④ 拉雪兹神父公墓（Père la Chaise）为巴黎著名墓地，奥布恩山（Mount Auburn）是美国的第一个郊区公墓，于1831年建成，位于康科德镇所在的米德尔塞克斯县。

把自己的尸身留给大自然，等着被犁进地里，好歹恢复点儿田土的肥力。我们只应该促进大自然的繁荣，不应该去拖她的后腿。

纳舒亚镇迅速消失在视野之外，林地再现眼前，太阳就快落山，我们慢慢地划向前方，想找个幽僻的地方过夜。几片晚云映入水中，水面平静无波，只有麝鼠搅起的零星涟漪。我们最终在佩尼楚克溪附近安营扎寨，营地位于现今的纳什维尔镇境内，在一道深壑的近旁、一片松林的边缘，凋落的松针为我们铺开地毯，淡褐的松枝在我们头顶伸展。不过，我们的烟火很快就让这里的景色褪去了野性，山岩答应做我们的屋墙，松树也同意做我们的房顶。林子边缘，本来就是最适合我们的地点。

对所有的人来说，荒野都是既亲近又珍贵。最古老的村落也受恩于环绕它们的野林边缘，从人类园圃得到的好处倒在其次。新兴的城镇好似狐狸挖洞积起的土堆，从森林中间拔地而起，而森林环抱城镇，偶或还伸进城镇的范围，这样的景象，说不出地令人振奋，说不出地美奂美轮。松树和枫树的挺拔昂扬，彰显着大自然源远流长的节操与活力。我们的生活，确实需要这样的背景作为调剂，确实需要松林繁茂，松鸦嘹唳。

为小船找好一处安全港湾之后，我们在日落时分把家具搬上河岸，很快就收拾好了我们的房舍，然后一边看水壶在帐篷门口腾腾冒汽，一边聊远方的友人，聊我们将要目睹的美景，揣测城镇在我们的什么方向。可可茶迅速开锅，晚餐摆上了我们的箱子，我们像老水手一样边吃边聊，拉长了这顿饭的时间。与此同时，我们把地图摊在地上，借《地名索引》查考第一批移民何时来此，何时拿到建镇的许可。等到晚饭吃完，航行日志也已写好，我们便用野牛皮裹住身子，枕着胳膊躺倒在地，时而侧耳倾听远远的犬吠，河水的低吟，或者尚未停息的风声：

> 西风呼啸来临，
> 携着太平洋的喧声隐隐，
> 我们的晚班邮船啊，雷厉风行，
> 响应它那位邮政部长的号令；
> 它载满来自加利福尼亚的消息，
> 诉说从清晨到此时的一切新事，
> 诉说从此地到阿萨巴斯卡湖①的世界，
> 如何在野蔷薇和野蕨旁边摇曳。

时而半梦半醒，在恍惚中看见一颗星星，微弱的星光穿透我们的棉布屋顶。午夜时分，兴许有个人曾被在他肩膀上高唱的蟋蟀吵醒，或是被在他眼皮上狩猎的蜘蛛惊起，然后又听着一条小溪从左近一道蓊郁多石的沟壑底部流过，借潺潺的溪声助眠，再一次酣然入梦。我们的脑袋在草丛里没得这么深，以至于可以听清，草丛是怎样一个百音齐作的繁忙实验室，着实是一件惬意的事情。千百个小小匠师，在实验室里敲打它们的铁砧，整夜不停。

深宵之中，我们正要在梅里迈克河岸沉沉睡去，突然却听见某个新手打起鼓来，声音持续不断。后来我们听说，此人是在为

---

① 阿萨巴斯卡湖（Athabasca Lake）是加拿大中西部的一个大湖。

一次乡村民兵会操作准备。听着鼓声,我们想起了一行诗句:

当鼓声惊动死寂的深夜。①

我们本可劝慰这位鼓手,叫他尽管放心,他的鼓点必定会得到响应,必定能把队伍召集起来。深夜的鼓手啊,不用怕,我们也会赶去助阵。但他依然挝鼓不息,在寂静中,在黑暗里。零落的鼓声,不时从邈远的星球传到我们耳边,遥不可及,甜柔悦耳,不同凡响,而我们凝神细听,耳朵不存任何偏见,仿佛是第一次听见声音。他击鼓的技艺当然是十分庸凡,他的乐声却给了我们一段舒心惬意的黄金时光,使我们油然觉得,自己已经全身心融入自然。这些简单的声响,把我们与群星连为一体。千真万确,这些声响包含着一种无比令人信服的逻辑,以至于全人类的觉知加在一起,照样不能使我质疑它们作出的结论。我惯常的思维戛然而止,就好像犁铧在犁沟里突然下挫,划开了世界的外壳。刚刚在人生的泥潭里踩到这样一扇深不见底的天窗,我如何还能继续思考。突然间,古老的时间冲我挤了挤眼睛——噢,你这个老顽童啊,原来你认得我——消息已经传来,一切安然无恙。那古老的宇宙如此康强,使得我确信无疑,它永远不会死亡。各位医家,去治你们自己吧;上帝作证,我活得好端端的。

---

① 引文出自苏格兰诗人托马斯·坎贝尔(Thomas Campbell,1777—1844)的诗歌《霍亨林登》("Hohenlinden")。这首诗叙写的是1800年法军与奥地利巴伐利亚联军在巴伐利亚城镇霍亨林登进行的一场大战。

> 闲荡的时间，顾自去寻消遣，
> 留下我与永恒，单独相伴；
> 我听见声域之外的声响，
> 我看见视域之外的景象——

我看到、嗅到、尝到、听到、觉到了那个与我们一体的永存之物，它是创造我们的匠师，是我们的居所，是我们的归宿，也是我们自身；是唯一的历史真相，是最为特出的事实，能够不请自来，赫然占据我们的思绪，是货真价实的宇宙之光；是凡人永不能拒绝面对、也不能以任何方法忘却或排除的唯一事实——

> 它向所有人散布我的隐私，
> 使我在人群之中茕茕独立。

看清世界的基础如何奠定之后，我心中再无一丝疑虑，坚信它能够屹立不倒，长存不衰。

> 此时此刻才是我诞生的时辰，
> 才是我一生之中的黄金时代。
> 我绝不怀疑那无法形容的爱，
> 它的到来，与我的善恶无关，
> 它追求我，无论我年轻年迈，
> 引领我，带我来到这个夜晚。

耳朵是什么？时间又是什么？为何致使这一串名为乐曲的

特异声响，这一支无影无形、从不曾穿行草地摇落露珠的仙灵队伍，乘风穿越无数世纪，从荷马时代来到我的身边，为何致使同一种缥缈神秘的魔力，当年叩动荷马的心弦，此刻又令我的耳鼓如此震颤？音乐在时代与时代之间传递古人的殷切期望，传递最美好最高尚的思想，甚至传递那些语言从未传递的奥义，是一种何等美妙的交流方式！音乐是语言的花朵，是五彩缤纷、曲折宛转、流行无碍、灵动多变的思想，它莹澈的泉流染着日光的颜色，潺湲的涟漪映着青草与白云。一段乐曲，会让我油然想起《吠陀》的一节经文，而我觉得它不仅呈现着无限遥远的距离，还呈现着美与宁谧，原因是只有那些感觉之中离我们最遥远的事物，才能触动我们心灵的最深处。它一再教导我们，要信赖最遥远最细微的感知，视之为最神圣的直觉，要珍视梦境，奉之为我们唯一的真实体验。听见音乐的时候，我们悲欣交集，也许是因为听见音乐的我们，与我们听见的音乐，还没有合二为一。

> 所以能听见一种深沉的悲愁，
> 在你胜利的旋律中滚滚奔流。[1]

这悲愁是我们的。印度诗人迦梨陀娑在《沙恭达罗》[2]当中写道：

---

[1] 引文出自英国女诗人菲利西亚·赫曼斯（参见前文注释）的诗歌《音乐之声》("The Voice of Music")。诗句中的"你"指代音乐。第二行引文中的"strains"（旋律），在原诗中是"stream"（水流）。

[2] 迦梨陀娑（Kālidāsa，梭罗写作 Calidas）为古印度诗人及剧作家，生平不详，一般认为他生活在公元五世纪。《沙恭达罗》(*Sacontala*) 是迦梨陀娑的代表剧作，引文出自威廉·琼斯的《沙恭达罗》英译本。

"目见美丽形体、耳闻美妙乐声之时,人们之所以悲从中来,或许是因为依稀记起了往昔的欢愉,瞥见了前世因缘的蛛丝马迹。"正如打磨可使大理石和木材纹理毕现,音乐也可使英雄特质显露无遗,不管它潜藏何处。英雄是音乐的唯一恩主。士兵总是乐于击鼓吹号,力图模拟英雄气概与宇宙之间的那种天然和谐。我们若是身心健康,一切声响听来都是催人奋进的鼓角;我们会听见弥满空气的乐声,或是在黎明醒来时听见它渐渐消逝的回响。所谓行军,便是英雄的脉搏与大自然的脉搏和谐共振,使得他踏着宇宙的节拍阔步前行,这样才有真正的勇气,才有所向披靡的伟力。

普鲁塔克有云:"柏拉图认为,众神向凡人颁赐音乐,颁赐旋律与和声之学,绝不只是为了提供娱乐,或者是取悦耳朵,而是因为灵魂的流转过程和精美构造,常常会因缺少韵律和曲调而生发不和谐的成分,这些成分在人的身体里四处游荡,引发诸多放肆言行,而音乐可以温柔地召回这些成分,巧妙地使之返本复初,重归于和谐一致。"[①]

音乐是业已颁布的宇宙法则之声,是唯一一种万古不移的声响。音乐当中有一些十分崇高的旋律,远高于任何凡人自信能够企及的境界。值得认识的事物,终归可以认识。以前我听过这些

风弦琴[②] 捎来的传言

[①] 引文出自普鲁塔克《道德小品》中的《论迷信或愚昧虔诚》("Of Superstition or Indiscreet Devotion")。
[②] 风弦琴(Aeolian harp)是一种靠风吹发声的弦乐器,英文名得自古希腊神话中的风神埃俄罗斯(Aeolus)。

那边有个不曾见的山谷,
这边的凡人从未踏足,
凡人艰辛劳作,你争我夺,
过着忧心忡忡的罪孽生活。

所有美德都生在那里,
然后才降临凡尘俗世,
所有壮举都回归那里,
燃烧在它宽广的胸次。

那里爱意煦暖,青春好似朝阳,
那里的诗歌,尚未形于咏唱,
因为美德依然在那里纵情嬉戏,
自由地呼吸家乡的空气。

无论何时,只要你凝神细听,
仍可听见,那里的晚祷钟声。
听见高贵的灵魂,来往的步伐,
听见他们的思想,与天空对话。

据扬布里科斯所说,"毕达哥拉斯从不借助乐器或人声来获取此类事物,而是运用一种无法言喻、高深莫测的神通,伸长自己的耳朵,凝聚自己的心智,全神聆听世界的庄严交响,那样的旋律,似乎只有他一个人能够听见,能够理解,那旋律来自天球和运行其间的星体，由弥满空间的和声与谐鸣交织而成，比凡间声响汇成的任何旋律都要饱满，都要激越。"①

一天清早，我从这里出发，往正东方向步行了大约二十里，从汉普斯蒂德的卡勒·哈里曼客栈走到了黑弗里尔。走到普莱斯托的铁路之时，②我听见远处的空中传来一阵有似风弦琴的隐隐乐声，当即揣测这是电报线在初醒晨风里振动的声音，赶紧把耳朵贴上一根电报杆子，确证了自己的猜想。这是电报琴在向乡野唱诵电文，发电报的不是凡人，而是天上众神。说不定，电报琴跟曼侬的雕像一样，也只会响应照到它的第一抹阳光，在清晨鸣弦奏乐。③它的琴弦在大地边缘的高空中振动，好似在大海边缘奏响的第一架竖琴，或者是第一支螺号。万物都是如此，既有崇高的功用，也有卑下的效能。就这样，我听见了一条美好的消息，有胜于各种报刊曾经登载的所有新闻。它讲述的事情值得聆听，不枉费传送它的电流，因为它无关于棉花和面粉的价格，提示的是世界本身的价格，是无价之物的价格，是绝对的真与美的价格。

今夜的鼓声咚咚不停，使得我们热血沸腾，烧到了前所未有的高温。许许多多的灵魂村落，传来了号角的声音和胸甲盾牌的铿锵，许许多多的骑士，正在厉兵秣马，准备去安营扎寨的群星背后作战。

---

① 引文出自扬布里科斯的《毕达哥拉斯生平》。

② 梭罗这里写的是他在1848年夏末的一次旅行。汉普斯蒂德（Hampstead）和普莱斯托（Plaistow）均为新罕布什尔南部城镇。

③ 曼侬雕像据说会在日出时发出乐声（参见前文注释）。

244

每一支先头部队的前方,

空中骑士平端戈矛,飞驰如电,

直至冲入最密集的敌阵;刀光剑影,

从天庭两端闪现,使苍穹腾起烈焰。①

***   ***

出发!出发!出发!出发!

你没有守好你的秘密,

我会企盼那个未来的日子,

企盼你说的那些他乡异地。

难道说时间没有余裕,

容你排演这些好戏?

难道说善行不比诗句,

更应该得到永续的租期?

听闻死去的英雄依然活着,

固然是十分令人欣喜,

更可喜的是继承英雄的衣钵,

让他们的生命,在我们身上延续。

我们的生命应该以不息的波澜,

哺育一道道美誉的源泉,

---

① 引文出自弥尔顿长诗《失乐园》(*Paradise Lost*)第二卷。

好比大洋哺育鸣泉万千,

又为它们提供,安息的墓园。

天空啊,请你轻轻下降,

化作罩护我胸口的湛蓝铠甲,

大地啊,请承载我入托的矛枪,

做我忠贞不渝的战马;

群星啊,请化作我天上的矛尖,

化作我箭矢的锋镝;

我看见溃败的敌军疯狂逃窜,

我闪亮的矛枪已准备就绪。

给我个天使作为对手,

现在就确定地点时间,

我会径直冲到星辰之钟①的上头,

好与他决一死战。

我们的盾牌铿锵相撞,

---

① "星辰之钟"的原文位于本节第四行的末尾,作"starry chime",不详所指,可能是比喻天穹,用"chime"(钟)一词是为了跟本节第二行末尾的"time"(时间)押韵。弥尔顿的宫廷剧《科摩司》(*Comus*)当中也有类似的语句:"她(美德)能教导你如何攀上/比天体之钟还高的地方。"(She can teach ye how to climb/Higher than the sphery chime.)

震得天体嗡嗡作响，
北极光将会高悬一旁，
照着我们比武较量。

倘若天国失去她的忠诚战将，
请告诉她不要绝望，
因为我会成为她的新来战将，
为她夺回失去的荣光。

今夜狂风大作，后来我们得知，它在别处刮得更猛，给远远近近的玉米田造成了不小的损失，可我们只是听见它时不时地唉声叹气，似乎是未得许可，不敢撼动我们帐篷的根基。松树沙沙作响，河水漾漾生波，帐篷微微摇晃，但我们只是把耳朵贴紧地面，一任狂风呼啸前行，去惊扰其他的人。日出之前许久，我们便做好了照常启航的准备。

星期二

> 长长的大麦田和黑麦田,
> 绵亘在河流两岸,
> 将高地覆满,与天空相连;
> 一条道路,在麦田里伸展,
> 通往高塔林立的卡美洛。
> ——丁尼生[①]

天亮之前许久,我们便拿上砍刀去找燃料,犹在梦乡的树林,顿时响起我们挥刀砍柴的声音。之后我们生起火来,烧掉了些许逗留夜色,我们的水壶则对着晨星,唱起了它的家常小曲。我们在河边大踏步走来走去,吵醒了所有的麝鼠,惊起了在栖木上睡觉的一只麻鹖,以及其他的一些鸟儿。我们把小船拖上岸来,反扣在地,一边给它洗垢冲泥,一边像在大白天一样高声交谈,干

[①] 引文出自丁尼生的诗歌《夏洛岛的夫人》("The Lady of Shalott")。这首诗讲的是一位贵妇被囚禁在夏洛岛上的高塔里,只能通过镜子观看外面的世界。亚瑟王(参见前文注释)的城堡卡美洛(Camelot)就在夏洛岛的附近,但她若是直视那座城堡,便会遭受诅咒。

到凌晨三点才一切就绪，做好了照常启航的准备。于是乎，我们抖掉脚上的污泥，扎进了茫茫雾气。

我们虽然照常身陷重重迷雾，心里却坚信不疑，迷雾之后，必定是一个阳光灿烂的日子。

> 荡起船桨吧！出发！出发！
> 清晨的每一滴露水，
> 都蕴含一日的期许。
>
> 河川来自初升的太阳，
> 与带露的清晨一同发源；
> 水手争分夺秒，不停划桨，
> 日中不休，日落不闲，
> 始终如黎明时分一般。

为本州撰著历史的贝尔讷普曾说，"淡水河湖附近，晨间水面若有白雾，当天必然天气晴好；如果没起雾的话，不等天黑就要下雨。"① 在我们看来笼盖世界的物事，其实只是一溜又窄又薄的水汽，它贴着梅里迈克的河道延伸，从海滨直抵山岭。不过，即便是那些更宽更厚的雾霭，也有它们自己的限度。我曾经登上马萨诸塞州马鞍山② 的山顶，在云层之上观看破晓的景象。既然此时浓

---

① 引文出自《新罕布什尔史》第三卷。
② 马鞍山（Saddle-back Mountain）为马萨诸塞州最高峰，因形如马鞍而得此名，今名格雷洛克山（Mount Greylock）。

雾沉沉,我们什么也看不见,不妨容我详细讲讲,那次旅行的故事。

晴朗的夏日里,我独自一人,徒步翻越一座又一座山丘,饿了就采摘路边的树莓,偶尔也从农家买条面包,手里拿着一根拐杖,肩上背着一个背包,包里装着几本旅行指南,外加一身换洗衣服。当天早上,我站在公路穿越胡萨克山的地方,俯瞰脚下的北亚当斯村[①],村子坐落在三里之外的山谷里,山谷的地形充分展示了大地可以有多么地崎岖不平,还让人觉得大地根本不会有平坦易行的时候,有也是意外造成的结果。同一天下午,就是在这个村子里,我把少许大米、少许蔗糖和一只马口铁杯子装进背包,开始攀登马鞍山。这座山顶峰海拔三千六百尺,登顶的山路则有七八里长。我选择沿着一道又长又宽的山谷往上爬,这道山谷名为"风箱",因为暴风雨来临之时,猛烈的狂风会沿着山谷向上冲刺,直抵此山主脉和一座低山之间的云层。谷中高高低低散落着几座农庄,每座农庄都可以提供北望群山的美景,一条小溪沿着山谷中央往下流,源头附近有座磨坊。整个山谷就像是一条道路,专供那些立志爬上天国之门的朝圣者使用。我时而穿过一片牧草田地,时而从一座小桥渡过小溪,一路渐行渐高,心里怀着一种敬畏,同时又充满漫无边际的憧憬,想的是此行最终会遇见什么样的居民,什么样的自然。眼下看来,大地崎岖也是件不无好处

[①] 北亚当斯(North Adams)为马萨诸塞州城镇,当时是亚当斯镇(Adams)的一部分。亚当斯镇因美国开国元勋、《独立宣言》签署者之一塞缪尔·亚当斯(Samuel Adams,1722—1803)而得名,在马鞍山附近。

的事情，因为说到建造农舍，你怎么也想不出一个比这个山谷更好的位置，不管离谷顶是远是近，你都可以拥有深峡一般的幽静环境，可以从山壁夹峙的高绝之地俯瞰下方的山野。

眼前的山谷，让我想起了新泽西海滨斯塔腾岛的胡格诺派[①]聚居地。斯塔腾岛腹地的山丘虽然相对低矮，但也有一些规模较小的类似斜谷，划破了山丘的各个侧面，这些山谷向着山丘中央延伸，越来越窄，越来越高。作为岛上的第一批移民，胡格诺教徒把自家的房屋建在山谷的顶端，建在远离大海的隐蔽乡野，建在微风轻拂白杨桉树的林荫幽境，然后从这些风雨不动的安全处所，放眼眺望越来越开阔的景色，他们的目光越过绵延数里的森林和盐水沼泽，看到海边那棵名为"胡格诺之树"的古老榆树，树下便是他们当初登陆的地点，再越过宽广的外纽约湾，看到沙钩海滩和不沉高地[②]，再越过无数里格的大西洋海面，看到地平线上偶或出现的一点隐约帆影，那艘船已经行驶了将近一天，正在前往欧洲大陆，前往他们的故土。我曾经行走在斯塔腾岛腹地，感觉就跟置身于新罕布什尔山区一样，四周都是乡野风光，没什么东西能让我想到海洋，突然之间，透过一个豁口，一道裂隙，或者

---

① 胡格诺派（Huguenots）是法国的一个新教派别。由于法国以天主教为主，胡格诺教徒在历史上多次遭受迫害，最后一次是在十七世纪末，致使胡格诺教徒大批外迁。梭罗的祖上也是胡格诺教徒。

② 外纽约湾（outer bay of New York）应即如今所说的下纽约湾（Lower New York Bay），在斯塔腾岛东侧；沙钩海滩（Sandy Hook）和不沉高地（Highlands of Neversink）均为新泽西州地名，两地均在斯塔腾岛附近，不沉高地又名内夫辛克高地（Highlands of Navesink）。

按荷兰移民的说法，透过一条"岩缝之路"①，我瞥见了一艘张满风帆的船，那艘船行驶在二三十里之外的海面，从一片玉米田的上方闯进我的眼帘。由于我没有办法确定距离，当时的感觉就像是看到了一艘画在幻灯片上的船，正在借着幻灯机的投射来回移动。

好了，我还是接着讲马鞍山吧。看情形，把居所选在这个山谷顶端的人，品行定然极其特出，思想定然极其脱俗。一路之上，轰隆隆的雷声一直追着我的脚后跟，好在雷雨去了别的方向，并没有一起跟来，不过我半真半假地相信，就算它跟了来，我也能跑在它的前头。良久之后，我走到了此行遇见的倒数第二座房子，登顶的山径在这里折向右方，顶峰则在山谷正前方巍然耸起。但我不想右转，决定顺着山谷爬到顶，然后再自己找路攀上峭壁，因为这条路线更短，更有冒险的刺激。这房子打理得很好，位置也是绝佳，我一度打算第二天返回这里，兴许还可以住上一个星期，如果人家肯接待的话。这家的女主人是个率真热情的少妇，穿着睡袍站在我的面前，一边跟我说话，一边忙忙叨叨却漫不经心地梳理她的长长黑发，梳子动一动，便带得她的脑袋扬一扬。她长着一双炯炯有神的眼睛，对于我所从来的山下世界充满了兴趣，说话的口气自始至终十分熟络，仿佛与我相识多年，让我想起了我的一位表亲。一开始，她把我当成了威廉斯顿②的学生，原

---

① "岩缝之路"原文为"clove road"。斯塔腾岛的早期移民也包括荷兰人，据《牛津英语词典》所说，英文词语"clove"的"岩缝/峡谷"义项得自荷兰语。斯塔腾岛上至今有一条由荷兰移民始建的"岩缝路"（Clove Road）。

② 威廉斯顿（Williamstown）为马萨诸塞州城镇，也在马鞍山附近。

252

因是据她所说，那个镇子的学生喜欢成群结队上山游玩，几乎不放过任何一个天气晴好的日子，他们或是骑马，或是走路，玩起来很是疯狂，但却从来没走过我打算走的那条路。我从途中的最后一座房子经过的时候，一个男的大声招呼我，问我有什么东西卖，因为他看见了我的背包，以为我是个不走寻常路的小贩，打算翻过山谷的侧壁前往南亚当斯①。他告诉我，如果走我已经放弃的那条路，还得走四五里才能登顶，如果从我现在的位置沿直线往上爬，路程就超不过两里，只不过从来没有人这么走过。他还说，直行根本没路，去了我就知道，前面的山势跟屋顶一样陡。可我自个儿知道，我比他更习惯行走山林，于是便穿过他的牛栏继续前行，任凭他眼望太阳，在我身后大声嚷嚷，说我不可能在当夜爬到峰顶。没过多久，我爬到了山谷顶端，从这个位置看不见峰顶，所以我爬上对面的一座小山，用指南针测出了峰顶的方位。这之后，我一头扎进林子，开始沿对角线方向攀爬陡峭的山壁，每爬十几杆就找一棵树测测方位。攀爬的过程绝没有任何艰辛不适，耗费的时间也比沿着路走少得多。我已经发现，就连乡下人也喜欢夸大穿行林地，尤其是山区林地的难度。在这个问题上，他们似乎欠缺他们平常不缺的常识。我在既无向导又无道路的情况下爬过几座比马鞍山还高的山峰，从中得到了一种可想而知的体会，也就是说，相较于走最平坦的大路，爬这样的山通常只需要多花一点儿时间和耐性，并不需要什么别的。在这个世界上，你很难碰到能把人彻底难住的障碍，哪怕你是个再卑微不过

---

① "南亚当斯"（South Adams）为历史地名，指亚当斯镇靠南的部分。

的人。我们确实有可能遭遇直上直下的悬崖绝壁,可我们用不着往下跳,也用不着拿脑袋去撞。人要是疯了的话,遇上自家地窖的楼梯也会一跃而下,遇上自家的烟囱也会去撞个脑袋开花。从我的经历来看,旅人通常会把旅途的艰难往大里说。跟大多数邪恶一样,这样的艰难也出自人们的想象,原因在于,人们何必着急忙慌?走丢了的人不妨认定,归根结底,自己并没有丢,并没有失魂落魄,而是穿着自己的旧鞋[1],站在自己目前所处的位置,暂时在这里生活,丢了的其实是它们,是那些熟悉自己的地方;如果走丢了的人能够这么想,不知道会消除多少的焦虑和危险。我有自我相伴,便不是形只影单。谁知道我们所在的这个星球,运行在太空的哪个角落?尽管如此,我们也不要因为走丢而自暴自弃,地球爱去哪儿,就让它去哪儿吧。

我穿过茂密的山月桂[2]灌木丛,沿直线稳步上攀,周围的树木渐渐有了一种张牙舞爪的狰狞面目,似乎是正在跟霜冻的精怪[3]搏斗。到最后,太阳刚刚开始落山,我便登上了峰顶。峰顶有几亩清理过的土地,覆满了岩石和树桩,空地中央是一座简陋的瞭望台,从那里可以俯瞰树林。日没之前,我尽可以饱览山野胜概,可是我实在太渴,不能为观景浪费任何光线,所以我马不

---

[1] "旧鞋"的原文是"old shoes"。鉴于英文的"shoes(鞋子)兼有"处境、位置"的喻义,此处的"旧鞋"可以双关"本色"。

[2] 山月桂(mountain laurel)为杜鹃花科山月桂属常绿灌木,学名 *Kalmia latifolia*,原产美国东部。

[3] "霜冻的精怪"原文为"frost goblins",有一些版本作"forest goblins"(林地的精怪),也可以讲得通。

停蹄，径直踏上找水的路途。首先，我沿着一条人们惯走的小路穿过低矮的树丛，走到半里之外马匹载人上山的下客地点，然后伸直身体趴到地面，凑近一个又一个的马蹄印，挨个喝光了里面的水，蹄印里的水清冷如泉，只可惜不足以装满我的长柄锅，尽管我用草茎做了一些小小的虹吸管，还挖了一些别出心裁的微型水渠，取水的过程依然是太过缓慢。接下来，我想起上山时看见的一块湿土，就在峰顶附近，赶紧回过头去找出那个地方，然后借着昏冥的暮光，靠尖石和双手掘了一口两尺来深的井，井里迅速注满了清冷的水，鸟儿也飞来啜饮。这么着，我给长柄锅装满了水，随即回到瞭望台，捡来一些干树枝，在别人用扁平石块搭的一个灶台上升起火来，很快就煮好了我的米饭晚餐，饭熟之前，我已经削好了一只吃饭用的木匙。

晚间我席地而坐，借着火光读几张报纸残页。残页是先前的游客用来包过午饭的东西，上面有纽约和波士顿的时下行情，有广告，还有一些标新立异的社论，有些人居然认为这样的社论适于刊发，肯定是没有想到，它们会在评判何等严苛的环境下被人阅读。我在这里读这些东西，可以说占有极大的地利，照我的感觉，这些广告，或者说一张报纸的商业版面，比其他的版面高明得多，是整张报纸当中最有用、最自然、最可敬的内容。见诸报端的各种观点和意见，绝大部分都十分有欠考虑，十分虚弱肤浅，以致我禁不住觉得，承载它们的那一部分纸张，一定比别的部分更为脆薄，更容易撕成碎片。相对而言，广告和时下行情还比较贴近大自然，在一定程度上跟潮汐表和气象表一样可敬；与此同时，在我记忆中最受山下世界珍视的所谓"阅读材料"，除了平实的科学报告和节选的古代经典以外，全部都让我觉得荒诞怪异，粗制滥造，狭隘偏执，就像是学童的命题作文，少年人写完就烧的东西。这些文章的观点，无不属于那种注定会在第二天面目全非的类型，跟去年的时尚相似，给人的感觉是人类确实十分稚嫩，等他们在几年之后走出这段青涩时期，就会为自己如今的作为羞惭无地。除此而外，这些作者还格外热衷于追求机锋俏皮，但却很少取得哪怕是一丝一毫的真正成功；他们收获的表面成功，其实是对这种尝试的辛辣讽刺；看情形，听到人们最精彩的笑话，笑得最响的只是人们身上的恶灵。如我先前所说，广告只要是一本正经，没沾染现代的江湖骗术，便可以引发惬意的诗思，原因是实在说来，商业也跟大自然一样有趣。各种商品的名称，本身便带有一种诗意，而且非常地引人遐想，仿佛已经被嵌入一首令人愉悦的诗歌——木材、棉花、蔗糖、兽皮、海鸟粪、墨水树[①]。要是能在这里读到一点清醒、独特、新颖的思想，必定是一件称心快意的事情，这样的思想必定与周遭的环境无比和谐，一如在山顶写成，因为它属于永无变改的时尚，跟兽皮、墨水树或其他自然产物一样可敬。载有成熟生命所结硕果的报纸残页，不知道会是怎样一位宝贵无价的同伴。多么奇妙的纪念物！多么奇妙的秘方！它似乎是一项神圣的发明，有了它的帮助，不光是闪闪发亮的金属货币，还有行用天下的闪亮思想，都可以带上山来，存

[①] 海鸟粪为高效肥料，十九世纪时是一种重要商品；墨水树（Logwood）为豆科墨水树属乔木，学名 *Haematoxylum campechianum*，历来是紫色及黑色染料的来源。

留此地。

天很冷,于是我搜罗了好一堆柴禾,然后走到瞭望台的墙根,在一块木板上躺了下来。我没有毯子可以蔽体,只好把脑袋冲着火堆,以便随时照看,虽说这并不符合印第安人的规矩①。但在午夜将临之时,天气变得愈发寒冷,最后我只好用木板把自己包得严严实实,甚至把一块木板盖在身体上面,再用一块大石头压住,以防木板滑落,这样才舒舒服服地睡了个好觉。当时我确实想起了那些爱尔兰孩子,他们在冬夜里拿门板当被子盖,而且问家里的大人,那些没有门板遮身的邻居该怎么办,但如今我已然确信不疑,他们的这个问题,问得并不是特别奇怪。从来没试过这么干的人,绝对不可能知道,压住一张单薄毯子的门板,可以在多大程度上增强一个人的舒适感。我们的体格,跟小鸡非常相像,如果你把小鸡从母鸡身边拿开,即使把它们放到壁炉旁边的一篮子棉花里,它们通常还是会叽叽叽地尖叫,一直叫到死,可你要是往篮子里搁一本书,或者是其他任何重物,让重物压住棉花,使小鸡感受到母鸡的存在,它们就会立刻入睡。此时我没有别的同伴,只有一些老鼠跑到我的身边,捡拾沾在报纸残页上的面包渣;到了这个地方,它们跟在其他地方一样,仍然要吃人类的白

---

① 印第安人习惯脚冲火堆睡觉。爱尔兰地理作家及探险家艾萨克·维尔德(Isaac Weld,1774—1856)曾在《美加行记》(*Travels Through the States of North America and the Provinces of Upper and Lower Canada During the Years 1795, 1796 and 1797*)第二卷当中写道:"天冷的时候,印第安人总是脚冲火堆睡在地上,各处的印第安营地都是如此。"

食,并且颇为明智地改良了自己栖身的这片高地①。它们啃适合它们的东西,我啃适合我的东西。夜里我有一两次抬眼仰望,看见一片白云飘进瞭望台的窗口,填满了瞭望台的上层。

这个瞭望台相当大,是威廉斯顿学院②的学生盖起来的,白天从这里往下看,可以看到学院的建筑在远处的山谷里闪闪发光。要是每一所学院都像这样建在山脚,肯定能带来不小的好处,至少也相当于多请了一位真材实料的教授。在大山的影子里接受教育,跟接受更为古典的熏陶异曲同工。毫无疑问,有一些学生将会记得,自己不但上过学,而且上过山。这么说吧,每一次登上山顶,都相当于对在山下学到的专门知识来了一次归纳总结,接受了一些更具普遍意义的测验。

我一早起身,高踞在这座瞭望塔的塔顶,等着看破晓的景色,先看了一阵刻在塔顶的各色名字,因为我暂时看不清更远的景物。一只"桀骜不驯的苍蝇"③,在我身旁嗡嗡不停,一副泰然自若的

---

① "这片高地"的原文是"this elevated tract",由于"tract"兼有"短文/小册子"之意,这个词组也可译为"摆在高处的这篇短文",所谓"改良",应该是指老鼠啃去了食物残渣,使报纸上的文字更易辨识。

② 即1793年建校的威廉斯顿学院(Williams College),该学院位于威廉斯顿。

③ "桀骜不驯的苍蝇"原文为"untamable fly",可能与《伊利亚特》第十七卷的几句诗有关。据该卷所载,特洛伊战争当中,雅典娜想要鼓舞墨涅拉俄斯(Menelaus,海伦的丈夫)的斗志,便往他心里注入了"蜉蝣的勇猛,它虽遭人奋力驱赶,却仍然疯狂叮咬,因为人血是它心目中的天界佳酿"(引文系由美国诗人罗伯特·菲茨杰拉德的《伊利亚特》英译本译出)。依英译本不同,这里的"蜉蝣"亦作"蚊子"(mosquito)或"苍蝇"(fly)。梭罗的《瓦尔登湖》有云,"蚊子本身则好比飞舞空中的《伊利亚特》和《奥德赛》,吟唱的是它自己的愤怒与漂泊",也与这几句诗有关。

架势，一如盘旋在长码头①尽头一只糖浆大桶的上方。即便到了这里，我还是躲不过它一成不变的陈腔滥调。好了，我马上就要讲到这段漫长插叙的重点——天色渐明之时，我发现周遭是一片云雾的海洋，海水刚好涨得跟塔的底座一样高，将大地的痕迹全部遮没，剩下我漂浮在云间幻境，托身于我的雕花木板，托身于残破世界的这块碎片。这样的情境不需要想象的润色，本来就令人一见难忘。东方的天光越来越亮，将我在昨夜升入的这个崭新世界，这片兴许属于我未来人生的崭新大陆，更清晰地呈现在我的眼前。新世界浑然一体，没有一丝裂隙，使人无从窥见那些微不足道的所在，那些我们称之为马萨诸塞、佛蒙特或纽约的地方，而我依然呼吸着七月清晨的清冽空气，如果新世界的时令也是七月的话。在我的下方，目力能及之处，四方八面都是绵延上百里的云雾原野，原野起伏不平，各处的隆起高度与它遮蔽的土石世界相对应。这是一片梦中才能看见的原野，具备伊甸乐园的一切佳胜，有白雪皑皑的广袤草场，看起来莹洁光润，坚实致密，有云山之间的幽暗谷地，远远的地平线上还有一片突入草原的雾气茂林，你可以跟随夹岸的雾气树木，用目光追溯一条蜿蜒的水道，一条超乎想象的亚马孙河或奥里诺科河。此景没有对应的象征符号，因此便没有杂质，没有瑕疵或污渍。得见如此奇景，实是三生有幸，付出永远沉默的代价也值得。此时此刻，下方的大地早已变成浮光掠影，一如尚未汇聚的云雾。对我来说，大地不止是

---

① 长码头（Long Wharf）是波士顿的一个古老码头。

蒙上了一层面纱,更已经像"影子的幽灵"[①]一样消逝无踪,让位于这个新的平台。既然我已经把风暴和云层踩在脚下,说不定再赶几天路程,我就可以走出渐渐收窄的地球阴影,抵达永恒白昼的境域。千真万确,

> 天穹本身,亦将瓦解崩坍,
> 滚滚而逝,好似沿着油污光线,
> 滑落的销熔星辰。[②]

不过,这个纯净世界终于迎来了它自己的初升太阳,而我蓦然发现,自己置身于奥罗拉的炫目厅堂,往昔的诗人仅仅是越过东边的山丘,隐约瞥见过这个厅堂的辉煌。我漂浮在金黄的云彩之间,在太阳马车的车道上撩弄曙光的玫瑰色手指,全身洒满太阳马车的带露尘埃,沐浴着太阳神的慈爱笑容,与他无远弗届的目光近在咫尺。大地上的居民,通常只能看见天庭地板那晦暗朦胧的底面,只有在清晨或者黄昏,才能从某个相宜的角度远眺地平线,依稀窥见它的侧面,窥见几缕富丽堂皇的云彩镶边。人们只能隐约看见天庭的这块华丽挂毯,看见它远远映现在东天的厅堂,此

[①] "影子的幽灵"出自古希腊诗人品达的《得尔斐竞赛颂歌》(Pythian Odes)第八首,品达全句作"凡人不过是影子的幽灵"。梭罗在文中给出了这个词组的希腊文原文 σκιᾶς ὄναρ。

[②] 引文出自英格兰诗人吉艾尔兹·弗莱彻(Giles Fletcher, 1586?—1623)的寓言长诗《基督在天堂大地、殉道前后的胜利》(*Christ's Victory and Triumph in Heaven and Earth, over and after Death*)。原诗这几句描绘的是上帝惩罚罪人的景象。

时它将我团团包围,只可惜我的缪斯无能为力,没法传达它带给我的感觉。在这里,一如在山下的平地,我看见那位仁慈的神明

> 用赫奕的目光照亮山顶,
> …… ……
> 以神力为无色溪涧点金。①

只不过,这里的"天上太阳"从不曾沾染污垢。②可是,唉,依我看,由于我自身的某种卑劣品质,我自己的太阳确实受了污垢的沾染,

> 很快就任由最污秽的乌云,
> 一团团蒙上他神圣的面庞,③

因为在这位神明抵达天顶之前,天庭的地板抢先升了起来,包围了我犹疑动摇的德行,确切说则是我自甘堕落,再次沉入了那个"凄凉的世界",天上的太阳,已对它藏起自己的面影④——

---

① 引文是莎士比亚十四行诗第三十三首的第二句和第四句。

② 这里的"天上太阳"(Heaven's sun)也出自莎士比亚十四行诗第三十三首,该诗最后两句为:"但我的爱,绝不会因此将他厌弃;/既然天上太阳可有污垢,下界太阳亦可如此。"这里的"他"指爱人,亦即"下界太阳"。

③ 引文是莎士比亚十四行诗第三十三首的第五句和第六句。这里的"他"指"天上太阳"。

④ "凄凉的世界"出自莎士比亚十四行诗第三十三首的第七句,原句作:"他(天上太阳)对凄凉的世界藏起自己的面影。"

> 一只沿着尘土爬行的虫豸，
> 如何能攀上如此高峻的蓝山，
> 从那里领受你美好公允的教义，
> 那隐匿于一座座阳光庭院，
> 光辉足可令天使目眩的真言？
> 软弱的凡人，如何能拥有万一的企盼，
> 理顺他粗糙的口舌，矫正他匍匐的身段？
> 啊，请你从尸身里解放，你这名业已入土的流犯！[①]

前一天傍晚，我初次看见了一座座更加巍峨的山峰，那是凯茨克尔山[②]的峰头，我没准儿可以从那里再次攀上天国。我还用指南针测出了西南方一个美丽湖泊的方位，发现它正好在我前行的路线之上。此时此刻，我正在向那个湖泊行进，沿我自己的路线下山，走的是山的背面。不久之后，我便走进了云漫漫雨蒙蒙的地域，当地的居民信誓旦旦地告诉我，当天一直都是阴云密布，小雨淅沥。

好了，眼下我们必须加快步伐，要赶在雾散之前，回到无忧无虑的梅里迈克河。

> 自从第一声"出发！"的吆喝，

[①] 引文出自吉艾尔兹·弗莱彻的《基督在天堂大地、殉道前后的胜利》。
[②] 凯茨克尔山（the Catskills）是纽约州东南部的一座山，顶峰海拔比马鞍山高大约两百米。

> 我们已划过无数漫长的河段,
> 枝头的那只麻雀,
> 却依然在用她质朴的分节颂歌,
> 忙不迭迎迓新的一天。

日出之前,我们经过一艘摸索着驶向海边的驳船,虽然无法穿过雾气看见它,却听见了几声轰轰轰好似打鼾的沉闷响动,由此感受到了它沉甸甸的分量,还有它不可阻挡的动势。商业大潮中的一股涓滴细流,已然在新罕布什尔这条偏远河流的水面苏醒。雾气一方面加大了转舵操船的难度,一方面也提高了我们清早航行的兴致,使这条河显得无限宽阔。隐约透出物象的薄雾,可以制造一种特异的蜃景,连寻常的小河也会因此放大,显出浩瀚海洋或内陆大湖的气势。就眼前的例子而言,雾气甚至芬芳扑鼻,清爽醒神,使得我们心旷神怡,仿佛沐到了提前出现的阳光,或者是露水未干的初生光线。

> 泊在低处的云团,
> 来自新大陆的空气,
> 泉水的源头,河流的肇端,
> 露织的布帛,梦织的帷幔,
> 仙灵抖开的餐巾;
> 空中飘荡的草原,
> 盛开着丛丛雏菊和紫罗兰,
> 麻鸭高唱,苍鹭跋涉,

在它迷宫般的沼地里面；

江河湖海的精魂，

只将药草的芬芳与清甜，

送进义人的田园。

之前我们征引过一位文笔可喜、观察敏锐的史家，他曾经如是写道："在乡区的山地，水汽升腾凝成云雾，是一种奇特有趣的现象。上升的水汽呈现为一根根细细的汽柱，好似从无数烟囱冒出的袅袅青烟。升到一定高度之后，汽柱扩展开来，聚成团块，然后被吸到山间，或是凝成温润露水，灌注泉流溪涧，或是化为阵阵骤雨，伴以电闪雷鸣。在夏季，这样的过程一天之内就会重复无数次，两次之间只有很短的间歇，使旅行者真切地领会《旧约·约伯记》的那句话，'他们被山间阵雨淋得精湿。'"①

云雾掩去俯临谷地的群山，使山谷暂时拥有平原的广阔。每当风狂雨骤，云气在观者和左近山丘之间飘来飘去，即便是平平无奇的乡野，也可以显出几分壮美。你若是取道本州的汉普斯蒂德前往黑弗里尔，登上梅里迈克河流域与皮斯盖特夸河流域②或大海之间的分水岭，从那里向东下坡，放眼眺望海岸的方向，便会发现你虽然看不见海，视野却无比开阔，无比出乎意料，以致你一时之间难免判断失误，把清澈透明的空气认成低地上空的云雾，以为它遮没了与你所在位置一样高的山丘，但这纯粹是偏见的迷

---

① 引文出自贝尔讷普的《新罕布什尔史》。

② 皮斯盖特夸河（Piscataqua）是新罕布什尔与缅因州交界处的一条河。

雾，靠风可驱散不了。一旦变得清晰分明，换句话说就是有了明确的边界，最恢弘的景色也不再显得壮观，想象力也不再有夸大它的兴头。山峰也好，瀑布也好，实际的高度和宽度总是小得可笑，我们对它们感到心满意足，完全是因为那些想象出来的高度和宽度。大自然并非按我们喜欢的样式打造，可我们总是一厢情愿地夸大她的种种奇观，就像夸说家乡的景致。

这条河沿岸露气极重，白天我们通常得把帐篷摊在船头，晒干了再收起来，这样才不会发霉。我们经过了佩尼楚克溪口，却没有看见这条盛产鲑鱼的狂野溪涧，原因是雾太大。良久之后，阳光终于奋力穿透雾气，为我们照出了河边那一棵棵露水滴答的松树，以及从潮湿堤岸淌下来的一道道涓流——

> 未遭剪伐的山岭，哺育的高挑子嗣，
> 沐着熙熙暖日，随着和风习习，
> 把年幼的清晨，抱在怀里轻晃，
> 倘若格外骄傲的乔松，偶然滑跌，
> 低矮的丛丛榛树，便可借取阳光，
> 将自己的叶子，镀成金色。[①]

我们在光闪闪的两岸之间划了几个钟头，太阳才晒干青草和树叶，白昼的品性也才算定了型。有了晨间浓雾的对照，它最终

[①] 引文出自吉艾尔兹·弗莱彻的《基督在天堂大地、殉道前后的胜利》。"高挑子嗣"指大树。

确立的晴好品性显得格外鲜明,格外不可移易。河水流得更加轻快,景色也比先前更加怡人。河岸大部分是陡峻的黏土高坡,滴滴答答地淌着水,比河面高几尺的地方有一道汨汨涌流的泉水,泉边安了个斧子斫成的石制水槽,水槽是船夫们做的,为的是方便他们汲满水罐。从松根石脚涌出的这种更清更凉的水,有时会汇成一个与河面平齐的河边水潭,成为梅里迈克河的又一个水源。由此可见,生命之河的左近,总会有纯真与朝气的泉水在滋润沙质的河岸,使之变得丰沃多产,航行者理应时常造访这些未曾污染的水源,加满自己的水罐。说不定,某一泓青春之泉,依然在携着叮咚的乐声,灌注最古老的河川,哪怕是在河川即将归海的时候,而我们尽可设想,各位河神一定能从浩荡河声中分辨出泉水的音乐,河川离海越近,泉声对他们来说就越是悦耳。说不定,正如河水的蒸汽滋养这些渗透河岸的暗涌泉流,我们的高远抱负也会化作道道泉水,流回生命之河的岸边,使河水变得新鲜纯净。黄浊温吞的河水兴许可以浮载船夫的小舟,用倒影和涟漪愉悦他的眼目,可他若要饮水解渴,只会来汲取这细细的泉流。维系他生命的要素,主要是这种更清更凉的水。审慎如斯的种族,定将长存不灭。

今天上午,我们一直航行在两个镇子之间,西边是梅里迈克的地界,东边则是利奇菲尔德[①]的辖区,该镇原名"布伦顿农庄",古时则被印第安人称为"纳狄库克"。布伦顿是一个跟印第安人做

[①] 利奇菲尔德(Litchfield)为新罕布什尔城镇,1749年之前名为"布伦顿农庄"(Brenton's Farm)。

皮草生意的商人，于一六五六年获得这片土地的所有权。现今的利奇菲尔德大概有五百个居民，可我们一个也没看见，连他们的住宅也只看见寥寥几座。同处这片乡野，河上旅人看见的景象要比左近道路上的行客蛮荒得多，原因是河岸始终高耸，几乎把稀稀落落的房屋悉数掩蔽。迄今为止，河道是最有魅力的一条大路，那些来往河上二十或二十五年的船夫，一定拥有一番更为野性、更可铭记的体验，比那些车把式的同期经历美好得多，后者赶着牲口拉的大车，行进在与河平行的道路，一路都是飞扬的尘土，还有刺耳的车声。在梅里迈克河中溯流而上，你很少会看见村庄，大部分时间只会看见交替出现的树林和草地，有时也会看见一片种着玉米、土豆、黑麦、燕麦或英国牧草的田地，外加几棵枝枝杈杈的苹果树，偶尔才会看见一座农舍。除去低洼地带的上等土壤之外，河岸土壤大抵疏松多沙，完全符合爱国者的需要。[①] 上午的航程中，乡野时或呈露浑朴未凿的面貌，让人觉得印第安人依然栖居此地，时或又点缀着伸到水边的一道道低矮栅栏，让人觉得此地已经易主，迎来了许多自由的新移民；我们的耳边有犬吠的声音乃至儿童的咿呀，眼前有某户人家的袅袅炊烟，两岸的土地也已经被人分割，变成了一块块的牧场和草场，耕地和林地。不过，每当河面展宽，河中出现荒无人烟的小岛，或是河边出现

[①] 梭罗这么说，也许是因为在美国独立战争期间，1781年围攻英军据点约克镇的决定性战役（Siege of Yorktown）当中，美军借土壤疏松之利迅速挖出战壕，占据有利地形部署大炮，最终迫使城内英军投降。关于这场战役，参战的美军军官艾伯尼泽·邓尼（Ebenezer Denny，1761—1822）写有脍炙人口的日记，在日记中这样形容美军挖壕沟的行动："非常好挖；土地疏松多沙。"

又长又低的沙岸，独自向前方蜿蜒，不再与对岸呼应，而是与对岸保持着远远的距离，似乎变成了海滩，或者是单独存在的堤岸，陆地似乎不再将河流抱在怀里哺育，而是与河流平等对话，借沙沙的树叶与潺潺的涟漪交流，视野中几乎没有栅栏，只有矗立一侧的高大橡木林，还有大群大群的牛羊，所有的小径，似乎都指向一片更为高大的树丛，指向树丛背后的一个中心——每当目睹这样的景象，我们便禁不住遐想，这条河其实穿行在一座广袤的庄园，河畔的零星居民都是某个领主的家仆，此地的事态，还处于封建时代。

小船划到合适的河段，我们便可以瞥见耸立西边的戈夫斯顿山，印第安人称之为昂卡纳努克山[①]。这是个宁谧美好的日子，只有一丝丝轻柔的风，吹皱河中的水面，摇响岸边的树林，气温也煦暖适中，刚好可以证明大自然母亲对孩子们的慈爱。我们兴高采烈，精神百倍，划着小船疾速前行，一口气划了半上午。鱼鹰在我们头顶滑翔，边飞边叫。又名"奇平松鼠"的花栗鼠（*Sciurus striatus/Tamias Lysteri*, Aud.）[②]，坐在一段探到水上的之字栅栏末端，一只前爪权充车床，攥着一枚青绿坚果转来转去，另一只前爪则摁住坚果，让果子贴紧它凿子般的门牙。它就像一片

[①] 昂卡纳努克山（Uncannunuc）位于新罕布什尔的戈夫斯顿镇（Goffstown）。梭罗在前文中也提到过这座山，说它是"这一带最显眼的山脉"。

[②] 花栗鼠（striped squirrel）可以指多种背部有条纹的小型啮齿类动物，尤指松鼠科花栗鼠属（*Tamias*）动物。根据梭罗列出的学名，这里说的花栗鼠是原产北美大陆东部的东部花栗鼠（eastern chipmunk），拉丁现名 *Tamias striatus*。"奇平松鼠"原文为"chipping squirrel"，是花栗鼠的别名，可能源自它的叫声。

独立自主的棕黄树叶，不需要风的帮助，能往哪儿蹿就往哪儿蹿，一会儿在栅栏底下，一会儿在栅栏顶上，一会儿藏在缝隙里窥视航行者，只有尾巴露在外面，一会儿全神贯注吃它的美味果仁午餐，一会儿又把坚果含在嘴里，两颊咧到可笑的宽度，跑到一杆之外的地方去捉迷藏，那里还放着六七枚坚果。看它的模样，似乎是正在努力研究，该打开哪一道嬉闹或杂耍的安全阀，以便释放自己过剩的活力；即便它坐着不动，活力之流也在以无伤大雅的方式从它身上流走，化作持续不断的电火花，通过它的尾巴往外散发。这会儿，它发出一声咯咯的尖叫，一头扎进一棵榛树的树根，就这么没了踪影。也有的时候，我们碰见的是个头比花栗鼠大的红松鼠，又名"奇可瑞"，或称哈德森湾松鼠（*Scriurus Hudsonius*）。① 它高踞在一棵松树的颠梢，见我们靠近就发出独特的警报，声音像是在上特别紧的闹钟发条，随即躲到树干背面，或者以又审慎又灵巧的动作跳上另一棵树，沿着白色的松枝在我们旁边跑，有时会跑出足足二十杆的距离，似乎是深知自己的侦察结果事关重大，必须确保准确无误。它跑得非常快，选择的路线也非常合理，仿佛脚下是一条它走惯了的老路。不一会儿，眼看我们渐行渐远，它便重新捡起了先前的活计，把枝上的松塔一个个咬下来，任它们掉落一地。

今日午前，我们通过了在这条河上遇见的第一道瀑布，克伦

---

① 这里说的红松鼠（red squirrel）是北美红松鼠（American red squirrel），为松鼠科美洲红松鼠属动物，广布于北美的针叶林，拉丁现名 *Tamiasciurus hudsonicus*。"奇可瑞"是红松鼠英文别名"chickaree"的音译。

威尔瀑布，靠的是船闸帮忙，没有动用我们的轮子。印第安人称这道瀑布为内森吉格瀑布，大内森吉格溪从瀑布上游一点儿的右方汇入梅里迈克河，小内森吉格溪从下游稍远处汇入，两条溪流都在利奇菲尔德境内。我们从《地名索引》的"梅里迈克镇"条目读到，"此镇第一座房屋（于一六六五年后不久）在河边建成，充作与印第安人做买卖的交易所。某个姓克伦威尔的人[1]跟印第安人做了一阵子利润丰厚的生意，用脚来掂印第安人送来的毛皮，到最后，由于他可能是事实也可能是误会的欺诈行为，印第安人勃然大怒，决意把他杀死。有人给克伦威尔通风报信，于是他立刻埋好财宝，逃之夭夭。他刚逃走没几个钟头，佩纳库克部落的一帮人就赶到了他的住处，没找到泄恨的对象，便烧掉了他的房屋。"[2]这里的堤岸很高，克伦威尔的地窖就在堤岸的顶上，离河水非常近，如今虽已树木丛生，却依然清晰可见。他把居所建在移民聚居地上游的第一个瀑布脚下，不光是占据了一个从事皮草交易的有利位置，还可以从这里眺望上游的悦目景致，看印第安人带着毛皮顺流而下。船闸管理员告诉我们，农夫们在这里犁出了克伦威尔的铁锹和钳子，外加一块刻着他名字的石头。不过，我们可不敢担保管理员所言不虚。据新罕布什尔一八一五年史料汇编所说，"一段时间之后，人们在井里找到了一件锡器，还在沙地里找到了一口铁锅和一副锅钩，后两样东西至今犹

---

[1] 即前文注释中提及的皮草商贩约翰·克伦威尔。
[2] 引文出自约翰·海沃德的《新英格兰地名索引》（参见前文注释）。

存。"① 这些东西,便是这个白人皮草贩子留下的遗迹。对面的河岸像岬角一样伸到河水上方,我们刚爬上去便捡到四枚箭镞,以及一件小小的印第安石制工具。这地方显然有过一间印第安人的棚屋,棚屋的主人便是克伦威尔的生意伙伴,克伦威尔到来之前,他们在此地渔猎为生。

跟通常的情形一样,关于克伦威尔埋藏的财宝,蜂起的传言至今不息。听人说,一些年以前,有个农夫在离这儿不远的地方犁田,犁头滑过一块石板,敲出了空洞的声响,于是他掀开石板,发现了一个直径六寸、四壁石砌的小洞,从洞里掏到了一笔钱。船闸管理员也给我们讲了个类似的故事,说邻镇有个农夫,一向是穷困潦倒,突然却买下一座上等农庄,从此富甲一方,别人问他钱怎么来的,他也拿不出一个合情合理的解释——这样的解释,唉,有几个人拿得出来!看到他的暴发,他雇的帮工禁不住想起,之前的有一天,他俩一起犁田的时候,犁头碰到了什么东西,东家退回去看了看,然后就决定到此为止,说什么天色看起来很是阴沉,就这么让犁地的牲口收了工。这一类的紧急情况,使人们记起了许多从未发生的事情。事实上,世间到处都有埋藏的财宝,努力找就能找到。

瀑布附近的河岸洼地里,离河水大概四分之一里的地方,有一棵矗立在农庄里的橡树,农庄属于一个姓伦德的先生。有人把那棵树指给我们看,说那帮当斯特布尔居民追踪印第安人的时候,

---

① 引文见于美国雕刻家及历史学家约翰·巴贝尔(John Barber, 1798—1885)编著的《马萨诸塞史料汇编》(*Historical Collections of Massachusetts*)。书中说的"一段时间之后"是从印第安人烧毁克伦威尔房屋算起。

为首的弗伦奇就是在那里被印第安人杀死的。法维尔当时躲进了左近的茂密树林，这才逃过了印第安人的追杀。这一片河岸洼地，如今显得又空旷又安宁，随便怎么看，也不像是个曾有人被逼无奈仓皇逃命的地方。

此地也有一片面积广大的沙漠，就在利奇菲尔德的大路旁边，从河岸上可以看见。在有些地方，厚达十至十二尺的沙子已被吹走，留下一些同样高度的嶙峋小山，山上长着一丛丛立根牢固的灌木。有人告诉我们，三四十年以前，这里是一片放羊的牧场，可那些绵羊受不了跳蚤的叮咬，于是开始使劲儿刨地，最终使得草皮毁坏，沙子随风飞洒，如今已覆盖了四五十亩的土地。这场灾祸刚起头的时候，原本可以轻而易举地得到治理，方法不过是在沙地上遍种带叶的桦树，再用木桩把它们固定好，以收挡风之效。跳蚤咬绵羊，绵羊又咬土地，创伤便蔓延到如此地步。一点点皮毛瘙痒，居然可以酿成如此巨大的创伤，着实让人惊诧莫名。谁知道，埋葬了无数商队和城市的撒哈拉沙漠，是不是源自一只非洲跳蚤的叮咬？我们这个可怜的星球啊，身上不知有多少处奇痒难耐的地方！难道说，就没有哪位神明愿意大发慈悲，给它的伤处抹一点儿桦树药膏？我们在这里也发现了印第安人垒起的一个石堆，兴许是他们开会时点篝火的地方，石堆如今屹立在一个沙丘的顶上，原因是风没法吹走压在石堆底下的沙子。听人说，人们在这里找到过一些箭镞，还有铅制和铁制的子弹。这次航程之中，我们还看见了其他几片沙地，而我们可以以离得最近的山脉为起点，顺着梅里迈克河两边的黄色沙岸，用目光追溯它的河道，尽管河流本身大部分受了遮挡，使我们无法看见。我们听说，在有些情况下,这类事情还引发了法律诉讼。铁路公司在一些环境脆弱的地区筑路,破坏了当地的草皮,导致风沙肆虐,把肥沃的农场变成了沙漠,最终便不得不赔偿别人的损失。

我们倒是觉得,这样的沙地相当于连接陆地和水体的纽带。它是一种可供行走的水体,表面也有风吹出来的一道道波纹,跟水在涧底或湖底漾出的纹路一模一样。我们从书中读到,按照《古兰经》的规定,穆斯林如果碰上无水可用的情况,便可以用沙子净身。在阿拉伯地区,这是一种必要的权宜之计,而我们也终于了悟,这规定确实合情合理。

梅里迈克河口的李岛之所以能够形成,兴许也有眼前这些沙岸的一份功劳。李岛跟河岸上的沙漠差不多,也是个流沙遍地的所在,岛上的沙子五颜六色,被风吹出了一条条优美的曲线。它只是一个勉强露出水面的沙洲,沿着与海岸平行的方向绵延九里,如果不算靠大陆一侧的沼地,宽度就很少超过半里。岛上只有六七座房屋,几乎没有树木草皮,也没有乡下人熟识的任何绿色植物。薄薄的植被有一半没在沙里,仿佛是深陷雪堆。岛上唯一的一种灌木,便是这个岛因之得名的滨李,它虽然只能长到几尺高,数量却多如牛毛,以至于每到九月,大陆上就会有上百人的队伍从梅里迈克河顺流而下,一窝蜂来到岛上,支起一个个的帐篷,采摘既宜生吃亦宜干制的李子。形态优雅精致的滨豆[①],也

---

① 滨李见前文注释;滨豆(beach-pea)即豆科山黧豆属草本植物海滨山黧豆,学名 *Lathyrus japonicus*。

在沙地里大量生长，此外还有几种奇特的多肉植物，长得与苔藓相似。这个岛的整条纵轴被风吹成了连绵起伏的小丘，高度都不超过二十尺，除了沼地边缘一条隐约可辨的小道之外，整个岛就跟撒哈拉沙漠一样无路可循。风在岛上犁出形状单一的沙崖沙谷，没准儿会让你觉得，其间散落着商队的骸骨。一艘艘纵帆船从波士顿驶来，将供应泥瓦匠的沙子装船运走，用不了几个钟头，风就会抹去采沙留下的一切痕迹。不过，无论是在岛上的哪个地方，只要你往地下挖那么一两尺，就可以找到淡水，你还会惊奇地听说，岛上有许多土拨鼠，也有狐狸出没，虽说你看不出它们能在哪里打洞，能在哪里藏身。只有在落潮之时，岛上才有可供行走的坚实地面，我曾在这样的时候走上它宽阔的沙滩，一直走完沙滩的全长，十之八九，整个马萨诸塞州也找不出一条更为壮观、更少变化的步道。放眼海面，打破这单调巨制的只有一点遥远的帆影，外加几只骨顶鸡①。孤零零戳在地上的一根木桩，或者是轮廓较比分明的一个沙丘，就算是几里之内的一个醒目地标，至于说音乐，你能听见的只有无休无止的涛声，以及沙滩涉禽一成不变的叽喳尖叫。

有几艘运河驳船也在克伦威尔瀑布通过船闸，所以我们等了一阵。其中一艘驳船的前部站着一名新罕布什尔壮汉，只见他斜

---

① "骨顶鸡"原文为"coot"，可以指秧鸡科骨顶鸡属的各种水禽。根据ebird.org网站搜集的李岛观鸟记录，这里的"coot"应该是广布于北美大陆的美洲骨顶鸡（American Coot），学名 *Fulica americana*。

倚桡杆,头上没戴帽子,身上只穿衬衫长裤,活脱脱是一个粗鲁的凡间阿波罗,正在从那片"广袤的高地乡野"[①]赶赴下游的大海;此人看不出多大年纪,头发跟亚麻一个颜色,饱经风雨的刚劲面庞虽有皱纹,皱纹里却依然贮满阳光,整个人好比一棵山间的枫树,不受酷热严霜的影响,也不惧摧折生命的种种烦忧;好一个衣冠不整、边幅不修、朴野不文的汉子。我们和他交谈了一会儿,及至分别之时,彼此之间已不无一丝诚挚的关切。人性才是他的底色和本能,粗野仅仅是外在的做派。到我们渐行渐远,就快听不见他说话的时候,他突然问我们,路上有没有打到什么东西,我们便冲他大声喊话,说我们打中了一个浮标,然后就看见他白白地搔了好一阵头皮,到最后还是没想明白,自己是不是听错了。[②]

世上有文雅粗鲁之别,并不是毫无道理。有时候,人们的举止好比极其粗糙的树皮,以致我们无法确定,这一层树皮下面,究竟有没有包着髓心或边材。有时候,我们会碰见一些举止粗鲁的人,他们是亚马逊人[③]的子嗣,住在山径旁边,据说对生人不太友好,他们的寒暄客套,跟他们强健双手的抓握一样粗蛮,他们跟人打交道,跟平常应接自然力量一样简慢。他们只需要拓宽自己的林间空地,让更多的阳光照射进来,只需要找到山丘的南坡,

---

[①] 引文出自英格兰剧作家克里斯托弗·马洛(Christopher Marlowe,1564—1593)的诗歌《赫洛与勒安得耳》("Hero and Leander")。

[②] 梭罗兄弟打中浮标的事情可参看"星期日"当中的相关记述。"打中浮标"已经让人费解,而"浮标"的英文"buoy"还与"boy"(男孩)谐音,更会让听者摸不着头脑。

[③] 亚马逊人(Amazons)是古希腊神话中的一个全部由女战士组成的剽悍部族。

从那里俯瞰文雅平原或汪洋大海，并且借谷类果实均衡自己的膳食，少吃点儿兽肉和橡子，便可以变得像城市居民一样。的确，真正的礼貌绝不会出自临阵磨枪的刻意修饰，只会经由长时间待人接物的磨练，长时间顺风逆流的砥砺，从品质优良的性情中自然而然地生发出来。趁着船闸注水的工夫，或许我可以讲一个相关的故事，反正我们这天上午的航程波澜不惊，没发生什么了不得的事情。

　　一个夏日的清晨，我从康涅狄格河的河滨出发，沿着一条西来支流的河岸往上游走，一直走了一整天，时而从道路所经的小山俯瞰这条河，看着它翻花溅沫，穿行在一里之外的森林，时而坐到它乱石嶙峋的边缘，把双脚伸进它湍急的水流，或者冒险去河道中央游个泳。一路之上，小山出现得越来越频繁，渐渐地膨胀成了大山，将河道团团围住，到最后，我一方面无法看清这条河其来何自，一方面又可以随心所欲，想象种种再奇妙不过的转折与落差。中午时分，我在一棵枫树底下的草地上睡了一觉，旁边的河道比平常宽，河水因之变浅，时常有沙洲露出水面。我发现，这一路经过的镇子当中，有一些的名字我老早以前就在车把式的大车上看见过，那些大车都是从遥远北方的乡野赶来的，那些镇子则都是宁静的高地小镇，以山多地少闻名。我一路走，一路沉思默想，沉醉于一行又一行的糖枫树，穿过一个又一个不问世事的小村庄，时或欣喜地看见一只小船被拉上一个沙洲，尽管沙洲上似乎没有用得着船的居民。但对于河流来说，小船似乎跟鱼儿一样不可或缺，可以给河流增添些许颜面。对于海里的鱼类来说,小船就像是山涧里的鲑鱼,或者是出生在遥远内地、尚未听见大洋涛声的幼年陆居蟹。① 座座山丘离河水越来越近,最终在我身后形成合围之势,天色将暮,我发现自己走进了一道清幽浪漫的山谷,山谷长约半里,宽度勉强够这条河从谷底流过。我心里想,如果要在山间盖座农舍,再没有比这里更合适的地点。在这道山谷里,你从任何地方都可以踩着石头过河,潺潺不绝的水声,足可永远平息人类的痴心妄念。突然间,看似直奔山壁的道路向左急转,前一道山谷消失不见,另一道山谷豁然开启,格局与前者如出一辙。这是我平生所见最为特出、最为悦目的景致。我在谷中遇见了几位温厚好客的居民,然而白日未阑,我又急着趁天光赶路,他们便指点我去投奔四五里外的一户人家,说那家的主人姓赖斯,占据着我前路上最后也最高的一道山谷,只不过是个相当粗野的莽汉。然而,"人若是见多识广,世上哪有他乡异地?人若是常年温言悦色,世上哪有陌生之人?"②

到最后,我踏进一个更加幽暗僻静的山谷,太阳刚落到夹谷群山背后之时,我来到了这个人的门前。除了谷中的平原较为狭窄,石头换成了整块的花岗岩之外,这地方简直跟贝尔菲比带着负伤的提米亚斯隐遁的处所一模一样——

> 坐落在秀美的林间空地,
> 四面是环拥的群山,

---

① 美国东北部的溪鲑(Brook trout)有在河海之间洄游的习性,一些陆居蟹也是如此。

② 引文出自威尔金斯的《益世嘉言》英译本(参见前文注释)。

> 这山谷依托巨木的荫蔽,
>
> 铺展成一片广阔平原,
>
> 好似一座剧场,堂皇无比;
>
> 中央是一条小小河川,
>
> 在巨大的圆石之间奏起乐曲,
>
> 仿佛在轻声抱怨,石头限制了它的路线。①

　　走近之后,我发现这个人并不像我预想的那么粗野,因为他养了许多牛,外加几只看牛的狗,更何况,我还在山壁上看见了他熬枫糖的作坊,最重要的一个原因,则是我在他家门前听见,潺潺的水声中混杂着孩子们的声音。经过他家牛棚的时候,我遇见一个正在侍弄牲口的人,我估计这人是他雇的帮工,于是便开口询问,这户人家接不接待旅客。"有时候接,"这人硬邦邦地回了一句,立刻走到了离我最远的牛栏里,我这才意识到,跟我说话的正是赖斯本人。不过我没有计较他的粗暴态度,只当这是蛮荒景色的产物,径直转过身去,走到了屋子跟前。屋子门前没有路牌,也没有任何招徕旅客的通常标识,路上的痕迹表明来往此地的人相当不少,屋子外面却仅仅钉着屋主的名牌,依我看,这也算是一种没好气的含蓄邀请吧。我穿过一个又一个房间,一个人也没碰见,最后才走进了一个看着像客房的房间,房间里面干

---

① 引文出自埃德蒙·斯宾塞(参见前文注释)的未完成史诗《仙后》(The Faerie Queene)第三卷,贝尔菲比(Belphœbe)和提米亚斯(Timias)都是这部史诗中的人物。

净整洁，甚至有一丝文雅的气息，而且我欣喜地发现墙边有张地图，可以为明天的行程提供指引。良久之后，我听到远处响起了脚步声，来自我最先走进的那个房间，赶紧去看是不是主人进屋了，结果发现来人只是一个孩子，多半是主人的儿子，我之前听见的童声里就有他的声音。一只硕大的看门狗站在房间门口，挡在我和孩子之间，冲着我猖猖吠叫，看样子是马上就要扑过来，孩子却没有出声喝止。我问孩子要杯水，孩子的回答非常简单，"墙角就有。"于是我从柜台上拿了个杯子，走到屋子外面，绕着屋角找了一圈，既没有找到水井或泉眼，也没有找到门前小河之外的任何水源。我只好回到屋里，放下杯子，跟孩子打听河水能不能喝。听了我的问题，孩子一把抄起杯子，走到了房间的角落，那里有根管子，从屋后山上引下来的清凉泉水，通过管子滴滴答答地流了进来。孩子接了一满杯水，一口气喝了下去，还给我的依然是一个空杯。这之后，他唤了一声那只大狗，急匆匆跑到了屋外。没多久，一些帮工登场亮相，先是去喝了几口泉水，然后清洗了一下，梳了梳头发，自始至终一言不发，有几个帮工似乎累得够呛，一屁股坐了下去，坐着坐着就睡着了。不过我一直都没有看到女人，虽说我时不时地听见，屋子的一厢有衣裙的窸窣声，泉水就是从那个方向流过来的。

　　过了一阵，因为天已经黑了，赖斯本人终于走进了房间，只见他手拿牛鞭，呼吸沉重，忙不迭地坐进了一把离我不远的椅子，跟那些帮工一样迫不及待，似乎是一天的工作既已完成，他自然用不着再干别的，只需要悠闲自在地消化他的晚餐。我问他能不能给我张床，他说有一张现成的，听他的口气，似乎我早就应该知道这件事情，能不提尽量别提。到这会儿，一切还算顺利。可他一个劲儿地盯着我，看样子是巴望我说点儿别的，讲一讲旅途的见闻。于是我告诉他，他居住的山乡狂野崎岖，确实值得大老远跑来看。他说，"倒也不是那么崎岖"，并且要求帮工们替他作证，证明他的田地是多么宽广平坦，庄稼又长得多么茁壮，实际上，他的田地总共也只有一块小洼地的规模。"如果我们有几座小山的话，"他补充说，"这世上就找不出更好的牧场了。"接着我问他，这里是不是我听说过的某某地方，不是的话，又是不是另外一个地方，我说的前一个地名，是我从地图上看来的。他给出了粗声恶气的回答，说我说的两个地名都不对，又说这里是他来了以后才有人烟，靠他的耕耘才有了现在的样子，而且说这些事情，我压根儿不可能有一丁点儿的了解。我看见房间四壁的架子上挂着几支猎枪，还有其他的一些打猎工具，又看见他那些猎犬正在地板上睡觉，便借机转移话题，问这一带的猎物多不多，他隐约意识到了我的用意，回答这个问题的时候还算比较客气。不过，等我问到这里有没有熊的时候，他的口气却变得很不耐烦，说他家的绵羊并不比邻居家的更容易丢，还说他已经驯服了这片土地，把这里变成了开化之区。我想到明天的行程，想到这片崎岖的洼地照不到几个钟头的阳光，肯定得一早上路才行，所以一时间没有开口，然后才说了一句，这儿的白昼，一定会比附近的平原短一个钟头。听了这话，他粗声恶气地问我凭什么这么说，然后信誓旦旦地保证，他拥有的天光绝不比邻居少，甚至大胆放言，这里的白昼比我生活的地方长，我多住几天就会知道，其中的道理在于，由于我不可能马上理解的一些原因，山区的太阳要比附近的平原早出半个钟头,而且会晚落半个钟头。诸如此类的言语,他还说了不少。说真的,他确实跟传说中的萨特尔①一样粗野,可我不但容忍他尽情展示自己的本色——我干吗要跟大自然的安排争论呢?——甚至觉得他是个十分神奇的自然现象,遇见他是一件值得欣慰的事情。我照常和他打交道,仿佛我觉得一切举止皆无分别,觉得他身上有一种可爱的野性。我不会质疑大自然的安排,宁愿他保持本色,不愿他变成我喜欢的样子,因为我来这里不是为了寻找共鸣、善意或友伴,是为了寻找新奇和冒险,为了看看大自然在这里培育了什么。既然如此,我并未反感他的粗鲁,而是不分青红皂白,将这种粗鲁照单全收,并且懂得欣赏它的好处,就像是在读一个老剧本,从中读到了一个饱满真实的角色。他确乎是个粗糙低俗的人,而且像我说过的那样,没什么礼貌可言,可我绝不怀疑,他跟大自然和人类争吵,自然有他正当的理由,仅仅是没有刻意掩饰他的坏脾气而已。他可以说是土得掉渣,但他身上也有上等的土壤,土壤底层甚至有一种不屈不挠的撒克逊式正直。如果你能给他讲清楚这件事情,他就会像红皮肤印第安人②一样坚守传统,绝不会让撒克逊人的特性断送在自己手里。

到最后,我对他说,他是个有福之人,还说我完全相信,他一定为这么充足的天光心存感激,接着就站起身来,说我需要一盏油灯,而且想现在就把住宿费结清,因为我明天一早就要动身,甚至跟他这个地方的日出一样早,可他忙不迭地接上了话茬,这

---

① 萨特尔(Satyr)是古希腊神话中半人半羊的林中神灵,参见前文注释。
② 红皮肤印第安人(red Indian)是北美印第安人的旧称。

一次倒是客客气气,说不管我走得有多早,保准儿会发现他家已经有人起身,因为他们都不是懒骨头,如果我愿意的话,走之前还可以跟他们一起吃早饭。他点亮油灯的时候,我看到了他昏花湿润的眼睛,从中瞥见了一点真诚好客与古老礼节的火花,瞥见了一线纯净乃至温文的人性光芒。对我来说,他此刻的神色格外感人肺腑,格外透彻清晰,胜过他这辈子能够说出的任何话语。它具有十分重大的意义,重大得使这一带的任何赖斯无从理解,并且早早地预示了此人将来的文化修养——这一刻,他纯粹的天禀灵光一现,虽不曾予他太多启迪,却在一瞬之间触动了他,主宰了他,稍稍约束了他的言谈举止。他乐呵呵地在前面带路,小心地跨过在途中一个房间里睡觉的帮工,把我领进我的房间,指着干净舒适的床铺让我看。由于天气闷热的缘故,这家人入睡之后,我还在敞开的窗子边上坐了好几个钟头,愉快地倾听门前的小河

> 在巨大的圆石之间奏起乐曲,
> 仿佛在轻声抱怨,石头限制了它的路线。

不过,第二天早晨,我照常在星光下起身,而我的房东,他的帮工,甚至是他的狗儿,都还没有从梦中醒来。我在柜台上搁下一枚九便士①硬币,在他们吃早饭之前,我已经和朝阳一起爬到了半山。

---

① "九便士"(ninepence)是新英格兰地区对一种币值相当于十二点五美分的西班牙银币的称呼,这种银币在美国合法流通至1857年。

走出我房东所在的这片山野之前，第一道阳光斜照山巅的时候，我停下来采摘路边的树莓，却看见一个年近百岁的龙钟老人，拿着一只挤牛奶的桶子走到我的近旁，然后就转过身去，开始采摘树莓——

> 他可敬的飘摆发绺，
>
> 荡起了悦目的漩涡，
>
> 他饱经沧桑的鬓角，
>
> 生长着墓地的花朵。①

可我向他问路的时候，他回答的声音却低沉刺耳，而且头也不抬，似乎无视我的存在，依我看，这只是因为他年纪老迈。过了一会儿，他一边喃喃自语，一边走到附近的牧场去赶他的奶牛。回到路旁的时候，他的牛还在继续往前走，他自己却突然间停下脚步，摘下帽子，开始在清晨的凉爽空气中高声祈祷，就跟刚刚才想起这回事似的。他祈祷每天都有面包，祈祷那个同时降雨给义人和不义之人的祂，那个一旦不开恩就不会有哪怕一只麻雀掉在地上的祂，②不要忘了照拂陌生人（指的是我），此外还提了一些更直接、更切合个人实际的请求，只不过大体说来，他的祷词并未超

---

① 引文是托马斯·珀西《英格兰古诗遗珍》收录的古歌残句（参见前文注释）。

② 典出《新约·马太福音》："祂（上帝）叫日头照好人，也照歹人，降雨给义人，也给不义之人"；"两只麻雀，岂不可换一分银子？没有你们的父（上帝），一只也不会掉在地上。"

出低地居民和山区居民共同遵奉的那个陈年老套。他祈祷完之后,我大着胆子问他,他家里有没有奶酪,能不能卖点儿给我,可他头也不抬,还是用刚才那种低沉难听的声音回答我,说他们不做奶酪,然后就挤牛奶去了。古书有载,"怀着落空的希望走出一户人家的陌生人,会把自身的种种过错留在屋主家里,同时带走屋主的一切善行。"①

我们既已深深驶入本周的商业潮流,便开始越来越频繁地遇见船只,并且时不时地拿出水手的狂放做派,大声地招呼他们。看样子,船夫们的日子过得又轻松又惬意,我们也觉得他们的行当很合脾胃,有胜于许多远比它受人追捧的职业。他们的存在告诉我们,幸福与安乐所需的外部条件是多么地少,所有的职业又是多么地无分轩轾,只要你带着足够的喜悦和自由去做,任何职业都可以显出令人仰视的高贵和诗意。但使身心自由,天气宜人,最简单的工作,任何一种天经地义、使我们逗留户外的乡村生活模式,都让人心向往之。安安稳稳摘豆子过活的人,不仅是值得尊敬,甚至会使那些焦头烂额打理店铺的邻居艳羡不已。当我们的灵性允准我们从事任何户外工作,我们就会像鸟儿一样欢乐,绝不会有虚度光阴的感觉。我们的小折刀在阳光下闪闪发光,我们的声音有远处的林子应和,掉了一支桨在水里也没关系,我们巴不得让它再掉一次。

运河驳船的结构十分简单,只需要很少的船用木材,我们听

---

① 引文出自威尔金斯的《益世嘉言》英译本。

人说,每一艘的造价不过两百元左右。驳船由两个人驾驶,溯流而上的时候,他们会走到离船的前端大概三分之一船长的地方,用十四五尺长的铁尖篙子来撑船,顺流而下的时候,他们通常会使船保持在中游,两个人分别在船的两端划桨,风向有利的话,他们会升起宽大的船帆,除了掌舵不用干别的。这些驳船在康科德和查尔斯顿①之间往返,运出去的货物通常是木材或砖块,一次可以装十五六柯度的木材,一万五六千块砖,然后又把供应乡间的杂货运回来,单程耗时两到三天。堆码木材的时候,船夫有时会在木材垛里留出一个掩蔽所,供他们躲雨之用。你很难想出一个比开驳船更有益健康的职业,或者是一个更适合沉思默想、更适合观察自然的行当。与海员不同,船夫可以欣赏不断变换的两岸风光,借此调剂劳作的单调,而且在我们看来,他们以这种方式悄无声息地滑过一个又一个城镇,又是以可移动的船儿为家,全副家当都带在身边,便可以格外方便、格外安全地评说沿途居民的品性,强过那些坐马车旅行的人,后者置身于如此狭小的一种交通工具,生怕会惹火烧身,自然不敢随意发表这一类诙谐幽默的讥评。不管天气如何,船夫都不用像缅因伐木工那样承受酷烈的风吹日晒,总是在和风里呼吸再健康不过的空气,往往是不戴帽子不穿鞋,以减少衣物造成的些微不便。我们在正午时分与他们相遇,其时他们正在优哉游哉地顺流而下,他们的繁忙生意,看起来并不像什么苦役,倒像是一种古老的东方游戏,跟源自东

---

① 这里的康科德应指新罕布什尔首府康科德,查尔斯顿(Charlestown)则指后来并入波士顿的一个马萨诸塞州城镇。

方的象棋一样代代相传,到今天还有很多人玩。从早到晚,除非好风使得驳船可以靠船上的单帆航行,不需要掌舵之外的人工,船夫会一直沿着船舷前后游走,时而俯下身去,用肩膀抵住篙子,时而将篙子缓缓地收上来,准备再次下篙,与此同时,他一直在稳稳当当地迈向前方,穿行在一道延伸无尽的沟谷,穿行在一幅变换不停的画图,时而视线无阻,可以展望一两里的航道,时而被急转的河流送入一个林间小湖,四望不见出路。他周围的景象无不简单质朴,蔚为大观,他自身造成的运动也具有气势磅礴乃至盛大庄严的特质,这些东西会自然而然地融入他的个性,于是他满心自豪地感受脚下那舒缓而无可阻遏的运动,仿佛那是他自己的活力。

在以前,一两年中会有那么一次,可以看见一艘这样的船在康科德河中溯流而上,以一种神秘莫测的方式,悄无声息地穿过草地,驶过我们的镇子,赶上这样的时候,船来了的消息总是会像野火一样,在我们这些少年人当中迅速蔓延。它来而又去,像云朵一样静默,没有噪音和烟尘,看见的人也不多。某个夏日,你兴许会看见这位巨型的旅人泊在某个草地码头,换个夏日再去看,它已经离开了那里。我们永远也无法知晓,船究竟从哪里来,船上那些人又是何方神圣,竟然会如此了解河里的礁石浅滩,比我们这些下河洗澡的人还清楚。我们只熟识一条河的河湾,他们却把一条又一条的河从头到尾走了个遍。对我们来说,他们简直就是传说中的河中居民。一个区区不足道的陆地居民,要借助怎样的媒介才能与他们交流,实在叫人无法想象。他们可会掉转船头,来满足他的祈求?不用,能隐隐约约地知道他们的目的地，或者是他们也许会有的返航时间，就已经是莫大的恩惠了。夏天水落的时候，我曾看见他们刈除河道中央的野草，看见他们站在三尺深的河水中，一边讲着割草人常讲的笑话，一边将野草大片砍倒，好为他们的平底船开辟一条航道，与此同时，排成长列的断草随水流向下游，遇上最难得的晒草天气也不会变成干草。我们乐此不疲地赞叹他们的船，它载了那么多桶石灰，成千上万块砖，一堆又一堆的铁矿石，还有一辆又一辆的手推车，居然还是像巨型的木片一样，稳稳地浮在水面，而且，我们走到船上去的时候，它压根儿就不会因为我们的踩踏往下沉。它让我们对浮力法则的普适性有了信心，我们也为它想出了无穷无尽的潜在用途。那些人似乎是在船上过日子，还有人悄声议论，说他们睡觉也在船上。我们中的一些人一口咬定，说船上备着帆，还说我们这里的风这么大，海船的风帆也灌得满，另一些人则对此深表怀疑。那些人曾扬帆驶过我们的良港湖①，一些幸运儿当时在户外钓鱼，看见了这样的景象，遗憾的是其他的人并不在场，所以没有看见。既然如此，我们兴许可以说，我们的河是可以通航的——有什么不行的呢？后来，我相当满意地从书上读到，有些人认为，只需要花一点点钱清除礁石，挖深河道，"也许能搞起有利可图的内河航运"②。如此说来，我也算生活在一个值得一说的地方。

商业便是如此，它能够摇动最偏远岛屿上的椰子树和面包

---

① 良港湖（Fair Haven Bay）指康科德河中一个尤为开阔的河段，离瓦尔登湖不远。

② 引文出自沙塔克《康科德史》。

树①,迟早还会在最蒙昧最质朴的野蛮人心里萌芽。恕我们冒昧说一句题外话,想到某个偏远岛屿的野蛮土著初次遇见神秘的白人海员,遇见他们所谓"太阳之子"②的情景,想到他们之间那一层十分纤薄却无可置疑的关系,谁还能无动于衷?想到那些事情,感觉就像是我们自个儿遇上了一种占据着存在之链③更高位置的动物,即将与他们打交道。土著居民勉强认清了这样一个事实,也就是说,这样的高等动物确实存在,家住在某个遥远的地方,而且乐意拿出他的多余商品,交换他们的新鲜水果。在同一轮照临万物的太阳底下,他明晃晃的白色舰船越过太平洋的滚滚波涛,昂然驶入土著居民的宁静海湾,而这些可怜蛮族的船桨,在空气中闪着微光。

    放置在时间这个故乡,

    这片孕育它们的土壤,

   人类的小小举动也显得辉煌,

      可赢得举世仰望。

     船只在正午启航,

---

  ① 面包树(bread-fruit tree)为原产南太平洋岛屿的桑科波罗蜜属乔木,学名 *Artocarpus altilis*,果实可食。

  ② 这可能是土著居民常有的一种错误认识,西班牙探险家德索托(Hernando de Soto, 1495?—1542)就曾诱使密西西比河边的印第安土著相信他是"太阳之子"。

  ③ 存在之链(great chain of being,梭罗写作 scale of being)是西方古人的一种观念,指世间万物组成的一个等级森严的系统。按大类说,存在之链的链环从高到低依次是上帝、天使、人、动物、植物和矿物。

> 滑行在日光前方,
>
> 驶入某个幽静港湾,
>
> 它们钟爱的地点,
>
> 又从那里再度出航,
>
> 沐浴着热带的阳光,
>
> 满载阿拉伯胶和黄蓍胶。①
>
> 只因上苍,为航行才创造海洋,
>
> 才给我们送来太阳,
>
> 才借给我们明月,
>
> 才把狂风,关进遥远的洞穴。

从我们这次航行以来,河岸的铁路已经加长,梅里迈克河上的航船,如今寥若晨星。所有的土产和日用杂货,以前都是靠水路运输,如今却再没有溯流而上的货物,顺流而下的则几乎只有木材和砖块,这两样货物也不是专走水路,运量被铁路分去了一部分。船闸正在迅速磨损,很快就会无法通行,由于通行费不足以抵偿维修船闸的开支,这条河的航运几年之内就会画上句号。现时的航运主要集中在梅里迈克和洛厄尔之间,或者是胡克塞特②和曼彻斯特之间。根据风向和天气状况,航船每周会在梅里迈克

---

① 阿拉伯胶(gum Senegal)是豆科小乔木阿拉伯胶树(学名 *Senegalia senegal* 或 *Acacia senegal*)的树脂,用途广泛;黄蓍胶(Tragacanth,梭罗写作 Tragicant)是用豆科黄蓍属(*Astragalus*)几种植物的树液炼制的一种胶,主要用于鞣制皮革。

② 胡克塞特(Hooksett)为新罕布什尔中部城镇。

和洛厄尔之间往返两三趟，单程二十五里左右。深夜里，船夫唱着歌靠岸，泊好他空空如也的船，找一座就近的房子吃饭睡觉，第二天一早，兴许还在星光闪耀的时分，他就会驾着船溯流而上，吆喝一声，或者唱几句歌，让船闸管理员知道他马上就到，然后跟管理员一起吃早餐。如果能在中午之前赶到木材堆场，他就会靠他自己充当"帮手"，立刻开始装船，天黑之前便再一次驶向下游。到了洛厄尔，卸完货拿好收据，在酒馆里听完米德尔塞克斯或其他地方的新闻之后，他又会驾着空船往回走，兜里装着给货主的收据，准备去装下一船货。我们时常通过后方传来的轻微响动察觉他们的来临，转头一看，只见他们正在从一里之外悄悄地爬向我们，好似贴着河岸潜行的鳄鱼。时不时地跟这些梅里迈克河上的水手打打招呼，听听在他们当中流传的各种消息，可说是一件赏心乐事。在我们的想象之中，照耀在他们裸露头顶的阳光，已经给他们最隐秘的思想，印上了一种开诚布公的特性。

　　河岸豁口这片洒满阳光的开阔洼地，依然从河畔向内陆延伸，间或经由两级或多级的阶梯台地，直至与远处的丘陵相接，我们爬上堤岸之后，通常会发现水边只有一溜参差不齐的低矮树丛，原生树木早已经顺流而下，漂向——"国王的海军"。有时候，我们会看见四分之一里或半里之外的沿河道路，看见花里胡哨的康科德大马车[①]，看见车子扬起的尘云，车中旅客的严肃面庞，以及

---

　　① 康科德大马车（Concord stage）是一种制作精良的四轮大马车，通常用于公共交通，发明者是新罕布什尔州康科德的两位居民，由此得名。

车尾那些沾满灰尘的行李箱，于是便油然想起，这片乡野之中，同样存在躁动不安的扬基人聚会的处所。这片洼地里住着一帮安安静静务农放牧的人，各家各户相隔遥远，每座房屋都附带水井，这个事实时或由我们亲身验证，每户人家都是在正午前后吃正餐①，此时的光景便显得比其他任何时候更为寂静，更为荒僻偏远。他们在这里生生不息，这帮新英格兰人，祖祖辈辈过着农夫的生活，一代又一代，不声不响，坚守传统，心里的企盼仅仅是好天气和好收成，要说还有什么别的，那也是我们不知道的事情。他们的日子过得心满意足，因为这是上苍为他们安排的生活，是他们的宿命。

    我们在生之时的好奇之心，高飞远扬，

    我们不问世事的尸身，却在低处安躺。

然而，这些人无须外出游历，便可与巅峰时期的所罗门②一样睿智，因为各国人民的生活无比相似，充斥着同一些家长里短的体验。一半的世人，知道另一半世人如何过活。

  将近正午，我们经过位于梅里迈克镇索恩顿渡口的一个小村，尝了尝纳狄库克溪的水，这条溪涧位于梅里迈克镇一侧，弗伦奇

---

  ① 据当代美国学者肯·艾尔巴拉（Ken Albala）主编的《世界饮食文化百科全书》（*Food Cultures of the World Encyclopedia*）第二卷所说，十九世纪的新英格兰人通常以午餐为正餐。

  ② 所罗门（Solomon）是见于《圣经》记载的古代以色列君王，以贤明睿智著称。

和他的同伴便是在溪边遭到了印第安人的伏击,我们在当斯特布尔看到了他们的坟墓。对岸或说东岸是寒酸的利奇菲尔德镇,镇上的教堂没有尖塔,镇子附近有一片茂密的缘河柳林,以一棵棵枫树作为背衬。我们还看见那里有几棵糙皮树[①],这种树康科德没有,对我们来说跟棕榈树一样新奇,后一种树我们只见过果实。这时候,我们的航路画出一道伸向北方的优美弧线,在梅里迈克一侧留下一片低矮平坦的河滩,可以充作运河驳船停靠的港湾。我们留意到,这片洼地里矗立着一些秀美的榆树和一些格外高大气派的白枫[②],十分地引人注目,河对岸下游四分之一里处则长满了六寸高的小榆树和小枫树,多半是那些被水冲过去的种子发出来的。

在一处草木葱茏的坡岸,离我们四分之一里的地方,一帮木匠正在修补一艘平底船。他们锤锤打打的声音回荡在左岸右岸,上游下游,他们的工具在阳光里熠熠生辉,使我们意识到造船技艺跟农艺一样古老,一样荣耀,航海生涯也跟田园生活一样可取。看一看那艘倒扣岸边的平底船,商业的全部历史便可谓一目了然。人类驾船下海,便是由此开始,"*quæque diu steterant in montibus altis, Fluctibus ignotis insultavêre carinæ.*/ 多年屹立高山之巅的根根龙骨,如今在陌生的波涛上放肆奔突。"(奥维德《变形记》第一卷第一百三十三行[③])我们觉得,走到河边的旅人不妨自制船只,

---

① 糙皮树(shagbark-tree)即广布于美国东部的胡桃科山核桃属乔木卵形山核桃,学名 *Carya ovata*。

② 白枫(white-maple)即广布于美国的无患子科槭属乔木糖槭,学名 *Acer saccharinum*。

③ 引文是《变形记》第一卷的第一百三十三行和第一百三十四行。

不要去寻找渡船或桥梁。皮草商人亨利的冒险故事当中有一段可喜的记载,说他和一帮印第安朋友一起走到安大略湖边,然后花费了两天的工夫,用榆树皮做了两条独木船,划着船去了尼亚加拉要塞。[①] 这是一种值得纪念的旅途经历,一种相当于飞速前行的耽搁。阅读色诺芬撰写的撤退经历[②]之时,我们有很大一部分兴趣集中在他保障部队安全渡河的各种安排,不管他们用的是圆木扎成的筏子、柴捆还是吹胀的羊皮。除此而外,在撤退途中,他们哪还有比河岸更好的逗留之地呢?

我们从这些户外工人的旁边悄然滑过,跟他们隔着一段距离,这时候,他们似乎给自己的劳作增添了几分尊严,不凭别的,就凭这种劳作的公开性。他们的活计,跟黄蜂和泥蜂[③]的工作一样,也是大自然事业的一部分。

> 波涛放慢拍岸的节奏,
> 只为保持正午的甜柔,
> 再没有声音四处飘荡,

---

① 这个故事见于在北美从事皮草生意的英裔商人亚历山大·亨利(Alexander Henry, 1739—1824)撰著的《加拿大及印第安地区旅行探险记》(*Travels and Adventures in Canada and the Indian Territories, Between the Years 1760 and 1776*)。安大略湖(Ontario)为北美五大湖当中面积最小的一个,尼亚加拉要塞(Fort Niagara)是法国殖民者在安大略湖边尼亚加拉河口建造的一座要塞。

② 色诺芬(Xenophon,前430?—前354)为古希腊哲学家及军事统帅,曾随希腊雇佣军远征波斯帝国腹地,在战事不利的情况下被推举为统帅,率领部队辗转回到希腊。他在名著《远征记》(*Anabasis*)当中记述了此次撤退经历。

③ 泥蜂(mud-wasp)是多种用泥筑巢的蜂的通称。

>只有岸边的锤击声响,
>
>盘旋回荡在高高天际,
>
>仿佛要堵住穹苍裂隙。

烟霭,太阳扬起的旅路尘埃,对大地和大地居民造成了一种好似忘川①的影响,所有生灵都舍弃了自我,乘着大自然无法察觉的潮汐,浮泛漂流。

>太阳的布艺,缥缈的轻纱,
>
>以大自然最珍贵的材料织出,
>
>可见之热,化气之水,干涸之海,
>
>将眼目彻底征服;
>
>白昼辛劳的表征,太阳的尘土,
>
>拍击大地涯岸的气态海潮,
>
>天穹的河口,天光的峡湾,
>
>空气的白浪,热力的怒涛,
>
>细碎的夏日浪花,飞溅在内陆海面;
>
>太阳的鸟儿,翅膀透明,
>
>正午的雏鸦,羽翼轻软,
>
>从荒野或庄稼残茬中悄然飞升,
>
>用你的宁谧笼盖田园。

---

① 忘川(Lethe)是古希腊神话中的冥府河流,忘川的河水相当于我国传说中的"孟婆汤",鬼魂饮下河水便会忘记生前的事情。

盘踞在阳光和最明媚日子里的常例，业已征服并风靡人世的常例，总是在我们面前兜售自己，就凭它悠久的历史，以及它看似具备的可靠性和必要性。我们的软弱需要它，我们的力量也利用它，不靠它作为支撑，我们连靴子都没法穿好。如果林子里面只有一棵坚挺直立的树，所有的生灵都会跑去蹭一蹭，以便确定自己站得住脚。我们在这种看似清醒实则沉睡的状态中耗费了许多时辰，其间钟面的指针一动不动，而我们长得像夜里的玉米一样快。[1] 人们总是跟溪涧或蜜蜂一样忙碌，把一切事情耽误在自己的忙活里，例子便是用木瓦苫屋顶的木匠，总是在锤起锤落的间隙探讨政治问题。[2]

这个正午适合找一处怡人的港湾，停下来读一本航行日志，作者得是跟我们一样的航行者，绝不能太过道貌岸然，也不能太过刨根问底，文字则应该平和素朴，不至于搅扰正午的清静。不读日志的话，读点古代的经典也行，它是一切读物之中的翘楚，我们特意把它留到这样的时节来读，这时节

      有叙利亚的宁谧，永恒的闲适。[3]

---

[1] 玉米是一种生长迅速的作物，尤其是在温暖的夏夜，西方有"玉米生长的声音，耳朵都听得见"的民谚。梭罗曾在日记里多次使用"玉米在夜里长得快"的说法。

[2] 本段文字大部分源自梭罗在1841年写的一则日记，从日记中的相关记述来看，这里的"常例"是指要求人们勤勉工作的社会伦理（梭罗认为这是一种狭隘单一的标准）。这则日记中还有这样的话："常例是可供立足的地面，是可供倚靠的墙垣"；"身体的工作有益身体，心灵的工作有益心灵，他人的工作无益身心。"

[3] 引文出自爱默生的诗歌《熊蜂》("The Humble-Bee")。

可是，唉，我们的箱子好比一艘近海商船的舱室，里面只有一本翻烂了的《航行者》①，此外就没有别的书籍，我们只好求助于自己的记忆，靠它来提供合意的读物。

这时候，我们自然而然地忆起了亚历山大·亨利的冒险故事，因为它可以算是美国的游记经典。书中有大量景物描写，也有草草勾勒的人物和事件，足以成为诗人们许多年里的灵感来源，照我的感觉，书中还写满了响当当的名字，不逊于任何史书——有温尼伯湖、哈德森湾和渥太威河②，外加不计其数的陆运路线；有奇普瓦人、"林居者"、"劫掠者"和"哭泣者"③；有一些让人联想到赫恩④探险历程的记述，如此等等；有一片广袤无垠、荆榛满布却敦厚淳朴的原野，无论冬夏都点缀着串串湖泊，道道河川，覆盖着皑皑白雪，铁杉⑤冷杉。这位旅人身上有一种率真自然，一种毫无矫饰、冷若冰霜的生命力，好比加拿大的严冬也不能扑灭的生命火种，它裹着毛皮深藏在勇毅之心里面，借此挨

---

① 《航行者》原文为"Navigator"，应该是指美国作家扎多克·克莱默（Zadok Cramer，1773—1814）于1801年首次出版的美国河流航行指南《航行者》（The Navigator）。该书风靡一时，多次增订重版。

② 从《加拿大及印第安地区旅行探险记》当中的相关记述来看，渥太威河（Ottaway）是加拿大渥太华河（Ottawa）的旧名。

③ 这些都是《加拿大及印第安地区旅行探险记》提及的印第安部落。

④ 赫恩即英国探险家及皮草商人塞缪尔·赫恩（Samuel Hearne，1745—1792），他是第一个从陆路穿越加拿大北部抵达北冰洋的欧洲人。

⑤ 铁杉（hemlock）是松科铁杉属（Tsuga）树木的通称，分布于加拿大及美国东北部的是加拿大铁杉（Tsuga canadensis）。

过低温，以及边疆地域的种种危险。他拥有无愧于历史之父[①]重任的忠实与节制，这样的特质只能来自切身的体验，除此而外，他并不迷信文献。学识浅陋的旅人拥有跟学者一样的权利，可以从诗人的作品里摘引只言片语，拥有跟天文学家一样的资格，可以谈论星星，因为他兴许会在天文学家疏于观测的时候，看见流星划过天际。这位作者明于事理，这一点可谓一目了然。他是一位从不添油加醋的旅人，写作是为了增广读者的见闻，为了科学，为了历史。他这本书写得十分诚恳，十分率直，简直像是写给商界同行或哈德森湾公司董事会的报告，而且十分合宜地题献给了约瑟夫·班克斯爵士。[②]这本书读来如同一篇摘要，概述的是一首叙写加拿大及其居民原始风貌的伟大诗篇，读者们将会展开想象，若是唤来缪斯的帮助，可以给这些叙述补上怎样的诗行，然后意犹未尽地中止阅读，似乎可以等来完整的记述。这个皮草商人，受教于哪一间学校？他行走在那个无边无际的雪乡，所怀的目的似乎与随他前行的读者完全一致，而在后者的想象之中，那片土地似乎是造物主的即兴创造，为的是给他的冒险经历提供相宜的背景。不过，他这本书最有趣也最可贵的地方，并不在

[①] "历史之父"是古希腊史学家希罗多德的美称，但梭罗在"星期一"当中使用的"历史之父"只是泛指，此处亦然。

[②] 哈德森湾公司（Hudson Bay Company）是一家成立于1670年的英国公司，当时是北美部分地区事实上的政府，长期控制着北美大部分英国殖民地的皮草贸易；约瑟夫·班克斯爵士（Sir Joseph Banks，1743—1820）为英国博物学家、植物学家及自然科学赞助人，是亚历山大·亨利的朋友。

于它为庞蒂克、布雷多克远征或西北领地①的历史提供了史料,尽管它确实做到了这一点,也不在于它记载的加拿大编年史,而在于它为大自然记录的事实,在于这些从无纪年的万年史。一旦我们需要从历史中提取真理,历史就会扔掉自己的日期,像抖落枯叶一样。

从西边汇入梅里迈克河的索西根河,按有些人的译法叫作"迂曲河",河口在索恩顿渡口往上游大约一里半的地方,巴布萨克溪在河口附近流入该河。在索西根河上,离梅里迈克河不远的地方,据说还留有一些在此地屈指可数的水利,尚未得到人们的利用。一个春天的早晨,日期是一六七七年三月二十二日,这附近的梅里迈克河岸发生了一件事情,使我们觉得饶有兴味,因为它是个小小的纪念,反映着人类两个古老部族之间的一次对话,其中一个部族现已消亡,另一个虽然还有少得可怜的残余人口作为代表,但却早已经迁出他们的古老猎场。一位名叫詹姆斯·帕克的先生,从"梅里迈克河边亨奇曼先生的农庄"写了封"加急书函给波士顿的尊贵总督和议会"②,内容如下:

---

① 庞蒂克(Pontiac,1720?—1769)为五大湖区著名的印第安首领;布雷多克远征(Braddock Expedition)是北美的英国殖民者在爱德华·布雷多克将军(Edward Braddock,1695—1755)率领下针对法国殖民者一座要塞的失败远征,据说庞蒂克在这次战斗中为法方提供了支持;西北领地(North West Territory)是美国于1783年获得的一片疆土,范围包括今天的俄亥俄州、印第安纳州、伊利诺伊州、密歇根州和威斯康星州,以及明尼苏达州的一部分。

② 这两处引文及下段引文均出自《当斯特布尔老镇史》,下段引文括号里的文字是梭罗加的。

今天早晨，瓦纳兰瑟特酋长先来通知了我，然后又去提恩先生那里做了通报，说他儿子于本月二十二日上午十点左右，从梅里迈克河的另一侧，也就是对着索西根河口的一侧，看见河的这一侧有十五个印第安人，他儿子从口音来判断，估计他们是莫霍克人。他儿子跟他们打招呼，他们也回应了，但他儿子听不懂他们的话。他儿子有条独木船放在河里，这时就赶紧跑去把船毁掉，以防他们加以利用。与此同时，他们朝他儿子开了大概三十枪，他儿子吓坏了，立刻逃回了纳哈柯克（即坡塔基特瀑布或洛厄尔），因为那是他家的棚屋目前所在的地方。

佩纳库克人和莫霍克人！① 这些人去了哪里？② 一六七〇年，一名莫霍克战士在今天的洛厄尔附近剥取了一个纳姆基克或瓦米西特族少女的头皮，尽管如此，那少女依然得以痊愈。迟至一六八五年，还有个名叫约翰·霍金斯的佩纳库克印第安人——此人称自己的祖父曾经住在"一个名叫马拉马克河的地方，这条河还有其他许多名字，主要是'纳图柯格'和'帕努柯格'"③——这样写信给马萨诸塞总督：

---

① 瓦纳兰瑟特是佩纳库克酋长（参加前文相关叙述及注释），梭罗上文说的"现已消亡"的部族指的就是佩纳库克人。莫霍克人（Mohawks）至今犹存，原本活动在今日的纽约州一带，美国独立战争之后，大部分莫霍克人被赶到了加拿大，因为他们在战争中支持英军。

② 这句话原文为拉丁文。

③ 此处引文及下段引文均出自贝尔讷普的《新罕布什尔史》。

299

总督阁下我的朋友：

我的朋友啊，我请求阁下动用您的权威，因为我希望您好好管管这件事情。我穷得没衣服穿，身边也没有帮手，每天每夜都提心吊胆，害怕莫霍克人来杀我。请阁下您务必要帮我的忙，别让莫霍克人到我的地界来杀我，我的地界在马拉马克河，又叫帕努柯格河或纳图柯格河，如果您帮了我，我就服从阁下您，服从您的权威。现在我需要火药，还有枪支铅弹之类的武器，因为我家里修了堡垒，我就守在那里。

后面签名的都是印第安人，但请您务必体恤您恭顺的仆人，

约翰·霍金斯

一六八五年五月十五日

在这封信上签字画押的还有西蒙·迪托戈姆、"国王哈里"、山姆·利尼斯、乔治·罗当诺努库斯先生和约翰·奥瓦莫希闵，以及其他九个印第安人。

但在今天，前引信函日期的一百五十四年之后，我们却一边翻看《新英格兰地名索引》，一边安然前行，既没有"毁掉"我们的"独木船"，也没有在两岸看见"莫霍克人"的任何踪迹。

索西根河向来水流湍急，今天却一反常态，似乎濡染了这个正午的性情。

烟霭缭绕的闪烁原野，
与航行者的目光相接，
原野上空的灼热空气，

像河水一样流动不息,

松树在那里傲然挺立,

挺立在索西根的河涘,

铁杉和落叶松也在河边,

擎着凯旋门一般的树冠,

挥手给河流送行,

送它向大海远征。

没有风使它漾起波纹,

只有勇士们的精魂,

在它的上方盘旋,

而它的水流依然冲刷河岸,

冲刷着这些勇士

年代久远的墓地。

它在河床里且眠且行,

像印第安人一样脚步无声,

没有欢乐没有悲伤,

没有草叶的窸窣声响,

没有涟漪没有波澜,

没有柳树的长吁短叹,

从林德博罗[①]的山冈,

流向梅里迈克的磨坊。

当年它肇端发源,

---

① 林德博罗(Lyndeboro)为新罕布什尔城镇,地处索西根河流域。

声音比此刻喧阗,

其时冰雪消融,

流下远山的眉弓,

其时天气多雨,

水滴涓涓汇聚。

阅尽沧桑的河啊,

莫非你亘古奔流,无终无始?

索西根听来是古老的名字,

却只能代表你一半的历史,

在那些早已逝去的年月,

当克桑索斯和密安德[①],

刚刚开始蜿蜒,

当黑熊尚未盘桓,

在你林中的红壤地面,

当大自然尚未在你岸边,

种下松林郁茂,

你有过一些怎样的名号?

    一天里最热的时辰,我们在索西根河口上游一里处的一座大岛上歇息,岛上有一群正在吃草的牛,有高峻的岛岸和东一棵西一棵的榆树橡树,两边各有一条足供运河驳船通行的水道。我

---

    ① 克桑索斯见前文注释,密安德(Meander)是《伊利亚特》提及的一条河流,即今日土耳其的大门德雷斯河(Büyük Menderes River)。

们生了堆火，准备煮点米饭来当正餐，火焰在干草堆里蔓延，袅袅青烟默然升起，将奇形怪状的影子投在地面，似乎是这个正午仅有的奇观，而我们在想象之中毫不费力地溯河而上，跟下行的风和水一样自然，不曾以可耻的焦躁或奔忙，对这些宁静的时日形成冒犯。近旁岛岸的林子里落满了鸽子，它们本来是在南飞觅食，此时却跟我们一样，待在树荫里午休。我们听见它们时不时地另择栖木，翅膀发出好似丝弦振动的细微声响，还听见它们颤颤悠悠的轻声呢喃。正午时分，这些远比我们了不起的旅行家，与我们一同歇晌。一天里的这个时辰，你若是走到树林深处，常常可以看见一对离群的鸽子站在白松①的低枝上，看起来是那么地安静，那么地孤单，隐士的派头又是那么地成色十足，就跟从来没出过林子似的，其实呢，它们嗉囊里那颗尚未消化的橡子，是它们从缅因森林里捡来的。有一只这种漂亮的鸟儿在栖木上耽搁得太久，我们便把它逮了来，连同另外一只猎物，就地拔毛烤熟，准备带着上路，充作今天的晚餐，原因在于，除了自带的粮草之外，我们主要得靠河流和树林提供给养。说实在的，拔掉这只鸟儿的羽毛，掏出它的内脏，又把它的尸身架在炭火上烤，并不像是对待它的正确方式，尽管如此，我们还是豪气干云地继续行事，等待着进一步的启示。对于大自然的敬意，激起我们对自然生灵的同情，同一份敬意又将力量注入我们的双手，使我们一不做二不休，把手头的事情坚持到底。因为我们必须对自己背弃

---

① 白松（white-pine）即原产北美大陆东北部的松科松属高大乔木北美乔松，学名 *Pinus strobus*。

的一方尽到责任，必须完成命运的安排，这样一来，或许我们终将领悟，天国默许的这些无休无止的悲剧，隐含着怎样的清白无辜。

> 决心下得太快，决定难免差误，
> 爱好仓促割舍，怎能长期戒除？
> 应该做的事情，须得从长计议；
> 天国没有日期，忏悔永不为迟。①

我们是双刃的刀剑，每一次我们砥砺美德，回手时都会磨快恶习。能够干净利落地命中目标，不让另一道刃口破坏自己的成果，这样的高明剑客，哪里才有呢？

就连大自然自己，也没有为她的芸芸众生备下最优雅的结局。所有这些遍布天空与树林、为我们提供慰藉的鸟儿，最后都去哪儿了呢？麻雀似乎成天欢叫，从不病病快快。我们看不到它们尸身狼藉的情景，可它们当中的每一个，生命的尽头都是一出悲剧。它们注定要悲惨地死去，没有一个会被接引上天。千真万确，"没有我们天父的允准，一只麻雀也不会掉在地上"②，可它们确实会掉下来，不管你怎么说。

---

① 引文出自夸尔斯《象征诗集》第二卷第十三首，字句与原诗略有差异。"天国没有日期"原文作"Heaven is not day'd"，夸尔斯原诗则是"Heav'n's not decay'd"（天国不会朽坏）。

② 这句话脱胎于《新约·马太福音》经文："两只麻雀，岂不可换一分银子？没有你们的父（上帝），一只也不会掉在地上。"参见前文及相关注释。

然而，我们满心嫌恶地扔掉了几只可怜松鼠的尸骸，它们晨间还在欢蹦乱跳，但却被我们剥皮开膛，准备充作正餐，因为姗姗来迟的人性使我们终于醒悟，除非是在行将饿死的危急时刻，拿它们当食物太过伤天害理，等于是在延续野蛮时代的陋习。它们的个头大一点儿的话，我们的罪过还小一些。它们那小小的红色尸身，小团小团的红色组织，不过是几口野味，连"喂肥火焰"①都不够。我们突然之间良心发现，立刻把它们扔到一边，然后把手洗干净，煮了点米饭来当正餐。"看看吧，吃肉的人和肉的原主之间存在多么大的差别！前者得到的只是瞬间的享受，后者却被剥夺了存在的权利！""那些可怜的动物只吃林子里野长的青草，肚子里总是饥火燃烧，谁忍心对它们犯下这样的滔天大罪？"②我们想到了狩猎时代的人类图景，想到他们沿着山坡追野兔的场面，唉，可悲啊！话又说回来，牛羊不过是个头较大的松鼠而已，它们的皮被人保存，肉被人腌制，而它们的灵魂，兴许并没有与身体成比例的巨大尺寸。

烹饪过程之中，始终应该有一种自然之果开花成熟的变化。有一些简单的饭食，既能满足我们的想象，又能吊起我们的胃口。烤玉米就是一个例子，清晰地体现了爆裂的种子和植物生命中更完美的成长之间的一种共通。它是一种花瓣齐全的完美花卉，类

---

① "喂肥火焰"原文为"fattened fire"，可能源自古希腊诗人品达，因为在梭罗翻译的品达诗作中，其中一句是："他们那白花覆盖的尸身喂肥了火焰。"

② 这两句引文均出自威尔金斯的《益世嘉言》英译本。

似于美耳草或银莲花①。这些谷类花朵在我温暖的灶台上绽放,灶台便是它们生长的花床。说不定,这一类看得见的祝福,永远都会与简单健康的饮食相伴相随。

这里就是我们朝思暮想的"宜人港湾",疲惫的航行者可以在此歇息,阅读其他某个水手的日志,后者的船儿兴许曾扬帆破浪,经行更加著名、更加古典的海洋。在众神的筵席上,美餐之后总有音乐和歌曲;此刻我们打算斜倚在这些岛屿树木的下方,至于乐师,我们打算唤来

> 厄纳克里翁②
> 他不曾停止他迷人的咏唱,因为斯人虽逝,
> 他那张竖琴,却并未沉睡地底。
> ——西摩尼德斯③撰写的厄纳克里翁墓志铭

不久前,我读到来自伦敦一家书店的一卷老书,书中载有古希腊那些次要诗人的作品,仅仅是重温那些词语,便可称赏心乐事,比如俄耳甫斯、利诺斯、穆萨伊乌斯④,每个名字都带着微弱

---

① 美耳草(houstonia)是茜草科美耳草属草本植物的通称,这属植物开各色小花;银莲花(anemone)是毛茛科银莲花属开花草本植物的通称。

② 厄纳克里翁(Anacreon,前582?—前485?)为古希腊抒情诗人,以赞颂爱情和美酒的诗歌闻名。

③ 西摩尼德斯(Simonides of Ceos,前556?—前468)为古希腊抒情诗人,尤以挽歌及墓志铭著称。

④ 俄耳甫斯及利诺斯见前文注释,穆萨伊乌斯(Musaeus of Athens)是古希腊的传奇哲学家、历史学家、预言家及诗人。

的诗意声响与回音,正在从我们现代人的耳边消逝;又如那些几乎同样虚幻的名字,弥涅墨斯、伊比克斯、阿尔卡伊乌斯、斯特西克鲁斯、米南德。[①]他们不曾虚度人生,我们可以和这些没有形体的声名交流,毫无保留,毫无偏见。

我所知道的学问当中,再没有哪种像古典学者的专业一样静虑安神。坐对古典之时,生活显得无比静寂,无比宁谧,仿佛与我们相隔遥远,而且我相信,一般而言,从任何寻常看台看到的生活,都不像从文学视角看到的生活这么真实,这么原汁原味。在宁谧时辰观想希腊和拉丁作家的旅程,乐趣有胜于旅人观览希腊或意大利最美的风景。哪儿还有更文雅的旅伴呢?从荷马和赫西俄德延伸到贺拉斯和尤维纳利斯的这条大路,比阿皮亚古道[②]还要迷人。阅读古典,或者说借由古希腊罗马作家的存世作品与他们交流,就好像漫步在群星和星座之间,漫步在一条高绝宁谧的幽径。实在说来,真学者的日常表现,必然与天文学家多有相似。扰人心神的种种烦忧,不会有机会遮挡他的视野,因为文学的高地和天文学一样,也凌驾于风暴和黑暗之上。

好了,既然路过这些关于吟游诗人的传说,我们不妨稍停片

[①] 弥涅墨斯(Mimnermus)为公元前七世纪的希腊挽歌诗人;伊比克斯(Ibycus)为公元前六世纪的希腊抒情诗人;阿尔卡伊乌斯(Alcaeus)为公元前七世纪的希腊抒情诗人;斯特西克鲁斯(Stesichorus,前630?—前555?)为古希腊抒情诗人;米南德(Menander,前342?—前290?)为古希腊剧作家及诗人。

[②] 贺拉斯(Horace,前65—前8)和尤维纳利斯(Juvenal,活跃于公元一二世纪之交)都是古罗马诗人;阿皮亚古道(the Appian)是古罗马的一条重要道路,有"路中女王"之称。

刻,来看看提奥斯的这位诗人①。

他身上有一种离奇的现代性,他的作品很容易译成英文。他那张只愿弹奏轻快旋律的竖琴,据西摩尼德斯所说并未沉睡地底,难道说,我们的各位抒情诗人,个个都只是在重复他那张竖琴的声音?他的颂诗好比纯净象牙雕刻的珍品,又好比夏日的黄昏,有一种转瞬即逝的空灵之美,$ő χρή σε νοεῖν νόον ἄνθει$,必须用心灵之花去体会,②并且让我们看到,美可以被刻画成多么微细的模样。你不得不用眼角的余光仔细观看,像观察亮度较低的星星,不得不往它们的旁边看,这样才能看见它们。他的颂诗使我们着迷,是因为它们宁谧安详,远离夸说与激情,因为它们具备一种花儿一样的美,这种美不会花容自献,你只能像对待自然事物一样,自己去接近它,探究它。不过,他这些诗最大的好处,或许在于它们轻盈却安稳的步态——

它们走过的时候,
不会压弯幼嫩的草茎。③

千真万确,它们从不会使我们神经绷紧,因为这旋律由始至终出自竖琴,从不间杂号角的声音,可它们并没有像别人揣测的

---

① 即出生于古希腊海滨城市提奥斯(Teos)的厄纳克里翁。
② "必须用心灵之花去体会"的原文是对希腊文引文的英译,见于《凤鸟:古贤残篇撷珍》"琐罗亚斯德格言"第一百六十三则。
③ 引文出自托马斯·珀西《英格兰古诗遗珍》收录的佚名古歌《仙后》("The Fairy Queen")。梭罗把原诗中的"we"(我们)换成了"they"(它们)。

那样流于粗俗,始终高蹈在超越感官享受的境界。

以下是他流转至今的一些顶尖作品[1]:

他的竖琴

我想歌唱阿特雷代,

也想歌唱卡德摩斯,[2]

可惜我竖琴的弦丝,

只会奏响爱的旋律。

最近我换了琴弦,

整张琴一并更换,

于是我从头唱起,

赫剌克勒斯的苦役[3],

可是我的竖琴,依然奏着恋曲。

从今后,各位英雄,跟我永别吧!

因为我的竖琴,

只懂得歌唱爱情。

---

[1] 以下诗歌均出自法国古典学者及印刷商埃琴(Henri Estienne, 1528/1531—1598)编印的《厄纳克里翁诗集》(*Anacreontea*)。该书体例为希腊原文加上埃琴的拉丁译文,本书引文原文是梭罗的英译。

[2] 阿特雷代(Atridæ)和卡德摩斯(Cadmus)都是古希腊神话中的英雄人物。阿特雷代是迈锡尼国王阿特柔斯(Atreus)两个儿子的合称,即阿伽门农和墨涅拉俄斯(参见前文注释),卡德摩斯是古希腊名城忒拜(Thebes)的建立者。

[3] 赫剌克勒斯(Hercules)是古希腊神话中半神半人的英雄,死后成为神祇。他曾经在疯狂之中杀死自己的妻儿,清醒之后希望赎罪,由是按照提任斯国王欧律斯透斯(Eurystheus)的命令完成了十二件极其艰难的任务,世称"赫剌克勒斯十二苦役"。

致燕子

亲爱的燕子啊,你从不误期,

年复一年,来来去去,

夏天你编织窝巢,

冬天就高飞远逝,

或去尼罗河,或去孟菲斯①。

爱情却在我心里织巢,

永远不肯停息……②

银杯

乌尔坎③啊,请你为我,

加工这块银子,

不要做什么全副盔甲,

战争和我有什么关系?

要做一只空空的杯盏,

做得越深我越欢喜,

再在杯中为我安排,

不是星星,不是北斗,

也不是悲哀的猎户座,

七姊妹星团于我何有?

---

① 孟菲斯(Memphis)为埃及古都。
② 这首诗是节译。
③ 乌尔坎(Vulcan)是古罗马神话中的火神及金工之神,对应于古希腊神话中的赫淮斯托斯(Hephaestus)。

闪亮的牧夫又是什么?①

要为我安排葡萄藤蔓,

上面要挂着葡萄串串,

还要有金色爱神和巴瑟勒斯②,

与俊美的莱伊乌斯③一起,

在那里踩葡萄榨汁。

自述

你歌唱忒拜的壮举④,

他歌唱特洛伊战役,

我却歌唱自己的败绩。

打败我的不是骑兵,

不是步兵,也不是战船,

是一支与众不同的新军,

用目光使我毁于一旦。

---

① 这里提及的四个星座在古希腊神话中存在两两关联。宙斯的情妇卡利斯托(Callisto)被嫉妒的赫拉变成了一头黑熊,由此遭到亲生儿子阿克丢勒斯(Arcturus)的追猎,宙斯便把卡利斯托变成了大熊星座(北斗),把阿克丢勒斯变成了牧夫座。猎人俄里翁(Orion)纠缠普莱厄狄斯七姊妹(Pleiades),宙斯便把七姊妹变成了七姊妹星团,俄里翁后来变成了猎户座。"北斗"对应的梭罗原文是"wagons"(意为马车),可能是梭罗误译,从厄纳克里翁这首诗的上下文和另一些英译本来看,英译或应以北斗的别称"the Wagon"为是。

② 据古罗马诗人贺拉斯《长短句第十四首》(*Epode XIV*)所说,巴瑟勒斯(Bathyllus)是厄纳克里翁的同性爱人。

③ 莱伊乌斯(Lyaeus)是古希腊神话中酒神狄俄尼索斯(Dionysus)的别名之一。

④ 指古希腊神话中七位英雄攻打忒拜城的事情,即著名的"七将攻忒拜"(Seven Against Thebes)。

致鸽子

可爱的鸽子啊,

你从哪里,哪里飞来?

奔走空中的你,

是从哪里扇来,

这弥漫天地的馥郁香脂?

你是谁?身负什么使命?

是厄纳克里翁差我办事,

要我去找少年巴瑟勒斯,

他是主宰一切的暴君,新近登基。

基西拉女神①为一首短短歌行,

把我卖为奴隶,

因此我替厄纳克里翁,

来办这件差使。

眼下如你所见,

我携着他写的信函。

他说我办完此事,

便还我自由之身,

但即使他将我释放,

我依然做他的仆人。

因为我何苦飞翔,

---

① 基西拉女神(Cythere)即古希腊神话中的爱神阿弗洛狄忒,因为她出生在希腊基西拉岛(Cythera)附近的海里。鸽子是阿弗洛狄忒的圣鸟。

越过田野山冈,

何苦树上歇宿,

啄食野生之物?

如今我吃的是面包,

而且是从厄纳克里翁

本人的手中取用,

他还给我品尝,

他自己喝的佳酿,

我一边喝一边跳舞,

用我的翅膀,

遮住我主人的面庞,

到了休息的时辰,

我就拿他的竖琴当床。

我已说完,你可请便,

伙计啊,你已使我变得

比乌鸦还要多言。

爱神

爱神走得像飞一样,

拿着风信子颜色①的手杖,

吩咐我随他一同前往。

我们匆匆跑过湍急流水,

---

① 根据古希腊神话,风信子是太阳神阿波罗的同性爱人海厄森斯(Hyacinth)所化。

葱郁林地,越过悬崖百丈,
我却被水蛇咬伤。
我本来会就此昏厥,
心跳到了嗓子眼儿上,
但爱神用他柔软的翅膀,
扇着我的额头,对我说,
你确实不具备爱的力量。

女人

自然将双角赐予公牛,
四蹄赐予马匹,
迅捷赐予野兔,
利齿赐予雄狮,
泳技赐予鱼儿,
飞翔赐予鸟类,
智慧赐予男子。
她没有余物可予女人,
最终以何物相赠?
不是坚甲厚盾,不是霜矛利兵,
是美——
美丽的女人啊,
甚至令铁与火俯首称臣。

恋人

马匹可以凭借
身体两侧的烙印辨认,

有人曾从箭杆花色,

认出帕提亚人①的身份,

我也可以一眼认出,

那些坠入爱河的人,

因为他们的心上,

有一丝淡淡烙痕。

致燕子

你想让我怎么对付你,

你这只聒噪不休的燕子?

难道你非得让我,

剪掉你轻盈的飞羽?

又或是想让我,

仿效特瑞厄斯②,

将你的舌头连根拔起?

你为何用你的晨曲,

生生将巴瑟勒斯,

从我的美梦中夺去?

致小马

色雷斯小马啊,

---

① 帕提亚人(Parthian)即西亚古国帕提亚(存在于公元前三世纪至公元三世纪)的国民,该国骑兵以善射闻名。

② 特瑞厄斯(Tereus)是古希腊神话中巴尔干古国色雷斯(Thrace)的国王,强占妻妹菲洛墨拉(Philomela),并且割掉了她的舌头,以防她声张此事。菲洛墨拉最终变成了燕子(一说夜莺),特瑞厄斯变成了戴胜。

你双眼将我斜睨，

为何你忍心逃离，

以为我无计可施？

要知道我完全可以

给你套上马具，

然后抓紧缰绳，

向着马场奔去。

可你眼下徜徉草地，

一边吃草，一边欢快嬉戏，

只因没有娴熟的骑手，

在你的背上将你驾驭。

受伤的丘比特

小爱神有次在玫瑰花丛，

没留神一只熟睡的蜜蜂，

于是被蜂儿蜇刺，

伤到了他的手指，

疼得他痛哭流涕。

他又是跑又是飞，

去找美丽的维纳斯，

他说妈妈，有人杀我，

有人杀我，我要死了。

一条小蛇把我咬伤，

身上还长着翅膀，

它叫作蜜蜂，农夫们讲。

妈妈回答说，要是蜜蜂

都能蜇得你疼痛难当，

那你想想，宝贝儿，被你射中的那些人，

该疼成什么模样？

我们在岛上逗留许久，天近黄昏才再次启程，这时我们第一次升起风帆，西南风给我们当了短短一小时的盟友，只可惜天公作梗，不乐意让它继续帮忙。我们只升了一张帆，转舵避开礁石，沿河流东侧缓缓上溯，与此同时，对岸的小山顶上，一帮伐木工人正在把木材往山下滚，准备用筏子运往下游。我们看见他们的斧子和撬杠在阳光下闪闪发亮，看见木材卷起尘土，轰隆隆地往下滚，声音好似震天炮火，响彻我们这一侧的远方树林。好在西风劲吹，很快就把我们送到了看不见也听不见这种商业活动的地方。我们驶过雷德渡口，又驶过一个名为"麦高岛"的岛屿，抵达水流湍急的"莫尔瀑布"，由此驶入"那个九里长的河段，现已依法改造为联合运河，该河段共有六道不相连属的瀑布，每道瀑布所在之处，以及其间的几个地点，皆已经过施工改造。"[1] 借助船闸通过莫尔瀑布之后，我们不得不重拾船桨，兴高采烈地向前划，赶得前方那只小小的鹬鸟[2] 奔逃不迭，从一块礁石跳到又一块礁

---

[1] 引文见于美国教育家及作家蒂莫西·德怀特（Timothy Dwight，1752—1817）在《新英格兰及纽约游记》（*Travels in New-England and New-York*，1821—1822）第一卷当中摘引的米德尔塞克斯运河董事会报告。

[2] "鹬鸟"原文为"sandpiper"，是鹬科（Scolopacidae）鸟类的通称。

石。岸边的农舍稀稀落落,我们时或划到离农舍很近的地方,近得可以看见门前的向日葵,看见罂粟的蒴果,好似一个个盛满忘川之水的高脚小杯①,同时又不会划得太近,免得打扰门后的懒散人家。就这样,我们一路荡桨前行,载浮载沉地上溯这条宽广的河流,平缓的河水静静流过暗藏的礁石,那里水色透明,可以看见幼小的狗鱼伏在低处,渴望着绕过某个遥远的岬角,实现一次好比人生转折的重大改变,看看会迎来什么样的崭新风景。我们放眼眺望一片宽广宁静的崭新乡野,第一次远远看见拓荒者们的农舍,农舍的屋顶上覆盖着一个世纪的苔草,屋檐下荫庇着拓荒者们的第三代或第四代苗裔。夏季的太阳、春天的芽苞和秋日的焦枯树叶,跟这些岸边小屋有着怎样的关联,这些小屋如何向四周散发晕染风景的光线,乌鸦的飞翔和老鹰的盘旋,又如何与小屋的房顶息息相关,这些问题,想起来就让人觉得奥妙神奇。陪伴我们的依然是亘古丰沃的河岸,藤蔓为它镶上花边,小鸟和嬉戏的松鼠使得它生机盎然,河岸有时是某个农夫的田畴尽头,或者是某个孀妇的林地边界,有时则是更加荒蛮的所在,可以看见麝鼠,看见这小小的河中灵兽拖着步子,偷偷爬过赤杨树叶和蚌壳,这样的河岸,已经将人类和关于人类的记忆,放逐到九霄云外。

到最后,不知疲倦永不沉没的河岸,依然延伸不息的河岸,用清凉的树丛和宁谧的草地招引我们,邀请我们系缆下船。我们冒险登上了一片荒僻的河岸,准备勘查一番,十之八九,没有任

---

① 忘川见前文注释。根据古希腊神话,罂粟是生长在睡神许普诺斯(Hypnos)居所门口的花。在西方文化当中,这种花具有睡眠、遗忘、死亡等象征意义。

何当地居民知道我们去过那里，到今天依然如此。但我们至今记得，就连那里也长着疙疙瘩瘩的好客橡树，全都是我们的老相识，等着给我们殷勤的款待，记得那匹独自吃草的马儿，还有那群慢条斯理的奶牛，牛群沿着精心挑选的路线，绕过障碍走到河边，我们也跟着它们走过去，搅扰了它们在树荫里的倒嚼反刍，最重要的是，我们记得那些野苹果树洒脱不羁的姿态，记得它们慷慨地向我们奉献果实，虽然说果实依然青涩。它们的果子又硬又圆，光滑闪亮，不熟也不是什么毒药，而是跟我们一样的新英格兰土产，因为它们的祖辈，是由我们的祖辈携来此地。全靠这种相对文雅的树木，这片蛮荒之地才有了一点儿曙光初露的半开化风貌。再往前去，我们踏进一条长期为大自然充当泄洪通道的多石溪涧，手脚并用地走向上游，像溪涧本身一样，在深谷的底部穿越乱麻似的丛林，从一块岩石跳到又一块岩石，眼看着越来越晦暗的深谷，耳听着越来越粗厉的溪声，最终走进了一座磨坊的残墟，那里已经长满了常青藤，鳟鱼在支离破碎的水槽里闪着银光，使得我们暗自悬想，当初那个早期移民，做的是什么样的美梦，打的是什么样的算盘。不过，凋残的白昼迫使我们再次启航，迫使我们在水波荡漾的河面长时间奋力划桨，好补回这段浪费的时光。

每隔一两里的距离，岸边就可以看见一座农舍的屋顶，除此而外，河上的景象依然冷落蛮荒。我们曾经从书上读到，这个地区一度以制造里窝那式[①]草编女帽闻名，并且声称这种帽子是本地

[①] 里窝那（Leghorn，亦作 Livorno）为意大利港口城市，出产一种用漂白麦秆编的帽子，曾大量出口。

的发明,眼下便偶或看到一位勤劳的女郎,脚步轻快地下到河边,看样子是来浸泡麦秆,一时之间却站着不动,一边目送航行者渐行渐远,一边捕捉我们咏唱的船歌,随风飘送的片段:

也许,无数个迟滞年头之前,
那位印第安猎手,便是如此,
轻轻滑过你微波荡漾的水面,
轻轻哼唱,一首天然的歌曲。

太阳已经,在柳林背后藏身,
太阳正在,随波涛闪耀金光,
隐隐约约,众位勇士的精魂,
踏过倦怠的浪头,翩然而降。

刚好在日落之前,我们划到又一道瀑布脚下,瀑布位于贝德福德镇的一个荒凉河段,一些雇来的石匠在那里修理船闸。他们对我们的冒险经历很感兴趣,尤其好奇的是一个与我们年纪相仿的小伙子,他一上来就问我们,是不是要去上游的"某某斯基格"①,听过我们的故事之后,他看了看我们的行头,问了些别的问题,神色并不兴奋,而且不断地回头去做他的活计,虽然说看他的模样,活计已经变成了不得不尽的义务。一望而知,他很想跟

---

① 这个小伙子问的可能是梅里迈克河上的阿莫斯基格瀑布(Amoskeag Falls),该瀑布位于新罕布什尔城镇贝德福德(Bedford)上游的曼彻斯特。

我们一起走，只见他举目望向上游，眼睛里映出无数的远方岬角，无数的蓊郁河岸，脑子里也是如此。我们准备上路的时候，他放下手里的活计，一边带着敛藏的热情，帮助我们通过船闸，一边告诉我们，这地方是库斯瀑布。从他那里划出去许多桨之后，我们依然能清晰听见他凿石头的声音。

今天晚上，我们本想在瀑布顶上河中央的一块大礁石上宿营，但礁石上没有柴禾可拾，帐篷也很难扎牢，我们只好另做打算，把卧床铺在礁石对面的大陆，铺在河西岸的贝德福德地界，铺在一个应该可算幽僻的地方，因为我们的周围，四望不见人家。

星期三

> 人是人的大敌,是人的命运之神。
> ——科顿[1]

今天清早,我们还在踩着露水卷我们的野牛皮,往船上搬我们的家什,我们的火堆余烬还在冒烟,修理船闸的那帮石匠就走在了上工路上,出现在了我们面前。昨晚我们勘查礁石的时候,曾经看见他们驾船渡河。今早碰见他们,我们这才发现,我们的帐篷恰好支在了他们去往小船的小径当中。我们在自己的宿营地被人瞧见,这是绝无仅有的一次,因为航程之中,我们总是远离车水马龙的大路,远离旅途的风尘与喧嚣,安静轻悄地欣赏乡野风光,自由自在,随心所欲。其他道路都会对大自然造成伤害,引来一些直勾勾盯着她看的旅人,河川却一点儿也不唐突,只会轻手轻脚地潜入它流经的山野,默默地创造风景,装点风景,而且像轻风一样,来去都洒然无碍。

日出之前,我们从这处多石的河岸登船下水,一只体型较小

---

[1] 引文出自英格兰诗人查尔斯·科顿(参见前文注释)的诗歌《世情》("The World")。

的麻鳽①，水滨的守护精灵②，正沿着河岸的边缘，闷闷不乐地东游西荡，时而停下来翻泥觅食，一边神色俨然地认真工作，一边时刻留意我们的动静，时而像一名身穿风雨衣的海难打捞者，急匆匆跑过湿漉漉的石块，寻找蜗牛和鸟蛤的残骸。不一会儿，它扬长而去，犹犹豫豫地飞在空中，不知该在哪里降落，直到赤杨丛中现出一杆③空旷沙地，召唤它前去落脚，可我们的小船稳步向前，距离它越来越近，迫使它另寻休憩之所。这种鸟属于最古老的泰勒斯学派，无疑信奉水为一切元素之首的学说④，它是大洪水之前某个朦胧时代的孑遗，至今还跟我们扬基人一起生活，住在美国这些波光粼粼的河边。这种多愁多思的羽族，身上有一种古朴庄严的气质，说不定，早在地球尚未成年、还是一片泥泞的时候，它就已经在地球上行走，说不定，它当年的足迹印进了化石，到今天还可以看见。它绵延至今，生存在我们骄阳刺目的夏季，虽然得不到人类的同情，却依然勇敢地担起了自己的命运，仿佛在期待一次它并无把握的基督重临。人们禁不住揣测，它在岩石与沙岬旁边如此耐心地钻研探究，是不是已经摸透了大自然

---

① 可能是指与美洲麻鳽（参见前文注释）同亚科不同属的小麻鳽（least bittern, *Ixobrychus exilis*），这种鸟分布于加拿大南部至阿根廷北部的美洲地区，喜欢在芦苇丛中栖息。

② "水滨的守护精灵"（the genius of the shore）语出弥尔顿的悼亡诗《利希德斯》(*Lycidas*, 1637)："从今以后，你就是水滨的守护精灵。"不过，弥尔顿的"水滨"指的是海滨。

③ 这里的杆（rod）是面积单位，一杆约等于二十五平方米。

④ 泰勒斯（Thales of Miletus，前 624?—前 546?）为古希腊哲学家，认为水是万物的本原。

的全部秘密。它单腿站立,无神的眼睛久久地注视阳光雨露,月亮星辰,由此得来的阅历,不知道得有多么丰富!关于死水的池沼,关于芦苇和阴湿的夜雾,它的肚子里不知道装着多少故事!在这样的时辰,这样的孤寂之中,它那只正在观看世界的圆睁眼睛,着实值得我们仔细端详。依我看,在它黄中泛绿的暗淡眼睛里,我的灵魂一定呈现着一种难以觉察的鲜绿色。我曾看见这种鸟儿六七只聚成一群,沿着河滨的浅水地带站成一排,把尖喙扎进河底的淤泥寻找食物,整个脑袋没入水中,脖子和身体形成一道水面的拱门。

离此地不远的地方,科哈斯溪从东面汇入梅里迈克河。这条溪涧是马萨贝西克湖的泄水道,湖在五六里之外,面积一千五百亩,是罗金厄姆县最大的淡水水体。我们划行在曼彻斯特和贝德福德之间,大清早就驶过了一个渡口和一道瀑布,瀑布名叫"戈夫瀑布",印第安人称之为"科哈塞特",附近有个小村,中游还有个郁郁葱葱的漂亮小岛。建造洛厄尔城的砖块,都是从贝德福德和梅里迈克用船运去的。听人家说,大概二十年前,贝德福德一个姓莫尔的先生[①],因为自家的农庄盛产黏土,便和洛厄尔城的奠基者们签了合同,承诺在两年之内供应八百万块砖。他只用一年就完成了合同,从那以后,砖块就成了这两个镇子最主要的外销产品。就这样,农夫们为自家的林子找到了市场,送一车木柴去砖窑,便可以拉一车砖块去河边,一天的辛劳换来了收益,交

[①] 据贝德福德镇编纂的《贝德福德史》(*History of Bedford, New Hampshire from 1737*)所说,此人是威廉·莫尔(William Moore, 1773—1839)。

易各方皆大欢喜。洛厄尔城被"挖出来"的地点,确实值得去看一看。与此相类,曼彻斯特也是用砖砌起来的,砖块来自更上游的胡克塞特。

在戈夫瀑布左近的梅里迈克河岸,在现今这个"以啤酒花及精美家庭制品"①闻名的贝德福德镇境内,可以看到一些土著居民的墓地。大地依然保留着这道伤疤②,时光却正在慢慢捣碎一个种族的遗骨。不过,从他们第一次在此捕鱼打猎的时候开始,每一年的春天,从不落空的是,褐嘲鸫依然从桦树或赤杨枝上宣告晨曦的到来,永不消亡的刺歌雀种群也依然在干枯的草丛里簌簌穿行。③然而,这些骸骨并不会簌簌作声。这些朽败成尘的元素,正在慢慢酝酿又一次蜕变,准备为新的主人服务,曾经是印第安人意志的物事,不久就会成为白人的筋骨。

我们听人说,贝德福德的啤酒花已经不像先前那么出名了,原因是啤酒花的价格波动太大,搭棚架所需的柱子也已经变得稀少难觅。话虽如此,旅人要是从河边往内陆走那么几里,还是会被一座座烘制啤酒花的窑屋④撩起好奇之心。

上午的航程平淡无奇,只不过河道里的礁石有所增加,瀑布

---

① 引文出自《新英格兰地名索引》。

② "伤疤"应指墓地,因为《新英格兰地名索引》说贝德福德的印第安人墓地并不是突起的坟墓,而是一片"十杆长五杆宽"的长方形地面。

③ 褐嘲鸫(brown thrasher)是嘲鸫科弯嘴嘲鸫属的一种鸣禽,学名 *Toxostoma rufum*;刺歌雀(reed-bird)是一种小型鸣禽,为拟黄鹂科刺歌雀属的唯一物种,拉丁学名 *Dolichonyx oryzivorus*。

④ 啤酒花须经烘制,烘啤酒花的窑屋(hop-kiln)呈圆柱形,屋顶呈圆锥形。

也出现得更加频繁。接连不断地划了好几个钟头桨之后,在某个幽僻的地点自行通过船闸,也算是一种惬意的调剂。这一带的船闸通常无人照管,于是我们一个负责在船里坐镇,另一个负责开关闸门,然后耐心等待船闸的水注满,开关闸门有时得花费好一把力气,好一番吭哧嗨呦。我们准备的轮子,一次也没用上。依靠漩涡帮忙,我们有时能从几乎正对瀑布的地方往上游漂,一直漂到船闸跟前,由于同样的原因,上游漂下来的木材都得在漩涡里打转,一再被拽进急流,最后才能漂向下游。灰扑扑的古老船闸沐着阳光,静静地将臂膀伸过河面,仿佛是风景中该有的自然之物,它们是翠鸟和鹬鸟中意的降落地点,一如木桩与礁石。

我们优哉游哉地往上游划了几个小时,思绪单调地应和着船桨起落的节奏,直至日上中天。外界的变化只有河流和渐渐退却的河岸,河上的景色不断在我们身后展开,在我们面前闭合,因为我们是背朝上游坐的,内部的变化呢,也只有缪斯女神抠抠索索借给我们的一点儿情思。我们不断经过低矮诱人的河滩,或是俯临水面的高岸,可我们一掠而过,不曾登陆观览。

> 我们曾在这么近的地方,
> 看见我们人生的风光。

不难看出,人类是靠什么本事占据了大地。最小的溪涧也是一片地中海,一条规模较小的内陆大洋溪[①],人类可以凭田地边界

[①] "大洋溪"原文为"ocean creek",可参看"星期日"中关于"大洋河"的叙述和注释。

和农舍灯光的指引,在其中任意航行。拿我自己来说吧,要没有地理学家帮忙的话,我恐怕压根儿就不知道,水在我们的星球上占了多大比例的面积,因为我的人生,主要是在一个无比幽深的湾澳里度过。尽管如此,我还是时不时地冒险出航,甚至远达我那个"水手避风港"[①]的出口。有段时间,我喜欢站在斯塔腾岛上一座古老残破的要塞里,整日观看一艘大船的航行。[②]早晨,大船刚刚出现在海滨,映日生辉的船体刚刚耸出地平线,我就借助望远镜看清了它的名字。我会从领航船和最有闯劲的新闻艇[③]与它相遇的时候开始,看着它驶过沙钩海滩,沿着外纽约湾的狭窄航道上行,直到它迎来登船检疫的卫生官员,进入隔离区[④]停泊,或是顺利通过检疫,继续驶向纽约港的码头。同样有趣的事情是观察那个闯劲不那么大的新闻记者,看他无视感染疾疫的危险和检疫

---

① "水手避风港"在这里只是比喻说法。原文为"Snug Harbor",是"星期日"中曾提及的"Sailor's Snug Harbor"(水手避风港)的简称,可参看相关注释。

② 1843年5月至12月,梭罗曾在斯塔腾岛暂住。前文也曾提及此事。

③ 据美国新闻教育家理查德·施瓦兹洛斯(Richard Schwarzlose,1937—2003)《美国的新闻掮客》(*The Nation's Newsbrokers*,1989)一书所说,新闻艇(news-boat)是当时纽约的一些报刊为抢先报道外国新闻(主要是欧洲新闻)而采用的一种手段。抵达纽约的外洋船舶需办理海关查验及卫生检疫(发现疫情的话还需要隔离三十天以上)等手续,然后才能进港并分发船载邮件。为避免此类耽搁,纽约报刊便通过伦敦或利物浦等地的代理做好安排,让外洋船舶携带一个专为报刊准备无须通过海关查验的邮包,新闻艇的任务就是在船舶即将到港时去海上迎候,从船长或其他高级船员手里取得这个邮包。

④ 隔离区(Quarantine)即存在于1799至1858年间的纽约海事医院(The New York Marine Hospital)。这家医院在斯塔腾岛上,负责收治检疫官员发现的病患。

法的规定,向施施然通过纽约湾海峡①的大船发起冲击,将自己的小船系在庞大船身的一侧,然后吭哧吭哧地爬上大船,消失在舱室里面。这时我可以想象,大船的船长正在向他透露何等重大的消息,他收到的消息,哪只美国耳朵也没听过,说的是亚洲、非洲和欧洲——已经悉数沉没。到最后,他付过了购买消息的钱,出现在舱室外面,带着他那捆报纸爬下船舷,只不过已经不在他之前登船的地方,因为到港的大船一直在继续前行,可不会站在原地聊八卦。只见他奋力划桨,匆匆离去,准备把手头的货品卖给出价最高的竞标者,而我们很快就会读到一些耸人听闻的东西,"最新抵埠","由某某号大船载来",如此等等。星期日,我在斯塔滕岛腹地的一座小山上观看出航的船舶,它们的长长队列从纽约港的码头向外延伸,穿过纽约湾海峡,穿过沙钩海滩,一直伸到洋流之中,伸到目力所及范围的尽头,行进的架势气派庄严,船上的风帆好似锦缎,个个都指望着顺风顺水的航程,只可惜毫无疑问,每次都有若干船舶注定要葬身海底,再也不会回到这片海滨。除此而外,在晴好日子的傍晚,我喜欢点数视野之中的船帆,以此作为消遣。然而,新的帆影不断显现在落日余晖之中,显现在更远的地平线,每一次清点的结果都会比上一次更多,等到最后一抹阳光扫过海面的时候,我得到的数字已经是第一次清点时的两倍以至三倍,只不过到得此时,大部分的船都只是朦朦

---

① 纽约湾海峡(the Narrows)是连接下纽约湾(即梭罗说的"外纽约湾",参见前文注释)和上纽约湾的狭窄水道。文中的记者在这里迎候大船,没有像上文中的新闻艇那样跑到沙钩海滩之外去拦截,所以梭罗说他"闯劲不那么大"。

胧胧、笼而统之的船只，我无法再把它们全部归入多桅纵横帆船、双桅横帆船、多桅纵帆船、单桅纵帆船等等类别。这之后，柔和的暮光兴许会照出某个水手的漂浮家宅，他的思绪则早已飞离美国的这片海滨，向着我们梦想的欧洲奔去。我曾在同一座小山的山顶遭遇雷雨，它从凯茨克尔山和高地镇①滚滚而下，扫过我所在的岛屿，把地面变成一片汪洋。等到它突然把岛屿撇在阳光之下，我便看见它携着巨大的阴影和不断下降的幽暗雨幕，挨个儿追上海湾里的船只。船儿的鲜亮风帆瞬间低垂，变得像谷仓墙垣一样灰暗，船儿本身也似乎心生畏惧，在暴风雨面前蜷成了一团，更远的海面是那些暴风雨尚未追及的船只，它们的风帆依然洒满阳光，透过幽暗的雨幕闪闪发亮。午夜时分，四周和头顶一片黑暗，我看见远远的海上有一片颤颤的银光，那是大洋反射的月华，似乎来自我们的夜晚之外，来自某个明月徜徉无云夜空的地方，银光中时或出现一个黑点，那是一艘幸运的船儿，正趁着夜色继续它快乐的航程。

但对我们这些河上水手来说，太阳永远不会从浩瀚的海波里喷薄而出，只会从青葱蓊郁的矮树丛中升起，在黑黝黝的大山剪影背后沉落。跟晨间看见的麻鸦一样，我们也只是微不足道的水滨居民，而我们的追求，同样只是蜗牛和鸟蛤的残骸。尽管如此，能够更多地了解某一片风光旖旎的水滨，我们已心满意足。

---

① 凯茨克尔山（参见前文注释）在斯塔腾岛北边，高地镇（Highlands）为纽约州城镇，在凯茨克尔山东南边，斯塔腾岛北边。

　　　　我的人生，好比一番海滩漫步，
　　　　我尽可能地靠近，大洋的边缘，
　　　　海涛时或追上，我迟缓的双足，
　　　　我时或停步，任海涛漫到身前。

　　　　我唯一的工作，我念念不忘的牵累，
　　　　是将我的收获，将仁慈大洋托付我的物事，
　　　　每一粒光润的卵石，每一枚稀罕的海贝，
　　　　摆到起落的潮水，不能企及的位置。

　　　　海滩之上，我的同伴寥若晨星，
　　　　扬帆海上的人们，对海滨白眼相向，
　　　　但我时常觉得，我虽在海滨居停，
　　　　却比他们更了解，他们横越的大洋。

　　　　大洋的中央，深红的掌藻无处寻觅①，
　　　　深海的波浪，也不将珍珠抛到眼前，
　　　　我的手沿着海岸，摸到大洋的脉息，
　　　　我还与无数失事船员，促膝倾谈。

　　这一带的河边，间隔一里以上才有一座小房子，房子通常在

---

　　① 掌藻（dulse）是掌形藻科掌形藻属的一种可食用海藻，生长在大西洋及太平洋北部海滨，颜色紫红，学名掌状红皮藻（*Palmaria palmata*）。

我们视野之外，但我们若是划得离河岸很近，有时就能听见母鸡的烦躁咕哝，或者是居家生活的细微声响，由此觉察房子的存在。船闸管理员的房子总是位置绝佳，环境清幽，地势峻拔，全都与瀑布或急湍为邻，俯瞰着景色最怡人的河段，因为瀑顶的河面通常比较宽，看起来更像湖面，而他们正是在瀑顶等候来往船只。这些寒酸的居所朴实无华，落落大方，依然以灶台为最基本的构件，在我们看来比宫殿和城堡更为悦目。正如我们先前所说，这些日子的中午时分，我们偶尔会爬上堤岸，去这样的人家讨杯水喝，与屋主结下一面之缘。这些房屋高踞在树木葱茏的河岸，环绕屋子的通常是一小块种着玉米、菜豆、南瓜、甜瓜的田畦，屋子一侧有时还有一片秀美的啤酒花田，以及爬上窗子的攀缘藤蔓，整座屋子看起来好似一个蜂箱，正等着收集夏天的蜜糖。比这些新英格兰居所的现实情形更奢侈、更宁谧的阿卡迪亚①生活，我还没有读到过。至少是从表层的镀金来看，当今可算是黄金时代。当你走近那洒满阳光的门廊，用你的足音唤起声声回响，这些安静的营盘依然悄无声息，使得你暗自忐忑，担心对这些东方的梦境居民来说，最轻柔的叩门声也会显得粗鲁无礼。说不定，来开门的是一位扬基-印度女子，她细声细气却真心实意的好客盛情，发自她娴静天性的无底深处，早已使对方心领神会，怕只怕自己太过殷勤，使对方难以推辞。你会轻手轻脚地踩过擦洗得发白的地板，走到光洁的"餐台"跟前，仿佛是生怕搅扰了这家人的勤

---

① 阿卡迪亚和本段下文中的坦佩都是传说中的世外桃源，可参看"星期日"当中的相关叙述及注释。

谨,因为自从这家人上一次摆好正餐的饭食以来,似乎已经有许多个东方王朝归于消逝。接着你走到经常有人光顾的井边,在井底看见你早已忘记的于思面庞,与井里的新搅黄油和鳟鱼相映成趣。"您也许想来点儿糖蜜和姜吧,"这宁谧正午的细弱声音如是建议。有时候,井边还坐着她当海员的兄弟,他是这户人家的骄傲,只知道从此地到最近港口的距离,对更远的距离毫无概念,更远的地方不是地方,通通都是汪洋大海和遥远海岬。只见他伸手拍抚狗儿,或是把小猫抱在怀里轻轻晃悠,一双臂膀曾顶着北风或信风张帆划船,饱经缆索和船桨的磨练。他抬起海员的眼睛,打量面前的生人,神色惊喜参半,像一只与人类近距离遭逢的海豚。如果人们能相信这一点,*sua si bona nôrint*[①],世上就不会有比这些新英格兰民居更宁静的坦佩,不会有比民居里的生活更诗意、更有阿卡迪亚韵味的日子。我们觉得,住在这些屋子里的人,白天的活计定然是莳弄花草,照管牛羊,夜晚则会像古时候的牧人那样,聚在河岸为星星取名。

今天上午,我们经过了硕特瀑布和格里菲斯瀑布之间的一个岛屿,这个岛面积广大,林木蓊郁,前端长着一片秀美的榆树林,是我们所见岛屿中最美的一个。假使时值黄昏,我们一定会喜滋滋地登岛露营。不久之后,我们又经过了一两个岛屿。船夫们告诉我们,近些日子,水流已经使这一带发生了重大的变化。岛屿总是能勾起我愉快的遐想,最小的也不例外,因为岛屿是一块小

---

① 这句拉丁引文出自维吉尔长诗《农事诗》(*Georgics*)第二卷,意为"如果他们能意识到自己的福分"。

型的大陆,是这个星球不可或缺的一个组分。我一直觉得,把我的小屋盖在岛上也不错。哪怕那只是一个小岛,不见树木只见荒草,一瞥之下即无余物,对我来说依然有一种说不清道不明的神秘魅力。两河交汇的地方,通常都有一个这样的岛屿,两股水流会把各自携来的泥沙堆在交汇处的漩涡里,那里可说是孕育大陆的子宫。每个岛屿的诞生,靠的都是何等微细、来源何等广泛的贡献!大自然凭借蚂蚁搬家的勤勉精神,用金银沙粒和森林残骸奠定未来大陆的基础,逐日扩增未来大陆的规模,这样的事业何等恢宏!品达以如下诗行叙写了锡拉岛的本末,后世的巴图斯便是从这个岛起家,占据了利比亚的昔兰尼。[①] 据品达诗中所述,在阿耳戈英雄即将返乡的时候,特里同以欧律皮洛斯的形象现身,向阿耳戈英雄欧菲摩斯赠送了一块土。[②]

> 他知道我们行程匆促,
> 连忙用右手抓起一块土,
> 殷勤地想要送给我们,
> 作为陌生人偶遇的礼物。

---

① 锡拉(Thera)是希腊岛屿圣托里尼(Santorini)的古名。昔兰尼(Cyrene)是古希腊人在利比亚建立的海外殖民地。巴图斯(Battus)为公元前七世纪的希腊贵族,昔兰尼殖民地的创建者,出生在锡拉岛。
② 阿耳戈英雄见"星期日"当中的相关叙述及注释,英雄之一是海神波塞冬(Poseidon)的凡人儿子欧菲摩斯(Euphemus)。特里同(Triton)是波塞冬的另一个儿子,自身也是神祇。与阿耳戈英雄相遇的时候,特里同不愿以神灵面目示人,因此化身为波塞冬的另一个凡人儿子欧律皮洛斯(Eurypylus)。

>这英雄不曾怠慢，当即跳上湖岸，
>
>伸手从他手里接来，
>
>这神秘的土块。
>
>可我听说当天傍晚，
>
>土块被海水冲出甲板，
>
>在茫茫大海之中，随波辗转。
>
>只怪那马虎的奴仆，疏于看顾，
>
>尽管我确曾，时常督促。
>
>辽阔利比亚的不灭种子，
>
>由此便在这个岛屿，过早落地。[①]

品达还为我们讲述了一个美丽的传说，其中说到赫利俄斯，也就是太阳神，[②]有一天俯瞰大海——兴许正是在这一天，某个逐渐隆起的沙洲第一次反射他的光线，由此熠熠生辉——刚好看见美丽富饶的罗得岛

---

① 引文原文是梭罗对品达《得尔斐竞赛颂歌》第四首的摘译。诗中这段叙述是伊阿宋的妻子美狄亚（Medea）所作的预言，"我"是美狄亚。"他"是特里同，"我们"是阿耳戈英雄，"这英雄"是欧菲摩斯，"这个岛屿"是锡拉岛。预言说阿耳戈英雄会在北非的特里同湖（Lake Tritonis）遇见特里同，欧菲摩斯会得到特里同赠送的土块。这土块是"利比亚的种子"，欧菲摩斯应当把它扔在冥府入口附近，那样的话，他的第四代子孙就会从土块落下的地方兴起，最终统治利比亚。但土块将会意外落水，漂到锡拉岛上，使得巴图斯（据说是欧菲摩斯的第十七代子孙）从该岛兴起，成为利比亚的统治者。

② 赫利俄斯（Helius 或 Helios）也是古希腊神话中的太阳神，有时与阿波罗混淆不分。

> 从海底冉冉上升,
>
> 能养育人丁无数,可放牧牲畜成群。

得到宙斯的首肯之后,

> 这岛屿跃出汪洋大海,
>
> 得到它的是金光四射的和蔼父亲,
>
> 驾驭喷火烈马的神灵。①

变迁无定的岛屿啊!自家的房子遭到这样一个敌手的暗中侵蚀,有谁会心有不甘?岛上居民能够看清,哪些水流造就了自己耕耘的土地,还能够看清,自己的土地仍在经历创生或毁灭的过程。说不定,曾在千万年前为他的农庄运来材料的水流,如今依然在他的门前流注,依然在运来或冲走农庄的泥土——好一个风度优雅、手段温柔的强盗!

此后不久,我们看到皮斯卡塔夸格河亦即"闪亮河"从我们左方汇入梅里迈克河,听到上方传来阿莫斯基格瀑布的声音。正如我们从《地名索引》中读到的那样,直到如今,每年依然有大量木材从这条河顺流漂进梅里迈克河,这条河上也依然有许多收

---

① 以上两处引文的原文均为梭罗对品达《奥林匹亚竞赛颂歌》(*Olympian Ode*)第七首的摘译。品达这首诗的致敬对象是一名来自罗得岛(参见前文注释)的优胜选手。与这几句诗相关的神话是赫利俄斯缺席了众神抽签瓜分大地的会议,因此没有分到地盘。他看到正在升起的罗得岛,便要求得到这个岛屿,并且如愿以偿。

益丰厚的磨坊水利。在这条河的河口往上游一点儿的地方,我们经过了一道人工瀑布,也就是曼彻斯特制造公司[①]的水力运河注入梅里迈克河的地方。这道瀑布十分惊人,实在应该有个名字,如果再配上巴希比希瀑布[②]那样的景致,一定能吸引远近游人前来参观。瀑水有三四十尺的落差,流经七八级陡峻狭窄、意在减弱水势的石砌台地,最终化作一团泡沫。这股运河之水似乎并未因力气耗损而趋于疲弱,反倒像一道山间急流,腾起同样纯净的泡沫水烟,发出同样震撼的狂野咆哮,虽然是从厂房底下流来眼前,却依然让我们看到了一道彩虹。如今它才是阿莫斯基格瀑布,被人们往下游挪了一里的距离。但我们并没有久留细赏,而是赶紧驶离了人们在此地聚成的村镇,驶离了正在河岸上为又一个洛厄尔奠基的锤击声响。我们这次出航的时候,曼彻斯特还是个只有大约二千居民的小镇,当时我们曾短暂登岸,想讨点儿清凉的水,一个当地居民告诉我们,他平常都是去河对岸的戈夫斯顿取水。现在呢,我听人说,事实上也亲眼见过,该镇居民已达一万四千之多。我曾行经戈夫斯顿和胡克塞特之间的那条大路,在路边的一座小山上,离该镇四里远的地方,看见雷雨乍停,冲出云层的太阳照亮该镇地界,闪耀在阳光里的已经是一座城市,而我九年

[①] "曼彻斯特制造公司"(Manchester Manufacturing Company)应即阿莫斯基格制造公司(Amoskeag Manufacturing Company)。该公司始创于1810年,为利用水力纺纱织布而兴建了阶梯式水力运河之类的设施。该公司所在的镇子原名德里菲尔德(Derryfield),于1810年改名曼彻斯特,因为该公司希望把该地发展成"美国的曼彻斯特"。

[②] 巴希比希瀑布(Bashpish 或 Bash-Bish)是马萨诸塞州最高的瀑布。

前在那里登陆的时候，看见的还是一片田野。该镇博物馆的旗帜迎风招展，馆中陈列着"全美国唯一一具完整的格陵兰鲸或河鲸骨骼"，我还从该镇的人名地址簿当中读到，那里有一座"曼彻斯特图书馆及美术馆"。

据《地名索引》所说，阿莫斯基格瀑布在半里之内形成了五十四尺的落差，是梅里迈克河上最为壮观的瀑布。我们大费周章才自行通过了这里的船闸，在一群村民的围观之下逐级爬上这条河的水做阶梯，为免小舟倾覆，还跳进运河供他们取乐，为此喝下了相当不少的河水。"阿莫斯基格"，或作"纳玛斯基克"，据说是"捕鱼胜地"的意思。瓦纳兰瑟特酋长，当年就在这一带居住。故老相传，他的部族跟莫霍克人打仗的时候，曾经把给养藏在这道瀑布上半部分的岩洞里。印第安人把给养藏进这些洞穴，并且坚称"这些洞穴是神挖给我们藏东西的"，他们对洞穴由来和用途的了解，有胜于皇家学会，后者曾在上世纪的一本会刊里提到这些洞穴，声称"它们一看就是人造的"。[①]与此相类的"壶穴"，这条河上的石溪峡[②]有，渥太威河有，康涅狄格河上的贝娄斯瀑布有，马萨诸塞州鹿野河谢尔伯恩瀑布的石灰岩里也有，基本上是所有的瀑布周围都有。新英格兰的这类奇观当中，最值得一提的兴许是那个著名的"石盆"，石盆在梅里迈克河源

---

① 皇家学会（Royal Society）位于伦敦，成立于1660年，是世界上现存最古老的科学学会。以上两处引文均见于贝尔讷普《新罕布什尔史》第三卷转引的皇家学会1717年《科学会刊》（*Philosophical Transactions*）里的文字。

② 根据梭罗1839年9月的日记，石溪峡（Stone Flume）即溪峡（Flume Gorge），是新罕布什尔州林肯镇（Lincoln）的名胜。

流之一的珀米吉瓦希特河上，长三十尺，宽二十尺，深度与面积相称，边缘光滑完整，里面盛满寒冽清澈的幽幽碧水。在阿莫斯基格瀑布，梅里迈克河被岩石分成了无数条急流，无数条涓涓溪涧，水量又因运河引流而锐减，以至于无法注满河床。这里有一个河水暴涨时会被漫过的礁岛，岛上有许多壶穴。我第一次见到壶穴是在谢尔伯恩瀑布，礁岛上的壶穴则跟那里一样，也是直径一尺到四五尺，深度与直径相等，形状是规整的圆形，带有弧线优美的光滑边缘，好似一只只高脚酒杯。这些洞穴的由来，最马虎的观察者也能够一眼看清。随水而下的石头被障碍物挡住，开始像架在枢轴上一样原地旋转，历经千百年的漫长时间，越来越深地沉入下方的岩石，新的洪水又给它带来新的石头帮手，新来的石头掉进它磨出的陷阱，注定得在里面转个不停，为自己的顽石罪孽承受西绪福斯一般的无期苦刑[1]，直到把自己磨成齑粉，或是把自己的牢底磨穿，又或是得到某种自然变化的解救。洞里躺着大小不一的石头，从卵石到直径一两尺的大石都有，其中一些是干到今春才停止劳作，另一些石头身居高处，已经在静止干燥的状态下安躺了不知道多少年——我们留意到，有些石头的位置至少比目前的水面高十六尺——还有一些石头仍在旋转，春夏秋冬都不得休息。谢尔伯恩瀑布那边有个地方，石头已经实实在在磨穿了下方的岩层，致使一部分的河水提前从石缝漏了下去，等

---

[1] 西绪福斯（Sisyphus）是古希腊神话中的艾菲拉国王，因蒙骗神灵而受到宙斯的惩罚。他必须将一块巨石推上陡峭的高山，但石头会在他快到山顶时自行滚落，他只能从头再来，如此周而复始，永无休止。

不到从瀑顶泻落。阿莫斯基格的一些壶穴出现在十分坚硬的褐石礁岩上,里面嵌着一块同样材质、形状大致与之吻合的椭圆柱形石头。其中一个壶穴深达十五尺,直径七八尺,底部已经磨穿见水,里面寄居着一块同样材质的巨石,石面光滑,形状却不规则。这里到处都是岩石笑涡的雏形或残骸,到处都是旋涡的岩石外壳。仿佛是尝到了无数次的教训,由此接受了榜样的感染,最顽固不化的岩石一直在竭力追摹最迁流不居的河水,想要靠旋转或流动来改变自己的形状,变得跟后者一样。最精良的琢石工具,并不是铜斧钢凿,而是时间无比充裕的风和水,轻松随意的温柔触碰。

这类石盆当中,有一些的形成过程已经漫长得无法计算,还有一些更为古老,肯定得是上一个地质年代的产物。一八二二年,疏浚坡塔基特运河的工人挖出了一些带有壶穴的石梁,石梁所在的地方多半曾是河床,我们还听说,本州的迦南镇也有一些依然嵌着石头的壶穴,这些壶穴位于梅里迈克河和康涅狄格河之间的高地,比这两条河高将近一千尺,足证山脉与河流曾经交换位置。思想尚未开始在人类大脑里打转的时候,躺在这些壶穴里的石头,兴许就已经完成了它们的旋转。印度和中国的历史纪元,虽说已经上溯到了人神谱系混淆莫辨的远古时代,若是跟这些石头铭刻的时间相比,依然是不足挂齿。在时间之始登场的巨岩,经过这一番实力悬殊的较量,终将以小石子的身份收场。消耗了这么多的时间和自然力量,才有了我们铺路的石头。这些默默无言的工匠,可以给我们诸多教训,世上确实有"石头之中的布道,潺潺流水之中的书本"。①眼前这些洞穴曾是印第安人藏匿给养的地方,洞里如今却没有食粮,只有它长久以来的邻居,也就是洞底的石头。谁知道这些洞穴,曾经为多少种族提供同样的服务?说不定,正是由于一种同样简单的法则,一种偶然形成的从属法则,我们的星系本身,才变得适合我们生存。

我们一定得把这些事物,以及诸如此类的事物,当作我们的古迹,因为我国缺少人类文明的遗存。不管怎么说,就算这条河的两岸曾经矗立着英雄的丰碑和众神的庙宇,如今也已经重归尘土,恢复了原始土壤的本来面目。史无记载的那些民族,早已从这些河岸销声匿迹,洛厄尔和曼彻斯特,踏上了印第安人走过的老路。

罗马人曾经以大自然为家,曾经从大自然的某座小山眺望大海,这个事实为大自然自身增添了不少光彩。面对自己的子孙留下的遗迹,她没有理由感到羞愧。罗马人的舰船曾经驶入这么一个河口,又曾经上溯那么一条荒岛河流,跟我们说起这些事情的时候,古史专家是多么地兴高采烈!纪念罗马武功的碑碣,至今屹立在座座山丘之上,埋藏在谷底青草之下。人们津津乐道的罗马故事,以至今可以识读的文字,书写在旧大陆的每一个角落,说不定就在今天,又有一枚罗马铸币被人们发掘出土,铸币上的铭文,足可又一次重申并确证罗马的威名。也许是一枚"戡定犹

---

① 与引文相似的语句见于莎士比亚戏剧《皆大欢喜》第二幕第一场:"去发现树木之中的言辞,潺潺溪涧之中的书本,石头之中的布道,万物之中的美好。"

太"①,铸有一名在棕榈树下哀悼的女子,以无言的雄辩和图示,证实了历史书里的记载:

> 活着的罗马,是这世界唯一的装点,
> 死去的罗马,是这世界唯一的纪念。②
> *** ***
> 如今她躺卧在地,被自身的重量压垮,
> 她堆积如山的瓦砾,足证她何等宏大。③

谁要是疑心希腊人的英勇爱国出于诗人的虚构,不妨去一趟雅典,看看密涅瓦神庙墙上那些至今犹存的圆形印痕,印痕所在之处,曾经悬挂着希腊人从波斯敌军手中夺来的盾牌。④用不着

---

① "戡定犹太"原文为拉丁文 *Judæa Capta*。古罗马帝国曾铸行一系列带有"戡定犹太"铭文的硬币,以此纪念镇压犹太行省叛乱的胜利,其中一种背面铸有女子在棕榈树下哀悼的图案。

② 引文出自埃德蒙·斯宾塞根据法国诗人杜贝莱(Joachim du Bellay, 1522?—1560)的诗歌《罗马古迹》(*Les Antiquitez de Rome*)译成的《罗马废墟》("The Ruines of Rome")。

③ 引文出自埃德蒙·斯宾塞的诗歌《光阴废墟》("The Ruines of Time"),诗中的"她"指的是罗马。

④ 此处的"密涅瓦神庙"是指雅典的帕特农神庙(这个神庙是献给雅典娜/密涅瓦的)。公元前334年,亚历山大大帝将从波斯夺来的三百副甲胄赠给雅典,其中一些盾牌后来被悬挂在帕特农神庙的楣梁上。盾牌久已不存,楣梁上的圆形痕迹则存留至今。据普鲁塔克《亚历山大传》(*Life of Alexander*)所说,赠送甲胄之时,亚历山大要求附上如下铭文:"此乃亚历山大,菲利普及全体希腊人(斯巴达人除外)之子,自亚细亚野蛮人手中夺来。"

跑太远,我们就可以找到不容置疑的鲜活证据。就连尘土也会凝聚成形,佐证我们读过的某个故事。正如富勒在赞美凯姆登考古热情时所说,"一只破碎的陶瓷,或是一座湮灭城市仅余的一道大门,都可以成为一份完整的证据。"[1]为了证明萨拉米斯岛原本属于雅典人,并不是墨迦拉人的地方,梭伦命人挖开一些坟墓,借此向人们展示,从死者面孔的朝向来看,萨拉米斯居民的葬俗与雅典相同,却与墨迦拉相反。[2]死者虽已入土,依然可以接受质询。

有些人的头脑跟大自然一样不善推理,一样不喜争论,他们拿不出什么理由或"推测",只懂得展示无可辩驳的冷峻事实。一旦碰上历史问题,他们便命人开墓验尸。他们这种默默无言的务实逻辑,能够同时说服理智和悟性。无论何时,切中肯綮的问题和令人满意的回答,必然属于这一个类型。

我们自己的乡野,不逊于其他任何乡野,拥有一些同样历史悠久,同样经久不衰,同样大有裨益的古物,我们的岩石长满地衣,覆盖得至少跟别处的岩石一样完美,我们的土壤若是原装,便都是原装的腐殖土,由大自然自身的尘灰积成。我们的山崖上虽然读不到罗马,读不到希腊,读不到伊特鲁里亚,读不到迦太

---

[1] 引文出自托马斯·富勒(参见前文注释)著作《神圣国度与世俗国度》(*The Holy State and the Profane State*)第二卷当中的"威廉·凯姆登先生生平"(*The Life of Mr. William Camden*)。威廉·凯姆登(William Camden,1551—1623)为英格兰历史学家及地形学家。

[2] 墨迦拉(Megara)为古希腊城邦,先于雅典占据了希腊的萨拉米斯岛(Salamis)。梭伦(Solon,前638?—前558?)为雅典政治家,尤以推进雅典民主的"梭伦改革"闻名。文中所说的事情见于普鲁塔克的《梭伦传》(*The Life of Solon*)。

基①,读不到埃及,也读不到巴比伦,那又有什么关系,难道说我们的山崖,因此就成了不毛之地?岩石上的地衣,是一面粗糙简陋的盾牌,尚未长成的初生自然,将它挂在了我们的崖壁。她这件满是皱褶的战利品,至今依然高悬不坠。同样是在我们的崖壁,诗人的眼睛依然能看出那些用来固定光阴铭文的铜钉,若是他天资聪颖,还能够根据这样的线索解读铭文。②我们的田野,现代的罗马城,甚至是帕特农神庙本身,四周的围墙都是用废墟筑成。我们可以从中听见河流的喧声,听见古老得早已失去名字的风,簌簌穿过我们的树林,听见春天的第一阵轻微响动,那是比雅典盛夏更为久远的声音,听见山雀在林中啁啾,听见松鸦的尖叫,蓝鸟③的鸣啭,还有嗡嗡嗡的

　　　　蜜蜂,在笑吟吟的柳花周围
　　　　飞去飞回。④

这便是古人的灰白晨曦,而我们明日的前景,至少也要比他们的

---

　　① 伊特鲁里亚见前文注释,迦太基(Carthage)为存在于公元前九世纪至公元前二世纪的北非古国。

　　② 用金属钉子把金属铭文钉上墙壁是古希腊罗马时代的通行做法,帕特农神庙的楣梁上至今有许多钉子留下的孔洞。通过钉子的痕迹解读铭文确有可能,1896年,美国学生尤金·安德鲁斯(Eugene Andrews)通过帕特农神庙楣梁上的钉孔解读了古罗马时代的一则铭文。

　　③ 蓝鸟(bluebird)是北美大陆鸫科蓝鸲属(*Sialia*)多种蓝色鸣禽的通称,美国东部常见的品种是东部蓝鸲(eastern bluebird, *Sialia sialis*)。

　　④ 引文出自吉艾尔兹·弗莱彻的《基督在天堂大地、殉道前后的胜利》。

前景新鲜少许,因为他们的前景,业已被我们抛在身后。我们会有红枫白桦的叶子,有这类迄今未得破译的符箓,有柔荑花序、松塔、葡萄藤、橡树叶和橡子,有的是这些事物本身,而不是它们的石雕形象,而这些事物本身,比它们的石雕形象古老得多,庄严得多。那个古老的传说,甚至流传到了眼下的这个夏天,说有位精通一切艺术的白发匠师[①],曾经用鬼斧神工的雕塑和建筑,装点每一片山野树林,希腊人新近抄袭的设计,无不出自这位匠师的手笔,还说他这些作品的废墟,如今已片瓦无遗,全都与尘土混为一体。千年万纪的太阳,还有永无倦意的风雨,将他的制作彻底摧毁,他创造的艺术宝库,连一块残片也没留下,以致诗人们可能会胡编乱造,说废墟里的材料,是众神从天庭颁下的馈赠。

旅行家跟我们讲述埃及的废墟,那又如何,难道我们竟会如此病态,如此空闲,以至于非得牺牲我们的美国,牺牲我们的今天,去追捧旁人那以讹传讹、又臭又长的故事?卡纳克和卢克索[②]只是虚名,纵然它们枯骨犹存,也不过使世上多一些荒漠沙砾,迟早需要地中海掀起大浪,冲走与它们的堂皇气派伴生的污秽。说什么卡纳克!卡纳克!这里才是我的卡纳克,因为我看到林立的廊柱,属于一座更加宏伟、更加纯净的神庙。

[①] 即大自然。

[②] 卡纳克神庙(Karnak,梭罗写作 Carnac)为闻名世界的埃及古迹,位于卢克索(Luxor)附近。卢克索前身为埃及古城底比斯,古迹众多,号称"全世界最伟大的露天博物馆"。

> 这便是我的卡纳克,它无法度量的穹顶,
> 庇护着度量的技艺,还有度量者的院庭。
> 看看这些花儿吧,让我们追上时间脚步,
> 切不可白日做梦,追想三千年前的风物,
> 让我们挺直腰杆,任那些廊柱倒在地上,
> 切不可俯身垒土,支起遮蔽天空的屏障。
> 往昔时代的精神,若不蕴含于今时今日,
> 甚或蕴含于此诗此句,还能在何处寄寓?
> 三千年岁月已经过去,却并未一去不返,
> 它们依然在这一个夏日清晨,驻足流连,
> 此时此刻,曼侬的母亲热情地问候我们,
> 她的眉宇之间,流溢着光华璀璨的青春。
> 倘若卡纳克的廊柱,依然在平原上矗立,
> 我们便应当把握时机,利用这往古遗迹。

这一带曾经住着赫赫有名的帕萨孔纳威酋长,顾金"在坡塔基特"见过他,"那时他年约一百二十岁"[1]。他是众人心目中的智者和巫师,管住了自己的族人,不让他们跟英国人开战。他们相信"他能使水燃烧,使石头走路,使树木跳舞,能把自己变成一个火人。冬天里,他能把一片枯叶的灰烬变成一片绿叶,用一条死蛇的皮变出一条活蛇,还能创造其他许多诸如此类的奇迹"[2]。

---

[1] 引文出自顾金的《新英格兰印第安基督徒事迹及苦难史乘》。

[2] 引文出自托马斯·哈钦森的《马萨诸塞湾殖民地史》(参见前文注释)。

据顾金所说，一六六〇年，在一场盛大的舞筵上，他对自己的族人发表了告别演讲，说他不太可能再看见他们欢聚一堂，所以想留给他们这么一句忠告，请他们注意自个儿跟英国邻居争执的方式方法，原因在于，就算他们一开始能使英国人大受损伤，最后还是会发现，这样做等于自取灭亡。他还说，英国人刚来的时候，他自己也和大家一样，跟英国人不共戴天，使尽了浑身解数去消灭他们，至不济也要阻止他们安家落户，结果却发现，这事情根本无法办到。顾金认为，他"也许是受了什么神灵的感召，像《旧约·民数记》里的巴兰一样，后者在该书第二十三章第二十三节当中说道，'世上绝没有能伤到雅各的妖法，也没有能对付以色列的神术'"。[1]他儿子瓦纳兰瑟特谨守父亲的忠告，在菲利普战争爆发之时率领部众撤离战场，迁到了佩纳库克，也就是今天的新罕布什尔州康科德镇。后来他返回故土，拜访了切姆斯福德的牧师，据该镇历史所载，当时他"想知道切姆斯福德有没有在战争期间遭受严重破坏。听牧师说本镇未遭涂炭，应该感谢上帝的恩典，瓦纳兰瑟特回答说，'其次应该感谢我'"。[2]

曼彻斯特是约翰·斯塔克的居住地，此人是两场战争的英雄，

---

[1] 引文出自顾金的《新英格兰印第安基督徒事迹及苦难史乘》。巴兰（Balaam）是《圣经》中的先知，受到了耶和华的启示，便劝告摩押国王巴勒（Balak）不要伤害以色列人。

[2] 引文出自顾金《新英格兰印第安基督徒事迹及苦难史乘》的注释。注释是美国历史学家塞缪尔·德雷克（Samuel Drake, 1798—1875）加的，引自美国牧师威尔克斯·艾伦（Wilkes Allen, 1775—1845）的《切姆斯福德史》（*History of Chelmsford*, 1820），是对顾金所述瓦纳兰瑟特事迹的补充。

还是第三场战争的幸存者,在所有参加过独立战争的美军将领中,他是倒数第二个去世的。他于一七二八年出生在与曼彻斯特接壤的伦敦德里,该镇当时名为"坚果林"。早在一七五二年,他就被印第安人抓过俘虏,被抓时正在贝克河附近的荒野里打猎。在法兰西战争①中,他是一名战功卓著的游骑兵上尉,在独立战争中,他参加了邦克山战役,担任一个新罕布什尔民团的团长,后来又参加并赢得了一七七七年的本宁顿战役。②一八二二年,他从最后一场战争中退役,以九十四岁高龄在这里去世。他的纪念碑矗立在梅里迈克河的第二堤岸上,位于阿莫斯基格瀑布上游大约一里半的地方,俯瞰着上下游几里的河面。纪念碑向我们表明,在风景当中,英雄的坟墓留给人们的印象,能比碌碌生者的居所深刻多少倍。谁才是真正的死者,是铭刻在你身旁石碑上的英雄,还是你从未听闻的英雄子裔?

帕萨孔纳威和瓦纳兰瑟特的坟墓,坐落在他们土生土长的河岸之上,没有任何充作表记的纪念物。

如果《地名索引》的说法足可征信的话,那我们途经的每一个城镇,都曾是某个伟人的居住地。然而,尽管我们敲开过许多道门,甚至做过特意的寻访,却还是无法找到哪怕一个健在的伟

---

① 法兰西战争(French war)即英法北美战争(French and Indian War),是北美的英国殖民地与法国殖民地在各自宗主国支持下展开的战争,时间是1754至1763年。

② 邦克山战役见前文注释,本宁顿战役(Battle of Bennington)是美国独立战争中的一场重要战役,约翰·斯塔克(John Stark,1728—1822)是这场战役中的美军主将,凭借卓越的表现赢得了"本宁顿之雄"(Hero of Bennington)的绰号。

人。我们从"利奇菲尔德"条目读到：

"怀斯曼·克拉吉特阁下在本镇与世长辞。"[1] 又从另一份资料里读到，"他是一位精通古典的学者，一位优秀的律师，一位才子，一位诗人。"[2] 我们见过他那座灰色的老屋，就在大内森吉格溪口往下游一点儿的地方。我们从"梅里迈克镇"条目读到："马修·索恩顿阁下，美国独立宣言签署者之一，曾在本镇居住多年。"他的房子，我们也曾从河上望见。此外还有，"乔纳森·戈夫医生，一位以风度、才华及医术著称的名士，曾在本镇（戈夫斯顿）居住。他是本县最早的执业医师之一，还是立法机构的资深成员，积极参与立法工作。""一八二三年一月二十四日以八十高龄去世的罗伯特·敏斯阁下，曾在阿姆赫斯特长住。他原籍爱尔兰，于一七六四年迁来本国，依靠勤勉经商积下殷实家产，赢得巨大声望。""威廉·斯汀森（当巴顿镇的首批移民之一）出生在爱尔兰，随父亲迁来伦敦德里。他十分受人尊敬，堪称有用之才。詹姆斯·罗杰斯也来自爱尔兰，是罗伯特·罗杰斯少校[3]的父亲。他被人错认成一头熊，在林中中弹身死。""马修·克拉克教士，伦敦德里的第二位牧师，原籍爱尔兰，早年是一名军官，曾参加一六八八至八九年间的伦敦德里保卫战，在抵御詹姆斯二世

---

[1] 引文出自《新英格兰地名索引》。
[2] 引文出自《当斯特布尔老镇史》。
[3] 罗伯特·罗杰斯少校（Robert Rogers，1731—1795）是著名的"罗杰斯游骑兵团"（Rogers' Rangers）的创建者及指挥官，上文中的约翰·斯塔克曾在他手下充任游骑兵上尉。

军队围攻的战斗中表现卓异。①后来他脱下军装,穿上了圣袍。他意志刚强,同时也相当离经叛道。他于一七三五年一月二十五日去世,遗体依照他本人的遗愿,由他的前战友抬到墓地。本镇早期移民当中有不少他的前战友,其中有几个在那场值得铭记的围城战中表现英勇,由此获得威廉国王②的嘉奖,在大英帝国全境享有免纳税赋的特权。"乔治·雷德上校和大卫·麦克拉里上尉也是伦敦德里居民,两人都是"卓异英勇的"军官。"安德鲁·麦克拉里少校原籍本镇(埃普索姆),在布里德山之战③当中牺牲。"④这些英雄当中,有许多都像那位大名鼎鼎的罗马人⑤一样,原本是在家种地,听到列克星敦⑥屠杀的消息,便把犁铧撇在地里,径直奔赴

---

① 这句话中的前一个"伦敦德里"为新罕布什尔城镇,第二个为北爱尔兰城市,前者得名于后者。詹姆斯二世(James II, 1633—1701)为信奉天主教的英国君主,在1688至1689年的"光荣革命"(Glorious Revolution)期间,他的军队曾围攻信奉新教的北爱尔兰城市伦敦德里。

② 威廉国王即信奉新教的威廉三世(William III, 1650—1702),在"光荣革命"中推翻詹姆斯二世,成为英国君主。

③ 布里德山(Breed's Hill)是波士顿的一座小山,邦克山战役的主战场。

④ 以上几处引文均出自《新英格兰地名索引》,括号里的文字是梭罗加的。本段文字当中的阿姆赫斯特(Amherst)、当巴顿(Dunbarton)和埃普索姆(Epsom)均为新罕布什尔城镇。

⑤ "那位大名鼎鼎的罗马人"应指古罗马共和国传奇英雄辛辛纳图斯(Cincinnatus,前519?—前430?)。他本已退隐务农,但在罗马遭受外族侵略时临危受命,担任拥有绝对权力的独裁官,率领罗马人击退外敌,随即放弃权力,继续做他的农民。美国人认为辛辛纳图斯是与乔治·华盛顿一样的伟人,俄亥俄州的辛辛那提市(Cincinnati)因他而得名。

⑥ 列克星敦(前文亦曾提及)为马萨诸塞城镇,列克星敦及康科德战役的发生地,该战役发生在1775年4月19日,是美国独立战争中的第一场战役。

疆场。离我们此时所在之处几里远的地方，曾经竖立着一块路标，上面写的是"距麦高绅士[①]宅第三里"。

然而总体说来，至少是就现况而言，这片土地可谓人烟稀少，以致我们暗自狐疑，这里的人口究竟有没有我们从书上读到的那么多。也许，这是因为我们站得太近了吧。

戈夫斯顿的昂卡纳努克山在西边五六里的地方，从阿莫斯基格瀑布可以望见。从我们家乡的镇子眺望，它是东北地平线上最远的山峦，但从那里望去的时候，它实在蓝得太过缥缈，简直不像是我们这类人有幸登临的山岳。"昂卡纳努克"据说意为"双乳"，因为山上有两座相距不远的峰头。最高的峰头海拔一千四百尺左右，从峰顶俯瞰梅里迈克河谷和河谷附近的乡野，视域多半比其他任何山丘都要宽广，只不过多少会受树林的阻挡。从那里只能看见几个短短的河段，但你可以顺着两岸的一片片沙地，用目光追踪河道，直到下游很远的地方。

传闻说大约六十年前，在昂卡纳努克山南边一点儿的地方，一个老妇人出门采集除蚤薄荷[②]，她走在枯草和灌木丛中，一只脚

[①] "麦高绅士"原文为"Squire MacGaw"，可能是指梅里迈克镇的爱尔兰移民雅各布·麦高（Jacob Mcgaw，1737—1810）。据美国牧师斯蒂芬·埃伦（Stephen Allen，1809—1878）的《梅里迈克镇百年庆典演讲》（*Address Delivered on Occasion of Centennial Celebration of the Town of Merrimack, N.H*, 1846）所说，麦高与前文提及的罗伯特·敏斯结伴移民北美，白手起家成为富商，以审慎及爱国精神著称，拥有"绅士"（Esquire）的名号，是梅里迈克镇在州议会的代表。

[②] 这里的除蚤薄荷（pennyroyal）是指原产北美东部的唇形科香薄荷属芬芳草本植物美洲除蚤薄荷（American pennyroyal）。这种植物学名 *Hedeoma pulegioides*，有驱除跳蚤的功用。

绊到了一把小铜壶的壶把。有人说，人们还在发现铜壶的地方找到了燧石和木炭，以及一处营地留下的其他一些痕迹。这把容量约为四夸脱①的铜壶留存至今，供人们染线之用。它的原主估计是以前的某个法国或印第安猎手，此人在某次捕猎或侦察行动中遇害，所以没有回来收拾他的铜壶。

不过，这个故事里最吸引我们的东西，其实是除蚤薄荷，听到野性的大自然为人类准备了某种现成可用的物产，实在让人无比欣慰。人们都知道，某种东西对人有益。这个人说是黄酸模，那个人说是欧白英，还有人说是滑榆皮，牛蒡，猫薄荷，山薄荷，土木香，泽兰或除蚤薄荷。②倘若某人的食物同时也是他的药物，此人当可自视为有福之人。世上的菜蔬药草并没有固定的品类，由来不过是某人说某种植物有益而已。我非常喜欢听人这么说，这会让我想起《创世记》的第一章③。话又说回来，他们怎么

---

① 一湿量夸脱约合零点九五升。

② 黄酸模（yellow-dock）即蓼科酸模属草本植物皱叶酸模，学名 *Rumex crispus*，嫩叶可熟食及入药；欧白英（bitter-sweet）为茄科茄属藤本植物，学名 *Solanum dulcamara*，为西方传统草药；滑榆（slippery-elm）即榆科榆属乔木红榆，学名 *Ulmus rubra*，内皮为西方传统药物；牛蒡及猫薄荷见前文注释；山薄荷（calamint）是唇形科山薄荷属（*Pycnanthemum*）各种植物的通称，该属植物均原产北美，大多数品种可供食用及药用；土木香（elicampane）为菊科旋覆花属草本植物，学名 *Inula helenium*，为西方传统药物；泽兰（thoroughwort）是菊科泽兰属各种植物的通称，该属的一些品种为西方传统药物，比如北美常见的贯叶泽兰（*Eupatorium perfoliatum*）。

③ 《旧约·创世记》第一章有云："神照自己的形象创造了人……（对人）说，看哪，我将大地全境一切结种子的菜蔬，一切结种子的果树，赐予你们为食。"

会知道某种植物有益呢？对我来说，这可真是个谜。所以我总是怀着一种愉快的失望：他们居然能有这样的发现，简直叫人难以置信。既然万物皆有益处，最终人们便无法辨别何为毒药，何为解药。针对同一种疾病，必定会有两张截然相反的权威处方。撑死感冒和饿死感冒[①]仅仅是两种方法而已，一直以来，这两种方法同时得到了人们的极力鼓吹。尽管如此，你还是不得不接受其中一派的建议，就跟你别无选择似的。就宗教和医术而言，所有的民族都还没有脱离野蛮状态。哪怕是在最文明的国家，牧师依然只是祭司，医生也依然只是巫觋。想想吧，所有地方的人，对医生的意见都是多么地奉若神明。对于人类的盲信，再没有什么东西能比医术体现得更加触目惊心。江湖医术在全世界普遍存在，普遍大获成功。既然如此，我们可以毫不夸张地断言，对于人类的盲信来说，世上根本不存在荒唐得无法得逞的骗局。牧师和医生永远也不该打上照面，他俩之间没有任何共同立场，也没有任何人能为他俩居间斡旋。一个来，另一个就得去。他俩要是聚到一起，那就只能彼此晒笑，或者是默然对峙，因为他俩的职业互为讽刺，一个的成功意味着另一个的失败。医生居然有死，牧师居然有生，着实是一件奇妙的事情。人们从来不请牧师去和医生会诊，究竟是为什么？因为人们务实地相信，物质无关于精神。可是，什么叫作江湖医术？一般而言，江湖医术正是一种单从身体下手的治病方法。我们需要这样一种医生，需要他医术高明，能同时照管灵魂和身体，换

[①] 西方俗谚说"撑死高烧，饿死感冒"（feed a fever, starve a cold），意思是发烧要多吃，感冒要少吃。

句话说就是能照管人。现在呢，人陷在了两张板凳①之间。

通过船闸之后，我们靠篙子撑过此地长约半里的运河，进入适宜泛舟的河段。这条河在阿莫斯基格瀑布顶上展成了一个湖泊，往上游笔直延伸了一两里的距离，没有一处弯曲。这里有许多运河驳船，正要开往上游大约八里处的胡克塞特，这些船都是空载，风向又顺，其中一个船夫便主动提议，如果我们愿意等一等的话，他可以拖我们一程。等我们凑到驳船边的时候，却发现船夫的意思是让我们上他们的船，因为我们不上去的话，就会大大妨碍他们挪动驳船。可我们的小船太沉，没办法抬上驳船，这一来，船夫们享用正餐的时候，我们还是跟先前一样划桨溯流，最终停泊在对岸的一丛赤杨下面，准备吃我们的午饭。船夫们所在的河岸，以及运河上的那个港湾，虽然离我们很远，所有的声响还是随风飘到了我们耳边，那边发生的事情，我们也尽收眼底。不一会儿，几艘驳船次第启航，保持着四分之一里的前后间距，乘着轻柔的和风溯流驶向胡克塞特，一艘接一艘地消失在上游的一个岬角背后。它们张满宽大的风帆，在时起时停的慵懒轻风里缓缓上溯，模样好似洪荒时代的单翼巨鸟，动力则仿佛来自某种神秘莫测的逆流。它们的移动盛大堂皇，无比缓慢，无比庄严，这种航海术语所称的"离岸出港"②，充分体现了船舶行进的舒徐与稳健，仿佛

---

① "板凳"原文为"stool"，这个词兼有"马桶座"的意思。这句话由此包含着对牧师和医生两种职业的辛辣讽刺，可另译为"人掉在了两个茅坑之间"。

② "离岸出港"原文为"standing out"，梭罗此处的叙述立足于这个短语的字面意义："站着出来"。

353

它们用不着举足迈步，只需要挺直腰杆摆好姿势，便可以自动前行。它们的风帆纹丝不动，好似一块块投入气流测试风向的木片。到最后，我们之前说过的那艘驳船沿着中流开了过来，刚刚开到能听见说话的距离，舵手就语带揶揄地大声招呼我们，说我们要是赶紧划过去的话，他可以拖载我们。我们没理会他的调侃，继续在树荫里闲坐，等到我们吃完午饭，最后一艘驳船也曳着簌簌飘摆的风帆——因为轻风已经变成了微风——消失在了那个岬角背后，我们才升起自己的风帆，奋力划桨，箭一般地向上游追去。我们紧贴他们的船舷滑过的时候，他们还在徒然祈求埃俄罗斯的帮助，于是我们礼尚往来，叫他们扔一根绳子给我们，好让我们"拖载他们"，听了我们的提议，这些梅里迈克河上的船夫一时之间无言以对。就这样，我们挨个儿追上并赶超了所有的驳船，又一次把这条河变成了我们独享的专利。

这天下午，我们一直是在曼彻斯特和戈夫斯顿之间航行。

我们泛舟此河，远离亲友们临之而居的那条支流[①]，但我们的思绪依然像星星一样，从他们的地平线升起，因为我们和他们之间流淌着一种血液，比拉瓦锡发现其规律的那种血液[②]更为神妙，这种血液不单是亲缘之血，还是友爱之血，无论我们与他们相距多么遥远，它的脉搏依然怦怦跳动，永不停歇。

[①] "那条支流"即梅里迈克河支流康科德河。

[②] 拉瓦锡（Lavoisier，1743—1794）为法国化学家及生物学家，享有"现代化学之父"的美誉。梭罗说拉瓦锡发现了血液的规律，也许是因为拉瓦锡曾经指出，血液呈现红色是由于跟氧气结合的缘故。

> 真正的友爱是一种圣洁的亲密，
> 并不植根于人与人的亲缘关系。
> 它是一种精神，不是血肉之亲，
> 它超越家族，也超越地位身份。

许多年枉自徒然的熟识之后，我们会蓦然记起某个久远的姿势，或者是某个无意识的举动，这样的记忆带给我们的震撼，有甚于那些最为睿智或最为友善的话语。有时候，我们会由此意识到一份早已逝去的友爱，认识到在过往的一些时刻，友人对我们的看法是如此纯净，如此高尚，以至于像天堂之风一样，在我们不知不觉之中悄然拂过，认识到在过往的那些时刻，他们给了我们非分的礼遇，没有把我们当成我们自身，而是把我们视为我们立志追攀的楷模。也许要到这样的时候，我们才会猛然省觉，诸如此类无法忘怀也无从铭记的无言举动，究竟有多么高贵，继而想起自己当时的冷漠反应，禁不住不寒而栗，尽管我们会在一些姗姗来迟的顿悟时分，竭力清偿这样的情债。

以我的经验，个体的人一旦成为谈话的主题，通常就会变成一堆最为无趣、最为琐碎的事实，哪怕这样的谈话发生在朋友之间。每当我们开始评说个体的品行，宇宙便仿佛在顷刻之间宣告破产。我们的谈话无一例外地直奔诽谤的方向，越说越不宽容。到底是什么东西作祟，使得我们一有新交，便如此恶劣地对待旧友？管家婆说，我一辈子也没见过新陶器，可我照样动手打烂旧的。我说，我们还是换个话题，聊聊蘑菇，聊聊森林里的树木好了。话又说回来，在私下里想起故人，有时也无伤大雅。

不久之前，唉，我识得一位温柔少年，
他的风仪，无不出自美德女神的铸模，
女神铸造他，本来想送给美神做玩伴，
后来却派遣他，去守卫她自己的城垛。

他处处磊落光明，好似朗朗天光，
一望而知，他内心并不缺少力量，
因为墙垣与雉堞，永无其他用场，
只能去充当，软弱与罪孽的伪装。

恺撒南征北战，去劫掠声名的殿堂，
他辛苦赢来的胜利，其实不足挂齿，
换个角度来看，这少年才光耀四方，
他自身就是王国，无论他走到何地。

他的胜利，不花费分毫力气，
一切都是，送上门来的成功；
因为没有人能看见他的行迹，
除了这高贵主上的跟班扈从。

他突然袭来，有如缥缈的夏日岚烟，
将新鲜的风景，静静展现在我们眼前，
他在无声无息之间，缔造种种巨变，
不曾使诸天之下任何树叶，瑟瑟抖颤。

所以他到来之时，我不免措手不及，
竟至于全然忘记，表达我崇敬之心；
如今我不得不承认，尽管我艰于启齿，
当初若爱他太浅，我实可爱他更深。

每时每刻，正当我们走近彼此，
繁文缛节，却使我们加倍间阻，
最终使得我们，仿佛远隔千里，
仿佛比初见的时节，更为生疏。

心有灵犀之时，我们合二为一，
以至无法达成，最简单的交易；
如今我们一分为二，不复一体，
纵使我们聪明睿智，又有何益？

永远不会再有，相聚的时机，
我只能孤身上路，形只影单，
悲伤地念记，我们曾经相遇，
明知道幸福已去，永不回还。

我的挽歌，从此只能唱给天宇，
因为挽歌，没有其他主题可用；
每一段乐曲，传到我的耳朵里，
全都变成，与伊人永诀的丧钟。

森林原野啊，快来咏唱我的悲剧，
让你们的世界萦绕，相宜的旋律；
这般情境的哀伤，最是令我惜取，
胜过其他场合，带来的一切欢愉。

如此说来，弥补损失已经为时太迟？
千真万确，距离已从我无力的掌中，
夺去空空的麸皮，攫走无用的稗子，
但我的手里，依然留有麦苗和谷种。

尽管美德，只是晨风里残留的芳馨，
只要我热爱，与他一体的美好德行，
我和他就依然是，真真正正的友人，
拥有凡尘俗世之中，最珍罕的共鸣。①

在所有人的体验当中，友谊都是转瞬即逝的事物，日后回想起来，仿佛是过往夏季的无声闪电。它又像夏日的云彩，美丽却倏来倏去；干旱持续得再久，空气中终归会有些许水汽，哪怕是在四月里，照样有下阵雨的日子。友谊的残丝断缕既然从未远离，

---

① 梭罗这首诗题为"共鸣"（"Sympathy"），最初出现在他1839年6月24日的日记当中，当时他刚刚见到艾伦·苏厄（参见"星期日"当中的相关注释）和艾伦的弟弟埃德蒙（Edmund）。诗中的"温柔少年"（gentle boy），有的西方学者认为是艾伦，有的认为是埃德蒙，还有的认为这首诗是梭罗对美好少年时光的追忆，"温柔少年"就是少年时代的梭罗自己。

无疑会不时飘过我们的天际。它必然萌生，就像从无数种不同土壤萌生的植被，因为自然法则便是如此，但它从来不会有恒定的形态，尽管它与日月一样古老，一样熟悉，一样笃定重来。人的心灵，永远青涩稚嫩。这些永不落空、从不欺诳的幻影，魔法般地悄悄聚集，就像最平静最晴朗的日子里，那些好似羊毛的明亮云缕。朋友是一座棕榈成林的美丽浮岛，跟太平洋里的水手捉着迷藏。水手得经历无数的危险，得穿越无数的二分风暴①和珊瑚暗礁，然后才能赶趁恒定的信风，踏上顺利的航程。可是，只要能抵达传说中那个清修隐士栖居的幽美海滨，谁不愿扬帆穿越哗变与风暴，甚至穿越大西洋的滚滚波涛？人们的想象，依然紧抱着那个再虚幻不过的传说故事，故事讲的是

亚特兰泰兹②

遭受压制的友爱河川，滚滚流淌，

比地狱火河位置更低，光焰更亮，

像浩瀚大海一样，使我们与世隔离，

化作传说当中，大西洋的神秘岛屿。

从来没有人，到达我们的传奇海岸，

---

① 由于气候原因，西方人历来认为春分秋分是暴风雨肆虐的时节，因而有"二分风暴"（equinoctial storm）的专门说法。

② 亚特兰泰兹（Atlantides）即赫斯帕里德斯（Hesperides），是古希腊神话中多个女仙的合称。她们看管的园圃出产吃了可以长生不老的金苹果，据说位于极西之地，在后世成为乐土的代称。梭罗的《瓦尔登湖》也提到了"赫斯帕里德斯之园"。

从没有哪个水手，找到我们的海滩，
如今人们只能看见，我们的蜃景，
看见我们周围波涛，浮载绿荫翠影，
但那些最古老的地图，依然用虚线，
将我们所在海域的轮廓，大致呈现；
古昔时代，仲夏时节的日子里，
我们曾将自己，云雾一般的朦胧岸隅，
呈现给一座又一座，西方的岛屿，
任由特内里费和亚速尔①，久久凝视。

荒凉的岛屿啊，可你们并未沉入水中，
你们的海岸，不久就会堆满商业的笑容，
不久你们就会，向人们大量输出，
远比非洲和马拉巴②丰富的货物。
你们闻名已久却从无人迹的海岸，
永远美丽，永远丰饶多产，
各国的大君小王，必定会你争我抢，
看谁不惜把王冠珠宝，送去典当，③

---

① 特内里费（Teneriffe）是大西洋上加那利群岛中最大的一个岛屿，亚速尔见本书第一条注释。
② 马拉巴（Malabar）是印度南部一个地区的名字，也可泛指印度半岛西南海岸。
③ 西班牙女王伊莎贝拉一世（Isabella I，1451—1504）曾为筹集军费而典当王冠珠宝，还曾表态支持哥伦布探险，说如果国库的钱不够，她可以典当自己的珠宝。

然后派人在你们的海岸，抢先登陆，

把你们的遥远土地，宣布为他们的领土。

依靠航海罗盘的帮助，哥伦布曾经航行到这些岛屿的西边，只不过，他和他的后继者都没能发现这些岛屿。今天的我们，离这些岛屿并不比柏拉图更近。[①] 就这片新大陆而言，态度最认真的搜寻者，以及希望最大的发现者，总是盘桓在自身所处时代的边缘，总是一步不停地穿过最稠密的人群，走的是一条笔直的路线。

海洋陆地只是他的邻居，

只是他劳作之时的伴侣，

在大洋的边缘，坚实大地的尽头，

他经年累月，恳切寻觅他的朋友。

许多人深居遥远的内陆，

他却坐在海滨享受孤独。

无论在忖度人物或书籍，

他总是向大海久久凝视，

他随时关注海上的新闻，

还有最微弱的闪光隐隐，

---

① 梭罗在这里提及柏拉图，是因为亚特兰蒂斯（Atlantis）的传说。亚特兰蒂斯是西方人自古以来津津乐道的一个神秘岛屿或大陆，据说沉没在大西洋底，关于它的最早记载见于柏拉图《对话录》"蒂迈欧篇"（"Timaeus"）和"克里特雅斯篇"（"Critias"）。根据亚特兰泰兹传说的另一个版本，亚特兰泰兹一族是亚特兰蒂斯最早的主人。

> 他从陆地居民的每句谈话，
>
> 感受到海风拂上他的面颊，
>
> 从每一个同伴的眼底，
>
> 看到航行船舶的踪迹；
>
> 他从浩瀚大洋的怒吼声里，
>
> 听到远方港埠传来的消息，
>
> 听到遥远海岸的船难，
>
> 听到往昔岁月的探险。

走在平原之上，谁不会恍然觉得，自己是走在沙漠之城达莫①的列柱之间？大地之上，找不到任何由友谊确立的制度，任何宗教都不宣讲友谊，任何经书都不包含友谊的真谛。友谊没有庙宇，连一根孤零零的廊柱也没有。传言说大地满布人烟，失事的水手却没能在海滩上找到哪怕一个脚印，猎手找到的也只是陶器的残片，以及往日居民的墓碑。

然而，我们的命运好歹具有社会性。我们的道路，并不曾各奔东西，命运之网不光经纬交织，而且密密匝匝，我们被命运抛掷，在中心越陷越深。人们畏畏缩缩却自然而然地寻求这样的同盟关系，他们的行动也隐约预示了它的到来。我们倾向于强调事物之间的相似性，而不是差异性，评判异体温度的时候，我们说人的正常体温之下还有多种程度的温暖，却不说体温之上存在任

---

① 达莫（Tadmor，梭罗写作 Tadmore）是《圣经》对叙利亚古城帕尔迈拉（Palmyra）的称谓。据《旧约·列王记上》所说，达莫是所罗门在荒野中建造的城市。

何程度的寒冷。①

孟子说:"一只鸡或一只狗丢了,人完全知道怎么把它找回来;心灵的情感丢了,人却不知道怎么去找……人生哲学没有规定别的义务,只要求我们把丢失的心灵情感找回来。"②

不时会有一两个人来我屋里做客,因为这里为他们提供了一丁点儿交流的机会。他们有满肚子的话想说,但却少语寡言,静等着我的琴拨,拨动他们那把竖琴的丝弦。要是他们有机会谈起他们做梦都想谈的那个话题,就此说出或听到哪怕一句完整的话,那该有多好!他们说起话来如同耳语,绝不会逼得别人非听不可。他们听到了某个非同小可的消息,任何人,包括他们自己在内,都不可以到处去说。他们听到的消息是笔财富,尽可以带在身边,变着方儿地花费。他们到底来干什么?

再没有哪个词比"友谊"更经常地挂在人们嘴边,实在说来,也没有哪个梦想比友谊更频繁地萦绕在人们心间。所有的人都渴望友谊,友谊的戏剧天天上演,哪怕它总是结局悲凉。友谊是宇

---

① 这句话出自梭罗1840年6月17日的日记。日记当中,"差异性"之后的文字是这样的:"我们只想知道事物跟我们有什么关系,不想知道它是不是全然陌生的东西。我们把温度比我们低得多的异体称为温暖事物,从不把温度比我们高的异体称为寒冷事物。人的正常体温之下还有多种程度的温暖,体温之上却没有任何程度的寒冷。"

② 引文原文是梭罗对鲍狄埃《孔孟:中国道德及政治哲学四书》相应文字的英译。这段话出自《孟子·告子上》,《孟子》原文是:"人有鸡犬放,则知求之;有放心而不知求。学问之道无他,求其放心而已矣。"梭罗(鲍狄埃)译文的意思与孟子原文不完全一致。

宙的奥秘。你不妨穿城过镇,你不妨走乡串村,所有地方的人都不会说起友谊,所有地方的思绪却都围着它不停打转,友谊的前景,影响着我们应接所有陌生男女的举止,也影响着我们对待许多熟悉面孔的态度。然而照我的记忆,全部文学作品当中,以友谊为主题的不过是两三篇随笔而已。[①]不足为奇的是,神话、《天方夜谭》[②]、莎士比亚戏剧和司各特小说可以使我们心醉神迷,原因在于,我们自己也是诗人、寓言家、剧作家和小说家。我们一刻不停地充任角色,出演一部比任何剧作者更为有趣的戏剧,想象我们的朋友都是我们的大写朋友,我们自己也是朋友的大写朋友,而我们现实中的朋友,不过是我们誓死效忠的那种朋友的远亲而已。我们与朋友的交流,很少会达到我们自己的思想感情几乎整日盘桓的那个高度,这种层次的对话,一辈子也超不过三句。你走上前去,准备道一声"亲爱的朋友们!"说出口来的问候语却是,"瞎眼的狗贼们!"[③]这倒也无伤大雅,小气鬼从来都没有真正的朋友。我的朋友啊,但愿能有那么一次,你是我朋友的时候,我也是你的朋友。

如果友谊得不到生根发芽的时间,总是被摆在种种无足轻重

[①] 古罗马作家西塞罗(Cicero,前106—前43)、法国作家蒙田(Montaigne,1533—1592)和英格兰大哲弗朗西斯·培根(Francis Bacon,1561—1626)都写有论述友谊的随笔名篇。

[②] 《天方夜谭》(*Arabian Nights*)即《一千零一夜》,为中东及南亚民间故事集,成书于八至十三世纪。

[③] "瞎眼的狗贼们"原文为"Damn your eyes!",直译可为"瞎了你们的狗眼!"实际意义等同于"Damn you!"亦即"去你的吧!"

的义务和关系后面，心里装着再多的友爱，又能有什么用处？友谊第一，友谊第末。然而，一边忽略朋友，一边又要求朋友达到我们的期望，同样是一件不可能的事情。总是要等到朋友们开口道别，我们才真正开始与他们相伴相随。多少次，我们发现自己冷落现实中的朋友，就为了去晤见他们在我们理想中的投影。但愿我能够符合随便哪个人的期望，配得上做他的朋友。

众人锡之以"友谊"嘉名的事物，绝不是一种十分深沉、十分强大的本能。归根结底，人们并不会向朋友付出深挚的爱。我并不经常看见，农夫们因彼此间的友谊变成先知，智慧增长到接近疯狂的地步。他们相聚相伴之时，并不经常在爱的洗礼下脱胎换骨。我从未发现他们受益于某人的爱，由此变得纯洁、优雅、高尚。谁要是给自家的木材减点儿价，或者在村镇会议上投邻居一票，或者给邻居一篮苹果，又或让邻居频繁借用自家的大车，大家便认定这是千载难逢的友谊范例。农夫们的妻子，过的同样不是献给友谊的生活。我从未看见任何一对农夫朋友，无论是男是女，拥有与全世界为敌的勇气。这样的朋友，整个历史上也只有两三对。说某人是你的朋友，通常的意思不外乎此人不是你的敌人，仅此而已。大多数人只知道盘算友谊附带的芝麻绿豆，想着朋友可以在急难之时提供财物、势力或建议，给自己一点点帮助，然而，眼睛里装满了友谊带来的此类好处，足证此人看不见友谊的真正裨益，或者说实实在在对友谊本身毫无体会。跟友谊永无间断、涵盖一切的效用相比，这些都只是一时一地的鄙陋功利。即便是最大限度的好意、和谐和现实友爱，依然不足以称之为友谊，因为朋友之间还有此起彼伏的旋律，并不像有些人说的那样，只有同时奏响的和声。我们并不指望朋友为我们的身体提供衣食，因为邻居的善意足可保证我们有吃有穿，却指望朋友为我们的精神带来饱暖。就这个方面而言，很少有人足够富裕，无论他们的心地多么良善。大多数情况下，我们头脑愚钝，会把一个人混同于另一个人。蠢人只能区分不同的种族或民族，至多能区分不同的阶级，智者却可以区分不同的个体。朋友可以从朋友的一颦一笑、一举一动当中看出朋友的独特品性，由此使朋友的个性得到彰显，得到改进。

想想吧，友谊对人的修养具有多么重大的意义。

> 同时拥有爱和判断力的人，
> 看得比其他任何人更真。①

友谊使人诚实，使人成为英雄，成为贤圣。它是义士与义士、仁者与仁者、君子与君子、人与人之间的交道。

另一位诗人说得好：

> 美德清单之中，不闻有爱的名目，
> 只因爱是所有美德，凝成的事物。②

---

① 引文出自英格兰诗人马修·罗伊登（Mathew Roydon，?—1622）的《挽歌；或由他的〈爱星者〉生发的深挚友爱》（"An Elegy; or, Friend's Passion for His Astrophel"）。这首诗写在英格兰诗人菲利普·西德尼（参见前文注释）去世之时，《爱星者》指西德尼的组诗《爱星者与星》（Astrophel and Stella）。

② 引文出自约翰·多恩（参见前文注释）的诗体书信《致亨廷顿伯爵夫人》（"To the Countess of Huntingdon"）。

慈善家、政治家和管家婆致力革除的一切恶习，全都会在朋友交往当中，不知不觉地消弭于无形。朋友无时不刻地高看我们，期望我们具备所有的美德，并且懂得欣赏我们身上的美德。讲真话需要两个人，一个人说，另一个人听。面对冥顽木石，哪还有施行仁义的余地？我们如果只跟虚伪的骗子打交道，总有一天会丧失讲真话的能力。心中充满友爱的人，才懂得真话的价值与仁慈，而商贩只看重一种廉价的诚实，邻居和熟人只看重一种廉价的礼数。在我们与他人的日常交往当中，我们那些较为高贵的禀赋不得施展，只能在蛰伏状态下生锈发霉。没有人抬举我们，指望我们行止高贵。我们明明有金子可以奉献，但他们只要黄铜。我们恳请邻居大人大量，允许我们以真实、诚挚、高贵的方式对待他，可他敬谢不敏，因为他耳朵背，压根儿听不见我们的祈求。实际上，他这是告诉我们，你们只管把我当成一个诡诈下流、虚伪自私的家伙，拿"我应得的待遇"来打发我，我也就心满意足了。大多数情况下，我们满足于如此待人，也满足于被人如此对待，认定大多数人只能如此交往，不可能建立较比真诚、较比高贵的关系。一个人可能会拥有所谓的好邻居和好熟人，甚至会拥有好伙伴，好妻子，好父母，好兄弟，好姊妹和好子女，然而追根究底，这些人对待他的方式，以及他们对待彼此的方式，依据的也只是前述的假定。政府不但不要求它的成员奉行公义，反倒认为它可以实现繁荣昌盛，哪怕公义程度低得不能再低，与流氓无赖相去无几。邻里和家庭，与政府如出一辙，就连通常所称的友谊，也只是多了一点点义气的流氓交情而已。

但在有些时候，我们据说会爱另一个人，亦即与对方肝胆相照，赠出我们的最好，收得对方的最好。人与人之间若有温暖的真诚，便会有爱，而我们越是以诚相待，越是相互信任，我们的生活便越是神奇美妙，越是契合我们的理想。我们与凡俗男女的交往当中，往往有一些任何预言也不曾预报的友爱片段，这些片段超越我们的尘世生活，向我们预示了天国的到来。这样的爱与任何神祇一样神圣，可能会在戈夫斯顿的一个平凡日子里，在凡俗之眼认定宇宙覆满尘土的时分，突然在我们身边降临，为我们揭示一个美好清鲜、永恒不朽的崭新世界，一个没有爱便无法企及、事实上也无法存在的世界，用它来取代这个陈旧的世界，这样的爱，究竟是怎样的事物？我们甚至会问，除了由爱激发的话语之外，还有什么话语值得铭记，值得反复念诵？这些话语竟然有宣之于口的时候，实在是一件奇妙的事情。它们确乎寥若晨星，确乎难得听闻，但却宛如优美的旋律，被记忆不断重复，不断调谐。其他的一切话语，则随同蒙蔽心灵的灰泥，片片剥落，分崩离析。此时此刻，我们不敢出声重复这些话语，因为我们并不具备，随时聆听这些话语的能力。

供年轻人阅读的各种书籍，大讲特讲择友之道，原因不过是它们讲不出朋友之道，讲的仅仅是搭档和亲信。"要知道，敌人和朋友虽然是两种对立的事物，却都是出自真神的意愿。"[①] 友谊只会出现在天性契合的人之间，是一种纯由自然、必定产生的结果。再怎么高声表白，再怎么大献殷勤，都不能带来友谊。刚开始的时候，友谊必定是连言语也不需要，言语只会在沉默之后出现，

---

① 引文出自詹姆斯·罗斯《蔷薇园》英译本。

好比接穗上的芽苞,要到嫁接完成许久之后才会绽成叶片。友谊是一场双方都无须扮演任何角色的戏剧,就这个方面而言,我们都是穆斯林,都相信命由天定。心里没底的焦躁情侣,总以为每次见面都必须说点儿体己的话,做点儿贴心的事,任何时候也不能冷对彼此。朋友却不会做他们以为必须做的事,只做他们必须做的事。对他们来说,就连他们之间的友谊,某种程度上也只是一种令人激赏的现象而已。

永不丧失希望的真朋友,会对朋友说一些这样的话:

"我从未请求你准许我爱你,因为我本来就有爱你的权利。我爱你,不是把你当作你的所有,当作一件属于私人的个别事物,而是把你当作我的发现,当作一件值得爱的普遍事物。啊,我眼中的你何等伟大!你的美好一尘不染,你的美好无穷无尽,我可以信任你,直到永远。以前我从未想到,人性竟然如此丰盈。给我一个生活的机会吧。"

"你是虚构世界里的唯一事实,是比任何虚构更奇异、更令人赞叹的真相。答应我,只做你自己。唯有我,绝不会阻挠你保持本色。"

"这便是我的愿望:亲近你,亲近得像我俩的灵魂,同时又敬重你,像敬重我的理想。永不以言行乃至思想亵渎彼此。若有必要,我俩可以彻底不相往来。"

"我已经找到了你,你如何还能从我面前隐去?"

朋友不求回报,只求对方虔敬地收下并佩戴自己赠予的光环,不使这光环蒙上污垢。朋友珍视彼此的希望,善待彼此的梦想。

尽管诗人有云,"友谊的第一要义是说好话"①,但我们绝不能赞美朋友,不能认为他值得赞美,也不能让他以为,他可以通过任何行为取悦我们,他给我们的对待可以达到足够好的程度。那样的友好举动在别处备受推崇,但却与友谊最不兼容,因为对朋友最大的冒犯,莫过于刻意示好,莫过于并非天性使然的故作友善。

由于身体上的永恒差异,两性之间自然会产生最为强烈的相互吸引,普遍说来,两性也笃定会成为彼此的辅翼。男人吸引女人来关注自己感兴趣的东西,是一件多么自然、多么容易的事情。文化相当的男女一旦有缘相遇,必定能对彼此有所助益,效用有胜于男人之间的交流切磋。男女之间的交往,如今已有了一种合乎天理的公平与开明,而且我认为,任何男人都乐意拿上自己心爱的书籍,去某个知识女性圈子里朗读,比在同性圈子里交流还要自信。男人造访男人,往往形成一种打扰,两个不同的性别,则天生期待彼此的探望。尽管如此,友谊终归与性别无关,异性之间的友谊,或许比同性友谊更为罕见。

无论如何,友谊始终是一种绝对平等的关系,必须借一些外在的标记来昭示双方权利和义务的对等,不可能把这类标记一概摈除。贵族永远不可能从门客当中找到朋友,君王也不可能结交臣民。两个朋友并不需要在所有方面旗鼓相当,但却必须在关涉或影响友谊的各个方面平起平坐。此方之爱,必须与彼方之爱铢两悉称,惟妙惟肖。人不过是盛装爱之甘露的容器,流体静压佯

---

① 引文源自约翰·多恩的诗歌《致克里斯托弗·布鲁克先生》("To Mr. Christopher Brook"),多恩的原句是:"友谊的第一要义是只说好话。"

谬[1]则象征着爱的法则。爱会在所有人的胸膛里找到自己的水平面,上升到与源头一样的高度,爱的水柱再怎么细小,依然可以托举大洋的重量。

> 牧人也有爱的能力,
> 与显赫的贵族无异。[2]

就友谊而言,一个性别并不比另一个性别温柔。英雄之爱,与少女之爱一般细腻。

孔夫子说,"无友不如己者。"[3]友谊之所以功德无量,永恒不朽,正是因为它产生在一个更高的层面,产生在一个双方看似无法凭现有品格企及的境域。友谊的光辉照向我们,画出一道奇妙的曲线,使得我们遇见的每一个人,身量都显得比实际高了一点。礼貌的基础由此奠定。我的朋友,便是我可以寄托最美好设想的那个人。不在一起的时候,我总是假想他正在从事某种工作,手头的事情比我见过他从事的任何工作都要高贵,我还会假想,他

---

[1] 流体静压佯谬(hydrostatic paradox)是一种流体静力学现象,即容器中静止流体的压力只与流体的高度有关,与流体的体积和容器的形状无关。由于这种现象的存在,极少量的水也可以产生足以支撑巨大重量的压力,只要水体的高度足够大。

[2] 引文出自传为英格兰诗人法尔克·格瑞维尔(Fulke Greville,1554—1628)所作的《外一首:关于他的辛西娅》("Another, of His Cynthia")。

[3] 引文原文是梭罗对鲍狄埃《孔孟:中国道德及政治哲学四书》相应文字的英译。这句话出自《论语·学而》。

奉献给我的时间，全都是他从某种更高等的社交生活里挤出来的。我从朋友那里领受过的最大侮辱，便是他当着我的面，以一种只有靠多年的廉价交情才能积成的熟络，恬不知耻地纵容某人的过恶，同时又依然用朋友的口气跟我说话。当心啊，千万别让你的朋友放宽标准，最终学会容忍你的哪怕一个弱点，由此给你的爱竖起一道前进的障碍。有时候，连朋友也会使我们心生厌倦，而我们不可避免地堕入困境，开始与朋友相互亵渎，这时候，我们必须虔敬地遁入孤独与沉默，以便修养自身，准备投入更为崇高的亲密关系。沉默是朋友交道里的仙乡良夜，彼此的挚诚可借此恢复元气，把根子扎得更深。

友谊从来不会是一种一清二楚的明确关系。难道你要求我减少对你的友情，好让你看清我们的友谊？另一方面，我又有什么权利认定，另一个人会对我保有如此珍贵的一份感情？友谊是一个奇迹，需要我们提供持续不断的证明，是一种习练，需要我们践行最纯净的想象和最珍贵的信念。它以无言却雄辩的行为表明，"我会与你保持你所能想象的至深情谊，对此你只管坚信不疑。我会向你献出赤诚，献出我全部的财富"，朋友则以自己的天性和生活给出无言的回应，报之以同样的神圣礼敬。无论顺境逆境，朋友始终了解我们的本真，他从不索要爱的标记，却懂得辨识爱的种种固有特征，从中看到爱的身影。朋友来访，用不着拘泥任何礼数。你无须等待我的邀请，来了就知道我欢喜与你相见，要是我请你登门，等于是为你的到访支付了过高的代价。我的朋友住在哪里，哪里就有无尽的财富和诱惑，区区障碍，绝不能分隔你我。愿我永远不必对你说，我不必说的话语。愿我们的交往，彻底超越我们自身,将我们拉向高处,拉向它所在的境界。

友谊的语言没有字句,仅仅由意义构成。友谊是一种高于语言的讯息。按照人们的想象,朋友见面会有说不完的话,会张大嘴巴畅叙心中所想,从不磕巴,永无休止,朋友们的实际体验,却通常与此大相径庭。形形色色的熟人在身边来来去去,到什么场合都有现成的话可讲,但对连呼吸都载满思想和意义的朋友而言,哪里有什么闲言碎语可说?你不妨设想一下给朋友送行的光景,除了跟他握握手之外,你还能想出什么外在的表示?临别之时,你难道会送他几句现成的客套?难道会往他兜里塞一盒药膏?难道会有什么口信要他帮你捎?难道会有什么以前漏掉的声明想要发表?——就跟你真会漏掉什么事情似的。不会的,你握住他的手道声再会,便已经足够传情达意,连这些你也可以坦然省略,只不过习俗暂时占了上风。倘若他非走不可,却为你久久耽延,甚至会使人痛苦不堪。要是他必须走,就放他快点走。你们有什么最后的话语要说吗?唉,有也只有那话语中的话语,你们已为它寻觅多年,却始终没有找见。你连最初的话语都还没有说呢。进一步说,这世上很少有人能让我放大胆子,郑重地唤出他最恰切的名字。念出一个名字,无异于认可名字的主人。谁要是能把我的名字念对,便有权召唤我,有权得到我的爱与奉献。然而含敛克制,正是爱人的自由与放任,只有对天性中的敌意或冷漠加以克制,才能为亲近与和谐留出余地。

狂暴的爱,与狂暴的恨一样可怕。爱若能长长久久,便必定风平浪静。就连那众所周知的爱之痛苦,也只会与爱之消亡一同开始,因为爱人虽然是一个人人企求的身份,真正的爱人却可谓寥若晨星。一个人适合拥有友谊,证据之一便是他能够舍弃廉价的激情。真正的友谊,既温柔又睿智,双方默默地遵循爱的指引,不理会其他任何法则,任何善意。它绝不夸张,绝不疯狂,它的话语却一言九鼎,足可刊于金石。它是更真的真理,更好更美的消息,岁月永不能使它蒙上污垢,也不能否定它的真实。它是一种植物,在冬夏交替的温带地区长得最是茂盛。朋友好比家人[①],与朋友在家常的土地相会,无须帏幄,无须茵席,而是径直在山岩上席地而坐,遵从质朴自然的原初法则。他们相逢时不会大呼小叫,离别时也不会高声哀号。他们的情谊,蕴含着战士们推崇的种种特质,原因是打开心扉,需要与攻破城门一样的勇气。这情谊不只是无聊的同情和相互的慰藉,更是一种志同道合的惺惺相惜。

> 当男子气概如日中天,
> 以至于恐惧从此绝迹,
> 令人力竭的艰辛劳苦,
> 便使战士们拥抱彼此。[②]

瓦瓦塔姆向皮草商人亨利证实的友谊,见于后者在《探险记》[③]

[①] "家人"原文为拉丁文词语"*necessarius*"。

[②] 引文出自英格兰诗人及剧作家理查德·爱德华兹(Richard Edwards, 1525—1566)的诗歌《爱人的争执是爱的新生》("Amantium irae amoris integratio est")。着重号是梭罗加的。

[③] 即英裔商人亚历山大·亨利撰著的《加拿大及印第安地区旅行探险记》(参见前文注释),书中记述了亨利与印第安人瓦瓦塔姆(Wawatam)的友情。

里的记载,这份友谊几乎光秃无叶,却依然开花结果,使人舒心惬意,永志不忘。这位坚毅冷峻的战士完成了斋戒、独居和苦行的仪式,然后来到这个白人的住处,坚称对方就是他在梦里看见的白人兄弟,从此将对方视为手足。他埋掉战斧,因为它对他的朋友虎视眈眈,然后和朋友一起狩猎饮宴,制作枫糖。"金属由熔炼而聚合,鸟兽为互利而同群,笨伯因恐惧与愚蠢而结伙,义人则一见如故。"① 瓦瓦塔姆虽然会跟族人一起畅饮"白人的乳汁"②,还会端起一碗用这个皮草商人的同胞熬成的人肉汤③,可他终归先帮朋友逃脱了同样的厄运,又为朋友找了个安全的住所。在这位酋长家里,荒山野岭之中,他俩打猎捕鱼,安宁快活地畅叙友情,度过了一个漫长的冬季,最后才在春天到来之时,返回米奇里迈基纳克④去处理猎获的毛皮。在奥塔德斯岛,瓦瓦塔姆不得不与朋友道别,因为后者要继续前往圣玛丽急流,⑤以便避开敌人,他俩当时以为,这只是一次短暂的分离。"此时我们互道珍重,"亨利写道,"双方的情感完全互通。走出房门的时候,我心里不能不充满最深切的感激,为我在这间屋子里经历的诸多善举,不能不充

---

① 引文出自威尔金斯的《益世嘉言》英译本。

② "白人的乳汁"(white man's milk)是当时印第安人对白人所酿烈酒的称谓。

③ 亚历山大·亨利的书中载有瓦瓦塔姆醉酒及与族人分食英国俘虏的事情。

④ 米奇里迈基纳克(Michilimackinac)是印第安人对休伦湖迈金诺岛(Mackinac Island)的称呼。

⑤ 奥塔德斯岛(Isle aux Outardes)是休伦湖上的一个小岛,今名雁岛(Goose Island)。亚历山大·亨利书中的"圣玛丽急流"(Sault de Sainte Marie)指的是法国人建立的一个据点,名字来自从苏必利尔湖流入休伦湖的圣玛丽河(St. Marys River)。

满最诚挚的敬意,为我在这家人身上看到的种种美德。他们全家出动,一起陪我走到湖边,我乘坐的独木船刚刚离岸,瓦瓦塔姆便开始向大神祈祷,恳求大神照料他的兄弟,也就是我,直到我们再次聚首……我们的船已经驶出很远,就快听不见他声音的时候,他都还在念诵他的祷词。"[1] 这之后,我们再没听到过瓦瓦塔姆的消息。

友谊并不像人们想象的那么仁慈,它身上没有多少人类的血气,反倒包含着对人类和人类制度、基督徒责任和基督教人道的些许轻蔑,同时又像电流一般,具有净化空气的功用。友谊有可能衍生最无可挽回的悲剧,因为双方都拥有超乎寻常的纯真,并且格外坚定地追随自己最崇高的本能。我们不妨把友谊称作一种本质上的异教交往,它天生无拘无束,不计后果,自发地践行一切美德。友谊不仅仅是最深切的共鸣,更是一种纯洁崇高的陪伴,一种仅余片段的神圣交往,这样的交往源自远古,如今依然间或重现,每当它记起自己的本来面目,便会毫不犹豫地重拾神圣的准则,无视较为卑贱的人类权利和义务。它需要成色十足、毫无瑕疵的神圣品质,只有仰仗最遥远未来的应许和先兆才能存在。我们不喜爱任何一件只善不美的事物,如果世上能有这等事物的话。大自然会在每一枚果实前面放一朵这样那样的花,可不仅仅是在果实后面放个花萼。如果朋友改信某种较新的约契[2],舍弃自

---

[1] 引文出自《加拿大及印第安地区旅行探险记》。
[2] "较新的约契"原文为"newer testament",是对"*New Testament*"(《圣经·新约》)的调侃。

己的异教和迷信，打碎自己的偶像，如果他忘却自己的神话，待朋友用的是待基督徒的方式，或者是他能够承受的方式，友谊便不再是友谊，变成了做善事，指引人们开办救济院的那条准则，便带着它的仁爱踏进人们的家门，开始在家里构建，救济院对赤贫者的关系。

至于这种交往可以容纳的人数，无论如何也是从"一"开始，因为"一"是我们所知最高贵也最伟大的数字。这世界会不会让这个数字有所增长，情形又会不会像乔叟坚称的那样，

> 天上的星星不止一对。[1]

还有待事实的证明；

> 能在千人之中找到一人，
> 无疑已经是莫大的福分。[2]

倘若我们知道有某个人更值得我们去爱，那就不应该把自己全心交托给其他的任何人。话又说回来，友谊与数字无关，朋友绝不会掰着指头清点朋友的数目，因为朋友无法用数字来计量。这条

---

[1] 引文出自乔叟的诗歌《百鸟会议》（"The Parliament of Fowls"）。
[2] 引文出自乔叟等人从法文转译的长诗《玫瑰传奇》（*The Romaunt of the Rose*）。

纽带联结的人越是众多，如果这些人是真正联结在一起的话，联结他们的这份爱就越是珍贵，越是神圣。我乐意相信，两人之间这种亲密私隐的关系，也可以存在于三人之间。说实在的，朋友可不嫌多；或多或少，我们会濡染自己欣赏的美德，这样一来，人生中的每一段关系，最终都会使我们更加强大。卑陋的友谊往往狭隘排他，高贵的友谊却总是兼容并蓄，它漫溢四方的博爱，正是温暖社会、同情异族的人道精神，因为它虽然立足于私人的基础，究其实却是一项公共事务，一种公共福祉，朋友的价值有胜于一家之长，更应该得到国家的褒奖。

友谊的唯一危险，在于它终将结束。它虽然土生土长，却是一种娇弱的植物。再微小的卑劣，哪怕自己不曾察知，也足以使它朽坏变质。朋友须当知道，自己在朋友身上看到的缺点，都是由自己的缺点招来的。猜疑的代价便是坐实猜疑，这是一条再灵验不过的法则。由于狭隘与偏见，我们总是说，我的朋友啊，我只要求你这样那样，如此这般，不会再奢望更多。说不定，世上没有哪个人足够仁厚、足够公正、足够睿智、足够高尚、足够豪迈，以至于配得上一份长青不败的真正友谊。

有时候，我听见朋友们优雅地抱怨，说我不懂得欣赏他们的优雅。我可不会告诉他们，我到底欣不欣赏。他们似乎以为，他们的每一个优雅言行，都应该收到一封感谢信才对。他们的优雅，没准儿已经得到了优雅的赏识。言语和沉默之间，兴许沉默才是最优雅的选择。世上有一些事情，人们从来不会说起，就这些事情而言，绝口不提远比挂在嘴边优雅。面对至高无上的讯息，我们只会奉上不会说话的耳朵。对于我们最优雅的关系，我们不光得保持沉默，还得用渊深的沉默将它埋藏，永远不让它显露人前。也有可能，我与他们至今素昧平生。人际交往的悲剧，由头不是对言语的误解，而是对沉默的不解。理解不了沉默，便让人无从解释。一个人若是不理解你，爱你又有何益？这样的爱，其实与诅咒无异。总以为自己的沉默比你的沉默意味深长的人，能算是哪门子的同伴？认定自己是唯一的受伤一方，这样的行为何其愚蠢、何其冷酷、何其不公！你的朋友，岂不是始终拥有同样的抱怨理由？不用说，我有时会对朋友的话语充耳不闻，可他们不知道的是，我听到了什么他们没意识到自己说过的话语。我知道我经常使他们大失所望，因为我不说他们想听的话，要不就说一些他们不想听的话。见到朋友的时候，我总是会对他说话，但那个竖起耳朵等我说话的人，并不是我的朋友。他们还会抱怨，说我这个人太难接近。噢，你们这些巴不得椰子长得里朝外的人哪，下次我哭泣的时候，一定给你们通报一声。他们只知道索要言语和行动，却不知真正的情谊，本身便是言语和行动。他们连这些道理都不懂，你哪里还能教化他们？我们经常自我克制，不表露自己的情感，不是因为骄傲，是因为我们担心自己无以为继，不能再爱那个要求我们为自己的爱提供此类证据的人。

我认识一位女士，她充满活力，富于才智，注重自身修养，执着地追求尽可能高的境界。我与她相见甚欢，觉得她是个十分让我心动的率真女子，而且我估计，她对我也不无好感。但我俩的交情，显然是从未达到那样的程度，从未像女人以至所有人无比向往的那样，亲密无间，深情款款。我乐意帮助她，也受过她的帮助,我很喜欢凭着某种陌生人的特权去了解她,因此不愿像她的其他朋友那样,频繁地上门拜访。我的天性止步于此,我也不太清楚原因何在。或许是因为她没有对我提出最严格的要求,那种好似教规的要求。有些人虽然抱持着我不敢苟同的偏见或偏好,却依然赢得了我的信任,而且我相信他们也信任我,至少也把我看成了一个虔诚的异教徒——一个高尚的希腊人。我有我的原则,跟他们自己的原则一样有理有据。至于这位女士,在我俩的命运交织一处的时间里,在我俩灵性的允许范围之内,我自然而然地与她交往,到今天也珍惜这份情谊,如果她能够领会这一点,对我来说就是一种值得感激的慰藉。我觉得在她面前,我似乎表现得随随便便,漠不关心,没有原则,既不期望更多,又不接受更少。要是她能够了解,我对自己提出了无限高的要求,对其他所有人也是一样,就一定能够明白,我俩这种虽有缺憾却有真诚的交往,比那种更无保留却无诚意、不包含成长之道的交往,不知道要好多少倍。[①] 选择同伴的时候,我需要的是一个能像我自己的灵性一样严格要求我的人,这样的人,总是能给人合乎情理的宽容。接纳低于这个标准的人无异于自戕,必将败坏美好的品行。有些人热爱并赞赏我的志向,而不是我的实际表现,对于他

[①] 据美国当代作家保拉·布兰查德(Paula Blanchard)《玛格丽特·富勒:从超验到革命》(*Margaret Fuller: From Transcendentalism to Revolution*)一书所说,梭罗说的这位女士是美国报人、评论家、女权倡导者玛格丽特·富勒(Margaret Fuller, 1810—1850)。前文注释提及的理查德·富勒是玛格丽特的弟弟。梭罗与玛格丽特交往甚多,曾在后者主编的《日晷》杂志发表多篇作品。玛格丽特于1846年前往欧洲,有生之年再未返回新英格兰。

们，我既珍视又信任。如果你从不停下来看我，看的是我看的方向，甚至是更远的地方，那我的成长历程，便不能没有你的陪伴。

> 我的爱必须自由自在，
> 必须像展翅雄鹰一样，
> 高高飞越陆地和大海，
> 翱翔在万事万物之上。
>
> 我不能在你的沙龙里，
> 模糊我眼睛里的光芒，
> 我不能离开我的天宇，
> 离开我夜空里的月亮。
>
> 你不要做捕鸟的罗网，
> 来阻止我的自由飞翔，
> 还用上种种巧妙伪装，
> 为的是吸引我的目光。
>
> 请你做好风飒飒不断，
> 载我在天空遨游不止，
> 始终将我的风帆充满，
> 即便你已经离我而去。
>
> 我不能离开我的穹苍，

去迁就你的无常兴致,
真的爱必定高飞远扬,
踪迹始终与天空平齐。

雌鹰绝不会容忍雄鹰,
如此这般地徘徊闲荡,
用他那直勾勾的眼睛,
瞄着太阳底下的地方。

如果友谊并不植根于纯为实用的熟人关系,世上就很少有比帮朋友料理实务更难的事情,因为实务不需要友谊的援手,只需要一点儿鸡毛蒜皮的廉价助力。我与某人在社交和精神层面保持着最为友爱的关系,但他并不知道我拥有何种实用技能,即便是在请我帮忙处理实务的时候,他依然对我这个帮手的本领一无所知,尽管我的实务技能远胜于他,他用的却仅仅是我的双手,并不用我的技能。我认识的另一个人跟他恰恰相反,特别擅长辨识此类技能,不光懂得以彼之长补己之短,还懂得何时应该撒手不管,让帮手自己看着办。所有的工人都知道,帮他干活是一件难得的乐事。与此相反,另外那种待遇却让我吃足了苦头,感觉就像在最为友好、最为崇高的交往之后,朋友竟然诚心诚意地相信你是一把铁锤,抡起你的脑袋去砸钉子,浑不知你不光是他的好朋友,还是个说得过去的木匠,而且会高高兴兴地抡起一把铁锤,为他效犬马之劳。心灵的一切美德,也弥补不了这个缺少洞察力的毛病:

我们如何能信赖善人？
唯有智者能做到公允。
我们利用善人的美德，
却没有能力辨识智者。
有些人堪称身登绝顶，
理解并热爱美好德行，
自身却超越寻常境界，
得不到庸凡者的理解。
他们没有动人的眼神，
但却以忠告直指人心。
他们不会为私人利害，
产生有失公允的偏爱，
他们分享宇宙的悲欢，
与宇宙真理同情共感。

孔夫子说："友也者，友其德也，不可以有挟也。"[1]然而，人们往往希望我们连他们的恶习一同结交。我有个朋友，希望我把我明知不对的事情看成对的。但是，如果友谊要把我变成瞎子，要把白昼变成黑夜，那我绝不要什么友谊。友谊应该具有海纳百川的功用，应该能以不可思议的方式开阔人的胸襟。真的友谊经得起真知的考验，不用靠黑暗和愚昧来维持。洞察力的匮缺，不

---

[1] 引文原文是梭罗对鲍狄埃《孔孟：中国道德及政治哲学四书》相应文字的英译。梭罗的说法有误，因为这句话出自《孟子·万章下》，是孟子说的话。

可能成为友谊的要素。相较于别人的美德,朋友的美德我看得更清,有了美德的对比,他的缺点自然会变得更加显眼。恨任何人,理由都没有恨朋友充分。缺点虽然必定有相应的美德来平衡,本身却不会因此变小,它找不出任何开脱的理由,在很多情况下倒会显得比实际还大。经得起批评的人,听不进奉承的人,不讨好裁判的人,或者是甘心让真理始终比自己更受爱戴的人,我一个也没见过。

两个旅人要想步调一致地结伴前行,两人对事物的看法就必须一样真确,一样公正,若非如此,他们的旅程绝不会玫瑰满路。话又说回来,即便是与盲人结伴,你依然可以享受一段获益匪浅的愉快旅程,只要他具备通常的礼貌,只要你谈论风景的时候小心谨记,他没有你所拥有的视力,只要你时刻不忘,他的听觉多半因视力的缺陷而变得更加敏锐。如其不然,你俩的旅伴关系定然其寿不永。一个盲人和一个明眼人一起行路,走到了一道悬崖边。"当心!我的朋友,"后者说,"这儿有道陡峭的悬崖,别再往这边走了。""我没那么傻,"另一个说,跟着就走下了悬崖。

我们绝不能把内心所想和盘托出,哪怕是面对最真挚的朋友。我们宁可与朋友永诀,也不愿指责朋友,因为我们指责的理由太过充分,以至于无法启齿。任何两人之间也不存在如此完美的理解,以至于一方可以指出另一方的重大缺点,同时又不造成与缺点的严重性成正比的误解。根本性的歧异始终存在,妨碍我们缔结完美的友谊,朋友永远不该把这类歧异宣之于口,只能通过自己的一举一动提出建议。除了爱以外,再没有任何东西能调和朋友之间的歧异。如果他们开始解释，像对待敌手一样对待彼此，一切就已经为时太晚，无可挽回。谁会接受朋友的道歉呢？朋友无须道歉，因为他们之间的龃龉好比霜露，太阳一出便烟消云散，并且具备所有人都从心底认可的益处。朋友之间竟然需要解释——什么解释能弥补这样的悲剧呢？真爱的争拗不会为细枝末节，不会为熟人之间那种可以解释清楚的误会，只会为，唉，只会为一些充分、致命、恒久、永远无法搁置的理由，无论表面的起因是多么地微不足道。真爱的争拗万一出现，便会不断重演，尽管友爱的光线每次都会赶来，给争拗的泪滴镀上金边，这光线好比彩虹，虽说是无比美丽、无比确凿的和解标记，①终归只能保得一时晴好，承诺不了永远的风和日丽。我有两三个交情非常不错的朋友，可我从来不曾发现，除了有助于一些转瞬即逝的琐碎事务以外，忠告还有什么别的用处。一个人兴许会知道一点儿另一个人不知道的东西，然而，最大的善意也无法传递那种必备的要素，那种使忠告变得有用的成分。我们只能以各自的本色为依据，去选择彼此接纳，或者是彼此拒绝。我跑去驯服鬣狗，都会比驯服我的朋友容易。朋友这种材料，我拥有的任何工具都加工不了。身无寸缕的野蛮人可以用火把烧倒橡树，把岩石磨成战斧，我却无法将朋友的品性砍削一丝一毫，不管我意在美化，还是意在毁损。

爱人终将懂得，世上并不存在十足透明、十足可信的人，每

---

① 据《旧约·创世记》所载，上帝发洪水惩罚人类之后，向挪亚保证不再对人类施加此种惩罚，并以云中的彩虹作为与人类和解的标记。

个人都有恶魔附体，假以时日，那恶魔没有做不出的坏事。尽管如此，正如一位东方贤哲所说，"正人君子即使绝交，各自的原则依然不变。莲藕虽断，藕丝犹连。"①

有爱的愚昧与笨拙，胜过无爱的睿智与工巧。这世上兴许有周全的礼数，甚至有平和、机智、才华，以及妙语连珠的对话，没准儿连善意都有，但那些最人道也最神圣的禀赋，依然在苦等见诸实践的机会。没有爱，我们的生活就好比焦炭和灰烬。纵使人们像雪花石膏和帕罗斯大理石一样纯洁，像托斯卡尼别墅一样典雅，②像尼亚加拉瀑布一样壮美，可要是他们宴客的美酒没有加奶，我们还不如接受哥特人和汪达尔人的款待。③我的朋友绝非出自其他的某个种族，或者是其他的某个家庭，而是我肉中之肉，骨中之骨④，是我一奶同胞的兄弟。我看见他的天性向远方苦苦求索，一如我的天性。我与他，永远不会远隔天涯。命运岂不已经用各种各样的安排，把我们联系在了一起？《毗湿奴往世书》有云："贤人缔结友谊，只需同行七步，何况你我，业已同住一

---

① 引文出自威尔金斯的《益世嘉言》英译本。

② 帕罗斯（Paros）为希腊岛屿，古时以盛产优质白色大理石闻名；托斯卡尼（Tuscany）为意大利一个历史悠久的地区，以佛罗伦萨为首府，拥有辉煌的艺术及建筑传统，区内有美第奇别墅等世界文化遗产。

③ 哥特人（Goths）和汪达尔人（Vandals）是西方历史上蹂躏罗马帝国的蛮族。梭罗这句话可能暗用了《旧约·雅歌》的典故："我走进我的园子……饮了我加奶的美酒，朋友们啊，吃吧，我爱的人们啊，喝吧，多多地喝吧。"

④ 典出《旧约·创世记》。据该书所载，耶和华用亚当的肋骨造出夏娃，然后把夏娃领到亚当面前，亚当说："这是我骨中之骨，肉中之肉。"

处。"① 长久以来，我们同吃一条面包，同饮一泓泉水，无论寒暑都呼吸同样的空气，感受同样的炎凉，同样的瓜果欣然为我俩补充活力，我俩从未有过一丝一缕的不同思绪，这一切，怎会没有任何意义！

> 大自然天天迎来，她的曙光，
> 我的曙光，却可谓稀少罕见，
> 然而我满意地高喊，老实讲，
> 我觉得我的曙光，最是灿烂。
>
> 因为当我的太阳，屈尊升起，
> 哪怕是正值，大自然的正午，
> 她最美的原野，将没入阴翳，
> 我的光线，也无法继续夺目。
>
> 有时候我与伙伴，促膝倾谈，
> 沐浴着大自然，昼日的暖意，
> 但我们一旦交换，一缕光线，
> 她的温煦，便立刻不足挂齿。

---

① "往世书"参见前文注释。引文出自英国学者贺拉斯·威尔逊（Horace Hayman Wilson，1786—1860）1840年出版的印度典籍《毗湿奴往世书》（*The Vishnu Purana*）英译本。

我借由他的话语，登高远望，
　　仿佛身处一座，东方的山岭，
　　看见辉煌的曙光，为我绽放，
　　胜过她锦囊里的，一切黎明。

　　仿佛是两个夏日，合二为一，
　　两个太阳之日，汇聚在一起，
　　我俩的光线，织成一轮旭日，
　　带来夏季的天气，美好无比。

　　我最后一个十一月的日落，必定会使我恍然升入仙灵世界，忆起我年轻时的红润晨曦，传入我昏聩耳朵的最后一段旋律，必定会使我忘却自己的年纪，或者简而言之，大自然施加的诸多影响，必定会在我们有生之年持续存在，与此相同，我的朋友必定是我永远的朋友，永远为我反射上帝的辉光，而我们的友谊一如神庙的残墟，必定会得到时间的滋养和装点，得到时间的祝圣。正如我爱自然，爱鸣啭的鸟儿，爱闪亮的麦茬，爱奔流的河川，正如我爱清晨与薄暮，爱严冬与炎夏，我的朋友啊，我爱你。

　　不过，我们能对友谊发表的一切评说，都好比植物学对花朵的描述。我们的理解力，如何能悟透它包孕的友爱？
　　即便是朋友的死亡，也会像朋友的生命一样激励我们。他们会为哀悼者留下慰藉，正如富人为自己的葬仪留下钱财，崇高愉悦的思绪会环绕我们对他们的怀念，正如苍苔覆满他人的墓碑，因为我们的朋友,永不在墓地栖居。

谨以此献给阿尔卑斯山这边和大西洋这边的朋友们。

此外,容我将这些恳求与忠告的话语,献给群山之外那些为数众多的可敬相识:你们好!

我最与世无争、最不受责任羁绊的邻居们啊,我们一定要相互利用彼此的全部长处,纵然不能互敬互爱,起码也要互惠互利。我知道分隔你我的山岭高耸入云,终年积雪,可我们用不着灰心丧气,尽可以赶趁晴好的冬日,去翻越这些山岭,必要的话,还可以用醋来软化岩石。因为葱郁的意大利平原横亘在我这一边,正等着欢迎你们的到来,而我也会日夜兼程,前往你们的普罗旺斯。[①] 相见之后,请你们放胆敲打我的头,我的心,敲打我的任何要害。你们只管相信,我这块木料晾晒彻底,强韧结实,经得起猛烈的折腾,就算它弯折断裂,它的产地也还有许多替代之物。我可不是什么陶器,碰着邻居就有撞碎的危险,有了裂缝就非得发出刺耳的怪叫,一直叫到生命终结,实在说来,我更像一块老式的木头垫板[②],时而占据餐桌的上首,时而充作挤奶的小凳,时而成为儿童的座椅,最终入土之时,身上少不了光荣伤疤的装点,不到鞠躬尽瘁,绝不死而后已。除了沉闷无聊之外,什么也惊吓不了勇敢的人。想想吧,每个

---

① 梭罗这句话虽是比喻,但也有现实的地理依据,因为法国的普罗旺斯(Provence)确实与意大利的波河平原相邻,中间隔着阿尔卑斯山脉。

② 垫板(trencher)是西方的一种食器,中世纪时期用得尤为普遍,原本是充作盘子的圆形面包片,后来改为木制,形制为或圆或方的平板或浅盘。

人一生遭遇的挫折何其众多，或曾掉进饮马的池子，或曾吃下淡水的贝类①，或曾一件衬衫连穿一个星期，没换没洗。说真的，除非你跟惊吓你的东西存在某种电亲和性②，否则就不可能受到这种东西的惊吓。既是如此，利用我吧，因为我有我的用处，而且跟从毒伞菇和天仙子③到大丽花和紫罗兰的众多祈求者站在一起，恳请你们给我个用武之地，如果你们发现我好歹有点儿用的话。你们可以把我当成香蜂花④和薰衣草，用作药饮药浴，可以把我当成马鞭草和天竺葵⑤，用作香料来源，可以把我当成仙人掌，以供观赏，也可以把我当成三色堇，以表相思，⑥若不能给我安排更为高贵的差使，至少也让我发挥这些卑微的作用吧。

我亲爱的陌生人和敌人啊，我可不会忘了你们。我有的是欢迎你们的气量。给你们写信的时候，容我这样落款："您永远忠实的某某"或是"您感恩不尽的仆从"。面对敌人，我们不必有丝毫

---

① 美国人通常不吃淡水贝类。

② 电亲和性（electric affinity）是十八至十九世纪西方科学家使用的一个概念，指促成化学反应的"力"或两种物质的"结合倾向"，这一概念后来被化学亲和性（Chemical affinity）代替。

③ 天仙子（henbane）为茄科天仙子属有毒草本植物，学名 *Hyoscyamus niger*，有镇咳止痛的功效。

④ 香蜂花（balm）亦名苳蓉，为唇形科蜜蜂花属多年生草本植物，学名 *Melissa officinalis*，富含芳香油，为西方传统药物。

⑤ 马鞭草（verbena）为马鞭草科马鞭草属各种植物的通称，该属的一些品种可用于提炼精油；"天竺葵"原文为"geranium"，此处应为牻牛儿苗科天竺葵属（*Pelargonium*）各种植物的通称，该属有一些品种可用于制造香水。

⑥ 典出莎士比亚戏剧《哈姆雷特》第四幕第五场奥菲利娅（Ophelia）的台词："这些是三色堇，代表相思。"

畏惧，因为上帝安排了一支常备的援军，供我们御敌之用①，与此相反，并没有盟军来帮助我们对付朋友，对付这些毫不留情的汪达尔人。

最后，再一次献给所有的人：

"朋友们、罗马公民们、同胞们、爱人们。"②

就让这些纯净的厌憎，
继续将我们的爱支撑，
好让我们成为彼此的良知，
好让我们的共鸣，
以良知作为根据。

我们要待彼此如同天神，
将我们对善与真的信念，
全部赠给彼此，
将怀疑与猜嫌，
留给下界的神祇。

---

① 可参看《旧约·申命记》所载的耶和华训诫："上阵与敌人作战之时，若见敌方人马战车多于己方，不必畏惧，因引领你走出埃及的上帝与你同在。"
② 在莎士比亚戏剧《尤利乌斯·恺撒》当中，第三幕第二场有布鲁图（Brutus）在刺杀恺撒之后对罗马市民发表的演讲，开头是"罗马公民们、同胞们、爱人们"，又有马克·安东尼（Mark Antony）发表的演讲，开头是"朋友们、罗马公民们、同胞们"。

我们是两颗孤星，
中间间隔着不停运转，
不计其数的遥远星系，
但我们借着意志的光线，
坚定地奔向同一个天极。

我们何须怨怼穹苍——
爱能够经受漫长的等候，
因为何年何月也不为迟，
只要能等来使命的成就，
或者是新使命的开始。

爱所能发挥的功用，
超不过花儿的缤纷，
只有那自主自立的客人，
才能时常探访它的浓荫，
承继它的赠品。

再友善的言语也不包含爱，
只有那更友善的沉默，
才能把爱带给伴侣，
白天送上祝贺，
夜晚送上慰藉。

口舌能对口舌道明何意?
耳朵能从耳朵听清何事?
只有借助命运的谕旨,
爱才能年年岁岁,
不断传递。

无法逾越的情感鸿沟,
张着它的大口,言语的小桥,
乃至最有气魄的恢宏拱券,
都不能跨过这一道,
包围诚挚之人的壕堑。

再令人望而却步的窗栅门闩,
也不能把敌人拒之门外,
不能阻止他挖暗道突破防线,
带着猜疑闯进门来,
画出分隔友人的界限。

无论是什么样的门房,
也不能把友人领进城寨,
但他好比普照万物的太阳,
终将把城寨揽入胸怀,
光辉洒满城墙。

我知道世间没有任何事物，
　　能够逃脱爱的追赶，
　　因为爱无深不入，
　　无高不攀。

　　它懂得像天空一般，
　　耐心等待云雾消散，
　　同时又拥有永恒的白昼，
　　永远在静静地闪耀，
　　无论雾散云收，
　　还是云遮雾罩。

　　爱从来不会宽贷——
　　敌人会屈服于收买或诱引，
　　放弃他险恶的意图，
　　存心良善之人，
　　却永远无法安抚。[①]

我们从阿莫斯基格瀑布往上游划了五六里，抵达一个宜人的河段。此时天色将暮，我们中的一个便登岸寻找农家，打算补充我们的给养，另一个则继续在河中巡游，勘察对岸的情形，想找

[①] 梭罗这首诗题为"友谊"("Friendship"),曾经发表在1841年10月的《日晷》杂志上。

个适合过夜的港湾。与此同时,之前看见的那些运河驳船,陆陆续续从我们后方的一个岬角绕了上来,由于风几乎已经彻底停歇,船夫只能用篙子撑船,贴着岸边前进。这次他们没再提帮忙的事情,他们中的一个却大声告诉我们,他在下游半里处看见了一只栖在高大白松上的木鸭,以此作为竞赛输家最有力的报复,并且把这件事情重复了好几遍,看样子是真的为我们听闻此言时的怀疑神色动了气,殊不知那只木鸭就是被我们吓到树上去的。然而,那只夏鸭①此时依然栖在树上,完全没受我们这些人的打扰。

不一会儿,另一个航行者从内陆探险归来,身边还带着一个当地的小男孩。小男孩长着亚麻色的头发,脑子里装着《罗宾逊漂流记》里的某个故事,或者是这本书的某个简缩版本,被我们的冒险故事引发了强烈的兴趣,因此征得了父亲的许可,到河边来看看我们。他先是站在堤岸顶上,后来又走到近前,忽闪着亮晶晶的眼睛,仔细察看了我们的小船和家什,说他巴不得自己已经长大,可以做自己的主。他名叫内森,是个活泼有趣的孩子,我们很乐意捎上他,可他终归还是他父亲的小家伙,还没到懂事的年龄。

我们弄到了一条农家烤制的面包,外加几个当点心的香瓜和西瓜,因为男孩的父亲是个头脑灵活的厚道农夫,种了一大片瓜来供应胡克塞特和康科德的市场。第二天,他热情地接待了我们,带我们参观了他的啤酒花田和窑屋,还有他的瓜地,一边提醒我们迈过绷在瓜地四周的一根离地一尺高的绳子,一边指给我们看绳栏一角的一个小凉棚,绳子在凉棚里连上了一把枪的枪机,枪

---

① 夏鸭即木鸭,参见前文注释。

管与绳子平行。他告诉我们,天气宜人的夜晚,他有时就会在凉棚里坐着,守卫自家的产业,防御窃贼的偷袭。我们高高抬脚,迈过绳子,完全能理解主人家这种期待试验成功的勃勃兴致,这兴致兴许不那么人道,总体说来也是人之常情。传言满天飞,说当天晚上贼来的可能性特别大,不过,他那把枪的底火并未回潮。他信奉循道宗①,把住所建在梅里迈克河和昂卡纳努克山之间,扎根于这片土地,在这片土地居家度日,同时又借着远方一些政治组织的鼓励,加上他自身的坚忍不拔,种瓜兴业,耕耘不辍。我们跟他说起了一些新品种的瓜籽,还有一种异国口味的水果,建议他扩大生产。我们一路上溯到这里的山间,才知道大自然公正无私、关节不通的仁善。草莓和甜瓜,在谁家园子里都长得一样地好,在山后投宿的太阳,也跟在平地一样和煦,而我们原本以为,大自然有所偏私,格外青睐我们认识的几个勤勤恳恳的诚笃君子。

在河的对岸,或者说东岸,我们为我们的小船找到了一处便利的港湾,这地方仍然在胡克塞特境内,位于流入梅里迈克河的一条小溪的溪口。小船泊在这里,夜里才不会阻挡过往船只的航路,因为溯流的船只通常会贴着岸边行驶,有时是为了避开急流,有时是为了让篙子能够探到河底。泊在这里还有一个好处,那就是我们上船比较方便,用不着去踩黏土堆积的河岸。我们把一只大个儿的甜瓜放在了溪口赤杨丛中的静水里,让它在那里降降温,可是,等我们支好帐篷跑去取瓜的时候,它已经漂到河里,消失

---

① 循道宗(Methodism)是一些新教教派的统称,这些教派以十八世纪英国神学家约翰·卫斯理(John Wesley,1703—1791)的理论为基础,故又称卫理宗。

得无影无踪。于是我们在暮色中登船启航，开始追讨这件财物。追了半天，竭尽目力看了许久之后，我们才看见它圆圆的绿色身影出现在下游远处，正在跟当晚从山上下来的许多枝叶一起，缓缓地漂向大海，漂得十分平稳，一点儿也不左摇右晃，就连我们为加速降温而切开的那个口子，都还没有进水。

我们坐在堤岸上吃晚饭的时候，西天的澄明暮光照到东边的树丛，倒映在河水之中，我们尽情享受这宁谧的黄昏，它宁谧得没有可以叙写的素材。大多数时候，我们以为世上的壮美并没有太多的层级，最高一级也只会比当前所见高一点点，可我们的想法，总是与自欺无异。更为壮美的景象层出不穷，使先前所见黯然失色。每当内心的证据向我们提示普遍法则的永恒不变，我们总是充满感激，因为我们原有的信念仅仅是一份朦胧的记忆，实在说来，这信念并不是一种铭刻在心的笃定坦然，仅仅是对知识的应用和享受而已。每当得到这样的提示，我们便不再是勉强相信，而是与真理有了实实在在的接触，有了最为直接紧密的关联。更宁谧生活的波涛时或流过我们心间，就好像多云的日子里，洒落田野的片片日光。在一些格外喜悦的时刻，我们生命的枯萎茎干里流淌着格外丰沛的汁液，叙利亚和印度便会在我们的当下绵亘伸展，将历史的辉煌一一重演。构成各民族历史的一切事件，都不过是我们个人体验的投影。突然间，我们称之为历史的万千时代无声无息地苏醒，在我们心里闪烁微光，那里就有亚历山大和汉尼拔[①]的用武之地。简言之，我们

---

① 汉尼拔（Hannibal，前247—前183/181）为迦太基名将，是西方历史上最著名的军事统帅之一。

读到的历史,仅仅是对我们自身体验中种种事件的一份较比朦胧的记忆。传说也是记忆,只不过更不连贯,更不清晰。

世界只是我们挥洒想象的画布。我看到人们受尽千辛万苦,务必让自己的身体做到一件事情,而我乐意承受至少跟他们一样多的辛苦,好让我的想象做到同一件事情,也就是尽其所能,原因是毫无疑问,世上存在一种高于且无关于身体需求的心灵生活。屡见不鲜的情形是,身体暖意融融,想象却在寒冷中蛰伏,身体丰满肥硕,想象却枯瘦干瘪。然而,想象若有匮缺,其余一切财富又有何用?"想象是心灵的空气"[1],心灵在想象中生存,在想象中呼吸。万物取法于我。变易之屋,究竟在什么地方?过去的英雄气概,只从我们的眼睛里生发。过去是我们描绘英雄主义理念的画布,正因如此,从某种意义上说,它也是我们未来战场的粗略蓝图。我们的境遇,取决于我们的期望,以及我们天性的要求。我注意到,如果一个人认定他需要一千块钱[2],无论如何也不相信他并不需要,那么一般而言,人们最终会发现,他确实拥有一千块钱,只要他人不死心也不死,那么一千块钱终将到手,哪怕他只是想用这笔钱来买鞋带。同样道理,如果一个人无论如何也不相信自己需要一千座磨坊,那也就很难得到它们。

每个人生而平等,体现在于把内在品行,

---

[1] 引文出自菲利普·贝利的长诗《浮士德》(参见前文注释)。
[2] 在梭罗的时代,一千美元是一个相当大的数目。以劳动力价值计算,1849年的一千美元大约相当于现今的二十四万美元。

与外在境遇相加,每个人所得恰好相等。

我们的生命无比顽强,无比坚韧,实在令我震惊不已。生命的不可思议之处在于,其一,它现在是什么样子,便始终是什么样子,其他的一切选择却很难成为现实,甚或绝无可能;其二,在死亡和命运放倒我们之前,我们竟然会在各自的道路上坚持走这么远,原因却仅仅是我们必须走路;其三,所有的人都能谋生,但却没几个人能有更多的作为。健康和精力离我而去之前,我能做到的就这么多,但这么多也够了。鸟儿的栖息之所,如今刚好脱离了枪支的射程。我从未富于资财,也从未穷得窘迫。就算欠下过什么债务,咳,债务也已随时势的变化自动免除,债务免除的法则,跟债务产生的法则一样神秘。我听说某个小伙与某个姑娘有了婚约,后来又听说婚约解除,可我既不知他俩为何缔约,也不知他俩为何解约。① 我们感觉自己受困于种种意外和外部境况,时而如梦游一般慢慢爬行,时而发足狂奔,仿佛一切皆由命定,一切事情皆因外物作梗,或由外物促成。只有在该换衣服的时候,我才能换衣服,可我确实会换衣服,而且会弄脏新衣。这事情能够完成,我觉得非常不错,尽管我没能完成一些值得一提的可钦壮举。我们各自的人生历程,就像伸进时势大潮的一道道磐石栈桥,有着与栈桥一样的宿命,与栈桥一样坚毅耐久。既然其他的道路都行不通,我们便怀着永无转移的非凡自信,沿着各自的特

---

① 据哈定《梭罗的日子》所说,梭罗的哥哥约翰也爱上了艾伦·苏厄,梭罗这句话暗指约翰向艾伦求婚并最终遭到拒绝的事情。

定道路勇往直前。我们得承受何其巨大的风险！饥荒、战火、瘟疫，还有万种千般的残酷命运，尽管如此，每个人还是顽强地活到了——死期。人是怎么办到这件事情的？莫非这世上没有立竿见影的危险？听说某个梦游者安然走过一块木板，我们会发出少见多怪的惊叹，可我们一辈子都在木板上行走①，一直走上了眼下所在的这根横梁。我的生命不会为任何人等待，只会不断地走向成熟，一刻也不拖延，任由我本人在大街上东游西荡，跟这样那样的人讨价还价，好让它能够延续。与此同时，它却像一只穷人养的狗儿，漠不关心，逍遥自在，顾自去结识它的同类。它会像山间的溪涧一样，自个儿开辟自个儿的河道，再长的山梁，也不能阻止它最终流入海洋。迄今为止，我发现万事万物，人也好，无机质也好，自然力也好，季节也好，全部都出奇地契合我的禀赋。不管我飞奔的路线蕴含着怎样的莽撞和仓促，我始终拥有贸然行事的许可。一道又一道的海峡，在一瞬之间桥梁飞架，仿佛有一队看不见的辎重车辆，为我载来了架桥的浮舟，正当我站在高处，扫视那引人入胜却未经探索的未来太平洋，骡子和羊驼便开始翻山越岭，把航船的构件逐个驮到我的身旁，这航船将会劈开大洋的波浪，载我去往印度。天永远不会破晓，除非我们迎来

---

① 关于木板的比喻可以兼指海盗杀死俘虏的一种方法，亦即强迫身遭捆绑的俘虏走上一块从船上伸到海面的木板，直至在木板尽头落水淹死。这种方法的名字就叫"走木板"（walking the plank）。

内心的晨曦

我的心里,叠放着大自然
穿在身上的每一件衣裳,
衣裳的式样不停地更换,
由此便治愈万物的伤创。

我徒然向外界寻求改变,
找不到任何改变的迹象,
直到新的祥光不请自来,
照亮我内心最深的地方。

将树木和云朵镀成金色,
又将天空染得如此辉煌,
岂不正是那永恒的光源,
岂不正是它不变的光芒?

你看那冬日清晨的太阳,
让它的金光在林间流淌,
它无声的光线所到之处,
黑沉沉的暗夜立刻消亡。

若不是朝气蓬勃的新光,
从远方涌进林间的走廊,
轻快地通知林中的树木,

将消息传遍千万里林莽,

耐心的松树怎么能知晓,
晨风就要拂上它的面庞,
卑微的花朵怎么能预见,
虫儿在正午的嗡嗡哼唱?

我曾从灵魂最深处听见,
这载满欢欣的清晨喜报,
曾经在我心灵的地平线,
看见这绚丽的东方色调,

就好像在熹微的晨光里,
听见最先醒来的那些鸟,
在寂静树林里跳来跳去,
碰断一根根细细的枝条,

又好像在太阳升起之前,
从东方天空里隐约看到,
它已经从遥远地方带来,
夏日炎热的一个个预兆。

  我夏日的生命整周整月地悄悄流逝,好似一缕缕稀薄的烟雾,到最后,某个温暖的清晨,我也许会看见一团浓雾随风飘荡,沿着小溪飘向沼泽，于是我会与它同行，高高飘浮在原野上方。我能够忆起那些最为宁谧的夏日时辰，蚱蜢在毛蕊花上歌唱的时辰，那些时辰蕴含着一种勇气，仅仅是关于它们的回忆，便足以充作护身的甲胄，使我能笑对命运的一切打击。一生之中，我们的耳边一直萦绕着时起时落的竖琴旋律，至于死亡，不过是"狂风养精蓄锐的间歇"①而已。

我们把帐篷扎在溪岸与河流形成的夹角里，醒着躺了许久，侧耳聆听溪水的低声倾诉，它叙说的故事蕴含着某种人类的情愫，无论旱涝都会持续整整一个夏天，它的嘈杂声响，几乎淹没了更为深沉的河声。然而，小溪虽然

> 有银亮亮的沙子和卵石，
> 与溪水同唱永恒的小曲，②

却会被冬季的第一场霜冻封住嘴巴，而那些体量较大的河川，则永远不会戴上禁锢它千百条支流的寒冰镣铐，虽然它的河底堆满

---

① 引文出自英格兰诗人托马斯·格雷（Thomas Gray, 1716—1771）写给友人理查德·斯通休尔（Richard Stonhewer, 1728?—1809）的一封信，这封信载于《格雷先生诗集》(*The Poems of Mr. Gray*, 1775)。梭罗引文里的"blast"（狂风），格雷的原文作"gust"（阵风）。

② 引文出自克里斯托弗·马洛（参见前文注释）诗歌《痴心牧人的情歌》("The Passionate Shepherd to His Love")的续篇《同题外一首》("Another of the Same Nature Made Since")。

了沉没的岩石和森林的残骸,永远见不到日光,它的河面,也永远没有潺潺的声响。

今天夜里,我梦见了很久以前的一件往事。那是我和一个朋友之间的一场争执,一直都使我心痛不已,尽管我并没有什么为此自责的理由。在梦里,我终于收到了消除他猜疑的理想裁决,由此获得了我在醒觉之时从未获得的补偿。我心里的安慰和喜悦无法言喻,梦醒之后依然如此,因为梦中的我们不会自欺,也不会上当受骗,梦中的裁决,似乎具有盖棺论定的权威效力。

我们会自我祝福,也会自我诅咒。有一些梦境神圣美好,正如醒觉时的一些思绪。多恩曾这样歌颂一个人,

她的梦无比虔诚,胜于多数人日常的祈祷。[1]

梦是检验我们人品的试金石。记起自己在梦里的卑劣行径之时,我们心里的愧疚,简直不亚于真的做下了此等行径,这样的愧疚正是我们的救赎,愧疚的强弱深浅,反过来又体现了梦中卑劣与现实卑劣之间的距离远近。原因在于,做梦的时候,我们仅仅是在扮演某个醒觉之时曾经习练的角色,无疑还能从角色身上看到些许醒觉之时的认同。梦中的卑劣若不是植根于我们的内心,我们怎么会为此内疚?我们可以在梦里看见赤条条原形毕露的自

---

[1] 引文出自约翰·多恩的《二周年祭:灵魂的升华》("Of the Progress of the Soul: the Second Anniversary")。这首诗是多恩为英国贵族罗伯特·朱尔瑞爵士(Sir Robert Drury,1575—1615)的早夭女儿伊丽莎白(Elizabeth)写的。

已,比醒觉时观察他人还要清晰。只不过,美德若是毫不动摇,居于主导,便可约束它最荒唐最朦胧的梦想,使之服从它永远警醒的权威,正如我们习惯于坦然宣称,我们做梦也想不到这种事情。我们最真实的生活,便是在梦里的清醒体验。

> 除此而外,为使他的酣眠更加惬意,
> 涓涓的流泉从高岩泻落,滴答作声,
> 无休无止的细雨,在屋顶渐渐沥沥,
> 夹杂着风儿的低吟,好似成群蜜蜂,
> 不停地嗡嗡营营,使得他沉睡不醒。
> 高墙拱卫的城镇,常常被各种杂音,
> 以及闹哄哄的人群,弄得焦躁苦恼,
> 这里却杂音绝迹,只有安躺的宁静,
> 由永恒的渊默围绕,远离敌人骚扰。①

---

① 这节引文出自埃德蒙·斯宾塞的《仙后》第一卷,描绘的是梦神摩耳甫斯(Morpheus)的居所。

星期四

他在未经开垦的林间土地，漫步徜徉，
那里已许多年不见，普照万物的太阳，
那里有吃草的驼鹿，逡巡的凶恶熊罴，
还有啄木鸟，在高高桅杆上倏忽来去。
……　……
走到哪里天黑，他就在哪里怡然歇宿，
等待红彤彤的晨曦，用光线将他轻抚。
……　……
无论走到哪里，这智者一如安处家中，
他的家是大地，他的厅堂是蔚蓝苍穹；
他走的道路，跟随他澄澈灵魂的带领，
上帝以恩光为他照明，指引他的前程。

——爱默生[1]

---

[1] 引文出自爱默生诗歌《天籁》(Woodnotes)的第一部分，诗中的"他"是一位热爱自然的"林中先知"(forest seer)。人们普遍认为，这些诗句是对梭罗的赞美，但爱默生的儿子爱德华（Edward）曾说，这首诗部分完成于爱默生与梭罗结为知交之前。

今晨我们醒来，便听见我们的棉布屋顶，传来隐隐约约、处心积虑、凶险不祥的雨声。雨已经噼里啪啦敲打了一夜，此时更是让整片乡野潸然泪下，雨滴不断落到河里，落在赤杨树顶，落进片片草场，天上虽然不见彩虹，整个早晨却回荡着毛鸟①的歌唱。这种小鸟的欢欣信念，多少弥补了林地唱诗班其他成员的集体沉默。我们刚刚走出帐篷，便看见一群绵羊在头羊率领之下，从昨夜歇宿的某片高地草场，沿着我们后方的一道沟壑往下冲，准备去品尝河边的牧草。它们率性狂奔，纵情嬉闹，旁若无人，然而，那几只头羊透过雾气瞥见了我们的白色帐篷，一下子惊得目瞪口呆，立刻用前蹄撑住地面，顶住后方涌来的绵羊洪流，整群羊随即纹丝不动地站在原地，开始煞费羊心，竭力破解眼前的谜题。到最后，它们断定这东西没有歹意，便在原野中安安静静地四下散开。后来我们得知，我们支帐篷的地点，正好是一群珀诺布斯科特人②几年前用过的营地。透过雾气，我们可以看见正前方耸立着一座黑黢黢的圆锥形山丘，那是船夫们用作航标的"胡克塞特尖塔"，还可以看见河西岸的昂卡纳努克山，在我们前方大约四十五度方向。

这便是我们航程的尽头，因为我们若是冒雨航行，几小时之后便会抵达最后一道船闸，而我们的小船太过沉重，我们无法拖

---

① "毛鸟"（hair-bird, 亦作 chip-sparrow）是鹀科树雀鹀属小型鸣禽棕顶雀鹀（*Spizella passerina*）的别名。

② 珀诺布斯科特人（Penobscots）是北美印第安人的一支，生活在美国东北部及美加交界地区，因珀诺布斯科特河而得名。

着它前进,绕过随后出现的无数段长长急流。接下来只能徒步,但我们还是沿着河岸继续上溯,用一根木棍探路,在这个雨阵阵雾茫茫的日子里摸索前行,兴高采烈地爬过一根根挡路的溜滑圆木,跟走在最灿烂的阳光里一样。我们闻嗅着松树和脚下湿润黏土的清香,欣喜地倾听不知何处传来的瀑布声响,隐隐约约地看见了毒伞菇、浪游的青蛙、张挂在杉树上的苔草灯彩,还有在叶底悄然飞掠的鸫鸟。天气虽然潮湿至极,我们的道路依然像信念一样完好如初,而我们也满怀信心,紧紧跟随着它的指引。与此同时,我们努力保持着思想的干爽,打湿的只是衣裳。这一天自始至终天色阴沉,雨丝飘拂,雾气中偶尔透出些许亮光,伴随着树麻雀[①]的婉转啼鸣,它仿佛是在召唤,阳光明媚的时辰。

有一位天才人物,此时正住在我们前方几里远的地方,他曾经说:"自然而然降临到人身上的事情,全都不能对人造成伤害,地震和雷暴也不例外。"[②] 不得不在树下躲避阵雨的时候,我们大可以趁此机会,对大自然的一些作品做一番较为细致的考察。夏季的一场暴雨当中,我曾经在林中的一棵树下站了整整半天,但还是怡然自得,获益匪浅,因为我忙着用显微镜一般的目光探索树皮缝隙和树叶,以及我脚下的菌类。"财富追随守财奴,天空将丰

[①] 树麻雀(tree sparrow)应指北美树麻雀(American tree sparrow, *Spizelloides arborea*),为鹀科类树雀鹀属小型鸣禽。

[②] "天才人物"指纳撒尼尔·罗杰斯(参见"星期日"当中的相关注释)。罗杰斯于 1838 年移居新罕布什尔州康科德,主编废奴主义报纸《自由先驱报》,引文出自他于 1845 年 7 月 4 日发表在该报的文章《下雨》("It Rains")。1844 年,梭罗曾以《自由先驱》("Herald of Freedom")一文对该报及罗杰斯本人表示赞赏。

沛雨水洒向荒山。"[1] 我可以想象，夏天里去到某个幽僻的沼泽，在齐下巴深的水里站上一整天，必定是一种奢侈的享受，可以闻嗅野忍冬和越橘[2]的花香，还可以聆听蚊蚋演奏的催眠曲！即便是像色诺芬《会饮篇》形容的那样，与各位希腊贤哲交游一整天，[3] 收获也远远比不上腐烂蔓越橘藤提供的冷幽默，以及片片苔草发表的新鲜妙论。这么说吧，你可以跟豹纹蛙[4]亲切友好地交谈十二个钟头，太阳将会从赤杨和毒茱萸[5]后面升起，乐颠颠地爬上高度只有两掌宽的顶点，最后落到西边某座突兀的小丘背后去歇息。听听吧，蚊子在千百座葱绿的礼拜堂里唱诵晚祷，麻鸦也开始在某个隐秘的要塞里沉声叫号，就像鸣放日落降旗的礼炮！毫无疑问，在沼泽的泥水里泡一天，益处跟在干燥的沙地上走一天一样大。寒冷潮湿的体验，岂不与温暖干燥同样强烈？

此时我们浑身精湿，躺在一个灌木丛生的小山坡上，身下是一张由枯萎野燕麦[6]铺成的床，雨滴正顺着麦茬往下流淌。苟延残

---

[1] 引文出自威尔金斯的《益世嘉言》英译本。

[2] 野忍冬（wild honeysuckle）为新英格兰常见的忍冬科忍冬属藤本植物，学名 *Lonicera dioica*。越橘（bilberry）是杜鹃花科越橘属（*Vaccinium*）各种植物的通称。

[3] 《会饮篇》（*Symposium*, 梭罗写作 Banquet）是古希腊哲学家色诺芬（参见前文注释）的对话体著作，内容是苏格拉底与友人在一次饮宴中的谈话。

[4] 豹斑蛙（leopard frog）泛指各种斑点如豹的青蛙。

[5] "毒茱萸"原文为"dogwood"，通常指山茱萸科山茱萸属（*Cornus*）的植物，这里是指广泛分布于美国东部沼地的漆树科漆属小乔木毒茱萸（Poison Dogwood, *Toxicodendron vernix*）。

[6] 这里的野燕麦（wild oats）应指禾本科菰属一年生草本植物水菰，学名 *Zizania aquatica*。

喘的风最后一次发起冲刺,天空里的阴云随风聚拢,漫山遍野的枝叶,全都在节奏均匀地滴答淌水,此情此景,增强了我们内心的安适和友爱。身处繁枝密叶之下,鸟儿凑得更近,更加热络可亲,仿佛正在阳光下的栖木上谱写新曲。此时此刻,就算我们能拥有客厅和图书馆提供的消遣,这类消遣相较于眼前种种,又能有什么意义?此时此刻,我们应当像从前一样放歌:

> 我巴不得扔掉我的书本,反正也读不进,
> 我翻过一页又是一页,思绪却游离浪荡,
> 飘进那青青草地,去寻找更丰富的养分,
> 只因它不愿意,为正经的目标挂肚牵肠。
>
> 普鲁塔克令人景仰,荷马与他旗鼓相埒,
> 我们的莎翁一生精彩,重来也不算虚度,
> 普鲁塔克读到的东西,不优美也不真确,
> 莎翁读的书也是如此,除非他以人为书。
>
> 此时此刻,我在胡桃树的枝丫底下安躺,
> 眼见得两群蚂蚁,正在小小土丘的峰顶,
> 进行着一场更为正义的战争,既然这样,
> 我还关心什么希腊,关心什么特洛伊城?
>
> 叫荷马等等吧,等我弄清楚眼前的战局,
> 弄清红蚁和黑蚁,哪一方最得众神欢心,

弄清那边那位埃阿斯,会不会力举大石,①
然后投向敌人的大军,砸穿敌人的方阵。②

叫莎士比亚也等等吧,直到我时间空余,
因为我和这颗露珠,眼下有些事情要办,
难不成你没有看见,云层正在酝酿阵雨,
雨过天青的时候,我马上就去跟他见面。

这张猫尾草③和野燕麦做的床,去年铺就,
铺床的手法精妙无比,胜过君王的御用,
簇生的一丛三叶草,正好充当我的枕头,
一朵朵紫罗兰,把我双脚盖得密不透风。

此时那体贴的云层,已将一切团团笼盖,
风儿轻轻地吹起,告诉我一切安好无恙,
稀稀落落的雨点,急急忙忙地洒落下来,

---

① 古希腊神话中有两个名为埃阿斯(Ajax)的英雄,此处应指希腊军中仅次于阿喀琉斯的英雄大埃阿斯(Ajax the Great)。据《伊利亚特》第七卷所载,在特洛伊战争中,大埃阿斯曾用巨石砸倒特洛伊主将赫克托耳。

② 梭罗在《瓦尔登湖》"动物邻居"当中详细记述了一场蚂蚁大战。

③ 猫尾草(common cat's tail, *Phleum pratense*)为禾本科猫尾草属多年生草本植物,是一种从欧洲传入北美的牧草。梭罗在文中用的是这种草的别名"herd's-grass"(赫德草),这个别名据说源自十八世纪的新罕布什尔人约翰·赫德(John Hurd)。

一些掉进池塘，另一些掉进花儿的铃铛。

躺在我的野燕麦床上，我已经浑身精湿，
忽然却看见那粒珠子，滚下了它的茎干，
先是像一颗孤独的星球，飘浮在空气里，
一转眼便悄然沉落，没入我外套的褶边。

满山遍野的树木，滴滴答答地响个不停，
世间难觅的珍宝，从每一根枝丫往下滴，
风儿凭一己之力，奏出了所有这些乐声，
从它下方的树叶，摇落一颗颗水晶珠子。

羞惭无地的太阳，永远也不会露面显形，
因为他的光，不曾使我熔化到这般田地，
我滴答淌水的发绺啊，会变成一个精灵，
穿着珠子串成的衣裳，兴高采烈地离去。

　　胡克塞特尖塔是一座林木蓊郁的小山，离胡克塞特瀑布所在的河岸不远，高度大约是两百尺，山势十分陡峻。正如昂卡纳努克山或许是俯瞰梅里迈克河谷的最佳地点，从这座小山可以看到梅里迈克河本身的绝美容颜。我曾在较比晴好的日子坐上这座小山的顶峰，也就是只有几杆长的一处巉岩，其时太阳正在落山，潮水般的余晖漫溢河谷，无论是往上游看还是往下游看，都可以看出几里远的距离。眼前的河流宽阔笔直，充满了光线和生气，

412

河上的瀑布闪闪发亮，水沫飞溅，一座小岛从河中升起，将水流剖成两半，岸边的胡克塞特村几乎就在你的脚底，近得让你可以和村民交谈，或是把石头扔进村民的场院，这些景物，再加上小山西麓的林中小湖，以及北边和东北边的起伏山峦，共同构成了一幅美奂美轮、应有尽有的稀世画图，值得旅人不辞艰险，以求一观。

我们在新罕布什尔的康科德受到了热情的款待，但我们坚持依照自己原来的习惯，把这个镇子称为新康科德，好把它跟我们的家乡区别开来，我们听人说，这个康科德得名于我们的家乡，最初的居民也有一部分是从我们那里搬来的。在这个镇子结束我们的航程，本来是一件再合适不过的事情，可以借由我们行经的这些蜿蜒河流，把那个康科德和这个康科德联结起来，只可惜我们的小船没能驶入本镇的港口，泊在了几里之外的港口下游。

新罕布什尔的康科德原名佩纳库克，这里的河岸洼地丰沃膏腴，先前的探险者早已察知，另据那位黑弗里尔史家所说，在

一七二六年，佩纳库克殖民地已经取得相当大的进展，人们在荒野中开辟了一条从黑弗里尔通到那里的道路。一七二七年秋，艾伯尼泽·伊斯特曼上尉举家迁往该地，那里便有了第一户人家。上尉的车把式是原籍法国的雅各布·舒特，据说他是第一个赶着牲口车穿越这片荒野的人。故老相传，此后不久，有个姓埃尔的十八岁小伙子，赶着十轭公牛去了佩纳库克，之后游水渡河，在河岸洼地里犁出了一块田。人们普遍认为，他是第一个在那里犁地的人。犁好地之后，他在日出时分踏上归程，再次渡河时不幸淹死了一轭公牛，午夜前后才回到

黑弗里尔。佩纳库克第一家锯木厂的传动装置是在黑弗里尔制造的,然后用一匹马驮到了那里。①

但我们发现,如今的边疆地区已然无复旧观。我们这代人来到世上的时间,实在是晚得无可补救,不可能再有什么建功立业的机会。无论我们走到哪里,只要还在事物的表面,必定会发现有人已经捷足先登。如今我们得不到建造最后一座房屋的荣幸,因为它早已在厄斯托瑞亚市的郊区建成,②何况根据一些古老的地契,我们的疆界已经实实在在地延伸到了南太平洋。然而,人们的生活虽然在横向有所展宽,深度却依然跟从前一样浅。毋庸置疑,正如西边的一位雄辩家所说,"人们通常在大致相同的表面上生活,有的人活得又长又窄,有的人活得又短又宽",③只可惜总而

---

① "那位黑弗里尔史家"指本杰明·L. 米里克(Benjamin L. Mirick,生平不详),引文出自米里克的《马萨诸塞州黑弗里尔史》(*The History of Haverhill, Massachusetts*,1832),字句与原文有微小差异。

② 这里的"最后一座房屋"和"厄斯托瑞亚市"(Astoria city),可能是指美国皮草商厄斯托(John Jacob Astor,1763—1848)于1811年派人建立的厄斯托瑞亚要塞(Fort Astoria)。这个要塞是美国人在太平洋岸建立的第一个定居点,已经是美国向西边开疆拓土的尽头。美国作家华盛顿·欧文(Washington Irving,1783—1859)曾应厄斯托之请撰写记述该要塞历史的《厄斯托瑞亚》(*Astoria*,1836)一书,该书风靡一时。以这个要塞为基础,厄斯托瑞亚渐渐发展成了一个港口城市,正式建市则是1876年的事情。

③ 引文见于1843年11月4日《纽约论坛报》(*New York Tribune*)刊载的文章《威斯康星:审判 J. R. 芬亚德》(*Wiskonsan-Trial of J. R. Vineyard*)。由该文可知,这句话是为芬亚德辩护的律师摩西·斯特朗(Moses Strong,1810—1894)说的。斯特朗在威斯康星执业,威斯康星在新英格兰的西边。

言之，通通都是肤浅的生活。蛀虫是跟蚱蜢、蟋蟀一样优秀的旅行家，更是比蚱蜢、蟋蟀明智得多的拓荒者。蚱蜢、蟋蟀再怎么使劲儿蹦跶，终归蹦不出干旱的季节，蹦不进美好的夏天。我们不能靠落荒而逃来避开邪恶，只能想办法升到它的层面之上，或者是潜到它的层面之下，就像蛀虫那样，往深处钻那么几寸的距离，借此躲过干旱和霜冻。边疆不在东也不在西，不在北也不在南，一个人在哪里直面现实，哪怕那现实只是他的邻居，哪里就有一片渺无人烟的茫茫荒野，要穿越这片荒野，他必须走到加拿大，走到落日所在之处，甚至得更进一步，走到它所在的地方。他必须搜集没剥树皮的原木，就地搭起一座房子，然后直面它，打一场七年或七十年的法兰西战争，迎战印第安人和游骑兵，以及其他任何横亘在他和现实之间的势力，尽量保住自己的头皮。

此时我们不再扬帆河上，不再随流浮泛，而是像朝圣者一样，跋涉在坚硬无情的陆地。萨迪已经告诉我们，哪几类人适合旅行，其中包括"普通技师，他能靠手艺维持生计，不必为每一口面包赌上自己的名誉，正如哲人所说。"[①] 哪怕到了土地开垦最充分的地区，依然能靠野果猎物维持生命，这样的人就可以上路旅行。沿途劳作谋生，并不妨碍我们保持足够快的脚程。我有时就在旅途当中打工干活，背着背包补锅修钟。有一次，我所在的那节火车

---

① 引文出自詹姆斯·罗斯《蔷薇园》英译本。但梭罗的引文不完整，致使语气不连贯，因为在原书当中，"正如哲人所说"的下一句就是"哲人"说的话："鞋匠或缝补匠就算被迫流落异乡，也不会遇上不便或麻烦；君王一旦在变乱中失去王位，就只能活活饿死。"

车厢关不上窗子,其他旅客无计可施,最后是我办到了这件事情,见此情景,有个人当场请我去一家工厂上班,还跟我讲明了条件和薪水。"难道你没听过这个故事,一位智者正在往他凉鞋的鞋底上钉钉子,一名骑兵头领便拽着智者的衣袖说,快来,来帮我钉马掌。"[①]曾经有农夫看见我从他们家的田地走过,便请我去帮他们割干草。还有一次,有个人把我当成了修伞匠,叫我帮他修补雨伞,因为我当时身在旅途,虽然说艳阳高照,还是把雨伞拿在了手里。又有一次,有个人想跟我买一只马口铁杯子,因为他看见我腰带上拴着一只这样的杯子,背上还背了一个长柄炖锅。徒步旅行最省钱,也是沿最短路径走到最远地方的好法子,只需要随身带上一个长柄锅、一把汤匙、一根渔线、一些玉米粉、一些盐和一些蔗糖。路上遇见溪涧池塘,你就可以钓鱼下锅,也可以煮点儿玉米糊,还可以花四便士[②]在农家买条面包,在路遇的下一条溪涧把面包浸湿,蘸着你的蔗糖吃,光吃这一样就可以顶一整天,又或者,如果你习惯了较比丰盛的饭食,不妨再花两分钱买一夸脱牛奶,把你的面包或者冷布丁捏碎了放进去,用你自个儿的汤匙,从你自个儿的盘子里舀着吃。我的意思是你可以吃前面说的任何一样,不是叫你同时吃下所有这些东西。我照这种方法走过了几百里的路程,其间没有在屋子里吃过饭,只要方便就睡地上,最终发现这样比待在家里省钱,从许多方面来说获益也更多,以至于曾经有人问我,你干吗不干脆成天旅行,不在家里待着。但

---

① 引文出自詹姆斯·罗斯《蔷薇园》英译本。

② 四便士见前文注释。

是，我从未把旅行简单地当成一种谋生手段。下游的提恩斯博罗有个质朴的女子，我曾经去她家里讨水喝，当时我认出了她家的水桶，跟她说我九年前就来过，也是为了讨水喝，于是她问我，我是不是一个专业的旅行家，因为她以为我一直旅行了整整九年，现在又转回了当初的老地方，并且以为旅行也是一种职业，多多少少还有点儿效益，可惜她丈夫没干这行。然而，持续不断的旅行绝没有什么效益可言。一开始它会磨穿鞋底，累酸双脚，不久还会累酸人的心灵，最终把人彻底磨坏。我已经发现，那些常年旅行的人，余生都过得非常凄惨。诚心诚意的真正旅行绝不是一种消遣，严肃郑重的程度不亚于坟墓，不亚于人生旅途的其他任何要素，不经过长时间的修习，绝不能投入实践。那些坐着旅行的人，旅途中双腿从不沾地，总是悬在半空晃来晃去，不过是旅行的空洞标志而已，我说的旅人可不是指他们，正如我们说到坐窝母鸡的时候，并不是指那些无事闲坐的母鸡。我指的是那样一些人，他们认为旅行是双腿的生命，最终还是双腿的死亡。旅人必须在路上重生，从自然力的手中挣来通行证，因为自然力是决定旅人命运的首要因素。母亲常挂嘴边的恐吓，终将变成旅人生活中的现实，也就是说，旅人终将被活剥了皮。他的伤创会一点一点地自行加深，最终可望从内部愈合，与此同时，他绝不给自己的脚板任何喘息之机，夜晚必定枕着疲惫入眠，借此求取挨过艰难时日的经验。我们的旅行，便是如此。

有时我们投宿林中客栈，发现里面已经住进了一些来自遥远城市的鳟鱼钓客，叫我们惊讶不已的是，尽管客栈门前只有一条路，周围也看不见别的房子，黄昏时分却会有一些当地人跑到客栈里来聊闲天听新闻，就跟是从地里冒出来的一样。我们这种从来不读新报纸的人，到了客栈倒会偶尔读读旧报纸，从报纸的沙沙声里听到的却不是松间的风吟，而是大西洋岸的涛声。话又说回来，到了那个时候，长途跋涉已经使得我们胃口大开，连最没味道最没营养的食物也来者不拒了。

有一些书籍以业已死亡的文字写成，又乏味又难啃，你在家时根本读不下去，但又对它们怀有一份挥之不去的敬意，这类书籍，便最是适合旅途携带。踏进乡间客栈，置身于客栈马夫和来往行客组成的无聊圈子，我便可以满怀信心，去攻读白银时代或青铜时代的著作。我在文学道路上履行的几乎最后一项正规仪式，便是阅读以下这位作家的作品：

奥卢斯·柏尔修斯·弗拉卡斯[①]

若是你深知摆在诗人面前的是一件多么神圣的任务，并且接触过这位作家，指望着发现这件任务最终得到了相当程度的履行，那你就很难不赞同他写在序章里的这句话：

Ipse semipaganus

[①] 奥卢斯·柏尔修斯·弗拉卡斯（Aulus Persius Flaccus，34—62）为古罗马诗人及讽刺作家。1840年7月，梭罗在《日晷》杂志上发表了一篇评述这位诗人的文章，题为"奥卢斯·柏尔修斯·弗拉卡斯"。以下十五段文字（从"若是你深知"到"他品行的土地之上"）是这篇文章的全文，移入本书时字句略有调整。这些文字有一些意义含糊的地方，译文参考了《日晷》杂志的版本。

Ad sacra Vatum carmen affero nostrum.

我，半个异教徒，

将我的韵文供奉在诗人的圣殿。①

柏尔修斯的诗里没有维吉尔的内在高贵，也没有贺拉斯的优雅与活泼，除此而外，并不需要什么西比尔②来提醒你，老一辈希腊诗人逝去之后，直到柏尔修斯所处的时代，诗歌呈现了江河日下的颓势。在这片抨击人类愚行的刺耳吵嚷之中，你简直辨不出哪怕一个和谐的声音。

显而易见的是，音乐在我们的思想中占有一席之地，但却至今未能进入我们的语言。缪斯女神降临之时，我们总是企盼她重塑语言，将她自身的韵律注入其中，然而迄今为止，我们的韵文依然在内容的重荷之下呻吟跋涉，从不曾轻快前行，一路欢歌。最优秀的颂诗也可能衍生庸劣的仿作，认真说来，它本身就是庸劣的仿作，音韵有如人爬梯子的脚步声响，既琐碎又可怜。荷马也好，莎士比亚也好，弥尔顿也好，马维尔③也好，华兹华斯也好，都只是林子里枝摇叶动的窸窣声音，我们的林子里，还没有涌现任何一种鸟鸣，我们的缪斯，还没有引吭高歌。尤为明显的是，讽刺诗永不能成为歌曲。尤维纳利斯④或柏尔修斯之类的诗人

---

① 引文原文是梭罗对前引拉丁文诗句的英译，拉丁文诗句出自柏尔修斯《讽刺诗集》(*Satires*)的序章。柏尔修斯的作品中多有对同时代诗人华丽诗风的辛辣讽刺。

② 西比尔见前文注释。

③ 马维尔（Andrew Marvell, 1621—1678）为英格兰诗人、讽刺作家及政客。

④ 尤维纳利斯（参见前文注释）也以讽刺诗见称，著有《讽刺诗集》(*Satires*)。

无法让自己的韵文与音乐联姻，充其量只能成为格律严整的挑刺专家，他们仅仅是勉强疏离了他们谴责的种种瑕疵，因此便频频回顾他们刚刚躲过的那头怪物，没心思展望美好的前景。若是能生活在某个神圣的时代，他们必定会走出怪物的阴影，摆脱怪物的影响，找到其他的歌咏对象。

只要世间还有讽刺诗，诗人便可以说是邪恶的帮凶。我们不得不认为，诗人的上上之策是专心吟咏那些无可置疑的事物，任由邪恶自生自灭。若是有幸见识最为微小的真理遗迹，那你只管为它大唱颂歌，唱到地老天荒也不够，只因那最为浅淡的印痕，依然是真理的整体重量碾压而成，与此相反，任何邪恶也不至于如此宏大，值得你甘心为之付出片刻的仇恨。真理永不会俯身驳斥谬误，因为她自身的坦荡秉性，已经是对谬误最严厉的匡正。若不是像臣服于激情一般，受到了真理秉性的强烈感染，若不是无比珍爱自己的这份灵感，贺拉斯就不可能把讽刺写得如此美妙。在贺拉斯的颂诗里，爱总是超越了恨，以至于最严厉的讽刺也能够发出歌声，纵使愚行未得匡正，诗人依然心满意足。

才赋的发展有三个必经的阶段，首先是抱怨，其次是哀叹，最后是爱。柏尔修斯还停留在抱怨的阶段，这个阶段不属于诗歌的范畴。若能稍假时日，上善带来的愉悦便会把他的憎厌变成叹惋。对于抱怨者，我们无法寄予太多的同情，因为我们若是对他的天性做一番透彻的考索，难免会得出一个结论：他必定既是原告又是被告，最好是不经聆讯便和解息讼。在一定程度上，受害者可说是施害者的同谋。

更真确的说法也许是，缪斯的至高曲调，本质必定哀感顽艳。圣徒的至高曲调，则依旧是喜悦的泪水。有谁曾听闻天真无邪者的歌声？

然而，最神圣的诗篇，换言之就是伟人的生平，必定相当于最尖刻的讽刺。它与大自然本身一样忘我无私，宛如大自然的林中风吟，始终在向听者传达一种轻微的责备。才赋越是伟大，讽刺的锋芒便越是尖锐。

既是如此，我们便只需玩味柏尔修斯诗中一鳞半爪的珍罕火花，它们与他平素的诗风最不相似，或者我们可以说，它们是他的那位缪斯最精当的言辞，因为他在任一时刻写就的巅峰佳句，代表着他在任何时刻所能企及的巅峰水平。门外旁观的看客，偶然路过的行人，也没忘了从他这座花园里撷取一些值得征引的隽语，原因是一旦着上新装，最熟悉的真理也显得无比迷人，尽管这些真理若是出自邻人之口，我们定然会掉头不顾，视之为滥调陈腔。从他这六首讽刺诗里①，你兴许能挑出约莫二十行诗句，它们跟许多思绪一样契合心性，简直可以像自然物象一般，在学者的心里油然浮现，只不过，一旦被人们译成熟悉的语言，它们就会失去那种距离带来的醒目特质，不再有摘引的价值。下文列举的这些诗行，则不会因转译而流于庸常。柏尔修斯拿两类人来做了个对比，一类是众神的真正信徒，一类是极力藏私、巴不得跟众神做点儿秘密交易的人，就此写道：

---

① 柏尔修斯英年早逝，身后出版的《讽刺诗集》只收录了六首总计六百多行的讽刺诗。

Haud cuivis promptum est, murmurque humilesque susurros

Tollere de templis; et aperto vivere voto.

弃绝神庙里的悄声祝祷，将内心誓愿公之于众，

这样的人生信条，并不是人人都能轻易遵从。①

对正人君子来说，宇宙是唯一的幽隐之所，神庙的内殿密室，同样是他生命的光天化日。他何须躲进某个教堂地穴，当它是世上唯一一处未曾被他亵渎的圣地？虔敬的灵魂只会更多地揭晓，更多地昭告，越来越深地遁入光和空气，从此与藏私守秘一刀两断，以至于觉得宇宙都不够坦荡公开。到最后，它甚至会罔顾那种与真正的礼节相一致的缄默准则，披露事实时不保留任何秘密，使听者觉得它传达的讯息太过私隐，以致整个世界都开始担心，礼节是否尚可维持。

对严守心中秘密的人来说，世间还有个他不知晓的更大秘密。我们那些最为漫不经心的举动，或许可以成为秘密，但我们怀着至真至诚完成的任何事情，既已具备纯净无疵的特性，定然像光一样透明。

在第三首讽刺诗里，柏尔修斯问道：

Est aliquid quò tendis, et in quod dirigis arcum?

---

① 引文原文是梭罗对前引拉丁文诗句的英译，拉丁文诗句出自柏尔修斯《讽刺诗集》第二首。这两行诗是对伪君子的讽刺，接下来几行大意是，有的人当众宣称自己想要"明智、美誉和信用"，私下里却在嘀咕，"但愿神保佑我叔叔的葬礼办得风光"，"但愿赫剌克勒斯保佑我犁地时犁出一罐银子"。

An passim sequeris corvos, testâve, lutove,

Securus quò pes ferat, atque ex tempore vivis?

你的心中可有目标,你的弓矢可有鹄的?

莫非你只是用瓦片或者土块,胡乱投掷乌鸦,

不管你的双脚把你带到哪里,始终活在当下?

贬义始终是第二位的。语言似乎没有给贬义公平的待遇,一旦开始刻画卑劣的事物,语言的意义便明显变得局促狭隘。最精当的措辞,从不曾用于卑劣事物。前引诗行本来很容易改造成一条智慧箴言,在诗中却被扔给懒汉享用,变成了他的罪状。无论何时何地,清白无辜者都能够超脱于最严厉的盘诘与说教,超脱于斥骂与褒扬汇成的喧嚣声响,耳边只有隐隐约约的赞美歌声。我们的恶习总是出现在美德的方向,但它至多只是对美德的逼真模仿。谬误永远达不到全然虚假的高度,仅仅是一种低劣的真理,倘若它虚假得更加彻底,便会面临弄假成真的危险。既然如此,

Securus quo pes ferat, atque ex tempore vivit,

不管他的双脚把他带到哪里,始终活在当下,

便可以充作智者的座右铭。① 首要的原因是,正如语言的微妙差别

---

① 这句话里的拉丁引文是梭罗对前引柏尔修斯诗句第三行的改写,原句的 "*vivis*" 是 "*vivo*"(活着)的第二人称单数形式,梭罗把它改成了 "*vivo*" 的第三人称单数形式 "*vivit*",把疑问句改写为陈述句,由此把柏尔修斯的设问改成了一条箴言。

提示我们的那样，智者再怎么疏忽大意，终归是高枕无忧，懒汉再怎么谨小慎微，终归是朝不保夕。

智者的生活，首先是以当下为依归，因为他生活在囊括一切时间的永恒里。每时每刻，睿智的心灵都会上溯比琐罗亚斯德还要久远的年代，然后又带着它的启示回到当前。思维哪怕勤俭节约到了极致，依然不能为人的生活积攒任何储备，他在内心世界的信用额度并不会由此提高，资本也不会由此增多。在今天一如在昨日，他只能重新尝试运气。所有的问题，都得从当下寻找答案。时间只量度自身，不量度其他任何事物。笔下的话语或可延后，嘴边的话语却刻不容缓。时机有什么话要说，只管让时机说个痛快。兜里不揣信条便挺身投入生活的人，会得到整个世界的迎迓和激励。

在最为出色的第五首讽刺诗里，我找到如下字句：

> *Stat contrà ratio, et secretam garrit in aurem,*
> *Ne liceat facere id, quod quis vitiabit agendo.*
> 理智表示反对，在耳边悄声提醒，
> 人不该去做，自己会做砸的事情。

只有那些看不出事情可以做得更好的人，才急于下手尝试。面对自己没把握加工好的材料，即便是堪称大师的匠人也得先经过一番深思熟虑，断定自己的闪失不足以对材料造成破坏，然后才敢动手开工。我这么说并不是为了提供借口，使我们可以在无力感驱使之下放弃诸多的工作——原因是我们经手的事情，哪一件不是百孔千疮、残缺收场？——只是想发出一声警告，减少一些粗制滥造而已。

柏尔修斯的讽刺诗，离神来之笔远得不能再远，他的作品显然是主动选择的结果，并不是灵感驱使不得不然的东西。我从他作品当中看到的诚笃，或许比一望而知的要多，不过，确定无疑的是，唯一一种可称为柏尔修斯特质的东西，那种自出机杼、一以贯之的特质，确实是诚笃的产物，因此便值得所有人的认真揣摩。艺术家和作品不可分割。纯粹装疯卖傻的人，依然不能跟自己的愚行撇清关系，行为与行为者，永远都会共同构成一个冷峻的事实。村夫和演员，都在唯一的一座舞台上表演。[①]丑角无法收买观众，使观众始终只笑话他扮的鬼脸，不笑话他本人，这些鬼脸必将自行刻进埃及的花岗岩，好似一座座沉重的金字塔，矗立在他品行的土地之上。

几经日升日落，我们依然跋涉在阴湿的林间小路，小路沿着珀米吉瓦希特河蜿蜒上溯，如今更像是水獭貂鼠踩出的小径，或者是河狸拖着夹子爬过的痕迹，不像是车轮滚滚尘土飞扬的商旅通道，沿途的镇子则开始充任三角补丁的角色，作用只是把一块块土地连成一片。远远高过我们头顶的地方，野鸽子在海船松[②]的

---

① 梭罗这么说，也许是因为莎士比亚戏剧中的丑角往往是村夫。
② "海船松"原文为"naval pine"，指的应该是可用于制造海船的高大松树。"naval pine"这个说法可能源自维吉尔《牧歌集》第四首当中的"*nautica pinus*"。在英国古典学者及翻译家罗伯特·辛格顿（Robert Singleton，1810—1881）的《牧歌集》英译本当中，"*nautica pinus*"对应的英文即为"naval pine"。

枯枝上安然栖息,看上去跟知更鸟一样小。我们歇宿的一家家客栈,院子都是顺着山麓延伸的斜坡,从院子里走过的时候,我们举头望向陡峻的坡顶,看见一棵棵枫树的枝干,在云中摇来摆去。

深入乡野北部之后——因为我们希望照实记录自己的经历——兴许是在索恩顿①地界,我们在林中碰见了一名少年士兵,他穿着全套的军装,沿道路中央行进,正在赶赴集合地点。深林之中,肩扛火枪的他迈着军人的步伐,满脑子都是战争与荣耀。要在路过的我们面前表现出令人信服的士兵仪范,对这个少年是一场痛苦的考验,严酷的程度有甚于许许多多的战役。可怜的人哪!身穿单薄军裤的他,实实在在抖得像一根芦苇,等我们赶上他的时候,士兵该有的一切刚毅神情,全都已经从他的脸上消失,只见他躲躲闪闪地从我们身边走过,仿佛他虽然头戴刀枪不入的钢盔,眼下却是在帮他的父亲驱赶羊群。由此看来,他确实无力携带任何额外的甲胄,就连他天生的双臂都不怎么听他使唤哩。他的双腿则好比陷入泥潭的重型火炮,还不如砍断链子,扔掉了事。因为缺少别的敌人,他的两只绑腿便在那里自相碰撞,自相扭打。话又说回来,他确实带着全部的军需走过了我们,摆脱了困境,今番幸免于难,来日可望再战,而我记载此事的用意,并不是质疑他在战场上的高贵品格和真正勇气。

我们继续漫游,穿过一道道河流掘出的沟谷,途经一座座苍老斑白的丘陵山脉,或是缘山而行,或是翻山而过,横越树桩遍

---

① 索恩顿(Thornton)为新罕布什尔城镇,位于首府康科德北面,珀米吉瓦希特河畔。

426

地、乱石嶙峋、林木葱郁、牧场青葱的乡野，最终踩着倒伏的树木渡过阿米留瑟克河①，呼吸到了无主土地的自由空气。就这样，我们风雨无阻，沿着故乡河流的干流一路上溯，渐渐地，这条河不再是梅里迈克河，摇身变成了在我们身旁腾跃的珀米吉瓦希特河，等我们走过珀米吉瓦希特河上源之后，它又变成了河道只有一步宽的野阿米留瑟克河②，领着我们继续前行，走向它深藏山间的遥远源头，到最后，没有了它的指引，我们依然登上了阿吉奥科楚克山③的顶峰。

> 甜美的日子啊，大地与天空的婚典，
> 如此清凉，如此平静，如此明丽，
> 甜美的露珠，今夜将哭悼你的衰残，
> 因为你终将逝去。
>
> ——赫伯特④

一周之后，我们回到胡克塞特，那位瓜农已经开始收采啤酒花，有许多妇孺做他的帮手，之前我们曾借用他的谷仓，晾晒我们的帐篷、牛皮和其他家什。我们买下了他瓜田里最大的一个西

---

① 阿米留瑟克河（Amonoosuck）是新罕布什尔州西北部的一条河，为康涅狄格河支流。
② 野阿米留瑟克河（Wild Amonoosuck）为阿米留瑟克河支流。
③ 阿吉奥科楚克山（Agiocochook）是白山山脉（参见前文注释）主峰所在地华盛顿山（Mount Washington）的印第安名字。华盛顿山海拔近两千米，为美国东北部第一高峰。
④ 引文出自乔治·赫伯特（参见前文注释）的诗歌《美德》（"Virtue"）。

瓜,带在路上充当压舱石。这个瓜属于内森,他愿意卖才可以卖,因为瓜还小的时候就被父亲转给了他,他每天都盯着它看。于是他唤了声"父亲",两个人商量一番,交易便迅速达成。我们得在瓜未离蔓的时候将它买下,熟不熟由我们自担风险,至于说价钱,则是由"两位先生看着办"。事实证明瓜已熟透,因为我们早就积下了挑选这种水果的可靠经验。

我们发现我们的小船安然无恙,依旧停泊在昂卡纳努克山下的港湾里,于是便在中午踏上顺风顺水的归程,时而优哉游哉地坐在船上聊天,时而默默无语地注视河面,看着一个又一个的河弯,隐去一个又一个河段的最后痕迹。秋意比先前浓了一些,风不停地从北方吹来,升起船帆之后,我们偶尔可以倚着船桨歇息,照样不会耽误行程。伐木工正在从三四十尺高的堤岸上把木材往水里扔,让它们随流漂向下游,此时也停下手里的工作,目送我们渐渐远去的帆影。说实在的,到了这个时候,我们业已成为船夫圈子里的知名人物,被他们当成了巡查此河的水上缉私员。我们顺流疾驶,夹在两座土丘之间,木材从岸上滚落的声响,增添了这个正午的幽静与浩瀚,使得我们油然遐想,我们的耳边,响起的仅仅是远古的回音。远处的一艘驳船,刚刚从一个岬角背后绕进我们的视线,它的出现是一种反衬,同样增强了孤寂之感。

透过正午的喧嚣忙乱,哪怕是在最东方的城市,你依然可以看到朝气蓬勃、原始蛮荒的大自然,那里是西徐亚人、埃塞俄比亚人和印第安人栖居的地域。在那里,回音算什么,光影算什么,昼夜算什么,海洋星辰算什么,地震日食又算什么?不管是在什么地方,人类的作品无不湮没于大自然的广袤怀抱。哪怕是爱琴海，对印第安人来说也不过是休伦湖而已。丛林之中，繁枝密叶之下，同样具备文明生活的一切优雅。哪怕是在城市居民的眼里，荒蛮至极的景象也带有一种亲切朴实的家庭风味，等到大啄木鸟①的咯咯高叫在林间空地里响起，他便会猛然省觉，人类的文明，并没有对那里造成多少变化。科学会在最幽隐的林中秘境受到欢迎，因为在那样的地方，大自然遵循的依旧是同一套古老的民法。松树桩上的红色小虫，同样能享受礼遇，风儿会为它转向，太阳会为它冲破云层。在最荒蛮的自然里，不光有最文明的生活所需的材料，有某种关于最终结局的预示，更有一种业已超越人类全部成就的高度优雅。不等学者诞生，不等字母发明，河边早已有了可以造纸的莎草，有了带来光明的灯芯草，有了贴着头顶飞过的大雁，它们向人类提示了文字之学，从一开始就为人类打下了大致的基础，但人类兴许至今蒙昧，尚未利用这种学问来传情达意。大自然乐意将人类最精美的艺术创作纳入她的风景，因为她本身就是一件不着痕迹的精妙之作，创作她的那位艺术家，从来不会在作品中现身。

从通常意义上说，艺术并不驯顺，自然也并不狂野。人类艺术的完美之作，同样会具备褒义的狂野或自然特质。人类驯服自然，意思仅仅是他最终有可能解放自然，使自然比他发现自然的时候还要自由，尽管迄今为止，或许他从未取得成功。

---

① "大啄木鸟"原文为"flicker"，是啄木鸟科扑翅䴕属（*Colaptes*）各种大型啄木鸟的通称。

好风习习，船桨起落，我们很快就到了阿莫斯基格瀑布和皮斯卡塔夸格河口，在飞速前行的航程中认出了许多处美丽的堤岸岛屿，全都是我们在上溯途中曾经寓目的风景。我们的小船好比乔叟在《梦》[1]中描写的那艘船，诗中的骑士，便是乘着它离开那个岛，

> 为他的婚姻踏上航程，
> 回来时要带上一大群人，
> 岛上的高低贵贱皆可成婚。
> *** ***
> 这艘船好比男人的思绪，
> 带他去追寻自己的乐趣，
> 女王本人也常来盘桓，
> 在这艘船里嬉戏游玩，
> 它不用桅杆也不用舵，
> 和它一样的船我不曾听说，
> 它用不着船工照应，
> 靠思绪与乐趣航行，
> 不用忙东忙西，航程始终如一

---

[1] 《梦》(*Dream*)是十五世纪的一首记梦长诗，曾经被认定为乔叟的作品。如今的学者将这首诗列为佚名作者的作品，并把它的标题改为《淑女岛》(*The Isle of Ladies*)。这首诗讲的是一个只有女人的美丽岛屿，后来遭到男人的入侵，由此衍生了一系列浪漫故事。

无论风和日丽,还是狂风暴雨。①

这天下午,我们便是如此航行,心里想着毕达哥拉斯的一句名言,虽说我们并没有什么记起此言的特殊权利:"当成功与才智同在,当航程与顺风同在,当行动仰赖美德的指引,如同领航员参照天体的运行,便可谓美满具足。"② 人若是常葆生活均衡,心如止水,平静地走着自己的道路,便会觉得整个世界美好安和,这样的人好比顺水行舟,需要做的仅仅是把稳舵盘,让小船保持在水流中央,遇上瀑布便拖船越险。船尾的涟漪打着旋儿漾向远方,好似孩童头上的卷曲发绺,而我们稳稳地保持着航向,但见船头之下,

> 被船儿划开的娇弱涛浪,
> 将摇曳的柔波铺在前方,
> 当我们穿行这温婉元素,
> 像影子滑过宁谧的梦乡。③

形形色色的美,会自然而然地降临在恪尽职守者的道路两旁,好比刨花飘落刨子之下,钻屑簇聚钻头周围。波动是最温和也最完美的一种运动,成因是一股液体压上另一股液体。腾波起浪,是

---

① 引文是《淑女岛》的第一千三百六十二行至一千三百六十四行,以及第一千三百七十五行至一千三百八十四行。诗中的骑士与淑女岛的女王订了婚约,乘船回故乡是为了筹备婚礼。"女王本人也常来盘桓",意思是骑士经常想念女王。
② 引文出扬布里科斯的《毕达哥拉斯生平》。
③ 引文出自钱宁诗作《河》。

更为优雅的一种飞行。从山顶俯瞰,你会看到鸟翼的形象,在粼粼波光之中不断浮现。昭示鸟儿飞翔的两道波浪线,似乎是照搬了涟漪的形态。

四面的地平线树木成行,为风景镶上了一圈绝美的边框。农夫砍树时虽然只顾自己的便利,洼地里那些未遭砍伐的单棵树木和树丛却分布得错落有致,仿佛出于大自然的安排,只因为农夫自身,同样是大自然规划的一部分。人类的艺术,永不能企及大自然的奢华铺张。艺术总是一览无遗,唯恐自己的财富隐而不显,相比之下便显得促狭小气,大自然却与此不同,哪怕是在貌似贫乏瘠薄的时候,她依然能保证兑现某种根子里的慷慨,使我们称心满意。沼地里长着瑟瑟颤抖的丛生苔草和蔓越橘,其间只有几棵稀稀落落的常青树木,然而,这样的荒芜并不是穷困的表征。长在园囿里的白云杉①,几乎不曾引起我的注意,到了沼地之类的地方,它却使我格外着迷,还让我第一次懂得,人们为什么想把它种在自家的房前屋后。不过,尽管人们能在前院里种出形态完美的白云杉,但在那样的环境之中,它们的美大都显得苍白无力,因为它们的下方和周围未必有沼地里的纷繁植物作为衬托,使它们无从彰显自身的优点。正如我们先前所说,大自然是一件更为伟大、更为完美的艺术创作,是上帝的创作,另一方面,她本身也是一位惊才绝艳的艺术家,她的种种施为与人类的艺术多有相

---

① 白云杉(single spruce)是原产北美的一种杉树,学名 *Picea glauca*。梭罗在《瓦尔登湖》当中也写到了生长在沼地里的白云杉,后来却把白云杉改成了黑云杉(double spruce, *Picea mariana*),因为黑云杉才是新英格兰沼地的常见树种。

似，连细枝末节也不例外。华盖一般的松树，若是在阳光和水的吸引下探入水中，继而随风摇摆，与堤岸相互摩擦，松枝就会磨成千奇百怪的形状，又白又光滑，仿佛经过了车床的切削。人类的艺术则以叶子和果实为范本，明智地摹仿了自然万物最常采用的形状。悬在树丛中的吊床，形状跟独木舟一模一样，体量的宽窄和两端的高低，取决于使用的人数是多是少，它随着人体的运动在空中摇摆，恰如独木舟在水中荡漾。我们的艺术，会留下满地的刨花和粉屑，大自然的艺术，甚至在我们留下的刨花和粉屑里也有体现。借由永恒的实践，她已使自身臻于完满。这世界操持有方，垃圾从不会残留累积，晨间的空气到今天依然清鲜，草地也纤尘不染。看哪，此时的暮色是如何轻轻悄悄笼盖原野，树影是如何越伸越长，慢慢爬向草地深处，用不了多久，星星就会次第现身，来这片幽僻的水域洗浴。大自然的筹划周密稳妥，绝无闪失。即便是刚刚从沉睡中醒来，我依然可以依据她的面貌和蟋蟀的鸣叫，推断太阳是在子午线的哪一边，与此同时，任何画家也画不出这样的细微差异。风景中包含着千万个日晷，可以指示大自然的时间刻度，包含着千万种风格各异的影子，可以指明一天里的时辰。

踩着无法察觉、永无停顿的缓慢步点，
这无声无息的幽灵，日复一日，
不光是从日晷的表盘，
还从苍老的树木和斑白的岩石，
从名都帕尔迈拉的霉变城堞，

>从高耸海上的特内里费,
>
>从它掠过的每一片草叶,
>
>偷走瞬间,偷走月份和年岁。①

一会儿让这边沐浴阳光,一会儿又换成那边,这种一报还一报的轮换,这出一天一场的悲喜剧,几乎是树木会玩的唯一一种游戏。在峭壁东侧的深谷里,黑夜女王甚至早在中午就急不可耐地扎下营盘,趁着白昼退却的时机,她悄悄占领白昼的一条条战壕,从一棵树溜到又一棵树,从一道篱笆溜到又一道篱笆,最后便坐进白昼的中军大帐,指挥她的队伍进军平原。上午兴许比下午明亮,这不光是因为上午的空气更加清透,还因为大多数的时候,我们会自然而然地往西边看,顺着日光推移的方向展望未来,上午看见的是事物的向阳一面,下午看见的却是所有树木的阴影。

此时此刻,下午已近尾声,清风悠然拂过河面,粼粼波光布满长长的河段。河流结束了它的奔忙,如今似乎不再流淌,只顾着躺平身子反射天光,烟霭漂浮在树林上方,好似安歇的大自然发出的无声喘息,确切说则是她微细的汗滴,正在从她的无数个毛孔里渗透出来,升入稀薄的空气。

一百四十二年前的三月三十一日,多半也是在下午的这个

---

① 引文出自苏格兰诗人詹姆斯·蒙哥马利(James Montgomery,1771—1854)的诗歌《日晷》("The Dial")。从原诗看来,"无声无息的幽灵"指的是"时间的镰刀"。

时辰,两名白人女子和一名少年,正在这个河段急匆匆划向下游,穿行在当时尚存的夹岸松林之间。当天破晓之前,他们从肯图库克河口的一座岛屿出发,眼下才来到这里。他们穿着英格兰式样的衣装,以时令而言颇显单薄,划桨时虽然手法笨拙,但却精神抖擞,毅然决然,他们那艘独木船的舱底,装着十张还在滴血的印第安土著头皮。两名女子是汉娜·达斯坦[1]和汉娜的保姆玛丽·奈夫,来自距梅里迈克河口十八里的黑弗里尔,少年则是来自英格兰的塞缪尔·伦纳德森,三人都是刚刚逃出印第安人的囚牢。这个月的十五日,汉娜·达斯坦被迫从产床上爬起来,衣衫不整,还光着一只脚,然后在保姆的陪伴之下,冒着依然严寒的天气踏上前途未卜的旅程,穿越白雪皑皑的荒原。她看见了她的七个大孩子跟着丈夫逃了出去,但不知他们结局如何。她看见了她的新生婴儿被扔向一棵苹果树,撞得脑浆迸裂。她撇下了她自己和邻居们的家宅,它们都已经化为灰烬。掳走她的人住的是一间棚屋,棚屋在梅里迈克河上游的一个岛上[2],离我们此时所在的地方超过二十里。到达棚屋的时候,有人告诉她,她和她的保姆很快就会被送往一个遥远的印第安聚居地,到那儿就得光着身子"闯人关"[3]。看管她的这家印第安人共有两男三女和七个孩子,

---

[1] 汉娜·达斯坦见前文注释。

[2] 肯图库克河是梅里迈克河的支流,这个岛就是前文中"肯图库克河口的一座岛屿"。

[3] "闯人关"(run the gauntlet)是一种古老的刑罚,受罚者必须从站成两排的行刑者中间跑过,其间任由行刑者殴打辱骂。西方一些国家的军队和北美的一些印第安部族曾以此惩罚犯人。

此外还有一名英格兰少年，不过她发现，少年的身份也是囚徒。决定逃跑之后，她吩咐少年去问其中一名印第安男子，怎样才能以最快的速度干掉敌人，剥取敌人的头皮。"打他们这儿，"印第安男子戳着自己的太阳穴说，并且向少年传授了剥头皮的方法。三十一日这天，她不等天亮就起了床，然后叫醒保姆和少年，三个人抄起印第安人的战斧，把印第安人悉数砍死在睡梦之中，幸存的只有他们喜爱的一个男孩，以及一个带着伤跟男孩一起逃进丛林的女子。英格兰少年砍死了教他杀人方法的印第安男子，就照对方教的方法，砍的是太阳穴。这之后，他们把能找到的所有给养收集起来，拿上看守们的战斧和火枪，凿沉所有的独木船，只留下自己要坐的一艘，启程逃往走水路约莫六十里远的黑弗里尔。不过，刚走出没多远的距离，她开始担心自己就算是成功逃脱，逃脱的经历讲出来也没人信，于是他们又返回一片死寂的棚屋，剥下死者的头皮，用一个袋子装起来，给自己干的事情留个证据，然后才在熹微的晨光中折返岸边，重新开始他们的航程。

杀人出逃是大清早的事情，到了这个时辰，这两名疲惫不堪的女子，还有这名少年，衣服上是斑斑的血迹，脑子里是决心与恐惧的争战，也许正在用烤玉米和驼鹿肉做一顿简便的餐食，而他们的独木船，正在从松根之下滑向前方，这些松树的残桩，如今依然矗立在河岸之上。他们想着被自己扔在上游远处那座孤岛上的阴世亡魂，想着身后追来的那些心狠手辣的阳间战士。严冬留在枝头的每一片枯叶，似乎都知晓他们的故事，眼下正在窸窸窣窣地反复传扬，出卖他们的秘密。每一块岩石和每一棵松树，后面都藏着一个印第安人，啄木鸟叩击树干的声音，也使他们的神经不堪负荷。又或许,他们已经忘记了自身所处的险境,忘记了自己的所作所为,心里想的是亲人的命运,想的是自己若是逃脱了印第安人的追踪,是否能发现亲人尚在人世。除了把独木船抬过瀑布的时候之外,他们从不曾停在岸边做饭,也不曾下船上岸。偷来的桦木船忘记了先前的主人,为他们献上殷勤的服务,涨泛的河水则载着他们飞速前行,几乎不需要船桨帮忙,除非他们要操桨转向,或者划几下来暖暖身子。冰浮河面,春天正在铺展,麝鼠与河狸被春潮赶出了洞穴,小鹿站在岸上注视他们,兴许还有三五只低吟浅唱的林中鸟儿从河上飞渡,去往最北边的河岸,鱼鹰尖叫着掠过他们的头顶,飞过的野雁嘎嘎高叫,使人心惊肉跳,可他们注意不到这些,注意到也会转眼忘掉。从早到晚,他们不言不笑。他们时不时地路过一片围在木栅里的印第安人河岸墓地,或是一个地上散落着几块煤的棚屋框架,又或是洼地里一片孤零零的印第安玉米田,枯黄的秸秆依然在风里沙沙作响。我们此时所见,则只是树皮已被剥去的桦木,或者是烧断树木做独木船时留下的焦黑残桩,这些便是那个民族——对我们而言,那是一个传说当中的野蛮民族——仅存的遗迹。河流两岸,连绵不断的原始森林一直伸向加拿大,或者是伸向"南太平洋",这片林子对白人来说是阴森凄凉的蛮荒之地,对印第安人来说却是契合天性的家园,跟印第安大神的微笑一样令人欢悦。

我们徜徉在这个秋日黄昏,正在为今夜的安眠寻找一个足够幽僻的地点,一百四十二年之前,那个春寒料峭的三月黄昏,他们却借着好风顺水的帮助,业已驶出我们的视线,夜里他们不会像我们一样停船扎营,而是会两人睡觉,一人操船,湍急的河水会载着他们继续前行,赶往白人的定居点,说不定,他们当夜就能赶到鲑鱼溪畔,赶到老约翰·拉夫威尔的门前。①

按照历史学家的说法,他们奇迹般地逃过了一伙又一伙四处游荡的印第安人,带着战利品安全回到了各自的家里,马萨诸塞殖民地议会为他们的战利品支付了五十镑的奖金。汉娜·达斯坦全家幸免于难,破镜重圆,只少了那个脑袋撞碎在苹果树上的婴儿,后世有许多的人,生前都曾经宣称,自己吃过那棵树结的苹果。

这事情听来年深日久,实际上却发生在弥尔顿写成《失乐园》之后。②但它的古旧成色并不会因此减损,因为我们不是按英国人的标准来量度本国的历史时间,正如英国人不依照罗马人的标准,罗马人也不依照希腊人的标准。罗利曾说,"要想看到罗马人向列国颁布法令,看到凯旋的罗马执政官用链子将列国王侯绑回罗马,要想看到人们去希腊寻找智慧,或是去俄斐寻找黄金③,我们得回望久远的从前。然而时至今日,往昔种种尽皆一去不返,只剩下故纸堆里的苍白记载。"④但从某种意义上说,你还得回望更远,才能在梅里迈克河的岸边,找到使用弓箭和石斧的佩纳库克人和坡

---

① 可参看"星期一"当中的记述:"拉夫威尔的房子,据说是达斯坦太太逃离印第安人之后的第一个落脚点。"

② 汉娜·达斯坦的事情发生在1697年,弥尔顿的《失乐园》出版于1667年。

③ 俄斐(Ophir)是见于《圣经》记载的古代城市,以富庶及盛产黄金闻名,具体所在不详。可参看"星期日"当中关于"俄斐的金子"的叙述及注释。

④ 引文出自沃尔特·罗利(参见前文注释)的文章《论各种战争的初始及根本原因》("A Discourse of the Original and Fundamental Cause of Natural, Arbitrary, Necessary and Unnatural War")。

塔基特人。在这个九月的黄昏，从现已精耕细作的两岸之间回望，他们的时代显得比中世纪还要遥远。我见过一幅描绘康科德旧貌的老画，画的显然只是短短七十五年前的情形，画中的景色秀美开阔，树林与河流洒满阳光，描摹的似乎是一个明媚的正午。这幅画使我猛然省觉，此前我居然从未想到，那些日子也有灿烂的阳光，那时的人也在光天化日之下生活。更让我们难以想象的是，晴朗夏日的太阳，在菲利普战争期间也曾照耀山冈河谷，照耀丘奇或菲利普的戎马生涯，①后来又照耀拉夫威尔或鲍古斯②的战争之路，我们总是以为，那些人的生活和战斗，背景一定是晦暗的光线，要不就是漆黑的夜晚。

即便不借用地质学家推算的年代，仅仅以摩西的记载作为依据③，世界的历史也已经足够漫长，可供我们尽情想象。我们可以从亚当夏娃一步跳到大洪水时代，继而穿越远古列王，穿越巴比伦和底比斯、梵天和亚伯拉罕，抵达古希腊和阿耳戈英雄，随即重新上路，把俄耳甫斯和特洛伊战争、金字塔和奥林匹克竞赛、荷马和雅典作为我们驰骋想象的舞台，再借罗马建城的时机稍作喘息，然后继续前行，经由奥丁④和基督来到——美国。这是一次

---

① 菲利普战争、丘奇及菲利普均见前文注释。

② 拉夫威尔即民兵头领约翰·拉夫威尔，参见前文注释。鲍古斯（Paugus）是生活在新英格兰地区的一个印第安酋长，1725年在与拉夫威尔作战时阵亡。

③ 西方传统以摩西为"摩西五经"（即《旧约》的《创世记》、《出埃及记》、《利未记》、《民数记》和《申命记》）的作者，"摩西五经"在一定程度上相当于一部世界史。

④ 奥丁（Odin）是北欧神话中的主神。

令人疲惫的漫长旅行,但我们若是找出区区六十名老妇,比如说住在山下的老妇,先假设她们一人活了一个世纪,然后把她们的人生串在一起,便足以覆盖整个的行程。她们手牵着手站成一排,便可以把夏娃和我自己的母亲连接起来。这只是一场风光体面的茶会而已,席间的家长里短却等同于世界的通史。从我自己的时代往上数,第四名老妇哺育了哥伦布,第九名是诺曼征服者的乳娘,第十九名是圣母玛利亚,第二十四名是库麦西比尔,第三十名生逢特洛伊战争,名字叫作海伦,第三十八名是塞弥拉弥斯女王①,第六十名则是夏娃,全人类的母亲。关于这名

> 住在山下的老妇,
> 她如果还在人间,就还在那里住。②

我们就说这么多。哪怕是在时间本身死亡之时,列席时间葬礼的老妇后裔,辈分也不会跟老妇相差太远。

叙述之时,我们永远不可能彻底跳出真确事实的框架。有些人设想的那种纯粹捏造,一个实例也找不出。即便是撰写一部货真价实的虚构作品,究其实也只是好整以暇地自由挥洒,把某些事物刻画得更加逼真而已。对事实的真确记录,可说是最珍罕的

---

① "诺曼征服者"即诺曼底公爵"征服者威廉"(William the Conqueror, 1028?—1087),他于公元1066年率部征服不列颠岛,史称"诺曼征服";库麦西比尔见前文注释;塞弥拉弥斯(Semiramis)是传说中的亚述女王。

② 引文出自一首至迟出现于十八世纪初的英国童谣。

诗歌，因为常识对事实所作的判断，向来是匆促草率，流于肤浅。尽管我不太熟悉歌德的作品，但是在我看来，歌德作为作家的一个首要优点，便是他满足于如实描摹事物向他呈现的面貌，以及事物给他留下的印象。大多数旅行者缺少足够的自尊，不能够止步于此，止步于让客体和事件以自己为中心排成一圈，而是贪得无厌，寻求比实际情况更优越的视点和关联，以至于无法为我们提供任何有价值的报道。在《意大利游记》当中，歌德以蜗牛般的速度徐徐走笔，同时又始终谨记，大地是在他的脚下，天空则在他的头顶。他笔下的意大利不仅仅是流浪者和艺术大师的祖国，不仅仅是壮美废墟的背景，还是一片青草覆盖的坚实土壤，日日太阳照耀，夜夜月亮放光。就连他遭遇的寥寥几场阵雨，也得到了他忠实的记载。他写作的口吻就像一名事不关己的看客，目标只是对他看见的东西进行如实的描写，在很大程度上还得遵照他看见它们的先后顺序。即便是他的思考，也没有对他的描述形成干扰。书中某处，他说到他给一群簇拥在他周围的农民讲述一座古代塔楼，讲得无比动情，无比真切，以至于那些农民虽然生长在塔楼附近，却还是忍不住回头观望，用他自己的话来说，"为的是用眼睛瞧瞧我在他们耳边赞美的东西"，"而且我一点儿也没添枝加叶，甚至没提那些几百年来装点塔楼墙壁的常春藤。"[1] 如果这样的节制不算是心智超卓的证据，等于是说心智平庸的作者也可能写出无价的书籍，因为智者的特质并不是聪明过人，而是懂得尊重自己的智慧。有些人精神贫乏，只知道哀怨地记录世界如何对

---

[1] 引文出自歌德的《意大利游记》(*Die Italienische Reise*，1816—1817)。

待自己，另一些人却记录自己如何对待世界，记录自己对环境的判断。最重要的是，歌德对所有的人充满了热忱的善意，笔下从没有恚怒之言，连草率之言都不曾有。有一次，送信的少年哀声说道："请原谅，先生，这里是我的家乡"①，歌德于是坦言，"我这个可怜的北方佬，眼睛里立刻涌出了泪水般的东西。"②

歌德的教养全都是艺术家的教养，生活也都是艺术家的生活。他缺少诗人应有的那种无意识。在自传③当中，他准确地刻画了《威廉·迈斯特》作者④的生平。原因在于，在他那部小说当中，难得的澄明智慧掺上了一点儿小家子气，或说是对于琐屑事物的夸大，并且被用来塑造一个拘谨、偏执、仅仅具备良好教养的人，对于戏剧性的过分强调，把生活本身变成了舞台，迫使我们认真揣摩自己的角色，一举一动都得精准合宜，与此相类，从他的自传来看，我们不妨说，他的教养之所以有所欠缺，是因为它仅仅在艺术方面堪称完满。大自然受到了歌德的排斥，尽管她最终取

---

① 少年的话原文为意大利文。

② 前两处引文出自《意大利游记》。根据此书的相关叙述，这是歌德在那不勒斯旅行时的事情。少年向歌德道歉，是因为他随同歌德游历那不勒斯，为家乡的壮美景色失声欢呼，使歌德受了惊吓。

③ 由下文可知，这里的"自传"是指美国记者帕克·戈德温（Parke Godwin, 1816—1904）编译的《歌德自传》（*Truth and Poetry: from My Own Life; Or, The Autobiography of Goethe*, 1846）。

④ 歌德写有两部以威廉·迈斯特（Wilhelm Meister）为主人公的小说，即《威廉·迈斯特的学习年代》（*Wilhelm Meister's Apprenticeship*）和《威廉·迈斯特的漫游年代》（*Wilhelm Meister's Journeyman Years*）。这里说的应该是以迈斯特学演戏为主线的《学习年代》。

得胜利，对少年歌德造成了格外深远的影响。自传叙述的是一名城市少年的生活，他手里的玩具是画作和艺术品，眼中的奇观则是戏剧，以及盛大的游行和加冕礼。正如少年歌德悉心研究帝国游行队列的顺序和等级，生怕错过了其中的任何一个细节，成年歌德也极力争取社会地位，借此满足他对规矩和体面的认识。他上当受骗，失去了蒙昧少年享有的诸多乐趣。实际上，就在这本自传当中，在最终遁入没有门墙的树林之时，他本人也不得不说："有一点是确定无疑的，只有属于青年人和蒙昧民族的那种无从界定、无比宽广的情怀，才能够领略壮美①，因为壮美要么无形无状，要么就呈现为我们无法理解的形式，每当外部客体在我们心中激发壮美，它必定会以一种使我们自感无法企及的辉煌，将我们团团包围。"接下来，他如是自述："我从小生活在画家当中，自己也习惯了像他们一样，从艺术的角度审视客体。"② 这便是他一以贯之的实践，直到生命的最后。我们甚至可以说，他的教养太过良好，因此便无法完满。他说他从未与家乡城镇底层人家的孩子有过交流，然而，孩子不应该只得到知识的助益，还应该得到无知的助益，适度的忽视和磨练，对孩子来说是件幸事。

  自然的律法打破艺术的规则。③

---

  ① 壮美（the sublime）是一个哲学及美学概念，与优美（the beautiful）相对，德国哲学家多有论及。按照叔本华（Arthur Schopenhauer, 1788—1860）的说法，终极的壮美是宇宙时空的无限广大。
  ② 前两处引文均出自帕克·戈德温编译的《歌德自传》。
  ③ 引文出自夸尔斯的诗歌《致我的书》（"To My Booke"）。

天才人物完全可能兼有艺术家的身份，这样的情形其实屡见不鲜，只不过，两者绝不能混为一谈。对人类而言，天才人物是一个创造者，一个领受天启或沾染魔性的人，能依照前所未有的法则创制完美的作品。艺术家却只能从人或自然的天才作品当中寻找法则，再将找到的法则付诸应用。匠人的本事，则仅仅是应用他人找到的法则。世上不曾有过纯粹的天才，正如不曾有过纯粹的蠢材。

诗歌是人类的玄学。

诗人的表达无法解析，一句诗只是一个词，诗句里的词，则是构成这个词的音节。实在说来，没有什么词完全配得上诗人的音乐。话又说回来，只要我们听见了音乐，就算有时候听不见词，又能有什么关系？

许多韵文之所以没有成为诗歌，原因是写作的时机出了岔子，没能分秒不差地赶上那个适合下笔的关键时刻，哪怕它有可能离那个时刻近得不可思议。写出真正的诗歌，全得靠天缘巧合。诗歌绝不是一个错过了还能追回来的思想，而是从一个更为宏大、渐行渐远的思想当中捕捉到的一抹颜色。

一首诗歌，是一个浑然一体、一气呵成的表述，好比一枚熟透的果实，自然而然地掉进文学的宝库，而它为之成熟的那些人，也会把它看作一件浑然一体的事物，并且会以一气呵成的方式，来领略它的妙处。

你若能说出你永远听不到的话语，写出你永远读不到的文字，便成就了世上少有的伟业。

> 我们选择的工作，应该属于我们自己，
>
> 应该完全出自，上帝的旨意。

人的无意识，是上帝的意识。

真诚的事物拥有无比深厚的根基。即便是石砌的墙壁，也有冻土之下的根基。

信笔勾出的轮廓令人着迷，好比地衣和树叶的形状，包含着一种可遇不可求的偶得完美。拿一支饱蘸墨水的钝羽毛笔，在一张纸上划拉一下，然后趁着墨水还没有干，把纸沿横切墨迹的方向对折起来，便可以得到一个浓淡有致的规整图形，从某些方面来说，它比一幅精心绘制的素描还要悦目。

写作的才能十分危险，因为写作不啻于一举掏走生活的心脏，好比印第安人剥取头皮。每当我能够表达我的生活，便觉得我的生活趋于肤浅。

从布伦内罗前往维罗纳①的途中，歌德写道，"阿迪杰河②在这里变得更加平缓，河中积起了许多宽阔的沙洲。田野里，河岸边，山丘上，所有的作物都种得密密匝匝，让人觉得它们一定会相互遮挡，挤得彼此透不过气来——葡萄、玉米、桑树、苹果树、梨

---

① 布伦内罗（Brenner）和维罗纳（Verona）均为意大利北部城镇。
② 本段及下段引文的原文是梭罗对歌德《意大利游记》的摘译。"阿迪杰河"对应的梭罗译文是"Tees"，与英格兰北部一条河（蒂斯河）的名字一样，歌德的原文则是"*Etsch*"，指流经维罗纳的意大利第二长河阿迪杰河，通用的英文写法是"Adige"。

树、榅桲树，还有坚果树。矮接骨木①在墙上蓬勃生长，茎干强韧的常春藤攀爬石上，在岩石表面大片铺开，蜥蜴从藤蔓的空隙中倏然穿过，来来往往的一切生灵，无不让人想起最为悦目的图画。女人头上的发髻，男人的裸露胸膛和轻便外套，人们从市集往家里赶的壮健公牛，还有驮着货物的小驴子，共同构成了一幅生意盎然、鲜活热闹的海因里希·鲁斯②。此时已是黄昏，温煦的空气里有几片倚着山顶的云，一动不动地站在天上，不再飘来飘去。太阳刚刚落下，唧唧的蟋蟀便提高了嗓门。此情此景让人终于觉得，世界是自己的家，自己并不是藏头露尾的逃犯，也不是背井离乡的逐客。我感到心旷神怡，仿佛我生于斯长于斯，眼下是刚刚结束格陵兰岛之旅或捕鲸航程，重新踏上家乡的土地。我睽别已久的故乡尘土，时常绕着我的马车打转，就连它也收到了我的问候。蟋蟀纷纷鸣钟摇铃，声音十分悦耳，沁人心脾，令人惬意。一群淘气的男孩吹起口哨，想压过这些满布田野的女歌手，结果却形成一种美妙的混响，让人禁不住觉得，这两种声音其实互为辅翼，相得益彰。除此而外，这个黄昏跟白天一样，天气无比温煦。"

"从家乡来到此地的南方居民，若是听见我这番喜不自禁的表白，肯定会觉得我幼稚可笑。唉！我在这里表达的感触，其实我

---

① 榅桲（quince）是一种果实像梨的果树，为蔷薇科榅桲属唯一物种，学名 *Cydonia oblonga*；矮接骨木（dwarf elder）为原产南欧、中欧等地的五福花科接骨木属草本植物，学名 *Sambucus ebulus*。

② 海因里希·鲁斯（Heinrich Roos，1631—1685）为德国风景画家，擅长描绘田园风光。

早有体会，尽管那时我还在一片不祥的天空下面艰难度日。如今请允许我欣然感受这份欣喜，视之为超乎常规的奇遇，虽说我们应该永远保有这样的感受，视之为天性使然的永恒必需。"

既是如此，我们便像乔叟说的那样，"靠思绪与乐趣航行"，周遭万物，仿佛都在和我们一起漂流，河岸本身，还有远处的峭壁，通通溶入了未经稀释的浓浓夜色。最坚硬牢固的材料，遵从的似乎是与最流动不居的材料一样的法则，长远看来，情形确然如此。树木不过是由树液和木质纤维构成的河流，从天空发源，经由树干注入大地，树根则从下方往上涌，流向大地的表面。天空里有一条条星星的河川，一道道奶白的银汉，此时已经开始在我们的头顶闪闪发光，腾波起浪。大地的表面有岩石之河，深处有矿脉之河，我们的思绪奔流不息，循环不止，就连这个时辰，也只是时间长河里的当下涟漪。无论我们漫游到哪里，宇宙始终构筑在我们四周，始终以我们为中心。我们若是望向天空，会发现天空是凹形的，若是望向与天空一样无底的深渊，会发现它同样呈现凹形。地平线上的天空之所以弯腰探向大地，是因为我们站在地面。是我，把天空的衣摆拽了下来。那里的星星低低地贴近地面，似乎是不愿离开，所以才在天空里弯来拐去，为的是把我记住，以后好再来探访。

白天我们已经驶过库斯瀑布的老营地[①]，此时便继续前行，最终在河的西岸安营扎寨，这次的营地位于梅里迈克镇北部，几乎

[①] 由"星期二"当中的相关叙述可知，上溯途中，梭罗兄弟曾在贝德福德镇的库斯瀑布附近宿营。

正对我们上溯途中逗留过午的那个大岛。

这个夏日的夜晚，我们便在此地安然就寝，床铺是河滩上的一块倾斜岩石，离我们的小船不过几杆之遥，小船已经被我们拖上沙滩，放在缘岸的一行稀疏橡树下面，靠近河水的那一边。我们不曾搅扰此地的任何居民，只是惊动了草地里的那些蜘蛛，它们借着我们的灯光钻出草丛，慢慢地爬过我们的野牛皮。我们从帐篷里向外张望，透过薄雾看见朦胧的树影，还看见清凉的露珠挂在草叶的尖端，似乎正在享受这个夜晚，我们呼吸着潮湿的空气，还有空气里的浓郁芳香。吃过了热可可、面包和西瓜充作的晚餐，我们很快失去了聊天的兴致和写日记的精神，于是便灭掉挂在帐篷支柱上的油灯，酣然入梦。

遗憾的是，我们的日记漏掉了许多本该记录的经历，原因是我们虽然立下了逐日写下所有见闻的规矩，这样的决定却很难严格执行，因为重要的经历往往使我们沉浸其中，几乎想不起这份职责，结果是无关痛痒的事情皆有笔录，意义重大的事情却常常失于记载。把我们感兴趣的东西随时写进日记，绝不是一件轻而易举的事情，因为撰写日记，并不是我们感兴趣的东西。

每一次半夜醒来，昏昏沉沉地回想着梦里的点点滴滴，我们总是要过上一段时间，等到格外猛烈的风吹得帐篷的门帘簌簌飘摆，吹得帐篷的绳索瑟瑟抖颤，才能记起自己并不是安卧家中，而是躺在梅里迈克河的岸边。我们的脑袋深深地没入草丛，可以听见梅里迈克河汩汩作声，打着旋儿流向下游，亲吻着沿途的河岸，时而波涛滚滚，声音格外响亮，时而洪流缓缓，只发出一丁点儿清透的淌水声响，仿佛是我们的水桶突然裂了道缝，桶里的水正在往我们身旁的草地上流。风吹得橡树和榛树沙沙作响,我们觉得它活像一个不管旁人死活的失眠者,半夜爬起来到处走动,收拾这样那样的东西,时不时还猛一使劲儿,将装满书页[①]的抽屉整个儿搅乱。大自然似乎即将迎来一位高贵的访客,到处都在急急忙忙地做着准备,千万名女仆必须赶在天亮之前,把她所有的走道打扫干净,千万壶茶水必须得在夜里烧好,以便供应次日的筵席。好一番窸窸窣窣的忙忙碌碌,仿佛有千万个仙女正在飞针走线,默默为大地缝制新的地毯,为树木缝制新的帐幔。准备停当之后,风便会渐渐平息,我们便会像沉寂的风一样,再一次沉沉睡去。

① "书页"原文为"leaves",双关"树叶"。

星期五

> 船夫坚韧不拔,
> 保持着笔直的航向,
> 从不退缩,从不因劳苦倦乏
> 停下他疲惫的臂膀,
> 只管挥动双桨,划过浩渺汪洋。
> ——斯宾塞[①]

> 夏季的长袍渐变灰暗,
> 好似几经洗染的衣衫。
> ——多恩[②]

天亮之前许久,我们便从梦中醒来,躺在那里倾听河水的激荡和树叶的扑簌,虽然判断不了风向是顺水还是逆水,对我们的

[①] 引文出自埃德蒙·斯宾塞的《仙后》第二卷。
[②] 引文出自约翰·多恩的诗歌《一周年祭:对世界的剖析》("An Anatomy of the World: The First Anniversary")。诗题的由来可参看前文关于《二周年祭:灵魂的升华》的注释。

航行有利还是不利,却已经推测到天气有变,因为我们耳边的种种声音,无不带有一丝清爽的秋意。风过林间,声音好似在山岩间奔腾咆哮的连绵瀑水,听见自然力量的这番异动,我们甚至觉得勇气倍增。能在这堕落年代听到激荡河声的人,永远不至于彻底绝望。前一天的夜晚,便是季节的拐点。我们在夏季入眠,却在秋季醒转,因为夏季会在某个不可思议的时刻摇身变成秋季,就像翻过一张书页。

曙色之中,我们在原地找到了我们的小船,只见它躺在河岸上,躺在秋天里,清凉沉静,露水滴零,仿佛在等待我们的到来,我们昨日的足迹依然清晰,印在它四周的潮湿沙地,众位仙女则已经悉数离去,或者是隐去身形。还不到五点钟,我们便把小船推进浓雾,自己也跳上船去,一竿子就把河岸撑出视线,然后随着奔流的河水冲向下游,瞪大眼睛提防着河里的礁石。我们看不见别的,只能看见颜色黄浊的汩汩河水,还有四方八面的厚厚雾墙,在我们周遭围出一个小小的院落。没过多久,我们便驶过了索西根河口和梅里迈克村①。雾气渐渐散去的时候,不用再留神礁石的我们看见了匆匆飞掠的流云,看见了山丘染上的第一抹赭黄,看见了湍急的河流,河岸的农舍,以及清新凉爽、露水莹莹的河岸本身,这天晚些时候,我们又看见了葡萄藤上的斑斓色彩,柳树枝头的金翅雀,以及成群飞翔的大啄木鸟,②离河岸特别近的时

---

① 梅里迈克村(village of Merrimack)是梅里迈克镇的中心区域。

② "金翅雀"原文为"goldfinch",可以指多种鸟类,这里指的应该是雀科金翅雀属的美洲金翅雀(American goldfinch, *Spinus tristis*)。大啄木鸟见前文注释。

候，我们还恍然看见了人们脸上的种种迹象，所有这些都提醒我们，秋天已经来临。此时的农舍看起来格外温馨，格外舒适，农舍里的居民则只让我们看了一眼，跟着就默然进屋，关上房门，遁入了夏季流连的所在。

> 此时只见那冷冷秋露，
> 像蛛网覆满绿茵处处；
> 那飞一般凋残的岁华，
> 显现在再生草的短茬。①

我们听见了第一阵秋风的叹息，就连河水也抹上了一层更加灰暗的色彩。光叶漆②、葡萄和枫树业已变色，乳草③的颜色则已经转为浓艳深黄。在所有的林子里，树叶正在迅速成熟，等待飘落，因为完整的叶脉和鲜亮的色彩标志着树叶功行圆满，并不是诗人笔下的枯萎象征，更何况我们知道，作为率先落叶的树木，一行行枫树很快就会化作一个个烟岚的花环，装点一片片草地的边缘。牛儿的哞哞狂叫，已经在牧场里和大路上响起，它们来来回回跑

---

① 引文出自夸尔斯的组诗《人类生活的象形文字》(*Hieroglyphics of the Life of Man*)第十四首。再生草是指收割以后重新长出来的牧草。

② "光叶漆"原文为"sumach"，可以指漆树科盐肤木属（*Rhus*）和漆属（*Toxicodendron*）的多种树木。根据梭罗在《瓦尔登湖》中列出的拉丁学名，他说的"sumach"是指原产北美的光叶漆（*Rhus glabra*）。

③ 乳草（milkweed）是夹竹桃科马利筋属（*Asclepias*）各种多年生草本植物的通称。

个不停,仿佛在担心牧草凋枯,冬日将临。我们的思绪,也开始窸窣作声。

我们康科德镇举办年度农牧展的时候①,榆叶和桐叶通常是刚刚开始飘落,在十月的秋风里洒满地面②,每当我在展会的日子走过故乡的街道,总是觉得这些树木的汁液饱含着蓬勃的生气,觉得它们兴高采烈,像趁着展会撒欢的农家少年一样,而我的思绪也会跟随它们的引领,飞进叶声簌簌的林地,那里的树木正在厉兵秣马,准备迎接越冬的战役。展会期间,人们会在街道上成群聚集,跟簇聚路旁的沙沙落叶一样错落有致,遵循着一种同样自然的法则,在我的脑子里,这场秋天举办的节庆,与秋天这个季节有着自然而然的联系。大街上的牛叫,听起来像是一首嘶哑的交响曲,又像是连绵不绝的贝斯琴音,与簌簌的叶声相得益彰。风儿急匆匆扫过乡野,拾起遗落田间的所有麦秸,所有的农家少年,似乎也都在顺风狂奔。他们穿着自己最好的粗呢外套和椒盐色马甲,裤子熨得笔挺,一身粗布或斜纹呢或灯芯绒质地的出挑行头,头上还戴着毛皮帽子,正在赶往各式各样的乡村集市和农牧展会,赶往那荟萃一年珍宝的乡间罗马。大地上到处是他们的

---

① 十九世纪中期,米德尔塞克斯农业协会(Middlesex Agricultural Society)每年都在康科德镇举办农牧展。

② 榆树和梧桐在当时的康科德镇很常见,可参看"星期六"当中的相关记述:"午后两三点钟,我们的镇子静静地躺在西南方的远处,独留在榆树梧桐的树荫里。"

身影,伴着哞哞的牛鸣和咩咩的羊叫,难得空闲的他们伸出永远闲不住的粗糙手掌,用力一撑,跳过一道又一道的篱笆,这些阿摩司、押尼珥、以利拿单、埃尔布里奇①

  从苍松覆盖的崇山峻岭来到平原。②

我热爱这些大地的孩子,热爱他们中的每一个,他们成群结队、兴高采烈、吵吵嚷嚷,从一场热闹冲向又一场热闹,仿佛是生怕日出日落之间的时间太短,不够他们把所有的热闹看完,生怕这个时节的太阳,等在天空里的时间不比割干草的时节长。③

  他们这些自然的宠儿,明智地活在世上,
  根本不劳神揣度,这世界要被扔向何方。④

只管东跑西颠,如饥似渴地寻求当天的各种粗俗消遣,一会儿大呼小叫地快步追随那个天赋异禀的黑人,听他把整个刚果和几内亚海岸的歌曲唱彻我们的街道,一会儿去观看那个由一百轭公牛

---

 ①《圣经》里有阿摩司(Amos)、押尼珥(Abner)和以利拿单(Elnathan),都是正面人物,《独立宣言》签署者之一、美国第五任副总统名为埃尔布里奇·格里(Elbridge Gerry)。梭罗也许是特意把这些名字派给农家少年,以表赞赏之意。
 ② 引文出自克里斯托弗·马洛的诗歌《赫洛与勒安得耳》(参见前文注释)。
 ③ 当时的新英格兰农夫一般在每年的七月初至八月中旬割干草。
 ④ 引文出自苏格兰诗人威廉·德拉蒙德(William Drummond,1585—1649)的诗歌《悼安东尼·亚历山大爵士的田园挽歌》("A Pastoral Elegy on the Death of Sir Anthony Alexander")。

组成的队列,每头牛都像奥西里斯①一样威武庄严,又或是观看牧人驱赶的一群群肉牛,以及像伊西斯或伊俄②一样洁白无瑕的奶牛。有的人心里没有热爱大自然的情愫,

> 哪怕是一毫一分,
> 从这个盛大节日回家,也成了深情的爱人。③

人们尽可挑选自家最肥壮的牲畜和最饱满的果实,把它们送往集市,但相较于人群的千姿百态,这些农产无不黯然失色。眼下是熙来攘往的秋天日子,人们会像迁徙的燕雀一般,成群结队、大摇大摆地走在沙沙的叶声里。这才是一年的真正收获,空气中全都是人的呼吸,树叶的窸窣与人群的脚步交织不辨。如今我们读到古希腊人和伊特鲁里亚人的节庆、赛会和游行,心里总有点儿难以置信,怎么也产生不了共鸣,殊不知对于所有的民族来说,向大自然送上一番诚挚真切的问候,是一种多么自然、多么难以

---

① 奥西里斯(Osiris)是古埃及神话中的冥王。古希腊的一些作家认为,古埃及神话中的神牛阿皮斯(Apis)是奥西里斯的化身之一。普鲁塔克曾在《伊西斯与奥西里斯》("Isis and Osiris")一文中写道:"据他们所说,阿皮斯是奥西里斯的动物形象。"

② 伊西斯(Isis)是古埃及神话中的女神,据说是神牛阿皮斯的母亲,有时以母牛或牛头女身的形象出现。伊俄是宙斯的情人,宙斯后来把她变成了一头母牛,为的是使她免遭赫拉的迫害(参见前文关于"阿耳戈斯"的注释)。古希腊人有时把伊俄混同于伊西斯。

③ 引文出自克里斯托弗·马洛的诗歌《赫洛与勒安得耳》,马洛原诗说的是男女之情。

抑制的渴望。科瑞班蒂斯、伯坎蒂斯[①]、列队吟唱山羊之歌的原初悲剧演员[②]，以及庆祝泛雅典娜节[③]的全套施设，到今天虽然显得古怪过时，在当代却都能找到翻版。农人永远比学者们愿意承认的更有希腊精神，古老的风俗也一直流传到了今天，而那些文物专家和学者，却在追念古风的过程中变得老朽不堪。今天的农夫拥向集市，如蜜蜂成群追随蜂后一般自然，他们跟古希腊人一样，遵循着一种非由梭伦或莱库古[④]颁布的古老律法。

乡野之人值得我们好好看看，看他们如何拥进市镇，看这些农夫如何一反冷静清醒的常态，一个个迫不及待，连衬衫和外套的领子——衬衫的领子宽大无比，就跟上下颠倒穿反了似的，因为时尚总是朝冗余靡费的方向发展——都在往前支棱，步伐也格外轻快，一边走一边叽里呱啦，聊得热火朝天。较比机灵的流浪汉，只要听到一丁点儿风声，一定也会在这样的集会上出现，第

[①] 科瑞班蒂斯（Corybantes）是古希腊神话中以鼓乐和舞蹈膜拜大地女神西比利（Cybele）的舞者；伯坎蒂斯（Bacchantes）是古罗马神话中酒神巴库斯的女祭司或女信徒，古希腊罗马时代的酒神祭礼以参与者纵酒狂欢以至进入迷狂状态为主要内容。

[②] "悲剧"的英文"tragedy"源自希腊文词语 $\tau\rho\alpha\gamma\varphi\delta\acute{\iota}\alpha$，后者的本义是"山羊之歌"。按照词源学家的说法，这可能因为山羊是古希腊歌舞表演中的奖品或祭品。

[③] 泛雅典娜节（Panathenæa）是古代雅典人敬拜雅典娜女神的大型节庆活动，小泛雅典娜节一年一次，大泛雅典娜节四年一次。

[④] 梭伦（参见前文注释）是雅典民主制度的奠基者，莱库古（Lycurgus）是公元前八世纪（亦有前七世纪及前九世纪之说）的斯巴达统治者，曾在斯巴达推行以军事为导向的改革。

二天又销声匿迹,像十七年蝉①一样躲进他的洞穴。他的外套永远破旧,虽说比农夫最好的衣服还要考究一点儿,却从来不好好穿。他来是为了看热闹,为了掺和掺和,为了了解"怎么回事儿",如果有什么事儿的话,为了在有男人醉酒、有马儿赛跑、有公鸡打架的地方找找乐子。他急不可耐,想钻到桌子下面去摇桌腿,最重要是想看看那只"条纹猪"②。在这样的场合,他是最如鱼得水的人物。他会把钱囊和人品通通付之流水,在这样的日子里尽兴畅游。他无比热爱社会淤泥,浑身上下没有一丝节制。

我喜欢看人们成群结队,像猛吃玉米皮和菜梗子的牲口一般,如饥似渴地享受粗野豪放、有滋有味的消遣。他们当中确实有不少歪瓜裂枣,身上只剩下尖刺和硬皮,被逆境挤压得变了形,好似栗实里的第三颗栗子,以致你无法理解,他们中的一些人为什么还顶着完整的帽子,③尽管如此,你还是不用担心,人性会在他

---

① 十七年蝉(seventeen-year locust)是生命周期为十七年的一类蝉。这类蝉刚一孵化就钻入地下,到生命末期才破土而出,在两个月之内完成羽化和繁殖,随即死亡。

② "条纹猪"(striped pig)指的是酒。当时的新英格兰地区有则轶事,说马萨诸塞州德达姆镇(Dedham)有个小贩在集市上卖酒,为规避禁酒法令而声称自己是在展示奇特动物"条纹猪",与此同时,付费观看"条纹猪"的人都可以得到一杯免费的朗姆酒。

③ 梭罗"第三颗栗子"的比喻,可能是因为美洲栗树(American chestnut, *Castanea dentata*)的刺果通常包含三颗"挤成一团"的栗子,其中一颗不如其余两颗饱满。可参看梭罗在未发表文章《改良与改良派》("Reform and the Reformers")当中的类似描写:"保守派的脑袋看起来体量渺小,不够使唤,给人一种没发育好的干瘪感觉,仿佛它们有一侧或两侧过早地受到了冲击,或者是被迫挤在了一起,情形就像几颗坚果长在了一枚只能容纳一颗坚果的果实里。看到这样的脑袋居然顶着完整的帽子,实在让我们无法理解。"

们身上断绝或动摇，因为他们就像长在树篱中的野苹果，好歹可以充当嫁接的砧木，用来培育果多味甜的苹果品种。从一个时代到又一个时代，当美好甘甜的品种在生命周期的尽头归于消亡，大自然便是以这样的方式自我更新。人类也是如此。构成诸多人类成员的材料，不知道得有多么地粗劣。

风不停吹向下游，我们船不落帆，从清晨到日中一直在顺流而下，一上午不曾有片刻耽搁。我们时而双手紧握深深插入河中的舵叶，时而俯身倚靠我们绝少放下的船桨，感受着我们这匹骏马脉管里的每一次悸动，感受着这双翅膀托举我们的每一次拍击。千回百折的河流不断为我们展现东方或南方的崭新风景，我们的思潮也像河流一样不停急转，但我们心知肚明，河水在转弯之处最急最浅。坚定不移的河岸保持着天生的走向，从不为我们左躲右闪，既是如此，为什么我们总要避开河岸？

人无法哄骗或慑服自己的灵性，要想得到它的嘉许，行为就必须格外高尚，超出世俗的标准和世俗所能赏识的范围。这些带翼的思想如同飞鸟，绝不会任人抚弄，就连母鸡也不会容许你随意触碰，把它当四足动物对待。对一个人来说，什么也不会像他自己的思想那样陌生，那样使人震惊。

最卓绝的灵性，会将媚俗阿世视为最高昂的代价。倘若诗人企盼乘上大众吹捧的顺风，灵性便会成为最大的累赘。天堂鸟不得不始终保持逆风飞翔，如其不然，它华丽的羽毛就会贴紧它的身体，妨碍它的自由行动。①

能够在风向最不利的情况下操船，能够从最大的障碍中汲取动力，才称得上最优秀的水手。一旦从船尾吹来的风改变了方向，大多数水手就会随风转舵，由于热带地区的风并不是东南西北样样齐备，有些港湾他们永远也到不了。

诗人绝不是仙界砧木的娇弱接穗，需要特殊制度和法令的保护，而是大地和天空最强健的子嗣，拥有非同凡响的力量和韧性，他那些随时晕厥的同伴，将会在他身上看到上帝的影像。世上那些真正前无古人的工作，归根结底是由美的崇拜者们完成的。

诗人终将赢得人们的爱戴，不管他有什么样的缺点，也不管他有什么样的优点。他将会一锤定音，我们却无法知晓他锤子的形状。他允许我们在他的家园和心灵自由出入，恩德有胜于授予我们出入一座城市的自由②。

不为同时代人所知的伟人，美名在前辈伟人当中传扬，真正的尘世美名，无不源自星空之上的褒奖。

俄耳甫斯不会倾听自己竖琴奏出的曲调，只倾听灵感注入竖

---

① 天堂鸟（bird of paradise）是天堂鸟科（Paradisaeidae）鸟类的通称，这类鸟主要分布于印度尼西亚、巴布亚新几内亚和澳大利亚，以羽色艳丽著称。天堂鸟逆风飞行是当时人们的普遍认识，例见英国学者查尔斯·帕丁顿（Charles Partington）主编的《不列颠自然史百科全书》第一卷（*The British Cyclopædia of Natural History*，1835）："天堂鸟飞行之时……只会迎着风……如果风从它后方吹来，耷拉的羽毛就会缠住它的双翼。"

② "出入一座城市的自由"原文为"the freedom of a city"，指西方古代市镇向尊贵居民或访客颁发的一项荣誉，获颁者可以在相应市镇自由出入、置业并受到保护。现代的"荣誉市民"制度由此而来。

琴的音乐,因为原初的音乐出现在乐声之前,正如回音出现在乐声之后。曲调不过是附带的恩惠,属于岩石、树木和野兽。[1]

我站在一座卷帙浩繁的图书馆里,发现它收藏了全世界一切见诸记载的智力,却不曾收藏记载的过程,发现它仅仅是一座累积而得的宝库,并不真正具备持续累积的潜力,还发现永恒不朽的著作与寿命不满一月的集子比肩而立,蛛网霉斑业已从后者的封皮蔓延到前者的书脊,目睹此景,我愉快地记起了诗歌的本质,于是便意识到,莎士比亚和弥尔顿未曾预见,自己将会与什么样的货色为伍。唉!真诗人的作品,这么快就被扫进了一个这样的垃圾坑!

诗人只会为同道写作。他只会记得,他从自己的位置看见过真与美,他只是期待,未来会有一道同样高瞻远瞩的目光,以同样自由奔放的方式,俯瞰同一片原野。

我们经常一时冲动,向邻居或路遇的孤单旅人倾诉我们的思想,诗歌这种交流却是以我们的家园和孤寂为始点,以一切智慧生命为对象,绝不会对任何个体窃窃私语。明白了这一点,我们才能读懂那些据说是写给特定某人的十四行诗,读懂"致一位淑女的蛾眉"[2]。任何人都不该为那些诗歌受宠若惊,因为诗歌写的是爱,这份爱对所有的人同样真诚。

天才或说诗人,与常人的一个重要区别,无疑是后者没有能

---

[1] 根据古希腊神话,俄耳甫斯的乐声能够使野兽迷醉,使树木和岩石起舞。
[2] 梭罗以此指代各种看似无聊的诗题,可参看莎士比亚戏剧《皆大欢喜》第二幕第七场中的台词:"写一首哀怨的小曲,/致他那位淑女的蛾眉。"

力抓住不期而至的思想，与之正面碰撞。话又说回来，这也是因为思想朦胧得难以表达，甚至难以觉察。有些东西降临在常人身上，只能使他的血流加速或减缓，使他的午后时光充满他不知来由的快乐，降临在机体更为敏感的诗人身上，却可以传递一个清晰的应许。

我们肤浅地谈论天才，仿佛它仅仅是一种技能，诗人能表达的也仅仅是常人都有的感受。然而，考虑到诗人的使命，诗人可说是最缺乏技能的人，散文作家拥有的技能，倒要比诗人充足一些。瞧瞧吧，铁匠的技能何等高超，他要加工的材料服服帖帖，随便他怎么拿捏。与此相反，诗人若是灵感极度充溢，受激于某种甚至不曾为常人的午后时光增色的气氛，他的技能便荡然无存，他也就不再是诗人。众神不会赐予诗人常人没有的技能，不会把自己的才赋交到诗人手中，只是会用自己的气息环绕他，支撑他的生命。

说上帝给了某人为数众多的高超技能，通常的意思是，上帝特意为某人降低了天国的高度，使某人的双手可以企及。

诗兴大发之时，我们往往抄起笔来狂写一气，像公鸡一样只顾着追逐虫子，并且招呼周围的同伴，为自个儿扬起的尘土洋洋得意，根本注意不到宝石出现在哪里，兴许还已经在忙乱之中把宝石踢到了远处，或是使它再次埋进了尘土。[1]

即便说到肉身所需的滋养，诗人也跟其他的人不一样，因为

---

[1] 梭罗这个比喻暗用了《伊索寓言》里的"公鸡和宝石"（"The Cock and the Jewel"）故事，故事里的公鸡在稻草堆里找到了一颗宝石，却希望自己找到的是一颗麦粒。

他时或品尝众神歆享的琼浆玉食，过的是神圣的日子。灵感带给他养身提神的阵阵震颤，可使他生命康强，安享高年。

有些诗只适合假日阅读，因为它们打磨光滑，滋味甘甜，但它们有的只是蔗糖的滋味，不是老面吐司那种辛苦得来的甘甜[①]。诗人吟哦赋咏时的呼吸，必须是他赖以生存的呼吸。

伟大的散文，比同等高度的伟大韵文更令人肃然起敬，原因是它的高度更为恒久，更为均一，表明作者的生命更彻底地浸润着思想的辉光。诗人往往只是瞬间爆发，随即偃旗息鼓，好比一边射箭一边撤退的帕提亚人[②]，散文作家却会像罗马人一样彻底征服所到之处，建起一个个殖民地。

真正的诗歌，并不是公众阅读的那种东西。一首印在纸上的诗，总是对应着另一首诗，后者产生于诗人创制前者的过程，但却没有印在纸上，而是刻在诗人的生命里。这首诗的内容是，诗人借由创作完成了怎样的自我塑造。关键的问题不是某个思想借由石材、画布或纸张介质得到了怎样的表达，而是艺术家的生命在多大程度上体现并表达了这个思想。艺术家真正的作品，绝不会陈列在任何王侯的画廊里。

> 我的生活是我想写的诗章，
> 可惜我无法既践履又吟唱。

[①] 老面吐司（sour bread）经过两次发酵，比只发酵一次的面包可口，但制作过程比较麻烦，需要的时间也比较长。

[②] 帕提亚人（参见前文注释）以撤退或佯装撤退过程中的"回马箭"闻名。

诗人的延误

我徒然观看旭日东升，

我徒然瞻望夕阳似火，

徒然注目别处的天空，

徒然期待别样的生活。

我的四周有财富无尽，

我的内心却依旧贫瘠，

鸟儿已结束夏日歌吟，

我的春天却杳渺如昔。

难道我只能枯守这古怪窝巢，

枯守依然回荡我歌声的林地，

苦苦地等待秋风来到，

等待那更温和的日子？

    这个疾风阵阵的阴冷日子，还有河岸上橡树松树的吱呀声响，使我们想起了一些比希腊更靠北的风土，以及一些比爱琴海寒冷的海洋。[①]

    奥西安[②]的真正遗物，或者说那些记在他名下的古代诗篇，虽

---

① 梭罗下文论述的奥西安诗作主要以爱尔兰为背景，故有此说。

② 如前文注释所说，奥西安是传说中的爱尔兰史诗作者。以下五段文字（从"奥西安的真正遗物"到"承继它的伟力"）原本发表在1844年1月的《日晷》杂志上，是梭罗《荷马、奥西安、乔叟》（"Homer. Ossian. Chaucer"）一文中论述奥西安的部分。

然说名气较小,篇幅较短,在许多方面却具有与《伊利亚特》一样的特质。奥西安捍卫了吟游诗人的尊严,功绩不让荷马,而在他生活的那个年代,我们不曾听闻除他之外的任何教士。说他是个异教徒,无损于他的光辉,因为他赋予太阳人性,向太阳倾诉衷肠。[1]除此而外,纵使他笔下的英雄确实"崇拜祖先的魂灵"[2],崇拜那些纤薄缥缈的空幻形体,又有什么关系?我们也崇拜祖先的魂灵,只不过魂灵的形体不那么空幻而已。这些异教徒矢志不渝地坚信某物,我们不得不敬重他们元气沛然的信仰,并且想告诉那些反感他们迷信仪式的批评家——别去搅扰这些人的虔诚祷告。看那些批评家的架势,就跟我们比异教徒和古人更懂人生、更懂真神似的。英国的神学,可曾纳入种种最新发现?

奥西安使我们想起那些最文雅又最朴野的时代,想起荷马、品达、以赛亚[3]和美洲印第安人的时代。他的诗篇一如荷马史诗,

---

[1] 梭罗对奥西安的评论,针对的是《奥西安遗篇正编》(*The Genuine Remains of Ossian*)收录的作品。该书出版于1841年,书中诗作由帕特里克·麦格雷戈(Patrick MacGregor,生平不详)自盖尔语译成英文。该书附录中有一首题为《特拉萨》("Trathal")的诗,"特拉萨"是诗中一位英雄的名字,诗的内容则是对太阳的告白。梭罗曾在《黑夜与月光》("Night and Moonlight")一文中引用此诗。

[2] 《奥西安遗篇正编》卷首附有麦格雷戈的一篇奥西安专论,论文中引用苏格兰历史学家马尔科姆·拉因(Malcolm Laing,1762—1818)的话说,"麦克弗森……把这些高地居民译成了一个闻所未闻的异教民族,不崇拜任何神明,只崇拜祖先的魂灵。"麦克弗森(James Macpherson,1736—1796)为苏格兰作家及诗人,是奥西安作品最早的发现者和翻译者,但很多学者认为,奥西安并不存在,麦克弗森"发现"的奥西安诗作都是麦克弗森自己以古代传说为基础的创作。

[3] 以赛亚(Isaiah)为古代犹太先知,传为《旧约·以赛亚书》的作者。

只包含最简单最恒久的人类特质,这些基本要素刻画出人的形象,如同巨石阵勾勒出神殿的模样,我们看见的只有巨石排成的一个个圆圈,以及那根竖直的石柱①。透过奥西安诗中的雾气看去,生命的现象有了一种几近超越现实的宏大体量。跟所有古老壮丽的诗篇一样,这些诗的突出特征是英雄人物生命中的寥寥几个要素。他们挺立在荒野之上,挺立在星空和大地之间,血肉枯干,只剩下骨骼和肌腱。大地是一片无垠的平原,任凭他们纵横驰骋,建功立业。他们的生活无比简单,无比朴质,无比永恒,根本不会随肉身一同消亡,而是会完整延续,从一个时代传递到又一个时代。他们的视线,只会为寥寥几样事物转移,他们的生命毫无牵累,跟他们凝望的星辰一样运行无碍。

> 愤怒的列王站在各自的丘冢上,
> 从手中盾牌的后面眺望前方,
> 注视那流浪的群星,
> 闪闪发光,一路西行。②

这些英雄的生活所费无几,不需要太多的家什。他们只有朦胧的身影,如同从远处看见的雾中人形,没有戏装也没有台词,要说

---

① 巨石阵(参见前文注释)由一圈圈直立巨石组成,当初可能具有神殿的功能。"竖直的石柱"可能是指巨石阵入口附近的脚踵石(Heel Stone)。

② 引文出自《奥西安遗篇正编》收录的《洛丁之战》(*Ca-Lodin*)第三章。"洛丁"为诗中地名。

话总归有自己的话,要穿衣总不缺兽皮树皮。年复一年,他们依靠强健的体魄活在世间,挨过风暴和敌人的戈矛,完成三五桩英雄壮举,然后

> 就由一座座丘冢,在漫长的未来岁月里,
> 为人们解答关于他们的问题。①

在目盲体衰的风烛残年,他们聆听吟游诗人的歌谣,抚摩曾放倒敌人的兵器,借此打发余生。到他们最终死去的时候,吟游诗人情不自禁,容许我们向未来投去匆促朦胧的一瞥,但这短短的一瞥,兴许与他们的生命一样清晰。麦克罗因被杀之时,

> 他的魂灵飞向他好战的先祖,
> 去那些狂风暴雨的阴森岛屿,
> 追逐一头头影影绰绰的野猪。②

人们为英雄建起丘冢,吟游诗人则唱出一首意味深长的短歌,足可同时充当墓志铭和传记:

> 虚弱者将在他居所找到他的弓,

---

① 引文出自《奥西安遗篇正编》收录的《蒂莫拉》(Timora)第四章。"蒂莫拉"为诗中王国名。
② 引文出自《洛丁之战》第二章。"麦克罗因"(Mac-Roine)是诗中一位英雄的名字。

有气无力者将试图将弓拉动。①

　　相较于这种简单强韧的生活,我们的文明史似乎只是一份关于颓废、时髦和奢靡艺术的编年记载。话又说回来,文明人也能欣赏最朴野时代的诗歌,不会错过蕴含其中的真正优雅。这样的优雅提醒他,文明的全部成就,不过是给人穿上衣服而已。文明能制造鞋子,却不能使人的脚底变得厚实,能制造质地更细的布料,却不能改变人的皮肤。文明人的外壳里面,占据尊位的依然是那个野蛮人。我们就是那些蓝眼睛黄头发的撒克逊人,就是那些小个子黑头发的诺曼人。

　　吟游诗人的行当,在那些年代得到了更多的尊崇,因为那时的人们把名望看得更重。记录英雄人物的赫赫功业,正是吟游诗人的专属职责。听到那些二流吟游诗人讲述的传说之后,奥西安高声宣布:

　　　　我立刻攫住这些不无裨益的故事,
　　　　用忠实的诗行使它们流传后世。②

在《洛丁之战》第三章的开头,他如是陈述自己对生命的认识:

---

　　① 引文出自《奥西安遗篇正编》收录的《芬格尔》(Fingal)第五章,芬格尔是奥西安诗中的主角,远古的英雄君主。这两句诗说的是一位名为"奥拉"(Orla)的英雄。
　　② 引文出自《奥西安遗篇正编》收录的《奥伊纳莫茹》(Oinamorul),"奥伊纳莫茹"是诗中一位女子的名字。

> 现存的万物来自何方?
>
> 流逝的岁月去往何地?
>
> 只铭刻英雄事迹的时间,
>
> 用无法穿透的沉沉黑暗,
>
> 把自己的两端藏在哪里?
>
> 我回望逝去的世世代代,
>
> 往昔种种只是仿佛依稀,
>
> 好似暗淡月光之下,
>
> 映现在遥远湖面的物体。
>
> 我确然看见了战争的雷电,
>
> 可往昔还有芸芸大众愁苦度日,
>
> 他们的所作所为,
>
> 都没有流传到遥远后世。

卑微的战士身死沙场,就此被人遗忘:

> 陌生人来此修筑高塔,
>
> 将他们的遗骨随手乱抛。
>
> 尘土中露出几柄锈剑,
>
> 其中一人便躬身说道,
>
> "这些兵器属于逝去的英雄,
>
> 我们没听过赞颂他们的歌谣。"①

---

① 引文出自《奥西安遗篇正编》收录的《卡里克》(*Carric*),"卡里克"是诗中一座宅邸的名字。

伟大的诗篇还具备另外一个特征，那便是瑰伟的比喻。奥西安的诗作，用的似乎是一种气势恢宏、四海通行的语言。诗中的意象和画面占据了风景中的大片空间，仿佛你只能站到山坡之上，或者是置身于广阔无垠的平原，又或是隔着海湾眺望，才能将它们尽收眼底。他笔下的场景特效如此磅礴，不可能不是自然天成的结果。"托恩岛的白发托奎尔"在天空里显灵的时候，托奎尔的女儿奥伊瓦娜对父亲的魂灵说，

> 你飘然离去，好似渐行渐远的战船。①

同样，当芬格尔的大军和斯塔恩的大军相互靠拢，即将开战之时，

> 伴着隆隆轰鸣，有似远处河声，
> 托恩岛的子民步步逼近。②

被迫撤退之时，

> 库杜林倒拖长矛，
> 没入遥远林间，

---

① 前两处引文出自《洛丁之战》第一章。"托恩岛的托奎尔"（Torkil of Torne）是诗中一位国王的名字。

② 引文出自《洛丁之战》第二章，"托恩岛的子民"即"斯塔恩的大军"。"斯塔恩"（Starne）是诗中一位英雄的名字。

好似行将熄灭的熊熊火焰。①

芬格尔发言之时,从不会缺少相宜的听众:

一千名文士俯首躬身,
聆听芬格尔的歌吟。②

诗中的威胁言辞,确实能震慑听者。报复与恐怖,都不是虚张声势。特伦莫尔如是恐吓他在异乡海滨遇见的那名年轻战士:

你母亲会发现你苍白地躺在海边,
还得眼睁睁看着杀死她儿子的人,
扬帆破浪,渐行渐远。③

奥西安笔下的英雄,哭泣也是因为刚强过剩,不是因为软弱无能,他们的泪水是丰沛天性送出的祭礼或酹献,好比磐石在炎炎夏日沁出的汗滴。我们几乎察觉不到他们流泪,并且会恍然觉得,哭泣只适合婴孩和英雄。他们的喜与悲,都是由同一种材料构成,如同雨和雪,如同虹与雾。诗中写到菲兰作战不力,无颜面对芬

---

① 引文出自《芬格尔》第三章。"库杜林"(Cudulin)是诗中一位英雄的名字。
② 引文出自《奥西安遗篇正编》收录的《加戎》(Garon),"加戎"是诗中一位英雄的名字。
③ 引文出自《芬格尔》第六章。"特伦莫尔"(Trenmore)是诗中一位英雄的名字。

格尔,于是

> 他即刻大步走开,
> 在溪边悲伤地俯下身来,
> 两颊挂满露珠似的泪水,
> 不时用他倒持的长矛,
> 砍断那些灰色的蓟草。①

看到芬格尔的儿子奥西安前来助战,年迈目盲的克罗达这样表示欢迎:

> "我已双目失明,"他说,"克罗达成了瞎子,
> 你的膂力,是否可与令尊匹敌?
> 把你的手臂,奥西安,伸给这白发老朽。"
> 于是我向这位君王,伸出我的手臂。
> 这衰迈的英雄抓住我的手,
> 发出一声沉重的叹息,
> 泪水顺着他的面颊,流泻不止。
> "勇武君王之子啊,你果真孔武有力,
> 虽说还不如莫尔文的王子,那般令人畏惧。
> …… ……
> 且让我在厅堂摆开筵席,

---

① 引文出自《蒂莫拉》第三章。菲兰(Fillan)是芬格尔的儿子。

>让所有吟游诗人亮开甜美嗓子,
>来到我城中的都是英雄好汉,
>都是涛声之国克罗马的子裔。"①

就连既是英雄又是吟游诗人的奥西安本人,也向父亲芬格尔的超凡力量表达了敬意:

>伟大的人啊,你的心灵何等丰美,
>奥西安为何未能,承继它的伟力?②

我们乘风扬帆,飞速航行,耳听着河水在船尾发出的汩汩声音,脑子里秋思绵绵,心神则少有留意匆匆掠过的岸上景物,更多是在关注季节唤起的亘古联想和永恒印象,多少还怀着一点儿对时令变迁的憧憬。

>我曾徒有双耳,如今有了听觉,
>曾经徒有双眼,如今有了视力;
>曾经徒靡年月,如今把握时刻,
>曾经徒有学问,如今悟得真理。

---

① 引文出自《奥西安遗篇正编》收录的《克罗马》(*Croma*)。诗中的克罗马是爱尔兰岛上的一个国家,克罗达(Crodar)是该国国王。诗中的"我"是奥西安,"莫尔文的王子"即芬格尔。

② 引文出自《加戎》。这两句的前面四句是:"一千名文士俯首躬身,/聆听芬格尔的歌吟。/那歌吟宛如习习西风,/吹送的袅袅琴声。"

此时我们面朝上游坐在船里，像展开地图一样细赏渐次呈现的风物，欣赏岩石、树木、房舍、山丘和草地，风和水不断为我们移步换景，最简单的景物也变出千姿百态，足供我们眼目之娱。从现在这个角度看去，景色似乎焕然一新。

若是从初次登临的山顶往下看，最熟悉的水面也能带来出乎意料的新鲜乐趣。一旦从故乡的镇子走出几里的距离，我们甚至认不出俯瞰镇子的群山轮廓，同样道理，兴许没有谁会如此熟悉从离家最近的小山上看到的地平线，以至于回到谷底还能清晰地记起它的起伏转折。将我们的房舍农场揽入胸怀的座座山峦，我们知道的通常只是它们在短距离之内的走向。情形仿佛是我们的诞生使得万物四分五裂，我们是像楔子一样被钉进了大自然，要等到创口愈合，疮疤消失，我们才能慢慢意识到自己身在何处，意识到大自然是一个处处连续的整体。长年住在山东边的人，长年向西方看山，若是绕到西边去向东看，便会迎来一个意义重大的新纪元。话又说回来，宇宙其实是一个球体，哪里有智慧生命，它的中心就在哪里。太阳占据的位置，并不像人这样不偏不倚。登上开阔原野里的一座孤山，我们会觉得自己站在一面巨型盾牌的鼓凸中心，眼中的景物似乎由近向远渐次升高，一直伸向地平线，也就是盾牌的边缘，村舍、尖塔、森林和山峦一层叠一层，最终没入远处的天空。从我们碰巧身处的林间湖泊看去，地平线上最遥远的山峦似乎是直接从湖岸耸起，但要是从那座山的山顶往这边看，不要说看不见这个湖，连那千百个离山更近面积更大的湖也看不见。

透过这清澈的空气，农夫的作品，还有他耕耘收获的身影，在我们眼中显出一种他自己从未见识的美。我们何其幸运，既没有在这片河滨拥有哪怕一寸土地，又没有放弃我们尽揽整片风景的权利。人若是懂得攫取这世界的真正财富，必定会成为这世上最穷的人。富人真是穷乏！富人所有，皆其所购，而我所见，尽归我有。我可是梅里迈克河谷的大地主哩。

> 人们掘地三尺，却无法耗损我的财富，
>
> 他们至今未能，僭取我分毫库藏，
>
> 至今未能把兵舰派到印度，
>
> 去抢掠我的东方家当。

无论寒来暑往，永远都能从自己的思想中找到快乐，这样的人便可称身家富厚，便可尽享财富结出的硕果。买个农场！我手里能有什么农场主肯要的东西，拿什么去买农场？

  重践少年游踪之时，我欣喜地发现，大自然是如此地强韧耐久。眼前的风景确然真实，确然牢固，确然诚挚，仿佛是我从未踏足的崭新之地。康科德河边有一片名为"柯南塔姆"[①]的宜人土地，我一直对它念念不忘，那里有古旧的废弃农舍，有伴着森然峭壁的荒凉牧场，有疏朗开阔的树林，有近在咫尺的河水，有树林与河水之间的葱绿草地，还有长满苔藓的野苹果园，全都是些使人思绪万千却不得要领的所在。我不光能记起那里的景致，如

  [①] 从梭罗日记中的相关记述来看，"柯南塔姆"（Conantum）得名于拥有这片土地的康科德农夫艾伯尼泽·柯南特（Ebenezer Conant, 1778?—1868）。

同记起一个天启的异象，兴发之时还可以亲身前往，再次欣赏它一如昨日的风姿，欣赏它神秘莫测却毫无矫饰的悦目凄凉。感怀世事迁流之时，我喜欢探访那些我无比熟悉的岩石，坐在上面细看覆满岩石的斑斑苔痕，体会它们不可动摇的恒常不变。在永远斑白的岩石之上，我尚未斑白，在永远青春的绿树之下，我不再青春。哪怕是时光流逝的过程，本身也蕴含着某种补救，时光可以借此恢复元气。

如我们先前所说，这是个寒凉多风的日子，抵达佩尼楚克溪的时候，我们不得不裹紧斗篷坐在船里，任由风和水携着我们一路前行。我们在微波荡漾的水面飞速跃进，掠过许许多多的田畴，以及无数道篱笆的端头，这些篱笆将无数座农场分隔开来，但我们几乎不曾想到被篱笆隔开的种种生活。我们时而经过排成长长行列的赤杨，或者是丛生的松树橡树，时而经过某户人家，家中的妇孺站在门外注视我们，直到我们倏然驶出他们的视野，驶出他们最长途周六远足的范围。我们悠然滑过纳舒亚河口，不久又滑过鲑鱼溪口，风不止便前行不止。

  鲑鱼溪，
  佩尼楚克溪，
  萦回在我脑海的甘泉，
  何时我才能故地重游，
  或是将钓线鱼钩，
  再次投进你们的波澜？

> 银色的河鳗[1]，
>
> 柳编的鱼篮，
>
> 还有点水的蜻蜓，
>
> 款款飞过，
>
> 这些依然使我心动的诱惑，
>
> 能否一如曾经？

飞掠的云影，在树林和草地上相互追逐，它们的变幻无定，与我们的心绪若合符节。尽管云朵在天空里升到了前所未有的高度，我们还是能分辨出来，哪一片影子属于哪一朵云。然而，当影子掠过心灵的风景，投下影子的物体又在何方？我们若是足够聪明，多半就能够辨别，我们的每一个较比快乐的时刻，究竟是哪一种美德的恩赐。毋庸置疑，快乐时刻是我们在以往某时挣得的东西，原因是天堂的礼物，从不会平白送来。我们的生命不断磨损，不断衰朽，化作肥沃的土壤，支撑我们将来的成长。我们今天育成的林木，终将变成新鲜的腐殖土，它将会决定我们的次生林木属何品系，是橡树还是松树。每个人都会投下影子，不光是身体有投影，未能与光明完美融合的灵魂也有投影。这便是人的悲哀之处。不管人转向哪边，影子始终落在背对太阳的方向，正午短，傍晚长。难道你从未见过你的影子？不过，从太阳的方向看过来，人影的底部虽然最是宽阔，但也不会比人体的不透明部分更宽。神光普照，几乎可以笼盖我们的全身，通过光线的折

---

[1] 可参看"星期一"当中关于"银鳗"的注释。

射,或者是通过我们自身发出的某种光芒,又或是依照某些人的说法,通过保持我们自身一尘不染、清澈透明,我们就可以照亮自己的阴暗一面。无论如何,即便是我们最黑暗的悲哀,依然泛着亏蚀月亮的青铜色泽。邪恶如同黑暗,绝不会无法驱散,只要你用上更为强大的光源。从光源的方向看过来,影子都会呈现金字塔的形状,底座绝不会大于投影之物的底座,而光明是由无数金字塔构成的球体,所有的金字塔都以太阳本身为顶点,太阳系由此盈满无处不在的辉光。然而,倘若我们的光源仅仅是一支小之又小的细细蜡烛,大多数物体都会投下比自身还大的影子。

我们曾在上溯途中停留或歇宿的那些地方,在我们眼里已经有了一星半点的历史意义,因为我们疾速下行的这段路途,抵消的是逆水而上时许多个日子的航程。我们中的一个若是登岸散步,舒活舒活腿脚,很快就会跟同伴越拉越远,不得不利用河道弯折带给自己的优势,急匆匆跨过溪涧与沟堑,把落下的距离找补回来。河岸和远处的草地,如今已笼上一层庄重深沉的色调,原因是九月的空气,扫去了它们的夏日威风。

> 何谓生命?不过是骄矜的夏日草地,
> 身着的盛装,它今天穿的是翠绿绒衣,
> 待到明日,便成为干草一堆。[①]

---

① 引文出自夸尔斯《象征诗集》第三卷第十三首。

空气确实是诗人们笔下的"精细元素"[1]。在赭黄色的牧场和草地衬托之下,空气似乎剔除了夏日的杂质,纹理显得空前地精细,空前地鲜明。

我们驶出新罕布什尔地界,来到提恩斯博罗的马蹄湾,这里有一道巍峨规整的第二堤岸,我们便急急忙忙爬了上去,为的是近距离看看秋天的花朵,看看紫菀、一枝黄花、欧蓍和蓝卷花(*Trichostema dichotoma*),看看各种不起眼的路边小花,看看依然绽放的野兔铃和弗吉尼亚鹿草(*Rhexia virginica*)。[2] 最后一种植物在草地边缘成片生长,开出一朵朵鲜亮的粉花,明艳得简直跟四周的景色不搭调,好似一条粉色的丝带,无端端系在了女清教徒的帽子上。紫菀和一枝黄花,则是大自然在这个时节的标准服饰,后者独力诠释了秋天的全部丰稔,将醇美的光辉洒遍田野,仿佛那渐渐衰颓的夏日太阳,提前把自己的色彩赠给了它。节令的夏至过后不久,便是花儿的夏至,到这时,这么说吧,金色光芒的微粒,也就是太阳的尘埃,已经像种子一样散落大地,生发繁花如许。每一片山坡,每一道山谷,全都挤满了不计其数的紫菀、

---

[1] 英国诗人约翰·济慈(John Keats,1795—1821)和布莱恩·普罗克特(Bryan Procter,1787—1874)都曾在诗中把空气称为"精细元素"(fine element)。

[2] "紫菀"原文为"aster",是菊科紫菀属各种植物的通称;"一枝黄花"原文为"golden-rod",是菊科一枝黄花属(*Solidago*)各种植物的通称;欧蓍见前文注释;"蓝卷花"原文为"blue-curls",是唇形科毛雄蕊属各种植物的通称,根据梭罗列出的拉丁学名,这里指的是原产北美东部的分叉毛雄蕊;野兔铃和弗吉尼亚鹿草亦见前文注释。

金鸡菊、菊蒿①和一枝黄花,以及黄花家族的所有成员,它们像虔诚的婆罗门一样,从早到晚不停转向,坚定地追随着它们的光源。②有一位康科德诗人,曾经如是吟咏:

  我看见一枝黄花明艳照眼,
  像黎明时洒落的太阳雨点,
  它偷来太阳神的璀璨光线,
  用黄光编织出金色的羽冕。

  紫菀为我挥洒紫色的光芒,
  将无数星星画在堤岸之上,
  染成白色的欧蓍朵朵绽放,
  像漂浮在海面的点点月光。

  我看见翠绿树林准备停当,
  即将再次脱去它们的衣衫,
  远处的棵棵榆树点染穹苍,
  轻轻挂出它们的明黄画片。
  …… ……
  睡莲不再画出奶白的圈环,

---

① "金鸡菊"原文为"coreopsis",是菊科金鸡菊属植物的通称;菊蒿见前文注释。

② 在"星期一"当中,梭罗曾提及婆罗门"盯着太阳看"的苦行方式,可参看。

洋洋自得地在水波中摇曳，
簇簇蓝蓟①也不再迎风招展，
一门心思模仿天空的颜色。
……………

秋天啊，我们两个的花环，
是用同样的斑驳色彩染成，
因为我得享最富丽的云天，
我梦幻般的友伴纷纷凋零。

我们的天空布满瑰幻光焰，
寒风却在绿树碧草中啜泣，
今天固然明媚，它的后面，
却潜藏着堕入严冬的时日。

我们形貌至美，寒彻心间，
我们如此急促地走向衰朽，
但繁星闪耀在我们的夜晚，
仍将赢得它们的晴朗白昼。②

开得更晚的各种花朵，与我们一起等待冬日的来临，另有一

---

① 蓝蓟（blue-weed）为紫草科蓝蓟属草本植物，开鲜亮的蓝花，学名 *Echium vulgare*。
② 引文出自钱宁诗作《秋》（"Autumn"）。

番迷人的风致。迟至十月末和十一月才开花的金缕梅[1]，模样带点儿女巫的妖气，因为它不规则的花枝和花瓣弯弯拐拐，又像是复仇女神的头发[2]，又像是小小的长条旗幡。它开在这个其他灌木花凋叶落的时节，同样是不合规则，看起来像是女巫施术的结果。它当然不会开在人类的花园里，既然它生长的山坡之上，有着一整片仙家苑囿。

按照有些人的看法，如今的海风已经不再像早期航海家形容的那样，向水手吹送原始天然的陆地清香，许多气味芬芳的原生植物，许多的香草和药草，曾经为我们熏裹空气，使之变得有益健康，如今都已经断送于牛啃猪拱，时下流行的许多疾疫由此登场。这些人还说，人们为了满足自己的欲望，长期以极不自然、极无节制的耕作方式凌虐大地，把大地变成猪圈和温床，并且贪图利润，竭力加快大自然正常腐解的过程。

此时我们滑过提恩斯博罗一位已故居民的农场，根据他的记录，一七八五年十月，这条河发了一场史上鲜见的大洪水，他还在自家屋后的一棵苹果树上钉了根钉子，标出了当时的最高水位。他的一个后人带我去看了看这个标记，照我的估计，标记的位置至少比目前的河面高了十七八尺。按照巴贝尔[3]的说法，一八一

---

[1] 金缕梅（witch-hazel）指原产北美大陆东北部的金缕梅科金缕梅属落叶灌木北美金缕梅，学名 *Hamamelis virginiana*，英文名的字面意思是"女巫榛树"。

[2] 古希腊神话中的复仇女神往往被描绘为蛇发女子。

[3] 巴贝尔见前文注释。

年,河水暴涨,布拉德福德①的水位比平常的高水位高了二十一尺。洛厄尔至纳舒亚的铁路②动工之前,工程师曾经询问沿岸居民,据他们所知,河水究竟能涨多高。工程师来到我所说的这户人家,人们把他领到了苹果树下,钉子当时已经看不见了,女主人就把手放到树干上的一个地方,说她从童年时代就记得,钉子是在这个位置。与此同时,她老伴把胳膊伸进中空的树干,摸到了扎在里面的钉子尖端,钉尖正好对着女主人的手掌。现如今,标记当时水位的东西不再是一根钉子,换成了树皮上的一道清晰刻痕。不过,由于其他居民都不记得河水曾涨到这样的高度,工程师便对这家人的说法置之不理,而我听说铁路筑成之后,洪水曾经使比斯基特溪③的河面升到离铁轨不到九寸的高度,要是来一场一七八五年那样的洪水,铁轨就会淹没在两尺深的水里。

不管是在这条河的河岸,还是在幼发拉底河或尼罗河的河岸,大自然的变迁都会为我们讲述一些同样精彩的故事,揭示一些同样有趣的事实。上文中的苹果树长在离河水只有几杆的地方,人称"以利沙的苹果树",得名于一个与白人为友的印第安人。这个印第安人生活在老早以前,曾经为乔纳森·提恩④效力,后来,

---

① 布拉德福德(Bradford)为马萨诸塞州城镇,1897年并入黑弗里尔。
② 这条铁路于1838年开通。
③ 据马萨诸塞议会1836年拟订的《关于组建纳舒亚和洛厄尔铁路公司的提案》("An Act to Establish the Nashua and Lowell Rail-road Corporation")所说,洛厄尔至纳舒亚的铁路会从比斯基特溪(Biscuit Brook)的河口经过。
④ 乔纳森·提恩见"星期日"当中的相关记述及注释。

在某一场印第安战争当中,他和另一个人一同在此地被杀,死在自己的族人手里。就在他被杀的地点,我们听人讲了他被杀的详细情形。他的坟墓就在这附近,谁也不知道确切的位置,但在一七八五年的大洪水期间,重逾千钧的河水压到他的坟墓上方,曾被挖松的泥土陷了下去,洪水退去之后,地面出现一个形状大小跟墓穴一模一样的凹坑,指明了他的埋骨之所。不过,这一处遗迹现已消失,未来的任何洪水也无法探明它的下落,然而毫无疑问,如果有这个必要的话,大自然必定能想出一些更洞烛幽微、更出人意表的方法,在适当的时候指出它的所在。由此可见,意义重大的关键节点不光是灵魂不再启迪和扩展肉身的时刻,这个时刻的标志是教堂墓地的一座新坟,还包括肉身不再在大自然当中占据此类空间的时刻,这个时刻的标志是泥土里的一个凹痕,不像坟头那么显眼。

就在此地,在威卡萨克岛北端往上游一点儿的地方,在河西岸的水边,在红色山月桂的光滑叶片之间,我们坐下来稍事歇息,遥望在对岸装载黏土的几艘方头驳船,俯瞰上文中那位农夫的田地,他曾经盛情款待我们住了一晚。他家的农场着实喜人,不光长着大量的野生滨李,也就是 *Prunus littoralis*,还长着栽培的加拿大李、上等的波特苹果和一些桃子,[①] 以及大片大片的香瓜和西瓜,

---

① 滨李见前文注释;加拿大李(Canada plum)为原产北美大陆东北部的蔷薇科李属灌木或小乔木,学名 *Prunus nigra*;波特苹果(Porter apple)是原产马萨诸塞的一种苹果,因发现者塞缪尔·波特(Samuel Porter)而得名,一度在美国广为引种。

后两样是他种来供应洛厄尔市场的。"以利沙的苹果树"也会结出地道土产的果实，备受他一家人的珍视。他颇为得意地向我们展示过他种的血桃①，跟其他的品种相比，这种桃树的树皮颜色和枝杈排布更接近于橡树，不容易被果实或积雪压断。它长得比较慢，枝条强韧粗糙。他的农场里还有一个培育本地苹果树的苗圃，树苗密密麻麻地栽在坡地上，不需要什么照料，长个五六年就拿去卖给邻近的农夫。看到桃子挂在枝上，哪怕只是孤零零的一只，仍然足以使人感受伊甸园一般的丰饶与奢华。这样的景象，甚至会让我们想起瓦罗②笔下的一座古罗马农场："向监察官申诉的时候，市政官恺撒·弗皮斯克斯说，罗西亚的土地是意大利的苗圃（原文作'sumen'，意为'美味点心'），把一根竿子留在地里，第二天就找不见了，因为那里的草长得实在太快。"③这里的土壤兴许算不上特别肥沃，但我们觉得，同样长的时间之后，很可能会有同样的轶事在世间传扬，赞美提恩斯博罗的这座农场。

驶过威卡萨克岛的时候，我们看见岛上溪流中有艘游船，船

---

① 文中的"血桃"（blood peach）指的是一种个头较大、果肉紫红的桃子，可能就是我国常见的红心桃子。

② 瓦罗（Marcus Terentius Varro，前116—前27）为古罗马学者及作家，著述繁多，存世作品包括《农业三书》（*Rerum rusticarum libri III*）。

③ 引文原文是梭罗对瓦罗《农业三书》第一卷对应文字的英译，括号里的文字是梭罗自己加的，旨在说明他为何把拉丁原文中的"sumen"一词译为"苗圃"。引文中的"市政官恺撒·弗皮斯克斯"（Cæsar Vopiscus Ædilicius）应指古罗马官员恺撒·斯特雷博·弗皮斯克斯（Caesar Strabo Vopiscus，前130?—前87），此人曾于公元前90年担任罗马市政官。

上坐着一对青年男女，此景使我们心中欢喜，因为它足可说明，这一带终归有那么一些人，对我们这次旅行并非全无所闻。此前我们曾遇见一个驳船船夫，向他打听威卡萨克岛的情况，他说这个岛的所有权尚存争议，并且认定我们拥有这个岛的某些权益，尽管我们信誓旦旦地告诉他，他说的这些我们闻所未闻，跟着又千方百计地跟他解释，我们为什么来看这个岛，可他一个字儿也不相信，反而郑重其事地开出一百元的价码，要把我们手里的权益买下来。我们在航程中遇见的其他小船，全都是人们捞取浮木的工具。一些较比贫穷的沿河居民，需要燃料的时候，便只能靠这种方法来收集。在离这个岛不远的地方，我们看见了岸上一些农舍的屋顶，由于我们的给养已然耗尽，我们中的一个便下船登岸，去那些农舍觅取食品，另一个则坐在停泊岸边的船里，独自沉思。

纵使大地之上无有新事，旅人总可以向天空寻觅新景，因为它不停地翻开新页，供人们尽情观览。风儿在这张蓝色的底板上排字，勤学好问者总是能从中读到新的真理。天空里有一些东西，是用无比精微奥妙的墨水写成，颜色比柠檬汁还要浅淡，以至于昼间看来了无痕迹，只有夜晚的神术才能使之显形。一个人在星光最灿烂的时分看见的天启异象有多亮，他心灵里的白昼天空就有多亮。

世上的大洲与半球，很快就能走遍，心灵的四面八方，却总是伸展着一片未经探索的无垠地域，一直伸展到落日之外，我们筑不成去那里的通衢大道，踩不出去那里的惯熟小径，因为滋生的蔓草，会即刻遮没任何道路，因为我们去那里的时候，主要是靠我们的羽翼。

有时候，我们朦朦胧胧看见一些物体，看见它们像帕伦克[①]和金字塔一般，屹立在各自的永恒位置，于是我们暗自好奇，到底是谁建造了它们，为的又是什么目的。倘若我们看见了事物的本原，肤浅表面的东西哪还能继续存在？离开了能够洞察并散播大地奥秘的深邃玄思，大地及其一切奥秘还能有什么意义？我坐在这里，倾听拍岸的涛声，我对于往昔的责任，由此皆得免除，万国的议会也不妨另起炉灶，重新来一次投票表决，因为一粒石子的碰击声响，便足以推翻它先前的决议。直到如今，我偶尔还会在梦里记起当时的涛声。

> 每当我在枕上反侧辗转，
> 我时常会听见波涛拍岸，
> 清晰得像是在灿烂正午，
> 我正从纳舒亚随流浮泛。

风正帆满，我们飞速滑过提恩斯博罗和切姆斯福德，两个人都是一只手拿着我们买来庆祝返航的美食，也就是半块酸溜溜的农家苹果馅饼，另一只手拿着馅饼的包装，也就是一张报纸残页，嘴巴和眼睛同时开动，狼吞虎咽地享受这两样东西，了解我们启航以来发生的新鲜事情。河道在此处展开，前方是一个又宽又直的长长河段，我们乘着轻快的和风，兴高采烈地腾跃前行，脸上是一副天不怕地不怕的得意神情，我们的小船在河面留下尾迹，

[①] 帕伦克（Palenque）为玛雅古城，遗址在墨西哥南部。

好似嘴里叼着一根白色的骨头,速度飞快,惊得路遇的驳船船夫目瞪口呆。地平线上的风像洪水一般滚过山谷与平原,树木无不为之折腰,山峦却像学童一般,转脸对着风来的方向。船帆猎猎,河水滔滔,树木摇摆,疾风乱吹,全都是浩浩荡荡、洋洋洒洒的运动。北风欣然套上我们给它准备的轭具,好心地拖着我们一路前行。有时我们像头顶的流云一样,走得又缓慢又平稳,看着两边的河岸渐渐退去,看着我们的船帆鼓荡不停,船帆搏动的节律,与我们自己的生命无比相像,如此微弱,又如此充满生机,开足马力之时是如此无声无息,最无效用之时又如此焦躁喧哗,只见它时而躬身俯首,领受和风的慷慨吹送,时而簌簌飘摆,像人一样举棋不定。它是张刻度表,标示着远方大气的冷暖变化,与它嬉戏的和风居然在户外游荡了这么长的时间,使得我们不无好奇。就这样,我们扬帆驶向我们的家乡,在梅里迈克河的田野上犁出一道长长的垄沟,虽然说飞不起来,感觉也仅次于此,虽然已张开双翼,脚跟却从未离开这水汪汪的壕堑。就这样,我们优雅地向着家乡犁耕,合力为我们拉犁的是两头生龙活虎、甘心情愿的牲口,也就是风和水,前者仍然是一头野性未脱的小公牛,跟它那个较比沉静的伙伴套在一起。这已经十分接近于飞行,就像是野鸭扇着翅膀在水面冲刺,搅得浪花四处飞溅,马上就要腾空而起。要是我们被拉向河滩,哪怕只冲上去几尺的距离,不知道会跟河滩黏得多牢多紧!

河流在米德尔塞克斯村上游一点儿的地方拐了个大弯,东流三十五里入海,到达大转弯处之后,我们终于失去了这股顺风的帮助,尽管我们使出浑身解数,完成了一段操作得当的长时间抢风航行,借风力驶到了离运河船闸很近的地方。正午时分,我们那位爱好高等数学的老友为我们开闸放行。[①]看到我们从船闸无数的航程中安然返回,他似乎很是高兴,但我们并未停下来推敲他的任何问题,尽管他日有缘,我们会十分乐意与他切磋,以这种方式打发一整个秋天,其间绝不问及他信仰如何。他脑子里珍藏着与双手劳作无关的高尚思想,在户外碰见一个这样的人,实在是罕有的奇遇。我们每一个人,都应该在奔波忙碌的背后保留一份不受搅扰的宁定与勤勉,好比环绕珊瑚岛的暗礁,圈起的永远是静水一片,水中的沉淀过程持续不断,终将把暗礁托出水面。

能欣赏赤裸绝对的科学真理之美,这样的眼光世所罕有,比钟情于道德之美的眼光少见得多。很少有人能看出科学蕴含的道德,或者是道德蕴含的科学。亚里士多德把艺术定义为 Λόγος τοῦ ἔργου ἄνευ ὕλης,亦即"脱离木材的木工原理"[②],大多数人却希望原理与木材兼得,要求真理有血有肉,涂抹着生活的温暖色彩。他们偏爱一知半解的论述,因为它最符合他们的需要,可以让他们和他们的商品显得最有分量。然而,科学依然无处不在,至不济也扮演着度量衡检验员的角色。

---

① 关于这位"老友",可参看"星期日"当中的相关记述。
② 希腊文引文出自亚里士多德的《论动物的结构》(*On the Parts of Animals*)第一卷。"脱离木材的木工原理"原文是"The principle of the work without the wood",是梭罗对希腊文引文的直译。由英国古典学者威廉·奥格尔(William Ogle, 1827—1912)的《论动物的结构》英译本可知,希腊文引文还可解为"先于作品物质形态的作品构想"。

我们经常听人谈论数学的诗意，但从很大程度上说，数学的诗意至今未得称赏。对于数学的诗性价值，古人的认识比我们公允。要以最为明晰优美的方式陈述任何真理，最终都必须采用数学的形式。我们完全可以把道德哲学法则和算术法则同时简化到极致，以至于两者可以用同一个公式来表达。所有的道德律都可以转译为自然哲学定律，转译也轻而易举，因为一般说来，我们不需要做什么别的，只需要让那些承载道德律的词语恢复原初的意义，或者是只取它们的字面意义，舍弃它们的比喻意义。所谓道德，本来就是一种超自然哲学。如今所称的道德真理或伦理真理，在黄金时代无不以抽象科学的形式存在。或者我们不妨换个说法，自然法则便是最纯粹的道德。知识之树，同时也是知善恶树。[1] 治学时心里没有共鸣，只知钻研学问不知培养品行，绝不能算是真正的科学家。满足于发现一些区区巧合，或是一些无足轻重的片面法则，不过是儿童心理。几何学若不能应用于比星系更为宏大的领域，便只是一种琐碎无聊的思维练习。数学不仅应该与物理学混合，还应该与伦理学混合，这样才算是混合数学[2]。最让我们感兴趣的自然事实，其实是自然学家的生平，最纯粹的科学，依然莫过于传记学。倘若科学与科学信徒的道德生活截然隔

---

[1] 据《旧约·创世记》所载，亚当夏娃在伊甸园中偷吃的禁果便来自知善恶树（the tree of knowledge of good and evil）。

[2] 据美国学者加里·布朗（Gary Brown）的文章《"混合数学"一词的演变》（"The Evolution of the Term 'Mixed Mathematics'"，1991）所说，"混合数学"（mixed mathematics）一词至迟可追溯到弗朗西斯·培根的著作，在十八世纪颇为流行，从十九世纪开始逐渐衰微，最终被"应用数学"（applied mathematics）一词取代。

绝，科学信徒崇奉科学之外的教义，做礼拜也不去科学殿堂，那么，什么也不能给科学带来尊严和地位。古代哲学家的信仰，无不与他的学问体系完全一致，或者换句话说，与他的宇宙观完全一致。

朋友们如此煞费苦心地向我传达事实，此举可谓大错特错。他们的陪伴，甚至是他们的夸夸其谈与信口开河，对我来说同样是可靠的事实。进一步说，除了要利用事实的时候以外，我对事实并没有丝毫敬意，何况我在很大程度上并不依赖听来的东西，也不怕自己的引述与之不符，或者换句话说，不怕用更鲜明切近、更不容忽视的事实取而代之。

诗人利用科学和哲学的成果，对它们最普适的推论进行归纳。

发现的过程十分简单，只需将已知法则孜孜不倦、有条不紊地应用于大自然，便可使未知法则自动显形。几乎任何一种观察模式，最终都能够取得成功，因为方法是最不可或缺的要素。选好一个固定的对象，围绕它进行观察就行了。单凭一把一尺长的尺子，便可以揭示多少崭新的关系，又有多少事物，还没有经过尺子的量度！只靠一根铅垂线、一具水平仪、一个测量罗盘、一支温度计或一只气压表，人类便已经取得，并将继续取得，何等奇妙的发现！但凡有一座瞭望台和一架望远镜，我们只管相信，随便哪双眼睛都能够脱胎换骨，立刻看见新的世界。要我说，本国甚或当代最优秀的科学人才，要么是在为工艺而非纯科学服务，要么就在各个专业领域从事一丝不苟却相当次要的工作。他们并没有对核心事实展开坚持不懈的系统性研究。一旦有了什么发现，所有观察者的注意力便立刻为之转移，结果是一个发现引出一大堆类似的发现，就跟这些观察者并没有各自的本职工作，之前都是在偷懒混日子似的。我们缺少在充足理论指导和规范之下的恒久精密观察。

话又说回来,最大的问题还是缺少天才。我们的科学著作,一方面是准确性有所提高,一方面又面临危险,有可能丧失领会真正的自然法则所需的朝气、活力与热情,这几样正是古人理论的显著优点,尽管他们的理论往往有失准确。一些老一辈的自然学家,谈论自然造化的时候,言语之间有一种淡淡的自豪和满足,一种遒劲乃至夸诞的风格,使得我很是着迷,虽然说他们的长处在于欣赏事实,而不是鉴别事实。哪怕是在已被推翻的时候,他们的论断依然不无价值。这些论断即便不是事实,至少也是在为大自然本身出谋划策。格斯纳说,"希腊人有个成语叫'酣眠野兔'($Λαγος\ καθευδον$),喻指伪君子或冒牌货,因为野兔睡觉时仍能看见东西,因为野兔是大自然的一件奇妙而珍罕的作品,眼睛时刻保持警醒,即便它身体的其余部分都已经安然歇息。"[①]

人类的观察力是如此地警醒不寐,新事实又在如此迅速地为人类经验的总和添砖加瓦,以至于理论家似乎始终跟不上进度,注定是永远得不出完善的结论。另一方面,洞见法则的能力在古往今来都是同样罕见,只在很小程度上取决于观察结果的数量。野蛮人的感官,同样能使他掌握足够多的事实,由此成为一位哲

[①] "格斯纳"即康拉德·格斯纳(Conrad Gessner,1516—1565),瑞士医生及博物学家。此处引文出自英格兰作家爱德华·托普瑟(Edward Topsell,1572?—1625)的《四足野兽及蛇类史》(*The History of Four-footed Beasts and Serpents*),托普瑟在副标题中称此书"辑自康拉德·格斯纳等人的著作"。

人。直到今天，古人依然能以权威的身份教诲我们，哪怕谈论的主题是地质学和化学，尽管我们以为，这些学科都是现代才有的东西。几个世纪以来，人们大谈特谈科学的进步，然而依我之见，我们确实为后人积累了有用的科研成果，但从严格意义上说，我们并没有为后人积累知识，原因在于，知识只能从相应的体验当中获得。如果只是听别人讲过，怎么能算真正地知道？每个人都只能立足于自身体验，借此解读他人的体验。我们从书中读到，牛顿发现了引力法则，然而，听说过他这个著名发现的人当中，有几个真正悟到了他悟到的真理？兴许是一个也没有。他当时领受的启示，并未被任何后人领受的启示所取代。

> 我们看见星球下坠，
> 如是而已。

有一篇关于詹姆斯·克拉克·罗斯爵士《南极探索之旅》的书评[1]，其中一段文字向我们表明，壮美事物可以对一群人造成多么强烈的集体震撼，同时又为我们提供了一个佳例，足证壮美到荒诞只有一步之遥。文章先是叙写了探险队发现南极大陆的情景，

---

[1] 詹姆斯·克拉克·罗斯爵士（Sir James Clark Ross，1800—1862）为英国海军军官及探险家，南极洲的罗斯海（Ross Sea）因他而得名。"南极探索之旅"指罗斯撰著的《南方及南极地区探索与研究之旅》（*A Voyage of Discovery and Research in the Southern and Antarctic Regions*, 1847），梭罗提及的这篇书评则是作者未具名的《罗斯爵士的〈南极探索之旅〉》（"Sir J. C. Ross' Antarctic Voyage of Discovery"），刊载于1848年的苏格兰杂志《北不列颠评论》（*North British Review*）。

写他们在一个天气晴朗美好、阳光照耀冰原的时刻，隔着上百里的冰原第一次看见南极大陆，看见那些高达七八千到一万二千乃至一万四千尺的巍峨山岳，身披亘古不化的冰雪，散发着遗世独立、高不可攀的赫赫辉光，写他们发现这块大陆只有岛屿可容人类踏足，岛上却"没有一丝一毫的植被痕迹"①，只不过有几个地方能看见耸出冰层的岩石，使观者确信这些岛屿以土地为内核，并不是什么冰山。在此之后，这位实事求是的英国书评作者秉笔直书，如是写道："一月二十二日下午，探险队抵达南纬七十四度二十分，下午七点，他们以事实为基础（基础！他们哪来什么基础？），断定自己已经到达更高的纬度，超越了那位勇于冒险的水手，也就是已故的詹姆斯·威德尔船长②，由此超越了所有的前人。有鉴于此，探险队额外奖赏了船员们一杯酒，以此犒劳他们的坚韧。"③

我们这些后世水手，千万别为我们的牛顿和我们的居维叶④自鸣得意。我们能配得上的奖赏，也只是额外的一杯酒而已。

这里的风径直横穿两岸的树林，我们想尽办法，还是没能说

---

① 引文出自《罗斯爵士的〈南极探索之旅〉》。

② 詹姆斯·威德尔（James Weddell, 1787—1834）为英国航海家，于1823年2月到达南纬七十四度十五分，南极洲的威德尔海（Weddell Sea）因他而得名。

③ 引文出自《罗斯爵士的〈南极探索之旅〉》，括号里的文字是梭罗加的。引文中的"基础"原文是"ground"，这个英文词语兼有"依据"和"土地"二义。

④ 居维叶（Georges Cuvier, 1769—1832）为法国博物学家及动物学家，有"古生物学之父"之称。

动它改变方向，顺着运河的长长过道往前吹，于是便只好故技重施，用绳子拖曳我们的小船。进入康科德河之后，风不顺水也不顺，我们不得不再一次认认真真荡桨划船，好在此时的天气不再阴冷，我们感受到了夏日午后的融融暖意。这样的天气变化催发我们的遐想逸兴，使得努力划桨的我们更深地沉入梦幻世界，在想象之中随光阴的流水漂向下游，一如先前在梅里迈克河中顺流而下。我们的思绪漂向另外一些诗人，相较于我们今晨怀想的诗人，这些诗人生活在一个更为温和的时代。跟梅里迈克和纳舒亚相比，切姆斯福德和比尔瑞卡仿佛是古老的英格兰城镇，仿佛是一代又一代的草野诗人，栖居吟咏之地。

奥西安那些肃杀苍凉的诗篇[①]，跟乔叟的作品，乃至莎士比亚和弥尔顿的作品，尤其是德莱顿、蒲柏和格雷[②]的作品，形成了何等鲜明的对比。正如先前的希腊和拉丁诗歌，我们的英文诗歌似乎也是夏日迟暮，行将入秋，满载着季节的硕果密叶，涂染着明艳的金秋色彩，但在不久之后，冬天就会扫尽它千簇万簇的斑驳秋叶，只留下孤零零几根强韧枝丫，继续在原地傲雪凌霜，在岁月的劲风里吱呀作响。看到文明时代的文学，我们没法不产生

---

① 以下十五段文字（从"奥西安那些肃杀苍凉的诗篇"到"向后世的人们诉说"）原本发表在1844年1月的《日晷》杂志上，是梭罗《荷马、奥西安、乔叟》一文中论述乔叟的部分。本书字句与《日晷》版本略有不同。

② 德莱顿（John Dryden, 1631—1700）为英格兰诗人及剧作家，为英国历史上第一位钦定的"桂冠诗人"；蒲柏（Alexander Pope, 1688—1744）为英格兰诗人，尤以讽刺诗闻名；格雷即托马斯·格雷，见前文注释。

一种印象，那便是缪斯女神的飞行高度，已经有一点儿下降。今时今日，我们首先听到的就是诗歌的各个时代和各种风格，田园诗，抒情诗，叙事诗，说教诗，如此等等，但那些符文①碑碣记录的诗歌，全部都只有一种风格，全部都属于所有的时代。如今的吟游诗人，几乎丧尽了职业的尊严与光环。以前他被尊为未卜先知的千里眼，如今的人们却认为，所有的人眼光等齐，所见略同。他不再有吟游诗人的狂野奔放，只能怀想种种英雄壮举，尽管那曾经是他随时可以完成的事情。古昔时代，厮杀正酣的大军也不可能认不出吟游诗人，不可能舍弃他的陪伴。他的歌谣，总会在战斗的间隙响起。那时的吟游诗人，绝不会遭到同时代人的冷落。到了现在，英雄和吟游诗人却成了两种不同的行当。②等我们迎来甜美可人的英文诗歌，狂风暴雨早已一扫而空，再也见不到电闪雷鸣。诗人业已走进室内，把深林和峭壁换成了壁炉，把盖尔人③的茅舍和石圈排成的巨石阵换成了英格兰人的华屋。门口再没有随时准备引吭高歌或放手一搏的英雄，只有一个居家度日的英格兰人，成天修习他的诗歌艺术。在所有的诗篇当中，我们到处看见惬意的炉火，到处听见柴禾燃烧的噼啪声音。

尽管乔叟拥有博大的襟怀，尽管他的诗歌带给我们许多社会的温情和家庭的慰藉，但我们品味他的时候还是得多多少少收窄

---

① 符文（runes）是古代北欧日耳曼民族在引入拉丁字母之前所使用的一类字母文字。

② 可参看前文中的"就连既是英雄又是吟游诗人的奥西安本人……"

③ 盖尔人（Gaels）是生活在欧洲西北部操盖尔语的古代民族，为爱尔兰人及苏格兰人先祖。

视野，仿佛他在风景中占据的空间不够宽广，并不像奥西安那样漫山盈谷。但我们从后辈的角度审视这位英文诗歌之父，敬意便油然而生，原因是在他诞生之前，历史经历了一个万马齐喑抑或混乱不堪的漫长时期，他不曾得到任何纯净旋律的启迪。如果我们掠过时代更早的欧陆诗人，继而穿过奥西安时代的茫茫雾霭，驶向英文诗歌的迷人群岛，乔叟将会是我们此行遇见的第一个名字，足可令我们久久流连。实在说来，他叙写的文化和社会虽然与希腊迥然相异，但从许多方面来看，他依然堪称英文诗坛的荷马。在所有的英文诗人当中，他兴许是最有朝气的一位。我们回溯他，如同回溯最纯净的水源，回溯那个离迷乱生活的嚣杂通衢最为遥远的泉眼。相较于时代较晚的诗人，他是如此地自然，如此地欢快，我们简直可以把他看作春天的化身。他的缪斯，甚至能让认真的读者目睹他生活的年月，让这位读者在掩卷之际油然觉得，他的年月与黄金时代息息相关。他的作品依然是青春与生命之诗，而不是思索之诗，虽然说自始至终带有显而易见的说教意味，却还没把太阳与天光放逐到诗行之外。只不过缪斯的至高曲调，大多洋溢着壮美的哀伤，不会像大自然的颂歌一样自由奔放。太阳从早到晚用光辉表达的那份欣悦，从未在诗中得到体现。缪斯只懂得自我开解，因此便仅仅是稍感慰藉，谈不上心醉神迷。我们的诗歌，通通附带着隐含的灾殃和悲剧的成分，没什么云雀和晨露的清新，多的是夜莺和暮色的苍凉。幸好，相较于那些更喜欢说教的晚近诗人，荷马和乔叟的作品更富于年轻人的纯真明朗。《伊利亚特》不是安息日的经文，而是清晨的读物，人们之所以依恋这首古老的歌谣，是因为他们的生活里终归有一些未受洗礼、未有拘束的时刻，使他们意犹未尽，向往更多。对于天真无邪者来说，世上没有什么基路伯①，也没有什么天使。在一些难逢难遇的时刻，我们超越美德的条条框框，升入永无变改的晨光，由此便只须率性生活，呼吸像琼浆一样甘美的空气。《伊利亚特》不包含任何信条或成见，带给读者一种自由自在、无牵无挂的罕有感受，仿佛脚踏在故园的土地，仿佛生长在家乡的土壤。

乔叟拥有特出的文人与学者气质。他身处的时代空前动荡，根本找不到清静安闲。他的四周，是一片金戈铁马之声。哈利敦山战役和内维尔十字战役②，以及更可铭记的克雷西战役和波瓦蒂埃战役③，全都发生在我们这位诗人的青年时代，但他并未对这些事情太过留意，更关注的是威克里夫④及其改革。他始终认为，自己负有一个特殊的使命，那便是安坐书斋，与书本对话。文人阶层的出现，也有他的一份功劳。他是英文的奠基者之一，单是从这个角度来看，他的作品便可谓意义非凡，连他那些诗意阙如的文字也不例外。他跟华兹华斯一样质朴，偏爱他朴实无华却活力

---

① 按照基督教的说法，基路伯（cherub）是等级第二高的天使。据《旧约·创世记》所载，上帝把亚当夏娃逐出伊甸园之后，安排了一些基路伯来把守伊甸园的东面。

② 哈利敦山战役（battle of Hallidon Hill）和内维尔十字战役（battle of Neville's Cross）是第二次苏格兰独立战争（1332—1357）期间的两场战役，均以英格兰取胜告终。

③ 克雷西战役（battle of Cressy）和波瓦蒂埃战役（battle of Poictiers）是英法百年战争（1337—1453）期间的两场战役，均以英格兰取胜告终。

④ 威克里夫（John Wickliffe，1320?—1384）为英格兰哲学家及宗教改革家，是新教的重要先驱。

四射的撒克逊母语,尽管在他生活的年代,这种语言遭到宫廷的冷落,尚未跻身于文学的大雅之堂。正因如此,他对祖国的贡献不亚于但丁对意大利的贡献。既然希腊文切合希腊人的需要,阿拉伯文切合阿拉伯人,希伯来文切合犹太人,拉丁文也切合拉丁人,英文便理当切合他的需要,因为所有这些语言都可以用来传授真理,"都可以提供正确的阐释,就好像不同的道路,可以为不同的人群提供同样正确的指引,帮助他们走到罗马"。[①] 他在《爱神的证言》当中写道:"既然如此,不妨让那些专职的文书去写拉丁文,因为他们有这样的学问,有这样的本领,不妨让法国人使用他们自个儿的法文,去撰写他们的古怪辞章,因为这适合他们的唇吻,我们却要用从母亲嘴里学来的字词,去叙写我们的奇思妙想。"[②]

撒克逊人和乔叟的前辈,留下的只是一片片荒瘠的诗歌草场,如果我们取道这些草场,自然而然地走近乔叟,便最能领略他的好处。另一方面,有了贫乏的往昔作为对比,乔叟显得如此地充满人性,如此地通达睿智,以至于十之八九,我们还是会对他产生误判。现存的撒克逊诗歌,最古老的英格兰诗歌,以及与乔叟同时代的苏格兰诗歌,全都散发着衰落时代的奄奄气息,很少能让读者想起青春的粗犷与活力。这些东西大多只是译作或仿作,偶尔才有一丝诗意的色彩,往往像传说一样虚假夸张,却没有传说包含的那种堪为补救的新奇想象,我们从中看不到古风与时尚

[①] 引文出自乔叟的天文星象学论文《论星盘》("A Treatise on the Astrolabe")。
[②] 引文出自《爱神的证言》(Testament of Love) 序章。如今的学者认为,《爱神的证言》是与乔叟同时代的英格兰作家托马斯·阿斯克(Thomas Usk, ?—1388)的作品。

498

的自然共鸣,看不到这样的共鸣使古风恢复生机,获得人性,再一次充满洋洋喜气。乔叟却至今鲜活,至今充满现代气息,他那些真正的佳作,至今一尘不染。他的文字流光溢彩,足可提醒我们,英格兰曾经有花儿开放,有鸟儿欢唱,有心儿怦怦跳动。在读者的认真审视之下,时光的锈迹与苔痕次第剥落,原初的青葱生命渐渐显现。于是我们恍然大悟,他是个拖家带口的凡夫俗子,呼吸跟现代人一模一样。

什么智慧也不能取代人性,而我们在乔叟那里找到了这样东西。到得此时,我们终于可以借他的宽广胸怀伸展肢体,觉得自己与他似曾相识。乔叟配得上英格兰公民的身份,同时代的彼特拉克和薄伽丘①生活在意大利,退尔和帖木儿②分居瑞士和亚洲,布鲁斯③生活在苏格兰,威克里夫、高尔、爱德华三世、根特的约翰和黑王子④则是乔叟的同时代同胞,所有这些人,个个都拥有如

---

① 彼特拉克(Francesco Petrarca, 1304—1374)和薄伽丘(Giovanni Boccaccio, 1313—1375)都是意大利大诗人,与但丁并称为文艺复兴"文坛三杰"。

② 退尔即威廉·退尔(William Tell),为瑞士传奇中的英雄及神射手,据说生活在十四世纪;帖木儿(Tamberlane, 1336?—1405)为蒙古征服者,帖木儿帝国的开创者。

③ 布鲁斯即以勇武善战著称的苏格兰王罗伯特一世(Robert I, Robert the Bruce, 1274—1329)。

④ 威克里夫和高尔见前文注释;爱德华三世(Edward III, 1312—1377)为1327至1377年在位的英格兰王,武功卓著;根特的约翰(John of Gaunt, 1340—1399)是英格兰王子及军政领袖,爱德华三世之子,也是乔叟的密友和连襟,因出生在比利时城镇根特而得名;黑王子(Edward of Woodstock, the Black Prince, 1330—1376)是爱德华三世的长子,战功显赫,"黑王子"的名号据说得自他的黑色盾牌或盔甲。

雷贯耳的响亮名字。罗杰·培根①的盛名从前一个世纪延续到了乔叟的时代,但丁的声望也依然像在世之时一样显赫。总体说来,乔叟留给我们的是这样一种印象,亦即他这个人比他的声名伟大,并且与荷马和莎士比亚多有相似,因为他若是与后面两人并肩而行,依然可以昂首挺胸。他是早期英文诗人的房东地主,拥有房东地主的相应权威。继他而起的各位早期诗人,提到他的时候总是满怀深情,把他与荷马和维吉尔相提并论,这是个应予考虑的事实,有助于我们正确评判他的品格与分量。苏格兰的詹姆斯王和邓巴②说起他的时候,言语中包含的热爱与崇敬,多于任何一位现代作家对上世纪前辈的评论。同样的孺慕之情,如今已不复得见。阅读乔叟的作品,我们大多数的时候绝无微词,因为他从不自吹自擂,总是为读者代言,他付出无比的赤诚与信赖,使我们不得不衷心爱戴。他向读者交心,毫无保留地与读者交头接耳,读者也投桃报李,对他寄予极大的信任,坚信他不打诳语,满心溺爱地阅读他写的故事,权当它是小孩子的絮絮叨叨,读过之后又往往发现,他的遣词造句比圣贤还要明晰,还要俭省。他从来不会铁石心肠,

因为首先得有心里的思绪,

---

① 罗杰·培根(Roger Bacon, 1219?—1292?)为英格兰修士及哲学家,实验科学的先驱之一。
② 詹姆斯王即1406至1437年在位的苏格兰王詹姆斯一世(James I, 1394—1437);邓巴即苏格兰诗人威廉·邓巴(William Dunbar, 1459/60—1530)。

然后才有脱口而出的言辞。①

除此而外，就他所处的时代而言，他选择的主题全都是无比新鲜的事物，所以他用不着标新立异，平铺直叙就行。

我们赞赏乔叟，还因为他那种生气蓬勃的英式机智。在《坎特伯雷故事》的总引里，他以居高临下的轻松口吻侃侃而谈，仿佛与聚集在他周围的任何人不相上下，②这样的笔调十分可喜，不逊于这部诗作当中的任何佳句。然而，这部诗集虽然饱含智慧与人性，终归算不上超凡脱俗之作。说到穷形尽相地刻画人物，它兴许可以在英文诗坛独领风骚，只可惜它以幽默为本，最高明的诗才绝不如此。幽默再怎么博大亲切，视野终归比热情狭窄。他把他那个时代全部的惯常机智和世故，掺进了他自己那种更高明的智慧，他的作品处处昭示着他对世界的深刻认识，他对人物的敏锐洞察，以及他难能可贵的明智与练达。他的才思没有像弥尔顿那样高飞远扬，却格外质朴可亲，充溢着深厚的温情和体贴，却没有英雄气概。他为我们展现的只是一幅更接近全貌的人性画卷，没落下人性的一切弱点。他没有罗利的豪情万丈，没有赫伯特的虔诚信仰，③也没有莎士比亚的理趣哲思，但他是英格兰缪斯的孩子，他的出身决定了他成年的面貌。他诗歌的魅力往往只包

---

① 引文出自长诗《爱神的宫廷》(*The Court of Love*)。如今的学者大多认为这首诗并不是乔叟的手笔，而是佚名作者的仿作。
② 《坎特伯雷故事》总引的主要内容是第一人称的叙事者逐个品评他路遇的一群身份各异的朝圣香客。
③ 罗利即沃尔特·罗利，赫伯特即乔治·赫伯特，均见前文注释。

含几个要素，那便是极度的自然，十足的诚挚，以及像孩子不像成人的叙事风格。

温柔体贴的特质，在他的诗中俯拾即是。最朴实最谦卑的词句，自然而然地涌到他的嘴边。无论是什么人，只要读到了"修女甲的故事"，懂得了作者为何写下这个故事，故事中的孩子又为何唱诵"救主的慈仁圣母啊"，① 或是读到了"律师的故事"，读到康斯坦丝带着她的孩子去海上漂泊的情景，② 便不可能感受不到作者的未凿天真和细腻深情。我们无须理会当时习俗的可悲局限，只管欣赏他本质上的纯洁无瑕，这样的理解绝不会有所偏差。朴素的哀悯和女性的温柔是乔叟的专利，华兹华斯只是偶或接近这种境界，从不曾真正企及。我们禁不住想说，乔叟虽然身为男性，拥有的却是女性的才情。话又说回来，这样的女性气质虽可赢得女性的赞赏，但却绝少出现在女性身上，兴许它纯粹是男性身上的女性一面，根本不可能在女性身上找见。

对于大自然，乔叟怀有一种纯净诚挚、天真烂漫的爱，在其他诗人那里，我们几乎看不到同样的爱。

谈论他的上帝之时，乔叟的口吻虽然狎不拘礼，却又饱含纯

---

① "修女甲的故事"（*The Prioress's Tale*，修女甲是一位女修院住持）是《坎特伯雷故事》当中的一个故事，大致是讲一个敬拜圣母玛利亚的七岁男孩，不幸被犹太人杀害，但玛利亚在男孩嘴里放了一粒谷子，因此他仍能继续唱诵《救主的慈仁圣母啊》（*Alma Redemptoris Mater*）这首圣歌。

② "律师的故事"（*The Man of Law's Tale*）是《坎特伯雷故事》当中的一个故事，大致情节是罗马公主康斯坦丝（Constance）虔信基督，在异教地区屡遭劫难，最终迎来了美满的结局。

朴的敬意,足证他信仰格外虔诚,情感格外深挚。上帝浮现在他的心间,仿佛和风吹到他的耳边,其间没有丝毫虚伪的礼敬,也没有任何夸张的表演。倘若大自然是我们的母亲,上帝便是我们的父亲。莎士比亚和弥尔顿的作品当中没有这么多的爱,也没有这么多简单实际的信任。用我们的英语表达对上帝的爱,这样的例子何其稀少。不用说,再没有什么情感像对上帝的爱一样珍罕。几乎只有赫伯特一个人表达过这种情感,"噢,我亲爱的上帝啊!"[1] 我们的乔叟也中规中矩地使用过类似的语句,每当他看见美人美物,便为他那位上帝的"神妙手笔"感到自豪。他甚至把狄多[2] 推荐给上帝做新娘,

> 假如那创造天空大地的上帝,
> 果真会堕入爱河,为美貌与德行,
> 为女子的温柔、端庄与坚贞。[3]

不过,为了让我们的赞美有理有据,我们还是得拿乔叟的作品本身来说话,比如说《坎特伯雷故事》的总引,关于高贵品性

---

[1] 引文出自乔治·赫伯特的诗歌《磨难》("Affliction")。
[2] 狄多(Dido)是西方传说中的奇女子,北非古城迦太基的建立者和第一位君王。
[3] 引文出自乔叟的长诗《烈女传奇》(*The Legend of Good Women*)。这首诗歌颂了包括狄多在内的十位烈女。

的那段文字①,《花与叶》②、格丽西达、维吉尼亚、阿里阿德涅和布兰奇公爵夫人③的故事,以及大量相对逊色的作品。世上有许多品味更高、格律更精的诗人,他们懂得如何遮掩自己的贫乏无聊,但这样的消极才华留不住我们,我们还是会满怀热爱,回到乔叟的身边。世上有那么一些性情,本身鄙陋粗糙,生得偏偏倒倒,但它们对于完美的要求,却比那些文雅匀称的性情还要高。就连小丑也有品味,提出的种种标准比艺术家遵从的标准更高也更纯粹,虽然说小丑自己并不遵从。纵使我们不得不漫步穿越乔叟作品中为数众多的乏味篇章,好歹也会欣慰地发现,这样的乏味并不是人为的产物,很容易就可以跟现实生活里的众多篇章联系起来。我们都会承认,我们通常喜欢把糖果攒成一堆,把乐趣积聚一处,但是可想而知,诗人说话就应该始终像个旅人,领着我们穿过各式各样的景色,从一个峰头走向又一个峰头,更何况归根结底,高妙的思想也许得在它原生的环境中欣赏,这样才更加赏心悦目。命运女神把它安排到特定的环境当中,肯定有她的道理。大自然四处播撒她的坚果和花朵,从不会把它们堆在一起。这里

---

① 在《坎特伯雷故事》"巴斯主妇的故事"(The Wife of Bath's Tale)当中,女主角以大段言论讲述了高贵品性与高贵出身无关的道理。

② 《花与叶》(The Floure and the Leafe)是十五世纪一位佚名作者的英文寓言诗。直至十九世纪末,人们一直以为这首诗是乔叟的早期代表作。

③ 格丽西达(Griselda)和维吉尼亚(Virginia)分别是《坎特伯雷故事》"学者的故事"(The Clerk's Tale)和"医生的故事"(The Physician's Tale)当中的人物;阿里阿德涅(Ariadne)是《烈女传奇》当中的人物;布兰奇公爵夫人(Blanche the Dutchesse)是乔叟长诗《公爵夫人之书》(The Book of the Duchess)当中的人物。

是花儿生长的土壤，此刻是花儿开放的时辰，既然太阳和风雨都到这里来护花催放，我们难道不该来这里采吗？

一首真正的诗歌，主要的优点不在于某个恰到好处的表达，或是它传递的任何思想，而在于它渲染的氛围。大多数诗歌只具备轮廓之美，引人注目之处仅仅如同陌生人的体貌仪态，真正的诗篇却会像烟雾一样飘向我们，好似至诚友爱的呼吸，用它的灵气与芳馨，将我们团团包围。我们的许多诗歌拥有再好不过的样式，可惜的是没有个性。它们不过是一种格外准确、格外强韧的语言表达，仿佛作者并没有饮下一杯醉人美酒，而是服用了一帖糖浆药膏。它们有的是雕塑般的清晰轮廓，记录的是某个已往的时辰。激情驱使之下，所有人都能把话说得这么清楚，只不过驱动创作的怒火，并不一定来自天庭。[①]

所谓的诗人可分两类，一类培育生命，另一类培育艺术，一类觅食是看营养，另一类是看味道，一类消除人们的饥饿，另一类满足人们的味蕾。伟大珍罕的文字也有两类，一类是天才文字，或者说神来之笔，另一类产生于灵感中断之时，是才智和品味的结晶。前者永远正确，凌驾一切批评，并且为批评制定准则。它永远生机勃发，脉搏鲜活。它超凡入圣，阅读时须得满怀崇敬，如同研习大自然的作品。长时间保持这种风格的例子，可说是少之又少；说不定，每个人都曾说出这种风格的片言只语，只不过

[①] 这句话比较费解，也许与爱尔兰诗人温特沃斯·迪伦（Wentworth Dillon，1633?—1685）提出的"怀怒写作，冷静修改"原则有关。梭罗曾在给友人的信中说，"我发现，遵照'怀怒写作，冷静修改'的原则，我只能发表我百分之一的文字。"

疏于记录。这种风格使我们脱离与作者之间的个人关系,我们不会把他的字句挂在嘴边,只会把他的情思刻在心里。它是汩汩涌出的灵感之流,时而流到这里,时而流到那里,时而流淌在这个人身上,时而又在那个人身上流淌。它顾自涌流,不在意人们透过哪一些冰晶看见了它,时而只是清泉一泓,时而又是奔流地下的大洋河①。它时而化作阿尔甫斯河,流淌在莎士比亚身上,时而化作阿瑞苏斯泉,流淌在彭斯身上,②性质却始终如一。另一类文字则冷静克制,富于智慧。它崇敬天才,渴望灵感,始终保持着最大及最小程度的清醒自觉,体现着作者对自身才能最完美的驾驭。它安然绵亘,沉静得好似一片沙漠,其中的一切事物,全都像黄沙尽头的绿洲或棕榈一样清晰。思维的列车以均匀适度的步调缓缓行进,宛如沙漠中的驼队。然而,作者的文笔仅仅是拿在手里的工具,并不是手臂本身的延伸,因此便缺少蓬勃的生机,还会给它所有的作品罩上一层薄薄的清漆,或者是一层淡淡的釉彩。歌德的作品,便是这一类文字的显例。

迄今为止,世上还不曾有过公允冷静的批评。我们从未以永恒之美为参照,简单地衡量任何作品,与此相反,我们的思想跟

---

① 如前文注释所说,大洋河是古希腊神话中环绕世界的河流。据《伊利亚特》所说,大洋河又是一条在深处流动的大河,是日出日入的地方。

② 彭斯(Robert Burns,1759—1796)为苏格兰诗人,苏格兰文学的代表人物;阿尔甫斯河(Alpheus)和阿瑞苏斯泉(Arethuse)都是古希腊神话中的事物,可以理解为灵感来源。根据关于阿尔甫斯和阿瑞苏斯的其中一种传说,阿尔甫斯是个猎手,爱慕林仙阿瑞苏斯。为了逃避阿尔甫斯的追逐,阿瑞苏斯化作一眼清泉,阿尔甫斯随即化作一条河,两者的水流最终交融。

我们的身体一样，总是得穿上最时兴的服装。我们的品味太过精致，太过挑剔，只知道对诗人的作品说"不"，从不会对诗人的希望说"好"。这样的品味诱导诗人粉饰自身的缺陷，而不是借由成长摆脱缺陷，如同树木脱去树皮。我们这帮人生活在明晃晃的光线之下，住在用珠母和陶瓷建造的房子里，只喝淡味的甜酒，牙齿连一丁点儿天然的酸味都受不了。如果事先征求过我们的意见，大地的脊柱就会由布里斯托尔晶石①构成，不会是花岗岩的材质。现代的作家若是生在一个较比粗野的时代，必然会死在襁褓之中。然而，诗人不应该像北欧的流浪歌者那样，仅仅是"语言的打磨者和润饰者"②，他应该成为文学领域的辛辛纳图斯③，绝不能枯守世界的西端④。他应该仿效普照万物的太阳，一视同仁地选择叙写的对象，以博大的襟怀同时接纳星球与麦茬，把它们织进自己的诗行。

---

① 布里斯托尔（Bristol）为英格兰西南部港口城市。据英国作家约翰·埃文斯（John Evans, ?—1832）的《布里斯托尔一览》（*The Picture of Bristol*）所说，布里斯托尔晶石（Bristol spar）是布里斯托尔出产的一种颜色浅淡、透明或半透明、有光泽、易于切割的石头。

② 引文出自托马斯·珀西《英格兰古诗遗珍》（参见前文注释）附录的文章《论英格兰的古代流浪歌者》（"An Essay on the Ancient Minstrels in England"），文章作者是托马斯·珀西本人。

③ 辛辛纳图斯见前文注释，从梭罗日记中的相关文字来看，这句话的意思是要求诗人像辛辛纳图斯一样，"号召所有人去捍卫（比喻意义的）国家的最高荣誉"。

④ 根据梭罗日记中的相关文字，"世界的西端"指代的是"经过修饰和驯化的大自然"。由此看来，他用的可能是古希腊神话中赫斯帕里德斯的典故（参见前文关于"亚特兰泰兹"的注释），赫斯帕里德斯的园圃（可理解为经过驯化的大自然）据说位于极西之地，并且是乐土的象征。

在这些古老的书籍当中，粉饰墙面的灰泥早已经剥落无存，我们从中读到的，全都是刻在花岗岩上的东西。它们的长处不在于雕饰的光润精细，而在于体量的粗犷恢宏。石工只会细细打磨壁炉的装饰，任由金字塔保持草草加工的粗糙面貌。粗糙的面貌，比如说花岗岩的天然外观，包蕴着一种直入人心的庄严，抛光的表面却只能吸引人们的眼球。真正的润饰来自时间，以及人们对物品的使用把玩。风吹日晒，至今还在为金字塔增光添彩。艺术也许能涂金敷粉，但它的能力仅限于此。天才之作一开始都是草草勾勒，因为它静待时光的流逝，因为它拥有一种根深蒂固的精雅，一种由材料决定的完美品质，碎片粉屑落尽之时，这样的品质依旧鲜明。它的美同时也是它的刚强，破碎时光华最盛。①

伟大的诗歌不光得有伟大的实质，还得有伟大的印记。读者很容易一头扎进最肤浅的当代诗歌，把当前时日的全部生机与期许寄托其中，好比朝圣者走进神庙，沉醉于礼拜者们最微弱的歌声，伟大的诗歌却必须凭借它宏伟壮丽的尺度，穿越当下的沙漠，穿越沙漠最外围的断壁残垣，向后世的人们诉说。

但在此时此地，在康科德河的水流之上，在我们神游期间躯壳所处的地方，超越一切风格和一切时代的大自然，正带着沉思默想的神情，创作她秋日的诗章，人类的任何作品，也不能与之

---

① 从"艺术也许能涂金敷粉"开始的几句话源自梭罗 1841 年 8 月 28 日的日记，日记中还有一句："它就像钻石一样，只能用切割的方法来打磨，每个切面都是一扇窗，透出它内在的光辉。"

一较短长。

夏天我们栖居户外，满心都是跃跃欲试的冲动和企盼，通常要等到日静夜长的秋季和冬季，思绪才能够有所沉淀。这时我们才意识到，在沙沙作响的落叶、成堆成垛的庄稼和一簇簇光秃秃的葡萄藤蔓后面，绵亘着一片从未有人栖居、适合崭新生活的原野，意识到就算是眼前的大地，也不属于世上的男男女女，而是为一些更神秘、更高贵的居民准备的家园。在十月暮天的缤纷霞彩之中，我们可以看见通往其他广厦的门径，那些广厦不是我们的居所，从地理意义上说并不遥远：

> 火红山丘背后有个地方，
> 繁星的微光从那里闪现，
> 那地方在一切地方之外，
> 从不曾容留邪恶与杂念。①

有时候，终有一死的凡人觉得大自然就在自己心里，觉得是母亲而不是父亲在自己心里苏醒，于是借母亲的不朽获得永生。有时候，大自然要求我们认祖归宗，从她脉管里渗出的滴滴血液，悄悄升入我们的脉管。

> 我是急匆匆的秋日太阳，
> 想跑在秋日疾风的前方；

---

① 引文出自吉艾尔兹·弗莱彻的《基督在天堂大地、殉道前后的胜利》（参见前文注释）。

我的榛林何时花开满树,

棚架下的葡萄何时成熟?

收获之月,抑或猎手之月,①

何时把正午带到我的午夜?

我从里到外枯黄焦干,

从外壳一直熟到心田,

橡子在我林中纷纷坠地,

冬天在我心里静待时机,

凋残树叶发出瑟瑟声响,

是我的伤悲在不停歌唱。

面对一名蹩脚的诗人,缪斯用散文这样说道:

月亮不再反射日光,登上了绝对主宰的宝座,农夫和猎手无不承认,她是他们的主子。紫菀和一枝黄花缤纷满路,长生草②永不凋枯。收割后的田野失去傲人的珍宝,但却凭内在的繁茂保持着自己的荣耀。蓟草将绒毛③洒在湖面,黄叶裹住葡

---

① 西方传统中的"收获之月"(harvest moon)通常指时间离秋分最近(在秋分前后均可)的那个满月,"猎手之月"(hunter's moon)则指"收获之月"之后的第一个满月。

② "长生草"原文为"life-everlasting",据《牛津英语词典》及《CRC 世界药用及有毒植物词典》所说,这个词指的是菊科香青属多年生草本植物珠光香青(*Anaphalis margaritacea*, 亦作 *Antennaria margaritacea*)。

③ 蓟草(thistle)是菊科多种植物的通称,尤指蓟属(*Cirsium*)植物,这类植物的细小种子往往带有丝状绒毛,与蒲公英的种子相似。

萄的藤蔓，再没有任何事物，来搅扰人类的诚笃生活。但在麦捆之后和草皮之下，还藏着一枚无人采收的成熟果实，藏着岁月的真正收获。岁月永远将这枚果实挂在枝头，年复一年地浇灌它，培育它，而人类永远无法斩断，承托这甘美果实的茎干。①

东方也好，西方也罢，所有地方的人都还没有过上自然的生活，生活的四周还没有攀缘缭绕的葡萄藤蔓，上方也没有欣然投下阴凉的榆树。世界之美至今不让人类一睹真颜，因为人类的触碰会将它亵渎。生活在大地之上，人不仅应该皈依灵性，还应该皈依自然。谁能设想，皈依者会得到何种天国屋檐的庇佑，领受何种季节的祝福，以何种工作荣耀自己的生命！唯有康复之人，才能揭开大自然的面纱。他不朽的生命，将会把不朽传递给他的居所。他的呼吸会化作阵阵清风，他的心绪会促成季节推移，他会将自身的宁谧，注入大自然本身。只可惜我们所知的人，全都像他四周的景物一样转瞬即逝，并不渴望永恒的生命。等到我们走下山来，踏进在山顶看见的遥远村镇，那些较为高贵的往昔居民早已离去，只剩下害虫横行在荒凉的街衢。英雄嘴里的那些豪言壮语，不过是诗人的想象而已。诗人尽可以凭空编造，说加图②的遗言是：

---

① 这段引文源自梭罗1844年9月3日的日记，在日记里是诗歌的格式，字词与引文有微小差异。

② 这里的"加图"指以正直著称的古罗马政治家及演说家小加图（Cato Minor，前95—前46），他因不愿接受恺撒的统治而自杀。

> 我已知悉这大地，这天空，这海洋，
> 知悉它们的和平与战争，带来的欢乐和恐怖，
> 如今我将目睹众神的国度，目睹星辰无数。①

但这些话语并不代表普通人的思想，也不代表普通人的命运。如果天国的光景并不超出他们的企盼，这样的天国又有什么值得企盼？他们是否做好了准备，以便迎接一个超乎他们此时想象的天国？人若是死在剧院里，死在戏台上，哪还能指望什么天国？我们的天国，要么在此时此地，要么就无处寻觅。

> 我们虽可看见，在大地上方运行的天体，
> 但我们耕耘的是大地，热爱的也是大地。②

我们想象不出超出自身体验的美好事物。"青春的记忆只是一声叹息。"③成年之后的我们久久流连，想诉说儿时的梦想，但在我们学会说话之前，儿时的梦想便已经半数遗忘。我们不光得是天空之子，还得是大地之子，也就是 γηγενεῖς，像古代传说中的泰坦巨人

---

① 引文出自英格兰剧作家、学者及诗人乔治·查普曼（George Chapman, 1559?—1634）的悲剧《恺撒与庞贝》（*Caesar and Pompey*）第五幕第一场，是加图在自杀之前说的话。

② 引文出自约翰·多恩的诗歌《挽歌第十九首》（"Elegy XIX"）。

③ 引文是西蒙·奥克利在《撒拉逊人史》（参见前文注释）当中收录的"阿里名言"（*Sentences of Ali*）第十则。阿里（Ali, 601—661)）是穆罕默德的女婿，伊斯兰教的最后一位先知。

族那样，①甚至得比他们更名副其实。世上有那么一些英雄人物，给人的感觉是世界特为他们而设，造物的伟业在他们身上终得成功，他们的日常生活是我们编织梦想的材料，他们的风采增添了大自然本身的美丽和富饶。他们所到之处，

> *Largior hic campos æther et lumine vestit*
> *Purpureo: Solemque suum, sua sidera nôrunt.*
> 有更为富饶的天空，以紫光笼盖原野，
> 有他们专属的太阳，他们专属的星辰。②

我们喜欢听一些人说话，哪怕听不清他们的言语，因为他们的气息芬芳馥郁，他们的语声悦耳动听，好似树叶的窸窣或柴火的毕剥。他们深入人心。③穹苍也鼓励他们，仿佛穹苍之下从未有过他们这样的生灵，而他们凝望群星，以目光回应星光。他们的眼睛像流萤一样闪亮，他们的举动优雅自如，处处适得其所，宛如流过山谷的河川。面对这些浑朴纯净的性情，道德的高下，是非的分别，意义的有无，全都变成了琐碎无聊的问题。我仰望铺满天空的巨大云团，它们好似天国的城堞，或是带着黯黑的怒容，或

---

① "γηγενεῖς"是希腊文，意为"大地之子"。根据古希腊神话，泰坦巨人族（Titans）是大地女神盖亚（Gaia）和天空之神乌兰诺斯（Uranus）的子嗣。

② 引文原文是梭罗对两行拉丁引文的英译，拉丁引文出自维吉尔《埃涅阿斯纪》第六卷。

③ 这句话的原文较为费解。在梭罗的日记当中，这句话的上一句是："赢得他人的共鸣而非理解的人，声望增长最快。"

是闪着朦胧的柔光,又或镀着落日的金辉,相较于我鄙陋的劳作,这样的壮丽背景似乎是一种浪费,相较于如此拙劣的表演,这样的幕布实在是太过富丽堂皇。我根本不配做这样的郊区居民,不配栖居在这样的城边。

> 若不能直起脊梁超越自己,
> 人该是多么可怜的东西! ①

我们乐于凭借我们的音乐,短暂挣脱日常辛劳的束缚,去尝试一种更为美妙的交流。传回我们耳中之时,回声为我们的乐曲添彩增色,仿佛是友人在吟诵我们的诗歌。他们为何给果实涂染如此缤纷的色彩,灌注如此馥郁的芬芳,莫非是为了满足,一种高于动物的欲求?

> 我去问学者,学者给了我免费的忠告,
> 可他给我指点的道路,太过弯弯绕绕。②

这些事实也许意味着,我们的居所毗邻一个更纯净的国度,我们这里的香气和乐声,便是从那个王国悠悠飘来。风从邻近的乐土吹来种子,使我们这片土地的边界开满鲜花,这些鲜花,其实是

---

① 引文出自塞缪尔·丹尼尔(参见前文注释)的诗歌《致坎伯兰女伯爵玛格丽特夫人》("To the Lady Margaret, Countess of Cumberland")。

② 引文出自夸尔斯《象征诗集》(参见前文注释)第四卷第十一首。

众神的菜蔬。一些格外美丽的果实，和一些格外甜美的芳香，冉冉飘到我们身边，使我们蓦然省觉，另一个国度就在左近。那个国度还是埃可①的居所，是彩虹桥拱足所在的地方。

> 享用上等饮馔的上等种族，
> 终日在我们上方欢宴无度，
> 我们这些渺小凡人却只能，
> 捡拾他们桌上掉落的残羹。
> 他们歆享的是瓜果的香气，
> 我们吃的却是果肉和根须。
> 若我们站上奥林波斯之地，
> 那时刻该是何等不可思议！

我们无须祈求更多，尽可满足于纯净感官带来的天国，满足于纯净的感官生活。我们现有的感官只是雏形，远未达致它理当达致的状态。相对而言，我们都是聋子哑子瞎子，都没有嗅觉味觉触觉。每一个世代的人们，都有同一个发现，发现自己的神圣活力徒然挥霍，所有的感官和禀赋都是用非其所，腐化堕落。造物主给我们耳朵，并不是为了实现我们惯常设想的琐屑功能，是为了让我们聆听天体的声音。造物主给我们眼睛，也不是为了让它发挥现有的卑微效用，让它为此等效用白白耗损，是为了让我

---

① 埃可（Echo）是古希腊神话中的山林女仙，多言善说，后来受到天后赫拉的惩罚，只能重复别人的话，由此成为回声之神。

们看见现在还无法看见的美。难道我们永不能看见上帝?难道我们甘受这种生活的迷惑和哄骗,仿佛它只是一则寓言?人们普遍认为,大自然仅仅是某种事物的象征,可要是依照正确的解读,她岂不正是那种事物本身?常人仰望尚未遭受他太多亵渎的天空,会觉得它不像大地那么粗鄙,还会满心崇敬地说起"皇天",但先知先觉的智者,却会以同样的敬意说起"后土",说起他那位蕴含在大地中的父亲。"外在之物,岂不也是内在之物创造者的创造?"① 既然如此,教育的真谛若不是培育这些名为感官的神圣胚芽,还能是什么别的?教育岂不意味着个人和国家都应当宽待新生的一代,不要把他们领进诱惑之门,岂不意味着不要教他们眼睛斜视,不要让他们的耳朵灌满靡靡之音?然而,哪里才有这样的饱学之师?哪里才有这样的师范学校?

一位印度贤哲曾说:"正如为观众献舞的舞者,展示完舞姿便会停下,大自然向灵魂彰显自身之后,也会停止她的展示……以我之见,什么事物也不比大自然害羞,她一旦意识到自己露了行藏,便不会再让自身暴露在灵魂的注视之下。"②

在我们似乎无比谙熟的这片大陆上探索一个幽谷,比像哥伦布那样发现一片新大陆还要困难,因为我们看不见周围的大地,

---

① 这句话是反用《新约·路加福音》记载的耶稣训诫:"你们这些无知的人啊,内在之物,岂不也是外在之物创造者的创造?"

② 引文出自英国东方学者亨利·科尔布鲁克(Henry Colebrooke,1765—1837)等人译注的古印度经典《数论颂》(*Sankhya Karika*,1837)。《数论颂》英译本共七十二偈,梭罗引的是第五十九偈和第六十一偈。译文参考了英译者的评注。

指南针方向不定，人性又时时哗变，更何况还有层层累积的历史，像垃圾一样堆在大自然的入口。话又说回来，只需要一瞬间的清醒和明智，我们就能够明白，平常的大自然背后，还隐藏着另外一个大自然，在那个大自然里，我们至今只拥有一种暧昧不明的优先购买权，一片归属未定的西部保留地①。我们生活在那个地区的边缘，对它的了解仅限于一块块雕花的木头，一根根漂来的枝丫，以及一片片落日映照的暮天。流行的气候持续再久，我们也不要受它左右。我的朋友啊，不管是谁来充当说客，我们都不要上当受骗，以至于从此循规蹈矩，好挣来我们永恒粥饭里的盐。我们不妨再等一等，别急着买下这边的任何空地，心里要坚信不疑，更肥沃的河边洼地很快就会上市。我们眼下站立的土地，有的只是瘠薄的土壤，而我感觉自己的根，曾经扎在更肥沃的地方。我看见过一把紫罗兰，用一根麦秆松松地绑着，插在一只玻璃做的花瓶里，看到它的时候，我禁不住想到了我自己：

我是被一根偶然的链条，

捆成一束的几番徒然追求，

这些追求左摇右颤，

其间的联系松散不牢，

依我看，

---

① 西部保留地（western reserve）指北美一些开发较早的殖民地在尚未开发的西部地区预先占下的土地。举例来说，俄亥俄州东北部的一些区域曾经是康涅狄格殖民地的西部保留地。

只适合更温和的气候。
一束没有根的紫罗兰，
其间有酸模①混杂，
束起它们的麦秆无比纤细，
曾经与它们的幼苗交缠，
这便是，
维系我存在的律法。

光阴之神从那片乐土仙乡，
连同杂草和折断茎干，
匆匆采来的这束花，
如今已残败不成模样，
辜负他，
慨然赠予的时间。

我在此悄然绽放少顷，
饮尽我生命的浆汁，
我没有扎进土壤的根系，
来维持我枝叶常青，
我只是，
在空杯里伫立。

---

① 酸模（sorrel）为蓼科酸模属多年生草本植物，学名 *Rumex acetosa*，可食用，味酸。

些许嫩芽残留在我的茎干,
它们在假扮生机盎然,
可是,唉!这些孩子不会知道,
在时间使它们枯萎之前,
它们要,
承受怎样的熬煎。

但如今我懂得,我为何在本可存活的时节,
被采下来装进生命的玻璃花瓶,
懂得这一切并非无因之果,
是一只仁慈的手将我生生采撷,
带领我,
来到这陌生的异境。

我虽凋零此地,我疏枝之后的品系,
却会迅速恢复蓬勃的生机,
再过上一年的工夫,
如上帝所知,它将在更自由的空气里,
孕育出,
更美的花朵,更多的果实。

这世界像土星一样,拥有许多个圈环,我们如今的居所,则是离中心最远的一个。谁也不能胸有成竹地说,他跟他亲手采下的花朵栖居在同一个星球,或者是同一个时代。纵然他看似把花朵踩在了脚下,他和花朵之间却隔着不可思议的辽远时空,他把花朵踩坏的悲剧,或许根本不可能发生。植物学家懂个什么?我们的生命,应当深入苔藓和树皮之间的罅隙。手也许可以借助眼睛看见东西,心灵却不能。我们依然是尚未出生的胎儿,只能模模糊糊地看见海洋陆地和日月星辰,要想看个清清楚楚,至少还得再等九天①。旅行家和地理学家竭力探寻特洛伊古城的遗址,实在是一种可悲的尝试。它离他们设想的地方远着呢。一件事物若然衰颓消逝,它当初占据的处所不知道得有多难辨认!

现代天文学带来的点滴奇闻,对我的影响不亚于真理赐予人类的隐约启示,这样的启示,人类每隔一段时间,确切说是每隔无限岁月,才能领到一个。我们的苍穹之中,有一个被我们称作金星的隐约光点,古人认为,大多数的今人也依然认为,它是一个明亮的火花,附着在一个绕着我们地球转的空心球上面,但我们业已发现,它自身就是另一个世界。遥想当年,哥白尼经过漫长坚韧的推理演绎,在望远镜发明之前便满怀信心地预言,如果人们能把金星看得更加清楚,就会发现它跟我们的月球一样,也有位相的变化,而在他死后不到百年,伽利略便利用自己发明的望远镜,证实了他的预言。每当我想到金星的这段历史,我心里就会涌起一点儿希望,觉得哪怕是在此时此地,我们依然有可能获得一些准确的信息,略窥那个人类的直觉早有预言的彼岸世界。

---

① 这里的"九天"也许暗指犹太教一年一度的埃波月九日斋期(The Nine Days of Av)。九日斋期在公历七八月间,意在纪念犹太民族历史上的苦难,在此期间教徒应实行斋戒、反省忏悔、思慕上帝。

事实上，我们名之为科学的一切成就，以及我们名之为诗歌的一切成就，全都是这类信息的微粒，它们业已达到准确的极限，虽然也只是刚刚触及真理的边缘。有一些所谓的物质客体和物质事件，无限超出我们自然视力所能企及的范围，以致我们的心智惮于相信自身的猜测，哪怕这些猜测业已得到观测结果的佐证，既然我们能对这样的事物作出如此准确的推断，又能为我们的推断提供如此精彩的证明，那我们的思维为何不能以同样深入的方式，探索那件以物质星系为可见表征的事物，探索那非物质的星系？毋庸置疑，我们不光具备足以洞察物质宇宙的外在感官，还具备另外一些感官，足以洞察真实事物的宇宙，根本事物的宇宙，永恒事物的宇宙。广博仙人、摩奴、琐罗亚斯德、苏格拉底、基督、莎士比亚，还有斯维登堡，① 这些人也是我们的天文学家。

我们的运行轨道之中，存在一些由外部天体造成的摄动②，天文学家至今未能探明导致摄动的那个未知世界，未能算出它的各种参数。我能够察觉到，我平常的思维是一个自然连续的序列，一个念头提示下一个念头，即便其间有所中断，原因也不过是我遭遇了某个新客体，感官有所触动。然而，思维中还有一种急剧突兀、无法用这些原因来解释的变动，这种变动是从一个相对偏狭的知见，亦即所谓的常识知见，转入一个无限延展、有如醍醐灌顶的知见，从看见与人们的描述相一致的事物，转为看见人们

---

① 广博仙人、摩奴、琐罗亚斯德及斯维登堡均见前文注释。
② 摄动（perturbation）为天文学术语，指一个大质量天体在复杂因素作用（即不只是单一大质量天体的引力作用）下产生的复杂运动。

无法描述的事物。这样的变动，暗示着一个超常感官的存在，这个感官能察知或领悟超乎寻常的事物，连绝顶聪明的智者也不能经常拥有。

天文学家在何等逼仄的围栏里浪荡！他的天空不过是沙洲一片，他的想象力则好比焦渴的旅人，巴望着穿越这漫漫黄沙。浪游的心灵，急不可耐地冲破天体轨道的桎梏，就像冲破宇宙角落的蛛网，顾自奔向那距离无法测度、已知科学法则瓦解失灵的地方。心灵知晓一种间距，所有的天文数字加在一起，也抵不上测度这种间距所需的区区一个计量单位——这种间距，便是表象和实质之间的距离。我知道宇宙当中有许多星星，也知道它们相当遥远、相当明亮、运行的轨道相当恒常——但所有的这些星星，到底有什么价值？它们不过是又一些西部荒原，或说是星空领地，兴许可以改造成一个又一个的蓄奴州，如果我们能在星星上殖民的话。我只对六尺的星星有兴趣，而且只有转瞬即逝的兴趣，然后我就要告别你们大家，告别我熟知的所有天体。①

所有的人，如果不傻的话，都知道立足于能够支撑自己的根基，一个人若是承受着比另一个人更大的向下引力，便不会冒险踏进另一个人安然行走的草地，宁可选择忍痛割爱，不去采收长在那里的蔓越橘。说不定，某个春天河水暴涨，会把蔓越橘冲到他伸手可及的地方，只不过那时的果子已经泡了水，而且遭了霜

---

① "六尺的星星"原文为"six feet of star"，应是由英文习语"six feet of dirt"（字面意思是"六尺的黄土"，实指坟墓）改造而来，实指活着的人。"天体"原文为"bodies"，兼有"天体"及"人们"二义。

冻。这样的干瘪果子，我在许多穷人的阁楼里看见过，岂止如此，许多的教堂储物柜和政府保险箱里也有这种物事，只需要加点儿水加点儿热，它们就会膨胀起来，恢复原先的大小和美貌，再撒上足够多的糖，便可以造福人类，充作此世大餐的酱料。

人们所说的常识，在它的适用领域之内，倒也不失为卓越的见解，好比谨遵号令的品德，对于必须依赖下级服从的陆军和海军来说，确实算得上无价之宝，然而，只对绝顶聪明者来说属于常识的非常之识，不知道比常识稀罕多少倍，也不知道比常识卓越多少倍。有些人立志在下级领域追求卓越，愿上帝保佑他们。富勒对大学校长的要求，用到哪里都合适，据他所说，"大学校长身上应该夹杂少许愚钝，这样才更适合管理俗务。"①

> 人若是缺少信仰，又为此痛苦悲伤，
> 便可以称得上，拥有真正的信仰，
> 人若是痛苦悲伤，恨自己的悲伤太过微小，
> 便拥有真正的悲伤，以及最高尚的宗教。②

又或者，人们可以从另一位诗人的诗句当中获得激励：

---

① 富勒即托马斯·富勒（参见前文注释），引文出自英国作家查尔斯·兰姆（Charles Lamb，1775—1834）《查尔斯·兰姆散体作品集》（*The Prose Works of Charles Lamb*）第一卷收录的"富勒作品选粹"（*Specimens from Fuller's Writings*）。

② 引文是载于夸尔斯宗教诗集《神圣冥思》（*Divine Fancies*）第三卷的短诗"论信仰"（"On Faith"）。

沙场的骁将菲多[1]，从他们身旁走过，
他母亲生他的时候，身子病病怏怏；
所以他孩提时多病多灾，身体虚弱，
总是用汪汪泪眼，迎接灿烂的阳光；
但是他年岁增长，越来越茁壮刚强，
终于成为勇武的骑士，剽悍的虎将，
总是驰骋疆场之上，总是盔明甲亮。
……………

他以非凡的膂力，把高山掷入大海；
拽住猛冲的太阳，迫使它回头折返；
自然听他号令，把自然的法则破坏；
天堂地狱的力量，都无法把他阻拦；
无数个时代之后，才会到来的事件，
他凭借神妙的先觉，现在就能实现；
他无视一切理性，以证明理性瞎眼。[2]

"昨日黎明，"哈菲兹曾说，"真神使我摆脱尘世的一切磨难；

---

[1] 诗中这个"菲多"实指"信仰"，因为这个名字的原文"Fido"在拉丁文中是"坚信"的意思。
[2] 引文出自英格兰诗人菲尼亚斯·弗莱彻（Phineas Fletcher, 1582—1650）长诗《紫岛，或曰人屿》(*The Purple Island, or the Isle of Man*) 第九章。这个弗莱彻是前文注释提及的吉艾尔兹·弗莱彻的兄长。

朦胧夜色之中，真神赐予我永生之水。"①

在道拉萨赫②撰写的萨迪生平当中，可以找到这样的一句话："萨迪师尊的无形灵魂之鹰，将肉身的尘埃从羽衣上抖落。"③

就这样，我们思绪万千地划向家乡，打算找点儿秋天的活计来干，借此推动季节的变迁。说不定，大自然甚至会纡尊降贵，不告自取，偷偷借用我们的劳力，比如说我们走路之时，往往就在帮她散播种子，因为我们的衣衫，会把刺果和麦仙翁④，从一片田地带到又一片田地。

> 这一刻的凡尘俗世，
> 承载的万物万事，
> 无不是元素和精气，
> 留下的子孙苗裔。
>
> 日日夜夜，年复一年，

---

① 哈菲兹（Hafiz，亦作 Hafez，1315—1390）为波斯大诗人，有"萨迪再世"之称。引文见于詹姆斯·罗斯为自己的《蔷薇园》英译本（参见前文注释）撰写的引言《萨迪师尊》（"Shaikh Sadi"），该文引用了哈菲兹的文字。

② 道拉萨赫（Dawlatsah，梭罗写为 Dowlat Shah，1438?—1507?）为波斯历史学家，著有包括大约一百五十位波斯诗人传记的《诗人纪念》（*Memorial of Poets*）。

③ 引文见于罗斯的《萨迪师尊》，该文引用了道拉萨赫撰写的萨迪传记。由该文可知，道拉萨赫这句话的实际意思是"萨迪去世"。

④ "麦仙翁"原文为"cockle"，应指石竹科麦仙翁属草本植物麦仙翁（Corncockle，*Agrostemma githago*），为欧美常见的田间杂草。

高高低低，近近远远，
都是我们自己的面目，
都是我们自己的悔悟。

你们这些远岸神灵啊，
你们亘古长存，
我看见你们的岬角，
耸出两岸，依稀杳渺；

我听见你们常新的土地，
传来甜美的薄暮声息；
别再用时间将我欺骗，
带我进入你们的乐园。

　　天色向晚，我们优哉游哉地划动船桨，上溯水流和缓的康科德河，两旁是我们曾经初次扎营的花香河岸，前方是越来越近的故乡田野。这时候，我们放眼西南方向的地平线，依稀看见了故园天空的色彩。太阳刚刚落到一座翁郁山丘的后面，日落的景象无比辉煌，仿佛是永远不会收场，收场也只会为了某种凡人无从知晓的因由，还会在光阴的卷轴上留下一笔色彩格外鲜亮的记载。山丘的影子正在悄悄地笼上河面，整个河谷却依然在柔和的光波里摇曳起伏，此时的光线比正午时更加纯净，更加使人难以忘怀，因为白昼便是以这样的方式道别辞行，哪怕是在杳无人烟的荒凉谷地。两只苍鹭（*Ardea herodias*）①在我们上方的高处赶路，细细的长腿好似天空里的浮雕，它们披着暮色一路前行，肯定不会在大地表面的任何沼地歇脚，倒有可能降落在我们大气层的另一边。它们那悄然高翔的身姿，无论是印在天空之上，还是刻在埃及象形文字之间，②都会是无数世代悉心探究的象征符号。它们向着北方的某一片草地，继续它们威仪十足、姿态恒定的飞翔，看上去跟画在纸上的鹳鸟一样，直至没入云端。密匝匝的成群黑鸟沿着河道飞向前方，似乎踏上了一段短距离的朝圣旅途，正在去瞻礼它们的某个圣所，或是去庆祝如此壮丽的日落。

> 既是如此，我的灵魂啊，你应当效仿，
> 那个被急迫黑夜关在途中的朝圣旅人，
> 应当思量你的家乡，还应当认真思量，
> 你日渐荒废的生命，还剩几多光阴：
> 你的晨光已消逝，你的太阳已西坠，
> 上天并未赐予你，第二次出生的机会。③

---

① "苍鹭"原文为"heron"，可以指鹭科的多种鸟类。由梭罗列出的学名可知，他说的是北美常见的鹭科鹭属大型涉禽大苍鹭。

② 古埃及神话中有一只名为贝努（Bennu）的不死神鸟，性质与其他民族传说中的凤凰相似，"贝努"的象形文字是一只苍鹭的图形。阿拉伯地区有一种现已绝灭的苍鹭以之为名，即贝努苍鹭（Bennu heron, *Ardea bennuides*）。

③ 引文出自威廉·德拉蒙德（参见前文注释）的组诗《锡安山之花》（*Flowers of Sion*）当中的《时不可恃》（"No Trust in Tyme"）。

落日想当然地以为，此时所有的人都已空闲，都已沉浸在冥想之中，农夫的孩子却还在忙着把奶牛从牧场赶回家，只不过吹口哨的神情凝重了一些，赶大车的车把式也还在路上奔波，只不过不再把鞭子甩得噼啪乱响，吆喝牲口的嗓门也小了一些。到最后，白昼天光仅剩的残痕终于消隐，而我们背对家乡的方向，在黑暗中默然划桨，能看见的只有几颗星星，也没有什么话要讲，于是便坐在那里沉思默想，或是默然倾听船桨击水的单调声音，桨声是一种原始的音乐，适合黑夜女神的耳朵，也适合她幽暗厅堂的声学设计：

Pulsæ referunt ad sidera valles.
山谷回响，将声音送入星空。①

我们默然仰望那些遥远的亮光，禁不住暗自感叹，第一个告诉人们星星上另有世界的人，想象力可谓无比珍罕，这个人的想象力，给人类带来了巨大的福祉。据贝纳尔德兹②的编年史所载，哥伦布第一次航行时遇见的土著"指着天空比划，意思是他们相

---

① 引文原文是梭罗对拉丁引文的英译，拉丁引文出自维吉尔《牧歌集》第六首。
② 贝纳尔德兹（Andrés Bernáldez, 1450?—1513）为西班牙教士及历史学家，著有《天主教君主斐迪南及伊莎贝拉传》（*Historia de los Reyes Católicos don Fernando y doña Isabel*）。

信，所有的神力和神灵都在天上。"① 我们理应对天体现象心存感激，因为它们对应的主要是人们心中的理想。星星虽然迢遥邈远，并不惹眼，但却明亮恒久，恰如我们最美好最难忘的体验。"要让你不朽灵魂的渊深底蕴，为你指明方向，同时又要把你的目光，坚定地投向上方。"②

正如最真诚的陪伴总是越来越接近孤独，最绝妙的言辞终将归于沉默。任何人都能够听见沉默，无论是在任何时间，任何地点。沉默是我们倾听内心的产物，声响则是从外界听来。万事万物并没有取代沉默，仅仅是沉默的可见框架和衬托。所有声响都是沉默的仆役和使臣，不光在宣告主子的存在，还说它是位难得的主子，值得臣仆的踊跃投效。声响与沉默的亲缘无比紧密，以至于声响仅仅是沉默潜流表面的一个个水泡，瞬间便归于破灭，反证这潜流的强大与多产。它们是沉默吐露的轻言细语，只有在把沉默烘托得益发突出的时候，才能够取悦我们的听觉神经。它们越是为沉默充当陪衬，越是使沉默显得鲜明浓烈，便越接近于最纯净的和谐旋律。

沉默是普济天下的庇护所，是一切乏味谈话和愚蠢举动的精

---

① 引文出自《马萨诸塞历史学会资料汇编》(Collections of the Massachusetts Historical Society) 第三辑第八卷 (1843) 收录的《〈天主教君主斐迪南及伊莎贝拉传〉选编》(Extract from the History of the Catholic Sovereigns, Ferdinand and Isabella)。

② 引文是《凤鸟：古贤残篇撷珍》"琐罗亚斯德格言"（参见前文注释）的第一百七十四则。

彩续篇，还是缓解我们一切懊恨的药膏，既适合饱足厌食之日，也适合饥馁乏食之时。大师也好，庸手也罢，任何画家也抹不掉沉默的背景，无论我们在前景中显得多么窘迫，这个背景始终是我们坚不可摧的避难所，可以帮我们抵御一切羞辱，一切人身攻击。

演说家理当摆脱自己的个性，由此可见，他越是沉默便越是雄辩。他应当一边说一边听，跟他面对的人群一起充当听众。谁不曾倾听沉默发出的无尽喧嚣？沉默是真理的传声筒，是唯一的神谕所，是真正的得尔斐和多多纳[1]，王侯将相都应该向沉默请教，绝不会被模棱两可的回答搞得无所适从，因为一切天启都是由沉默传给人类，人们越是经常去沉默神谕所求教，便越是能获得明澈的见解，他们所处的时代也越是以开明著称。反过来，人们越是频繁地四处乱跑，求助于莫名其妙的得尔斐神庙，以及神庙里那些疯狂的女祭司，他们所处的时代就越是一片黑暗，死气沉沉。那些喋喋不休的嚣杂时代便是如此，如今它们已不再有任何声息，但希腊时代，或者说旋律悠扬的沉默时代，却始终余音袅袅，永远回荡在人们的耳边。

一本好书应该是一枚琴拨，足以拨响我们寂无声息的竖琴。并不鲜见的情形是，我们把自己并未写出的续篇所包含的兴味，错误地归功于相对缺少生气的已完成著作。对于所有的书籍来说，这样的续篇都是最不可或缺的部分。作者的目标，应该是一锤定

---

[1] 古希腊的得尔斐神庙（参见前文注释）和多多纳神庙（Dodona）分别是太阳神阿波罗和主神宙斯颁降神谕的地方。

音地写下这样一句:"他说","ἔφη","ἔ"。①著书者的成就莫过于此。若能把自己撰著的卷帙筑成一道可供沉默波涛拍击的堤岸,便可谓功德无量。

我竭力阐释沉默,无非是枉费心机,原因是沉默这种事物,没有办法译成英语。六千年来,人们对沉默进行了忠实程度参差不齐的诠释,然而时至今日,它依然与一部天书相去无几。有的人兴许可以信心十足地夸说一时,满以为自己已经掌握沉默,总有一天会破解它所有的秘密,只可惜这样的人,最终也只能归于沉默,人们给他的评语,不过是他开创了一个勇敢先例而已,原因在于,在他终于扎进沉默潜流的时候,便会发现已揭晓的部分与未揭晓的部分是如此不成比例,以至于前者似乎仅仅是他没入水中之时,水面冒出的一个气泡。尽管如此,我们还是会继续尝试,就像那些栖身中国悬崖的燕子,不停用口沫润饰我们的窝巢,有朝一日,这窝巢将会变成生命的食粮,为海滨的居民提供养料。

这天我们弄桨扬帆,完成了约莫五十里的航程,此时已是暮

---

① "ἔφη"是古希腊文,意思是"他说"。"ἔ"是古希腊文中的叹词,相当于"哦/啊"。在荷马史诗当中,直接引语的最后常常有"ἔφη"一词,表示引语到此结束。本段文字源自梭罗1838年12月的一则日记,他在日记中写道:"在所有史诗当中,全神贯注读完一段令人屏息的文字之后,我们总是会碰上意味深长的'他说'二字,心灵深处受到格外巨大的触动……相较于风的叹息,更令我们震撼的是风的暂停,亦即格雷所说的'狂风养精蓄锐的间歇',这样的暂停,比风暴的执拗怒号宏大无数倍。"关于格雷及"狂风养精蓄锐的间歇",可参看"星期三"当中的相关叙述及注释。

色深沉，我们的小船正在与故乡港埠的丛丛莎草耳鬓厮磨，小船的龙骨也再次见到了康科德的泥滩，泥滩上的倒伏香蒲之间，依然印着小船的依稀轮廓，我们出发时压倒的这些香蒲，依然没怎么挺直腰身。我们喜孜孜跳上岸去，将小船拉上岸来，拴上我们当初系船的野苹果树，春潮拍岸之时，① 系船铁链在树干上磨出的痕迹，到现在依然清晰可辨。

---

① 可参看"星期六"当中的相关记述："小船是我们春天里造的……"

汉译文学名著

第一辑书目（30种）

书名	作者	译者
伊索寓言	〔古希腊〕伊索著	王焕生译
一千零一夜		李唯中译
托尔梅斯河的拉撒路	〔西〕佚名著	盛力译
培根随笔全集	〔英〕弗朗西斯·培根著	李家真译注
伯爵家书	〔英〕切斯特菲尔德著	杨士虎译
弃儿汤姆·琼斯史	〔英〕亨利·菲尔丁著	张谷若译
少年维特的烦恼	〔德〕歌德著	杨武能译
傲慢与偏见	〔英〕简·奥斯丁著	张玲、张扬译
红与黑	〔法〕斯当达著	罗新璋译
欧也妮·葛朗台 高老头	〔法〕巴尔扎克著	傅雷译
普希金诗选	〔俄〕普希金著	刘文飞译
巴黎圣母院	〔法〕雨果著	潘丽珍译
大卫·考坡菲	〔英〕查尔斯·狄更斯著	张谷若译
双城记	〔英〕查尔斯·狄更斯著	张玲、张扬译
呼啸山庄	〔英〕爱米丽·勃朗特著	张玲、张扬译
猎人笔记	〔俄〕屠格涅夫著	力冈译
恶之花	〔法〕夏尔·波德莱尔著	郭宏安译
茶花女	〔法〕小仲马著	郑克鲁译
战争与和平	〔俄〕列夫·托尔斯泰著	张捷译
德伯家的苔丝	〔英〕托马斯·哈代著	张谷若译
伤心之家	〔爱尔兰〕萧伯纳著	张谷若译
尼尔斯骑鹅旅行记	〔瑞典〕塞尔玛·拉格洛夫著	石琴娥译
泰戈尔诗集：新月集·飞鸟集	〔印〕泰戈尔著	郑振铎译
生命与希望之歌	〔尼加拉瓜〕鲁文·达里奥著	赵振江译
孤寂深渊	〔英〕拉德克利夫·霍尔著	张玲、张扬译
泪与笑	〔黎巴嫩〕纪伯伦著	李唯中译
血的婚礼——加西亚·洛尔迦戏剧选	〔西〕费德里科·加西亚·洛尔迦著	赵振江译
小王子	〔法〕圣埃克苏佩里著	郑克鲁译
鼠疫	〔法〕阿尔贝·加缪著	李玉民译
局外人	〔法〕阿尔贝·加缪著	李玉民译

第二辑书目（30种）

枕草子	〔日〕清少纳言著　周作人译
尼伯龙人之歌	佚名著　安书祉译
萨迦选集	石琴娥等译
亚瑟王之死	〔英〕托马斯·马洛礼著　黄素封译
呆厮国志	〔英〕亚历山大·蒲柏著　李家真译注
波斯人信札	〔法〕孟德斯鸠著　梁守锵译
东方来信——蒙太古夫人书信集	〔英〕蒙太古夫人著　冯环译
忏悔录	〔法〕卢梭著　李平沤译
阴谋与爱情	〔德〕席勒著　杨武能译
雪莱抒情诗选	〔英〕雪莱著　杨熙龄译
幻灭	〔法〕巴尔扎克著　傅雷译
雨果诗选	〔法〕雨果著　程曾厚译
爱伦·坡短篇小说全集	〔美〕爱伦·坡著　曹明伦译
名利场	〔英〕萨克雷著　杨必译
游美札记	〔英〕查尔斯·狄更斯著　张谷若译
巴黎的忧郁	〔法〕夏尔·波德莱尔著　郭宏安译
卡拉马佐夫兄弟	〔俄〕陀思妥耶夫斯基著　徐振亚·冯增义译
安娜·卡列尼娜	〔俄〕列夫·托尔斯泰著　力冈译
还乡	〔英〕托马斯·哈代著　张谷若译
无名的裘德	〔英〕托马斯·哈代著　张谷若译
快乐王子——王尔德童话全集	〔英〕奥斯卡·王尔德著　李家真译
理想丈夫	〔英〕奥斯卡·王尔德著　许渊冲译
莎乐美 文德美夫人的扇子	〔英〕奥斯卡·王尔德著　许渊冲译
原来如此的故事	〔英〕吉卜林著　曹明伦译
缎子鞋	〔法〕保尔·克洛岱尔著　余中先译
昨日世界：一个欧洲人的回忆	〔奥〕斯蒂芬·茨威格著　史行果译
先知 沙与沫	〔黎巴嫩〕纪伯伦著　李唯中译
诉讼	〔奥〕弗兰茨·卡夫卡著　章国锋译
老人与海	〔美〕欧内斯特·海明威著　吴钧燮译
烦恼的冬天	〔美〕约翰·斯坦贝克著　吴钧燮译

第三辑书目（40种）

埃达	〔冰岛〕佚名著　石琴娥、斯文译
徒然草	〔日〕吉田兼好著　王以铸译
乌托邦	〔英〕托马斯·莫尔著　戴镏龄译
罗密欧与朱丽叶	〔英〕莎士比亚著　朱生豪译
李尔王	〔英〕莎士比亚著　朱生豪译
大洋国	〔英〕哈林顿著　何新译
论批评　云鬈劫	〔英〕亚历山大·蒲柏著　李家真译注
论人	〔英〕亚历山大·蒲柏著　李家真译注
亲和力	〔德〕歌德著　高中甫译
大尉的女儿	〔俄〕普希金著　刘文飞译
悲惨世界	〔法〕雨果著　潘丽珍译
安徒生童话与故事全集	〔丹麦〕安徒生著　石琴娥译
死魂灵	〔俄〕果戈理著　郑海凌译
瓦尔登湖	〔美〕亨利·大卫·梭罗著　李家真译注
罪与罚	〔俄〕陀思妥耶夫斯基著　力冈、袁亚楠译
生活之路	〔俄〕列夫·托尔斯泰著　王志耕译
小妇人	〔美〕路易莎·梅·奥尔科特著　贾辉丰译
生命之用	〔英〕约翰·卢伯克著　曹明伦译
哈代中短篇小说选	〔英〕托马斯·哈代著　张玲、张扬译
卡斯特桥市长	〔英〕托马斯·哈代著　张玲、张扬译
一生	〔法〕莫泊桑著　盛澄华译
莫泊桑短篇小说选	〔法〕莫泊桑著　柳鸣九译
多利安·格雷的画像	〔英〕奥斯卡·王尔德著　李家真译注
苹果车——政治狂想曲	〔英〕萧伯纳著　老舍译
伊坦·弗洛美	〔美〕伊迪斯·华尔顿著　吕叔湘译
施尼茨勒中短篇小说选	〔奥〕阿图尔·施尼茨勒著　高中甫译
约翰·克利斯朵夫	〔法〕罗曼·罗兰著　傅雷译
童年	〔苏联〕高尔基著　郭家申译
在人间	〔苏联〕高尔基著　郭家申译
我的大学	〔苏联〕高尔基著　郭家申译

地粮	〔法〕安德烈·纪德著	盛澄华译
在底层的人们	〔墨〕马里亚诺·阿苏埃拉著	吴广孝译
啊，拓荒者	〔美〕薇拉·凯瑟著	曹明伦译
云雀之歌	〔美〕薇拉·凯瑟著	曹明伦译
我的安东妮亚	〔美〕薇拉·凯瑟著	曹明伦译
绿山墙的安妮	〔加〕露西·莫德·蒙哥马利著	马爱农译
远方的花园——希梅内斯诗选	〔西〕胡安·拉蒙·希梅内斯著	赵振江译
城堡	〔奥〕弗兰茨·卡夫卡著	赵蓉恒译
飘	〔美〕玛格丽特·米切尔著	傅东华译
愤怒的葡萄	〔美〕约翰·斯坦贝克著	胡仲持译

第四辑书目（30种）

伊戈尔出征记		李锡胤译
莎士比亚诗歌全集——十四行诗及其他	〔英〕莎士比亚著	曹明伦译
伏尔泰小说选	〔法〕伏尔泰著	傅雷译
海上劳工	〔法〕雨果著	许钧译
海华沙之歌	〔美〕朗费罗著	王科一译
远大前程	〔英〕查尔斯·狄更斯著	王科一译
当代英雄	〔俄〕莱蒙托夫著	吕绍宗译
夏洛蒂·勃朗特书信	〔英〕夏洛蒂·勃朗特著	杨静远译
缅因森林	〔美〕梭罗著	李家真译注
鳕鱼海岬	〔美〕梭罗著	李家真译注
黑骏马	〔英〕安娜·休厄尔著	马爱农译
地下室手记	〔俄〕陀思妥耶夫斯基著	刘文飞译
复活	〔俄〕列夫·托尔斯泰著	力冈译
乌有乡消息	〔英〕威廉·莫里斯著	黄嘉德译
生命之乐	〔英〕约翰·卢伯克著	曹明伦译
都德短篇小说选	〔法〕都德著	柳鸣九译
无足轻重的女人	〔英〕奥斯卡·王尔德著	许渊冲译
巴杜亚公爵夫人	〔英〕奥斯卡·王尔德著	许渊冲译
美之陨落：王尔德书信集	〔英〕奥斯卡·王尔德著	孙宜学译
名人传	〔法〕罗曼·罗兰著	傅雷译
伪币制造者	〔法〕安德烈·纪德著	盛澄华译
弗罗斯特诗全集	〔美〕弗罗斯特著	曹明伦译

弗罗斯特文集	〔美〕弗罗斯特著	曹明伦译
卡斯蒂利亚的田野：马查多诗选	〔西〕安东尼奥·马查多著	赵振江译
人类群星闪耀时：十四幅历史人物画像	〔奥〕斯蒂芬·茨威格著	高中甫、潘子立译
被折断的翅膀：纪伯伦中短篇小说选	〔黎巴嫩〕纪伯伦著	李唯中译
蓝色的火焰：纪伯伦爱情书简	〔黎巴嫩〕纪伯伦著	薛庆国译
失踪者	〔奥〕弗兰茨·卡夫卡著	徐纪贵译
获而一无所获	〔美〕欧内斯特·海明威著	曹明伦译
第一人	〔法〕阿尔贝·加缪著	闫素伟译

第五辑书目（30种）

坎特伯雷故事	〔英〕乔叟著	李家真译注
暴风雨	〔英〕莎士比亚著	朱生豪译
仲夏夜之梦	〔英〕莎士比亚著	朱生豪译
山上的耶伯：霍尔堡喜剧五种	〔丹麦〕霍尔堡著	京不特译
华兹华斯叙事诗选	〔英〕威廉·华兹华斯著	秦立彦译
富兰克林自传	〔美〕富兰克林著	叶英译
别尔金小说集	〔俄〕普希金著	刘文飞译
三个火枪手	〔法〕大仲马著	江城子译
谁之罪？	〔俄〕赫尔岑著	郭家申译
两河一周	〔美〕梭罗著	李家真译注
伊万·伊里奇之死	〔俄〕列夫·托尔斯泰著	张猛译
蓝眼盗	〔墨〕阿尔塔米拉诺著	段若川、赵振江译
你往何处去	〔波兰〕亨利克·显克维奇著	林洪亮译
俊友	〔法〕莫泊桑著	李青崖译
认真最重要	〔英〕奥斯卡·王尔德著	许渊冲译
五重塔	〔日〕幸田露伴著	罗嘉译
窄门	〔法〕安德烈·纪德著	桂裕芳译
我们中的一员	〔美〕薇拉·凯瑟著	曹明伦译
薇拉·凯瑟短篇小说集	〔美〕薇拉·凯瑟著	曹明伦译
太阳宝库 船木松林	〔俄〕普里什文著	任子峰译
堂吉诃德之路	〔西〕阿索林著	王军译
给一个青年诗人的十封信	〔奥〕里尔克著	冯至译

与魔的搏斗：荷尔德林、克莱斯特、尼采
〔奥〕斯蒂芬·茨威格著　潘璐、任国强、郭颖杰译
幽禁的玫瑰：阿赫玛托娃诗选　〔俄〕安娜·阿赫玛托娃著　晴朗李寒译
日瓦戈医生　　　　　　　〔俄〕帕斯捷尔纳克著　力冈、冀刚译
总统先生　　　　　〔危地马拉〕M.A.阿斯图里亚斯著　董燕生译
雪国　　　　　　　　　　　　〔日〕川端康成著　尚永清译
永别了，武器　　　　　〔美〕欧内斯特·海明威著　曹明伦译
聂鲁达诗选　　　　　　〔智利〕巴勃罗·聂鲁达著　赵振江译
西西弗神话　　　　　　　　〔法〕阿尔贝·加缪著　杜小真译

图书在版编目（CIP）数据

两河一周 /（美）梭罗著；李家真译注. -- 北京：商务印书馆，2025. --（汉译世界文学名著丛书）．
ISBN 978-7-100-24753-5

Ⅰ. I712.64

中国国家版本馆 CIP 数据核字第 2024YL9101 号

权利保留，侵权必究。

汉译世界文学名著丛书

两河一周

〔美〕梭罗　著

李家真　译注

商　务　印　书　馆　出　版
（北京王府井大街36号　邮政编码100710）
商　务　印　书　馆　发　行
北京通州皇家印刷厂印刷
ISBN 978-7-100-24753-5

2025年4月第1版　　　开本 850×1168　1/32
2025年4月北京第1次印刷　印张 17¼
定价：78.00元